二 見 文 庫

その瞳が輝くとき

ジュディス・マクノート／宮内もと子＝訳

Something Wonderful
by
Judith McNaught

クリストファー・ブライアン・フェリグに

あなたはわたしのかわいい甥っ子でした。
いまはすばらしい男性だと思い
友人として尊敬しています。

謝辞

以下のおふたりにはひとかたならずお世話になりました。
この小説を生み出すあいだ
常に支援と励ましをいただいたメリンダ・ヘルファー。

そして、ロバート・A・ウルフ。
彼の手際よい気配りのおかげで
他の雑事をまかせて仕事に集中できました。

その瞳が輝くとき

登場人物紹介

アレグザンドラ(アレックス)・ローレンス	田舎紳士の娘
ジョーダン・アディソン・マシュー・タウンゼンド	第十二代ホーソーン公爵
アントニー(トニー)・タウンゼンド	ジョーダンのいとこ
ホーソーン公爵未亡人	ジョーダンの祖母
フェリシア・ローレンス	ローレンス夫人。アレグザンドラの母
メアリー・エレン・オトゥール	アレグザンドラの親友
モンタギュー(モンティ)・マーシュ	アレグザンドラの伯父。士爵
ペンローズ	アレグザンドラの家の執事
フィルバート	アレグザンドラの家の下僕
ロデリック(ロディ)・カーステアズ	社交界の有力者。士爵
ジョン・カムデン	ジョーダンの友人。伯爵
メラニー	カムデンの妻
エリーズ	ジョーダンの愛人。バレリーナ
ジョージ・ローレンス	アレグザンドラの父
ラムジー	公爵未亡人の家の執事
スマース	馬丁頭
ギボンズ	下僕頭
ヒギンズ	タウンゼンド家の執事

1

豊満な体つきの金髪の女性が、片肘をついて身を起こし、シーツを胸もとまで引きあげた。彼女はかすかに眉を寄せ、十八歳の黒髪の美青年を見守った。青年は自分の寝室の窓ぎわに立ち、窓枠にもたれて芝生の裏庭を見やっている。そこでは彼の母親の誕生日を祝すパーティが催されていた。「そんなに見とれるなんて、わたしよりよほど気になるものがあるのね？」レディ・キャサリン・ハリントンはそう訊きながら、シーツを体に巻きつけ、窓に近づいていった。

未来のホーソーン公爵、ジョーダン・アディソン・マシュー・タウンゼンドは、彼女のことばなど耳に入らないようすで、父が亡くなれば自分のものになる豪壮な屋敷の庭をながめていた。生垣でできた迷路を見おろしていると、茂みから母が出てきた。人目をはばかるように周囲にちらりと目をくれたあと、ドレスの身ごろを直し、豊かな黒髪をとりあえずという程度に整える。ほどなく、ハリントン卿がアスコットタイを結び直しながら現われた。腕をからめたふたりの笑い声は、ジョーダンのいる開いた窓のところまで漂ってきた。

ジョーダンの引き締まった面《おも》だちは若々しく美しかったが、うっすら浮かんだ冷たい笑みがその美しさを歪《ゆが》めた。彼が見ていたのは、母がいちばん新しい愛人とともに芝生を横切り悠然と東屋《あずまや》に入っていく姿だった。しばらくすると、今度は父が同じ迷路から出てきて、あたりを見まわしてから、目下の愛人であるレディ・ミルボーンを茂みから呼び寄せた。

「わが母上に新しい愛人ができたようだ」ジョーダンは皮肉っぽい調子でのんびりと言った。「ほんとう?」キャサリンは窓の外をのぞいた。「お相手はどなた?」

「あなたのご主人だよ」向きを変えて彼女と対峙《たいじ》したジョーダンは、あでやかな顔をながめて、驚きの色が表われていないか探した。そんなものはどこにもないと知ると、彼自身の顔がこわばり、冷笑の仮面に変わった。「ふたりがいっしょに迷路に入っているのはわかっていた。あなたがいままでとは打って変わって、突然わたしのベッドに引きつけられたのは、それが理由なんだな?」

キャサリンはうなずいた。冷ややかな灰色の瞳にひたと見据えられ、居心地悪そうにしている。「ちょっと思ったのよ」話しながら彼の硬い胸に片手を這わせた。「あのふたりがそうなったのなら、わたしたちのほうも……その……結ばれたらおもしろいんじゃないかって。でも、あなたのベッドに引きつけられたのは、突然のことじゃないのよ、ジョーダン、わたしはずっと前からあなたがほしかったの。そしたら、あなたのお母様とうちの主人がねんごろになったでしょ、だから、わたしだって、ほしいものを手に入れてもいいんじゃないかと思ったのよ。そうしたって悪くはないでしょう?」

ジョーダンが黙っていると、キャサリンは彼の無表情な顔を目で探りながら、はにかんだようにほほえんでみせた。「びっくりした?」

「別に。母がいろいろな男と遊んでいるのは八つのときから知っている。女という生き物がなにをしようが、いまさらびっくりはしないさ。むしろ、あなたがわれわれ六人を迷路に集めて〝一家〟団欒《だんらん》のひとときをもつように仕組まなかったことのほうが驚きだ」ジョーダンはわざと傲慢な口調で話を終えた。

キャサリンは半ば笑うように、半ば恐れをなしたように、押し殺した叫び声をあげた。

「まあ、わたしのほうがびっくりしたわ」

ジョーダンはけだるそうに彼女の顎にふれて顔を上げさせると、歳のわりには鋭すぎ、世間を知りすぎたまなざしで、その顔を観察した。「そのことばは信じがたいような気がするが」

急にばつが悪くなったのか、キャサリンは彼の胸をなでていた手を引っこめ、シーツをさらにきつく巻きつけて裸身を守った。「ねえ、ジョーダン、なぜそんなふうに、虫けらを見るような目で見られなきゃならないのかしら」本気で困惑し、幾分不満を感じているのが表情に出ている。「あなたは独身だから、わたしたちがみんな、人生にどれだけ飽き飽きしているかわからないのよ。この退屈さを色事でまぎらすことができなかったら、そろって頭がおかしくなってしまうわ」

悲劇のヒロインのようなその口調がおかしくて、ジョーダンは表情を和らげ、きりっと締まった肉感的な唇を歪めて冷笑した。「かわいそうなキャサリン」同情したふうもなく言いながら、手を伸ばし、指の背で頰をなでてやる。「あなたがた女性は、実に気の毒な境遇にあるわけだ。生まれ落ちたその日から、ほしいものは頼まなくても手に入る。だから夢や目標というものがない——たとえあっても、それをめざすことは一生許されない。勉学はさせてもらえず、スポーツも禁じられているから、頭も体も鍛えることができないんだ。それに、守るべき名誉すらない。男の名誉は、本人が望む限り自分のものでありつづけるが、女の名誉は脚と脚のあいだにあって、自分をものにした最初の男にそれを捧げなければならない。女にとっては、人生とは不公平きわまりないものだな！」最後に、こう付け加えた。「あなたがたが、そろいもそろって退屈で、不道徳で、軽薄なのは無理もないことだ」

ジョーダンの話にぎょっとしたキャサリンは、ばかにされたのかどうか判じかねてもじもじしていたが、やがて肩をすくめた。「たしかに、おっしゃるとおりね」

ジョーダンは興味深げに彼女を見た。「そういう境遇を変える努力をしようと思いたったことはないのか？」

「ないわ」キャサリンはきっぱりと言った。

「その正直さはあっぱれだ。女性にはめったに見られない美徳だからな」

まだ十八歳の若さながら、ジョーダン・タウンゼンドに異性をとりこにする力があることは、女たちのあいだではすでににぎやかな噂話の種になっていた。冷ややかな灰色の瞳を見つめるうちに、キャサリンはふと、強烈な磁力にとらわれたように彼に引きつけられている自分に気づいた。ジョーダンの瞳には、相手に対する理解とともに、そこはかとないユーモアと、歳相応をはるかに超えた鋭い知見が表われていた。黒髪の端正な顔だちや、派手な男っぽさもさることながら、女たちをなびかせるのはそうした資質だった。ジョーダンは女というものを理解していた。彼はキャサリンという女を理解しており、彼女に賞賛の念や敬意を抱いていないのははっきりしていたものの、欠点もすべて含めてありのままの彼女を受け入れていた。

「ベッドには来てくださらないの、若君様？」

「ああ」ジョーダンは優しく答えた。

「なぜ？」

「母の愛人の奥方と寝たいと思うほど退屈してはいないと気づいたからさ」

「あなたは――あなたは女性をあまり尊敬していないのね、そうでしょう？」キャサリンはそう訊かずにいられなかった。

「尊敬すべき理由があるか？」

「それは――」キャサリンは唇を噛み、しかたなく首を振った。「ないわ。ないと思います。でも、あなただって、いずれは子どもを作るために結婚することになるのよ」

と、ジョーダンの目が愉快そうにきらりと光り、彼は窓枠に背中を預けて腕組みをした。

「結婚だって？　嘘だろう？　それが子作りの唯一の方法だというのか？　いやはや、わたしはてっきり――」

「ジョーダン、嘘じゃないわよ！」彼のひょうきんな一面に少なからぬ魅力を感じて、キャサリンは声をたてて笑った。「あなたには正統なお世継ぎが必要なんだから」

「世継ぎをもうけるために契《ちぎ》りを結ばねばならないのなら」ジョーダンは辛辣《しんらつ》な冗談で答えた。「学校を出たばかりの世間知らずな娘を選ぶよ、わたしの命令とあればどんな些細なことでも喜び勇んで従うような娘を」

「でも、その子が退屈して、よそに気晴らしを求めるようになったら、どうするおつもり?」

「退屈などすると思うか?」ジョーダンは刺すような鋭い声で反問した。

キャサリンは、彼の広くたくましい肩や厚い胸板、締まった腰をながめてから、視線を上げ、彫りの深い顔を見つめた。リネンのシャツに乗馬用のぴったりした膝丈ズボンといういでたちのジョーダン・タウンゼンドは、上背のある体全体から、荒々しい力強さと抑制のきいた色気を燦々《さんさん》と発している。キャサリンの緑の瞳に納得の表情が浮かび、その瞳の上で眉が上がった。「たぶん、しないでしょうね」

キャサリンがドレスを身に着けはじめると、ジョーダンは窓のほうに向き直り、母の誕生日を祝うためにホーソーン邸の芝生につどった雅《みやび》やかな賓客《ひんきゃく》たちに、気のない視線を向けた。きょう、この屋敷を外から見た者は、ホーソーン邸はまさに緑したたる夢の楽園で、南国育ちの美しく気ままな鳥たちが豪奢な衣装を競うようにそぞろ歩いていると思ったことだろう。だが、十八歳のジョーダン・タウンゼンドにとっては、それは特に興を覚えることもない、美しさとは無縁の光景だった。客がいないとき、この建物の中でなにがおきているか、知りすぎるほど知っているからだ。

ジョーダンは十八にして、自身も含め人間に本来具《そな》わっている善意というものを信じなくなっていた。彼は家柄がよく、容姿に恵まれ、裕福だった。その一方で、世をすね、心に壁を作り、守りを堅くしてもいた。

ミス・アレグザンドラ・ローレンスは、両のこぶしでほっそりした顎を支えて、祖父のコテージの窓敷居にとまった黄色い蝶を見ていた。少したつと、背後の机のほうに向き直り、そこにすわっている愛しい白髪の男性に再び目をやった。「いまなんておっしゃったの、お祖父様《じい》？　聞こえなかったわ」

「きょうはどうしてソクラテスよりもその蝶のほうがおもしろいのか、と訊いたんだよ」慈愛に満ちた老人はそう言って、いかにもその人らしい学者風の穏やかな笑みを、十三歳の小柄なかわいらしい少女に向けた。少女のつややかな栗色の巻き毛は母親譲りで、緑がかった水色の目は彼自身の目と同じだ。老人は少女を教えるさいに教科書にしているソクラテスの対話篇を、楽しげに指で叩いてみせた。

アレグザンドラはすまなそうな顔をして、心をとろかす笑みを祖父に投げかけたが、ほかのことに気をとられていたのを否定はしなかった。学者肌の優しい祖父は、常々こう言っていたからだ。「嘘というのは、人に対するあからさまな侮辱《ぶじょく》であり、相手の知性をあなどった証拠でもあるんだよ」目の前にいるこの温和な男性は、数学と哲学と歴史とラテン語を教えてくれ、さらには自身の人生哲学まで伝授してくれた人で、彼女にはその人を侮辱することなど考えられなかったのだ。

「こんなことを思っていたの」アレグザンドラはしょんぼりとため息をついて告白した。「いまのわたしは〝芋虫《いもむし》の段階〟にいるだけで、じきに蝶々に変身して美しくなる――そんなことがひょっとしたらあるのかなって」

「芋虫であっても悪くはあるまい」祖父は名句を引用してからかった。「〝何者なりとも、いずれの面から見ても美しき者なし〟なのだから」彼は目をきらめかせ、孫娘がその出典に気づくかどうか見ていた。

「ホラティウスね」アレグザンドラは打てば響く返答をして、祖父にほほえみ返した。

祖父はうなずいた。「外見を気にすることはないよ、アレグザンドラ。真の美しさは心から湧き出て、瞳に宿《やど》るのだからね」

アレグザンドラは小首をかしげて考えたが、古代人にせよ現代人にせよ、そんなことを言った哲学者は記憶になかった。「それ、だれのことば？」

祖父はくつくつ笑った。「このわたしのだよ」

その返事にアレグザンドラは鈴の音《ね》を思わせる笑い声をあげ、日あたりのよい部屋は明るい音楽のような響きに満たされた。そのあと、彼女はふと真顔になった。「お父様はわたしがかわいくないからがっかりしているみたい。うちに戻るたびにそんな顔をしてるもの。わたしはもっときれいになってもいいのにと思ってるんだわ。期待されるのはしかたないわよね、だって、お母様は美人だし、お父様はハンサムなうえに、伯爵様の遠い縁戚なんだから」

ギンブル氏は、どこぞの伯爵となにやら縁続きであると眉唾ものの主張をする娘婿《むこ》への反感を隠しきれず、教訓をこめてまた名言を引いた。「〝徳なければ家柄に意味なし〟だぞ」

「モリエールね」アレグザンドラは名言の出所を反射的に口にしてから、そもそもの悩みに話を戻し、すねたように言った。「だけど、お父様がごくありふれた顔だちの娘を授《さず》かるなんて、あまりにも運が悪いわ、それは事実でしょう？」暗い顔で続ける。「わたし、もっと背が高くて金髪でもよかったのに。そのほうがずっとすてきよね、ちびの風来坊みたいないまのわたしより。お父様はわたしのこと、そういうふうに見えるって言うのよ」

アレグザンドラが首をめぐらせて蝶の観察に戻ったとき、ギンブル氏の目は愛しさと喜びに輝いていた。というのも、彼の孫娘は〝ありふれて〟などいなかったからだ。彼がアレグザンドラことアレックスに読み書きの基礎を教えはじめたのは、彼女が四つのときだった。教育指導をまかされている村の子どもたちに教えるのとまったく同じ教え方をしたのだが、アレックスの知性はその子どもたちよりずっと豊かで、頭の回転も速く、概念を把握する力も抜きん出ていた。農民の子どもは勉学に興味がなく、ギンブル氏のもとに通うのはほんの数年だけで、そのあとは父親の畑に出て野良仕事をし、結婚して子をなし、彼らがたどった人生がそこからまたくり返される。それに対し、アレックスは祖父が学問に抱いている情熱を生まれながらに受け継いでいた。

老人は笑みを浮かべて孫娘を見た。〝くり返し〟というのもそう悪いものではないな、と思いながら。

自分が若いときに自らの気質に従って独身を貫き、妻を娶《めと》るかわりに学問に一生を捧げていたら、アレグザンドラ・ローレンスがいまここにいることはなかったのだ。アレックスはこの世界への贈り物だ。贈り主はこのわたしだ。そう思うと気分が高揚したが、すぐに恥ずかしくなった。その考え方は高慢の匂いがするからだ。それでも、机の向こう側にすわっている巻き毛の少女を見ると、身の内に湧きあがる喜びを抑えられなかった。アレックスはまさに彼が望んだとおりに育ち、望みを超えてさえいた。優しさ、笑い、知性、不屈の意欲、それがアレックスだった。もしかすると、彼女は意欲がありすぎ、さらには鋭敏すぎるのかもしれない――浅はかな父親がたまに帰ってくると、そのたびに涙ぐましい努力をして父を喜ばせようとするのだから。

孫娘の結婚相手になるのはどんな男だろう――わが娘の夫のようでなければいいが、とギンブル氏は心の底から願った。彼の娘は、アレックスのような奥深い人間性を具えてはいなかった。自分が甘やかしたからだ、と思うと寂しさを感じた。アレックスの母親は愚かで身勝手だ。あれは自分そっくりの男と結婚したが、アレックスはもっとできた男と連れ添うべきだし、その資格はじゅうぶんにある。

アレグザンドラはいつもの感受性を発揮し、祖父の心が急に沈んだのに気づいて、さっそく気を引き立てようとした。「ご気分が悪いようね、お祖父様。また頭痛がするの？　首筋を揉んであげましょうか？」

「たしかに、少しばかり頭が痛むよ」ギンブル氏がインク壺に鵞《が》ペンを差し入れ、いずれは〈ヴォルテールの人生に関する詳論〉としてまとまる文章を紡《つむ》ぎはじめると、アレグザンドラは祖父の後ろに回り、小さな手で肩や首の凝《こ》りをほぐしにかかった。

その手の動きが止まるが早いか、ギンブル氏はなにかが頬をくすぐるのを感じた。仕事に没頭していた彼は、手を上げると、くすぐったく感じた部分をうわの空でこすった。その直後、今度は首がくすぐられたので、そこをこすった。くすぐったさが右耳に移ったとき、孫娘に鵞ペンの羽根でなでられているのにやっと気づいて、彼は苦笑いを嚙み殺した。「アレックスや。この部屋にはいたずら好きな小鳥がいて、仕事中のわたしの気をそらそうとしているようだぞ」

「だって、お祖父様は働きすぎなんですもの」アレグザンドラは羊皮紙のような肌に唇を押しあてると、ソクラテスの勉強を続けようと自席に戻った。だが、なかなか集中できず、少したつとまたよそ見をして、茅葺《かやぶ》きのコテージの開け放たれた戸口の前を蛇《くちなわ》がじりじりと這っていくのに目をとめた。「この世のすべてのものに、神様から授かった特別な役目があるんだとしたら、神様はどうして蛇をお創りになったんだと思う？　蛇って、とっても醜《みにく》いでしょう。気持ち悪いといってもいいぐらい」

仕事をじゃまされたギンブル氏はため息をついて鵞ペンを置いたが、孫娘の明るい笑顔には勝てなかった。「神様にお目にかかったときには、忘れずに訊くことにしよう」

祖父が死ぬことを思うと、アレグザンドラはたちまち神妙になったが、コテージの前に馬車が停まる音がしたとたん、ぱっと立ちあがって開いた窓に駆け寄った。「お父様だわ！」彼女は歓声をあげた。「お父様がやっとロンドンから帰ってこられた！」

「ほんとうに、遅すぎるぐらいだ」ギンブル氏はぶつぶつ言ったが、アレグザンドラは聞いていなかった。膝丈ズボンに農民風のシャツというお気に入りの格好のまま、戸口から走り出て、父がしぶしぶ広げた腕の中に飛びこんでいった。

「元気かい、風来坊のおちびさん？」父親は気のない声で言った。

ギンブル氏は腰をあげ、窓に近づくと、ハンサムなロンドン男がわが子に手を貸し、新品のすばらしい馬車に乗せてやっているところを見ながら眉をひそめた。男の馬車はすばらしく、服もすばらしいが、素行のほうはすばらしいとはとうてい言えない。そう思うとギンブル氏はくやしくなった。ある日の午後、男はこのコテージの前の道で馬車が故障したと言って、ギンブル氏と娘の前に現われた。その瞬間から、娘のフェリシアは男の顔かたちと如才のなさにすっかり目がくらんでしまった……ギンブル氏は男に今夜は泊まっていくようにと勧め、その日の午後遅く、うかつにもフェリシアの頼みに負けて、〝小川のそばの丘からのすてきな景色をこのかたにお見せする〟ために男といっしょに出かけることを許してしまったのだ。

宵闇が降りても娘と男が帰ってこないので、ギンブル氏はふたりを捜しに出かけた。満月の明かりで道は難なくたどれた。そうして丘のふもとの小川のほとりまで来ると、裸で抱き合っているふたりが目に入った。ジョージ・ローレンスは、四時間足らずで、フェリシアにそれまでもっていた見識を捨てさせ、彼女を口説き落とすことに成功したのだ。

かつてないほど激しくはらわたが煮えくり返り、ギンブル氏は物音ひとつたてずにその場を立ち去った。二時間後にコテージに戻ったときには、親友の教区牧師もいっしょだった。牧師は、結婚式で章句を読みあげるために、聖書をたずさえていた。

ギンブル氏のほうは、娘を誘惑した男に結婚式を挙げさせるために、ライフル銃をたずさえていた。

ギンブル氏が武器を手にしたのは、生まれて初めてのことだった。

だが、わたしの正当な怒りはフェリシアにとってなんになっただろう？　そう自問して、ギンブル氏は眉を曇らせた。ジョージ・ローレンスは、十年間も空き家のままだった大きな朽ち果てた家を新妻に買ってやり、召使いをあてがって、挙式後九カ月間は、妻が生まれた僻地《へきち》の小さな州でいやいや彼女といっしょに暮らした。その時期の終わりにアレグザンドラが生まれると、ほどなくジョージ・ローレンスはロンドンに戻ってそこにとどまり、モーシャムには年にたった二回、二、三週間帰るだけになった。

「旦那様は自分がいちばんよく知っている方法で生活費を稼いでいるのよ」ギンブル氏にそう説明するフェリシアは、夫のことばをそのままくり返しているものと思われた。「あの人は紳士階級の一員でしょ、だから、一般庶民のように食べるために働くなんてことを期待してはいけないの。家柄がよくて人脈もあるから、ロンドンにいれば、これぞという人たちとおつきあいできるのよ。それで、ときたま、その人たちの話から、株式市場での有望な投資先とか、競馬場でどの馬に賭けたらいいかとか、そういったヒントをつかむ。わたしたちを養う手立てはそれしかないの。もちろん、旦那様だって、ロンドンでわたしたちといっしょに暮らせたらと思ってはいるのよ。でも、あそこはおそろしくお金がかかる町じゃない？それに、ロンドンでは狭くてむさ苦しい下宿に住んでいるでしょうから、そんなところに家族を押しこめるなんて考えられないんだと思うわ。わたしたちのところには、できるだけたくさん帰るようにしてくれているし」

自分はロンドンにとどまるほうがよいとするジョージ・ローレンスの説明はうさんくさく思えるが、年に二回モーシャムに戻ってくる理由ははっきりしている。少なくとも年に二回、妻と娘の顔を見に帰ってこなかったら、わたしがロンドンまで出向いて——借りものの銃を抱えてだ——おまえを捜し出してやる、とギンブル氏が誓ったからだ。とはいえ、フェリシアにほんとうのことを教えれば傷つくだろうし、彼女はいま幸せなのだからそんなことをしてもしかたない。このちっぽけな州に住む他の女たちと違って、フェリシアは〝本物の紳士〟と結婚したのであり、彼女のばかげた価値基準によればそれが唯一重要なことなのだ。その結婚によって地位が高まり、フェリシアは隣人たちと交わるさいには女王さながらの態度で優越感を漂わせるようになった。

母親と同じく、アレグザンドラもジョージ・ローレンスを崇拝しており、ほんのいっとき家庭に戻ったさいには、彼は妻と娘にひたすらちやほやされていた。フェリシアはあれこれと彼の世話を焼く。アレグザンドラはけなげにも娘と息子の両方の役割を演じようとする――自分には女らしい美しさがないという劣等感もあったので、男の子のように膝丈ズボンをはいてフェンシングを練習し、父が帰ってきたときにはいつでも相手ができるようにしたのだ。

窓の前に立つギンブル氏は、四頭の毛並みのよい元気な馬に引かれたぴかぴかの乗り物を見て眉をひそめた。妻子のための出費を惜しむわりに、ジョージ・ローレンスはおそろしく値の張る馬車を乗りまわしているではないか。

「今度はどれぐらいうちにいられるの、お父様？」父がまた行ってしまうときが必ず来る。アレグザンドラは早くもそのときを恐れはじめていた。

「一週間だけだ。ケント州のランズダウンの別宅に行くから」

「どうしてそんなにたびたび出かけなくちゃいけないの？」お父様だってわたしやお母様と離れるのはいやなのよ、と思いながらも、アレグザンドラは失望を隠せなかった。

「出かけなくちゃいけないから出かけるのさ」アレグザンドラが文句を言おうとすると、父は首を振り、ポケットに手を入れて小さな箱を取り出した。「ほら、誕生日プレゼントだぞ、アレックス」

アレグザンドラの誕生日は何カ月も前に過ぎていて、そのとき父は便りひとつくれなかったのだが、それでも彼女は感激のまなざしで父を見た。アクアマリン色の瞳を輝かせながら箱を開け、ハート形をした小さな銀色のロケットを取り出す。素材はブリキで、とりたててきれいともいえないのに、アレグザンドラは限りなく貴重な品でもあるかのようにそれを握りしめた。「これから死ぬまで毎日身につけるようにするわ、お父様」ささやき声で言うと、両腕を父の体に回し、熱っぽく抱きしめた。「わたし、お父様のこと大好き！」

馬が土埃《つちぼこり》を上げて引く馬車に乗り、のどかな小村を通り抜けながら、アレグザンドラはこちらを見ている村人たちに手を振った。すてきな父、ハンサムな父が帰ってきたことを教えたくてたまらなかったのだ。

実際は、父親が帰っているとことさらに告げる必要などなかった。夜になるころには、ジョージ・ローレンスが帰宅したことだけでなく、その上着の色など、細かいもろもろのことが、村じゅうで噂になるのはまちがいない。なにしろモーシャム村は、何百年も前からいまと同じ姿をしている——のどかで平穏で、辺鄙《へんぴ》な谷あいにあって世間から忘れられている村なのだ。素朴で想像力に欠ける勤勉な村人たちは、どんな些細なできごとでも永遠不変の生活の単調さを救ってくれるので、それらを語り合うことに無上の喜びを見いだしていた。馬車で通りかかった都会者が一枚ではなく八枚ものケープ襟がついたコートを着ていたといって、それから三カ月たったいまでもそのことが話題になっているほどだ。そんな人々がジョージ・ローレンスの絢爛《けんらん》たる馬車を目にしたのだから、この先半年はそれが話の種になるはずだった。

外から見れば、モーシャムは噂好きな農民が住む退屈な村ということになるだろうが、十三歳のアレグザンドラには、村も村人たちもすばらしく思えた。

十三歳のいま、アレグザンドラは神の子たちひとりひとりがもって生まれた善意を信頼し、正直さや誠意や快活さはあらゆる人間に等しく具わっていると信じて疑わなかった。彼女は優しく、天真爛漫《らんまん》で、救いがたいほど楽天的だったのだ。

2

ホーソーン公爵ジョーダン・タウンゼンドはゆっくりと腕をおろし、地面に倒れてぐったりと動かなくなったグレインジャーフィールド卿を、硝煙《しょうえん》のたなびくピストルを手にしたまま平然とながめた。やきもち焼きの夫というのは実に厄介なものだ、とジョーダンは思った――見栄っ張りで軽薄な妻以上に面倒な存在といってもいい。なんら根拠のない結論にすぐに飛びつくうえに、その誤った思いこみについて、明け方にピストルを使って話し合おうと言ってきかないのだから。決闘の相手である年配の男は怪我《けが》を負い、医者と介添え人に介抱されているところだった。無表情な目でなおもその男を見おろしながら、ジョーダンは自分にうるさくまとわりついてこの決闘の原因を作った狡猾《こうかつ》な若い美女を呪った。

人妻に手を出すと、どんな房事の歓びも帳消しになるほどの面倒をこうむるものだ――現在二十六歳のジョーダンは、早くからそう考えるようになった。そのため、漁色《ぎょしょく》のさいには夫というじゃま者がいない女だけを標的にするのが長年の習慣になっていた。むろん、そうした女はいくらでもいたし、その多くは大喜びで彼のベッドを温めようとした。しかし、社交界においては、ささやかな情事は生活の一部のようにあたりまえになっている。彼がしばらく前に幼なじみのエリザベス・グレインジャーフィールドと関係をもつようになったのも、そうした例のひとつ――つまりはたわいない戯《たわむ》れにすぎなかった。彼女が一年以上に及ぶ長い旅行を終え、イングランドに帰ってきたときにそれは始まった。当初、その戯れは、旧友ふたりのあいだで交わされる冗談めいたやりとり――艶っぽい含みがあったのは否めないが――でしかなく、それ以上発展するとは思えなかった。ところが、先週のある晩、エリザベスはジョーダンの家の執事が気づかないうちに奥に入りこみ、帰宅したジョーダンは、彼女がベッドにいるのを――なんとも悩ましく、素裸で、誘うような姿をしているのを発見した。普段なら、ベッドから叩き出して家に追い返すところだが、その夜は友人たちと酌《く》み交わしたブランデーの酔いが回っていて、この女をどうしたものかと考えるうちに、彼の肉体は弛緩《しかん》した頭脳を制し、抗しがたい誘いに乗るよう説き伏せてしまったのだ。

近くの木につないでおいた愛馬のほうを向くと、ジョーダンはちらと目を上げ、空の端がうっすらと日の光に染まっているのを認めた。これならひと眠りするだけの時間はある。眠りから覚めれば、仕事と社交の長い一日が始まり、夜もふけたころ、ビルドラップ邸の舞踏会で佳境を迎えるはずだ。

数えきれないほどのクリスタルが鈴なりになったシャンデリアが、広々とした鏡張りの舞踏室で光り輝いている。その下では、サテンやシルクやビロードに身を包んだ人々が、軽やかなワルツのしらべに合わせてくるくると舞っていた。バルコニーに面して並ぶフレンチドアは大きく開け放たれ、涼やかな風が入ってくるように――あるいは、月明かりのもとでしばらくふたりきりになりたいと望むカップルが出ていけるようになっていた。

いちばん奥のドアを出たところでは、ひと組の男女がバルコニーにたたずんでいた。その姿は屋敷自体の影に半ば隠れている。ふたりが舞踏室から消えたために、客のあいだにあらぬ憶測が広がっていたが、当人たちはそんなことは気にしていないようだった。

「なんてはしたないのかしら！」ミス・レティシア・ビルドラップは自分の私的随行団になっている垢抜《あかぬ》けした若者たちに向かって言った。旺盛な嫉妬心が混じった燃えるような非難のまなざしを、問題の男女がいましがた出ていったドアのほうに向けながら、さらに言いつのる。「自分の夫がけさホーソーンとの決闘で怪我をして寝ついたばかりだというのに、そのホーソーンのお尻を追いかけるなんて、エリザベス・グレインジャーフィールドのしていることは遊び女といっしょじゃないの！」

ロデリック・カーステアズ卿は、社交界では有名な――そして恐れられてもいる――毒気を含んだ冷笑を浮かべ、怒りに燃えるミス・ビルドラップをじろじろと見た。「たしかに、その意見は正しいよ、レティシア。エリザベスはきみの例を教訓にして、人前ではなく人のいないところでホーソーンを追いかけるべきだな」

レティシアは相手を見くだすように無言でカーステアズを見つめたが、本心は隠しきれず、すべすべの頬はうっすらと紅潮していた。「気をつけなさい、ロディ、あなた、言っていいことと悪いことの区別がつかなくなってきてるわよ」

「そんなことはないさ。これでも極力気を遣って、言って悪いことを言うように努めているんだから」

「エリザベス・グレインジャーフィールドなんかとわたしをいっしょにしないでちょうだ

い」レティシアは歯ぎしりしながら言い返した。「わたしとあの人には似たところはひとつもないんだから」

「いや、あるさ。どちらもホーソーンをものにしたがってるじゃないか。そう考えると、きみたちと似たところのある女性を六十人は挙げられるな。その筆頭が――」カーステアズは、ダンスフロアでロシアの皇子とワルツを踊っている赤毛の美人バレリーナのほうへ顎をしゃくってみせた。「――エリーズ・グランドーだ。ただし、ミス・グランドーはきみたち全員を出し抜いたようだがね。彼女はホーソーンの新しい愛人になったんだよ」

「嘘おっしゃい！」レティシアが大声をあげる。彼女の青い目は、スペイン王やロシアの皇子をとりこにしたと噂される赤毛のたおやかな女性をにらみつづけていた。「ホーソーンに決まった相手はいないわ！」

「なんの話をしてるの、レティ？」自身の求愛者と話していた貴族の令嬢が振り向いて尋ねた。

「〝あの人〟がエリザベス・グレインジャーフィールドといっしょにバルコニーに出ていった、と話してるの」レティシアはつっけんどんに答えた。〝あの人〟がだれを指すか、説明する必要はなかった。社交界でそれなりの地位を占めている者ならだれでも了解している。

〝あの人〟とはジョーダン・アディソン・マシュー・タウンゼンド――ランズダウン侯爵、リーズ子爵、レノルズ子爵、マーロウ伯爵タウンゼンド、ストロレイ・リッチフィールドおよびモンマート男爵タウンゼンド、そして第十二代ホーソーン公爵、これらすべての称号を併せもつ男性のことだ。

〝あの人〟は貴族の令嬢の夢想のすべてを凝縮したような存在だった――長身、黒い髪、女殺しの美貌、そこに悪魔的な魅力が加わっている。社交界の中でも年若い女性のあいだでは、あの灰色の目はたとえ閉じていても、尼僧《にそう》を誘惑し、敵を恐怖に凍りつかせることができる、というのが一致した見解になっていた。年配の女性はだいたい、前半の尼僧云々には賛成し、後半の意見は気にとめなかった。ジョーダン・タウンゼンドが、視線ではなくピストルと軍刀の恐るべき腕前で、敵のフランス軍兵士を何百人と打ち倒したのはだれもが知る話だったからだ。しかし、社交界の女性たちは、年齢にかかわらず、ある一点については全員が完全に同じ見方をしていた。つまり、ホーソーン公爵は、その姿を見ただけで、人品骨柄《じんぴんこつがら》いやしからぬ男性だとすぐにわかる――ダイヤモンドのように優美で、たいていの場合、ダイヤモンド同様に冷ややかだと。

「ロディが、エリーズ・グランドーはあの人の愛人になったって言うのよ」レティシアは、金褐色の髪をした目の覚めるような美しい娘にうなずいてみせた。娘のほうは、ホーソーン公爵がレディ・エリザベス・グレインジャーフィールドと連れ立って出ていったことに気づいていないようだった。

「ばかばかしい」社交界にデビューしたばかりの十七歳は、礼儀作法は絶対のものと考えていた。「それがほんとうなら、彼女をこんなところに連れてくるはずないわ。そんなことできないでしょう」

「あの人にはできるし、そうする気もあるのよ」別の令嬢が断言した。彼女はかの有名な公爵の姿をもう一度垣間見られたらと願う一心で、公爵とレディ・グレインジャーフィールドが出ていったばかりのフレンチドアをひたすらに見ていた。「母はいつも言っているわ、ホーソーンは自分の好きにふるまって、世間の批判など犬にでも食わせておけと思っているのよって！」

このとき、舞踏室のそこかしこで同じような会話の種にされていた人物は、バルコニーの石の手すりにゆったりともたれ、いかにも困り果てた顔で、エリザベスの濡れたように光る青い瞳を見おろしていた。「舞踏室ではきみの評判がずたずたになっているんだぞ、エリザベス。少しでも分別があるなら、決闘に関する噂話が治まるまで、〝療養中〟のご主人といっしょにしばらく田舎に引っこんでいたらどうだ」

その場だけの快活さを装いながら、エリザベスは肩をすくめた。「噂話なんかで傷ついたりしないわよ、ジョーダン。いまのわたしは伯爵夫人なんだから」声に苦々しさが混じりかけたのを押し殺す。「夫はわたしより三十も年上だけど、そんなことどうでもいい。家族の中で爵位をもつ者がひとり増えたんだもの。うちの両親はそれだけが望みだったのよ」

「過去を悔やむのは無意味だ」ジョーダンはいらだちを抑えるように努めた。「すんだことはしかたない」

「あのくだらない戦争でスペインに行ってしまう前に、どうして求婚してくれなかったの？」エリザベスは声を詰まらせて尋ねた。

「どうしてかといえば」ジョーダンは身も蓋《ふた》もない答え方をした。「きみと結婚したいと思わなかったからだ」

五年前、ジョーダンは、いつとも知れぬ遠い将来には彼女に求婚するかもしれないと、漠然と考えていた。しかし、いまと同じで、当時も妻を娶る気はさらさらなく、スペインに赴《おもむ》くときになっても、ふたりのあいだではなにひとつ決まっていなかった。エリザベスの父親は、家系図にもうひとつ爵位を加えることに熱意を燃やしており、ジョーダンが出発して一年が過ぎたとき、娘にグレインジャーフィールドと結婚せよと説いた。グレインジャーフィールドに嫁いだと告げるエリザベスの手紙が届いても、ジョーダンは強烈な喪失感に襲われたりはしなかった。とはいえ、エリザベスはお互いが十代のころからの知り合いなので、彼女に対しある種の愛情を抱いてはいた。結婚話が出たときそばにいたなら、両親にそむいてグレインジャーフィールドの求婚を断わるよう説得したかもしれない。あるいは、しなかったかもしれない。エリザベスと社会階級を同じくする女性はほとんどがそうだが、彼女もまた、両親の望みに従って結婚するのが娘としての務めだと幼いころから教えられていた。

　なんにせよ、エリザベスに結婚話がもちあがったとき、ジョーダンはその場にいなかったのだ。父の死から二年後、彼はまだ家の存続を確実にする世継ぎをもうけていなかった。にもかかわらず、買官制により金を払って陸軍将校になり、スペインに行ってナポレオン軍を相手に戦った。初めのころ、敵を前にして勇猛果敢になれたのは、人生に飽き足りず無謀になっていたからにすぎなかった。だが、その後人間的に成長してからは、数々の血なまぐさい戦闘を経て獲得した技と知識が、生き延びる助けになると同時に、したたかな戦略家で向かうところ敵なしという評判を高めたのだった。

　スペインに発《た》ってから四年が過ぎたとき、ジョーダンは退役してイングランドに戻り、再び公爵としての義務と責任を果たすようになった。

昨年イングランドに帰ってきたジョーダン・タウンゼンドは、国を出たときの若者とは別人のようになっていた。帰国後初めて舞踏室に足を踏み入れたとき、彼の身におきた数々の変化は驚くほどはっきり表われていた。同じ階級の紳士たちの青白い顔や投げやりな態度とは対照的に、ジョーダンの肌はくっきりと日焼けし、長身は筋骨たくましく、てきぱきした動きには威厳があった。白い歯を見せてものうげにほほえんだりすると、かの有名なホーソーンの魔力は健在だとわかったが、その一方で、いまの彼は、危険な目にあい、しかもそれを楽しんだ男のオーラを漂わせていた。そのオーラは女たちをしびれさせ、彼の魅力は一段と強烈になった。

「わたしたちはお互いをあんなに大切に思っていたのに、あなたって人は、それを忘れてしまえるの？」顔を上げたエリザベスは、ジョーダンに答えるひまも与えず、爪先立ちになってキスをした。ジョーダンがよく知る肢体は積極的でしなやかで、彼の体に熱っぽくすがりついてきた。

ジョーダンはエリザベスを懲《こ》らしめるかのように腕をわしづかみにし、彼女を引き離した。「ばかなことを言うな！」冷たく言い放ち、長い指を腕に食いこませる。「きみとわたしは、ただの友人でしかなかった。先週のことは過ちだ。われわれはもう終わったんだ」

エリザベスは彼に逆らって身を寄せてきた。「あなたがわたしを愛さずにいられないようにしてみせるわ、ジョーダン。わたしにはその力があるんだから。数年前には、もう少しで愛しそうになっていたじゃないの。先週だって、わたしをほしがって――」

「ほしかったのは、そのみごとな体だよ」ジョーダンは相手をあざけるように、わざと意地の悪い言い方をした。「それだけさ。これまでも、きみに求めるものはそれしかなかった。きみほしさにご亭主を殺したくなって、決闘を申しこんだりすることはないから、その計略は忘れたほうがいい。銃の力できみを自由にしてくれるばか者はよそにいるだろう。そういうやつを探すんだな」

エリザベスは蒼白になり、目をしばたたいて涙をこらえたが、夫を殺してほしいと思ったことは否定しなかった。「わたしは自由がほしいわけじゃないのよ、ジョーダン。ほしいのはあなた」彼女は涙で声を詰まらせた。「あなたはわたしのことをただの友だちぐらいにしか見ていなかったんでしょうけど、わたしは十五のときからあなたに恋していたんだもの」

その告白はいかにも慎ましく哀れを誘うものだったので、ジョーダン・タウンゼンド以外の男なら、そのことばに嘘はないと察して胸を打たれ、彼女を不憫《ふびん》に思ったかもしれない。だがジョーダンは、こと女に関しては、昔から筋金入りの懐疑論者だった。エリザベスの痛切な愛の告白に対し、彼は雪のように白いハンカチを差し出すことで応えた。「涙を拭くんだ」

ふたりはほどなく舞踏室に戻り、彼らのようすをひそかにうかがっていた数百人の客は、レディ・グレインジャーフィールドが顔をこわばらせ、さっさと帰ってしまったのを目にした。

かたやホーソーン公爵は、なにごともなかったかのように平然として、長い女遍歴の鎖の先端に連なる、最近愛人にしたばかりの美しいバレリーナのもとに戻っていった。しばらくしてダンスフロアに出ていったとき、このカリスマ性あふれる美男美女のカップルは、輝くばかりのエネルギーと、人を引きつけずにおかない強い磁力を発散していた。エリーズ・グランドーのたおやかで可憐な姿は、男っぽい品のよさを漂わせる公爵と好一対をなし、彼女の目や髪の色の明るさは、彼の暗色の髪と目をみごとに際立たせた。ふたりが息を合わせて踊っているところは、互いに相手のために生まれてきたような、最高の組み合わせに見えた。

「でも、いつだってああなのよ」ミス・ビルドラップは、問題のふたりにうっとりと見とれている友人たちに言った。「ホーソーンにかかると、相手の女性は、いつだって、これ以上ないくらいお似合いに見えるの」

「いくらお似合いに見えたって、あの人はそこらの踊り子風情《ふぜい》と結婚したりはしないわ」ミス・モリソンが言った。「それに、うちの兄が、今週、あの人に社交訪問をお願いしてわが家にお連れするって約束してくれたの」その声には勝ち誇ったような響きがあった。

ミス・モリソンの喜びにミス・ビルドラップが水を差した。「あの人は、あしたローズミードに向かわれる予定だって、母が言ってたわよ」

「ローズミード？」ミス・モリソンは肩を落とし、鸚鵡《おうむ》返しに言った。

「あの人のお祖母《ばあ》様のお屋敷のこと」ミス・ビルドラップが説明した。「北のほうにあるそうよ。モーシャムとかいう、片田舎の小さな村を越えたあたりですって」

3

「こんなの想像もできないわ、フィルバート、ほんとうに!」アレグザンドラは年老いた下僕にきっぱりと言った。下僕は腕に少しだけ薪《まき》を抱え、彼女の寝室にのろのろと入ってきたところだった。

近目のフィルバートは目をすがめて十七歳の女主人を見た。ベッドに腹ばいになり、小さな顎を両手で支えたアレグザンドラは、ぴったりした茶色の膝丈ズボンに色あせたシャツというおなじみのいつもの格好をしていた。

「もう、あきれてものも言えないわ」彼女はさらに言った。その声はなんともいえない嫌悪感に満ちていた。

「なんのことですか、アレックス様?」下僕はベッドに近づいた。女主人は大きな白いものをベッドカバーに広げてながめており、目の悪い下僕はタオルか新聞だろうとあたりをつけた。目をすがめ、白いものをけんめいに見つめると、黒い点々のようなものがぼんやり認められたので、今度はそれをもとに、その物体は新聞であるという正しい結論に達した。

「ここに出ている話よ」アレグザンドラは一八一三年四月二日付の新聞を人差し指で叩きながら教えた。「レディ・ウェザーフォード=ヒースが八百人のお客を招いて舞踏会を開いたペンドラゴン子爵家の晩餐会が催されたのよ。そのあとの夕食には、四十五品もの料理が出たんですって！　四十五品よ！　そんな贅沢《ぜいたく》って考えられる？」話しながら不愉快な紙面をにらみつけ、うなじにかかる栗色の巻き毛をうわの空で払いのける。「しかもこの記事は、パーティにだれが出席して、なにを着ていたか、延々と書きたててるのよ。ねえ、聞いてよ、サラ」彼女は顔を上げ、洗いたてのシーツや枕カバーを山と抱えてばたばたと部屋に入ってきたサラ・ウィザーズにほほえみかけた。

三年前にアレグザンドラの父親が亡くなってからも、サラは家政婦という肩書きを保っていた。だが、一家のあるじの死によって家計が苦しくなったために、サラも含めて召使いはみな解雇された——フィルバートとペンローズは例外だが、それはふたりとも高齢で体が衰えていて、新たな職を見つけられなかったからだ。いまでは、サラは月に一度だけ通ってきて、農家の娘といっしょに洗濯と手のかかる掃除だけを手伝っている。

高く澄んだ声で、アレグザンドラはサラに記事をすらすらと読んで聞かせた。「ミス・エミリー・ウェルフォードは、マーチャム伯爵のエスコートで現われた。ミス・ウェルフォードの象牙《ぞうげ》色の絹のドレスは、真珠とダイヤモンドで飾られていた」くすりと笑って新聞を閉じると、アレグザンドラはサラの顔を見た。「こんなくだらない話をみんながほんとに読みたがってると思う？　だれがどんなドレスを着てたとか、デルトン伯爵は先日、滞在先のスコットランドから戻ってきたとか、〝噂によると、伯爵は並はずれた美貌と地位を誇るさる貴族の令嬢に特別な関心を寄せているという〟とか、そんなことに興味をもつ人なんているわけないのに」

サラ・ウィザーズは眉を上げ、アレグザンドラの服装をじろじろと見た。「貴族の令嬢の中には、見場《みば》をできるだけよくすることに興味があるかたも、少しはいると思いますけどね」と、手厳しい返事をする。

アレグザンドラはその悪気のない皮肉を明るく受け流し、哲学的《てつがくてき》ともいえる答えを返した。「わたしが高貴な家の令嬢に見えるようにするには、ちょっと白粉《おしろい》をはたいたり、濃紫《こむらさき》のサテンを身につけたりするだけじゃだめなのよ」〝さなぎ〟から脱皮して古典的な金髪美人になりたいというアレグザンドラの長年の望みは、かなう気配もなかった。理想とは違い、短く切った巻き毛は濃い栗色だし、顎はまだ小さくて強情そうで、鼻も小ぶりでつんとしたまま、体は少年のようにほっそりして機敏だ。実のところ、彼女の容貌で正真正銘の美点といえるのは、煤《すす》色の睫《まつ》毛《げ》に縁どられた大きな水色の目だけだった。その目は彼女の顔――日光にさらされながら働いたり馬に乗ったりしているために、いまでは薄く日焼けした顔――の中で圧倒的に目立っていた。しかしながら、いまのアレグザンドラにとっては、容姿のことなどもはや悩みのうちには入らなかった。頭の中はもっと大事な問題でいっぱいだったのだ。

三年前、祖父が亡くなり、ほとんど間をおかずに父も逝《い》ってしまうと、アレグザンドラは実質的に〝一家の主人〟――この呼び名は乙女には似合わないが――になった。ふたりの年老いた召使いを養い、苦しい家計のやりくりに努め、食卓に載せるものを確保し、癇癪《かんしゃく》もちの母親をうまくあしらうという仕事が、うら若い彼女の肩にのしかかったのだ。

平凡に育った平凡な娘なら、そういう重責を引き受ける力はなかっただろう。しかし、アレグザンドラの場合、外見をとっても、能力をとっても、平凡な点はどこにもなかった。父親がたまに家に戻ったとき相手を務めて喜んでもらえるように、彼女は子ども時代に釣りとスポーツ・ハンティングを習い覚えていた。いまでは、とにかく家族を養っていかねばと冷静に決断し、そのためにそうした技術を活かしているのだった。

薪入れの箱に薪が放りこまれる騒々しい音を聞いたとたん、ダイヤモンドをちりばめた舞踏会用ドレスのことはアレグザンドラの頭からきれいに消え去った。厚い壁を通してしみこんでくる冷気のせいで、家の中は夏でもじめついて寒々しく、彼女は震えながらわが身を抱きしめた。「もったいないからやめて、フィルバート」下僕が身をかがめ、運んできた薪の一本を弱々しい火にくべようとしたので、すかさず声をかける。「ここはそんなに寒くないから」とごまかしを言った。「さわやかな風がちょっと吹いてるだけだもの。体にはとてもいいでしょ？　それに、わたしはじきにメアリー・エレンのお兄様のパーティに出かけるから、いい薪をむだにすることはないわよ」

フィルバートは女主人に目をやってうなずいたが、薪はその手から滑り落ち、すり減った木の床を転がっていった。彼は腰を伸ばしてきょろきょろし、あたりに広がる床の色にまぎれてしまった茶色い薪を見つけだそうとした。下僕の目が弱っているのを思い出して、アレグザンドラは優しく言った。「机の足もとにあるわよ」老いた下僕が机に近づいてしゃがみこみ、手探りで薪を捜すのを、彼女は不憫に思いながら見守った。そして「サラ？」といきなり呼びかけた。三年ほど前からときおり経験している奇妙な感覚が、また胸に湧きおこったのだ。「あなたは、なにか特別なことがおきそうだって感じたことはない？」

サラは整理簞笥《だんす》の抽斗《ひきだし》を勢いよく閉めると、大型の衣装簞笥に突進した。「ありますとも」

「その予感はあたった？」

「あたりました」

「ほんとに？」アレグザンドラの緑がかった水色の目が好奇心に輝いた。「どんなことがおきたの？」

「煙突が崩れ落ちたんです。いつかそうなりますよってお父様にご注意していたんですけど、修理なさらなかったものですから」

軽やかな笑い声をもらして、アレグザンドラは首を振った。「ううん、そういう予感じゃないのよ、わたしが言ってるのは」そして、照れくさそうに打ち明けた。「お祖父様が亡くなって少したったころから、たまにこんな感じがすることがあったんだけど、ここ一週間、それが前よりずっと強く頻繁になったの。崖っぷちに立って、なにかがおきるのを待ってるような感じ」

普段は現実的で忙しく動きまわっているアレグザンドラが、いかにものんびりと、夢見るような声で話すのに驚いて、サラは女主人の顔をしげしげと見た。「なにがおきるっていうんです？」

アレグザンドラは感に堪《た》えたように身を震わせた。「〝なにかすてきなこと〟よ」その先を話そうとしたが、急に頭の中がごちゃごちゃになった。廊下をへだてて向かいにあるモンテイ伯父の寝室から女性の金切り声が聞こえ、続いて扉を乱暴に閉める音、ばたばた走ってくる音がしたからだ。たったいままで、珍しいほどぼんやりとおとなしかったアレグザンドラは、いつもの彼女らしい優雅で潑剌《はつらつ》とした身のこなしに戻り、ぱっと起きあがってベッドから飛びおりた。と同時に、サラが洗濯の手伝いとして連れてくる農家の娘のメアリーが、ふくれっ面をして寝室に飛びこんできた。

「あいつ、はたきやがった、あたしのことを！」メアリーはふくよかなお尻をさすりながらわめいた。そして、腕を上げ、犯人をさし示すようにモンティ伯父の部屋を指さした。「あんなやつに、いいや、だれにだって、あんなまねをされる筋合いはないよ！　あたしはちゃんとした娘なんだから、ほんとに、でもって——」

「だったら、ちゃんとした娘らしく、口のきき方に気をつけなさい！」サラが叱りつけた。

この家中《かちゅう》で発するあらゆる責任が再びずっしりとのしかかってくるのを感じて、アレグザンドラはため息をつき、頭に残っていた四十五品の正餐《せいさん》の話をきれいに払いのけた。「モンティ伯父様にはわたしから話しておくわ」とメアリーに言う。「もうそんなことはならないはずよ」そのあと、苦笑混じりに本音をもらした。「少なくとも、伯父様の手の届くところでかがみこんだりしなければ。モンタギュー卿は……女性の体形に関しては……その、なかなかの目利きでいらっしゃるから、とりわけ丸々としたお尻をご覧になると、手でぴしゃりとやってお褒めになるの——調教師がとりわけみごとなサラブレッドを見ると、横腹をぴしゃりとやるようにね」

その説明は、農家の娘の自尊心をくすぐり、怒りを鎮めるのに役立った。なぜなら、紳士らしからぬふるまいに及んだとはいえ、モンタギュー・マーシュは士爵の称号をもっているからだ。

ほかのみんなが出ていったあと、サラはガゼット紙がベッドに置きっぱなしになっているがらんとした部屋を、しかめ面で見まわした。「〝なにかすてきなこと〟ねえ」と鼻で笑い、十七歳の娘の苦労を痛ましく思いやった。その娘は愚痴《ぐち》ひとつこぼさずに、風変わりな家庭をとりしきる重責を果たそうと努めている。ふたりしかいない召使いのうち、片方は気位《きぐらい》が高すぎて耳が遠いのを認められない、腰の曲がった老執事、もう片方はどうしようもなく目が悪い下僕という家庭。アレグザンドラ様の肉親は、そうした召使いと同じぐらい重荷になっているのだ、と思うとサラはいまいましくなった。アレグザンドラの伯父であるモンタギュー・マーシュは、人はいいのだが、しらふのときはめったになく、そのくせ、どれだけ酔おうとも、スカートをはいている人種に親愛の情を示す機会だけは見逃さなかった。母親のローレンス夫人は、ローレンス氏亡きあとは家長の責務を負うべきなのに、ローレンス家をきりもりする責任をすべて娘のアレグザンドラに押しつけ、自身は娘の最大のお荷物になっていた。

「モンティ伯父様」アレグザンドラは幾分尖った声で呼びかけた。父方の伯父にあたるモンティは、彼を引き取ろうという者が近親の中にいなかったために、二年前からローレンス家の厄介になっていた。

恰幅《かっぷく》のよいその紳士は、痛風でむくんだ足を足台に乗せ、悲劇的な顔をして、細々と燃える火の前にすわりこんでいた。「あの娘のことで雷を落としにきたんだな」ぼそぼそと言いながら、目の縁を赤くして、情けなさそうにアレグザンドラを見つめた。

大きな子どもが叱られた、という表現がぴったりのその姿を見ると、アレグザンドラはその場にふさわしい厳格な態度を保つことができなかった。「そうです」と言いながら、しかたなく少しほほえんでみせた。「それと、お友だちのミスター・ワタリーがきのうこっそり持ちこんだ壜《びん》入りのマデイラ酒を、伯父様がどこに隠したか、調べようと思って」

その追及に対し、モンティ伯父は白々しくも無罪のふりをして、形ばかりの怒りを示した。

「ならば聞かせてもらおう。このうちにそんな壜があるなどと、どこのだれが思ったんだね?」

アレグザンドラはその質問には答えず、モンティ伯父が怪しみながら見守る前で、おなじみの隠し場所を順番にてきぱきと捜しはじめた――ソファのクッションの陰、マットレスの下、煙突の中。五カ所ほど捜したあと、椅子にかけている伯父の前に歩いていって、無邪気な顔で手を差し出した。「こちらにくださいな、モンティ伯父様」

「なんのことだ?」モンティ伯父が間の抜けた顔で尋ね、そわそわ身動きすると、でっぷりしたお尻の下敷きになっていたマデイラ酒の壜がお尻の片側を突きあげた。

アレグザンドラは伯父がもじもじするのを見てくすっと笑った。「伯父様が下に敷いてらっしゃるマデイラ酒。それをくださいと言ってるんです」

「わたしの〝薬〟のことだな」モンティ伯父が言い換えた。「それについては、ビートル先生が薬効があると教えてくださったんだ。いくさで負った古傷が痛みだしたらいつでも使ってよいとな」

アレグザンドラは充血した目と赤らんだ頬を観察し、酩酊《めいてい》の程度を見きわめた。その眼力は、過去二年間、この浅はかでいいかげんではあるが愛すべき老人を世話するうちに養われたものだった。手をさらに前に突き出して食いさがる。「渡してくださいな、伯父様。母が地主さんご夫妻を夕食にお招きしていて、伯父様もごいっしょにと言っています。だから、できるだけ酔いをさましてーー」

「少しは〝きこしめして〟いないと、あの高慢ちきな夫婦には我慢できん。そうとも、アレックス、あのふたりにはぞっとするよ。徳は聖人のものだが、普通の人間に聖人の相手は務まらんのだ」アレグザンドラが出した手を引っこめずにいると、老人は観念したようにため息をつき、腰を浮かして、半分空いたマデイラ酒の壜をお尻の下から引っ張り出した。

「それでこそ伯父様だわ」アレグザンドラは伯父を褒めてやり、親しみをこめて肩をぽんと叩いた。「わたしが帰ってきたときに、まだ起きていらしたら、ホイストでもやって遊びましょーー」

「いつ帰るんだ?」モンタギュー卿ははっとしたように尋ねた。「まさか、わたしひとりに母君や我慢のならん客をまかせて出かけるつもりではないだろうな!」

「もちろん、そのつもりです」アレグザンドラはうきうきと言いながら、早くも出ていこうとしていた。投げキスをして扉を閉めたときには、伯父が「退屈のあまり息絶える」「永久《とわ》に続く憂《う》さにとらわれる」などとぶつくさ言っているのが聞こえた。

母親の寝室の前を通ると、フェリシア・ローレンスが力なく、それでいて居丈高《いたけだか》に「アレグザンドラ! アレグザンドラ、おまえなの?」と呼ばわる声がした。

その悲痛な声がどこか腹立たしげなのを感じて、アレグザンドラはウィル・ヘルムズリーのことでまたもや母と一戦交えるはめになるのを覚悟し、心を引き締めた。薄い肩を怒らせ、母の部屋に踏みこむ。ローレンス夫人はつぎのあたった古い化粧着をまとって鏡台の前にすわり、鏡に映るおのが姿を見ながら渋い顔をしていた。お父様が亡くなってからの三年で、昔はきれいだったお母様の顔は何十年分も老《ふ》けこんでしまった——そう思うとアレグザンドラは悲しくなった。かつて母には火花のような活力があり、それが瞳を輝かせ声に張りを与えていたのに、その力が衰え、マホガニーのような深い色合いの髪も色あせてしまった。いま、その髪はくすんだ茶色に変わり、白いものが交じっている。母の顔が無惨にやつれたのは悲しみのせいだけではない。それは怒りのせいでもあるのだ。

ジョージ・ローレンスが他界して三週間が過ぎたとき、一台の立派な馬車がローレンス家の前で停まった。その馬車には、アレグザンドラの愛しい父の〝もうひとつの家族〟——十二年以上にわたってロンドンで彼と暮らしていた妻と娘が乗っていた。ジョージは正式な家族をモーシャムに押しこめて赤貧に近い暮らしを強《し》いる一方で、陰の家族には豪勢な生活をさせていたのだ。ほかならぬこの家で、腹違いの妹と思いがけず対面することになった衝撃の日を思い出すと、アレグザンドラの顔はいまも苦痛に歪んだ。妹はローズという名で、とてつもない美人だった。だが、なによりもアレグザンドラの心を傷つけたのは、ローズがほっそりした白い喉に美しい金のロケットをつけていたことだった。アレグザンドラと同じように、ローズもジョージ・ローレンスからロケットをもらっていたのだ。ただし、アレグザンドラがもらったのは、ブリキのロケットだったが。

ブリキのロケットに加え、父が愛らしい金髪の少女と暮らすほうを選んだという事実は、父がアレグザンドラと母のことをどう思っていたかを雄弁に物語っていた。

ジョージ・ローレンスが両家族を同等に扱った唯一の点——それは遺産に関する部分だっ

た。彼は無一文で死んだので、残されたふたつの家族はどちらも同じように極貧状態に陥ったのだ。

アレグザンドラは、母のためを思い、父に裏切られたつらさを胸に納めて普通にふるまうようにしたが、母親の悲しみは怒りに変わってしまった。ローレンス夫人は自室に閉じこもったまま怒りを燃やしつづけ、他の一切を娘にまかせきりになった。二年半というもの、彼女は家のことや悲嘆にくれる娘には目もくれなかった。口を開けば、自分の運の悪さや夫の背信について恨みつらみを並べるばかりだった。

しかし、半年前に、ローレンス夫人は、状況は自分が思うほど悲惨ではないようだと気づいた。苦境を脱する手段を思いついたのだ——その手段になるのはアレグザンドラだった。アレグザンドラが、自分と母親を生活苦から救ってくれそうな男性をたぶらかして夫にすればよいのだ。その目標を達成するために、ローレンス夫人は近隣に住むさまざまな家族を鵜《う》の目鷹《たか》の目で物色した。こちらの望みにかなうだけの資産をもっているのはただ一軒、ヘルムズリー家だけだったので、彼女はその家の息子であるウィルに狙いを定めた——ところがそのウィルは、女性に頭が上がらない愚鈍《ぐどん》な青年で、宗教的傾向からすると清教徒に近い厳格な両親の言いなりになっていた。

「わたし、地主さんと奥様を夕食にお招きしたでしょう」ローレンス夫人は鏡に映ったアレグザンドラに言った。「ペンローズは、腕によりをかけてごちそうを作るって請け合ってくれたわ」

「ペンローズは執事なのよ、お母様。おもてなしの食事を作らせるなんて無理よ」

「ペンローズがうちでもともとどんな役目を担《にな》っていたか、わたしだって知らないわけじゃありませんよ、アレグザンドラ。でも、ペンローズはおまえやフィルバートよりは料理がうまいんだから、今夜はあの人の腕前で我慢するしかありません。我慢といえば、魚もそうだけれど」ローレンス夫人は薄い肩を品よく震わせた。「魚料理ばかり食べずにすめば、ほんとうにありがたいのに。わたしは昔から、魚はあまり好きではないのよ」

食卓に載せるために、魚を釣ったり、獲物と見ればなんでも撃ったりしているのはアレグザンドラだった。この風変わりな家の家長としての務めを果たしそこねたような気がして、彼女は顔を赤くした。「お母様、申し訳ないけれど、いまは狩りの獲物になるけものが少ない時期なのよ。あした、もっと草深いところまで遠乗りして、少しはましなものが捕れるかどうかやってみるわ。きょうは、これから出かけて、帰りは遅くなります」

「遅くなるですって？」母親は息をのんだ。「でも、おまえは今夜はここにいなくてはいけないのよ。それに、なんとしても、どうしても、是が非でも、最高に礼儀正しくふるまってくれなくては。地主さんご夫妻が、女性の行儀やしとやかさについてはどれほどやかましいか、おまえも知っているでしょう。あの男のせいで最下層の身分にまで落ちてしまったから、地主風情のご機嫌をうかがわなくてはならないのだと思うと、どうにも癪《しゃく》にさわるけれど」

〝あの男〟がだれをさすのかは、尋ねるまでもなかった。ローレンス夫人はアレグザンドラの父のことを、いつも〝あの男〟とか〝おまえの父親〟と呼んでいる――娘のアレグザンドラが自らの意志で彼を父親に選んだのであって、自分はその選択に苦しめられた罪なき犠牲者なのだといわんばかりに。

「だったら、ご機嫌うかがいなんかやめておしまいなさいな」アレグザンドラは穏やかながら断固とした口調で言った。「だって、たとえ飢え死にから救われるとしても――いまのところ飢え死にするおそれは全然ないけれど――わたしはウィル・ヘルムズリーと結婚する気はありませんから」

「いいえ、結婚するのよ」母親は怒気を含んだ低い声で言った。その声音《こわね》は、絶望と恐怖がないまぜになって生まれたものだった。「それに、おまえは良家のお嬢様なのだから、そのようにふるまってもらわねば困ります。もう田舎で遊びまわるのはおやめなさい。息子の嫁になる娘のこととあれば、ヘルムズリーご夫妻はどんな小さなスキャンダルも見逃してはくれませんよ」

「嫁になんかなりませんってば！」アレグザンドラはかっとしそうになるのを必死にこらえた。「わたしはウィル・ヘルムズリーが大嫌いなのよ」母がかろうじて精神のバランスを保っているのを危うく忘れそうになって、最後にはこう口走っていた。「ちなみに、メアリー・エレンの話では、ウィル・ヘルムズリーは女の子より男の子のほうが好きなんですって！」

その発言のおぞましさを、アレグザンドラ自身は一部しか理解していなかったが、ローレンス夫人の白髪交じりの頭にはたちどころにそれが伝わった。「まあ、それは当然でしょう――若い男性は、仲間としてつきあうなら、同類である若い男性がいいと思うものです」ローレンス夫人はしゃべりながら腰をあげ、長いこと病を抱えている人らしく、熱にうかされたようなぎこちない足どりでうろうろ歩きだした。「逆に、それだからこそ、彼はおまえと結婚することにあまり抵抗がないように見えるのかもしれないけれど」彼女の目は、アレグザンドラの細作りの体をおおっているものをしげしげと見ていた。すりきれた茶色い細身の膝丈ズボン、襟もとを開けた白い長袖シャツ、ぴかぴかに磨こうとしたあとが見てとれる茶色のブーツ。その姿は、昔はいい暮らしをしていた青年が、家庭が没落したために、体に合わなくなった服をやむなく着ているといったふうに見えた。「おまえもドレスを着るようにしなくてはだめよ。ウィル坊ちゃんはおまえが膝丈ズボンをはくことには反対しないだろうけれど、それでもね」

平静さをどうにか保ちながら、アレグザンドラは辛抱強く言って聞かせた。「お母様、わたしのもっているドレスは、どれも膝丈よりずっと短くなってしまっているのよ」

「わたしのを一着あげるから、体に合うように縫い直しなさいと言ったじゃないの」

「でも、わたし、お裁縫は苦手だし――」

ローレンス夫人は足を止め、アレグザンドラをにらみつけた。「おまえは自分が婚約せずにすむように、思いつく限りの言い訳を並べたてているだけでしょう。でも、わたしはこのまがいものの暮らしをなんとしても終わらせるつもりです。だから、地主のヘルムズリーの息子は、わたしたちにとっては唯一の頼みの綱なのよ」戸口に立っている強情なおとな子どもを、眉をひそめて暗澹《あんたん》と見つめるうちに、ローレンス夫人の青白い顔を苦い後悔の影がよぎった。「わかっていますよ、アレグザンドラ、おまえとは真に心を通わせたことが一度もなかったわね。でも、おまえがいまのような勝手放題のおてんば娘に育ってしまったのは、あの男のせいなのよ。田舎をぶらついたり、ズボンをはいたり、ライフルなんかを撃ったり、おまえにふさわしくないことばかりを、いろいろするようになったのは」

反発や照れが声音に出てしまいそうだったので、アレグザンドラは硬い声で反論した。「わたしがお母様のお望みどおりに、おしとやかでぼんやりした甲斐性《かいしょう》なしになっていたら、うちの者はみんな、とうの昔に飢え死にしていたわ」

ローレンス夫人にも、多少きまり悪そうな顔をするぐらいのたしなみはあった。「おまえの言うとおりだけれど、いまのような形でいつまでもやっていくのは無理よ。おまえはほんとうにがんばってくれたわ。それでも、うちは方々に借金をしています。たしかに、ここ三年というもの、わたしは母親としては失格でした。でも、やっと正気に返ったのだから、おまえが無事に結婚できるように算段しなくてはなりません」

「だけど、わたしはウィル・ヘルムズリーを愛してはいないわ」アレグザンドラはやけになって叫んだ。

「だからいいのよ」ローレンス夫人は冷たく言い放った。「愛していなければ、わたしがおまえの父親に傷つけられたようには傷つけられずにすむんだから。ウィルは堅実な家庭に育っています。あの子なら、ロンドンにもうひとり妻を置いたり、博打《ばくち》で全財産をすってしまったりすることはないでしょう」その身も蓋もないことばで、父の不品行をいやおうなく思い出し、アレグザンドラは顔を歪めたが、母は先を続けた。「ほんとに、ミスター・ヘルムズリーが野心的な人でよかったわ――そうでなければ、おまえを嫁に迎えようとはしないでしょうからね」

「息子の嫁にしたいなんて、わたしのどこがそんなにいいの？」

ローレンス夫人は驚いたような顔をした。「だっておまえ、うちは伯爵様と縁続きじゃないの。それに士爵とも」それがすべてを説明しているといわんばかりの口ぶりだった。

ローレンス夫人がなにかを案じるように黙りこむと、アレグザンドラは肩をすくめた。「わたし、メアリー・エレンのうちに行ってきます。きょうは彼女のお兄様の誕生日なの」

「もしかしたら、おまえは夕食のときここにいないほうがいいかもしれないわね」ローレンス夫人はうわの空でヘアブラシを手にとり、いいかげんに髪をとかしはじめた。「ヘルムズリーご夫妻は、今夜、結婚話を切り出すでしょうから、おまえがふてくされた顔をしていたら困るもの」

「お母様」アレグザンドラの中では、母を不憫に思う気持ちと警戒心が入り乱れていた。「わたし、ウィルと結婚するぐらいなら、飢え死にしたほうがましだわ」

ローレンス夫人のほうは、娘が結婚するぐらいなら飢え死にしたほうがましとは思っておらず、それは顔つきにはっきり表われていた。「こういうことは、おとなが決めるのがいちばん。メアリー・エレンのところに行ってらっしゃい。ただし、ドレスを着ていくのよ」

「だめよ。ジョン・オトゥールの誕生日のお祝いに、古い時代をまねした模擬競技会を開くことになってるんですもの――ほら、オトゥール家は家族の誕生日にはいつもそういう競技会を開いているじゃない」

「錆びついた古い甲冑《かっちゅう》をつけて鼻高々で歩きまわるなんて、もうそんな歳じゃないでしょう、アレグザンドラ。甲冑はいままでどおり廊下に置いておきなさい」

「甲冑をだめにしたりはしないわ」アレグザンドラは請け合った。「気をつけて扱うようにするから」

「そう、なら結構」アレグザンドラの母親はうんざりしたように肩をすくめた。

4

サンダーという名の、背中のへこんだ気の荒い老馬は、アレグザンドラの祖父が飼っていた馬で、この世に生まれたのは彼女より早かった。そのサンダーにまたがって、アレグザンドラはオトゥール家の広大なコテージをめざし、轍《わだち》のある道をとぼとぼ進んでいた。ケースに納めたライフルをすぐ取り出せるよう準備して、メアリー・エレンが待つコテージまでの道のりで獲物が見つかるのではないかと道端に目を走らせる。といっても、この午後に小動物を不意打ちできる見こみは低かった。小脇に抱えた長槍が、身につけている胸当てや盾にぶつかって騒々しい音をたてていたからだ。

母との口喧嘩は悲しかったが、それでもアレグザンドラは意気揚々としていた。うららかな春の日に、サラに説明したあのわくわくする期待感がまた湧きおこったおかげで、心の憂さが晴れていたのだ。

左手の谷にも右手の森にも春の花が咲き乱れ、虹のような彩《いろど》りとかぐわしい香りに目と鼻が満たされた。村のはずれには一軒の小さな宿屋がある。自分にとっての全世界である円周八マイルの圏内なら、住人はひとり残らず知っているので、アレグザンドラは兜《かぶと》の面頬《めんぼお》を押しあげ、宿の主人のティルソン氏ににこやかに手を振った。「ごきげんよう、ミスター・テイルソン」と呼びかける。

「ごきげんよう、ミス・アレックス」相手も挨拶を返した。

メアリー・エレン・オトゥールは、六人の兄弟とともに、オトゥール家の広々としたコテージの庭にいた。いにしえの騎士のまねごとをするにぎやかな競技会は、早くもたけなわとなっているようだ。「おいでよ、アレグザンドラ」十四歳のトムが父親の老いぼれ馬の上から呼びかけた。「馬上槍試合を始めるよ」

「だめだめ、先に決闘をしよう」十三歳の弟が反対し、古い軍刀を振りまわした。「今度は負けないよ、アレックス。毎日毎日、寝る間も惜しんで練習してきたんだから」

アレグザンドラは声をあげて笑うと、危なっかしい格好で馬を降り、メアリー・エレンを抱きしめた。それから、ふたりして勇んで競技に加わった。オトゥール家では、七人の子どもの誕生日が来るたびに、こうした競技会を催すのが慣例になっていた。

その午後から宵にかけては、数々の熱い試合や楽しい競い合いが繰り広げられ、大家族が集まったときの陽気な笑い声が響きわたった。そのにぎやかさは、ひとりっ子であるアレグザンドラが昔からあこがれているものだった。

家路につくころには、アレグザンドラは心地よい疲れを感じながら、心優しいオトゥール夫人に勧められるままお腹いっぱいつめこんだ料理のおかげでうめき声をもらしそうになっていた。

埃っぽい道にかつかつと単調に響く老サンダーのひづめの音に眠りを誘われ、馬のゆったりした動きに合わせて体が揺れる。疲れに負けて、重いまぶたが閉じがちになる。甲冑は抱えて帰るわけにもいかないので身につけたままだったが、そのせいで体が蒸し暑くなり、一段と眠気が増した。

宿屋のそばにさしかかったところで、アレグザンドラは老サンダーの首をめぐらせ、森を貫き一マイルほど先で再び本道と交わる広い抜け道に入っていった。そのとき、宿の庭に数頭の馬がつないであり、室内の明かりが灯ったままなのに気づいた。男たちの力強く高らかな歌声が、開いた窓からこちらに漂ってくる。頭上で差し交わされたオークの木の枝が、春の夜の風に揺れ、月を隠しながら路面に気味の悪い影を落としていた。

夜も遅いのはわかっていたが、アレグザンドラは馬をせかして足を速めさせることはしなかった。なにより、サンダーは二十歳を越える老馬だったし、家に帰り着くのは地主のヘルムズリー夫妻がいなくなってからにしたいという気持ちも強かったからだ。

そのとき、押しあげておいた兜の面頬が大きな音をたてて閉まってしまい、アレグザンドラはやれやれとため息をついた。この重い兜だけでも脱いで、抱えて帰りたい。サンダーにはあるじを乗せたまま暴走しようという意志も、それだけの元気もないはずだ。なにしろ、馬上槍試合で一日駆けまわってくたくたになっているのだから。そこで、馬を止めて手綱を放し、重たい盾を右手から左手に持ち替えた。兜は脱いで右脇に抱えようと思い、手を上げたところで、その手がぴたりと止まった。森の端のほう、四分の一マイルほど先の道端から流れてくる、得体の知れないざわめきが耳に入ったのだ。

猪《いのしし》か、あるいはもっと弱い――ひょっとしたら食料になる――けものが出てくるのだろうか。軽く眉を寄せると、アレグザンドラはなるべく音をたてないよう鎧《よろい》に気をつけながら、ライフルをケースから取り出した。

と、夜のしじまに一発の銃声が轟いた。続いてもう一発。泡を食って目をむいた老サンダーは、アレグザンドラが動けずにいるうちにつんのめるように走りだし、森の木々がまばらになっているところを突き進んだ――銃声の聞こえたほうへ一目散に疾走するあいだ、猛然と地を蹴るひづめのそばで手綱が跳ねまわり、アレグザンドラの脚はすさまじい力で馬の脇腹を締めつけていた。

金属がふれ合うけたたましい音が、かたわらの森から突如として響いてくると、盗賊ははっと顔を上げた。もうひとりの盗賊にピストルでまっすぐ胸を狙われているジョーダン・タウンゼンドは、恐ろしげな銃口からむりやり目を離した。そして、新たに視界に入ったものに、思わずわが目を疑った。彼を救うべく森から飛び出してきたのは、背中のへこんだ老いぼれ馬にまたがった騎士だったのだ。甲冑に身を固めた騎士は、兜の面頰を下げ、片手で盾を、もう一方の手でライフルを構えていた。

アレグザンドラは喉からもれかけた悲鳴を押し殺した。勢いよく森を出たとたんに、どんな悪夢よりまがまがしい、月夜の一場面の真っ只中に飛びこんでしまったのだ。道に停まった馬車、怪我を負ってそのそばに倒れている御者、赤いハンカチで顔を隠し、背の高い男性を銃で脅しているふたりの盗賊。アレグザンドラがひづめの音高くふたりに迫ると、片方の盗賊が振り向いた――そして、銃口をまっすぐ彼女に向けた。

考える間もなく、反射的に体が動いた。ライフルをきつく握りしめ、飛んでくるとわかっている銃弾は、盾と胸当てがはじいてくれると無意識のうちにあてにしながら、アレグザンドラは体を右にかしげ、盗賊に襲いかかって地面に打ち倒そうとしたが、その瞬間、相手の銃が火を噴いた。

恐慌をきたしたサンダーが脚をもつれさせてバランスを失うと、アレグザンドラはなすすべもなく宙に投げ出され、錆びた金属の塊となって、自分を狙った盗賊の上に落下した。その衝撃で、兜は危うくはずれかけ、ライフルは手もとを離れて道を転がっていき、彼女は気を失いそうになった。

運の悪いことに、盗賊はアレグザンドラの頭がまだふらついているうちに立ち直った。「なんだよ、こりゃ――」とうめき声をあげると、盗賊は彼女のぐったりした体を手荒く押しのけ、脇腹を容赦なく蹴りつけてから、助太刀《すけだち》のために相棒のもとに駆けつけた。その相棒は、長身の相手とピストルの奪い合いになり、組んづほぐれつしていた。

ショックと痛みにぼうっとしていたアレグザンドラは、ふたりの盗賊が長身の男性に飛びかかるのを目にすると、純粋な恐怖に駆りたてられてしゃにむに前進を始めた――身をよじって這いずり、鎧をがちゃがちゃいわせながら、轍のついた路上で銃身を黒々と光らせているライフルめざして進んでいったのだ。彼女の手が銃床をつかんだそのとき、長身の男性が痩せたほうの盗賊からピストルを奪って相手を撃ったと思うと、腰を落としてすばやく向きを変え、もうひとりの盗賊にぴたりと狙いをつけた。

長身の男性のしなやかな身のこなしがおそろしく優雅なのに目を奪われて、アレグザンドラは彼がふたり目の悪漢に冷然と銃口を向けるのを見守った。そして、腹ばいになったまま目をつぶり、聞こえてくるはずの銃声を待った。だが、発砲音はなく、空の銃の引き金を引く音がかちりと響いただけだった。

「ばかめ、情けないやつだ」盗賊は陰険な笑い声をあげると、シャツの懐《ふところ》を面倒くさそうに探って、自分のピストルを取り出した。「そっちの銃が空《から》だっていう自信がなかったら、黙って奪わせておくと思うか？　弟のあだ討ちだ、てめえにはじわじわと死んでもらう。胃袋を撃たれると、死ぬのに結構な時間がかか――」

恐ろしさのあまり心の中で悲鳴をあげながら、アレグザンドラは横向きに寝そべり、ライフルの遊底をぐいと引いて照準器をのぞきこんだ。そして、盗賊がピストルを構えると同時に発砲した。強い反動を受けて後ろに倒れ、肺の空気が一気に押し出される。泥のついた頭を横に向けて目を開けると、ひとすじの月光の中に、地面に倒れた盗賊の姿が浮かびあがった。盗賊は頭の側面を吹き飛ばされていた。

怪我を負わせるだけにとどめるつもりだったのに、相手を殺してしまった。恐ろしさと激しい後悔があいまって、縮こまった胸からうめき声があがり、喉の奥からもれ出した。と、周囲の世界がぐるぐる回りだした。最初はゆっくりと、それから徐々に速度を上げて。長身の男性はと見ると、彼女が殺した盗賊の体を蹴って転がしたあと、こちらに向かってきた。長い脚で颯爽《さっそう》と歩くその姿が、どことなく威圧的に見える……世界の回転速度はさらに速まり、アレグザンドラは真っ暗な穴に落ちこんでいった。彼女が失神したのは生まれて初めてのことだった。

ジョーダンは倒れた騎士のかたわらにしゃがみこみ、乱暴な手つきであわただしく兜を脱がせにかかった。甲冑の中にひそんでいる者の傷の具合を確かめねばならない。「早く来い、グリム!」彼に呼ばれた御者は、盗賊に殴られて気絶したあと、目を覚ましてよろよろと立ちあがったところだった。「このろくでもない甲冑を脱がせたいんだ。手を貸してくれ」

「この者は怪我をしているのですか、御前様?」グリムは主人のもとに駆け寄り、地面に膝をついた。

「そのようだ」小さな顔の左側に切り傷がついているのを見て顔をしかめながら、ジョーダンはそっけなく答えた。

「撃たれたわけではないのでしょう?」

「たぶんな。頭を支えてやってくれ——おい、乱暴にするな!——わたしはこの仰々しいしろものを脱がせるから」ジョーダンは兜を脇に放り、胸当てを引っ張った。「まったく、なんてばかげた格好なんだ」悪態をついたものの、心配そうな声音になった。目の前に力なく横たわる体を検分し、月明かりを頼りに出血の跡や銃創を探していく。「傷のありかは暗くてわからない。馬車を逆方向に向けてくれ。数マイル手前で宿屋のそばを通ったから、あそこに連れていこう。あの宿の者なら、最寄りの医者の居所はもとより、怪我人の両親はだれかも知っているにちがいない」命の恩人の腋の下に手を差し入れ、そっと抱き起こしてやったとき、ジョーダンは鎧を脱いだ若者の体があまりに軽いのに愕然とした。「まだ子どもなんだな。やっと十三、十四というところか」ジョーダンの声は自責の念でしわがれた。自分を救うために駆けつけてくれたこの勇敢な若者は、その救出活動によって痛手をこうむってしまったらしい。彼はやすやすと少年を抱えあげ、馬車に運びこんだ。

気絶したアレグザンドラを抱えてジョーダンが宿屋に着くと、談話室にいた客はいっせいに色めきたち、卑猥《ひわい》なことばやきわどい冗談が飛び交った。客はみな、もうかなり杯《さかずき》を重ねていたのだ。

真の貴族らしく、しもじもの者に対してはあくまで超然とふるまうジョーダンは、彼らの大声が耳に入らぬかのように、バーテンダーにつかつかと近づいた。「いちばんいい部屋に案内してもらおう。それから、ここの主人を大至急よこしてくれ」

バーテンダーの女性は、アレグザンドラの暗褐色の巻き毛におおわれた後ろ頭から、非の打ち所のない服装をした長身の紳士に目を移すと、せかせかと出ていき、最上の客室を用意することから始めて、言いつけられた仕事を順序よくこなしていった。

部屋に上がったジョーダンは、少年をそっとベッドに横たえ、シャツの襟もとの紐をほどいてやった。少年の口からうめき声がもれ、まぶたが震えながら開く。その顔に視線を落としたジョーダンは、途方もない長さのカールした睫毛に縁どられた、はっとするような澄んだアクアマリン色の目に出会った。その目はとまどったようにぼんやりと彼の目を見返していた。ジョーダンは相手を安心させるためにほほえみを浮かべ、優しく話しかけた。「気がついたようだね。もう大丈夫だよ、ガラハッド（アーサー王伝説に出てくる円卓の騎士のひとり）」

「ここは――」自分の声が異様にかすれているのに気づき、アレグザンドラは乾ききった唇をなめた。咳払いをしてから言い直すと、弱々しいしゃがれ声が幾分ましになった。「ここはどこ？」

「きみが怪我した場所から少し離れたところにある宿屋だ」

むごたらしい場面が一気に脳裏に甦《よみがえ》り、こみあげる涙で鼻の奥がつんとする。アレグザンドラは喉を詰まらせてつぶやいた。「殺してしまった。あの男を、殺してしまった……」

「そのおかげで、ふたつの命が救われたんだ——わたしのと、わたしの御者の命が」

朦朧《もうろう》とした意識の中で、アレグザンドラはその優しいことばにすがりつき、そこから得られる慰めをむさぼった。そして、男が両手で彼女の脚をなでさするのを、いまだに焦点の合わない目で、遠くからながめるように見ていた。いままでわたしの体にさわったことがあるのは母だけ——それだって遠い昔のことだ。男の手の感触にはそこはかとない快さがあり、なぜか心がざわついた。が、その手が脇腹の下半分をそっと探りはじめると、彼女は息をのみ、太い手首をつかんだ。「待って！」しゃがれ声で必死に呼びかける。「なにをしてるんです？」

ジョーダンは手首をつかんだ華奢《きゃしゃ》な指にちらりと目をやった。これだけ強く握れるとは、よほど怖いのだろう。「骨が折れていないかどうか調べているんだよ、お若いの。いま、医者と、この宿の主人を呼びにやっているところだ。だが、どうせ目が覚めたんだ、きみが何者なのか、それと、最寄りの医者の居所を、きみの口から教えてもらおうか」

医者に請求される法外な治療費を思うと、心配になるやら腹がたつやらで、アレグザンドラはやけになって大声をあげた。「いまどきの医者がどれだけふんだくるか、わかってるんですか？」

驚くほど美しい目をした若者の蒼ざめた顔を見おろしたとき、ジョーダンは同情を覚えながらそのけなげさに打たれ、胸の奥が震えるのを感じた。それはかつて一度も味わったことのない不思議な気分だった。「きみの怪我は、わたしを助けるために負ったものだ。治療費は、もちろんわたしがもつよ」

男がそう言いながらほほえむのを見たとき、アレグザンドラは頭の中にわずかに残っていた霞《かすみ》がにわかに晴れるのを感じた。こちらを見おろしているのは、見たことも想像したこともないほど長身で、見たことも想像したこともないような絶世の美男子だったのだ。サテンの輝きと鋼の冷たさを併せもつシルバーグレーの瞳、幅の広い肩、豊かで力強いバリトンの声。日に焼けた顔とは対照的に、口もとにのぞく歯は真っ白で、がっしりした顎の線には男らしい武骨さが刻まれていたが、脚にふれる手つきは優しく、目尻の細かいしわはユーモアのセンスのしるしと思われた。

こちらにおおいかぶさるように身をかがめている巨人を見あげると、自分がとても小さく、か弱くなったように感じられた。と同時に、不思議な安心感に包まれた。ここ三年は感じたことがなかった深い安心感。手首を握っていた手をゆるめると、アレグザンドラは片手を上げ、指先で男の顎の切り傷にふれた。「あなたも怪我をしたんですね」そう言って、はにかみながらほほえんだ。

少年の輝くような笑みが意外なほど魅力的に見えたため、ジョーダンは思わず息をのみ、顎にふれられた瞬間に胸の奥に奇妙なうずきを感じてぎくりとした。ふれたのは少年の指なのだ。その小さな手をさっと払いのけてから、自己嫌悪にひたった。自分は日々の平凡な気晴らしに飽きて、一種の歪んだ耽美《たんび》主義に走ってしまったのだろうか……「まだ名前を聞いていなかったな」彼は意識的に平静な口調を保ち、小さな顔に苦痛の色が浮かぶかどうか観察しながら、脇腹の下半分を探っていった。

アレグザンドラは名乗ろうとして口を開けたが、その口から憤懣《ふんまん》と狼狽《ろうばい》をあらわにした鋭い悲鳴があがった。男の手が脇腹をなであげ、いきなり胸にふれたのだ。

ジョーダンはやけどでもしたかのようにびくっと手を引っこめた。「女だったのか！」

「生まれつきなんだからしょうがないでしょ！」なじるような男の声を心外に感じて、アレグザンドラは即座に言い返した。

そのやりとりのばかばかしさに、ふたりは同時に気づいた。ジョーダンの険悪なしかめ面は一転して笑顔になり、アレグザンドラは声をあげて笑いだした。宿の主人の細君であるティルソン夫人がふたりを目にしたのはそのときだった——仲良くベッドに乗り、笑い合い、男の手がミス・アレグザンドラ・ローレンスのはだけたシャツの胸もとから数インチのところで止まっている、その場面を目撃したのだ。

「アレグザンドラ・ローレンス！」ティルソン夫人は大声をあげるや、全速力を出した軍艦よろしく部屋に突入し、アレグザンドラのはだけたシャツの上に浮いている男の手に火炎のような視線を浴びせた。「これはいったいどういうことです！」

ティルソン夫人が自分の見たものをどう解釈するかは大問題であり、幸せなことにアレグザンドラはその問題に気づかなかったが、ジョーダンのほうは気づいていた。この女は、下種《げす》の勘ぐりで、十三になるやならずやの少女が自ら男に手を貸して貞操を失ったのだと考え、彼女をとがめようとしているらしい——そう思うと胸が悪くなった。彼は表情を硬くし、有無を言わせぬ声できびきびと命令を発した。その声には氷のような冷ややかさが露骨に表われていた。「ミス・ローレンスはここのすぐ南の路上で事故にあって、怪我をしたんだ。医者を呼んでくれ」

「だめよ、それはやめて、ミセス・ティルソン」頭がまだくらくらしているのに、アレグザンドラははじかれたように身を起こした。「わたしはなんともないわ、家に帰りたいだけなんです」

疑わしげな顔の女に向かって、ジョーダンはぶっきらぼうな命令口調で言った。「そういうことなら、わたしがこの人を家まで送っていく。医者には、ここから数マイル南の、道がカーブしている地点に行くように言ってくれ。そこに盗賊がふたりいる。もう手当てをしてもむだだと思うが、きちんと始末できたかどうか確認してもらいたいんだ」そこでポケットに手を入れ、金色の小さな紋章の下に自分の名を刻印した名刺を取り出した。「医者がわたしに質問したいというなら、ミス・ローレンスを家族のもとに送り届けてから、もう一度ここに来てなんなりと答えよう」

ティルソン夫人は、盗賊やらふしだらな行ないやらを口汚いことばでぶつぶつ罵《ののし》ると、ジョーダンの手から名刺をひったくり、アレグザンドラのシャツのはだけた胸をにらみつけて、憤然と出ていった。

「あなた、びっくりしたみたいね——その、わたしが女だってわかったから」アレグザンドラは確信がもてないことをあえて口にした。

「正直言って、今夜はびっくりすることばかりだ」ジョーダンはティルソン夫人のことを頭から追い払い、アレグザンドラに注意を向けた。「立ち入ったことを訊くようだが、甲冑など身につけて、いったいなにをしていたんだ？」

アレグザンドラはベッドの端からそろそろと脚をおろし、なんとか立ちあがった。部屋はまだ回っている。男が腕を伸ばして彼女を抱きかかえようとしたので、「自分で歩けるわ」とつっぱねた。

「だとしても、抱えていきたい」ジョーダンはきっぱりと言い、そのとおりにした。汚れたシャツと膝丈ズボンというよれよれの格好の娘を抱えて、村人の好奇の目に動じることもなく、談話室を堂々と横切っていくその姿に、アレグザンドラは内心でほほえまずにいられなかった。

けれども、馬車のゆったりした豪華な座席にそっとすわらされ、男が向かい側に腰をおろしたところで、愉快な気分は消えうせた。少し行けば、自分が手を貸して作り出した陰惨な場にさしかかると気づいたのだ。「この手で人の命を奪ってしまったんだわ」災いの現場に向かって馬車が進んでいくあいだに、アレグザンドラは悲痛な声でつぶやいた。「わたし、一生自分が赦《ゆる》せない」

「きみが自分を赦さないというなら、わたしはそのことできみを赦さないぞ」ジョーダンは笑みを含んだ声でからかうように言った。馬車の灯火のほのかな光の中で、大きな水色の目が涙をたたえてこちらを見あげ、彼の顔を探るようにながめて、無言のうちにさらなる慰めを乞いもとめている。ジョーダンはとっさにその思いに応えた。腕を伸ばし、アレグザンドラを膝に抱えあげて、むずかる子どもをあやすようにその体をそっと揺すってやったのだ。

「きみがしたのはとても勇敢なことだ」耳もとでささやくと、濃い栗色の柔らかな巻き毛が彼の頰をかすめた。

アレグザンドラはしゃくりあげながら首を振り、知らず知らず彼の胸に頰を寄せた。「勇敢だったわけじゃないわ。分別のある人なら逃げ出したでしょうに、あんまり怖くてそうできなかっただけ」

腕の中の子どもがこちらを信じきっているのを感じて、ジョーダンはふと、いつかはわが子をこの腕に抱いてみたいものだと思い、そんな自分に驚いた。いままでそのような感慨を抱いたことは一度もなかったのだ。彼を信頼して身をすり寄せてくる少女の姿には、深く胸を打つものがあった。だが、こういう愛らしい少女は例外なく甘ったれ娘になる。それを思い出して、たったいま心を動かされたのをすみやかに忘れることにした。「どうして古ぼけた甲冑なんか着ていたんだ？」今夜この質問をするのは二度目だった。

アレグザンドラは、オトゥール家の子どもが誕生日を迎えるたびに催される恒例の模擬競技会のことを説明した。それから、きょうの馬上槍試合で自分が犯したへまや、輝かしい勝利の模様を報告して、ジョーダンを何度も大笑いさせた。

「モーシャム以外の土地では、そういう競技会なんかはやらないの？　わたし、人のやることはどこでも同じなんだろうとずっと思ってた。ほんとにそうなのかどうかはわからなかったけれど。だって、わたしはモーシャムの外に出たことがないんですもの。たぶん、一生出ることはないでしょうしね」

ジョーダンはあっけにとられ、一瞬ことばを失った。彼の交友関係は幅広いが、知り合いはみな、たびたび旅行に出かけ、いろいろな所を訪れている。腕の中の聡明な子どもが、この片田舎のさびれた小村以外の世界を見ずに終わるとは、にわかには信じがたかった。影になっているアレグザンドラの顔に目をやると、こちらを見あげているその顔には、他の人々が彼に向ける神妙な畏敬の表情ではなく、人なつこい好奇心が表われていた。自由奔放な農民の子どもたちが模擬競技会に飛びこんでいくさまを思い浮かべて、ジョーダンは心ひそかに微笑した。彼らの幼少期は、貴族の子弟のそれとはさぞかし違っていることだろう。彼自身がそうだったように、貴族の子弟というのは、教育係の女性に育てられ、家庭教師に監督されて、常に身ぎれいにしているよう厳しくしつけられ、貴人に生まれついた者らしくふるまうことを絶えず求められるものだ。もしかすると、こういう辺鄙な場所で育つ子どもたちは、貴族の子とはまるで別物で、むしろ上等な人間かもしれない——彼らは純真で、勇敢で、天真爛漫なのだ、このアレグザンドラのように。農民の子らの暮らしぶりが彼女の話のとおりだとすれば、結局のところ、幸運なのは彼らのほうではないのか。農民の子？　そこまで考えたとき、アレグザンドラの洗練された話し方に農民らしい粗野なところがかけらもないのに気づいた。

「御者はなぜあなたのことを〝御前様〟と呼んでいたの？」アレグザンドラがそう訊きながらにっこりすると、頬に片えくぼが浮かんだ。

ジョーダンは愛敬《あいきょう》のあるそのえくぼからつと目をそらした。「公爵は普通、そのように呼びかけられるものなんだ」

「公爵ですって？」アレグザンドラは鸚鵡返しに言った。どうやらこの見知らぬ美青年は、自分にはとうてい手の届かない世界に住んでいるらしい。ということは、このあと自分の人生から永遠に消え去ってしまう人なのだ。そうわかると気持ちが沈んだ。「あなた、ほんとうに公爵なの？」

「残念ながら、そうなんだ」しょんぼりした顔に気づいて、ジョーダンはそう答えた。「がっかりしたかな？」

「少しね」意外な返事だった。「みんなにはどう呼ばれているの？　公爵様という呼び方のほかに、ということだけど」

「少なくとも一ダースの呼び名があるな」相手の正直で無防備な反応は、ジョーダンにとってはおもしろくもあり、不思議でもあった。「たいていの人には、ホーソーン、あるいはホークと呼ばれている。親しい友人は、ファースト・ネームで、ジョーダンと呼ぶが」

「鷹《ホーク》ってあなたにぴったり」そんな感想を述べながら、アレグザンドラのすばやい思考はすでにその先に飛んで、重大な結論に達しているようだった。「あの盗賊たちは、あなたが公爵だから目をつけて襲ったんじゃないかしら。だって、宿屋からそう離れていない道端で襲撃したのは、大きな危険を冒したってことでしょう」

「人間は欲にかられると危険を冒してしまうものだ」とジョーダンは答えた。

アレグザンドラはわが意を得たりとうなずき、静かな声で先人のことばを引いた。「貪欲に並ぶ炎はなく、憎悪に並ぶ捕捉者はなく、渇望に並ぶ河はない」

ジョーダンは唖然として彼女を見つめた。「いま、なんと言った？」

「わたしが言ったんじゃないわ、ブッダが言ったのよ」

「その警句なら知っている」ジョーダンはかろうじて平静を取り戻した。「ただ、きみがそれを知っていたので驚いただけだ」そのとき、影に沈んだ家が真正面に現われ、そこから薄明かりがもれているのを見て、あれがこの少女の家だろうと見当をつけた。「アレグザンドラ」家が近づいてくると、彼は鋭い声で口早に釘を刺した。「今夜自分がしたことを悪いなどとは思うな。自分を責める必要はどこにもないんだ」

アレグザンドラはそっとほほえんでジョーダンの顔を見たが、荒れ果てた大きな家に通じる轍のついた小径に馬車が停まると、だしぬけに叫んだ。「ああ、どうしよう！」

彼女の心が沈んだのは、地主のきらびやかな馬車と立派な雌馬が、玄関の前につながれたままなのを目にしたからだった。とうの昔に帰ったものと思っていたのに……

御者が馬車の戸を開けて踏み段をおろしてくれたが、アレグザンドラが公爵のあとから降りようとすると、腕が伸びてきてひょいと抱きあげられたので、「もう歩けますってば」と抗議した。

そこで公爵が見せた、秘密を明かすようなものうげな笑みに、アレグザンドラは思わず息をのんだ。「わたしほどの身分の者が、吹けば飛ぶような小娘に命を救われたとあっては、どうにも面目が立たない。たとえその小娘が鎧兜に身を固めていたとしてもだ。その傷ついた自尊心に免じて、いまは男らしく女性をいたわるのを許してくれ」

「いいでしょう」アレグザンドラはくすっと笑って譲歩した。「公爵閣下の自尊心を打ち砕くなんて、わたしはいったい何様なのかしら」

ジョーダンはそのことばがほとんど耳に入らなかった。ざっと見ただけでも、家屋の周囲の伸び放題の芝や、窓から斜めに垂れさがっている壊れた鎧戸など、目の前の家に悲しいほど手入れが欠けていることを示すものが次々に目に入ったからだ。そこにあるのは彼が想像したような慎ましいコテージではなく、ほったらかしにされた不気味な古屋で、住人にはそれを維持する余裕がないのだと思われた。アレグザンドラの重みを左腕と左脚で支えるように抱き方を変えると、ジョーダンは右手で扉をノックし、ついでに、はげかけたペンキに目をとめた。

だれも出てこないのを見てとると、アレグザンドラは忠告を買って出た。「悪いけど、もっと大きな音をたててノックしてもらわないと。実はね、ペンローズはひどく耳が遠いの。本人は勝ち気だから認めようとしないけど」

「ペンローズとは何者だ?」ジョーダンはどっしりした扉を強く叩き、さっきより大きな音をたてた。

「うちの執事。父が亡くなったあと、奉公人は全員首にしなくてはいけなかったんだけど、ペンローズとフィルバートは歳がいってて体も弱ってるせいで、次の勤め先が見つからなくて。ふたりにはほかに行くあてもないから、うちにとどまって、住む部屋と食べ物だけもらって働くということで話がついたの。ペンローズは料理もするし、掃除の手伝いもしてくれるのよ」

「おかしな話だ」ジョーダンは思ったことを小声で口にし、扉が開くのを待った。

扉の上の灯火に照らされて、アレグザンドラは凜《りん》とした顔をあおむけ、おもしろそうにジョーダンをながめた。「おかしな話って、なんのこと?」

「耳の遠い執事などというものがいるとは」

「だったら、フィルバートのほうがもっとおかしいわよ」

「それは信じがたいな」ジョーダンは真顔で茶化した。「フィルバートとは?」

「うちの下僕よ」

「ちなみに、彼はどこが悪いのかな?」

「近眼なの」アレグザンドラは素直に説明した。「あんまり目が悪いから、このあいだなんか、扉とまちがえて、壁を開けて通ろうとしたぐらい」

困ったことに、ジョーダンは腹の底から笑いがこみあげてきた。アレグザンドラの自尊心を傷つけまいとして、彼はできるだけいかめしい声を出した。「耳の遠い執事に目の悪い下僕か……それはまた——なんとも——珍しいことだ」

「ええ、ほんとにそうよね」アレグザンドラはそれが自慢であるかのように答えた。「でも、だとしたら、わたしは保守性を嫌っていることになるわ」快活にほほえみながら、警句を口にする。「〝保守性は、澱《よど》んだ精神の逃げ場である〟」

ジョーダンがこぶしを振りあげ、力いっぱい扉を叩いたので、アレグザンドラは雷のようなノックの音が家じゅうに響きわたるのを感じたが、ジョーダンのほうは彼女のにこやかな顔をいぶかしげに見つめていた。「保守性についてそう言ったのはだれなんだ?」ジョーダンはあっけにとられているようだった。

「わたしよ」アレグザンドラはすまして答えた。「わたしが勝手に考えたこと」

「この小娘は、なんて生意気なはねっかえりなんだ」ジョーダンはにやりとしてそう言うと、自分でも気づかないうちにアレグザンドラの額に唇を押しあて、父親のように愛情のこもったキスをしていた。ふとわれに返ってその衝動を押しとどめたとき、扉がさっと開いて白髪頭の執事が顔を出し、憤然としてジョーダンをにらみつけた。「死人を起こすつもりならいざ知らず、あのようにひどく扉を叩かずともよろしいでしょう！　このうちには耳の遠い者などおりませんぞ！」

一介の執事に、それも色あせてすりきれた制服を着た執事に叱責されたことに驚いて、しばし声を失ったあと、ジョーダンは罰《ばち》あたりな使用人に悪口雑言《あっこうぞうごん》を浴びせてやろうと口を開けた。だがそのとき、老執事は相手の腕の中にいるのがアレグザンドラだと気づき、顎の青あざに目をとめた。「アレグザンドラ様になにをした？」ペンローズはかすれた声で息巻くと、見るからに非力そうな腕を伸ばしてきた。どうやら、その腕で女主人を奪い返すつもりらしい。

「ミセス・ローレンスのところに案内してくれ」ジョーダンは相手の動きには取り合わず、気短に命じた。その命令が聞こえなかったようなので、今度は声を張りあげ、一語一語はっきりと言った。「もう一度言う、ミセス・ローレンスのところにいますぐ案内してくれ」

ペンローズはふくれっ面になった。「最初から聞こえてましたよ」尖った声で言い捨てて、指示に従うべく踵《きびす》を返す。「あんな大声なら死人にだって聞こえるさ……」とぶつくさ言いながら出ていった。

アレグザンドラがジョーダンとともに客間に入ったとき、振り向いて目をみはった人々の顔つきは、彼女の最悪の想像をも超えていた。母は聞く者が肝をつぶすような悲鳴をあげ、椅子から飛びあがった。恰幅のいい地主と、それ以上に恰幅のいい夫人は、どちらもすわったまま身を乗り出し、好奇心をむきだしにして、アレグザンドラのシャツをじろじろと見た――胸が見えそうなほどはだけているシャツを。

「どうしたの？」ローレンス夫人が叫んだ。「アレグザンドラ、その顔は――いったい、なにがあったの？」

「ミセス・ローレンス、お嬢さんはわたしの命を救ってくれたのです。ただ、そのときに、顔を殴られて怪我をされました。見た目よりずっと浅い傷なので、そこは安心していただきたいが」

「お願い、おろしてちょうだい」母がいまにも気絶しそうなのを見てとり、アレグザンドラはあわてて頼んだ。ジョーダンがその頼みに応じると、彼女は遅まきながら各人を紹介することで、この場から消し飛んでしまった礼儀作法を多少なりとも回復させようと考えた。「お母様」穏やかな声で、励ますように話しかける。「こちらはホーソーン公爵よ」母が息をのむのが聞こえたが、それにはかまわず、折り目正しい口調で淡々と続けた。「初めてお目にかかったとき、公爵様は御者といっしょに盗賊に襲われていらして、だから――だからわたし、片方の盗賊を撃ってしまったの」そう言って、ジョーダンのほうに向き直った。「御前様、こちらはわたしの母のミセス・ローレンスです」

室内がしんと静まった。ローレンス夫人は愕然としてことばを失い、地主夫妻はぽかんと口を開けたままでいる。アレグザンドラは圧倒的な沈黙にいたたまれない思いがしたが、ふと振り向いたとき、その顔にほっとしたような明るい笑みが浮かんだ。モンティ伯父が、体をかすかに揺らしながらおぼつかない足どりで部屋に入ってきたのだ。伯父のとろんとした目は、禁断のマデイラ酒をひそかに味見しつつ夜を過ごしたことを物語っていた。「モンティ伯父様」アレグザンドラはやけ気味に言った。「お客様をお連れしたの。こちらはホーソーン公爵よ」

象牙の握りの杖に体重を預けたモンティ伯父は、客の顔に目の焦点を合わせようとしてぱちぱちと二度まばたきをすると、突然、ぎょっとしたように「これはこれは！」と叫んだ。「なんとまあ、ホーソーンじゃないか！　まさにご本人だ」そこでようやく礼儀を思い出したのか、もたもたとお辞儀をすると、大きな声で愛想よく言った。「士爵のモンタギュー・マーシュと申します、閣下。どうぞお見知りおきを」

アレグザンドラがきまり悪く感じたのは、単に気づまりな沈黙が続いたからで、みすぼらしい家や、歳のいきすぎた使用人や、変わり者の親戚を気にしたからではなかった。そんなわけで、フィルバートが茶器のトレイを捧げ持って足を引きずりながら部屋に入ってくると、彼女はジョーダンに明るくほほえみかけ、頭を振ってフィルバートのほうを示した。社交上は、下僕風情を貴族に紹介するのは大変な非礼と見なされるのだろうが、かまわずにはきはきと告げた。「そして、こちらはフィルバート。ペンローズの担当外のことはみんな彼がやってくれます。フィルバート、こちらはホーソーン公爵よ」

フィルバートはテーブルにトレイを置きながら顔を上げると、首をねじって後ろを向き、近眼の人がよくやるように目をすがめた。その視線の先にはモンティ伯父がいたが、人違いをしたフィルバートは彼に向かって「初めまして」と挨拶し、アレグザンドラは公爵の唇がぴくりと震えるのを目にした。

「お茶を飲んでいかれませんか？」公爵の灰色の瞳が愉快そうに光ったような気がしたので、アレグザンドラは彼の目をしげしげと見た。

ジョーダンは笑みを見せながらも、きっぱり首を振った。「それは無理だよ、おちびさん。ここからの道のりは長いし、旅を続ける前にもう一度宿屋に寄って、官憲に会ってこなくてはならないんだ。今夜の失態について、説明を求められるだろうから」彼の動きを見守る人々に向かって挨拶がわりに軽く会釈してから、アレグザンドラを見おろすと、心を惑わす顔がこちらを見あげていた。「玄関まで送ってくれないか？」と彼は頼んだ。

アレグザンドラはうなずき、ジョーダンとともに玄関へ向かった。客間を出るとき背後でがやがやと声があがったが、そのまま歩きつづけた。客間では地主夫人が黄色い声を張りあげていた。「〝もう一度宿屋に寄る〟ってどういうこと？　ミセス・ローレンス、まさかとは思うけれど、アレグザンドラはその宿屋にいて、そばに――」

玄関まで来ると、公爵は足を止め、ぬくもりあふれる灰色の瞳でアレグザンドラを見おろした。そのまなざしに、彼女は体じゅうがかっと熱くなるのを感じた。さらに、顎の青あざに指先でそっとふれられると、心臓がどきどきして口から飛び出しそうになった。「この――このあと、どこに行くの？」公爵を少しでも長く引き止めておきたくて、そんな質問をした。

「ローズミードだ」

「ローズミードって？」

「祖母がもっている小さな田舎の別邸《カントリーハウス》の名前だよ。祖母はおおかたの時間をそちらで過ごすようにしているんだ。居心地がいいからと言ってね」

「そうなの」アレグザンドラは口をきくのも息をするのも苦しかった。いまや公爵の指は心をとろかすような優しさで頰をなであげていて、彼女を見つめるまなざしにはうやうやしささえ感じられたからだ。

「きみのことは忘れないよ、おちびさん」ハスキーな低音でそう言うと、公爵は身をかがめ、温かな唇を彼女の額に押しあてた。「だれがなんと言おうと、自分を変えてはいけない。いまのままのきみでいてくれ」

公爵が去ったあとも、アレグザンドラはその場に立ちつくし、額に溶けこんだかのような口づけの感触に陶然としていた。

特に努力しなくても声や笑顔で相手を魅了し心を開かせてしまう男性――自分がそんな男性のとりこになってしまったらしいということに、アレグザンドラは気づかなかった。手だれの漁色家などというのは、彼女にとっては経験の域を超える存在だったのだ。

一方、ローレンス夫人にとっては、二枚舌の遊び人や手だれの漁色家は経験の域を超える存在ではなかった。彼女はいまのアレグザンドラとさほど変わらぬ歳のころに、まさにそういう不実な女たらしの手に落ちていたからだ。途方もない美男子で、如才がなく、華麗な服装を好み、良心の呵責《かしゃく》には縁がないといった点で、彼女の夫はホーソーン公爵によく似ていた。

翌朝アレグザンドラが目を覚ましたとき、母がずかずかと部屋に入ってきて怒りに声を震わせたのは、そんな事情があってのことだった。「アレグザンドラ、さっさと起きなさい！」

アレグザンドラはもぞもぞと身を起こし、目にかかった巻き毛を払いのけた。「どうかしたの？」

「どうしたもこうしたもありません」母が全身から発している猛々しい憤怒の情に、アレグザンドラはぞっとした。「けさはこれまでに四人の客がありました。最初に来たのは宿屋の主人の細君で、ゆうべおまえが、罪なき者をたぶらかす下劣な腹黒い女たらしと寝室をともにしたと教えてくれたわ。次のふたりは野次馬で、四人目の客は」母は鬱積した憤懣と涙に声を震わせながら、ひとことひとこと区切るように言った。「地主さんでした。おまえがゆうべ見せたはしたないふるまいや、肌をあらわにした姿や、慎みと分別に欠ける性癖を考えた結果、おまえは息子にはもちろんのこと、矜持《きょうじ》ある男にとってふさわしい妻とはいいがたいと思うようになった、とおっしゃりにきたのよ」

アレグザンドラが見るからにほっとした顔になり、黙って母を見ていると、母はついに度を失い、娘の肩をつかんで揺さぶった。「自分がなにをしたか、わからないの？」母は金切り声をあげた。「わからないのね？　だったら教えてあげます――おまえは自分自身を取り返しがつかないほど辱《はずかし》めたのよ。噂はもうそこらじゅうに広まって、みんなおまえのことを娼婦かなにかのように話してるわ。おまえは、肌を見せた格好で宿屋に運ばれて、寝室で男とふたりきりになったのを見られています。その三十分後には、同じ男に抱かれて同じ宿屋から運び出された。それをみんながどう思うか、わからないの？」

「疲れていて、休む必要があったんだと思うんじゃない？」整然と答えながら、アレグザンドラは母が言ったことより、青白い顔色のほうを気にしていた。

「ばかおっしゃい！　おまえって子は、わたしに輪をかけて愚かだったのね。こうなったら、立派な男性の妻になるのはもう無理だわ」

「お母様」アレグザンドラは静かな声できっぱりと言い、この三年間に何度もやむなくそうしたように、親子の関係を逆転させた。「落ち着いてちょうだい」

「母親に向かって、そんな偉そうな口をきくのはおやめ！」母は大声をあげ、アレグザンドラの顔にぐっと顔を近づけた。「あの男はおまえにさわったの？」

母のヒステリーに少しずつ不安がつのってきたが、アレグザンドラはこともなげに答えた。

「さわったわよ、もちろん。お母様だって見てたでしょう、彼はわたしを抱きかかえてここに運びこんで――」

「そういう話じゃないわ！」ローレンス夫人は怒鳴って、憤《いきどお》りのあまり大きく身震いした。「肌にふれられたの？　キスはされた？　答えなさい、アレグザンドラ！」

実のところ、アレグザンドラは祖父に教えこまれた原則を破って嘘をつこうとしたのだが、口を開きもしないうちに、本心を明かすように赤く染まった頬に気づかれてしまった。

「やっぱり、されたのね！」ローレンス夫人が甲高い声で叫んだ。「顔にはっきり書いてあるわ」ベッドに腰かけていた彼女は身を引いて立ちあがり、半狂乱になってベッドの前を行ったり来たりした。アレグザンドラは、興奮のあまり自分の髪を引きむしった女たちの話を聞いたことがあったが、母はいまにもそうしそうだった。

アレグザンドラはすばやくベッドをおりて手を伸ばし、母が意味もなく歩きまわるのを止めようとした。「お母様、そんなふうにいらいらするのはやめて。お願いよ。公爵様もわたしも、悪いことはなにもしていないんだから」

ローレンス夫人はつのる怒りに歯ぎしりせんばかりだった。「おまえは自分が悪いことをしたとわかっていないようだけれど、あの下劣で腹黒い、性根の腐ったいやらしい男にはわかっていたのよ。ええ、ちゃんとわかっていたんだわ。うぶなおまえには男のしたことが悪いとはわからないのを知っていて、いけしゃあしゃあとこのうちに乗りこむなんて。ほんとうに、わたしは男というものが憎くてたまらないわ！」

そのあと、ローレンス夫人は藪《やぶ》から棒にアレグザンドラを引き寄せ、きつく抱きしめた。

「いまのわたしは、昔と違って、見る目のない愚か者じゃない。おまえの父親にはわたしたちをもてあそんで捨てるのを許してしまったけれど、ホーソーンにはそうはさせません。見ててごらん、あの男にはおまえを穢《けが》したつぐないをさせてやるから。なにがなんでも、正しいことをさせてやります」

「お母様、お願いよ！」アレグザンドラは声をあげ、息が苦しくなるほどの抱擁から逃れた。「公爵様はとりたてて悪いことはしていないわ。ただ、体にさわって骨が折れていないかどうか調べて、額に別れの口づけをしてくださっただけ！　それは別に悪いことじゃないはずよ」

「公共の宿に連れていったというのが、おまえの評判を傷つけたことになるのよ。ホーソーンのせいで、おまえがきちんとした人のところに嫁げる望みはなくなってしまった。こうなれば、もうだれもおまえを妻にしようとは言わないでしょう。きょうからは、村のどこに行こうと、おまえにはスキャンダルがついて回るわ。ホーソーンはそのつぐないをすべきなのよ、どんなに大変でも。ゆうべ、あの宿屋に引き返したとき、あの男はお医者様に行き先を告げている。だから、追いかけていって、正義をなせと迫ってやりましょう」

アレグザンドラは「だめよ！」と大声をあげたが、母の耳には、三年の長きにわたり、復讐せよと叫びつづけていた自らの心の声しか聞こえてはいなかった。

「向こうもわたしたちが訪ねてくるのは覚悟しているはずよ」アレグザンドラの懇願には耳を貸さず、ローレンス夫人は吐き捨てるように言った。「ゆうべの騒ぎが実際はどんなものだったか、すべてこちらにばれてしまったのだから」

5

ホーソーン公爵未亡人は、唇に毅然《きぜん》とした笑みを、はしばみ色の瞳に思いやりをたたえて、孫息子をながめた。白髪頭のこの女性には、齢《よわい》七十にしてなお衰えぬ貫禄《かんろく》があり、女王のような物腰も、真に特権的な生活を送ってきたことから生じる、超然として揺るぎない自信と落ち着きも、昔のままだった。

挙措《きょそ》のひとつひとつが冷ややかな威厳に満ちているものの、夫と数人いた息子全員に先立たれているとあって、公爵未亡人は涙を知らないわけではなかった。それでも、自らをあまりに厳しく律しているので、彼女が存命時の夫と息子を愛していたのかどうか、また、彼らがもはやこの世にないことを意識しているのかどうか、最も親しい知人ですら見きわめられずにいた——さらにいえば、社交界における公爵未亡人の権勢があまりに強大なので、そうした疑問を当人にぶつけようとする者はひとりもいなかった。

そんな彼女は、いちばん上の孫息子の話に静かに耳を傾けるあいだ、顔色ひとつ変えずにいた。孫息子は祖母の居間にあるソファのひとつにすわって、ブーツをはいた足の片方を反対側の膝に乗せ、訪問が遅れたのはゆうべふたり組の辻強盗に命を狙われたからだと、こともなげに語っているところだった。

しかし、もうひとりの孫息子は、いとこの話を聞いて感じたことを隠そうともしなかった。ブランデーグラスを口に運びながら、アントニーはにやっとして、のんびりと言った。「ジョーダン、はっきり言えよ――ほんとうは、きみの美しいバレリーナと、もうひと晩、至福の夜を過ごしたかったんだろ。おっと、失礼しました、お祖母様」公爵未亡人が怖い顔でにらんでいるのに気づいて、アントニーは遅ればせに詫びを言った。「とにかく、実際は、辻強盗なんかいやしなかったし、十三歳の少女が助けにきてくれたなんてこともなかった。違うか？」

「違うね」ジョーダンは落ち着き払って答えた。

公爵未亡人は、いとこ同士のふたりが演じる脇芝居を見物しながら、この子たちは兄弟のように親しいけれど昼と夜のように違っている、と思った。ジョーダンが彼女自身に似て、控え目で冷静で、常に客観的な見方をするのに対し、アントニーはわかりやすい人間で、救いがたいほどのお人よしだ。アントニーは両親に溺愛《できあい》されて育ったが、ジョーダンは父からも母からも本物の愛情を与えられたことがない……公爵未亡人はジョーダンの品行を心の底から賞賛し、アントニーののんきな生き方を不満に思っていた。ひと口に不満といってもさまざまなレベルがあるが、どんなレベルにせよ、不満は彼女が表に出す唯一の感情だった。

「いま話したとおりのことが、実際におきたんだ。そうと認めるのは沽券《こけん》に関わるが」苦笑混じりに話しながら、ジョーダンは席を立ち、ポートワインのおかわりをつぐためにサイドボードに歩み寄った。「ピストルの銃口と向き合ったと思ったら、次の瞬間にはあの娘がそこにいた――兜の面頬を下げ、背中のへこんだ駄馬にまたがって、修羅場《しゅらば》のど真ん中に突っこんできたんだ。片手で盾を、もう一方の手でライフルを振りかざしながら」

とりわけ気に入っているポルトガル産のポートワインをグラスにつぎ足すと、ジョーダンは席に戻り、批判ではなく、単に事実を述べているだけといった口調で話を続けた。「彼女の甲冑は錆びていて、自宅は出来の悪いゴシック小説に出てきそうだった——蜘蛛《くも》の巣だらけの梁《はり》、色あせたタペストリー、きしむ扉に湿っぽい壁がそろっていてね。執事はひどく耳が遠くて、目の悪い下僕は壁に衝突するそうだ。飲んだくれの年とった伯父はモンタギュー・マーシュ卿と名乗っていた……」

「おもしろい家庭だな」アントニーがつぶやいた。「その娘が……なんというか……型破りなのも当然か」

「〝保守性は、澱んだ精神の逃げ場である〟」ジョーダンは例の警句をさらりと口にした。

これまでの人生を、保守性という規範にひたむきかつ真摯《しんし》に捧げてきた公爵未亡人は、顔をしかめて訊いた。「だれがそんなばかげたことを言ったのです?」

「アレグザンドラ・ローレンスです」

「たしかに型破りだ」アントニーはくっくっと笑い、少女のことを口にするときにいとこの精悍《せいかん》な顔に浮かぶ、とろけそうといってもいいような微笑を観察した。ジョーダンがめったにほほえまないのをアントニーは知っている——ほほえむとすれば、それは女を誘惑する甘い笑みか、皮肉を意味する冷笑でしかない。また、ジョーダンは声をあげて笑うこともほとんどなかった。彼を育てた父親が、感情をあらわにするのは〝軟弱〟であると考えていたからだ。軟弱なものはすなわち、忌み嫌うべきものとされた。男にとって弱みになるものもまたしかり。愛はそのひとつだった。「その並みはずれた女性は、どんな姿をしているんだ?」とアントニーは尋ねた。いとこの心を珍しく揺さぶった少女のことを、もっと知りたくなったのだ。

「小柄だ」ジョーダンのまぶたの裏に、声をたてて笑うアレグザンドラの顔がちらついた。「それに痩せすぎている。だが、岩をも溶かす笑顔の持ち主で、なんともいえずすばらしい目をしているんだ。瞳の色はアクアマリンで、彼女を見るとその瞳しか目に入らない。話し方はわれわれに負けないほど洗練されているし、あんな陰気な家に住んでいても、当人は可憐でほがらかなんだ」

「おまけに、勇気もあるようだな」アントニーが付け加えた。

ジョーダンはうなずいた。「彼女に銀行手形を送ってやるつもりなんだ——命を救ってもらったお礼に。どう見てもあの一家にはその金が必要だ。あの娘が口にしたこと——あるいは、口にしないように気をつけていたこと——から考えると、あの奇妙な家庭を切り盛りする責任は彼女ひとりの肩にかかっているらしい。金をやると言われれば、アレグザンドラは気を悪くするにちがいない。だからゆうべは渡さなかったんだが、それでも、その金があれば多少は楽になるだろう」

ミス・ローレンスによる保守性の定義にまだ反感を覚えていた公爵未亡人は、ふんと鼻で笑った。「下層階級の人間は、小銭を恵んでほしいと常に思っているものですよ、ジョーダン。理由などどうでもいいのです、恵んでもらえるなら。その娘がゆうべ金銭的な褒美《ほうび》をねだらなかったというのが、わたくしにはむしろ驚きです」

「これはまた、うがったことをおっしゃるものだ」ジョーダンは穏やかに揶揄《やゆ》した。「でも、あの娘に関しては、お祖母様の意見はまちがっています。彼女は悪知恵や貪欲さとは無縁ですから」

女性の気質を見くびっていることで知られるジョーダンの口からそんなことばが出たのに驚きつつ、アントニーが尻馬に乗って口を出した。「何年かたったら、もう一度彼女のようすを見て、なんなら愛人にでも——」

「アントニー！」公爵未亡人が凄《すご》みのある声で忠告した。「いいこと、わたくしの前でそういう話をするのはおやめなさい！」

「何年かたっても、彼女をいまいる場所から連れ出そうなどとは思わないよ」祖母の怖い顔に慣れきっているジョーダンは、かまわずに言った。「アレグザンドラは稀有《けう》な宝だが、ロンドンに出せば一日ともつまい。あそこでやっていけるだけの強さもしたたかさも野心もないからな。あの娘は——」ジョーダンは話を中断し、執事に尋ねるような視線を向けた。執事は彼の注意を引こうとして控え目に咳をしていたのだ。「なんだ、ラムジー、どうしたんだ？」

ラムジーは背筋をぴんと伸ばし、不快そうに顔を歪めて、怒りのあまり眉を大きくつりあげていた。「御前様、三人の者がお目にかかりたいと押しかけてきております。その三人組は、馬とも呼べぬような馬に引かせた、なんとも形容しがたい珍妙な荷車に乗ってきたうえに、多少なりとも格のある者なら恥ずかしくて人前に出られないような服を着て——」

「だれなんだ、その三人は？」ジョーダンは気短にさえぎった。

「男性はモンタギュー・マーシュ卿と名乗っておりまして、連れの女性ふたりは、義妹のミセス・ローレンスと、姪《めい》のミス・アレグザンドラ・ローレンスだということです。なんでも、御前様がお作りになった借りを返してもらいにきたとかで」

〝借り〟ということばを聞いて、ジョーダンの眉間にしわが寄った。「ここに通せ」彼はそっけなく命じた。

普段のとりすました態度を珍しく引っこめて、公爵未亡人は〝だから言ったでしょう〟という顔でほくそ笑むようにジョーダンを見た。「ミス・ローレンスは欲深いだけでなく、強引で遠慮を知らないようね。おまえをここまで訪ねてきて、借りを返せと言うなんて」

祖母の反論しようのない意見には返事をせず、ジョーダンは部屋の向こう端に行って、彫刻をほどこしたオーク材の机についた。「ふたりとも、これを最後まで見物している必要はないでしょう。この件はわたしが自分で片付けます」

「必要はありますとも」公爵未亡人が氷のように冷たい声で言った。「アントニーとわたくしは、万一の場合に証人になれるようにここに残ります。その者たちが、恐喝という手段に訴えるかもしれませんからね」

執事の背中だけを見るようにしながら、アレグザンドラは母親とモンティ伯父《ま》のあとについて重い足を運んだ。全身が恥辱に打ち震え、ローズミード屋敷の壮麗さを目の当たりにしたことで、みじめさが千倍にもふくらんだようだった。

公爵の祖母というからには大邸宅に住んでいるのだろうと思ってはいたが、広大な庭や芝生の真ん中にそびえる、こういう巨大で恐ろしげな住まいは、これまで見たこともなければ想像すらできなかった。ここに着くまでは、ゆうべ見た公爵の姿に——気さくで近づきやすいイメージにすがっていた。けれども、ローズミード屋敷を目にすると、その笑止千万な思いこみは頭から消し飛んでしまった。公爵は別世界の住人だったのだ。彼にとっては、ローズミードは〝田舎の小さな別邸〟ということになるらしい。それが実際には宮殿なんだもの——オービュソン織りの絨毯《じゅうたん》に足が沈みこむのを意識しながら、アレグザンドラはしょんぼりと考えた。さっきから、自分はちっぽけでとるに足りない存在だと感じていたが、その宮殿に入ったいま、さらにわが身が縮んだような気がした。

執事がオークの木彫りの扉をさっと開け、脇にしりぞいて三人を通した。中の部屋には、凝った装飾の額に入れた絵がずらりと飾られていた。直立不動の姿勢をとった執事に向かって片足を引いてお辞儀をしそうになるのをこらえ、アレクザンドラは前に進んだ。友人になったばかりの男性といやおうなく対面し、相手の顔にありありと表われているはずの軽蔑の表情を目にする瞬間を恐れながら。

その予想はあたった。華麗な彫刻をほどこした机の向こうにすわっている男性には、きのう出会ったばかりの笑い上戸《じょうご》の優しい男性の面影はほとんどなかった。きょうの公爵は、冷たくよそよそしい赤の他人でしかなく、自宅の美しい絨毯を這いまわる虫を見るような目で、アレグザンドラの家族をながめている。起立したり、部屋にいるほかのふたりの人物に紹介したりして、一応の作法を守ることとすらしてくれない。机の前の椅子にすわるよううながすためにも、モンティ伯父と母にそっけなくうなずいただけだった。

それでも、最後にアレグザンドラに目を向けたときには、彼女の屈辱感を理解したのか、巌《いわお》のような表情が和らぎ、まなざしも温かくなった。公爵は机の前に回ると、もう一脚の椅子をわざわざ引いて彼女をすわらせてくれた。「あざになったところは痛むかい、おちびさん？」顎の青あざに目をそそぎながらそう尋ねた。

公爵に敬意と気遣いを示されたことでアレグザンドラは有頂天になり、かぶりを振って答えた。「平気です、ちっとも痛くありません」こうして厚かましく屋敷に押しかけたのに、公爵が少なくとも彼女に対しては愛想をつかしていないようなので、なんともいえずほっとした。母のお古のドレスが体に合っていないのを恥ずかしく思いながら、アレグザンドラは椅子に浅く腰かけた。そのあと、目立たぬようにもぞもぞとお尻を後ろにずらしたが、ドレスのスカート部分が椅子のビロードのけばに引っかかったせいで、ドレス全体が引きつれて首まわりがぎゅっと締まり、ハイカラーがせりあがって顎が上向いてしまった。まさに自縄《じじょう》自縛《じばく》という格好で、アレグザンドラは公爵の謎めいた灰色の瞳をなすすべもなく見つめた。

「くつろいでくれているかな」彼はまじめくさって訊いた。

「大変くつろいでいます、おかげさまで」アレグザンドラは嘘を言い、彼女の苦境に気づいた公爵が必死に笑いをこらえているのをぞっとするほどはっきり感じとった。

「一度立ちあがって、すわり直してはどうだろう」

「このままで、なんの問題もありませんわ」

公爵の瞳に閃《ひらめ》いたように見えた楽しげな色は、再び机についたとたんに消えうせた。母からモンティ伯父に視線を移すと、彼は前置きなしに切り出した。「あなたがたは、こんな無用な訪問をして恥ずかしい思いをする必要はなかったんだ。わたしは千ポンド分の銀行手形を進呈して、アレグザンドラに謝意を表わそうと心に誓っていたんだから。その手形は、来週には届いていたことだろう」

公爵が口にした莫大な金額に、アレグザンドラは頭がくらくらした。すごいわ、千ポンドあったら、家族全員がそこそこ贅沢に暮らしても、最低二年はもつじゃないの。そうしたければ、薪をむだ使いすることだってできる。もちろん、そんなことしたいとは思わないけれど……

「それでは足りませんな」モンティ伯父の不満げな声に、アレグザンドラはびくっと顔を上げた。

公爵の声はそれとわかるほど冷ややかになった。「いくらほしいんだ？」短刀のように鋭い視線に貫かれ、哀れなモンティ伯父はすわったまま動けなくなった。

「わたしどもは相応の対価を求めているだけです」モンティ伯父は咳払いした。「うちのアレグザンドラは、あなたの命を救ってさしあげたんですから」

「その礼金は、たっぷりと払う用意がある」公爵の返事はひとことひとことに棘《とげ》があった。

「それで、いくらほしいんだ？」

冷たい目で真っ向から見据えられ、モンティ伯父はもじもじしたが、それでもけんめいに食いさがった。「命を救われていながら、あなたはお返しにアレグザンドラの人生を台なしになさったじゃありませんか」

公爵はいまにも癇癪玉を破裂させそうだった。「わたしがなにをしたって？」不穏なしゃがれ声で言う。

「育ちのよい若い娘を公共の宿屋に連れこんで、寝室をともにしたでしょう」

「公共の宿屋に子どもを連れていったんだ」公爵は噛みつくように言った。「意識不明で、医者に診せねばならない子どもを！」

「いいですか、ホーソーン」モンティ伯父は声を張りあげ、驚くほどしっかりと言った。

「あなたは若い娘を宿屋に連れていったんだ。そして、村人の半数が見ている前で、その娘を寝室に連れこみ、三十分後にまた連れ出した――ちゃんと意識があって、着衣が乱れた娘を。しかも、医師を呼ぶことはしなかった。どこでもそうだが、この村にも倫理規範というものがあります。あなたはそれを公然と破った。今回の件は、いまやスキャンダルのるつぼになっているんですぞ」

「このちっぽけな田舎の村の品行方正な住民が、子どもを宿に運びこんだことをスキャンダルに仕立てられるなら、そんな連中は性根を入れ替えてしかるべきだ！　だが、そういうつまらない話はもういい、いくらほしいのか――」

「つまらない話ですって！」ローレンス夫人が金切り声をあげて身を乗り出し、指の関節が白くなるほどの力で机の端をつかんだ。「この――この、破廉恥《はれんち》で無節操な女たらしが！アレグザンドラは十七で傷ものにされたのよ！　あなたがこの子をうちに連れ帰ったとき、この子のいいなずけのご両親が客間に居合わせて、婚姻契約はすぐにご破算にされてしまった。あなたなんか縛り首になるのが当然よ！　縛り首でももったいないわ、もっとひどい――」

その台詞《せりふ》の後半は公爵の耳には入らなかったようで、彼はさっとアレグザンドラのほうを向き、初めて見るもののようにその顔を見つめた。「きみはいくつなんだ？」母親から聞いただけでは足りないといわんばかりに、強い口調で尋ねた。

胸が恥辱に締めつけられていたが、アレグザンドラはどうにか声を絞り出した。ここまでひどいことになろうとは、さすがに想像していなかった。「十七です。ら――来週には十八になるわ」弱々しい声で詫びるように言ったあと、ぱっと顔を赤らめた。公爵がアレグザンドラの頭の先から小さな胸へと視線を走らせたのだ。どうやら、このドレスの中に一人前の女性がひそんでいるとは信じられずにいるらしい。まぎらわしいほど少年っぽい体つきをしていることを謝らねばという思いにかられ、彼女は情けない声で言い添えた。「祖父から聞いたんですけど、うちの家系では女性はみんな遅咲きなんですって、それでわたしも――」その話が的はずれであるばかりか、言い訳のしようもないほど露骨に聞こえることに気づいて、アレグザンドラは急に口をつぐみ、顔を真っ赤にして、どうかわかってほしい、赦してほしいという思いで、その場にいる見知らぬ男女に苦しげに目を向けた。だが、そこには理解も赦しもなかった。男性のほうは、半ば驚き、半ばおもしろがるような顔でこちらを見ている。女性のほうは、大理石を削ったような、冷ややかで硬い表情をしていた。

アレグザンドラが見知らぬ男女から公爵に視線を移すと、彼の表情は明らかにけわしくなっていた。「わたしがそこを勘違いしていたとして」公爵はアレグザンドラの母に言った。「いったいどうしてほしいんだ？」

「あんなことをされた以上、この先アレグザンドラが立派な男性に娶られることはありません。ですから、あなた自身がこの子をもらってくれるものと考えています。生まれは申し分のない娘ですし、うちの縁戚には伯爵と士爵がいます。妻として不足はないということに、そちらも異存はないはずです」

公爵の目に怒りの炎が燃えあがった。「異存がないなどと――」と怒鳴りかけて、彼は残りのことばをのみこんだ。歯を固く食いしばったために、頬の横の筋肉がびくっと震えた。

「もし、いやだと言ったら?」険悪な声で訊いた。

「その場合は、ロンドンの治安判事裁判所にあなたを訴えます。嘘じゃないわよ」ローレンス夫人が叫んだ。

「そんなことはできないさ」公爵は自信たっぷりに言い捨てた。「わたしを訴えたりすれば、アレグザンドラにとって大打撃になったとそちらが思っている当のスキャンダルを、ロンドンじゅうに広めてしまうだけだ」

傲然としている公爵を前に、自分自身が夫に受けたひどい扱いを思い出したことで、ローレンス夫人は理性の限界を超えてしまい、はじかれたように立ちあがると、激しい怒りに身を震わせた。「いいこと――わたしはやると言ったらやります。アレグザンドラは、あなたの名を得ることで体面を保つか、あなたのお金で――わたしの好きにできるなら、それを残らず使って――体面を買えるようになるかのどちらかです。いずれにしても、こちらには失うものはなにもないわ。おわかり?」その声は悲鳴に近くなっていた。「わたしの夫がしたように、わたしたちを利用したあげくに放り出すなんてことはさせない。あなたも夫と同じけだものよ。男はみんなけだもの――自分勝手な、口にするのも忌まわしいけだものなんだわ……」

ジョーダンは、目の前にいる気のふれかけた女を冷ややかに見つめた。熱にうかされたように目を輝かせ、両のこぶしを青筋が浮き出るほど固く握りしめている女を。そして、相手は本気なのだとさとった。この女は夫に対する恨みをつのらせ、その腹いせに、別の男に――つまりこのわたしに――仕返しをするつもりらしい。しかも、ただそれだけのために、アレグザンドラを大々的にスキャンダルにさらそうとしているのだ。

「あなたはこの子にキスしたでしょう」ローレンス夫人がかすれた声で責めたてた。「この子の体にさわったのよね、本人もそうだと認め――」

「お母様、やめて！」アレグザンドラが大声をあげた。それから、わが身を抱くようにして、恥ずかしさか苦痛のために腰を折り曲げたが、どちらが原因なのかジョーダンにははかりかねた。「やめてちょうだい、お願いだから、やめて」かすかな声で切れ切れに言うのが聞こえた。「わたしにそんな仕打ちをしないで」

ジョーダンは体を丸めて情けない格好をしているおとな子どもを見やったが、それがゆうべ彼を救いに駆けつけてくれた、あの勇気ある快活な少女だとはとても信じられなかった。

「おまえって子は、この男にほかになにをさせてやったんだか――」

オークの鏡板張りの部屋が破裂しそうなほど力をこめ、ジョーダンは平手で机をばんと叩いた。「もういい！」恐ろしい声で怒鳴ってから、「すわれ！」とローレンス夫人に命じた。相手がぎくしゃくと命令に従うと、彼は席を立ち、大またで机の前に回って、優しいとはいいがたい手つきでアレグザンドラの腕をつかんで椅子から立たせた。「いっしょに来るんだ」そっけなく言う。「ふたりだけで話したいことがある」

ローレンス夫人は抗議しようとしたが、公爵未亡人がついに口を開いた。いざ話しだすと、その声はつらさながらに鋭く冷ややかだった。「お黙りなさい、ミセス・ローレンス！あなたの言い分はもうじゅうぶん聞きました！」

腕をつかまれ引っ立てられたアレグザンドラは、公爵の歩調に遅れまいとしてほとんど小走りになった。ふたりは居間を横切って戸口を抜け、廊下を進んで、さまざまに濃さの違うラベンダー色に彩られた小さな客間にやってきた。中に入ると、公爵は彼女の腕を放し、窓ぎわまで歩いていって、両手をポケットに突っこんだ。その場の静けさに、アレグザンドラは神経がひりつくように感じた。窓の外の芝生の向こうを凝視している公爵は、酷薄そうな近寄りがたい横顔を見せている。きっと、彼女と結婚せずにすむ方法はないものかと、真剣に思案しているのだ。厳しく引き締まった表情の裏には、煮えたぎる溶岩のような怒りがひそんでいる――その怒りが、いまにも爆発して彼女に降りそそごうとしているのがわかった。心の底から恥じ入ったアレグザンドラは、なすすべもなく、公爵が片手を上げて首筋の張り詰めた筋肉をもみほぐすのを見ているしかなかった。刻一刻と時がたつにつれ、公爵の表情はどんどん暗く、不穏になっていった。

そこで公爵がいきなり振り向いたので、アレグザンドラは反射的に一歩さがった。「怯えた兎《うさぎ》みたいなまねはよせ」彼はぴしゃりと言った。「罠にかかったのはきみじゃない、わたしのほうだ」

と、アレグザンドラはすっと平静な気分になり、一切が消えうせて恥の感覚だけが残った。小さな顎をつんと上げ、背筋をこわばらせると、彼女は公爵に面と向かって、主導権を握るために雄々しく戦いを挑んだ――そして、勝利した。いまのアレグザンドラは、つくろい直したぼろを着た、誇り高い、少年のような女王といったちぐはぐな姿で、双眸《そうぼう》をふたつの宝石のように輝かせて、公爵の前に立っていた。「さっきの部屋では、わたしのほうから話すことができませんでした」話しだした彼女の声は、少ししか震えていなかった。「なぜなら、母に止められるとわかっていたからです。でも、ふたりだけで話したいとあなたがおっしゃらなければ、話をさせてほしいとこちらからお願いするつもりでした」

「言いたいことがあるなら、さっさと言ってくれ」

その冷淡な口ぶりに接しても、アレグザンドラはさらに顎を上げただけだった。家族は冷たくされ鼻であしらわれたが、自分はそんな扱いは受けないだろうと、なぜか信じていたのだ。「わたしたちが結婚するなどというのは、とんでもない発想です」

「まったくだ」公爵はぶしつけに答えた。

「わたしとあなたは、別々の世界に住んでいるのですから」

「それも、そのとおりだ」

「わたしとは結婚したくないでしょう」

「それもまた図星だな、ミス・ローレンス」公爵はばかにしたようにのんびりと言った。

「わたしも、あなたとは結婚したくありません」相手がいちいちきついことを言うので、骨の髄まで屈辱を感じながら言い返した。

「それは賢明な考えだ」いやみたっぷりな言い方だった。「わたしはどうしようもなく悪い夫になるだろうからな」

「もっといえば、わたしはだれの妻にもなりたくありません。祖父と同じように教師になって、自活したいんです」

「それはすばらしい」公爵はせせら笑った。「わたしはこれまでずっと、若い娘というものは金持ちの亭主をつかまえることしか考えていないとばかり思っていたが」

「わたしはほかの娘さんたちとは違います」

「出会った瞬間から、そうじゃないかと思っていたよ」

こちらに同調するような愛想のいい返事に侮辱がひそんでいるのを感じて、アレグザンドラはくやしさのあまり息が詰まりそうになった。「だったら、これで決まりね。わたしたちは結婚しないってことだわ」

「そうはいかない」公爵は一語一語に強い恨みをこめて言った。「われわれには選ぶ余地がないんだよ、ミス・ローレンス。きみの母上は、さっきの脅しを実行するだろう。わたしを正式に訴えて裁きの庭に引き出そうとしているんだ。わたしを罰するという目的のために、きみを犠牲にするつもりなのさ」

「いいえ、違うわ!」アレグザンドラは叫んだ。「母はそんなことはしません。あなたには母のことがわかってないのよ。母は――病気なの――父の死から立ち直っていないんです」

自分でも気づかないうちに、公爵の完璧に仕立てられた灰色の上着の袖をとらえ、すがるような目をして、せっぱつまった声で話していた。「どんなに圧力をかけられても、わたしと結婚してはいけません――結婚したら、そのことでわたしを一生憎むようになるわ、絶対に。村の人は、いずれはスキャンダルのことを忘れるでしょう。わたしを赦して、忘れてくれるはずです。ばかみたいに気絶して、宿屋に運んでもらうはめになったのは、みんなわたしが悪いのよ。普段は気絶なんかしないんだけど、ほら、あのときは人を殺《あや》めてしまった直後で、だから――」

「もういい！」厳しい声でつっぱねながら、ジョーダンは結婚という輪縄がいやおうなく首を締めつけてくるのを感じた。アレグザンドラが口を開くまでは、この窮地を脱する道はないものかと必死に考えていた――母の話はたぶんはったりでしょうと彼女が言ってくれたら、その機に乗じようとさえ思っていた。さらには、アレグザンドラが彼と結婚するのを拒めるように、拒む理由を並べたてる用意までしていた――だが、彼女が自分の損得を二の次にして、わたしのために結婚という祭壇に身を捧げるのはやめてと頼んでくるなどという状況は、計算に入っていなかった。それに、アレグザンドラが彼の命を救うために人を殺したという事実を、いっときではあったが都合よく忘れていたのだ。

ジョーダンは、目の前にいる、みすぼらしい服を着て打ちしおれている誇り高い子どもを見おろした。この娘は、自分の命を危険にさらしてわたしの命を救ってくれた。なのに、こちらはそのお返しに、伴侶を得られる望みを奪うようなまねをしたのだ。結婚して、夫の力で悩みを軽くしてもらえなければ、アレグザンドラはあの奇妙な家庭を支えるという重荷を薄い肩に一生負いつづけなければならない。わざとではないにせよ、自分は彼女の将来をほとんど真っ暗にしてしまった……

いらいらしながら、ジョーダンは袖にかかっているアレグザンドラの手を払いのけた。「きみにもわたしにも、この問題から逃れるすべはない」ぶっきらぼうに言う。「特別に許可証を出してもらうよう手配するから、一週間以内に結婚しよう。母上と伯父上には」彼は軽侮の念をむきだしにした。「地元の宿に泊まってもらってくれ。うちの屋根の下で休ませる気はないのでね」

公爵の最後のことばは、彼がそれまでに口にしたどんなことよりもアレグザンドラを恥じ入らせ、苦しめた。

「宿代はわたしがもつ」公爵は彼女が愕然としている理由を勘違いして、そっけなく言った。

「宿代の問題じゃありません！」

「だったら、なにが気に入らないんだ？」公爵はいらだたしげに尋ねた。

「なにがって――」アレグザンドラは顔をそむけ、絶望的な気分で、寒々しいほど格式ばった室内に視線をさまよわせた。「なにもかもよ！　なにもかもまちがってるわ。結婚するときはこんなふうだろうって想像していたのと全然違うもの」彼女はそわそわしながら、心配の種の中でもいちばんつまらないことを口にした。「わたしは昔から、結婚式は村の教会で挙げるんだって思ってたの。付き添い人は親友に――メアリー・エレンに――やってもらって、あとは――」

「わかった」ジョーダンはせっかちにさえぎった。「その親友をここに招けばいい。結婚式を待つあいだ、それで少しでも気が休まるというなら。彼女の家までの道順をうちの執事に教えてくれたら、従僕を使いに出そう。筆記用具はそこの机の抽斗にある。字は書けるんだろう？」

アレグザンドラは平手打ちを食らったかのようにはっと顔を上げ、その刹那、ジョーダンは彼女の未来の姿を――誇り高く覇気にあふれた女性を垣間見た。質問に答えたとき、アレグザンドラの緑がかった水色の目はあざ笑うようにきらっと光った。「ええ、公爵様、わたし、字は書けますわ」

つんと尖った形のよい鼻の上から蔑《さげす》むようにこちらを見ている子どもの姿に、ジョーダンはやるじゃないかと感心し、ちょっと愉快な気分になった。「ならいい」彼は短く言った。「――三カ国語で」アレグザンドラは女王のように身をそびやかして付け加えた。

ジョーダンは思わず頬をゆるめそうになった。

ジョーダンが出ていくと、アレグザンドラは顔をこわばらせて部屋の隅の小さな机の前に行き、そこに腰をおろした。抽斗を開け、便箋と鵞ペンとインク壺を取り出す。気が昂《たかぶ》っているせいで、自分の苦境をこまごまと説明する気になれなかったので、文面は単純になった。


最愛のメアリー・エレン、この手紙を届けた人に従って、できるだけ早くわたしのところに来てください。わたしはとんでもない災難に見舞われて、ひどく心細い思いをしているの！　母もモンティ伯父もここに来ているので、あなたの身の安全のことは心配ご無用とお母様に伝えておいて。どうか急いでね。あなたといっしょにいられる時間は残り少なく――

そこで目にこみあげた涙が、煤色の睫毛のあいだで震えたと思うと、頬をつたって流れ落ちた。ひと粒、またひと粒としたたる涙が便箋に点々としみを作る。アレグザンドラはとうとうむだな闘いをやめ、両腕に顔をうずめて、肩を震わせながら胸も張り裂けんばかりにすすり泣いた。

「〝なにかすてきなこと〟、ですって？」アレグザンドラは神に向かって小声で切れ切れに呼びかけた。「あなたのお考えでは、こういうのが〝すてきなこと〟なんですか？」


それから小一時間のちのこと。すっかりおとなしくなったものの、ほくほく顔をしたローレンス夫人とモンタギュー卿が、ラムジーに見送られて屋敷をあとにし、居間には公爵未亡人とふたりの孫息子だけが残された。公爵未亡人はゆっくりと立ちあがり、肩を怒らせてジョーダンのほうを向いた。「まさかおまえは、その約束を本気で守るつもりではないでしょうね！」

「わたしは、いまお話ししたとおりにするつもりです」

その返事に、公爵未亡人の顔が蒼白になった。「どうして？」と詰問する。「おまえがあの山出しの小娘と結婚したいとほんの少しでも望んでいるなんて、とうてい信じられないわ」

「そんなことは望んでいません」

「だったら、なぜそうするつもりだなんて言うの」

「不憫だからです」ジョーダンは身も蓋もない言い方をした。「わたしはあの娘を不憫に思っています。それに、好むと好まざるとにかかわらず、彼女の身におきたことの責任をとらねばなりません。それだけのことです」

「それなら、金をやってすませればいいでしょう！」

ジョーダンは椅子に深々と身を沈め、くたびれきったように目を閉じて、両手をズボンのポケットに突っこんだ。「〝金をやってすませればいい〟」苦々しげにくり返す。「そうできればどんなにいいか。だが、そうはいきません。わたしはあの娘に命を救われたのに、世間体を保って生きていく望みを彼女から奪ってしまったんです。彼女の母親の話をお聞きになったでしょう――〝傷ものにされた〟せいで、娘はすでに婚約を解消されたと言っていましたよね。村に戻るが早いか、アレグザンドラは飢えた男どもの格好の餌食《えじき》になるはずです。そして体面をすっかり失い、夫も、子どももてなくなる。一、二年もすれば、わたしに連れていかれたあの宿屋で、体を売るまでに身を落としていることでしょう」

「ばかばかしい！」公爵未亡人は吐き捨てるように言った。「金をやってすませれば、あの娘はよそに移って生きていけるじゃないの。ロンドンのような所だったら、噂が追いかけてくることはないのだから」

「ロンドンに行ったとしても、だれかの愛人になるのが関の山ですよ。それも、彼女を囲うだけの力がある、金持ちの愚かな老人か、若くて浅はかな伊達男を引っかけられたらの話です。あの娘をご覧になったでしょう――とてもじゃないが、男の欲望をそそるような女とはいいがたい」

「そんな下品なことを言う必要はありません」公爵未亡人は堅物《かたぶつ》らしく言った。

ジョーダンは目を開け、苦笑した。「正直なところ、わたしの命を救ってもらったお礼に、あの子を体《てい》のいい売春婦にしてやろうなどと考えることのほうが、よほど〝下品〟だと思いますが。お祖母様がおっしゃっているのは、つまりそういうことでしょう」

ふたりは離れた位置から見つめ合い、沈黙の中でおそろしく強固な意志と意志が衝突した。ややあって、公爵未亡人が完璧な髪型の頭をそれとわからぬほどにかしげ、勝ちを譲った。「好きになさい、ホーソーン」孫息子の家長としての権威を認めてしぶしぶ言う。だがそこで、別の問題に思いいたり、彼女は椅子に深々と身を沈めた。その顔は硬くこわばり、死人のように白くなっていた。「七百年にわたって、この家は純血を保ってきました。わたくしたちは、王や皇帝の子孫なのです。なのにおまえは、どこの馬の骨とも知れぬ女に、次の当主を産ませるつもりなのね」不満が頂点に達したのか、公爵未亡人はもうひとりの孫息子に矛先を向けた。「アントニー、ぼんやりすわっていないで、なにかおっしゃい！」

アントニー・タウンゼンド卿は椅子の背にもたれ、わざと厳粛《げんしゅく》な顔をした。「わかったよ」観念したような苦笑いでジョーダンの決心を受け入れ、愛想よく言う。「未来のいとこ殿にはいつ紹介してもらえるんだ？　それとも、結婚式の日まで彼女を客間に置いてきぼりにする気か？」

公爵未亡人はアントニーをじろりとにらんだが、もう口をきくことはなかった。押し黙ってすわったまま、定規をあてたように背筋を伸ばし、白髪頭をそびやかしていたが、ここ一時間に味わった苦い失望のせいで、その顔は十歳は老けこんだように見えた。

アントニーはジョーダンに目をやると、グラスを掲げて乾杯のしぐさをした。「きみに至福をもたらす未来の花嫁に乾杯だ、ホーク」そう言ってにやりとした。

ジョーダンは皮肉に満ちた目でアントニーを一瞥《いちべつ》したが、それを除けば、顔色ひとつ変えずにいた。心模様を示さないその顔を見ても、アントニーは驚かなかった。祖母と同じく、ジョーダンも日ごろから心の動きを見せないよう自らを厳格に律しているが、祖母と違うのは、それを無造作にやってのけるところだった――あまりに無造作なので、アントニーをはじめ多くの人々が、ジョーダンは怒り以外の深い思いを心底から感じることはないのではないかと、ことあるごとに疑っていた。

　今回の件に関していえば、アントニーのその疑いは正しかった。自分の結婚について、ジョーダンは不快で腹立たしい諦念といった程度の感情しか抱いていなかったのだ。ジョーダンは口もとにグラスを運び、苦笑いしたいような気分で、この思いがけない運命の罠について考察した。イングランドで最も経験豊かで、最も垢抜けた――さらにいえば、最も恥知らずな――女たちと、長いあいだ気ままに遊んできた彼が、運命のいたずらで、どこまでもうぶな永遠の清純派ともいうべき、子どものような花嫁を娶るはめになったのだ。アレグザンドラが垢抜けないのは単なる経験不足のせいではなく、穢れなき魂の気高さと、心根の優しさのためだ――ジョーダンの本能は、はっきりとそう告げていた。

　自分と結ばれることで、彼女は肉体の純潔を失う。だが、なにがあろうと、あの天真爛漫な無邪気さを失うことはないのではないか、とジョーダンは思った。それに、名家のもつ縁故と同じくらい社交界入りに不可欠な、退屈そうな顔を優雅に装う如才なさや、ひねりのきいたウィットを身につけることもなさそうだ。

　アレグザンドラが彼の世界に、彼の生き方になじめそうにないと思うと、少しばかり残念な気がした。残念ではある――だが、残念しごく、というほどではない。というのも、実のところ、これから彼女と多くの時間をともにしようなどとは思っておらず、自分の生活のあり方を大幅に変える気もないからだ。アレグザンドラはデヴォンの家に住まわせて、そこに会いにいくことにするつもりでいる。

来週デヴォンに行くときは愛人を連れていく予定だったが、それはできなくなったと当人に告げねばならない。そう思うとため息が出た。ありがたいことに、エリーズは美人で色っぽいというだけでなく、気品もある。デヴォンへの旅や結婚のことを話しても、彼女なら修羅場を演じるようなまねはしないだろう。

「なあ、彼女のことはいつ正式に紹介してくれるんだ？」アントニーが質問をくり返した。

ジョーダンは後ろに手を伸ばし、呼び鈴の紐を引いた。「ラムジー」戸口に現われた執事に呼びかける。「黄色の間にミス・ローレンスがいるから、ここに連れてきてくれ」

「母とモンティ伯父はどこです？」居間に入るなり、アレグザンドラはあわてたように尋ねた。

ジョーダンは立ちあがって前に進み出た。「おふたりは近くの宿に向かわれた。われわれの来《きた》るべき婚礼の日を、期待に胸ふくらませながらそこでお待ちになる」そのことばには、露骨な皮肉がこめられていた。「ただし、きみはここで待つんだ」

ことの次第をまだのみこめずにいるうちに、アレグザンドラは公爵未亡人に紹介され、柄《え》付き眼鏡越しにじろじろ観察された。見くだすような目で値踏みされたことでくやしさがつのり、ついにこらえきれなくなって、彼女はぐっと顎を上げ、年配の女を真っ向から見返した。

「そんなふうにわたしを見るのはやめなさい。失礼じゃないの」アレグザンドラの表情に気づいて、公爵未亡人がぴしりと言った。

「まあ、失礼なまねをしてしまったでしょうか、奥様？」アレグザンドラは一見神妙に見える顔で尋ねた。「でしたら、お詫びします。ええ、人の顔をじろじろ見るのが失礼なのはわかっていますわ。でも、じろじろ見られるのもエチケットに反するとは、お恥ずかしいことにまったく知らなかったものですから」

公爵未亡人の手から柄付き眼鏡が滑り落ち、目が半眼になった。「このわたしに説教するなんて！　どこの馬の骨とも知れない、卑しい小娘のくせに」

「〝よき生まれなることはまことに望ましきことなれど〟」アレグザンドラはむっとして言った。「〝その栄光はわれの祖先らに帰すべきものなり〟」

アントニーは押し殺した笑い声をもらすと、怒り心頭に発した祖母と、祖母に舌戦を挑んだ浅はかな子どものあいだにすばやく割って入った。「それはプラトンのことばですね？」笑顔で尋ね、片手を差し出す。

アレグザンドラは首を振り、敵意に満ちた見ず知らずの集団の中に盟友を見つけた思いで、恥ずかしそうにほほえんだ。「プルタルコスですわ」

「まあ、ぼくもいい線いってたかな」アントニーは小さく笑った。「ジョーダンはびっくりして口がきけないようだから、自己紹介させてください。ぼくはジョーダンのいとこで、アントニーといいます」

アレグザンドラは彼が差しのべた手に自分の手をゆだねた。「はじめまして」

「お辞儀なさい」公爵未亡人が冷ややかな声で命じた。

「どういうことでしょうか？」

「若いレディが目上の人に紹介されたときは、片足を引いてお辞儀をするものです」

6

翌日の夕暮れのこと、アレグザンドラは与えられた寝室の窓辺に立ち、邸内路の向こうをながめていた。と、一台の立派な馬車が、夕日の中に灯火をきらめかせながら停まるのが見えた。「メアリー・エレン！」とつぶやくが早いか、彼女は寝室を走り出て、三階の長い廊下を駆けていった。

下では、ラムジーが玄関の扉を開けると同時に、メアリー・エレンが馬車から飛び出し、壮大な屋敷の正面の階段を駆けあがった。長い赤毛を後ろにたなびかせ、奇妙な形のふたつの包みを腕いっぱいに抱え、脱いだボンネットの縁をしっかり握っている。玄関広間に入ったところで、彼女はぴたりと足を止め、仰天している執事に向かって片足を引いてお辞儀をした。もったいぶった姿を見て、この人は重要人物だろうと考えたのだ。それから、悲痛な声で訊いた。「お尋ねします、閣下、アレグザンドラはどこにいるのです？　まだ生きていますか？」

執事がぽかんとしてこちらを見ているだけなので、メアリー・エレンは身を翻《ひるがえ》して下僕と向き合い、またお辞儀をしてから、すがりつくように尋ねた。「アレグザンドラはどこなのですか？　お願いです、どうか教えてください！」

アレグザンドラは矢のような勢いで階段を駆けおりて玄関広間に飛びこみ、腕を広げて、メアリー・エレンと包みとボンネットその他をいっしょくたに抱きしめた。「メアリー・エレン！」嬉々として声をあげる。「うれしいわ、来てくれて——」

普段は墓場のように静まり返っている公爵未亡人の豪壮な別邸では、この騒がしい挨拶は天地を揺るがす大騒動に匹敵したため、執事と下僕に加えて、さらに三人の召使いが玄関広間に駆けつけ、ついには公爵未亡人と最年長の孫息子までもがようすを見にきた。

モーシャムの素朴な農家に生まれたメアリー・エレンは、洗練された礼儀作法にも、上品なふるまいにも、高貴な人々の考え方にもなじみがなく、そうしたことには無頓着だった。なにしろ、高貴な人々とはなんのつきあいもないのだ。そんなわけで、執事や下僕も含めたローズミード屋敷の住人たちに身分の低い小者と即断されたにもかかわらず、メアリー・エレンはおめでたくもその事実に気づかず、なにひとつ気にしていなかった。

メアリー・エレンにとっては、その場にいる人々の考えなどどうでもよかった。友情に篤《あつ》い彼女の心を占領していたのは、アレグザンドラがなにごとかで困っているらしいということだけだった。「ああ、アレックス！」大あわての体《てい》で思いつくままにしゃべりだす。「あなた、死にそうなんじゃないかと思ってたのよ！　だけど、いつもどおり元気そうに見えるわ、ちょっと顔色が悪いだけで。それはきっと、この陰気な家で陰気な人たちに囲まれて暮らしてるせいね」ろくに息もつかず、心配そうに続けた。「もらった手紙があんまり深刻な感じだったから、うちの母さんもいっしょに行くって言ってたけど、だめだった。父さんの具合がまた悪くなっちゃって。あの感じ悪い御者は、あなたが困ってる理由をなんにも教えてくれなかったのよ。教えてよって一生懸命頼んだのに。大きな鼻の上から人のこと見おろして、『そういうことを知る立場にはございません』って言うだけ。ねえ、早く教えてよ、でないとわたし、爆発しちゃう！　手紙に書いてあったけど、〝ひどく心細い〟のはどうしてなの、〝とんでもない災難〟ってなんのこと？　それに、この人たちはいったいだれなのよ！」

　ふたりの後ろから、公爵未亡人の鋭い声が鞭《むち》を鳴らすように響いた。「ミス・ローレンスが〝ひどく心細い〟のは、この〝陰気な〟家の当主とじきに結婚することになっているからだと思いますよ。ちなみに、その当主というのはわたくしの孫息子ですが」

　メアリー・アレンはあんぐりと口を開け、アレグザンドラのほうにさっと向き直った。「まさかそんな！」悲鳴のような声をあげ、ラムジーを恐ろしげに見やる。上等な黒のスーツを着ているのを見て、この家の当主とは彼のことだと勘違いしてしまったのだ。「アレックス、この人と結婚するなんてだめよ！　わたしが許さないわ！　アレックス、こんな太っちょはだめ！」

　祖母の体が電撃のような怒りを発散しているのを見てとると、ジョーダンは広間の端の戸口からみなに聞こえるように咳払いした。彼はさっきからそこにいて、腹が立つやらおかしいやらでその大騒ぎを見物していたのだ。「アレグザンドラ、ご友人はその荷物をおろして、われわれにきちんと紹介してもらいたいと思っているんじゃないか？」

　朗々たる声を突然耳にして、アレグザンドラは飛びあがった。「そうそう、そうでしたわね」あわてて答えると、ラムジーが前に進み出て、メアリー・エレンの両腕からひとつずつ包みを受け取った。ラムジーが踵を返して歩きだしたのを見ながら、アレグザンドラは小声で尋ねた。「あの大きいほうの包みにはなにが入ってるの？」

「臓物と菌類で作った毒消しよ」メアリー・エレンは大声で嘘を言った。「母さんが、あなたの患《わずら》いに効くんじゃないかって作ってくれたの」

ラムジーが片腕をぴんと伸ばしたのを見て、ふたりの娘は笑いを嚙み殺したが、アレグザンドラの感じたおかしさの波は押し寄せたときと同じように急速に引いていった。メアリー・エレンの肘をとり、注意をうながすためにぎゅっと握ると、回れ右をさせてジョーダンと彼の祖母に向かい合わせる。公爵未亡人の花崗岩を思わせる硬い表情をひと目見るなり、メアリー・エレンはおじけづいたようにあとずさった。その間に、アレグザンドラは緊張のあまりつっかえながら紹介を終えた。

メアリー・エレンのしどろもどろの挨拶も聞かず、公爵未亡人はいきなり質問をぶつけた。

「アイルランド人なの？」凄みのある声で訊く。

怯えるより先に面食らって、メアリー・エレンがうなずいた。

「そんなこと、訊かなくてもわかりそうなものね」公爵未亡人が苦々しげに言った。「すると、当然、カトリックでしょうね？」

メアリー・エレンがまたうなずく。

「やっぱり」辛抱もここまでという顔でジョーダンを見やると、公爵未亡人は踵を返し、つかつかと客間に入っていった――女王である自分には、このように卑しくけがらわしい生き物の存在は耐えられない、とでもいうように。

メアリー・エレンは愛らしい顔にとまどいの表情を浮かべ、公爵未亡人が退出するのを見守っていた。少しして振り向くと、アレグザンドラに、こちらがホーソーン公爵よと背の高い男性を紹介された。

　びっくりしたメアリー・エレンは紹介された男性にはなにも言わぬまま、目を丸くしてアレグザンドラを見た。「公爵ですって？」その称号の持ち主はメアリー・エレンがお辞儀をするのを待っていたのだが、そちらには目もくれず、小声で友人に尋ねた。

　アレグザンドラはうなずきながら、純朴な田舎娘のメアリー・エレンをここに呼ぶとは、なんとも気の毒なことをしてしまった、と早くも後悔していた。

「ほんとにほんとの、本物の公爵様なの？」メアリー・エレンはひそひそ声でなおも問いつづけたが、完全に萎縮《いしゅく》してしまい、公爵の顔を見ることはできずにいた。

「そうだとも」ジョーダンはゆったりと退屈そうに言った。「ほんとにほんとの、本物の公爵様だ。わたしが何者であるかはこれではっきりしたから、次はきみが何者なのかを考えることにしようか」

　燃えるような赤毛の付け根まで顔を赤らめると、メアリー・エレンは片足を引いてお辞儀をし、咳払いしてから言った。「メアリー・エレン・オトゥールと申します、旦那様。閣下。殿」またお辞儀をする。「なんなりとお申しつけください、旦那様。じゃなくて、閣──」

「〝御前様〟でいい」ジョーダンがさえぎった。

「え？」メアリー・エレンはぼんやりと言い、ますます顔を赤くした。

「上で説明するわ」そう耳打ちしてから、アレグザンドラは気を取り直し、心もとなげにジョーダンを見た。戸口の前の堂々とした姿は、巨大な暗黒の神のようだ。畏怖の念が湧く。

近づきがたく感じる。なのに、なぜか心惹かれてしまう。「御前様、お許しいただければ、メアリー・エレンを上の部屋に連れていってあげたいのですが」

「いいとも」ジョーダンがのんびりと言うのを聞いて、アレグザンドラはくやしくなった。相手が自分たちふたりのことを、農家の庭先で不器量な雑種の子犬二匹が転げまわっているようで、途方もなく愉快な見ものだと思っているのが感じられたからだ。

アレグザンドラとメアリー・エレンが客間の前を通ろうとすると、中から公爵未亡人の声がくぐもった雷鳴のように響いてきた。「お辞儀はどうしたの?」厳しい口調だ。

娘ふたりはあわてて振り向き、客間の戸口に向かって同時にお辞儀をした。

「あの人、頭がおかしいんじゃないの?」アレグザンドラの寝室でふたりきりになるやいなや、メアリー・エレンが叫んだ。ショックとくやしさで目を見開き、公爵未亡人が邪悪な幽霊よろしく突然姿を現わすのではないかと恐れるように、贅沢な造りの部屋をぐるっと見まわす。「人にものを言うときは、いちいち嚙みつくように言わないと気がすまないわけ?〝アイルランド人なの?〟〝カトリックでしょうね?〟〝お辞儀はどうしたの?〟だって」口ぶりをまねて言ってみせた。

「ほんとに、めちゃくちゃよね」アレグザンドラは相槌を打ったが、自分の悲惨な立場を思い出すと、自然にこぼれた笑い声がぷつりと途切れた。「なのに、わたしはそのめちゃくちゃな家に嫁ごうとしているのよ」

「でも、どうして?」メアリー・エレンがささやき声で尋ねた。心の内がそのまま顔に出る彼女は、不安の仮面をかぶったようになっていた。「アレックス、いったいなにがあったの？ ほんの二日前には、わたしたち、いっしょに馬上槍試合をしたり、笑い合ったりしてたわよね。そのあと、あなたは突然いなくなって、いまじゃ村じゅうの噂の種になってる。母さんには、あなたからじかに話を聞くまで、どんな噂を聞いても取り合うんじゃないって言われたけど、判事さんが地主さんの奥さんから話を聞いて、わたしにアレグザンドラとは二度と口をきいてはいけないって言ったのよ。あなたはもう穢れた身だから、こっちに来るのが見えたら、道を渡って顔を合わせないようにしなきゃいけないって」

すでにじゅうぶんみじめで孤独だったアレグザンドラは、これ以上つらい思いをすることなどありえないと思っていたが、友人から話を聞くと、心が悲痛な抗議の叫びをあげた。要するに、だれもかれもが、彼女の最悪な面を見たと信じこんでいるのだ。幼いころから知っている人たちが、彼女の言い分を聞きもせずに村八分にしようとしている。彼女を信じて、本人の口から説明を聞くまで待とうと思ってくれているのは、メアリー・エレンとその家族だけだった。

金色の掛け布団にすわりこむと、アレグザンドラは憂いに満ちた目を上げ、たったひとりの友人を見た。「なにがあったかというとね……」

アレグザンドラから洗いざらい話を聞いたあと、数分というもの、メアリー・エレンは驚きのあまり口がきけず、黙って相手を見つめるばかりだった。それでも、ぽかんとした表情は徐々に消えていき、考えこむような顔になったと思うと、その顔にぱっと明るい光が射した。「アレックス！」小声で叫ぶと同時に、満面に笑みが広がった。アレグザンドラが結婚するという長身の男性について、新たな考えが浮かんだのだ。「あなたの結婚相手って、ただ公爵っていうだけじゃなくて、とってもすてきな人じゃないの！　そうでしょ——違うなんて言わせないわよ。下でひと目見た瞬間にそう思ったんだけど、あなたのことが心配でしようがなかったから、そっちには頭がいかなかったの」

　メアリー・エレンの異性に対する夢やあこがれのことはよく知っていたので、アレグザンドラは少し照れながら言った。「あの人の外見は——そんなにいやな感じではないわよね」

「いやな感じではない、ですって？」信じられないというように大声をあげると、メアリー・エレンは両手をすばやく腰にあて、夢見るような目つきになった。「冗談じゃないわ、彼はヘンリー・ビーチリーでもかなわないほどの美男子じゃないの。しかも、ヘンリーはわたしの知ってる中じゃいちばんのハンサムなのに。そうよ、ヘンリーを見たとき、わたしほんとに息が止まりそうになったんだから！」

「半年前には、知り合いの男の子の中ではジョージ・ラーソンがいちばんハンサムだと思ってたんじゃなかった？」アレグザンドラはほほえみながら言った。「ジョージを見たときも、息が止まったんでしょ」

「そのときは、ヘンリーのことをまだちゃんと見てなかったからよ」メアリー・エレンが言い訳がましく答えた。

「でも、そのまた半年前には、ジャック・サンダーズは世界一ハンサムな男の子だ、彼のことを見たら息が止まったって言ってたわよね」アレグザンドラは愉快になり、眉を上げて言った。

「でもそれは、ジョージとヘンリーをまだちゃんと見てなかったからだわ」アレグザンドラがおもしろがっているのがわかって、メアリー・エレンは本気で困惑していた。「わたしが思うに」アレグザンドラは冗談めかして言った。「息が止まるという症状は、あなたがひとところにすわりこんで、ロマンス小説に読みふけっているのが原因じゃないかしら。そういうことをすると目が悪くなって、出会った若者がみんな、物語に出てくるハンサムでロマンチックなヒーローに見えてしまうのよ」

メアリー・エレンは、ヘンリー・ビーチリーに対する不滅の愛を茶化されたことに猛然と抗議しようと口を開けたが、途中で気が変わり、いたずらっぽい笑みを浮かべてアレグザンドラを見た。「たしかに、あなたの言うとおりだわ」ベッドの反対側にのんびり歩いていって腰をおろし、残念そうに続けた。「あなたの公爵様の見た目は、かろうじて合格という程度よね」

「かろうじて合格ですって！」アレグザンドラはむきになって叫んだ。「彼の顔だちは気品があって男らしくて――とてもすてきなのに！」

「あらそう？」メアリー・エレンは笑いが出そうなのを隠して、短く切った爪の先を調べるふりをした。「髪が黒すぎるとか、顔が日焼けしすぎているとか、目の色が変だとは思わないわけ？」

「目の色はグレーよ！　とてもきれいな、珍しい色合いのグレーなんだから！」

アレグザンドラの怒りに燃える目を真っ向からのぞきこむと、メアリー・エレンはすました顔で言った。「だとしても、わたしたちはどっちも、彼はギリシャの神みたいだなんて、思ってもいないことを言ったりはしないわよね？」

「ギリシャの神ねえ」アレグザンドラは鼻で笑った。「ええ、わたしならそうは言わないでしょうね」

「じゃあ、彼のことを説明するとしたら、なににたとえる？」メアリー・エレンがずばりと訊いた。友人が公爵に夢中なのは一目瞭然で、それがおかしくてたまらず、もうすました顔をしていられなくなったのだ。

アレグザンドラは事実を認め、肩を落とした。「そうなのよ、メアリー・エレン」悲しげに声をひそめ、畏敬の念をこめて言う。「彼はミケランジェロのダビデ像にそっくり！」

メアリー・エレンはもっともらしくうなずいた。「あなたは公爵に恋してる。違うなんて言ってもだめよ。彼の話をしているときのあなたを見れば、すぐにわかるわ。顔にはっきり書いてあるんだもの。それで、ちょっと訊くけど」ぐっと身を乗り出すと、アレグザンドラの顔をしげしげと見ながら、声をはずませた。「それってどんな感じ？　男の人を好きになるのは、ってことだけど」

「そうねえ」分別を忘れずにいたいと心から願っていたのに、アレグザンドラは好みの話題に乗ってしまった。「なんともいえず妙な気分だけど、わくわくしてもいるわ。廊下で彼を見かけると、昔、お父様の馬車が玄関先に停まるのを見たときみたいな感じがする――つまり、うれしいんだけど、自分がみっともなく見えるんじゃないかって心配になる。同時に、悲しい気持ちにもなるの。わたしに愛敬がなくて、ちゃんと期待に応えられなかったら、相手はわたしから離れていって、二度と会えなくなるんだって思うから」

恋に落ちるとどうなるのか、もっと聞きたいと気がはやったせいで、メアリー・エレンはうっかりこう言ってしまった。「なに言ってるのよ。公爵と結婚するんだったら、彼が離れていくなんてことはありっこないじゃないの」

「でも実際、うちの父は母から離れていったもの」

メアリー・エレンの緑の瞳に、一瞬、同情の色が浮かんだが、それもつかのま、すぐに明るい顔になった。「そんなの気にすることないわよ。なんだかんだいっても、そういうのは全部過ぎた話だし、あと四日たてば、あなたは十八歳でしょ、そしたらすっかり女らしくなって——」

「わたし、女だっていう気がしないのよ！」アレグザンドラは情けない声で言った。初めての出会いから一時間とたたないうちに、わたしのハートを盗んだあの人。あの出会い以来ずっと悩んできたいろいろなことを、やっとことばにできるようになったのだ。「メアリー・エレン、彼になにを言ったらいいのかわからないの。わたしはこれまで、男の子のことなんかちっとも気にしてなかったのよ。なのにいまでは、彼がそばにいると、なにを言えばいいのか、なにをすればいいのか、まるでわからなくなっちゃう。だから、最初に思いついたことを口走るか——それで赤恥をかくんだけど——でなければ、頭の中が真っ白になって、でくのぼうみたいに突っ立ってるだけ。いったい、どうしたらいいのかしら？」すがりつかんばかりに尋ねた。

メアリー・エレンの瞳が誇らしげに輝いた。アレグザンドラは村で評判の物知りだが、かわいいとは思われていない。反対に、メアリー・エレンは村で評判の美人だが、彼女の頭に脳みそが入っているとはだれも思っていないのだ。なにしろ、大好きな父でさえ、彼女のことをいつも〝かわいいぼんくらちゃん〟と呼ぶくらいなのだから。

「家にあなたを訪ねてくる男の子たちとは、どんな話をしているの？」アレグザンドラは熱心に尋ねた。

メアリー・エレンは額にしわを寄せ、アレグザンドラについに認められた優秀な頭脳を活用しようとけなげに努力した。「そうねえ」考え考え話しだす。「ずっと前に気づいたんだけど、男の子って、自分のこととか、自分が興味をもってることを話すのが好きなのよ」これで一件落着とばかりに、晴れやかな顔になった。「男の子は、上手に質問してあげさえすれば、おもしろいことをどんどん話してくれる。ね、簡単でしょ」

アレグザンドラは困り果ててお手上げのしぐさをした。「公爵様がなにに興味をもってるかなんて、わかるわけないわ。それに、彼は〝男の子〟なんかじゃなくて、二十六歳の男性なのよ」

「そうよね」メアリー・エレンも同意した。「でも、母さんの口癖なんだけど、男の人って、うちの父さんとかでも、みんな心は少年のままなんだって。だから、わたしの計略はやっぱり通用するわよ。公爵を会話に引きこみたいなら、彼が興味をもってることについて質問すればそれですむじゃない」

「だってわたし、彼がなにに興味をもってるか知らないんだもの！」アレグザンドラはため息をついた。

メアリー・エレンはいったん口をつぐみ、その問題についてじっくり考えた。「そうだ！　うちの父さんがよく話してるような、男っぽいことに興味があるんじゃないかな。たとえば

——」

「たとえば、なに？」メアリー・エレンが考えこんでいるのを見て、アレグザンドラは興味津々《しんしん》で身を乗り出し、話をせかした。

と、メアリー・エレンがぱちんと指を鳴らし、顔を輝かせた。「虫のこと！ 領地では作物の出来具合はどうですかって言って、虫のことで困ってないか訊いてみるとか！ 虫っていうのはね」と、教え諭《さと》すように続ける。「作物を育てている男にとってはたまらなく興味があることなのよ！」

アレグザンドラの額に疑り深げなしわが寄り、それが考え事をするときの眉間のしわに変わった。「昆虫のことって、あまり楽しい話題だとは思えないけど」

「あら、男は、楽しい話とか、ほんとにおもしろい話を聞いてもちっとも喜ばないのよ。たとえば、お店のウインドウで見たきれいなボンネットの話をしたとするでしょ、そしたらだもうげんなりしちゃうの。それに、いつか作ってみたいなと思ってるドレスの話なんかをちょっとでもしようものなら、こっちが説明してる最中に必ずこっくりこっくりやりだすんだから！」

アレグザンドラは、その決定的な情報を、虫に関する忠告といっしょに頭に入れた。

「それから、どんなことがあっても」メアリー・エレンが釘を刺した。「公爵に向かって、黴《かび》の生えたようなソクラテスの話だとか、つまんないプラトンの話をしちゃだめよ。男って、頭のよすぎる女が大嫌いなんだから。あともうひとつ」メアリー・エレンは自分が得意とする話題にどんどんのめりこんでいった。「男の気を引く方法を覚えなくちゃね」

アレグザンドラは顔をしかめたが、あえて反論はしなかった。メアリー・エレンのスカートにはあらゆる年齢の男が群がり、いっときでも彼女といっしょにいたいと願って、オトゥール家の居間にひしめき合っている。従って、この問題に関するメアリー・エレンの助言はあだおろそかにはできないのだった。「なるほど」アレグザンドラはしかたなく言った。「じゃあ、どんなふうにして気を引けばいいわけ?」

「そうねえ、まずは、目を使うことね。あなたはすてきな目をしてるもの」

「目を使ってなにをするの?」

「公爵の目をじっと見るの。それから、睫毛がどんなに長いか見せつけるために、ちょっとぱたぱたさせて――」

ためしに睫毛を〝ぱたぱたさせて〟みたあと、アレグザンドラは笑いだし、並べてあった枕に身を投げ出した。「これじゃまるっきりばかみたいだわ」

「男はそうは思わないわよ。こういうのが好きなんだから」

アレグザンドラはまじめになり、枕に伏せていた顔をあおむけてメアリー・エレンのほうをうかがった。「ほんとにそうなの?」

「絶対にそうよ。それからもうひとつ――男は、自分が相手に好かれてるってことを知るのが好きなの。どういうことかっていうと、あなたってなんてたくましいのとか、勇ましいのとか、頭がいいのって言ってやると喜ぶのよ。自分が偉くなったような気がするから。あなた、公爵に愛してるって言った?」

沈黙。

「ねえ、言ったの？」

「言うわけないでしょう！」

「言わなきゃだめよ。そしたら、向こうも愛してるって言ってくれるんだから！」

「ほんとに？」

「あたりまえじゃない」

7

「いやよ、そんなの」怒りに頬を染め、アレグザンドラは叫んだ。彼女がにらみつけているお針子《はりこ》たちは、三日三晩というもの、寸法をとったり、待ち針を打ったり、ため息をついたり、虹のような色とりどりの布地を裁断したりしてきた。それらの布地はいま、デイ・ドレスやら、乗馬服やら、散歩用の服やら、化粧着やらに仕立てられる途中のさまざまな状態で、部屋じゅうに散らばっている。アレグザンドラは、詰め物をしたマネキンさながらに、感情をもつことも休むことも許されず、公爵未亡人に見張られて、体を動かすたびにその癖を直しなさいと叱られながら、ただじっと立って待ち針を打たれ、いじりまわされたりつつかれたりするだけの存在になったような気がした。

その三日間を通して、アレグザンドラは何度となく、夫となる人に会わせてほしいと頼んできたが、公爵はいつでも〝ほかに用がおありになる〟のだった。とにかく、あの石のように無表情な執事のラムジーは、何度訊いてもそう答えた。書斎でほかの紳士たちと午後遅くまで話しこんでいる公爵の姿は、たまにちらりと目にした。食事は、与えられた部屋で、メアリー・エレンといっしょにとらされた。どうやら公爵は、婚約者よりも祖母の公爵未亡人と食事をするほうが楽しいようだ。公爵が〝ほかに用がおありになる〟というのは、おそらく、アレグザンドラにじゃまされたくないという意味なのだろう。いまではそう考えるようになっていた。

三日間もそういう状態が続いたあと、アレグザンドラは気が張り詰め、いらいらし、さらには——恐ろしいことに——ひどく怯えていた。母とモンティ伯父は、彼女にとってはもう死んだも同然だった。ふたりは数マイル先の宿屋に泊まっているというが、ローズミード屋敷を訪ねてくることは許されずにいる。人生はアレグザンドラの目の前であくびをしていた。そのぽっかり開いた口の中は寂しい場所で、家族とも、メアリー・エレンとも、赤子のころからの友人である年とった召使いたちともいっしょにいられないのだった。

「こんなの、ただの茶番だわ！」メアリー・エレンにそう言いながら、アレグザンドラはもどかしさに地団駄を踏み、お針子をにらみつけた。そのお針子は、アレグザンドラが着ているレモン色のモスリンのドレスの裾に待ち針を打ちおえたところだった。

「じっとしていなくてはだめじゃないの、あなた。猿芝居はおやめなさい」部屋に入ってきた公爵未亡人が、冷ややかな声で言い放った。

この三日間、公爵未亡人がアレグザンドラに親しく声をかけたことはなかった。声をかけるとすれば、それは文句をつけるか、お説教するか、指示を与えるか、命令するときだけだった。「猿芝居ですって——」アレグザンドラはかっとなって大声をあげ、熱い怒りが体に満ちるのを心地よく感じた。「この程度で猿芝居になるんだったら、これから言うことを聞いたらびっくりするわよ！」公爵未亡人が立ち去ろうとするかのように背を向けたので、とうとう堪忍袋の緒《お》が切れた。「出ていかれるのはもう少しあとにして、わたしの話を最後までお聞きになってはいかがですか、奥様」

すると、公爵未亡人が振り向き、いかにも貴族らしいやり方で眉を上げ、そこまで言うなら聞いてやりましょうという顔をした。

その偉ぶった態度を見ただけで腹が立ち、アレグザンドラは思わず声を震わせた。「透明人間の孫息子さんに、結婚はとりやめにすると言っておいてもらえませんか。姿を現わしてもいいというなら、彼をこちらによこしてくれてもかまいません。そしたら、わたしが自分で話しますから」もう少しで泣きくずれてしまいそうだったので――そうなればこの老女にばかにされるだけだ――そのまま部屋を飛び出し、回廊を走って、階段を駆けおりた。

「御前様には」アレグザンドラのために玄関の扉を開けながら、執事が言った。「なんと申しあげたらよろしいでしょうか――万一、行き先をお尋ねになった場合には」

しゃにむに逃げ出そうとしていたアレグザンドラはつと足を止め、執事の目を真っ向から見据えると、相手の口癖をまねて言った。「アレグザンドラ様は〝ほかに用がおありになる〟と言っておいて」

それから一時間がたつころ、薔薇《ばら》の庭を歩きまわっているうちに、かっとした頭が冷えて、鋼のような決意が生まれた。アレグザンドラは腰をかがめ、ピンク色の愛らしい薔薇を手荒く摘むと、鼻に近づけて匂いをかいだ。それから、花びらを一枚一枚、ぼんやりとむしっていった。頭の中はまだ混乱したままだ。ピンクの花びらはひらひらとスカートに舞い落ちて、やはり無意識のうちに散らしていた赤や白や黄色の花びらに交じった。

「きみがラムジーに託したことづてから察するに」背後で平然とした声が朗々と響いた。

「なにか気に入らないことがあるんだな?」

アレグザンドラははっとして振り向いた。ようやく彼と話せるとほっとしたのもつかのま、抑えこもうとしてもふくらむ一方だった焦りがその安堵感をかき消した。「なにもかも気に入らないわ」

楽しげな表情の目が動き、スカートのまわりに散った薔薇の花びらを見やった。「ということは、ここの薔薇の花も気に入らないんだな」そう言いながら、ジョーダンは、ここ数日間彼女をほったらかしにしていたことを少しだけ反省した。

彼の視線をたどったアレグザンドラは、顔を赤らめ、鬱屈と不満をないまぜにして口に出した。「薔薇はとてもきれいよ、でも——」

「——でも、花びらがついたままだと陳腐《ちんぷ》に見える、ということか?」

自分の人生がめちゃくちゃになりかけているのに、わたしは花についての議論に引っ張りこまれそうになっている。そう気づいたアレグザンドラは、心を引き締め、一歩も譲らぬ構えで静かに言った。「御前様、わたしはあなたとは結婚しません」

ジョーダンは両手をポケットに突っこみ、軽く興味を引かれたように彼女を見た。「ほう? どうしてだ?」

どう説明するのがいちばんだろうかと考えながら、アレグザンドラは震える手で暗褐色の巻き毛をかきあげた。そのとき、ジョーダンの視線が上がり、無意識になされたその優雅な動きをとらえた——彼女を本気で観察したのは、それが初めてだった。きらめく陽射しが髪に黄金色のつやを与え、えもいわれぬ美しい瞳を輝くようなターコイズ・ブルーに変えている。ドレスの黄色はクリーム色の肌によく映え、頬はうっすらと桃色に染まっていた。

「お願いですから」アレグザンドラはたまりかねて言った。「そういうおかしな、値踏みするような目で見るのはやめていただけません？　まるで、わたしの顔を分析して、欠点をあげつらおうとしているみたい」

「そんな目をしていたか？」うわの空で言いながら、ジョーダンは高い頬骨とふっくらした唇に初めて目をとめた。優しく弧を描く眉や長い煤色の睫毛を具えた、心をとらえる繊細な顔だちを見ていると、この娘を少年とまちがえた自分が信じられなかった。

「あなたはピグマリオンの話みたいに、わたしを自分の思いどおりにしようとしている。それがいやなの」

「なんだって？」心を惑わす魅力的な顔に気をとられていたジョーダンは、はっとわれに返って尋ねた。

「ギリシャ神話では、ピグマリオンは――」

「その神話なら知っている。わたしはただ、女が古典を知っていることに驚いただけだ」

「あなたって、女性に関してはごく限られた経験しかないみたいね」アレグザンドラは目を丸くした。「うちの祖父は、たいていの女性は知性の面ではどこをとっても男性にひけをとらないって言ってたわよ」

　そのとき、ジョーダンの目が笑いを押し殺すようにきらりと光ったのを見て、アレグザンドラは自分が女性の知性を高く見ていることをおもしろがっているのだと勘違いした。実際は、彼が愉快に思ったのは、あなたは女性経験が少ないようだという発言のほうだったのだが。「おまえのおつむは空っぽだっていわんばかりの態度をとるのはやめて！　ここのうちの人はみんなそうだわ――召使いまで横柄《おうへい》で、妙なそぶりを見せるんだもの」

「では、執事に、耳に綿を詰めて耳が遠いふりをするように指示しておこう」ジョーダンが茶化した。「下僕には、目隠しをしろと言っておくよ。そうしたら、自宅にいるような気分になれるんじゃないか？」

「ふざけないで、まじめに話を聞いてください！」

威厳を感じさせるその声に、ジョーダンはたちまち真剣な顔になった。「わたしはきみと結婚するんだ」落ち着き払って言う。「それはじゅうぶんまじめなことだと思うが」

ジョーダンとは結婚しないと決め、本人にそう告げてしまったせいで、怯えが消えて彼の前でもあまり緊張せずにいられるとわかると、その決意が心に与えた鋭い痛みがいくらか和らいだ。「ねえ、気づいてる？」アレグザンドラは小首をかしげ、茶目っ気たっぷりにほほえんだ。「あなた、〝結婚〟って口にするたびに、おそろしく不機嫌そうな顔になってるわよ」ジョーダンがなにも言わないので、友人にするように彼の袖に手をかけ、底知れない灰色の瞳をのぞきこむと、その奥には冷笑がひそんでいた。「立ち入ったことを訊くようだけれど、御前様、あなたは人生に満足してるの？――自分の人生に、ということよ」

ジョーダンはその質問にむっとしたが、それでも答えを口にした。「それほどでもない」

「ほらね！　わたしたち、やっぱりうまが合いそうにないわ。あなたは人生に幻滅してるけど、わたしは違うもの」ふたりが出会ったあの晩、ジョーダンが彼女に感じた、内に秘めた穏やかな喜びや、勇気や、不屈の魂が、その声に表われていた。アレグザンドラはいま、青空をふり仰ぎ、楽天主義と無邪気さと希望で全身をきらきら輝かせていた。「いろいろひどい目にあっても、わたしは生きることを愛してる。愛さずにはいられないの」

ジョーダンはすっかり心を奪われて、鮮やかな色の薔薇や遠くにかすむ緑の丘を背景にしたアレグザンドラの姿をながめた――甘く柔らかな声で天空に向かって語りかける異教徒の乙女のような姿を。「新しい季節がめぐってくるたびに、いずれわたしの身にも〝なにかすてきなこと〟がおきるっていう希望が届けられる。祖父が亡くなったときから、ずっとそう感じているの。その希望を信じて待ちなさいって、祖父に言われているみたいな気がする。その希望は、冬には雪の香りにのって、夏には雷の轟きと空に青く閃く稲妻に混じってやってくる。でも、いちばん強く感じるのはいま。春なのよ。どこもかしこも緑と黒で埋めつくされる――」

彼女の声が小さくなって途切れると、ジョーダンはぼんやりと言った。「黒だって？」

「そう、黒よ――ほら、濡れた木の幹みたいに。それに、新しく耕したばかりの畑の匂い――」その匂いをまざまざと感じようとしたのか、アレグザンドラは大きく息を吸った。

「土の匂いか」ジョーダンは夢のない言い方をした。

アレグザンドラは天空に向けていた視線をおろし、ジョーダンの顔を見た。「わたしのこと、ばかみたいだと思ってるんでしょう」ため息をつくと、彼女は背筋をこわばらせ、相手を求める気持ちが胸の中でうずくのにもかかわらず、静かな声でおごそかに言った。「わたしたち、どう考えても結婚は無理です」

ジョーダンの灰色の瞳が不思議そうに光り、その上で黒い眉がしかめられた。「わたしにはたまたま、湿った土の匂いが香水のようだとは思えない――それだけの理由でそんなふうに決めつけてしまうのか？」

「だってあなたは、わたしの言ったことをひとことも理解していないじゃないの」アレグザンドラはやけになって言った。「結局どうなるかといえば、わたしたちが結婚したら、あなたのせいでわたしはあなたに負けず劣らず不幸になるわ――それで、自分が不幸になったら、その仕返しに、きっとあなたを不幸にするでしょう。そうして何年かたつころには、わたしたちふたりとも、あなたのお祖母様みたいに不機嫌になってしまうのよ。ねえ、笑ったら赦さないから」ジョーダンの唇がひくひく動くのを見て、アレグザンドラは釘を刺した。

ジョーダンは彼女の腕をとり、薔薇の花壇を左右に分けている石畳の通路を進んで、春の花をいっぱいにつけた木々が密集している東屋へと導いた。「きみは、いちばん大事なことを考えに入れるのを忘れている。わたしに宿屋に連れていかれたあのときから、きみの人生はすっかり変わってしまったんだ。われわれふたりを公の裁きの場に引きずり出すというきみの母上のことばが、単なるはったりだとしても、きみの評判はすでに地に落ちている」東屋の入口の前で足を止めると、ジョーダンはオークの木の幹に寄りかかり、淡々と言った。「きみが妻になってくれれば光栄のいたりだが、きみにとってもそれ以外に選択の余地はないんだ」

プロポーズをきっぱり断わっている最中なのに、彼のいつもながらのしかつめらしい丁重さがおかしくて、アレグザンドラはくすりと笑った。「モーシャムにいる普通の娘と結婚するのは、公爵にとってはとうてい〝光栄〟とはいえないでしょう」気どりもてらいもない素

直な声で、明るく言った。「それに、この前、わたしはきみのしもべだなんて調子のいいこ

とも言ってたけど、それはほんとのことじゃないわよね。どうしてそういうことを言うの？」

彼女の陽気さにつられて、ジョーダンもにやっとした。「癖になってるのさ」

アレグザンドラが小首をかしげた。公爵とやり合うだけの知性や気概を具えた、覇気のある娘。その姿はたまらなく魅力的だった。「あなたは、本心は絶対に口にしないの？」

「めったにしないな」

アレグザンドラは心得たようにうなずいた。「思ったことを素直に口にするのは、あなたのお祖母様がばかにしたように呼んでいらっしゃる〝下層階級の人間〟ならではの特権なんでしょうね。あなたはいつも、いまにも笑いだしそうな顔でわたしを見るけど、どうしてなの？」

「はっきりした理由はわからないが、どういうわけか」楽しくなったジョーダンは鷹揚に答えた。「わたしはきみのことが気に入っているんだよ」

「ありがたい話だけど、それだけでは結婚する理由にはならないわ」アレグザンドラはなおも譲らず、そもそもの懸念に話を戻した。「ほかにもっと大事なことがあるでしょう。たとえば……」声が尻すぼみになり、恐ろしい沈黙がとってかわった。たとえば、愛みたいな——と心の中で思う。ほんとうに大事なのは愛だけだ。

「たとえば？」

ことばに詰まったアレグザンドラは、あわてて目をそらし、あいまいに肩をすくめた。

愛みたいな、か――ジョーダンは頭の中で答えを出し、観念してため息をついた。祖母の領地の管理人との話し合いを中座してきたので、早くそちらに戻りたかった。アレグザンドラは愛やロマンスを欲している。世間知らずのねんねでも、婚約者に対しては多少の情熱を求めるものだ。それをすっかり忘れていた。恋に溺れた愚か者のように意固地になり、心にもないことを言って自分と結婚するよう説き伏せるなどということは絶対にしたくないので、ここはキスで片付けようと決めた。義務を果たし、彼女の不安を和らげて、話し合いに戻れるようにするには、それがいちばんてっとり早く、いちばん効果的で、いちばん都合のよいやり方だと思ったのだ。

アレグザンドラはびくっとして飛びあがった。気まずい思いで東屋の入口をながめていると、彼の手がいきなり上がって頬にふれ、観察をやめさせたからだ。

「わたしを見てごらん」ビロードのようになめらかな、低い、不思議な響きの声を聞くと、背筋がぞくっとして心が震えた。

ジョーダンの日焼けした顔におずおずと視線を移す。これまで、男性に誘いをかけられたり、唇を奪われたりしたことはなかったが、重たげなまぶたとけだるい表情をひと目見ただけで、なにかがおきるとわかった。たちまち警戒心が湧き、アレグザンドラは藪から棒に訊いた。「なにを考えてるの?」

彼はじらすように指を広げて頬を包み、微笑した――そのゆっくり広がるものうげな笑みを見ると、心臓が口から飛び出しそうになった。「きみにキスしようと考えてる」

そのことばを聞くなり、のぼせた頭が勝手に空想を始め、これまでに読んだ小説の場面がいくつも甦った。ひそかに想いを寄せる男性にキスされると、ヒロインたちは例外なく、失神するか、貞操を捨てるか、不滅の愛がどうのこうのと口走るかしていた。そんな恥ずかしいまねをしてしまったらどうしようと震えあがって、アレグザンドラは激しくかぶりを振った。「だめよ、そんな」必死に叫ぶ。「そ――それはやめたほうがいいと思うわ。とにかくいまは。親切に言ってくださってうれしいけれど、でもいまはだめ。いつかほかの機会に――」

その抗議には耳を貸さず、おかしくてたまらないのをけんめいに隠しながら、ジョーダンは指先を彼女の顎にあて、キスするために顔をあおむかせた。

ジョーダンが目を閉じた。アレグザンドラは目を見開いた。彼の顔が近づいてくる。情熱に身をまかせようと覚悟した。彼の唇が唇に軽くふれた。それで終わりだった。

ジョーダンは目を開け、どうだろうと相手の顔をながめた。予想に反し、それははにかみながらうっとりしている顔ではなかった。アレグザンドラの目はとまどったように見開かれ、しかも――なんと――落胆をあらわにしているではないか！

小説のヒロインのようにばかなまねをせずにすんだことにほっとしながら、アレグザンドラは眉間にしわを寄せた。「キスって、たったこれだけのものなの？」彼女がそう尋ねた相手は、実は燃えるようなキスの力で、生娘《きむすめ》には自分が未経験なのを恨めしく感じさせ、夫ある女性には結婚の誓約を忘れさせると評判の貴公子なのだった。

ジョーダンはしばし動きを止めた。灰色の目を半眼にして、探るように彼女を見る。アレグザンドラは、彼の銀色がかった瞳の奥に、なにかぞくぞくするような、危険な炎が灯るのを見た。「いや」ジョーダンはつぶやいた。「これだけじゃないぞ」そして、彼女の腕をつかむと、胸のふくらみが自分の胸板にふれそうなほど近くに引き寄せた。

自分ではとうに息絶えたと思っていた良心が、なぜかこの瞬間をわざわざ選び、何年もの沈黙を破ってふいに声をあげた。〈おまえは子どもを誘惑しようとしているんだぞ、ホーソーン！〉嫌悪に満ちた声が鋭く警告する。彼は迷った。それは、おのれの行為に罪の意識を感じたからではなく、長らく忘れていた良心の声がいきなり聞こえたことに驚いたからだった。〈時間をかけて説得するのが面倒だからといって、疑うことを知らない子どもを色仕掛けで自分のいいなりにしようというのか〉

「今度はなにを考えてるの？」アレグザンドラが用心深く訊いてきた。

ジョーダンはいろいろな逃げ口上を思い浮かべたが、彼女が紋切り型の社交辞令を軽蔑しているのを思い出し、ここは正直になろうと決めた。「自分が、子どもを誘惑するという赦しがたい行為に及んでいるんじゃないかと考えているんだ」

アレグザンドラのほうは、自分がいまのキスに動じていないことにがっかりするというより、むしろほっとしていたので、心の中にふつふつと笑いが湧きあがってくるのを感じた。「わたしを誘惑する、ですって？」おかしくなってくすっと笑い、首を振ると、巻き毛が色っぽく乱れた。「まさか。その点では安心していいわよ。たいていの女性は、キスされると失神して、貞操を捨てたりするけど、わたしはそういう人たちより骨があるみたい」そして、素直に告げた。「いまのキスでは、なんともなかったわ。もちろん」と、気を遣って言い添える。「いやな感じだったとは思ってないわよ。だって、ほんとにそんなことなかったもの。

むしろ……結構すてきだったわ」

「それはどうも」ジョーダンはまじめくさって言った。「優しいんだな」片腕を腰にあて、その腕にアレグザンドラの手をしっかりからめさせると、向きを変え、彼女を連れて東屋の中に何歩か踏みこんだ。

「どうしたの？」アレグザンドラが無邪気に訊いた。

「家から見えないところに隠れたんだ」ジョーダンはさらりと答え、花盛りのリンゴの枝の下で足を止めた。「結婚を約束したふたりが慎ましく口づけするなら薔薇の園でもいいが、激しいキスはもっとひそやかに交わす必要がある。こういう東屋の中で」

ジョーダンの淡々とした説明口調に惑わされ、アレグザンドラはその重大発言の意味がすぐにはぴんとこなかった。「すごいわ！」笑いながら彼を見あげる。「貴族の家では、ほんとになにからなにまで規則があるのね。そういうことが全部書いてある本ってあるのかしら？」だが、答えを聞かないうちに、はたと気づいて息をのんだ。「わ――わたしに激しいキスをするの？　どうして？」

東屋の入口に目をやり、だれも見ていないのを確かめると、ジョーダンはシルバーグレーの瞳とものうげな微笑の魅力を全開にして、目の前の娘をおびき寄せにかかった。「わたしがうぬぼれ屋だからだよ」低い声でおどけて言う。「さっきのキスの最中にきみが眠りこみそうになったのかと思うと、自尊心がいたく傷つけられてね。さて、きみを目覚めさせられるかどうか、やってみるか」

長年沈黙を守っていた良心が憤激したのは、ここ数分でこれが二度目だった。ジョーダン

の良心は彼を怒鳴りつけた。〈この悪党め、自分のやっていることがわかっているのか?〉

　だが今回は、一瞬たりとも迷わなかった。いまはもう、自分がやっていることを明確に自覚していたからだ。「いいかい」水色のつぶらな瞳を見ながら安心させるように笑いかけると、ジョーダンは発言したことを実行に移しはじめた。「キスというのは、ふたりで分かち合うものだ。こんなふうに、わたしがきみの腕に手をかけ、きみを抱き寄せる」

　キスひとつにいちいち手順があるのかと面食らいながら、アレグザンドラは長く力強い指が自分の二の腕をそっとつかむのをながめ、白い上等なシャツの胸もとに目を移し、最後におずおずと視線を上げて彼と目を合わせた。「わたしの手はどうしたらいいの?」

　ジョーダンは吹き出しそうになるのをぐっとこらえ、口をついて出かかったきわどい答えものみこんで、こう尋ねた。「きみはどうしたい?」

「自分のポケットに入れるのはどう?」アレグザンドラはそれを望んでいるようだった。

　ふと気づくと、ジョーダンは彼女を誘惑したいというより大声で笑いたいような気分になっていたが、それでも断固として続けた。「わたしが言いたかったのは」と穏やかに説く。「わたしの体にふれてくれても、いっこうにかまわないということだ」

　そんなことしたくないわ——アレグザンドラは、心の中で必死に叫んだ。

　いや、するんだ——ジョーダンは相手の反抗的な表情を正確に読み解き、内心で微笑しながら断言した。彼女の顎にそっとふれて顔を上げさせ、きらきら輝く大きな目をのぞきこむ。すると、心の奥から優しい気持ちがゆっくりとあふれ出した。その感覚は、このすれたところがなく、なにをしでかすかわからない、子どものように純真な女性に出会うまでは、良心の声と同様に長らく忘れていたものだった。その刹那、天使の瞳に見入っているような気分になり、彼は知らず知らずうやうやしさをこめて、アレグザンドラのすべすべの頰にふれていた。「きみはわかっているのか?」そっとつぶやく。「自分がどれほど魅力的か――そして、どれほど貴重な存在かということが」

そのことばは、頰にふれる指の感触や、心を動かさずにおかない深みのある声音とあいまって、アレグザンドラを強烈に引きつけた。キスされたときにそうなるのではないかと恐れていたことが、ついにおこったのだ。心がとろけて、ふわふわ浮かびはじめたような気がした。催眠術をかけられたように、灰色の瞳から目を離せない。離したくない。気がつくと、震える指を彼のがっしりした顎のほうへ伸ばし、自分がされているのと同じように頰にふれていた。彼女は狂おしくささやいた。「あなたは美しいわ」

「アレグザンドラ――」ささやくような彼の声は、かつてないほど切なげで、アレグザンドラは思いのたけを打ち明けたくなった。ジョーダンの頰をなでている指先や、緑がかった水色をした無垢《むく》な瞳が、彼をどれほど刺激しているか気づかないまま、やはり狂おしい声で続けた。「ミケランジェロのダビデ像のように美しいと――」

「もういい――」絞り出すようにささやくと、ジョーダンはさっきとはくらべものにならないキスで彼女の唇をおおった。激しさの中に優しさをこめて唇を重ねながら、片手をうなじに沿わせて感じやすい肌をそっと愛撫し、もう一方の腕は腰に回してぐっと抱き寄せる。彼の唇がアレグザンドラの唇を味わい、誘いこむうちに、彼女は純粋な快感の海に溺れていった。手のひらを硬い胸板から上へ滑らせ、両腕を首に回してすがりつき、なにも意識せず素直に体を密着させる。そこで一気に立場が逆転し、誘惑する側が誘惑されることになった。ジョーダンの体の奥で欲望が爆発し、腕の中の少女が成熟した女に変わったのだ。彼はとっさに口づけを深め、飢えたように唇を動かし、執拗にむさぼった。アレグザンドラはますます強くしがみつき、さらさらの髪の襟足に指を差し入れながら、激しい歓びの波に襲われるたびに体をのけぞらせた。ジョーダンはひたすらにキスを続けたあと、震える唇を舌で攻めたてて開かせ、口の中に舌を割りこませた。そして、背中を抱いていた手を前に回し、胸もとへと滑らせた。

そのとき、恐怖心からか、それとも欲望を煽《あお》られたのか、アレグザンドラがかすかなうめき声をもらした。どうしたわけか、その声がジョーダンの沸きたつ五感を貫いて、燃える心に水を差し、彼はむりやり現実に引き戻された。

上に滑らせた両手を細くくびれた腰までおろすと、ジョーダンは頭を起こし、心を酔わせる若々しい顔をのぞきこんだ。まさかこの娘にここまで興奮させられるとは――意外なできごとにまだ呆然としていた。

愛の歓びにくらくらしながらも、アレグザンドラは手のひらの下で彼の心臓が重く脈打つのを感じた。初めは優しく、次に猛然と彼女の口をまさぐった、男の色気を放つきりっとした唇を見つめたあと、目を上げると、欲望に翳《かげ》る灰色の瞳に出会った。

そこで気づいた。

〝すてきなこと〟がおきたのだ。このすばらしい人は、複雑な心をもつ粋《いき》な美男子は、運命が約束した贈り物だった。彼こそは、わたしが愛する定めの人にちがいない……

ジョーダンと同じく複雑な心をもつ粋な美男子だった父につらい仕打ちを受けたことはあえて忘れ、アレグザンドラは慎ましやかな感謝の念で胸をいっぱいにして、運命の贈り物を受け取った。平常心を取り戻したジョーダンの瞳の色が欲望からいらだちに変わったのに気づかぬまま、彼女はきらきら光る目を上げて彼と視線を合わせた。そして、仰々しくもなければ卑屈でもない、穏やかな声でそっと告げた。「愛しています」

彼女と視線が合ったときから、ジョーダンはこういうことになるだろうと覚悟していた。聞きたくもない告白ではなく普通のお世辞を耳にしたつもりで、相手のことばを受け流すために、「ありがとう」と答える。そして、心の中で首を振った。ここまで無防備に甘い気分にひたれるとは、あきれたものだ。しかも、こんなに世間知らずだとは……この娘が感じているのは欲望であって、それ以上のものではない。この世に愛などというものはない――あるのはさまざまなレベルの欲望にすぎず、ロマンス好きの女や愚かな男がそれを〝愛〟と呼んでいるだけだ。

わたしの気持ちはきみとは違うし、もっといえば、わたしに対していまのような気持ちをもつのはやめてほしい、ときっぱり告げて、アレグザンドラの恋をただちに終わらせねばならないのはわかっていた。ジョーダン自身は、そうしたいと望んでいた。だが、長い沈黙を破っていきなりうるさいことを言いだした良心が、彼女を傷つけることを許さなかった。彼はたしかに冷酷で、ひねくれていて、自分が理不尽な気分になっていることにいらだってもいたが、それでも飼い主を慕《した》う子犬のような目でこちらを見ている子どもをわざわざ傷つけるほど冷酷でもひねくれてもいなかったのだ。

アレグザンドラの表情は見れば見るほど子犬を思わせたので、ジョーダンは思わず手を伸ばし、つやのある豊かな髪をくしゃくしゃにした。そして、笑みを含んだまじめな声で言った。「そんなうれしいことを言われると、思いあがってしまいそうだ」家のほうにちらりと目をやると、早く仕事に戻らねばと気がせいた。「きょうの午後から夜にかけて、祖母のために経理の仕事を片付けなくてはならないんだ」そのあと、とってつけたように言った。「では、あしたの朝に」

アレグザンドラはうなずき、ジョーダンが東屋を出ていくのを見送った。あすの朝には、あの人の妻になるんだわ……愛していると告げたときの彼の反応は期待していたようなものではなかったが、それは気にならなかった。いまのところは。いまは、心の中で大きく花開いた愛に支えられて、なんとかやっていけそうだった。

「アレックス?」東屋に駆けこんできたメアリー・エレンは、あふれんばかりの好奇心に顔を輝かせていた。「窓から見てたわよ。ここに入ってからずいぶんたつじゃない。キスはされたの?」

アレグザンドラは、スモモの木の下の装飾を凝らした鉄製の白塗りのベンチにすわりこみ、友人の興味津々の表情にくすりと笑いをもらした。「ええ」

メアリー・エレンがさっと隣に腰かけた。「で、愛しているって彼に言った?」

「言ったわ」

「どうだった?」メアリー・エレンがうれしそうに訊いた。「なんて言われた?」

アレグザンドラは寂しくほほえんで友人に目を向けた。「『ありがとう』ですって」

暖炉に踊る楽しげな炎が春の夜の肌寒さを追い払い、壁に落ちた影は秋祭りの精よろしく陽気に跳ねまわっている。大きなベッドに積まれた枕に寄りかかって気晴らしにその光景をながめながら、アレグザンドラはもの思いに沈んでいた。あすは彼女の結婚式だった。

膝を抱えて炎に見入る。婚約者に恋している自分に気づいたときには胸が躍ったものの、だからといって、彼を理解していると思うほど愚かではなく、彼を幸せにするすべを心得ていると思うほどどうぶでもなかった。

アレグザンドラにとって明らかなことはふたつしかなかった。夫になる人を幸せにしたいということと、なんとかしてその方法を見つけねばならないということだ。心にはそのとてつもない責任が重くのしかかっている。公爵家の当主の妻になるというのはどんなことなのか、もっとよく知りたいと、心の底から願わずにはいられなかった。

結婚についてのアレグザンドラの知識は限られているうえに、あまり役に立たないものだった。彼女の父は、上品で愛敬のある、人気抜群のよそ者のようで、その〝ご来訪〟が妻や娘に熱狂的に歓迎されるといった家庭だったからだ。

抱えた膝に顎を乗せてこれまでのことを思い返すと、胸がきりきり痛んだ。自分と母は公爵の約束のことばを頼みにして、腰を低くしてきた。彼が神で、自分たちは熱烈な崇拝者であるかのようにふるまった。公爵の目には、自分と母はどれほど間抜けで、どれほど田舎くさく、どれほど単純に見えたことだろう。こちらの崇《あが》めたてるような態度は、彼にとってはお笑い草だったにちがいない！

そこで決然と頭を切り替え、自分の結婚生活について考えた。母はかしこまって父にかしずいていたが、公爵は妻にそんなことをされたらきっといやがるだろう。わたしが思ったことをそのまま話すと、たとえとんでもないことを言ってしまっても、公爵は楽しそうにしている。声をあげて笑ったことさえある。でも、これから四十年、彼と連れ添うには、どんなふうにしたらいいのだろう？

両親の例以外にアレグザンドラがじかに見聞きしたのは、農民の結婚生活だけだった。農民の家庭では、妻は夫のために食事を作り、掃除をし、縫い物をする。そう考えると、自分も公爵のためにそういうことをしてみたいという気持ちがじわりと胸に広がったが、それが甘ったるいばかげた空想にすぎないのはわかっていた。この屋敷には召使いがひしめいていて、住人たちの要望を先回りして汲み取り、彼らが頼み事を思いつくかつかないかのうちに、それを実行するように計らっているからだ。

アレグザンドラは大きくため息をつき、ホーソーン公爵は、田舎育ちの普通の女が夫の面倒を見るようなやり方で、妻に世話を焼かれる必要はないのだとあきらめた。それでも、理想の光景を思い浮かべずにはいられなかった。暖炉の前で公爵と向かい合わせに腰をおろした自分。その指が彼の雪のように白いシャツに器用に針目を加えていく。妻がシャツをつくろうのを見るうちに、公爵の男らしく端正な顔に幸せそうな感謝の色が浮かぶところを、むなしく想像した。彼はどんなに喜んでくれるだろう……。

自分はお裁縫はまるでだめなんだったと思い出すと、喉の奥から笑い声がもれた。針で指を突いて、シャツを血だらけにするのでなければ、袖ぐりを縫い閉じてしまうとか、その手のひどい失敗をしでかすにちがいない。幸せいっぱいのほのぼのした結婚生活の図は消えていき、アレグザンドラは毅然とした表情になった。

彼女は、公爵はきわめて複雑な人間だと本能的に確信し、自分が若さゆえに経験不足なのをくやしく思っていた。ただ、未熟ではあっても、けしておつむが軽いわけではない——公爵は彼女のことをおもしろい子どもだと思っているようだが。必要とあらば、常識の心得や実際的なものの考え方という武器を活かすこともできる。なにしろ、十四のときから一家のまとめ役を務めてきたのだから。

いま、アレグザンドラは新たな使命を前にしていた。ホーソーン公爵の奥方にふさわしい女性になるのだ。ここ数日だけでも、公爵の祖母には、行儀や癖のことですでに百回は叱られている。この家では、礼儀作法やしきたりなどうわべだけのことがむやみに重んじられているようで、ばかばかしく思えたが、それでも、必須とされる知識はすべて身につけてやろうとひそかに決意していた。旦那様に恥をかかせるようなまねだけは絶対にしたくない。

わたしの旦那様——積みあげた枕に心地よくもたれかかって思う。あの長身でハンサムで気品のある貴公子が、わたしの旦那様になるんだ……

8

次の朝、大きな袖椅子に身を沈めて、アントニーは感心したりあきれたりしながらいとこをながめていた。「ホーク」小さく笑って言う。「いやはや、みんなの話はほんとうだったんだな――きみには神経というものが完全に欠けている。きょうはきみの結婚式だというのに、きみ以上にぼくのほうが緊張しているじゃないか」

フリル付きの白いシャツ、黒いズボン、銀糸の紋織りのベストだけの格好で、ジョーダンは祖母の領地管理人との式直前の話し合いと、寝室内をゆっくり行きつ戻りつしながら自身が営む投機的事業の報告書に目を通すという作業を同時にこなしていた。彼の侍者《じしゃ》が、そんな主人の後ろにぴったりついてまわり、上等な仕立てのシャツのわずかなしわを伸ばしたり、ズボンの脚についたごく小さな糸くずをはらったりと、大車輪の働きを見せている。

「立ち止まってやれよ、ジョーダン」アントニーは侍者に同情し、笑いながら言った。「かわいそうに、マシソンはきみのあとについて走りまわっているうちに、過労でぽっくり逝ってしまいそうだぞ」

「なんだ？」ジョーダンが足を止め、けげんそうにアントニーを見ると、仕事熱心な侍者が極上の仕立ての黒いジャケットをここぞとばかりに着せかけたので、その袖に腕を通すしかなかった。

「結婚するのはきみ自身なのに、なんだってそこまで涼しい顔をしていられるのか、よかったら教えてもらえないか？　式が十五分後に迫っているのを知らないわけじゃないだろう」

軽くうなずいて領地管理人を解放すると、ジョーダンは手にしていた報告書を脇に置き、マシソンがなおも着せかけているジャケットをようやく完全に身につけた。そのあと、鏡を見ながら顎をなで、ひげがきれいに剃れているのを確かめた。「これが結婚だとは思っていない」あっけらかんと言う。「小さな子どもを養子にもらうんだと思っている」

アントニーがその冗談に頬をゆるめると、ジョーダンはいくらかまじめになって続けた。

「アレグザンドラにはわたしの生活に口出しはさせないし、彼女と結婚することでなにかが大きく変わるわけでもない。ロンドンに寄ってエリーズに会ってから、アレグザンドラを連れてポーツマスに行き、そこから沿岸を航海する。今度設計した客船の走り具合を見たいんだ。そのあと、デヴォンの家にアレグザンドラを置いてくる。彼女はデヴォンを気に入るはずだ。あそこの家は小さめだから、広すぎて落ち着けないということはないだろう。当然、わたしもときには会いにいくしな」

「当然、か」アントニーは苦笑した。

ジョーダンはそれには返事をせず、さっきの報告書を手にとって、続きを読みだした。

「きみの麗《うるわ》しのバレリーナは、このなりゆきを喜ばないんじゃないか、ホーク」しばらくして、アントニーが言った。

「彼女ならわかってくれるさ」ジョーダンはうわの空で答えた。

「ちょっと！」クリーム色のレースで縁どりした茶色いサテンの品のよいドレスを身につけた公爵未亡人が、つかつかと部屋に入ってきて厳しい声で言った。「この冗談のような結婚話を、ほんとうに実行に移そうというの？　おまえは本気で、あのがさつな小娘を、育ちがよくて教養のある若いレディだと偽って、社交界に出すつもりなのね」

「とんでもない」ジョーダンはつまらなそうに言った。「彼女はデヴォンに住まわせるつもりです。〝教養のある〟という部分に関しては、ほかならぬお祖母様におまかせしますよ。ただ、あわてることはありません。公爵夫人の地位に納まるために知っておかねばならないことを、一年か二年かけて、教えてやってくだされればいいんです」

「そんな難行《なんぎょう》は、たとえ十年かけたところで成し遂げられはしません」公爵未亡人が言い返した。

それまで、ジョーダンはこの結婚に反対している祖母の攻撃を文句も言わずに耐え忍んできたが、いまのことばはさすがにひどすぎると感じて、召使いも社交界の名士も同じように震えあがらせる辛辣な口調で言った。「聡明な娘に、退屈でうぬぼれの強い能なしのようにふるまえと教えるのが、そんなにむずかしいことでしょうか？」

負けん気の強い公爵未亡人はあくまで威厳を保ったが、それでも、孫息子のかたくなな表情を見守るうちに、驚きに近いものを感じたようだった。「では、おまえは自分と同じ階級の女性のことを、そんなふうに見ているのね？　退屈でうぬぼれが強いと？」

「いいえ」ジョーダンはそっけなく言った。「それは、アレグザンドラと同じ年ごろの女性の話です。そのあと年をとると、たいていはさらにつまらない人間になります」

おまえの母親のようにね、と公爵未亡人は思った。

わたしの母のように、とジョーダンは思った。

「すべての女性がそうだとは限りませんよ」

「そうですね」ジョーダンは適当に調子を合わせた。「たぶん、おっしゃるとおりなんでしょう」


アレグザンドラは、小間使いふたりの手を借りて、三時間がかりで結婚式のための身ごしらえをした。式そのものは、十分もかからなかった。

式がすんでから一時間後、金色に泡立つシャンペンの入ったクリスタルのグラスを所在なげに手にして、アレグザンドラは青色と金色の内装の広々とした客間の中央に、花婿とふたりきりで立っていた。ジョーダンは自分のグラスにシャンペンをついでいるところだった。

アレグザンドラ自身はなにも気にすまいと心に決めていたものの、結婚式は現実味が薄く緊張感の強い、一種独特な雰囲気の中で行なわれた。出席者の中には母とモンティ伯父もいたが、公爵と彼の祖母にはふたりの存在が耐えがたく思えたようだった。モンティ伯父などは、できる限り行儀よくふるまい、周囲にいる女性たちの臀部《でんぶ》には、公爵未亡人のそれにさえも、目を向けないよう気をつけていたのだが。アントニー・タウンゼンド卿とメアリー・エレンも列席していたが、すでに全員が帰宅の途についていた。

ローズミード屋敷に来たときから、アレグザンドラは自分が闖入《ちんにゅう》者であるように感じていたが、息苦しいほどあでやかな金箔張りの客間の中で、ジョーダンの母親のものだった、象牙色のサテンに真珠をちりばめたみごとなウエディングドレスに身を包んでいると、その感覚が一段と強まった。わたしは自分も家族も歓迎されていない世界に無理に入りこんでしまったんだ……そう思っただけで息が詰まりそうになった。

それにしても、いま、これほど不安で落ち着かない気分になるのは妙ではないか、と考える——夢にも思わなかった豪勢なドレスを着て、自分でも信じられないほどきれいな姿になっているのに。けさは、公爵未亡人の着付け係のクラドックが、じきじきに身づくろいを担当してくれた。彼女の的確な技術によって、癖の強い巻き毛はつやが出るまでブラッシングされたあと、頭頂部に大きく結いあげられ、サイドは小さな耳につけた真珠のイヤリングとおそろいの美しい真珠の櫛《くし》できちんと留められた。

そのあと、自室の姿見に映ったわが姿を見たときには、ひそかに有頂天になった。クラドックでさえ、背後にさがって「なかなか見栄えがしますね、いろいろ面倒でしたが——」と言ったほどだった。けれども、ジョーダンはアレグザンドラの姿についてはなにも言ってくれなかった。モンティ伯父の介添えで彼女の手をとったときには、力づけるようにほほえんでくれたので、挙式のあとしばらくはその笑みが心の支えになった。しかし、いまは夫婦として初めてふたりきりになっている。静けさの中で耳に入るのは、新婚旅行用の馬車に積みこむために、召使いたちが重いトランクを階下に運んでいく音だけだ。

シャンペンをどうしたらよいかわからなかったので、アレグザンドラはいちばん無難な道を選び、少しだけ口をつけてから、凝った彫刻をほどこし金色に彩色したテーブルにグラスを置いた。

振り向くと、ジョーダンが初めて目にしたかのように彼女をじろじろ見ていた。午前中は、花嫁の姿についての感想はひとことも口にしなかったが、いまはつややかな髪のてっぺんから、ほのかに輝くサテンのドレスの裾まで目を走らせている。やっとなにか言ってくれそうだと思い、かたずをのんで待った。

「出会ったときの印象より背が高いな」

意外な発言に加え、本気で困惑しているような表情がおかしくて、アレグザンドラは思わず笑い声をもらした。「この一週間で二インチ以上背が伸びたとは思えないけど」

その軽口に対し、ジョーダンはおざなりにほほえんでみせてから、考えこむような顔で続けた。「初めは、少年と勘違いした。だが、少年にしては小柄すぎる」

きょうからは機会あるごとにふたりの関係に楽しさを加えていこうと決めていたアレグザンドラは、わざとからかうように言った。「でも、わたしは少年じゃないわよ」

きのうのキスのことがあったので、ジョーダンはアレグザンドラに冷静に接するつもりでいたのだが、人をつりこむような明るいほほえみには逆らえなかった。彼女のその笑顔のおかげで、結婚式のあいだに重く沈んだ心も軽くなったようだった。「たしかに、きみは少年じゃない」彼はお返しにほほえみながら言った。「少女ともいいきれない。では女性かというと、それも違う」

「微妙な年ごろってことなんでしょうね」妻の年齢にこだわるジョーダンを優しくからかうように、アレグザンドラは瞳をきらめかせて答えた。

「まったくだ」ジョーダンは小さく笑った。「まだ十八歳にはなりきっていないという娘は、どのように呼べばいいんだろうな」

「わたし、もう十八になったのよ」アレクザンドラはまじめになって言った。「きょうはわたしの誕生日ですもの」

「きょうが誕生日だとは全然知らなかったよ」ジョーダンは心からすまながっているようだった。「旅行中に、プレゼントを買ってあげよう。きみぐらいの歳の女の子は、なにが好きなのかな？」

「若すぎるほど若いってことを、いつもいつも言われずにすむのが好き」さらりと答えたが、顔つきは意味深長だ。

ジョーダンの豪快な笑い声が客間に響きわたった。「ほんとうに、頭の回転が速いんだな。こんなに若——かわいい人にしては驚くべきことだ」すばやく言い直した。「あらためてお詫びしよう——歳のことをからかったりして悪かった。もちろん、プレゼントを忘れていたことも」

「わたし、すごく心配だったの。あなた自身が誕生日プレゼント、なんてことだったらどうしようと思って」

「なんて言い草だ」ジョーダンがまた喉の奥で笑った。

アレグザンドラは掛け時計に目をやった。ジョーダンが船着場めざして家を出ると言った時刻まで、あと三十分もない。「もう上に行って、着替えなくちゃ」

「祖母はどこに行ったんだろう？」部屋を出ようとしたところで、ジョーダンに訊かれた。

「あなたの不幸な結婚のせいで悲嘆にくれて、床《とこ》に伏されたんじゃないかしら」冗談を狙ったのにうまくいかず、真顔に戻って言った。「ねえ、お祖母様は大丈夫かしら?」

「こんな結婚ごときで、祖母がカウチに倒れこんで気付け用のアンモニアをほしがるなんてことはありえないよ」ジョーダンのその言い方は、愛情や敬意に近いものを感じさせた。「あの祖母だったら、ナポレオンに出くわしても、ひるむことなく戦って勝利を収めるだろう。やっつけられたナポレオンは、祖母の枕を叩いてふくらませてやって、英国に戦いを挑むなどという無礼を働いたことを詫びるにちがいない。そうとも、わたしの〝不幸な結婚〟程度の些細なことで参ってしまう祖母じゃないんだ。きみはわたしの名を負うことになったのだから、きみを中傷するような不逞《ふてい》の輩《やから》がいれば、祖母はそいつに痛棒《つうぼう》を食らわすだろうよ」


三十分後、アレグザンドラは仕立て屋が特別にデザインしたサクランボ色の旅行着に身を包み、ホーソーン公爵家の紋章が扉に銀色で麗々しく描かれたぴかぴかの黒塗りの馬車に乗りこんで、灰色のビロード張りのおそろしく贅沢な座席に納まった。御者が踏み段を引きあげて扉を閉めると、バネのよく効いた旅行用馬車はほとんど揺れを感じさせずに動きだし、四頭の活発な鹿毛《かげ》に引かれて、制服姿の六人の騎馬従者に守られながら、長い邸内路を滑るように走っていった。

アレグザンドラはあたりを見まわし、扉についた銀の重厚な把手《とって》や、クリスタルと銀でできた車内灯をうっとりとながめた。ゆとりある車内の予想外の心地よさを満喫しながら、ほんとうに結婚したんだ、ほんとうに新婚旅行に出かけようとしているんだ、と自分に言い聞かせる。向かいの席では、ジョーダンが伸ばした脚を足首のところで組み、窓の外を見ながら、沈黙を楽しむように口をつぐんでいた。

ジョーダンも旅行用の服に着替えており、アレグザンドラは、ぴったりした淡褐色の膝丈ズボンとつやつや光る茶色のブーツが、脚の長さやたくましさを際立たせているさまを見て、ひそかに感嘆した。クリーム色のシャツの開いた襟もとには日焼けした喉がのぞき、コーヒー色のジャケットはがっしりした肩をみごとに引き立てている。わたしが彼の姿をすてきだと思うように、いつかは彼もわたしの姿をすてきだと思ってくれますように、と心の中で祈ったあと、こういうときにはなにか楽しい会話を交わすのが適切だろうと考えた。

「お母様のウエディングドレスはほんとうにきれいだったわ」しんみりと言ってみる。「汚したりしたらどうしようと心配だったけど、大丈夫だったわね」

ジョーダンは彼女のほうをちらりと見やった。「心配などしなくてよかったんだ」さらりと言う。「あのドレスが象徴する純潔ということばには、あれを着ていたときの母よりも、きみのほうがはるかにふさわしいんだから」

アレグザンドラは「まあ」としか言えなかった。いまのが褒めことばなのはわかったが、その文脈からして、「ありがとう」と答えるのはきわめて不謹慎なことのように思えたからだ。

ジョーダンがそれ以上話そうとしないので、アレグサンドラは彼がなにか重大な問題を検討しているのだと感じ、沈黙を破ることはしないで、車窓を流れる青々とした丘のなだらかな起伏をながめるだけで満足していた。

午後三時、一行はようやく馬車を停めて食事をとることになった。立ち寄ったのはおそろしく大きな宿屋で、風格のある煉瓦の壁はツタにおおわれ、広々した庭を白い垣根が整然と囲んでいた。

騎馬従者のひとりが先乗りして一行の到着を知らせていたらしく、宿の主人とその細君がそろって出迎えに現われ、アレグザンドラたちは貸し切りになった食堂にただちに案内された。食堂は談話室を通り抜けた先にある落ち着いた雰囲気の部屋で、贅沢なごちそうがトレイに載っておおいをかけられた状態で待っていた。

「腹がへっていたんだな」食事がすみ、アレグザンドラが満足のため息とともにナイフとフォークを置いたのを見て、新郎が言った。

「ほんとに、腹ぺこだったわ」とアレグザンドラは答えた。「わたしのお腹は、ローズミードの人たちが守っている都会風の食事時間にまだ慣れてないの。ローズミードの夕食は十時ごろだけど、普段のわたしは、その時刻にはもう床についてるもの」

「今夜泊まる宿に着くのは八時ごろだから、次の食事はそんなに長く待たなくてすむよ」ジョーダンが気をきかせて教えてくれた。

彼はまだワインを飲んでいたいようだったので、こう訊いてみた。「外に出て待っていてもかまわないかしら？　また馬車に乗る前に、少し散歩してきたいの」

「いいよ。わたしも少ししたら行くから」

アレグザンドラはおもてに出て、ジョーダンの御者の用心深い目に見守られながら、陽射しのもとで散策を楽しんだ。他の馬車が二台、宿の庭に入ってきて停まった。どちらも立派なぴかぴかの馬車だが、銀の紋章付きで銀製の馬具が光り輝くジョーダンの馬車の豪華さには遠く及ばない。宿の馬丁が飛び出してきて馬の世話を始め、しばらくのあいだ、アレグザンドラはひとつひとつの光景を味わいながら見物に徹していた。

ジョーダンの馬がくつわをつけられていたとき、垣根の隅のあたりに幼い少年がすわりこんでいるのが目に入った。地面に話しかけているように見えるので不思議に思い、ぶらぶら近づいていくと、思わず笑みがこぼれた。少年は、互いにじゃれ合っているむく毛の子犬たちに話しかけていたのだ。

「まあかわいい!」アレグザンドラは歓声をあげた。子犬たちは頭のほうの半分が白く、後ろ半分が茶色だった。

「一匹買ってくかい?」少年が勢いこんで勧めた。「みんなきょうだいなんだけど、好きなのを選んでいいよ、安くしとくから。純血種なんだぜ」

「犬種はなに?」と訊きながら、アレグザンドラは楽しくなって笑った。白と茶のむくむくの塊の中でいちばん小さいのが群れを離れて彼女に駆け寄り、小さな歯でスカートの裾をくわえて、いたずらするように引っ張ったのだ。

「イングリッシュ・シープドッグの最高のやつだよ」と少年が答え、アレグザンドラは腰をかがめて子犬をスカートから引き離した。「すごく頭がいいんだ、こいつらは」

つやのあるふさふさした毛並みが手にふれた瞬間から、アレグザンドラは心を奪われていた。昔、コリーを飼っていたことがあるが、父が亡くなってからは食料が貴重になり、使役用ではない動物に餌をやる余裕がなくなったので、メアリー・エレンの弟にあげてしまったのだ。子犬をすくいあげて目の高さにもちあげると、か細い脚がばたばたして、小さなピンクの舌が彼女の手をぺろぺろなめた。そうやって子犬を抱えたまま、商売熱心な少年相手にその犬の長所について話し合っていたとき、後ろからジョーダンが近づいてきて声をかけた。

「もう出発するよ」

夫になった人に子犬を買ってと頼もうとはまったく考えていなかったが、振り向いてジョーダンと顔を合わせたアレグザンドラのつぶらな瞳と柔らかな笑みには、無意識の訴えが表われていた。「わたし、ずっと前にコリーを飼っていたの」

「そうかい？」ジョーダンはあたりさわりのない返事をした。

アレグザンドラはうなずくと、子犬を地面におろして軽くなでてやり、少年に笑顔を向けた。「この子たちに、早く新しいおうちが見つかるといいわね」

そのあと三歩も歩まないうちに、スカートの裾が引っ張られるのを感じた。振り返ると、さっきの子犬がくわえていたスカートを放してちょこんとすわりこみ、ピンク色の舌を垂らして、笑ってしまうほど神妙な顔をしていた。

「この子に気に入られちゃったわ」アレグザンドラは笑いながら、しかたなくそんなことを言った。腰をかがめて、子犬をきょうだいたちのほうに向けてやり、ぽんとお尻を叩いて少年のところに戻るようにうながした。だが、子犬は頑として動こうとしない。ほかにどうしようもないので、むくむくの小さな毬《まり》に、ごめんなさいねというつもりで温かくほほえみかけてから、そちらに背を向け、ジョーダンに伴われて馬車に乗りこんだ。

ジョーダンは、立ち止まって御者に指示を与えてから馬車に乗りこみ、彼女の向かい側に腰をおろした。ほどなく、馬車は出発した。

一時間後、どっしりした旅行用馬車が何度目かにがくんと揺れ、左に傾いたのをもとに戻して進みだしたとき、アレグザンドラはいささか不安になった。「この道は、北に向かっていたときの道よりずっとでこぼこしてるみたい」

向かい側にすわったジョーダンは平然として腕を組み、脚を伸ばしていた。「そんなことはないよ」

「だったら、この馬車はどうしてこんなにがたがた揺れるの？」しばらくしてまた同じことがおきたので、アレグザンドラは尋ねた。と、答えが返ってくる間もなく、御者が馬に「どうどう」と声をかけるのが聞こえ、馬車は道端に停まった。

アレグザンドラは窓の外に目をやり、道沿いに広がる森の奥をすかし見た。するとすぐに馬車の扉が開き、御者がおろおろしながら恐縮した顔をのぞかせた。「御前様」詫びるように言う。「馬をあやつるのと、この永久運動機関をおとなしくさせるのを、一度にやるのは無理です。先ほどはもう少しで溝にはまってしまうところでした」

御者の言う〝永久運動機関〟とは、彼の右腕に抱かれてもがいている、茶と白の毛の塊のことだった。

ジョーダンはやれやれとため息をつき、うなずいた。「わかったよ、グリム、その犬をここに入れてやれ。いや、先に散歩につれていってもらおうか」

「散歩ならわたしがさせるわ」とアレグザンドラが言い、ジョーダンも馬車を降りた。ふたりで道沿いの森に入っていくと、小さな空き地に出た。アレグザンドラは振り向き、きらきらした目を上げて、夫の愉快そうな灰色の目を見つめた。「あなたって、世界じゅうの男性の中でいちばん優しいんじゃないかしら」ささやくように言う。

「誕生日おめでとう」ジョーダンは観念したようにため息をついた。

「ありがとう――ほんとに」アレグザンドラの胸は感謝の念でふくれあがった。自分がほしくてたまらなかった贈り物のことを、ジョーダンがあまりよく思っていないのは一目瞭然だったからだ。「見てて、この子には絶対迷惑をかけさせないようにするわ」

ジョーダンは疑わしげな目を子犬に向けた。子犬のほうは、短いしっぽをちぎれんばかりに振りながら、鼻でさわれる場所は残らず制覇してやるという勢いで地面をくんくん嗅ぎまわっている。と思うと、今度は前足でとらえた小枝を攻撃しはじめた。

「あの男の子の話では、この子はとっても頭がいいんですって」

「雑種はだいたいそうだろう」

「あら、この子は雑種じゃないわ」アレグザンドラは身をかがめ、足もとに咲いているピンク色の野の花を何本か摘んだ。「イングリッシュ・シープドッグよ」

「いまなんと言った？」ジョーダンがあっけにとられたように言った。

「イングリッシュ・シープドッグ」彼が驚いたのはこの種類の犬のことを知らないからだと思い、アレグザンドラは説明を加えた。「とても賢くて、あまり大きくならない犬なのよ」

ジョーダンが、気はたしかかというようにこちらをまじまじと見ているので、さらに付け加えた。「このワンちゃんのことは、あの親切な男の子が全部教えてくれたの」

「あの親切で正直な男の子がか？」ジョーダンが皮肉たっぷりに言った。「この犬は純血種だときみに教えた、あの少年のことを言ってるんだな？」

「そうよ、もちろん」彼の口調をけげんに思い、アレグザンドラは首をかしげた。「あの男の子にきまってるじゃないの」

「だったら、この犬の血統についても嘘をついてくれたんだろうな」

「あの子の話は嘘だったの？」

「真っ赤な嘘だ」ジョーダンは渋い顔で断言した。「この犬がほんとうにイングリッシュ・シープドッグだったら、大柄なポニー程度の大きさになるし、前足もティーカップの受け皿ぐらいになる。こいつの父親が、実際には小型のテリアだったらありがたいんだが」

ジョーダンがいかにもいまいましげなので、アレグザンドラは頬をゆるめたのを見られないように急いでそっぽを向き、子犬を抱きあげるためにひざまずいた。

さっき摘んだ野の花を片手にもったまま、身をよじる子犬を抱きあげようとすると、モスグリーンの草の絨毯の上で旅行服のスカートがふわりと広がって鮮やかなサクランボ色の円形をなした。ジョーダンは自分が妻にした子どものような女性をあらためてながめた。そよ風に髪が揺れ、マホガニー色の巻き毛が雪花石膏《アラバスター》のように白い頬をなぶっている。子犬を抱き、野の花を手にして、森の中の空き地にひざまずく娘。降りそそぐ木もれ日がその姿を包みこみ、後光が射しているかのようだ。「いまのきみはゲインズバラの肖像画のようだ」ジョーダンは低くささやいた。

そのハスキーな声と、畏敬の念のようなものが浮かんでいる灰色の瞳の妖《あや》しい力にぼうっとなって、アレグザンドラはそろそろと立ちあがった。「わたしはあんまりきれいじゃないもの」

「そうかい？」ジョーダンの声は笑みを含んでいた。

「きれいだったらいいのにとは思うわ。でも、残念ながら、ありきたりの顔で終わりそう」

女心をそそる唇にためらうような微笑を浮かべ、ジョーダンはゆっくり首を振った。「きみは〝ありきたり〟にはほど遠いよ、アレグザンドラ」彼女があと何歳か年をとり、こちらの決めたルールで恋愛ゲームができるようになるまでは手をふれずにいようと決めていたのに、柔らかな唇に唇を重ねたいという欲求が、ふいにその決意をくじくほどに高まった。もう一度だけ……

ジョーダンが思わせぶりにゆっくり近づいてくるのを見て、アレグザンドラはキスしてくれそうだと察し、期待に胸を高鳴らせた。彼の目が暗い情熱を宿し、低くハスキーな声になったときにはなにがおきるか、いまではだいたいわかるようになっていた。

アレグザンドラの顔を両手で包みこむと、ジョーダンは暗褐色の巻き毛に指をからめた。頬の感触はサテン、手にふれる髪はクラッシュシルク（自然な感じにしわを寄せたシルク生地）のようだと思いながら、顔をあおむかせる。そして、限りない優しさをこめて唇を奪った。こんなことをするなんて、どう考えても正気じゃない、と心の中の声が言う。だが、アレグザンドラの唇が口づけに応えて柔らかく開くと、彼はその警告の声を聞き流した。もっと深くキスするつもりで抱きしめたとき、彼女の腕の中の子犬が怒ったように鋭く吠え、ジョーダンははっとして身を離した。

アレグザンドラはキスが途中で終わったことにがっかりし、馬車に乗りこむ段になっても、まだその失望を押し隠そうとしていた。

逆に、ジョーダンのほうは、ひとつのキスがその次のキスへと続かなかったことに心底ほっとしていた。そんなことになれば、自分の妻になった夢見がちの娘が、また愛の告白を始めるのは目に見えている。今度は〝ありがとう〟と答えるだけではすまないだろうし、かといって、黙りこんで悲しませたり、お説教じみたことを言って気をくじくのもいやだ。彼は心に誓った——アレグザンドラをベッドに連れこむのは一年か二年たってからにしよう。彼女が社交界に入り、結婚生活に対する甘い夢を捨ててもっと現実的になるまで待つのだ。

ひとたび心を決め、森の中での体験を思い出したことでその決意が強まると、嘘のように気が軽くなった。馬車が初めのようにスムーズに走りだしたので、ジョーダンは「もう名前は考えたのかい？」と訊いた。

訊きながら子犬のようすを見ると、馬車の床をせわしなく嗅ぎまわり、新しい場所を楽しそうに探検していた。

アレグザンドラも茶白のふわふわの毛玉にいとおしげに目をやった。「バターカップ（キンポウゲのこと）っていうのはどうかしら？」

男性的な思考ではあきれた名前に思えたのか、ジョーダンは目をぐるりと回した。

「デイジーは？」

「冗談だろう」

「ペチュニアは？」

ジョーダンの目がおかしそうに光った。「オスがそんな名前じゃ、仲間の前で顔が上げられないぞ」

アレグザンドラはぽかんとして彼の顔を見つめた。「あの男の子は、メスだって言ってたわよ」

「どう見ても違うね」

小さな子どもにまんまとだまされたと思うのは癪なので、子犬を抱きあげて自分の目で確かめたかったが、そこまで大胆にはなれなかった。「絶対違うと言いきれる?」

「言いきれるよ」

子犬が小さな歯でスカートに嚙みつき、引っ張りはじめると、アレグザンドラは鋭い声で言った。「だめよ!」だが、子犬はさらに激しく引っ張るばかりだった。

「やめろ!」公爵が張りのある低音で命じた。その声に権威を感じたのか、子犬はスカートを離すと、しっぽを振りながら彼の足もとでさっと丸くなり、ぴかぴかに磨かれた茶色のブーツに頭を乗せた。頼んでもいないのに愛情を表明された公爵が、なんともいえず不快そうな顔で子犬をにらみつけたので、アレグザンドラは思わず大笑いしてしまった。「公爵様は動物がお嫌いなの?」くすくす笑いの波がまた襲ってくるのをこらえて尋ねた。

「しつけのできていない、行儀の悪いのは嫌いだ」と言いながら、さすがのジョーダンも音楽のような楽しげな笑い声には抵抗できず、つられていっしょに笑ってしまった。

「この子はヘンリーって呼ぶことにするわ」アレグザンドラは藪から棒に宣言した。

「なぜだい?」

「ふさふさした毛並みの堂々たるけものに育つとしたら、ヘンリー八世みたいになるはずだからよ」

「なるほど」ジョーダンはくっくっと笑った。屈託のないアレグザンドラのそばにいるせいで、彼自身もどんどん気分が明るくなっていた。

そのあと目的地に着くまで、馬車に揺られながら、アレグザンドラはありとあらゆることをジョーダンと話し合った。うれしかったのは、夫になった人がきわめて博識で頭がよく、広大な領地の管理や、彼女にはとても理解できない無数の事業に打ちこんでいるとわかったことだ。きっとジョーダンは、いろいろな責任を、やすやすと、しかも上手に担っているのだろう……いまやアレグザンドラは、彼を崇めたてまつり、極端に美化するようになっていた。

一方、ジョーダンのほうは、すでに察していたことが正しかったのを知った――アレグザンドラは感情が細やかで、知的で、機知に富んでいる。また、愛の行為に関しては、あきれるほどうぶであることもわかった。後者は、その日の宿で、たいそう満ち足りた食事を終えたあとにはっきりした。ジョーダンがポートワインをのんびり味わっていると、アレグザンドラはそわそわしはじめ、しだいに心ここにあらずといったふうになってきたのだ。しまいには、ぱっと立ちあがってドレスのしわを丹念に伸ばし、これ見よがしに彼に背を向けると、なんの変哲もないオーク材のテーブルをわざとらしく観賞しだした。「みごとな造りだと思わない？」

「そうでもないよ」

アレグザンドラはほとんどやけになったように話しつづけた。「わたし、家具を見ると、それを苦労して作った人のことを考えてしまうの——つまり、背は高いのか低いのか、とか、陰気な人なのか陽気な人なのか、とか……そんなようなことを」

「ほんとうに？」ジョーダンは愛想よく言った。

「ええ、ほんとうよ。あなたはそういうことは考えないの？」

「考えないね」

ジョーダンに背を向けたまま、アレグザンドラはおそるおそるという感じで告げた。「わたし、ヘンリーのところに行って、散歩させてくるわね」

「アレグザンドラ」穏やかできっぱりしたその声を聞くと、彼女ははっとしたように動きを止め、振り向いた。

「なに？」

「そんなふうに自分を追いつめて恐れおののくことはない。今夜はきみと寝るつもりはないんだから」

アレグザンドラが気にしていたのは、宿の化粧室を使わねばならないということだけだったので、ジョーダンのそのことばは意外でしかなく、彼女はぽかんとして相手の顔を見つめた。「わたしも、あなたにそのつもりがあるとは思ってなかったわ。こんなに大きな宿屋なら、別の部屋がいくらでもとれるのに、わざわざわたしの部屋で寝たがるはずないもの」

今度はジョーダンがあっけにとられる番だった。「なんだって？」彼はわが耳を疑って声をあげた。

「部屋がいっしょになるのはいやだっていうんじゃないのよ」アレグザンドラの説明は思い

やりにあふれていた。「ただ、あなたがそうしたいと思ってるとしたら、なぜそう思うのか見当がつかないってこと。サラには――うちに古くからいる家政婦のことだけど――わたしは寝相が悪くて、水から出た魚みたいにのたうちまわるって、いつも言われてたの。だから、いっしょに寝たら、きっとすごく迷惑をかけてしまうわ。そろそろ上に行かせてもらってもかまわないかしら？」

ジョーダンはワイングラスを口に運びかけた手をしばらく止めて、彼女をじっと見ていた。それから、頭をはっきりさせるかのように、ぶるっと首を振った。「もちろんだとも」喉が詰まったような、奇妙な声で答えた。「行っていいよ」

9

今度空き地を見つけたら停車するようジョーダンが御者に声をかけると、アレグザンドラはほっとため息をついた。昼食後、馬車は速度を上げてひたすら走りつづけていたので、いいかげん外に出て歩きまわり、体をほぐしたかった。もっとも夫のほうは、この狭い馬車の中でもゆったりとくつろいでいるように見える――たぶんそれは、わたしよりずっと理にかなった服装をしているからだろう、と思った。

下は薄い黄土色の膝丈ズボンに光沢のある茶色のブーツで、上は農夫の着るような、袖がゆったりして襟もとの開いたシャツ。ジョーダンの服装はアレグザンドラにくらべ、はるかに馬車の長旅に適したものに思われた。一方、彼女はといえば、裾が大きく広がった鮮やかな黄色のスカートの下にペチコートを三枚重ね、白い絹のブラウスの上に着た黄色のマントは、紺のモールに縁どられ、体にぴったりしている。首には黄、白、青三色の縞《しま》のスカーフ、手には黄色の手袋。マホガニー色の巻き毛の上には粋な麦わらのボンネットが載り、その縁は黄色のリボンと絹の薔薇で飾られ、紐は耳の下で結ばれている。暑いし窮屈だし、若い貴婦人が着飾るとなるとどうしてこうばかばかしい格好になってしまうのか恨めしかった。紳士たちは、おしゃれをするにしても、夫のように、見た限りでは自分の好きな格好をしているのに。

　馬車が道幅に余裕のあるところで完全に停車し、踏み段がおろされるや、アレグザンドラはヘンリーを抱きあげてそそくさと降りはじめ、急ぐあまりジョーダンにぶつかってしまった。普段の彼ならアレグザンドラを制して先に降りるところだが、このときは事情を察したように彼女を一瞥すると、ふかふかの座席に再び背中を預けた。そのあと、アレグザンドラのさし迫った用事がすんだ頃合いを見はからって彼も馬車を降り、道端の茂みを抜けて景色のよい小さな空き地に出た。

「なんて気持ちがいいのかしら、ヘンリー」アレグザンドラは空き地の真ん中に立ち、差しあげた両手を頭の上で組んで伸びをしていた。その足もとには子犬がすわっている。またしてもジョーダンは、この場に画家がいていまの彼女の姿をカンヴァスに写し取ってくれたらいいのにと思った。白や黄色の野の花におおわれた丘の斜面を背景に、鮮やかな黄色の衣装で着飾った彼女は、優美で瑞々《みずみず》しく生命力に満ちあふれている――最新流行の装いをした陽気な森の精、とでもいおうか。

　ジョーダンは自分の詩人めいた発想に微笑しながら、空き地に踏みこんだ。

「あら、あなただったの！」アレグザンドラはあわてたように腕をおろしたが、その表情はのびやかだった。

「ほかにだれがいる？」

　馬車に戻るのを少しでも遅らせたいというように、彼女はかがんで、小さな枯れ木から長く細い枝を折り取った。「だれということもないけれど、いっしょに旅をしているのは、御者が二人に騎乗御者が二人に騎馬従者が六人で、だれが来たっておかしくないでしょう。ちょっとした大所帯よね！」そういって笑ったかと思うと、今度はフェンシングの試合のように礼をして、もっていた枝をジョーダンの胸もとに突きつけた。「構えて！《アン・ギャルド》」アレグザンドラはおどけて言うと、サーブルに見立てた枝を地面に刺すまねをして、柄《つか》の上に手のひらを置いた。脚をさっと足首のあたりで交差させたその姿は、小粋な美少年剣士といった風情だ。枝の〝サーブル〟を突き出す動作は堂に入ったもので、単にどこかで見たものをまねしたのではなさそうだった。かといって、アレグザンドラにフェンシングの知識や技術があるというのも信じがたい。「フェンシングの心得があるのか？」ジョーダンはいぶかり、黒い眉を寄せた。

ゆっくりとうなずくアレグザンドラの顔に、笑みが広がった。「お手合わせ願えます？」日が急速に傾いてきたのに気づいてジョーダンは躊躇《ちゆうちよ》したが、常識はすぐに好奇心に打ち負かされた。それに、狭い車内に押しこめられるのには飽き飽きしてもいた。「やってみても悪くはないな」彼はわざとからかうように言った。「きみの腕前のほどは？」

「それはご自分でお確かめになったら」

ちょっとした遊び心で挑戦を受けることに決め、ジョーダンはあたりを見まわして使えそうな枝を探した。手ごろな長さ、太さの枝を見つけたとき、アレグザンドラのほうはすでにボンネットとマントを脱いでいた。その姿から目を離せずにいると、彼女は首に巻いていたスカーフの結び目を解いてはずし、次に絹のブラウスのボタンを上からいくつか開けた。ジョーダンが近づく足音に気づいた彼女は、黄色いスカートを翻してすばやく振り向いた。その頬には美しく朱がさし、アクアマリン色の瞳は高揚感に輝いていた。「このペチコートと靴も脱いでしまいたいわ」アレグザンドラはスカートをもちあげ、驚くほど形のよいほっそりしたふくらはぎを彼の目にさらした。華奢な足先を曲げたり伸ばしたりして、その小さな足を締めつけている黄色い靴を恨めしく思っているようだ。「もし靴を脱いだら、靴下がだめになるかしら。きっとなるわよね？」

アレグザンドラは意見を求めて夫に目を向けたが、ジョーダンのほうは、彼女の愛らしいしぐさに気をとられていた。と同時に、あまり望ましくない感情が芽生えていることも自覚した。つまり、欲望だ。なんの前触れもなく、熱い欲望が身内で目覚め、脈打ちはじめていた――それは予想外の好ましからぬ状況だったが、否定しようのない事実でもあった。

「公爵様？」

ジョーダンの視線が彼女を突き刺した。

「どうしてそんな怖い目でにらむの？」

ジョーダンは彼女が訴えているジレンマのことを考えるように努力したが、頭の奥のほうでは、この旅が終わるまでに自分はこの娘を抱いてしまうだろう、とぼんやり思っていた。

「靴下が心配なら、脱いでしまえばいい」と言ってみたが、アレグザンドラが素直にそのことばに従い、くるりと背を向けて、なめらかなふくらはぎや踝《くるぶし》をあらわにして靴下を脱ぐのを見て、その幼さに心の中で首を振った。

はだしになったアレグザンドラは、木の枝のサーブルを手にとって額にあて、凛々《りり》しい姿で試合開始の正式な礼をした。ジョーダンは礼を返したものの、生き生きと輝いて見る者をとりこにする水色の瞳や、ふっくらとなめらかな薔薇色の頬に心を奪われていた。

アレグザンドラが二点先取したあたりでジョーダンはようやく勝負に集中できるようになったが、そうして本気になっても、彼女は戦いがいのある相手だった。力で足りないところを、稲妻のようなすばやい剣さばきとすばしこい巧みな足の動きで補っている。だが結局は、その足どりが敗因になった。彼女は空き地を半周するまでジョーダンを追い、すばやく前進して地歩を守り、力で押しきられない限りは一歩も引かなかった。あと一点で勝負が決まるところまで来たとき、アレグザンドラは相手の隙を見つけて一気に突きに出た。あろうことか、その瞬間、自分でスカートの裾を踏みつけ、バランスを崩してジョーダンの腕の中に倒れこんだ。

「きみの負けだ」笑いを含んだ声で言いながら、ジョーダンは彼女を抱きとめた。

「そうね、でもそれはこの長いスカートのせいよ。あなたの腕前が勝負を決めたわけじゃないわ」アレグザンドラも笑いながら反論した。ジョーダンの腕から抜け出て後ろにさがり、息がはずんで胸が波打つのを鎮めようとする。ただ、頬が紅潮しているのは、動きまわったからというより、ジョーダンの腕に抱かれたからだった。「初めのほうで手加減して点を取らせてくれたんでしょう」彼女は勝負を振り返って言った。「結局、あなたはわたしの二倍は力が強いんだわ」

「まあね」ジョーダンは当然だという顔で微笑した。「しかし、腕力にものをいわせた覚えはないな。だいたい、きみとは年季が違う」

笑いながら、アレグザンドラは細い腰に両手をあてた。「あなたは本物の骨董品なのよ、御前様。来年か再来年あたりには、いまわのきわのお祈りをしているんじゃないかしら。肩にはショールを巻いて、足もとではヘンリーが眠っていたりして」

「そのとき、きみはどこにいるんだ?」ジョーダンはわざと重々しく訊いたが、その手は彼女を抱き寄せたくてうずうずしていた。

アレグザンドラはいたずらっぽい笑みを浮かべて後退した。「子ども部屋で人形遊びをしているでしょうね――いたいけな子どもらしく」

ジョーダンは吹き出した。こんな田舎育ちの十八の小娘に軽くあしらわれているところを社交界の連中に見られたら、なんと言われるだろう。

「子ども部屋じゃなかったら」アレグザンドラが茶化すように言った。「どこにいればいいの?」

わたしの膝の上かな、とジョーダンは思った。でなければ、わたしのベッドの中だ。

それまでのほほえみがふいに消えたかと思うと、アレグザンドラは両手を頬にあて、ジョーダンの後ろを見つめた。「なんてこと!」

ジョーダンはさっと振り向き、彼女の困惑の原因を確かめた。後ろには六人の騎馬従者に二人の御者に二人の騎乗御者がずらりと並んでおり、そのばつの悪そうな表情からすると、彼らが公爵夫妻のフェンシングごっこやいまの軽口のやりとりを見聞きしていたのは明らかだった。

ジョーダンが口もとを引き締め、威厳のある冷たい視線で御者たちをなで斬りにしたことが、どんなことばよりも威力を発揮し、彼らはすぐに退散した。

「おみごとですこと」アレグザンドラはからかうように言って手を伸ばし、脱ぎ捨てた衣類を拾った。「あなたのその目つきのことよ」と説明を加えながら、ヘンリーを捜す。「あなたは目で人を殺すのね。剣は必要ないんだわ。それは高貴なかたが生まれもっている才能なのかしら。それとも、あなたがご自分の地位に応じてあとから身につけたものなの？」アレグザンドラは草むらを嗅ぎまわっていたヘンリーを見つけて抱きあげた。「あなたのお祖母様も同じ力をおもちだわ。ものすごく怖い目をなさるもの。ちょっとこれをもっててくださる？」なんのつもりだとジョーダンがとまどっているうちに、ボンネット、マント、むく毛の子犬が次々に彼の腕に放られてきた。「少し後ろを向いててくださらない？　靴下をはきますから」

ジョーダンはおとなしく言われたとおりにしたが、頭の中には、この滑稽な場面を見た社交界の面々がそろって目をみはるさまがありありと浮かんでいた——このジョーダン・タウンゼンドが、欧州でも指折りの多大な領地と財産を擁するホーソーン公爵家の十二代当主が、脱ぎ捨てられた大量の衣類と好きでもない子犬を抱えて原っぱに立たされ、あまつさえその子犬は彼の顔をなめにかかっているのだ。

「フェンシングはだれに教わったんだ？」ふたりでのんびりと馬車に戻りながら、ジョーダンは尋ねた。

「父よ。父が帰ってきたときには、いつも何時間も続けて稽古《けいこ》をつけてもらったものだわ。父が行ってしまうと、メアリー・エレンの兄弟たちと——それに、相手になってくれる人がいればだれとでも——練習したの。父がまた帰ってきたときに、腕を認めてもらえるように。

わたしは女らしくなることも器量良しになることもなさそうだったから、父は息子扱いしておもしろがっていたんじゃないかしら。さもなければ、ただフェンシングが好きだっただけで、稽古してくれたのも単なる暇つぶしだったのかもしれない」その声音には父親に対して感じた痛みや蔑みがあらわになっていたが、本人はそのことにまったく気づいていなかった。

「アレグザンドラ?」

アレグザンドラは車窓を流れていく田舎の風景から目を離した。二時間前の決闘のまねごと以来、公爵は観察するような、妙な視線をこちらに向けたままで、彼女はしだいに居心地が悪くなっていた。「なに?」

「きみは父親があまり家に帰ってこなかったと言ったね。家に帰らずにどこにいたんだ?」

輝く瞳に暗い影がさしたが、それは一瞬のことで、とってつけたような笑顔がその影を押し隠した。「父は一年に二回やってきては二、三週間泊まっていったわ。それ以外はロンドンで暮らしていたの。家族というよりお客さんみたいだった」

「悪かった」ジョーダンが詫びたのは、アレグザンドラをある意味傷つけたと思われる人物のことを話させてしまったからだった。

「謝ってくれなくてもいいけれど、うちの母のこと、少し大目にみてくださるとありがたいわ。昔は明るくて魅力的な人だったのに、父が亡くなってから、なんというか――心が壊れてしまったの」

「その結果、家族と召使いを養うという重荷が、十四歳の子どもの肩にかかってしまったのか」ジョーダンは陰鬱な声で言った。「きみの家は見たし、母上や伯父上にも会った。きみがどんな思いをしたかは容易に想像がつく」

そう言う声には彼女の身になって怒っている気配が感じられ、自分を気遣ってくれたジョーダンに対する気持ちが一段と深まったが、アレグザンドラは憐れみを拒むように首を振った。「あなたが思うほどにはひどくなかったのよ」

自分を気にかけてくれる人がいるというのは、なんと幸せで安心なことだろう。感きわまったアレグザンドラは、ジョーダンに対する愛情や感謝の念を抑えきれなくなった。そうした気持ちはことばにできなかったので、次善の手段をとることにした。身につけているスカートやマントと同じ、鮮やかな黄色のハンドバッグから、鎖付きのずっしりと重い時計をいとおしみながら取り出す。アレグザンドラにとって、その時計は神聖なもの――敬愛する人の遺品の中でいちばん貴重な品だった。それをジョーダンに差し出し、不思議そうな顔で受け取った彼に説明した。「これは祖父の持ち物だったの。祖父の哲学に対する造詣《ぞうけい》に感心したスコットランドの伯爵からいただいたのよ」ジョーダンの大きな手のひらに載っているその時計を見ているだけで、目がうるんでくる。アレグザンドラは切ない思い出に声を詰まらせた。「祖父がいたら、きっとあなたにもらってほしいと思ったでしょう。あなたのことが気に入ったはずだもの」

「それはないだろう」ジョーダンはきっぱりと言った。

「いいえ、きっと気に入ったわ！　わたし、祖父に言われたの、愛するなら高潔な人にしなさいって」

「お祖父さんはきみに、高貴な人を好きになれと言ったのか？」ジョーダンは信じられないという顔で問いただした。

「違うわ。高貴、じゃなくて高潔な人。あなたのような」

彼がそれよりはるかに上等な金時計をいくつももっていることに思いいたらないまま、アレグザンドラは言った。「あなたの下僕をわたしの家に使いにやって、ペンローズから渡してもらったの。あなたのお祖母様も、こうするのはかまわないとおっしゃっています」

ジョーダンの手が時計を包みこんだ。「ありがとう」彼はそれしか言わなかった。

これで自分がもっている中でとりわけ大事なふたつのものを――愛と金時計を彼に捧げたことになるのだ、とアレグザンドラは気づいた。なのにジョーダンは、二回とも、「ありがとう」ということばをぎこちなく返してくれただけだ。どうやら、ふたつの贈り物は彼を当惑させてしまったようだった。

人が自分をさらけ出しすぎてしまったときに生ずる、気まずい沈黙が馬車の中に広がった。そうこうするうちに、馬車の心地よい揺れと、しばらく前にとった盛りだくさんの温かい食事のせいで、アレグザンドラは眠気を催した。馬車の内部は豪華な造りだったが、どういう姿勢をとっても落ち着いて眠れない。側面にもたれかかると、馬車ががくんと揺れるたびに頭をぶつけて目が覚めてしまう。今度は姿勢を正して腕を組み、頭を背もたれに預けてみた。と、車輪がたまたま溝にはまり、上半身がぐらっと右にかしいだ。アレグザンドラは座席に片手を突っ張り、体をまっすぐに起こした。

向かい側にすわっているジョーダンがおかしそうに笑い、自分の隣の座席を叩いた。「よかったら、この肩を枕がわりに貸してあげようか、かわいい人」

アレグザンドラは眠気でぼんやりしながら、礼を言ってその申し出を受けることにし、ジョーダンの隣に移ったが、彼は肩を貸すかわりに、片手で頭を抱くようにして胸にもたせかけてくれた。かわいい人。アレグザンドラは眠い頭で反芻《はんすう》した。なんて甘い声で言うのかしら……そして、たちまち眠りに落ちた。

夕闇が降りてきたころ、アレグザンドラは目を覚まし、自分がジョーダンの体に重なるように寝ていたのを知って仰天した。彼女が寝入ってしまったあと、ジョーダンは互いの姿勢を変えたらしい。彼のほうは馬車の側面に背中をもたせかけ、両足を向かいの座席に乗せていた。アレグザンドラは横向きになってジョーダンの腕に抱かれ、彼の脚に脚をからめ、片手を彼の腰に回していた。

ジョーダンが目を覚まして、わたしがこんなはしたない格好で彼の上に乗っていることに気づいたらどうしよう……アレグザンドラは、彼のたくましい胸にすり寄せていた頬をおそるおそる離した。ジョーダンを起こさずにこの状況を脱するすべはないものかと思案しながら、上目遣いに彼の顔を見る。日焼けして荒れているように見えた肌は、よく眠ったおかげでなめらかになり、角張った顎の線も和らいだようで、アレグザンドラは温かな気持ちになった。こうして見ると近寄りがたい感じはないし、どこか少年のよう……あ、起きた！

ジョーダンの目が開き、彼は顎を引いて彼女を見おろした。目の前にいるのがだれかわからないというように、つかのま、不思議そうな表情が浮かんだが、すぐに笑顔になった――それは温かくけだるげな、なんともいえず魅力的な笑顔だった。「よく眠れたかい？」

恥ずかしさのあまり動けずにいたアレグザンドラは、黙ってうなずき、身を起こそうとした。と、彼女の体に回されていたジョーダンの両腕に力がこもった。「離れないで」彼は低い声で言い、重たげなまぶたの下からアレグザンドラの柔らかな唇に目を向けた。その視線は口もとに長いことととどまり、ようやくそこを離れると、大きく見開かれた水色の瞳にたどりついた。「このままでいいから」

ジョーダンはわたしからキスするように求めているんだと気づいて、アレグザンドラはうれしさと不安を同時に感じた――優しく蠱惑《こわく》的な灰色の瞳がいざなっている。唇をおずおずと重ねると、彼の片手が腰のくびれに納まったあと、背中をなでながら上に向かっていった。彼女を落ち着かせ、励まそうとしているかのようだ。彼の唇が唇を塞《ふさ》いでそっとまさぐるように動き、同じことをするよううながした。そのリードに従って動きだすと、ジョーダンのもう一方の手が彼女の頭の後ろに回り、指先がじらすようにうなじを這いはじめた。背中にあてられた手はなおも愛撫を続けていて、身も心もとろけてしまいそうだ。

キスはいつまでも続いた。陶酔を誘うその長いキスに、アレグザンドラは体の芯《しん》が震えるのを感じ、さらに飢えをかきたてられた。ジョーダンの舌が彼女の唇の合わせ目をなぞり、それに応えて唇が開くと、隙間から入りこんで口の中を軽く探った。そのあと、気をもたせ、いたぶるように、舌を深く入れては引く動きが柔らかくくり返されると、彼女はこれと同じ感覚を相手にも味わわせたいという欲求をつのらせ、ついに自分から彼の唇をなめた。その瞬間、キスに火がついた。ジョーダンはアレグザンドラを荒々しく引き寄せると、彼女の舌を自分の口に引き入れ、舌で愛撫した。背中をなでていた手はいきなり下におりてヒップを包み、彼女の体をぐいと抱き寄せて、硬くなった部分に押しつけた。その間にも、口に舌を突き入れては引く動きが熱にうかされたようにくり返され、その妖しく危険なリズムに合わせて、強烈な快感がアレグザンドラの体を駆けめぐった。

その興奮もそこまでだった。彼の手が胸をつかみ、そこから絹のブラウスの下に滑りこんでくると、アレグザンドラはびくっと身を引き、自ら溺れようとしていた見境のない快楽の渦を脱した。とはいえ、彼女を尻ごみさせたのは驚きと後ろめたさであり、嫌悪感ではなかった。

両手をジョーダンの胸につき、腕を突っ張った格好で、アレグザンドラは息を整えた。それから顔を上げ、うろたえながら彼と目を合わせると、灰色の瞳は暗い炎を宿していた。

「驚かせてしまったね」彼はかすれた声でつぶやいた。

そのとおりだったが、ジョーダンの熱っぽいまなざしにはおもしろがっているような気配があり、アレグザンドラは意地でもそれを認めたくなかった。彼の無言の挑戦を受けて立ち、再び自分から唇を重ねる。彼の舌が忍びこんでくると、今度は、体が自然に彼の体に寄り添った。ジョーダンの口から、うめくような、笑うようなくぐもった声がもれたが、アレグザンドラが身を引こうとすると、彼女を抱きしめる腕に力が入り、口づけは執拗さを増した。唇や手で情熱的に攻めてくる彼に屈し、目覚めた欲望が体じゅうを駆けめぐるのを感じながら、アレグザンドラはキスを返した。

ジョーダンがやっとアレグザンドラを放したとき、その息遣いは彼女と同じくらい乱れていた。手を少し上げ、指の背で彼女の火照《ほて》った頬をなでる。「柔らかいな」彼はささやいた。

「きみはなんて無邪気なんだ」

アレグザンドラは〝無邪気〟ということばを〝幼稚〟と解釈し、むっとして彼から身を離した。「あなたのような洗練された殿方には、わたしなんかさぞ退屈でしょうよ」

ジョーダンの手がアレグザンドラの両腕を荒っぽくつかみ、離れた体を引き戻した。「いまのは褒めことばだ」ジョーダンは彼女の鼻先まで顔を寄せて反論した。その声の厳しさに、アレグザンドラは、この人が本気で怒ったらどんなふうだろう、と胸をざわつかせた。彼はアレグドンザラを軽く揺すぶりながら、語の意味を簡単に説明した。「〝世俗に毒されていない、無垢である、気どりやてらいがない〟ということだ。わかったか？」

「よくわかったわ！」ことばの中身ではなく、声の迫力に圧《お》されて、アレグザンドラはとっさに身を引いたが、状況のばかばかしさに思わず吹き出した。「わたしたち、わたしがどんなにすてきかってことで言い争っているの？」

アレグザンドラの魅惑的なほほえみを目にすると、腹立たしさはあっけなく治まってしまい、ジョーダンはしかたなくまなざしに笑みを含ませた。「そういうことになるな」と優しく答えながら、内心では観念し、とうとう現実と向き合う覚悟を決めた。彼女に対してうずくような執拗な欲望を感じているのに、これ以上、なにごともないような顔をすることはできない。アレグザンドラは先ほどのように彼の胸に頬をすり寄せていたので、その頭越しに宙をにらんで、今夜彼女と床をともにするのはまちがいだといえる理由を、頭の中であらためて分析してみた。

彼女は年若く世間知らずで理想主義者だ。
わたしはそのいずれでもない。
彼女はわたしに愛を捧げようとしている。
わたしがほしいのは彼女の体だけだ。
彼女はわたしに愛されたいと願っている。
わたしが信じる〝愛〟とはベッドの中でなされる行為だけだ。
彼女はわたしにのぼせている。
のぼせあがった子どもを背負いこむのはごめんだ。

とはいうものの、

彼女はわたしを求めている。
わたしも彼女がほしい。

心を決めたジョーダンは、顔をうつむけて言った。「アレグザンドラ?」なにかしらというように顔を上げた彼女に、穏やかな声でさりげなく尋ねた。「きみは赤ん坊の作り方を知っているのか？」

唐突な問いに、アレグザンドラの口からぎょっとしたような、恥ずかしそうな笑いがもれ、同時に頬が赤く染まった。「それって――話し合わなきゃいけないこと？」

ジョーダンの唇が自嘲気味に歪んだ。「きのうだったら、その必要はないと言っただろう。一時間前でもそうだ。だがいまは、あいにくだが、気が変わった」

「なぜ気が変わったの？」

今度はジョーダンのほうが虚をつかれた格好になった。「いまのキスのせいだ」一瞬の間のあと、彼はぶっきらぼうに答えた。

「それが赤ちゃんとどう関係があるの？」

ジョーダンは天を仰いで目を閉じ、いらだちながらもおかしくなってため息をついた。

「やはり、そうきたか」

彼の奇妙な表情をじっと見たあと、アレグザンドラは身を起こし、そそくさと服の乱れを直した。二年前、メアリー・エレンが、人の赤ちゃんの作り方は犬の子どもの作り方と同じだと力説したとき、アレグザンドラの知的な頭脳は、その説をお話にならないと一蹴したのだった。人間があのようなまねをするはずがないのはわかっているし、そんなばかげたことを信じるのはメアリー・エレンのようにおつむが軽い娘だけだろう。そういえば、メアリー・エレンは、虹に背を向けたら不運に見舞われるとか、森に生えているきのこの笠の下では妖精が遊んでいるといった迷信も信じている。そのせいで、雨が降るとあとずさりするように歩くし、きのこのたぐいは口にしないくらいだ……

夫を横目で盗み見たアレグザンドラは、若い娘は普通は答えを教えてもらえないが、自分には知る権利があると思われる素朴な疑問を、彼にぶつけてみることにした。無知は病であり、唯一の治療法は質問することだ、というのが祖父の口癖だったし、純粋に知的な興味もあったからだ。「赤ちゃんはどうやって作るの？」ジョーダンは見るからに動揺し、こちらを向いて口を開け、なにごとかを話そうとしたようだったが、なぜかことばは出てこなかった。話す意欲はあるのになにも言えないという感じなのが不思議だったが、やがて、なんとなく事情がわかってきた。彼女は首を振り、お互いのつらさを思ってため息をついた。「ほんとうは、あなたも知らないんでしょう？」

ジョーダンはいきなり爆笑し、その声が銃声のように響きわたった。頭をのけぞらせ、発作をおこしたように大笑いしたあと、やっとのことで息を吸いこむと、今度はむせてしまった。「いや、アレグザンドラ……わたしは知っているよ」この娘と知り合ってからの一週間で笑った回数は、ここ一年で笑った回数よりも多いな、とふと思った。

アレグザンドラは彼の反応にいささか気分を害したようだった。「それじゃ、どういう仕組みになっているの？」

ジョーダンの目を輝かせていた笑いの余韻は徐々に消えていき、彼の片手はアレグザンドラの頬を包んだあと、いとおしげに髪をなでつけた。やがて、彼は奇妙にかすれた声で答えた。「それは今夜教えてあげるよ」

そのことばが終わるか終わらぬかのうちに、馬車は街道からはずれ、すべての窓に煌々《こうこう》と明かりが灯る宿屋の庭へ乗り入れた。

10

宿の女中が夕食の皿をさげるついでに置いていった燭台《しょくだい》の火が、炉棚の上と、ふたりが向かい合っていた低いテーブルの上で楽しげに揺らめいている。華やかな柄《がら》の木綿更紗《もめんさらさ》の掛け布におおわれたソファの上で、アレグザンドラは靴下だけになった脚を折り敷くようにして体を丸め、ジョーダンに肩を抱かれてその腕の中にすっぽりと納まっていた。こういう天にも昇る贅沢な心地よさを味わったのは初めてだった。

グラスを口もとに運び、さっきからジョーダンにしきりに勧められているワインをひと口ふた口飲みながら、彼はいつ自室にひきとるつもりだろうかと考える。もっとも、ジョーダンが今夜自分の部屋をとっているのかどうかもわからなかった。夕食前にアレグザンドラが自室で湯浴《ゆあ》みをしたとき、彼は小さな次の間で入浴したが、そこは狭い簡易ベッドが置かれているだけで、明らかに侍者や小間使いのための部屋だった。アレグザンドラには小間使いが付いていないが、身のまわりのことはなんでも自分でできるし、ジョーダンのほうも、短い旅には侍者などいらないと言っていた。いまはふたりともお付きの者はいないのだから、もしかすると宿が満室で、彼はやむなく次の間を使うことになったのだろうか、と思った。

暖炉の中で踊る炎は、春の夜の肌寒さを追い払い、部屋に暖かな心地よさをもたらしている。アレグザンドラの関心は、いつのまにか、彼や自分がどこで寝るかという問題から赤ちゃんの問題へと移っていた。ジョーダンは、赤ちゃんの作り方を今夜教えてくれると言った。どうして既婚者たちがその方法をこんなにも秘密にしたがるのか、見当がつかない。イングランドの夫婦のあいだでは、国の人口が増えつづける程度にその方法が実行されているのだから、それほど怖いことであるはずがない。

こんなに秘密にしたがるのは、夫がいてもいなくても子どもはほしいと思うわたしのような若い女性が、自分の意志でどんどん子どもを作るようになることを、社会が望んでいないからだろうか。

理詰めで考えた末に、きっとそういうことなんだ、と結論した。有史以来、掟《おきて》を定めてきたのは男たちであり、若い娘が結婚前に子どもを作ったりしたとき〝傷もの〟呼ばわりするのも男たちだ。そう考えれば筋は通る。それでも……この説には穴があるような……

赤ちゃんか――アレグザンドラは夢見るように思い描いた。赤ちゃん。

ひとりっ子だったこともあり、黒髪の幼い息子を胸に抱いておっぱいをやったりいっしょに遊んだりすることを思うと、心が浮きたった。それに、これまで読んだ歴史書のおかげで、爵位をもつ男性にとって世継ぎとなる息子がどれほど大事かはわかっている――ジョーダンのように華々しい爵位をいくつももっている男性ならなおさらだ。そこまで考えて、彼に世継ぎをもたらすのはほかでもない、このわたしなんだと思いあたると、耐えがたいほど痛切な誇りと喜びに満たされた。

アレグザンドラは上目遣いに彼を盗み見て、心臓が止まりそうになった。ジョーダンはくつろいだ格好でクッションにもたれ、白いシャツのボタンを途中まで開けて筋骨たくましい胸をのぞかせていた。日焼けした肌が暖炉の火に照り映え、赤銅《しゃくどう》色に輝いている。ゆるやかに波打つ黒い髪、彫りが深く整った顔だち、均整のとれた体形。その姿はまるで神のようだった。

こんなふうにジョーダンに抱かれてキスをされ、嬉々としているなんて、もしかしたらとんでもなく不埒《ふらち》なことなのかもしれないと少し心配になったが、本音の部分では、彼はたまらなく魅力的だと思う気持ちのほうが強かった。それに、ジョーダンは神であり男性である前にわたしの夫なのだから、彼に関心を示されるのをいやがってみせねばならないというのは理屈に合わない。かつて祖父は、アレグザンドラが両親のせいで結婚生活というものに悪い印象をもっているのではないかと案じて、結婚とはどうあるべきかを、話し方は穏やかながら口を酸っぱくして説いたものだった。「結婚において人が犯しやすいまちがいがふたつある」と祖父はよく言っていた。「第一は、相手の選び方をまちがうこと。正しい伴侶を得ることができたとして、第二のまちがいは、いかなる部分にせよ自分を偽ったり、相手に愛情を感じていないようにふるまったりすること。おまえが夫となった人に無条件の愛を捧げれば、その人は同じようにおまえを愛してくれるんだよ」

一方、ジョーダンの頭の中は、とりとめもなく広がる、はるかに俗っぽい考えで占められていた。目下の懸案は、彼女を怯えさせずにてっとり早く服を脱がせるにはどうすればよいかということだった。

アレグザンドラは、ジョーダンの唇が頭のてっぺんにふれながら動いていくのを感じ、こみあげる喜びに頬をゆるめたが、別に驚きはしなかった。というのも、今夜の夫はそんなふうにさかんに彼女にキスしていたからだ。それでも、その少しあとに、アレグザンドラの手からグラスを取りあげ、彼女をいきなり膝に乗せて長く激しいキスをしてきたのには衝撃を受けた。しばらくしてやっと唇を離したジョーダンから、穏やかながら有無を言わせない調子で、部屋の隅の衝立《ついたて》の陰でナイトドレスに着替えるよう命じられたときには、まさに愕然とした。

頭の中でトランクの中身を探り、この新婚旅行のためにフランス人女性の仕立て屋に作らせたナイトドレスの中でいちばん慎ましやかに見えるものは、と考えながら、アレグザンドラは立ちあがり、そわそわと尋ねた。「あなたはどこでお休みになるの？」

「きみといっしょだ」ジョーダンはぶっきらぼうに答えた。

アレグザンドラは不審に思い、目を細くした。ふたりでいっしょに寝るという、これまでになかった行為は、子どもの作り方の秘密と関係があるらしいと、理屈抜きにぴんときた。自分はその秘密をほんとうに知りたいのだろうか……なぜだか、急に確信がもてなくなった。いまはまだ、知らなくてもいい。「ご自分のベッドで、ひとりでゆっくりお休みになったら？」アレグザンドラはその提案に望みをつないだ。

「子どもを作るには、ベッドはひとつでなければならない」ジョーダンは辛抱強く説明した。

「ふたつではだめなんだ」

アレグザンドラの目が不安げに細まった。「どうして？」

「その理由はこれから見せてあげるよ」

「ことばでは説明できないの？」彼女は食いさがった。

ジョーダンの口から首を絞められたような奇妙な声がもれたが、当人は真顔を保っていた。

「それは無理だ」

アレグザンドラが重い足どりで衝立のほうへ歩いていくのを見守るうちに、いままでこらえていた笑みがジョーダンの顔をよぎり、彼はまっすぐな肩の線やゆるやかに揺れる腰を目で楽しんだ。彼女はすでに心乱れているのだと思うと、気の毒な気がした――まだ肌にふれてさえいないのに。女性には生まれつき第六感のようなものがあって、仰々しい衣服という鎧を失ったとたんに、男性は危険で信用ならないと察知するのだろう。衝立を見やりながら、アレグザンドラは驚きに満ちているとしみじみ思った。学者の頭脳、無垢な心、賢者の機知を兼ね具えた女性。彼を襲った暴漢をライフルで撃ち殺すほど勇敢で向こう見ずになるかと思えば、次の瞬間には、自分のしでかしたことに衝撃を受け気絶してしまったりする。冷静な科学者の観点から性の問題を話題にしたりするくせに、いざ自分が体験する段になると、震えるほど狼狽し、時間稼ぎをしようとしている。

アレグザンドラが抱く恐怖感は気になったものの、自分の肉体が彼女に感じている、説明不能ではあるが否定しようのない渇望を満たすのをやめようとまでは思わなかった。これまでベッドに連れこんだ、都会的で世慣れた女たちにくらべると、アレグザンドラはおそろしく若いが、それでも、結婚し、子どもを産める年齢には達している。なにより、彼女の肉体を愉《たの》しむために安くはない対価を支払ったではないか――夫になってやり、自分の名を与えたのだから。

そんな思いにもかかわらず、時計の針が刻々と進むにつれ、今夜彼女を抱こうという意欲が、ふたつの問題のせいで急激に萎《な》えてきた。まず一点は、アレグザンドラには自分がなにをされるのかまったくわかっておらず、それがわかったら怖がるだけでなく抵抗するだろうと予想がつくこと。もう一点は、彼女が怖がったり抵抗したりしないとしても、彼にはもともと、愛の技巧に無知な生娘《きむすめ》をベッドに連れこむ趣味はないということだった。うぶな処女を虎視眈々《こしたんたん》と狙う多くの男たちとは違い、ジョーダンは色の道を知りつくした女が昔から好みだった——肉感的かつ積極的で、男を歓ばせる方法を知っており、彼の与える歓びに羞《は》じらいも慎みもなく反応するような女が。

ジョーダンの気を引こうとする女は往々にして下心をもっていたが——爵位が目当てだったり、彼の名声や人気の威光を利用したいということだ——それは気にならなかった。結局はジョーダンのほうも彼女らを利用しているだけであり、おのれの欲求を満たすことこそが、彼らの棲《す》む華やかな世界の回転軸になっているからだ。だが、女たちがジョーダンの気を引く裏にどんな理由があるにせよ、彼のほうは、情欲が満たされてしまえば、むしろひとりで眠ることを好んだ。

衝立の向こうの衣《きぬ》ずれの音が止んだので、アレグザンドラが着替えを終えたのがわかったが、彼女は衝立の陰に隠れたままだった。どうやら、ナイトドレス姿を見られるのを恐れているらしい。

いまの彼女を安心させるには、着衣について——もしくはその布地の少なさについて——なにげない口調で穏やかに話すのがいちばんだろう。そう考えながら、ジョーダンは自分のグラスにワインをつぐために、腰をあげて部屋の反対側に行った。「アレグザンドラ」きっぱりと、実際的な調子で言う。「よかったら着替えに手を貸すが」

「いいの！」あわてたように答えが返ってきた。「いま――いま終わったから」

「なら、衝立の後ろから出ておいで」

「いやよ！　あなたのお祖母様が雇ってらっしゃるフランス人の仕立て屋の女は頭がおかしいんだわ――わたしのために仕立てさせたナイトドレス、どれも生地があちこち〝切り取られて〟いるんだもの」

「〝切り取られて〟いる？」面食らったジョーダンは鸚鵡返しに言うと、ワインの壜を手にとりながら衝立のほうに目を向けた。「〝切り取られて〟いるって、どんなふうに？」

アレグザンドラが衝立の陰から出てくると、ジョーダンは赤く火照った顔に浮かぶ憤然とした表情をながめた。視線はそこから下がり、光沢のあるサテンのナイトドレスの、弧を描くように深く大胆に開いた胸もとで止まった。アレグザンドラはその胸もとを非難がましく指さした。「このナイトドレスは、胸もとの生地が切り取られているの。青のドレスは背中が四角く切り取られているのよ。黄色のときたら――」彼女は苦々しげに言った。「最悪！背中も前も丸く切り取られていて、裾は横のところが膝まで裂けているんだから！　あんなフランス女――」と険悪な声で締めくくる。「はさみをもつ資格はないわ！」

ジョーダンは大声で笑いだすと、いきなり彼女を抱きすくめ、よい匂いのする髪に顔をうずめながら肩を震わせた。

その瞬間、これまでジョーダンの人生を貫いていた虚無的な思想が音をたてて崩れた。

「ああ、アレックス」ジョーダンはあえぐように言った。「きみのような娘がこの世に存在するとは！」

ばかげたドレスのデザインについては自分に責任があるわけではないので、アレグザンドラは笑われても気を悪くしなかったが、陰鬱な声で忠告した。「そんなふうに笑ってはいられなくなるわよ。あなたが大金を払ってあの女に作らせた、残りのドレスをご覧になったら！」

超人的な努力によってなんとか笑いを鎮めると、ジョーダンは頭を起こし、不満げに彼を見あげているアレグザンドラの顔をいとおしく見つめた。「それはなぜかな？」

「なぜかっていえば」彼女は脅すように暗い声で言った。「生地が切り取られていないドレスは、薄っぺらで向こうが透けて見えて、ガラス窓みたいだからよ！」

「ガラス――？」ジョーダンは再びこらえきれない笑いに襲われ、肩を大きく震わせると、彼女を両腕で勢いよく横抱きにした。アレグザンドラの無邪気さと意外なユーモアのセンスはとにかく愉快で、あらためて彼女に魅了されていた。

ジョーダンはそのまま彼女をベッドのそばに運んだが、片方の腕で支えていた脚をおろしたとき、その脚が彼の下腹部から腿をかすめ、硬くいきりたったものにふれた。と、アレグザンドラがにわかに身をこわばらせた。ふいに胸騒ぎを感じたらしく――硬くなったその部分が意味することを察したのだろうか――彼女は探るような視線をジョーダンの顔に向けた。

「これからわたしになにをするの？」震える声で弱々しく言った。

「これから、ふたりで愛の営みをするんだ」ジョーダンは、優しい声でわざとあいまいに答えた。

アレグザンドラの全身が震えた。「どうやって？」

怯える彼女を痛ましく思うとともに、大きく見開かれた、うるんだ目に宿る純粋さにも胸をつかれ、ジョーダンはなだめるようにほほえんだ。「順々に教えてあげるよ」と答えたが、アレグザンドラが納得していないのを見てとり、こう付け加えた。「簡単にいうと、わたしの体の中に子どもの種があって、それをいまからきみの中にそそぎこむんだ。ただし、今回、子どもができるかどうかはわからない」自分がこれからすることは、彼女には〝罪深い〟行為に思えるかもしれない。そこを慮《おもんぱか》って、優しく揺るぎない口調で続けた。「アレグザンドラ、誓ってもいいが、わたしたちがこれからすることは、なにも〝まちがって〟はいない。人は子どもがほしくても、ほしくなくても、こういうことをするんだ」

「そうなの？」その訊き方で、アレグザンドラが切ないほどに彼を信じきっているのがわかった。「どうして？」

ジョーダンが笑いを嚙み殺しているあいだに、彼の指は彼女の胸もとのサテンのリボンをほどいていた。「それは、気持ちいいからさ」端的に答えて、アレグザンドラの肩に両手を置く。なにをされるのだろうと、彼女がとまどった顔をしているうちに、ドレスが滑り落ちて裸体が現われ、ほのかに光るサテンが足もとにわだかまった。その裸体の思いがけない美しさに、ジョーダンは息をのんだ。痩せてはいるが、胸は驚くほど豊かで、腰は細くくびれ、脚は長く形がいい。

食い入るような視線に恐れと恥ずかしさを感じたアレグザンドラは、うつむいて足もとのドレスを見つめるばかりで、ジョーダンに抱きあげられベッドに寝かされたときにはいいようもないほど安堵した。シーツという薄っぺらな護身具をありがたく思いながら、それを顎まで引っ張りあげ、ベッドのそばで服を脱ぎだしたジョーダンから急いで目をそらした。

アレグザンドラは心の中で自分に厳しく言い聞かせた。有史以来、人類は子どもを作りつづけているのだから、ジョーダンがこれから自分にすることが、異様だったり醜悪だったりするはずがない。それに、彼に跡継ぎをもうけることは自分の義務なのだから、結婚早々、その義務から逃げ出すようなことは断じてしたくない。そのようにまっとうな結論に達したものの、ジョーダンが隣に滑りこみ、肘から先をベッドについて体を浮かしながらおおいかぶさってくると、胸の中で心臓が暴れだした。「こ、これからなにをするの？」とこわごわ尋ねたものの、眼前に迫ってくる日焼けしたたくましい胸からは目が離せなかった。

ジョーダンは彼女の顎にそっとふれて顔をあおむかせ、彼と目を合わせるように仕向けた。「きみにキスをして抱きしめる」ビロードを思わせる柔らかな声で、耳をくすぐるように言う。「そして、きみの体にふれる。それからしばらくして、あることをすると、きみは少しのあいだ、痛い思いをするだろう――ほんの少しのあいだだけだ」ジョーダンは念を押した。「そのときが来たら教えるから」そう言ったのは、〝そのとき〟はまだ先なのに痛みの不安に早々と怯えだすことのないように、という気遣いからだった。

痛みのことを聞くと、アレグザンドラははっと目を見開いたが、その口から出たのは、自分よりもジョーダンを心配する、胸が痛くなるような優しいことばだった。「あなたも痛い思いをするの？」

いざとなったら抵抗して暴れるのではないかとジョーダンが案じていた娘は、はかなげにほほえみ、彼の頰におずおずと指先をふれた。「よかった」アレグザンドラはつぶやくように言った。「あなたが痛い思いをするのはいやだわ」

こみあげる愛しさと欲望に息が詰まりそうになったジョーダンは、顔をうつむけるや荒々しく唇を奪い、アレグザンドラの柔らかな唇が自分の唇にぴったり重なるように口を動かして興奮を誘った。あわてるなと自制して、口づけをわざと弱め、唇で唇を右へ、左へじらすように優しくなでる。それと同時に彼女のうなじに手を這わせ、そそるように愛撫した。ジョーダンの舌は震える唇の合わせ目を執拗になぞり、誘いに負けて唇が開くと、中に滑りこんで彼女の舌にからんだ。うなじをなでる手には、放すものかというように力がこめられた。

純粋な本能と全身を駆けめぐる快感に突き動かされて、アレグザンドラは彼の胸にすがりついた。そのとたん、たくましい腕に抱きしめられ、引き寄せられた腰がいきりたつものに密着した。硬くなった男性自身を露骨に押しつけられたのにぎょっとして、身を引こうとすると、彼の手がなだめるように背中をなで、優しく、だがしっかりと彼女を抱き寄せた。

アレグザンドラはいったん落ち着いたが、背中にあったジョーダンの手が胸に忍び寄ると、びくっと震えて逃げようとしたので、彼は重ねていた唇をしかたなく離し、顔を上げた。不安の色をたたえる水色の瞳をじっと見つめ、優美な顎の曲線を親指でそっとなぞる。「わたしを怖がってはいけないよ、かわいい人」

「いや」

えもいわれぬ美しい瞳がおずおずと探るようにジョーダンの目を見返すと、彼は自らのよこしまな魂を見透かされたように感じて不安になった。だが、アレグザンドラは彼の目に別のものを見てとったらしく、柔らかな声でこう告げた。「あなたがわたしを傷つけるようなことは絶対ないって、わかっているの。外見は怖そうだけど、魂は美しい人だから」

そのことばは、ジョーダンの胸の奥にひそんでいた熱い思いに不思議な刺激を与えた。彼は心の中でうめき、顔をうつむけるや、飢えた野獣のように口を開けて荒々しく彼女の唇を塞いだ。アレグザンドラは今度は自らの情熱で応え、うながされる前に口を開けると、ジョーダンの舌を迎え入れて自分の舌をゆだね、彼の体を両手でわが身に引きつけた。

唇を重ねたまま、ジョーダンは彼女の腕から脇腹へと手を滑らせ、そこから上に戻って乳房を包んだ。親指で円を描くように乳首を愛撫すると、それは誇らしげに彼の手のひらを突きあげてきた。こめかみからまぶた、頬へと唇を這わせ、首筋に鼻をすり寄せる。感じやすい耳に舌でふれてやると、アレグザンドラがさらに身を寄せてきたので、喜びと欲望が同時に湧きあがり、彼は喉の奥で低く笑った。舌先を耳の奥まで入れられたアレグザンドラは、甘いうずきにあえぎ、彼の両腕に爪を食いこませた。

ジョーダンは首筋の曲線を唇で下へたどり、さらに降りていって、手が愛撫していた場所まで来ると、乳房に口づけた。硬くなった乳首をゆっくりと口に含み、舌先でなぶりながら、口と手を使って攻めたてる。アレグザンドラは両手の指をジョーダンの後ろ髪にからめ、彼の頭を胸にかき抱くと、乳首を吸われる快感に息をのみ、彼に体を押しつけながら身もだえした。口づけが彼女の胸から下へ向かい、平らな腹を降りていくあいだも、ジョーダンの両手は脇腹や胸や腰を絶えずなでまわしていた。しばらくして、彼はやっと顔を上げた。

歓びと驚きにくらくらしながら、アレグザンドラはジョーダンの熱く輝く瞳をのぞきこみ、彼が気を遣ってくれているのを本能的に察したが、口と手で彼女の体を燃えあがらせている熟練の技のことは意識していなかった。

アレグザンドラにわかっているのは、自分の胸が愛しさで張り裂けそうになっていることであり、彼の力で味わっているこのすばらしい快楽を、自分も彼に味わわせたい――どうしても味わわせなければ――ということだった。そんなときに、胸をときめかせる唇がこちらの唇に近づいてきて「キスしておくれ、ダーリン」とささやくと、もうそれだけで思いを実行に移さずにはいられなかった。

純粋な本能と、自分が感じた行為には彼も感じるにちがいないという信念に駆りたてられ、アレグザンドラはジョーダンが自分に使った技を、無意識のうちに、そのままの力強さでお返ししようとした。ジョーダンの首筋に手を添えながら思いのたけをこめてキスをすると、彼のやり方をそっくりまねて、唇の合わせ目を舌でなぞって開かせ、中に忍びこんで、唇を重ねたまま彼をあえがせた。

アレグザンドラの唇に押されてジョーダンが頭を枕に沈めると、彼女は片肘をついて身を起こし、また彼のやり方に倣《なら》って、こめかみからまぶた、頬へと甘く刺激的なキスを続けながら、うっすらと黒い毛でおおわれた胸を片手でなでおろした。そのまま指を広げ、乳首をかすめるように指先を上へ下へと滑らせる。唇は頬をつたって耳に達し、大胆にも舌が耳のひだをなぞりはじめた。彼の心臓が狂ったように鼓動を速めていくのを手のひらで感じとると、それに勇気づけられたアレグザンドラは、自分の手がたどった道筋を唇で追い、筋肉が波打つたくましい胸に上のほうからキスを浴びせていって、ついに乳首にたどりついた。それを口に含むと、ジョーダンがふいに息をのみ、胸の筋肉をびくっと震わせた。

ジョーダンの肌は粗いサテンのようで、アレグザンドラはその味と手ざわりを堪能《たんのう》し、後ろ髪に手を差し入れられる感触を愉しみながらキスを続け、口で彼を刺激した。が、その口がさらに下に向かい、浅くへこんだ腹部に達すると、彼は笑いともうめきともつかない声を発していきなりアレグザンドラを抱きかかえ、そのまま いっしょに転がって、あおむけになった彼女にのしかかった。

熱い思いが体じゅうの毛穴から吹き出しているのを感じながら、ジョーダンは、どういうわけで自分は誘惑する側から誘惑される側に回ったのだろうと考えたが、答えは出なかった。わかっているのは、ベッドに連れこんだ魅力的な少女が、いつのまにかすばらしく刺激的な女になって、手のこんだ念入りなやり方で、われを忘れるほどの欲望に彼を駆りたてたということだけだ。

つのる飢えにまかせて、ジョーダンは口で彼女の口を開きながら、片手を腰から太腿へと滑らせ、そこで方向を変えて、両脚のあいだの三角形の茂みを手のひらでおおった。大事な場所にふれられたアレグザンドラは身をこわばらせ、脚を固く閉じて、激しく首を振った。

ジョーダンはやっとの思いで手を止め、のろのろと頭を起こしてアレグザンドラを見おろした。「怖がらなくていいんだよ、アレグザンドラ」脈打つ欲望を声ににじませると、彼は止めていた手をまた動かし、優しさをこめつつも遠慮ないやり方でいちばん敏感な部分を愛撫し、温かく湿った場所を指でまさぐりながら入口をめざした。「大丈夫だから」

一瞬、ためらいを示したあと、こわばった体から力が抜け、アレグザンドラは自ら脚を開いた。ジョーダンのほうは、愛撫がこの場所に達すれば、アレグザンドラは抵抗して暴れるだろうと初めから予想していた。というより、そうなるものと決めこんでいた。なのに、彼女はこうして素直に身をまかせ、すべてを差し出し、内心の不安をこらえつつ、彼が自分にひどいことをするはずはないと信じている……

そう思った瞬間、心をとろかすようなまなざしをした無邪気な誘惑者に対するいとおしさがこみあげ、堰《せき》を切ってあふれそうになった。無心に体を開いてくるアレグザンドラを、敬《けい》虔《けん》な気持ちで見つめる。ジョーダンの指が彼女の秘部をまさぐり、彼を迎え入れさせるために優しく愛撫を続けると、アレグザンドラは目をつぶり、上気した顔を彼の胸にうずめて、両手で二の腕をつかんだ。

燃えさかる欲望と、アレグザンドラを傷つけざるをえないとわかっているために生じた純粋な恐れをともに感じながら、ジョーダンは彼女にのしかかった。前腕をベッドについて体を支え、両手で柔らかく彼女の頬をはさむと、硬く脈打つものを入口にあてがう。「アレックス」と胸を痛めながら呼んだ声は、彼自身の耳には妙に疲れて聞こえた。

長い睫毛を揺らしながらアレグザンドラの目が開くと、ジョーダンには彼女がすでに察しをつけたのだとわかった。

アレグザンドラの息遣いは怯えたように浅く、荒くなっていたが、目を閉じることはせず、逆にジョーダンの目にじっと見入っていた——自分を傷つけようとしている張本人から安心と慰めを得ようとするように。ジョーダンはゆるやかに腰を動かして彼女の中に入り、ひと突きごとにわずかずつ、温かな隘路《あいろ》を進んでいったが、やがて障壁に行き当たり、それ以上進めなくなった。これまでのように優しく突いていたのでは、いくらやってもここは突破できそうにない。

痛みなく簡単にすむかもしれないと、ぎりぎりの段階までひそかに望みをつないでいたが、その希望は潰《つい》えた。自分を奥まで受け入れさせるためにアレグザンドラの腰をもちあげると、ジョーダンは自分の腰を引いて入口あたりまで戻り、震える唇を唇で塞いだ。「ごめんよ、ダーリン」唇を重ねたままかすれた声で言い、身動きでないように押さえこんでから、一気に貫いた。アレグザンドラの背中が弓なりになり、小さな悲鳴がジョーダンの胸を刺したが、彼女はけして彼を押しのけようとはしなかった。おとなしく彼の胸に身をゆだね、愛に満ちたいたわりのことばを聞いていた。

ごくりと唾をのむと、アレグザンドラは涙にうるむ目を開き、痛みがいっときだけで治まりつつあることに驚き、ほっとした。夫の端正な顔が、欲情に翳りながらも自らを責めるような厳しい表情を浮かべているのを見て、アレグザンドラは彼の背中に腕を回した。「大丈夫だから、そんな顔しないで」彼女は小さな声で言った。

ジョーダンには、彼女のほうが自分を慰めているのが耐えられなかった。二十六年の人生のほとんどにおいて、斜に構えた態度と一歩さがった冷淡さが不可侵の壁となって彼を守ってきたが、全身の毛穴からあふれ出る献身的な情熱という大波を浴びて、その壁はいまやあとかたもなく洗い流されようとしていた。アレグザンドラの中に入ったジョーダンは、そのまま苦しくなるほどゆっくりと動きはじめた。優しく突いては戻り、また突いては戻りしながら美しく上気した顔を見つめていると、本能に教えられたのか、彼女もいっしょに腰を動かしはじめた。

　ジョーダンの背中の盛りあがった筋肉に爪を食いこませると、アレグザンドラはおののきながらこらえきれずに彼を締めつけ、硬いものが力強くリズミカルに突いてくるのに応えて、自分も力を入れた。そのうち、体の中で抑えようのない興奮が高まってきて、彼の欲望にすばやく貫かれるごとに全身がひきつった。

「我慢しなくていいんだよ、ダーリン」ジョーダンはくぐもった声でささやいた。放出をこらえているせいで肩や腕がこわばり、荒く息をつくたびに胸が上下する。彼は突き入れるテンポをどんどん速めていき、リズミカルに腰を動かした。「感じるままにすればいい」

　アレグザンドラの中で歓びがはじけて血管を駆けめぐり、彼女は体をびくびくひきつらせながら声をあげた。彼女が絶頂に達した瞬間、ジョーダンは抱きしめる腕に力をこめ、猛然と押し入った。火山が噴火するようにエネルギーを爆発させ、待ち受けるぬくもりの中に精をそそぎこむと、その勢いで全身が何度もそり返った。悦楽の波になおも揺さぶられながら、ジョーダンはそっと身を起こしてアレグザンドラを重みから解放し、体をつなげたまま彼女を抱いて横向きになった。

　アレグザンドラは、ジョーダンの手で引きこまれた狂おしい忘我の淵からゆるやかに浮かびあがり、徐々に現実感を取り戻していった。ジョーダンの腕に守られるようにして横たわり、彼の顎の下に頭をすり寄せていると、愛されているという実感が信じられないほど強く湧いてきた。秘められた場所への愛撫の熱さや、激しく官能的なキスの味は、いまもまだ体に残っていた。

最初に夫がベッドに入ってきたときから、アレグザンドラは自分に向けられた欲望を本能的に感じとっていたが、そのときは、彼が自分になにを求めているのか、よくわかっていなかった。いまならわかる。ジョーダンが求めていたのは、あの純粋な快楽の爆発だ――そして、自分にもその快楽を味わわせたかったのだ。それを彼に与えることができたのだと思うと、誇りと喜びがじわりと胸に広がった。ジョーダンが彼女の体を震えさせたように、彼女も彼のたくましい体を震えさせ、快感にあえがせたのだ。

ジョーダンの情熱に応えた奔放な行為を恥ずかしいと思うことはなかった。かつて祖父が言っていたように、愛とは惜しみなくすべてを与えることだ。それは自分の幸福を相手にゆだねること、お返しに責任をもって相手を幸福にすることを意味する。自分は今夜、その両方を成し遂げたのだ。

アレグザンドラの思いは赤ちゃんのことに移っていった。これまでは、夫婦が望まないのに赤ちゃんができることがあるのが不思議だった。そんなことになるのは、ジョーダンが〝愛の営み〟と呼ぶあのすばらしい行為のためにベッドをともにするのを我慢できないからにちがいない。

ジョーダンはわずかに身じろぎし、顔をうつむけて優しく妻を見つめた。そして、蠟燭《ろうそく》の光に浮かんだ顔の清純な美しさに胸を打たれた。驚くほど長いカールした睫毛は、なめらかで高い頰に扇を伏せたように見える。その穢れを知らないはかなげな姿は、たとえようもなく愛らしかった。ジョーダンは彼女に熱情の世界を教えるつもりだったが、立場はむしろ逆になり、どこまでも相手に与える無私の精神を教えられた。アレグザンドラは無垢で情熱的で、狡猾《こうかつ》さとは無縁だった。人を疑うことを知らず、率直で、愛らしかった。自然にふるまっているだけで、男を誘惑してしまう女なのだ。

愛の行為をなす中で、アレグザンドラがこちらの技を巧みにまねたことに思いいたると、ジョーダンの口もとはかすかにほころんだが、ただのまねではなく、彼女はそこになにかを加えていた――いわくいいがたい、深く心を打つなにかを。その〝なにか〟の働きによって、彼は得意に感じる半面、不思議と謙虚な気持ちになり、彼女を独占したいと願う一方で、自分にそんな価値はないとも思った。そして、急に落ち着かない気分になった。

もう寝入ってしまったのだろうかと思いながら、ジョーダンは彼女の額に唇を寄せ、小声で名を呼び、乱れた髪を額から払ってやろうと手を伸ばした。

そこで、アレグザンドラの目が開いた。青くきらめくその瞳の奥にひそむものを見たとき、ジョーダンの手は宙に浮いたまま震えだした――彼女にキスや愛撫を受けたとき、彼の体を震えさせたのと同じものが見えたのだ。

彼女の瞳に輝いているのは、この世界をいっぱいに満たすほどの愛だった。

「なんて娘だ」ジョーダンはかすれた声でつぶやいた。

数時間後、二度目に愛を交わしたあと、ジョーダンはアレグザンドラを腕に抱き、炉棚の上の消えかけた蠟燭を見つめながら、心の中にふつふつと沸いてくる、彼女を独り占めにしたいという思いを消し去ることができずにいた。「アレグザンドラ」自分で思った以上にぶっきらぼうな声が出た。「〝わたしを信じろ〟という男をけして信じてはいけない――特に、きみがなにも服を着ていなかったりしたときには」

アレグザンドラは目を開け、いたずらっぽくほほえんだ。「わたしが服を着ていないときに話しかける殿方は、何人ぐらいいるとお思いなのかしら、公爵様？」

「そんな男はいない」ジョーダンは厳しい声で言った。「そこはただの冗談だ」自分も他の男も信用するなとはっきり言えなくて、遠まわしな言い方をした。「人を信じすぎるのは愚かなことだ。自分が傷つくだけだぞ」

アレグザンドラのほほえみが消え、真顔に変わった。「わたしだったら、信じないことでかえって傷つくわ。あなたは、人を信じないの？」

「信用のおける人間はわずかだし、彼らのことだって完全に信用しているわけじゃない」

アレグザンドラはジョーダンの顔に手を伸ばし、心をとろかす温かな唇を指先でなでた。そして、彼のかたくなな心を和らげるいつもの賢さと純真さを同時に示すことばを口にした。「人を信じないのなら、裏切られて失望することはないでしょう。でも、そのかわり、心からの幸福を味わう機会を捨ててしまうことになるのよ」ジョーダンにふれたいという気持ちを抑えられず、アレグザンドラは引き締まった顎の線を指でなぞったが、彼の目の中で欲望に火がついたことにも、自分の中で欲望の火花が散りはじめたことにも気づかずにいた。「あなたは美しくて、優しくて、賢くて、強いわ」とささやき、彼の瞳が暗く翳るのを見ながら、手を喉もとから胸へ滑らせる。「でも、人を、特にわたしを信じることを学ばないと。心からの信頼がなくては愛は続かないし、わたしはあなたを愛――」

ジョーダンはアレグザンドラの唇を塞ぐと、むさぼるように口づけて黙らせ、甘く温かなめくるめく世界に誘いこんだ。そこは、愛の営みの荒々しい美しさのほかには、なにも存在しない世界だった。

11

あくる日の夕刻、ふたりはロンドンに少しだけ立ち寄った。ジョーダンが仕事の用事をすませているあいだ、アレグザンドラは御者に二時間で街を案内してもらい、ロンドンは世界一刺激的な都市にちがいないと思った。

その翌日、ふたりがこれから乗る客船に着いたとき、日は水平線に沈もうとしていた。アレグザンドラは、目で、耳で、港の景色や喧噪《けんそう》をむさぼるように味わい、沖仲仕《おきなかし》が大きな木箱を軽々と肩にかついで厚板の足場を行き来するさまや、巨大な起重機が網に入った貨物を埠頭《ふとう》からつりあげて船上におろすのを見物した。マストが何本もそびえたつ巨大な艦船数隻に物資が積みこまれていく。それらの艦船は、アメリカに対し海上封鎖を行なっている僚艦の加勢や、依然として続くフランスとの海戦に向かうところだという。屈強な船乗りたちが派手な化粧の女たちの肩を抱いて埠頭をぶらついていたが、彼女たちの衣装は、アレグザンドラのナイトドレスがおとなしく感じられるようなものだった。

フェア・ウィンズ号の船長は乗船したふたりを自ら出迎え、船長室での〝簡単な夕食〟に招いてくれた。十四品からなり、ひと品ごとに違うワインが供されるその〝簡単な〟食事のあいだには、英国の対仏および対米戦争のことで話がはずんだ。アレグザンドラは、モーシャムにいたとき、ナポレオン軍との血なまぐさい地上戦や海上での衝突について本などで読んではいたが、そのときは遠くのできごとに思え、現実味が感じられなかった。だが、停泊中の軍艦にこうして囲まれていると、戦争はたしかに実体のある、恐ろしいものだと実感できた。

とはいえ、船長に勧められるままにワインをたくさん飲んだせいで、ジョーダンにエスコートされて自分たちの船室におりるころには、アレグザンドラは少しふらふらし、ひどく眠くなっていた。ジョーダンのトランク類は先に船室に運びこまれており、アレグザンドラは夢の中にいるような満ち足りた気分でほほえみながら、ジョーダンは今夜、愛の営みをしてくれるのだろうかと思った。ゆうべロンドンで仕事の会合から戻って以来、彼は幾分よそよそしく、その晩市内の南部に宿をとったときも、愛の行為はなしだった。ただ、お休みのキスはちゃんとしてくれたし、眠るまで抱いていてもくれた。

「小間使いの代わりをしてあげようか？」とジョーダンが尋ね、アレグザンドラは返事もしないうちに後ろを向かされ、背中にずらりと並んだ薔薇色の絹のくるみボタンをはずされていた。

「このボートは揺れているのかしら？」アレグザンドラはそばにあったオーク材の小さなテーブルにつかまった。

ジョーダンが深みのある豊かな声で笑った。「いま乗っているのは〝ボート〟ではなく大型船だし、揺れているのはきみだよ、ダーリン――夕食のときに、ワインを飲みすぎたせいだと思うが」

「だって船長さんが、出てくるワインをどれもこれも熱心に勧めてくださるんですもの」アレグザンドラは言い訳をして、「とても親切なかたね」と夢見心地で付け足した。

「あすの朝目が覚めたら、きっとそんな気分ではないだろうよ」ジョーダンは軽口を叩いた。

アレグザンドラがナイトドレスに着替えるあいだ、ジョーダンは紳士らしく背中を向けていて、着替えおわった彼女をベッドに寝かせ、顎のところまでシーツを引きあげてくれた。

「公爵様、ベッドにお入りにならないの?」アレグザンドラは夫に〝御前様〟とか〝公爵様〟と呼びかけずにすめばよいのにと心から願った。だが、そう呼びかけるようにと公爵未亡人に厳命されている。当人の許可があればその限りではないとも言われたが、夫から許しは出ていない。

「ちょっと甲板に出て、外の空気を吸ってくる」ジョーダンはそう言って、別の上着からピストルを出し、紺色のズボンの腰に挿した。

彼が狭い通路を歩いて上甲板への階段に出るころには、アレグザンドラはすっかり寝入っていた。

甲板に立ったジョーダンは手すりにもたれ、ポケットを探って、夕食後にたしなむことにしている細身の葉巻を取り出した。手で囲って火をつけると、眼前に広がるイギリス海峡を見わたし、アレグザンドラに関するきわめて複雑な問題に考えをめぐらせた。長年、勘定高くて浅はかな垢抜けた女たちとつきあったあとで——しかも、彼女たちを基準に女性全体を軽蔑してきたあげくに——自分が結婚した相手は、純真かつ誠実で、聡明で、心の広い娘だった。

その娘を、自分はどう扱えばよいのかわからずにいる。

アレグザンドラは、彼が気高く、優しく、さらには〝美しい〟などという、ばかばかしくもとっぴな考えを抱いている。実際は、自分でもよくわかっているとおり、道楽者で、虚無的で、不道徳な男なのに。これまで生きてきた長くもない年月に、数えきれないほどの人間を殺し、思い出すこともできないほど多くの女たちとベッドをともにしてきたのに。

アレグザンドラが信条としているのは、人に心を開き、信頼し、愛すること——おまけに、夫にも同じ信念をもたせようと固く決心している。こちらは、人に心を開き、信頼し、愛することなどとは無縁でいたいと思っているが。

彼女は心優しい夢想家で、自分は冷徹な現実主義者だ。

実際、アレグザンドラは夢見がちで、〝なにかすてきなこと〟がわが身におきると信じている——それは驚くにあたらない。春の湿った土は香水のようにかぐわしいと思うような娘なのだから……

アレグザンドラは、彼に自分と同じ見方で世界を見てほしいと思っている——新鮮で生き生きとした、穢れを知らない美しい世界を見てほしいと。だが、それはもう無理だ。自分にできるのは、彼女がなるべく長くその見方を続けられるよう、力になってやることだけだ。

それでも、そういう空想の世界を彼女とわかち合うことはできない。わかち合いたいとも思わない。自分はその世界には属していないのだ。彼女をデヴォンに置けば、社交界の弊風《へいふう》に染まらずにすみ、彼自身が属する世界の悪い遊びや底の浅い世知とは無縁でいられる——そちらの世界こそが、自分には居心地のいい場所なのだ。そこでは愛といったものを感じることは期待されていないし、人を信頼することや、自分の内面をさらけ出すことも求められていない……

夫はいっしょにデヴォンで暮らすつもりはないのだと知れば、アレグザンドラは傷ついた顔をするだろう。その顔を見るのが怖かったが、だからといって決心を変える気はない。そんなことはできない。

ジョーダンの前には見わたす限りイギリス海峡が広がり、その黒々とした水面に淡黄色の月光の帯が幅広く伸びていた。彼はいらいらして葉巻を海に投げ捨て、捨てたあとでそれが最後の一本だったことに気づいた。残りの数本が入った金の葉巻入れは、きのう、ロンドンのエリーズの家に置き忘れてきたのだ。

数日にわたって狭い馬車に閉じこめられていたのと、アレグザンドラの問題によい解決策が見つからないことで鬱屈を感じながら、ジョーダンは手すりの前で振り返って埠頭側を見わたした。軒《のき》を連ねる酒場から明かりがもれ、娼婦の肩を抱いた飲んだくれの水夫たちが千《ち》鳥足《どりあし》でうろうろしている。

そのとき、ジョーダンから四ヤードと離れていないところで、男がふたり、甲板の暗がりに走りこみ、巻いてあるロープの陰の、彼からは見えない場所にしゃがみこんだ。

ジョーダンは、岸に渡った向こう側にある酒場で葉巻を買おうと思い、甲板を悠々と横切って、埠頭に下りる道板へ向かった。ふたつの人影はロープの陰から出てきて、距離をおきながら慎重にあとを追った。

夜の埠頭がどれほど危険か、ジョーダンにはわかっていた。特に注意すべきなのは水兵の強制徴募隊で、埠頭をうろついては隙のある人間を襲い、気絶させておいて船に放りこんでいる。犠牲者は、気がついたときには〝光栄にも〟英国軍艦の乗組員になっているというわけだ——その任務は、数カ月、あるいは数年たって、船が帰港するまで続く。もっとも、ジョーダンは丸腰ではなかったし、埠頭に見えるのは酔っぱらいの水夫だけで、数年にわたってスペイン各地で激しい戦闘をくぐり抜けてきた身には、埠頭に上がってから酒場までの数ヤードなど恐れるに足りなかった。

「ばかやろう、近づくんじゃねえ——やつが埠頭に上がるまで待つんだ」ジョーダンを追って道板をひそかに渡りながら、片方の人影がもう片方に声をひそめて言った。

「なんでさっさとやらねえんだよ」獲物が入っていった酒場の軒下の暗がりに身をひそめたあと、引き止められたほうが相棒に訊いた。「頭をぶん殴って海に投げこめばいいんだろ。船にいるうちにやっちまったほうが簡単だったじゃねえか」

相棒はうっすらと笑った。「もっといいことを思いついたのさ——たいした手間じゃねえし、儲けも増えるぞ」

ジョーダンはあまり好みではない太い葉巻を三本、上着の内ポケットに入れて、酒場から出てきた。手に入れてしまうと、吸おうという気は失せていた。そのとき、背後で人が動き、板がきしむ音がした。ジョーダンは緊張した。歩調は変えずに、腰に挿していたピストルに手を伸ばしたが、手が届く前に脳天を叩き割られたような激痛に襲われ、無意識の暗いトンネルに追いやられた。トンネルの向こうから、温かな灯し火が差し招いている。ジョーダンはそちらに向かって漂うように進んでいった。

頭上から聞こえてくる水夫たちの大声とあわただしい足音で、アレグザンドラは明け方に目が覚めた。出航の準備をしているらしい。頭の中に綿が詰まっているような感じがしたが、それでも甲板に出て、もやいが解かれ船が出航するところを見たかった。夫も同じ考えにちがいないと思いながら、おろしたてのドレスを身につけ、それに合うラベンダー色のしなやかなウールの外套をはおった。ジョーダンはきっと先に起きて上に行ったのだろう。

アレグザンドラが甲板に出てみると、水平線が灰色とピンクで帯状に染まっていた。水夫たちは作業に忙しく、彼女をよけながら、丸めてあったロープを伸ばしたり索具をよじ登ったりしている。前方では一等航海士がこちらに背を向け、足を大きく踏ん張って立ち、マストに登っている部下たちに大声で指示を出していた。アレグザンドラは夫を捜してあたりを見まわしたが、甲板に出ている乗客は彼女ひとりのようだった。昨夜の食事の席で、ジョーダンはファラディ船長に、船がもやいを解いて出航するときは甲板に出て見物することにしていると言っていた。アレグザンドラはドレスをつまんで裾を引きあげると、甲板に出てきた船長に近づいた。「ファラディ船長、どこかで夫をお見かけになりませんでした？」

相手の顔にいらだちが見えたので、アレグザンドラは呼び止めた理由を口早に説明した。「船室にも甲板にもおりませんの。ほかに夫が行きそうなところはないでしょうか？」

「思いあたる場所はありませんな、公爵夫人」船長はうわの空だった。白みはじめた空に目を向けているのは、夜が完全に明けきるまでの時間を推測するためだろうか。「よろしければ、ちょっと失礼して――」

途方にくれたアレグザンドラは、不安で背筋がぞくぞくするのを気にしないように努めながら船室に下り、部屋の真ん中に立ったまま、所在なくあたりを見まわした。ジョーダンはきっと、埠頭に散歩に出たのだろう。そう結論を出して、ゆうべ乗船したとき夫が無造作に椅子の背にかけた淡褐色の上着を手にとった。これは衣装戸棚に吊しておこう。柔らかい高級な生地に頬ずりし、ジョーダンがつけているきりっとした香りのオーデコロンの残り香《が》を吸いこみながら上着を戸棚に運び、中にしまう。普段は侍者があとを追いかけて、彼が脱ぎ散らかしたものを片付けているんだわ。こみあげる愛しさに口もとをほころばせながら、そろいのズボンも戸棚にしまった。それから振り返り、ジョーダンがゆうべ遅くに甲板に出るとき着ていた紺の上着を捜した。どこにもない。ゆうべ最後に見たとき身につけていた他の衣服もない。

ファラディ船長は気をもむアレグザンドラに同情はしてくれたが、この潮を逃すつもりはない、船は出すとはっきり口にした。災いの予感がふくれあがって全身を駆けめぐり、アレグザンドラはおののいたが、目の前の男には泣きついてもむだだと直感的に察した。そこで、「ファラディ船長」と呼びかけ、背筋を伸ばして、ジョーダンの祖母の威圧的な口調をできる限りまねて言った。「もし夫がこの船のどこかで怪我をして倒れているとしたら、責任はあなたにかかってくるのですよ。怪我の責任だけでなく、夫を下船させ医師の適切な手当てを受けさせることなく出航した責任も、です。しかも」アレグザンドラは声が震えそうになるのを必死に抑えた。「きのう夫から聞いたことをわたしが誤解していなければ、彼はこの船を所有する会社の持ち主のひとりなのです」

12

ファラディ船長と一等航海士はともに正装し、出航延期になったフェア・ウィンズ号のひとけのない甲板に直立不動の姿勢で立って、黒の旅行用馬車が船と埠頭をつなぐ道板のすぐ前で停まるのを見ていた。「あれですか?」背筋をぴんと伸ばし、ゆっくり道板を昇ってくる痩せぎすの婦人を見て、一等航海士が驚いたように言った。婦人の手は、英国海軍省で権勢をふるうジョージ・ブラッドバーン卿の腕をとっている。「あの白髪頭の婆さんが、大臣を動かしてこの船の出航を延期させ、われわれを船内に留め置く力をもっているとおっしゃるんですか? ここに来てわれわれの話を聞くために、その力をふるったと?」

船室の扉にノックの音が響くと、アレグザンドラは飛びあがった。この五日間は、外で物音がするたびに不安と期待で胸が早鐘を打ったが、いまもやはりそうなった。だが、扉の向こうにいたのは夫ではなく、顔を合わせるのは結婚式以来になる彼の祖母だった。「なにかわかりましたか?」アレグザンドラは苦悩のあまり夫の祖母に対する挨拶も忘れ、すがる思いでささやくように訊いた。

「船長と一等航海士はなにも知りません」公爵未亡人はそっけなく言った。「いっしょに来なさい」

「いやです！」二日以上前から、いまにもヒステリーをおこしそうになるのをこらえていたアレグザンドラは、激しく首を振ってあとずさった。「きっと夫は、わたしにここにとどまって――」

公爵未亡人は胸をそびやかし、貴族らしい高い鼻の上から、打ちひしがれた娘を見おろした。「わたくしの孫は」彼女はこれ以上ないほど冷たい声で言った。「あなたが落ち着いて堂々とふるまうことを望んでいるでしょう。自分の妻、つまりホーソーン公爵夫人として恥ずかしくない態度をとることを」

そのことばに頬を張られて――実際にそういう効果があった――アレグザンドラはわれに返った。夫はたしかにそう望んでいるにちがいない。感情的な反応をなんとか抑えるように努めながら、彼女は子犬を抱きあげて背筋を伸ばし、公爵未亡人やジョージ・ブラッドバーン卿と並んでぎくしゃくと馬車に向かった。だが、乗車を助けようとした御者が彼女の肘に手を添えると、さっと身を引き、居酒屋や倉庫が建ちならぶにぎやかな埠頭を必死になって目で捜した。夫はあのあたりのどこかにいる。病気か怪我をして。彼はきっと……その先は想像したくなかった。

数時間後、馬車は速度を落とし、ロンドンの街なかをしずしずと走りはじめた。窓の外を見ていたアレグザンドラは、向かいの席の公爵未亡人に暗いまなざしを向けた。相手が堅苦しく背筋を伸ばし、冷たく無表情な顔をしているのを見ると、この人には感情というものがあるのだろうかと思わずにはいられなかった。車内は墓場のようにしんとしていて、アレグザンドラのか細いしゃがれ声がやけに大きく響いた。「どこに向かっているんですか？」

自分の意向を説明させられるのは不愉快だという思いを、わざと長い間をおくことによって表明してから、公爵未亡人は冷ややかに告げた。「わたくしの町屋敷《タウンハウス》です。屋敷は日よけをおろしたままにして、訪問客があれば主人たちはローズミードに滞在中だと教えるために、ラムジーが最低限の使用人を連れて先乗りしています。わたくしの孫息子が行方不明になっていることは新聞に派手に書きたてられていますが、見舞いや興味本位の客に悩まされるのはごめんですから」

木で鼻をくくったように話す公爵未亡人を気の毒に感じたらしく、ブラッドバーンは馬車に乗りこんでから初めて口を開き、彼女をなだめた。「われわれはあらゆる手を尽くして、ホーソーン公爵の身になにがおきたのかを探っているところです」彼は穏やかに言った。「ボウ街の警察隊も正式な捜査を開始して、百人態勢で埠頭を捜索していますし、ホーソーン家の弁護士たちがそれとは別に百人ほど調査員を雇って、どんな手段を使ってでも情報を得るよう指示しています。現在のところ身代金の請求はなく、われわれは、金目当ての誘拐ではないという見方をしています」

公爵未亡人にあざ笑われないように涙をこらえながら、アレグザンドラは答えを聞くのが怖い質問をあえてした。「可能性はどれくらいだとお思いですか、彼が——?」〝生きている〟ということばを口に出せなくて、声が尻すぼみになった。

「さあ」ブラッドバーンは口ごもった。「それはわたしには」

その声音から、可能性はけして高くないことを察して、アレグザンドラの目は焼けつくような涙にかすんだ。ヘンリーの柔らかな毛並みに頬を押しあててその涙を隠すと、彼女はごくりと唾をのみ、喉につかえている悲嘆の塊をのみくだそうとした。

それからの長い四日間を、アレグザンドラは公爵未亡人と同じ屋根の下で過ごしたが、公爵未亡人は彼女が見えていないかのようにふるまい、話しかけようとも目を向けようともしなかった。そして五日目、アレグザンドラが寝室の窓から外をながめていると、ジョージ・ブラッドバーン卿が階下から出ていくのが見えた。動転した彼女は呼ばれもしないうちに階段を駆けおりて客間に飛びこみ、公爵未亡人に詰め寄った。「大臣がお帰りになるのが見えました。なにかおっしゃっていませんでしたか?」

ぶしつけに乱入してきたアレグザンドラを、公爵未亡人は不快感もあらわににらみつけた。「ジョージ卿のご訪問は、あなたには関わりのないことです」と冷たく言い放つと、出ていけがしにぷいと顔をそむけた。

そのことばに、かろうじて保っていた自制の糸がぷつりと切れた。腕をおろしたまま両手を握り締めると、アレグザンドラは憤懣に声を震わせた。「あなたがどうお思いか知りませんが、わたしは聞きわけのない子どもではありません。夫はいま、わたしにとって世界でいちばん大切な人です。わかったことをわたしに教えずにすまそうと思っても、そうはいきませんよ。そんなことは許されないわ!」

そこまで言っても、相手は石のように押し黙って相変わらずこちらをにらんでいるだけなので、今度は下手に出ることにした。「隠していないで教えてくださってもいいじゃありませんか。知らずにいるなんて耐えられません——どうかそんなつれない仕打ちをなさらないでください。ヒステリーをおこして困らせたりはしませんから……父が亡くなったあと、母はなかなか立ち直れなかったので、わたしは十四のときから家を切り盛りしてきたんです。それに、祖父が亡くなってからは、わたしが――」

「なにも情報はありません！」公爵未亡人はつっぱねた。「なにか知らせがあれば、あなたの耳にも届くようにします」

「でも時間がかかりすぎじゃありませんか！」アレグザンドラは大声をあげた。

公爵未亡人は軽蔑の目でアレグザンドラをじろりとにらんだ。「たいした女優だこと。ともかく、わが身の先行きを案ずるのはおやめなさい。あなたの母親は、わたくしの孫を相手に取り交わした、婚姻に関する財産契約のおかげで、一生裕福に暮らせるだけのお金を受け取っています。あなたと分け合っても余りあるはずですよ」

アレグザンドラは公爵未亡人の思いこみに気づいて、ぽかんと口を開けた。この人は、わたしが、いまこの瞬間にもイギリス海峡の底に沈んでいるかもしれない夫のことよりも、自分の行く末のことを気にしているものと決めつけているんだわ。

怒りのあまり絶句したアレグザンドラは、公爵未亡人が冷酷なことばでとどめを刺すのを聞いていた。「わたしの前から消えなさい。これ以上、孫の安否を気遣うふりをされるのはごめんです。あの子のことをほとんど知らないあなたが、あの子を大切に思うわけはないでしょう」

「よくもそんなことを！」アレグザンドラは叫んだ。「偉そうにふんぞり返って、よくもそんなことが言えたものね。あなたに――あなたにはあの人に対するわたしの気持ちなんかわかりっこない、だって、感情ってものがないんだから！　もしあるとしても、あんまり――あんまり年とったせいで、愛がどんなものか忘れてしまったんでしょうよ！」

　ゆっくりと立ちあがる公爵未亡人の姿は威圧的だったが、頭に血がのぼり、激昂していたアレグザンドラは、見境のない攻撃を止めることができなかった。「彼がほほえんでくれたり、いっしょに笑ったりしてくれたりするとどんな気持ちになるか、あなたにわかってたまるもんですか。あの人の瞳をのぞきこんだとき、どんな気持ちがするかなんて――」嗚咽《おえつ》が喉にこみあげ、蒼ざめた頬を涙がつたいはじめた。「お金なんかいらない――あの人の瞳を見つめて、あの人のほほえみを目にすることができれば」情けないことに、そこで膝の力が抜けて床にへたりこんでしまい、そのまま公爵未亡人の足もとで泣きつづけた。「あの美しい瞳が見られさえすれば」アレグザンドラは胸も張り裂けよとばかりに泣きじゃくった。

　公爵未亡人はためらうそぶりを見せたものの、踵を返して部屋を出ていき、ひとり残されたアレグザンドラは悲嘆にくれてさめざめと泣いた。十分ほどすると、ラムジーが凝った装飾の銀の茶器に軽い食事を添えたものをもって部屋に入ってきた。「大奥様から、奥様は〝空腹でぐったり〟されていて、軽食をご所望《しよもう》だとうかがいましたので」

　床にすわりこんだままソファに突っ伏していたアレグザンドラは、のろのろと顔を上げ、気まずい思いで涙をぬぐった。「いいから――それはさげて。食べ物なんて見るのもいや」

　ラムジーは公爵未亡人の命令に従い、アレグザンドラの希望は無視して、いらないと言われたトレイをテーブルに置いた。それから姿勢を正し、なにかに迷っているような不安げな顔をした。彼のそんな顔を見たのは、アレグザンドラにとっては初めてのことだった。「噂話をするのはわたくしの本意ではないのですが」しばし間をおいてから、ラムジーは堅い声で切り出した。「大奥様の着付け係のクラドックからあることを耳にしました。大奥様は、五日間ほとんど食べ物を口にされていないというのです。先ほど、小客間にいらっしゃる大奥様のもとに食事をお運びしたところです。奥様がごいっしょしましょうとおっしゃれば、大奥様も少しは召しあがるのではないかと」

「あの人に食べ物は必要ないわ」アレグザンドラは怒りをこらえ、弱々しく身を起こした。「人間の血が通ってないんだから」

ラムジーの冷淡な態度は、主人を遠まわしにけなされたことで一段と冷ややかになった。

「わたくしは四十年前からホーソーン公爵未亡人にお仕えしています。奥様も、この家の一員となられたからには、大奥様の身を多少は案じていらっしゃるものと思っておりましたが、それはわたくし自身が大奥様の身を案ずるあまりの思い違いでございました。判断を誤ったことをお詫びいたします」

ラムジーは堅苦しく一礼して部屋を出ていき、残されたアレグザンドラはひどく不快な気分になる一方で、あっけにとられてもいた。ラムジーは女主人に忠誠を尽くしているようだが、アレグザンドラは使用人に対する彼女の態度をよく知っていた。ローズミード屋敷にいたとき、〝使用人と雑談をした〟として公爵未亡人に大目玉を食らったことが二度ある。実際は、ラムジーに結婚しているのかと訊き、客間女中に子どもはいるのかと訊いただけだったのだが。公爵未亡人の高慢な考え方からすれば、使用人に声をかけることは彼らと雑談することに等しく、雑談することは彼らを仲間と見なすことに等しい――そして、当人の遠慮ないことばを借りるなら、それは〝言語道断〟の行為なのだ。なのに、ラムジーはどう見ても公爵未亡人に忠誠を尽くしている。それは彼女に尊大さ、傲慢さだけではないなにかがあるということなのだろう、とアレグザンドラは考えた。

だとすれば、そこからさらに推測できることがある。アレグザンドラは軽食の載ったトレイをぼんやり見つめ、これはひょっとして公爵未亡人なりの〝仲直りのしるし〟なのだろうかと思案した。ほんの十分前には、公爵未亡人は彼女が食事をとっているかどうかなど、まるで気にしていないようだった。とはいえ、この軽食にしっかりしなさいという励ましの意味がこめられていると考えるのも、あながちまちがいではなさそうだ。

頭の中でラムジーの声が不吉な響きを帯びて甦り、アレグザンドラは唇を噛んだ。五日間……大奥様は五日間、食べ物を口にされていない、と彼は言った。それはこちらも似たようなものだが、自分はまだ若く、健康で、体も丈夫だ。公爵未亡人が食べ物も喉を通らないのだとすれば、彼女は孫息子の失踪を、見かけよりはるかに気に病んでいることになる。それに気づくと、公爵未亡人に対する気持ちはさらに和らいだ。

観念してため息をつくと、アレグザンドラは額にかかる前髪をかきあげ、このお茶と軽食を仲直りのしるしとして受け入れることにした。なぜなら、七十歳の老婦人が痩せ衰えていくなど、考えるだに耐えがたかったからだ。

少し開いた扉から青の間をのぞくと、公爵未亡人は背もたれの高い椅子に腰かけ、暖炉の火を見つめていた。静かにすわっているときでさえ、その姿は近寄りがたいものを感じさせたが、内にこもったかたくなな表情は、父に死なれた直後の母——もうひとりの妻が現われて悲しみが憎悪に変わる前の母を彷彿《ほうふつ》させ、アレグザンドラは胸が痛くなった。

そっと客間に足を踏み入れると、影が視界に入ったらしく、公爵未亡人はすばやく顔を上げた。そして同じくらいすばやく顔をそむけた――だが、ぎりぎりで見えた淡い色の瞳には、涙が光っているようだった。

「奥方様？」アレグザンドラは前に踏み出しながら静かに言った。

「わたくしのじゃまをしていいと言った覚えはありません」公爵未亡人はぴしゃりと言ったが、アレグザンドラもこのときばかりは、とげとげしい声にだまされることはなかった。

母に対したときと同様に、アレグザンドラはなだめるような口調で言った。「ええ、たしかに、許可はいただいていませんね」

「出ておいき」

心がくじけそうになったが、アレグザンドラは毅然として言った。「長居するつもりはありませんが、先ほど言ったことについてお詫びを申しあげにまいりました。あれは口にしてはならないことでした」

「その謝罪は了承しました。さあ、出ていきなさい」

公爵未亡人の刺すような視線をものともせず、アレグザンドラは前に進み出た。「あの、わたしも奥方様も、どうせ食事をとらなくてはいけないのなら、いっしょにいただくことにすれば少しは食が進むんじゃないでしょうか。お互い――話し相手になれますし」

放っておいてほしいと思っていた老婦人は、怒りを燃えあがらせた。「話し相手がほしければ、家に帰って母親と話せばいいと、さっき言ったばかりでしょう！」

です」

「それは」アレグザンドラは声を詰まらせた。「あの人を愛する人といっしょにいたいからです」

抑えきれないむきだしの苦痛が、一瞬、顔をよぎったものの、公爵未亡人はすぐに冷静な表情に戻った。だが、その刹那、アレグザンドラはいかめしい仮面の下に隠れている苦悩を垣間見た。

公爵未亡人の痛ましさに胸をつかれる一方で、その気持ちをさとられないよう注意しながら、アレグザンドラは向かい側の椅子に滑りこみ、ずらりと並んだトレイのひとつを選んでおおいを取った。食べ物を見ると胃がむかついたが、明るくほほえんでみせた。「このおいしそうなチキンをひと切れいかが――それともビーフのほうがお好みかしら？」

公爵未亡人はわずかにたじろぎ、目を半眼にしてアレグザンドラを見た。「わたくしの孫はまだ生きていますよ！」否定できるものならしてみなさいといわんばかりの、挑発的な表情で言い放った。

「もちろん生きていますとも」その可能性を疑ったりすれば、すぐに部屋から追い出されるのだろうと思いながら、アレグザンドラは勢いこんで言った。「心からそう思いますわ」

公爵未亡人はそのことばに嘘がないことを確かめるようにアレグザンドラの顔を検分すると、不承不承といったふうに小さくうなずき、そっけなく言った。「そのチキン、少しいただいてみましょうか」

ふたりは黙りこくったまま食事をした。静けさを破るのは、暖炉の小さな火がときおりパチパチはぜる音だけだった。アレグザンドラが腰をあげてお休みの挨拶をしたあと、公爵未亡人はやっと口を開き、そこで初めてアレグザンドラを名前で呼んだ。

「アレグザンドラ——」公爵未亡人はしゃがれ声でささやくように呼びかけた。

アレグザンドラは振り向いた。「はい、奥方様？」

「あなたは……」公爵未亡人は苦しげに息を吸いこんだ。「あなたは……祈りますか？」

アレグザンドラは目の奥が熱くなり、喉に涙がこみあげるのを感じた。この誇り高い老婦人は、祈る習慣があるかと訊いているのではない。祈っておくれと頼んでいるのだ。

必死の思いでごくりと唾をのみ、アレグザンドラはうなずいた。「お祈りします、一生懸命」と小さな声で答えた。


それから三日間、アレグザンドラと公爵未亡人は青の間でひそやかに祈りながら過ごした。ぽつりぽつりと交わされるとりとめのない会話、不自然に抑えた声——そのさまは、ほかには共通点のない赤の他人同士が、口にできない恐怖という一点で結ばれているかのようだった。

三日目の午後、アレグザンドラは公爵未亡人に、アントニー・タウンゼンド卿を呼びにやったかどうか尋ねた。

「ここに来てくれるよう申し送ったのだけれど、あの子は——」戸口に現われたラムジーを見て、公爵未亡人はことばを切った。「なんです、ラムジー？」

「ジョージ・ブラッドバーン卿がおみえになりました、大奥様」

アレグザンドラは不安にかられてさっと立ちあがり、公爵未亡人から強引に勧められた刺《し》繡《しゅう》の道具がはずみであたりに散らばった。だが、少したって、堂々とした白髪の紳士が部屋に入ってくると、注意深く表情を消したその顔を一見しただけで、恐ろしさに全身が震えだした。

隣にいた公爵未亡人もブラッドバーンの表情から同じ結論に達したらしく、顔からみるみる血の気が引いていった。グローヴナー広場近くのこのタウンハウスに来てからずっと使っている杖にすがりながら、彼女はのろのろと立ちあがった。「なにか知らせをもってきたのね、ジョージ。なにがわかったの？」

「調査員たちは、ホーソーンが失踪した晩の十一時ごろ、容姿の特徴がホーソーンと一致する男性が、埠頭の酒場で目撃されていたことを突き止めました。店のあるじに相当な額の金をやって話を聞いたところ、その男性は際立った長身で——六フィートを優に越えていたか——紳士のような上品な身なりをしており、葉巻を数本買って出ていったそうです。その酒場はフェア・ウィンズ号が停泊していた場所のほぼ真向かいにあり、われわれはその男性がホーソーンにまちがいないものと見ています」

ブラッドバーンはいったんことばを切ってから、陰鬱な声で言った。「おふたりとも、この話はおかけになって聞かれたほうがよろしいかと思いますが」

災いを暗示するようなそのことばに、アレグザンドラは椅子の肘掛けをつかんで体を支えたが、それでも首を横に振り、腰かけようとはしなかった。

「続けて」公爵未亡人がしわがれ声で命じた。

「フェア・ウィンズ号の近くに停泊していたファルコン号の水夫ふたりが、長身で身なりの良い男性が酒場を出ていき、よくいるチンピラのようなふたり組がそのあとをつけていくのを目撃しています。ファルコン号の水夫たちは彼らにとりたてて注目したわけではなく、ふたりとも酒が入っていましたが、ひとりは、その長身の紳士がチンピラに棍棒で頭を殴られたように見えたと話しています。もう片方の水夫はその瞬間は見ていませんが、その紳士が──酔いつぶれて正体をなくしているんだろうと思ったそうですが──チンピラの肩にかつがれて埠頭を運ばれていくのを見たと言っています」

「その人たちは彼を助けようともしなかったの？」アレグザンドラは大声をあげた。

「水夫たちは酔っていて人を救える状態ではなかったし、もともとそんな騒ぎに首を突っこむ気もなかったでしょう。残念ですが、埠頭ではありふれたことですから」

「まだ先があるのでしょう？」相手の深刻な顔を探るように見てから、公爵未亡人が言った。

ブラッドバーンは深々と息を吸い、ゆっくり吐き出した。「問題の晩に、水兵の強制徴募隊がさかんに動きまわっていたことは前からわかっていたのですが、さらに調べを進めると、その徴募隊のひとつが、容姿の特徴からホーソーンにまちがいないと思われる男性を買ったことがわかりました。隊員たちはホーソーンが酔って正体をなくしているものと思い、身元がわかる所持品も見つからなかったので、例のチンピラに代金を払って彼を引き取り、英国軍艦に送りこんだのです──ランカスター号という艦艇です」

「これで居所がわかったわ！」心の中で喜びがはじけ、アレグザンドラはそう叫ぶと、思わず公爵未亡人の冷たい手をつかんでぎゅっと握りしめた。だが、舞いあがった心は、ブラッドバーンの次のことばで奈落の底に突き落とされた。「ホーソーンを乗員に加えたランカスター号は」彼は重々しく続けた。「四月十六日にヴェルサイユ号というフランスの艦船と砲火を交えました。別の英国軍艦、カーライル号は、アメリカとの戦いで損傷を受け、霧にまぎれてやっとのことで港に戻る途中に、両艦の近くを通りかかりました。カーライル号は僚艦の助けに向かうこともままならず、艦長は戦いの一部始終を望遠鏡越しに見守ったそうです。戦闘が終わったとき、ヴェルサイユ号はかろうじて航行できる状態で……」

「それでランカスター号は？」アレグザンドラはたまりかねて叫んだ。

ブラッドバーンは咳払いをした。「このようなことをお伝えしなければならないのはまことに遺憾ですが、ランカスター号は沈没し、乗員は全員死亡しました――ホーソーン公爵閣下も含めて」

アレグザンドラの目に映っている部屋がぐるぐる回りだした。胸をつきあげる悲鳴をこらえるために手で口を塞ぎながら、公爵未亡人にすばやく目をやると、その顔は苦悶に歪んでいた。公爵未亡人の体がふらふら揺れているのを見たとき、アレグザンドラはとっさにその体を抱きしめ、すすり泣く彼女を赤ん坊をあやすように揺すってやり、震える背中をさすっていた。意味のない慰めのことばをささやくうちに、アレグザンドラ自身の頬にも涙が滝のように流れはじめた。

医者を連れてきたと告げるジョージ・ブラッドバーン卿の声は、はるかかなたから聞こえてくるようだった。腕の中で泣きじゃくる公爵未亡人を、だれかが優しく、だがしっかりと抱きとってくれたのをおぼろげに感じる。そのあと、アレグザンドラはラムジーに腕をとられ、二階に連れていかれた。

13

夢から逃れようと寝返りを打ち、あおむけになって目覚めるまで、悪夢はずっとアレグザンドラにつきまとっていた。夢の中の彼女は墓地で何百もの墓標に囲まれていて、そのひとつひとつに、父か祖父か夫の名が刻まれていた。

アレグザンドラのまぶたは鉄の塊でも載っているかと思うほど重く、けんめいの努力の末にそのまぶたがやっと開いたときには、開けるんじゃなかったと後悔した。頭は斧でも打ちこまれたかのようで、窓から射しこむ日の光が目に痛い。眉をしかめて光の射すほうから顔をそむけたとき、糊のきいた黒のお仕着せに白いエプロンと帽子という格好の痩せぎすの女が、ベッド脇の肘掛け椅子で居眠りしているのが目に入った。客間女中だわ、とぼんやり思った。

「なぜそこにいるの？」と言った声は、自分のものとは思えないような弱々しいしゃがれ声になっていた。客間女中が軽くいびきをかいてまだ眠っているので、アレグザンドラはずきずき痛む頭を枕につけたまま横向きにした。枕頭のテーブルに、スプーンとグラスが壜といっしょにおいてあるのに、うつろな目を向ける。

「それはなに？」アレグザンドラはさっきよりは少し大きな声で訊いた。

疲れきったようすの客間女中はびくっと身を起こし、アレグザンドラが目を覚ましているのを見ると椅子から飛びあがった。「阿片ですよ、奥様。お目覚めになったらすぐに食事をおとりになるようにって、お医者様がおっしゃってましたから、おいしいものを用意して、急いでおもちしますね」

なにがどうなっているのか考えようとしたが眠気には勝てず、アレグザンドラは重いまぶたが閉じるにまかせた。次に目を開けたときにはベッドのそばに食事の載ったトレイがあり、太陽の位置はだいぶ低くなっていた。いまは午後なのだろう。頭がぼうっとして状況がよくわからなかったが、たっぷり眠った気がした。

客間女中は今度は目を覚ましていて、心配そうにアレグザンドラの顔をのぞきこんだ。「やれやれ、奥様はずっと眠りっぱなしだったんでございますよ、死んだみたいに！」そう口走ってから、手でさっと口をおおい、恐ろしそうに目を見開いた。

客間女中のその姿をいぶかしみながらながめたあと、アレグザンドラはどうにかこうにか上体を起こし、膝の上にトレイを載せてもらった。食べ物を満載した朝食のトレイには、いつものように赤い薔薇が一本飾られ、半分に畳んだタイムズ紙が添えてあった。「なぜ阿片をのませたりしたの？」ろれつが回らず、集中して考えられないのをもどかしく思いながら尋ねた。

「なぜって、お医者様がのませるようにとおっしゃったからです」

アレグザンドラはけげんな気持ちで眉をひそめると、この家に来て以来、毎朝くり返している質問をなにげなく口にした。「ジョージ卿はもうおみえに――」そこで頭の中にかかっていた靄《もや》が晴れ、ブラッドバーン大臣の火曜の来訪を思い出したとたんに、声にならない悲鳴が体を切り裂き、苦悶のうめき声となって口からあふれ出た。彼女はずきずき痛む頭を振って、脳裏をよぎっていく映像と、いくつもの声を消し去ろうとした。〝……まことに遺憾ですが、乗員は全員死亡しました……早く医者を……当局からも正式な発表があり……ラムジー、奥様をベッドへ……〟

「いやあ！」アレグザンドラは叫び声をあげて客間女中から顔をそむけたが、タイムズ紙は膝に載ったままだった。見おろすと、一面に大きな活字が並んでいた。

「どうしたんです、奥様？　なんて書いてあるんです？」恐れをなした客間女中は、読み書きを習わなかったせいで判読できない単語の連なりを当惑顔でながめた。

アレグザンドラには、自分を苦しめる単語のひとつひとつが理解できた。それらはこう告げていた。ジョーダン・アディソン・マシュー・タウンゼンド――第十二代ホーソーン公爵、ランズダウン侯爵、マーロウ伯爵、リッチフィールド男爵――が死去。

アレグザンドラは再び枕に頭を沈めて目を閉じた。意識にあるのは心を焼く苦痛のみで、他の一切を忘れていた。

「ああ、お嬢――いえ、奥様――そんなふうに驚かせるつもりはありませんでしたのに」客間女中は手を揉みしぼりながら小声で言った。「お医者様を呼んできましょう。大奥様がお倒れになって、だいぶお悪いから、お医者様はいまは目が離せないとおっしゃ――」

暗澹とした心にも最後のことばの意味が徐々にしみ入ってきた。「少ししたら行ってみるわ」アレグザンドラはおろおろしている客間女中に言った。

「だめですよ、奥様、とんでもない、ご自身が具合悪くていらっしゃるし、第一、行ったってしょうがないんでございますよ。クラドックがミスター・ラムジーに話してたんですけど、大奥様は口をきかないんですって。いえ、口がきけないんです。人の顔もわからなくなっちゃって——ぼんやり見てるだけで……」

自分の悲しみより不安が先に立ち、アレグザンドラは客間女中が止めるのもきかずに急いでベッドをおりると、ベッドの支柱につかまってふらつきをこらえ、化粧着をはおった。

公爵未亡人の寝室の前まで来てノックすると、医師が扉を開け、廊下に出てきた。「お加減は?」アレグザンドラは不安な気持ちで訊いた。

医師は首を振った。「よくありません、ひじょうに思わしくない。もうお若くないうえに、心に大変な打撃を受けていらっしゃいますのでね。なにも召しあがらず、ものもおっしゃらない。ひたすら横たわって虚空をにらんでおいでです」

アレグザンドラはうなずきながら、父が亡くなって愛人が訪ねてきた直後の母のようすを思い出していた。母もやはりベッドに引きこもり、食べようとも話そうともせず、だれの慰めも受け入れなかった。やがて自らの蟄居《ちっきょ》を解いたとき、母はもう以前の母ではなくなっていた。まるで、身の内に封じこめられたままの悲しみや恨みに、心をむしばまれてしまったかのようだった。

「お祖母様は涙を流されましたか?」悲しみを内に封じこめておくのは危険だと思いながら、アレグザンドラは尋ねた。

「とんでもない! あのような地位や生まれの女性は、感情をあらわにして泣いたりはしません。クラドックとわたしがくり返し申しあげたのは、気をしっかりおもちになって、ものごとのよい面を見てくださいということです。幸い、大奥様には男子のご令孫がもうひとかたいらっしゃる。つまり、ホーソーン公爵家が廃絶になることはありませんからな」

医者というものに対するアレグザンドラの印象は、以前からけしてよいものではなかったが、この鈍感で尊大な男を目の当たりにしたいま、その印象は完全に地に落ちた。「お顔が見たいのだけれど、いいかしら？」

「どうぞ、元気づけてあげてください」医師は確固たる軽蔑の念を示しているアレグザンドラの表情に気づいていなかった。「くれぐれもホーソーンのことは口にしないように」

アレグザンドラは暗くしてある部屋に入った。このあいだまで威勢がよくかくしゃくとしていた公爵未亡人が、枕にぐったりともたれかかり、以前の自分の抜け殻のようになっているのを目にすると、痛々しさと不安で一瞬ぎくりとした。白髪を戴《いただ》く頭、その下の顔は白亜のごとき白さで、淡い色の目は苦しみのあまり生気を失い、深く暗く落ちくぼんでいる。アレグザンドラがすぐ前を通って、ベッドのへりに、公爵未亡人のそばに腰かけても、その目にはなにも映っていないかのようだった。

おそるおそる腕を伸ばすと、アレグザンドラは、金色の上掛けに力なく乗っている、静脈の浮き出た手を握った。「お祖母様、そんなふうにしていてはいけませんわ」震える声にいたわりをこめ、話を聞いてくださいと目で訴えた。「いけません。お祖母様のこんな姿を見たら、ジョーダンはきっといやがります」なにも反応がないとわかると、アレグザンドラはますます必死になり、か細い手をきつく握りしめた。「ジョーダンがお祖母様の芯の強さや勇気をどれほど誇りに思っていたか、ご存じかしら？　ええ、そうなんですよ。わたしはよく知っています。だって、夫はわたしに向かって、そのことを自慢したんですもの」

淡いブルーの瞳は揺らぎもしなかった。聞こえていないのか、信じていないのか、それとも単に興味がないのか、判然としなかったが、アレグザンドラは自分の話を相手に受け入れてもらうために、さらに努力を重ねた。「ほんとうなんです。そのときのことははっきり覚えています。結婚式がすんでローズミードを発とうとしていたときで、ジョーダンにお祖母様はどこに行ったと訊かれたので、床に伏されたのではと答えました。わたしたちが結婚したことで落胆なさってもう立ち直れないかもしれないって、わたしは本気で心配していたんです。そう言ったら、彼はほほえんで——ほら、こちらもつい笑顔を返してしまうような、あのほほえみです。それで、なんて言ったと思われますか？」

公爵未亡人は微動だにしなかった。

アレグザンドラはせっぱつまった調子で話しつづけた。「ジョーダンは言ったんです、こんな結婚ごときで祖母が参ってしまうわけはないって。祖母だったらあのナポレオンでも打ち負かせるし、やっつけられたナポレオンは、わが国に戦いを挑むなどという無礼を働いたことを詫びるだろうよって。彼はたしかにそう言ったん——」

公爵未亡人の目が閉じたのを見て、アレグザンドラは心臓が止まりそうになったが、一瞬のちには、閉じた両目から、涙がひと粒ずつあふれ、青白い頰をゆっくりと流れ落ちていた。涙が出るのはよい兆しだと思い、アレグザンドラは果敢に話を進めた。「ジョーダンは、お祖母様は勇敢で意志が強くて——しかも、誠実だと言っていました。彼の普段の口ぶりには、女性は誠実にはなりえないという考えが表われていました。でも、お祖母様だけは別だと思っていたようです」

公爵未亡人は目を開け、すがりつくような、真偽を問うまなざしをアレグザンドラに向けた。

アレグザンドラは傷心の老婦人の頬に手を添え、自分のことばに偽りがないことをこれまで以上に力をこめて訴えようとしたが、彼女自身が急激に冷静さを失いはじめていて、いまでは口をきくのがやっとだった。「嘘じゃありません。ジョーダンはお祖母様が自分に誠を尽くしてくれているのを知っていました。だから、わたしにこんなことを言ったんです。お祖母様はこの結婚をひどくいやがっているけれど、わたしのことを中傷するような不逞の輩には痛棒を食らわすだろうって――それはひとえに、わたしが彼の名を負うことになったからだって」

公爵未亡人の淡いブルーの瞳は涙でいっぱいになり、そのしずくは頬を流れながらアレグザンドラの指を濡らした。そのまま静かな数分が過ぎると、公爵未亡人はごくりと唾をのみ、目を上げてアレグザンドラの顔を見た。そして、しわがれた声ですがるように言った。「ホーソーンはほんとうにそう言ったの？――ナポレオンのことだけれど」

アレグザンドラはうなずき、ほほえもうとしたが、公爵未亡人の次のことばで目に涙があふれ、睫毛からしたたり落ちた。「あの子を愛していたの、息子たちよりも」公爵未亡人は涙を流しながらそう言った。それから両腕を伸ばし、気丈にも自分を慰めてくれようとして泣きだしてしまった娘を抱き寄せた。「アレグザンドラ」公爵未亡人は嗚咽した。「わたくしは――わたくしはあの子に一度も言ったことがなかった、愛していると。悔やんでももう遅いけれど」

その日一日、そして次の日も、アレグザンドラは公爵未亡人のそばで過ごした。悲嘆の堰が切れたいま、老婦人はジョーダンのことをとめどなく語らずにはいられないようだった。

翌日の夜八時、老婦人が穏やかに眠りにつくのを見届けたアレグザンドラは、ひとり寂しく自室にひきとる気になれず、青の間に降りていった。痛いほどの喪失感が胸に押し寄せるのを食い止めようとして、彼女は本を手にとった。

そのとき、部屋の戸口でラムジーが咳払いをして客の来訪を告げた。「ただいま、ホーソーン公爵閣下が――」

アレグザンドラは思わず歓声をあげて立ちあがり、前に飛び出した。ラムジーが脇によけると、戸口にホーソーン公爵が現われ、彼女は棒立ちになった。こちらに近づいてくるのはアントニー・タウンゼンドだった。いまやアントニー・タウンゼンドがホーソーン公爵なのだ。

抑えきれない理不尽な怒りがアレグザンドラの胸に燃えあがった。まだこんなわずかな時間しかたっていないのに、ジョーダンの称号をぬけぬけと名乗るなんて、どんな神経をしているのだろう。そこで、アントニー・タウンゼンドは今回の悲劇で得をしたのだと気づいた。この人は喜んでさえいるのではないか……

アントニーはつと足を止め、激しい怒りが表われている蒼ざめた顔を見つめた。「誤解だよ、アレグザンドラ」彼は静かに言った。「ジョーダンがこの部屋に入ってくるところをいますぐ見られるなら、ぼくはなんでもする。ラムジーがあんな呼び方をするとわかっていたら、やめるように言ったんだが」

アントニーの静かな声に偽りがなく、瞳に悲しみの色が浮かんでいるのに気づくと、アレグザンドラの怒りは雲散霧消《うんさんむしょう》した。正直な彼女は、自分は怒ってはいなかったなどとごまかしたりはせず、素直にお詫びのことばを口にした。「どうかお赦しください、公爵様」

「アントニーでいい」と彼は言い、挨拶のため、そして友好のしるしとして手を差し出した。

「祖母はどんなようすかな？」

「いまは眠っておいでですが、日に日に長く起きていられるようになられました」

「ラムジーの話だと、きみは祖母を慰め、支えて、ずいぶん力になってくれたそうだね。ぼくからも礼を言うよ」

「お祖母様は気丈でいらっしゃるし、自分で自分を支えられるかたですから」

「それできみは？」アントニーは側卓に歩み寄り、グラスにシェリー酒をついだ。「きみのほうは大丈夫なのか？　すっかりやつれてしまって」

アレグザンドラが元来もっていたユーモアの感覚が瞳に一瞬だけ閃いた。「記憶違いじゃありませんこと、公爵様。もともと、この程度の器量ですわ」

「アントニーでいいよ」彼は重ねて言うと、アレグザンドラの向かい側に腰をおろし、暖炉で揺らめく炎に見入った。

「お祖母様は、このままロンドンにいれば、何百人もの弔問客《ちょうもんきゃく》を迎えて気を張らなくてはならないけれど、それはいやだとおっしゃっています」アレグザンドラはしばらくして言った。「こぢんまりしたお葬式をして、すぐローズミードにお帰りになりたいって」

ローズミードということばを聞くと、アントニーは首を振った。「ローズミードにひとりで引きこもるのは好ましくないし、あそこだとぼくも一週間ぐらいしかそばにいてあげられない。ホーソーンは――ジョーダンの領地のことだが――広大で、千人もの召使いや小作人がいる。ジョーダンの死を知れば、彼らはこぞって指示を仰ぎ、不安を取り除いてほしいと言うだろう。ぼくには新しい仕事がある。ジョーダンが各種の投資をどのように動かしていたかを知り、彼の領地を経営することに慣れなければならないんだ。だから、お祖母様がいっしょにホーソーンに来てそこで暮らしてくれたら、ぼくとしてはほんとうにありがたいんだよ」

「そのほうが、お祖母様にとってもずっといいでしょうね」アレグザンドラも同意した。そして、アントニーにもこちらの計画を知らせて安心してもらおうと思い、葬儀がすんだら実家に帰るつもりだと明かした。「母はわたしの結婚式が終わったらすぐ旅に出て、羽を伸ばしてくると言っていたんです。手紙で滞在先を知らせてくれると言っていたから、その手紙を実家のほうに送っていただければ、旅先の母に手紙を書いて知らせます、夫が……」アレグザンドラは「亡くなったと」と言おうとしたが、そのことばは口にできなかった。自分が結婚した、あのハンサムで精悍な男性が、もうこの世の人ではないとは信じられなかったのだ。

翌朝、不機嫌な顔に決意をたたえた公爵未亡人は、心配そうなラムジーをあとに従えて、黄色の間に悠然と入っていった。そこでは、アントニーが新聞を読み、アレグザンドラが机の前で虚空をにらみながらもの思いにふけっていた。

悲しみにくれる自分を支えてくれた、青白い顔をして頬のこけた勇敢な娘を見ると、公爵未亡人の表情がゆるんだが、目を下に向けたとたん、その表情は一変した。ヘンリーが、自分のしっぽを追いかけるのと、アレグザンドラの喪服のドレスの裾にじゃれつくのを交互にくり返していたのだ。「じっとしておいで！」老婦人はしつけのなっていない子犬に命じた。

アレグザンドラはびくっとし、アントニーは飛びあがったが、ヘンリーは歓迎するかのようにしっぽを振っただけで、けろりとした顔でもとの楽しい遊びに戻った。これまで経験したこともない大胆かつ悪質な抵抗に虚をつかれ、公爵未亡人は腕白《わんぱく》な子犬をにらみつけて服従させようとしたが、効果がないとわかると、貫禄のある執事に矛先を向けた。「ラムジー」彼女は居丈高に命じた。「この赦しがたい犬を散歩に連れ出して、くたびれ果てるまで歩かせるように手配なさい」

「かしこまりました、大奥様。ただちに」貫禄のある執事はまじめくさった顔で一礼した。それからしゃがみこんで、右手で子犬の首の後ろをつまみ、左の手のひらでふわふわの尻を支えると、潔癖症の人間らしく、腕をいっぱいに伸ばして、もがく子犬をわが身からできるだけ離しながら運んでいった。

「さて、いいですか」公爵未亡人はきびきびと言い、アレグザンドラはつい浮かんでしまった笑みを急いで引っこめた。「アントニーから聞きましたが、あなたは実家に帰るつもりとか」

「はい。あす発とうと思います。お葬式が終わったあとに」

「それはなりません。あなたはわたくしやアントニーとともにホーソーンに行くのです」

アレグザンドラは、昔の暮らしに戻り、ジョーダンなどいなかったかのように生きていかねばならないのだと思って暗澹としていたが、ホーソーンに行こうとは考えてもいなかった。

「どうしてわたしが？」

「それは、あなたがホーソーン公爵夫人であり、夫の親族の住む場所があなたの家だからです」

アレグザンドラは少しためらってから、首を振った。「わたしの家は故郷にあります」

「ばかをおっしゃい！」公爵未亡人はきっぱりと言い、アレグザンドラは以前のあの権高《けんだか》な老婦人が戻ってきたのを知って、思わず口もとをゆるめた。悲嘆にくれて抜け殻のようになっているより、このほうがずっといい。公爵未亡人は断固とした調子で続けた。「結婚式の朝、ホーソーンはわたくしに、わざわざある頼み事をしました。あなたをしかるべき貴婦人に育てて、ゆくゆくは社交界でそれなりの立場を築けるようにしてやってほしいと言ったのです。孫はもういませんが、わたくしにもその程度の誠実さはあると自負しています」公爵未亡人は〝誠実さ〟という部分に力をこめた。「あの子の願いをかなえてやるくらいの誠実さは」

〝誠実さ〟ということばを強調されたときにアレグザンドラが思い出したのは――強調した当人もそれを狙ったのだろうが――自分が公爵未亡人に、ジョーダンはお祖母様の誠実さに敬服しています、と伝えたことだった。アレグザンドラは迷った。後ろめたさや責任を感じる一方で、自分が親しんできた人々や環境から離れてホーソーンで幸せに暮らせるのかという懸念もあり、そのふたつの思いの板ばさみになっていた。公爵未亡人は自分の悲しみに立派に耐えようとしている。そんな彼女に、アレグザンドラが悲しみを背負うのを支える余裕はないだろう。とはいえ、祖父や父が亡くなったときのように、ひとりで大変な重荷を背負っていけるという自信もない。「お祖母様、いっしょに暮らしてくださるというお申し出は大変ありがたいのですけれど、やっぱり無理です」アレグザンドラはしばらく考えてから丁重に断わった。「母が家を空けている以上、うちの者たちへの責任はわたしにあります。まず第一に、それを考えなければなりません」

「うちの者たちへの責任というと？」公爵未亡人は食いさがった。

「ペンローズとフィルバートのことです。母がいないと、ふたりの面倒を見る者がいません。ホーソーンのお屋敷にふたりが住める場所を設けてもらうよう、夫に頼む心づもりでしたが――」

「だれなの？」公爵未亡人は高飛車にさえぎった。「フィルバートとペンローズというのは？」

「ペンローズはうちの執事で、フィルバートは下僕です」

「わたくしは、召使いは主人の世話をするために存在するものとばかり思っていました」公爵未亡人は噛みつくように言った。「その逆はありえないと」それから妥協案を出したが、素直に折れることはできず、こんな言い方になった。「ですが、あなたのその責任感は見あげたものです。そのふたりはホーソーンに連れていってもよいでしょう」そして、最後の台詞で寛大なところを示した。「当家に新しい召使いがひとりやふたり増えたところで、どうということはありません」

「ふたりとも、かなりの年寄りですよ！」アレグザンドラはあわてて口をはさんだ。「もう重労働はできないのですが、どちらもプライドが高いので、自分はたいそう役に立っていると思わせてやる必要があります。そういう、あの、思い違いをするようになったのは、わたしがいけないんですけれど」

「わたくしも常々思っていたのですよ、年老いた召使いが働くことを望み、かつ、働ける体であるあいだは、キリスト教精神に則《のっと》って働かせてやるべきだと」大胆な嘘をついたあと、公爵未亡人は目を丸くしている孫息子を恐ろしい顔でにらみつけた。アレグザンドラを垢抜けた娘に変身させて社交界の花形に仕立てることが、自分に課せられた使命なのだと、彼女は心に決めていた。それは挑戦であり、義務であり、目標だった。自分を悲嘆の淵から救い出してくれた、巻き毛の勇敢な娘が、心の中に永遠に棲みついてしまったこと、その娘に別れを告げるのは耐えがたいと思っていること――そんなことは認めたくなかったのだ。

「それでも――」アレグザンドラが話を続けようとした。

　相手が再び断わろうとしているのを察して、公爵未亡人は全力で説得にかかった。「アレグザンドラ、あなたはもうタウンゼンド家の一員なのですから、わたくしたちとともにタウンゼンドの家にいるべきです。それに、夫の望みに従うことは自分の務めだと誓ったはず。あなたがジョーダンの栄えある名を負って、家門の誉れとなることを、あの子は強く望んでいました」

公爵未亡人の最後のことばがじわりと胸にしみたとき、アレグザンドラの抵抗心は消えうせた。自分の名はいまはローレンスではなく、〝タウンゼンド〟なのだ。そう意識すると、誇りと喜びで胸がいっぱいになった。ジョーダンを失っても、すべてを失ったわけではなかった。彼は自分の名をわたしに与えてくれたんだわ！　そう思ったとき、あなたを敬い、あなたの望みに従いますとジョーダンにおごそかに誓ったことを思い出し、懐かしさに胸を刺された。ジョーダンは、彼女が彼の名に恥じない立派な貴婦人になり、社交界で地位を得ることを——それがどういうことかはよくわからないが——望んでいたようだ。温かな思いが胸にこみあげるのを感じたアレグザンドラは、視線を上げて公爵未亡人と目を合わせ、柔らかな声で約束した。「夫の望みに従います」

「結構」公爵未亡人は怒ったように言った。アレグザンドラが召使いに荷造りをさせるために退席すると、アントニーは椅子にゆったりと身を沈め、おもしろがるような目でまっすぐに祖母を見た。彼女は腰かけたまま背筋をぴんと伸ばし、孫をにらみつけてひるませようとしたが、その計略は失敗に終わった。「ひとつお訊きしますが」アントニーは声に笑いをにじませて言った。「年とった召使いを雇いたいだなんて、そんな天《あま》の邪鬼《じゃく》なことをいつから考えるようになったんです？」

「アレグザンドラを引き止めるにはそう言うしかないと思ったのよ」公爵未亡人はぶっきらぼうに言った。「あの子が辺鄙な村に引きこもって、一生喪服を着て暮らすなんて、わたくしが許しません。まだ十八歳なのですから」

14

十二代続くタウンゼンド家の伝来の領地であるホーソーンは、森、庭園、起伏する丘陵、肥沃な農地からなり、合わせて五万エーカーあった。入口はホーソーンの紋章が掲げられた堂々たる鉄《くろがね》の門によって閉ざされており、石造りの門番小屋から制服姿の門番が現われて重厚な門扉《もんぴ》を引き開けると、典雅な仕立ての旅行用馬車がそこを通り抜けた。

公爵未亡人の隣にすわっていたアレグザンドラは窓の外に目をやった。馬車は平らにならされた邸内路を滑るように進んでいく。その道は、完璧に刈りこまれた緑色のビロードのような芝が何エーカーにもわたって広がる中、優美な曲線を描きながら続いていた。

平らな邸内路の両側にはみごとな枝ぶりの大木の並木があり、馬車の上に緑の天蓋《てんがい》をさしかけている。ホーソーンはいまはアントニーのものだが、アレグザンドラの心の中ではジョーダンのものだった。ここはジョーダンの家、彼が生まれ、おとなになるまで過ごした場所だ。ジョーダンが生きていたときにはかなわなかったが、この場所で、彼のことを知り、彼という人間を理解したい。ここに来ただけで、アレグザンドラはすでに彼に近づいた気がしていた。「ホーソーンはこれまで思い描いたどんな場所よりも美しいわ」彼女はそっとつぶやいた。

アレグザンドラが圧倒されているのを見て、アントニーがにんまりした。「それを言うのは、屋敷を見てからにしたほうがいい」その口ぶりから、アレグザンドラはさぞや立派な建物なのだろうと思った。だが、そんな予告があったにもかかわらず、馬車が邸内路のカーブを曲がったところで、彼女ははっと息をのんだ。二分の一マイルほど先に、壮大で華麗な三階建ての大邸宅が現われたのだ。二百室以上はあろうかと思われる石造りの屋敷はガラスがふんだんに使われていて、後方には緑の丘が連なり、青くきらめく小川がいくつも流れ、階段状の庭園が広がっている。屋敷の前方には、邸内路をはさんで手前側に大きな湖があり、平らかな水面に数羽の白鳥が羽を休めている。その右手の離れたところには、古代ギリシャ風の優美な柱を備えた白く美しい東屋が、湖や庭園を見おろすように建っていた。

「美しい、だけじゃ足りないわ」アレグザンドラはつぶやいた。「ことばではとても言い表わせない」邸内路から正面玄関に至る、段を浅く刻んだ優美な階段には、六人の下僕が気をつけの姿勢で並んでいた。アレグザンドラは馬車から降り立つと、ひどく失礼なことをしていると感じながらもその気持ちを抑え、公爵未亡人に倣って召使いたちには目もくれずに前を通り過ぎた。

玄関の扉を大きく開けて一同を出迎えた男性は、物腰に威厳が感じられ、彼が執事として屋敷の使用人を統率していることは、その物腰を見ただけでわかった。公爵未亡人はその男性をヒギンズと紹介し、アレグザンドラを脇に従えて玄関広間に入っていった。

玄関広間からは、幅の広い大理石の階段が優美な半円を描いて二階に達し、回廊を経由して三階まで続いている。アレグザンドラは公爵未亡人とともに弧を描く階段をのぼり、さまざまな色合いの薔薇色で装飾された豪華な続き部屋に案内された。

小間使いが部屋からさがると、公爵未亡人はアレグザンドラのほうを向いた。「少し休むといいわ。きのうは、わたくしにとってもあなたにとっても、過酷な一日でしたからね」

前日のジョーダンの葬儀は、アレグザンドラの頭の中では、苦痛と非現実感が入り混じったおぼろな記憶になっていた——巨大な教会、公爵未亡人にそっと寄り添っている自分、その自分に好奇の視線を向けてくる、何百という陰気な顔、顔、顔。そうした光景が不気味な靄のようにかすんでいる。公爵未亡人とは反対側の隣にいるのは、寡婦《かふ》であるアントニーの母親と、足の不自由な彼の弟で、どちらも蒼ざめて緊張した面持ちをしていた。いまから半時間ほど前に、その母親と弟を乗せた馬車が、アントニーがこれまで住んでいた屋敷に通じる私道に入っていった。アレグザンドラはふたりに好感をもったので、彼らが近くに住んでいるのがうれしかった。

「休むより、ジョーダンの部屋を見せていただくことはできないでしょうか。そう、わたしはジョーダンと結婚しましたが、彼を深く知る機会はありませんでした。彼はこのお屋敷で育ち、わたしと出会う少し前まではここで暮らしていたのですね」話すうちに、また涙がこみあげて喉が詰まってしまい、アレグザンドラは震える声で続けた。「夫のことをいろいろ知りたい、ほんとうの彼を知りたい。ここでならそれができます。そういうこともあって、お祖母様といっしょにここに来ようと決めたんです」

胸を熱くした公爵未亡人は、アレグザンドラの青白い頬にふれようと手を上げかけたが、途中で思いとどまり、少しぶっきらぼうに言った。「では、下僕頭のギボンズを呼びましょう」

少したつと、かくしゃくとしたギボンズ老人が現われ、アレグザンドラは彼が言うところの〝ご主人様のお部屋〟に案内された。それは二階にある豪華な続き部屋で、一方の壁は全体が格子状に仕切られたガラス張りになっており、そこから敷地を見晴らすことができた。

部屋に足を踏み入れた瞬間、ジョーダンが愛用していたきりっとしたオーデコロンの香りが鼻をかすめ、アレグザンドラは懐かしさに胸を締めつけられた。夜に彼の腕に抱かれて眠るとき、きれいに剃った顎のあたりに漂っていたあの香り。彼の死がもたらした痛みがじわりと骨身にしみて、鈍いうずきに変わったが、その一方で、奇妙な安堵を覚えてもいた。赤の他人だったすばらしい男性との結婚生活、唐突に始まって四日間で終わったあの生活はすべて幻だったのではないか――心につきまとっていたそんな不安が、この部屋に身を置くことによって解消されたからだ。

アレグザンドラはあちらこちらを向いて、室内をいつくしみながら隅々までながめ、飾り模様を贅沢に彫りこんだ漆喰《しっくい》の天井から、足もとに広がる紺と金色の豪奢なペルシャ絨毯にいたるまで、丹念に見ていった。広々とした部屋の両端には、クリーム色の大理石でできた巨大な暖炉が一基ずつ据えられているが、炉の内側は洞穴のようで、中に入っても楽に直立できるほどの高さがある。彼女がいまいる場所から見て左手の奥の、一段高くなった場所には、大型のベッドがあった。それには金糸の刺繍を豪勢にほどこした紺のサテンのカバーが掛けられ、真上には、高い天井から青と金色の立派な天蓋が吊されていた。右手に位置する暖炉の前には、金色の絹地を張った小ぶりのソファがひと組、向かい合わせに置かれている。

「少し見てまわりたいの」アレグザンドラは下僕頭にそう言った。その声は、神聖な場所で発したかのような、畏《おそ》れを秘めたささやき声だったが、彼女は実際に神聖な場所にいると感じていた。紫檀《したん》の化粧箪笥に歩み寄り、ジョーダンが手にとるのをいまも待っているような、ずらりと並んだオニキスの柄のブラシにいとおしげにふれ、箪笥の上の鏡を見ようと爪先立ちになった。ジョーダンの鏡。それは持ち主の背丈に合わせた位置に掛けてあり、アレグザンドラは爪先立ちしても目から上しか見えなかった。あの人はなんて背が高かったのかしらと考えながら、彼女は可憐な笑みを浮かべた。

寝室からは三つの部屋が続いていた。更衣室、作りつけの書棚に本が並び、革張りのふかふかの椅子が何脚か置かれた書斎。もうひとつの部屋をのぞきこんで、アレグザンドラは目を丸くした。半円形の巨大な部屋は、壁と床が金の筋の入った黒い大理石で、床の中ほどが丸い穴を掘ったように大きくくぼんでいる。「これはいったいなんなの？」

「浴室でございます、奥様」ギボンズはそう答え、また一礼した。

「浴室？」アレグザンドラは鸚鵡返しに言い、たくさんある金の蛇口や、浴槽の縁に並んで天窓付きの高い天井を支えている大理石の優美な柱の列に目をみはった。

「ジョーダン様は当世風がお好みでございました、奥様」老いた召使いのその声に誇りと愛情があふれているのに気づいて、アレグザンドラは振り向いた。

「名前でアレックス様と呼んでもらったほうがいいわ」温かくほほえんでそう言ったが、ギボンズがめっそうもないという顔をしたので譲歩した。「じゃあ、アレグザンドラ様にしましょう。あなた、夫のことをよく知っているの？」

「そりゃもう、このお屋敷にご奉公しているだれよりもよく存じてます。まあ、馬丁頭のミスター・スマースにはかないませんが」若い女主人が自分の話を熱心に聞いてくれることを察したギボンズは、即座に屋敷や庭の案内を買って出た。三時間にも及んだその案内のあいだには、ジョージダンが少年時代によく遊んでいた場所に行ったり、ギボンズが馬丁頭のスマースを紹介したりした。スマースはアレグザンドラに、厩《うまや》に来てくれればいつでも「ジョーダン様のことをなにからなにまで」お話ししましょうと言った。

夕方になると、ギボンズは締めくくりとしてアレグザンドラをふたつの場所に案内し、片方はすぐに彼女のお気に入りとなった。そこは階上に張り出した長い回廊で、代々のホーソーン公爵十一人の実物大の肖像画が、それぞれ同じ金めっきの額に納められて長い壁に上下二列に飾られており、夫人や子どもたちの肖像画も添えられていた。

「歴代の公爵の中では、わたしの夫がいちばんハンサムだわ」アレグザンドラは肖像画を一枚一枚じっくり見てから言った。

「手前やミスター・ヒギンズも同じことを申しておったんですよ」

「でも、この中には夫の肖像画がないわね」

「ジョーダン様がアントニー様にお話しになっているのを小耳にはさんだんですが、偉そうに構えて突っ立っているんだったら、もっとほかにやることがあるとおっしゃっていました」ギボンズは上列の肖像画のうちの二枚に向かって顎をしゃくった。「あれがジョーダン様です——子ども時代と十六歳のときの。十六歳のときの絵は、お父上に言われてポーズをとらされたので、それはそれはお怒りでした」

蠱惑的な灰色の瞳をした金髪の美しい女性の横で、黒い巻き毛の小さな男の子がまじめくさって立っている絵を見て、アレグザンドラのやつれた顔にも微笑が浮かんだ。玉座を思わせる赤いビロード張りの椅子に腰かけている女性の、もう一方の隣には、肩幅が広く端正な顔だちの男性がにこりともせずに立っている。その容貌は、ここまで尊大そうな人は見たことがないと思うようなものだった。

最後にギボンズが案内してくれたのは三階にある小さめの部屋で、長いこと閉めきってあったような匂いがした。手前のほうに、小さな机三脚と向かい合う形で大机が置かれ、真鍮《しんちゅう》の台座の古びた地球儀もあった。

「ここは学習室です」とギボンズが言った。「子どものころのジョーダン様は、この部屋でおとなしく勉強するどころか、始終ここから逃げ出そうとされていました。勉強を怠けてリグリー先生に杖で叩かれたのも、一度や二度じゃありません。それでも、ジョーダン坊っちゃまは覚えなきゃならないことはなんでも覚えておいででした。頭の回転が早いことといったら、もう驚くほどで」

アレグザンドラは殺風景な部屋の内部に目を走らせた。その視線がふと、すぐそばの机にとまった。机の表面にJ・A・M・Tと文字が彫ってある。ジョーダンのイニシャルだ。その文字をそっと指でなぞり、喜びとおののきを同時に感じながらあたりを見まわした。自分が熱心に勉強した祖父の書斎は、おもしろいものがあちこちに放ってあったものだ。あのにぎやかな部屋とこの陰気で殺風景な部屋はなんて違っているのだろう。先生の話にわくわくするのではなく、その杖で叩かれるなんて想像もつかない。

ようやく案内を終えた下僕頭が挨拶をして帰っていくと、アレグザンドラは十六歳のときの夫の似姿をもう一度ながめるために回廊に戻った。そこで彼を見あげ、おごそかな調子でささやいた。「わたし、あなたが自慢できる妻になります。約束するわ、あなた」

あくる日から、アレグザンドラは決意と知性を総動員してその使命に邁進《まいしん》した。ディブレッツ貴族名鑑の全ページを暗記したり、公爵未亡人から与えられた、道徳や礼儀作法やしきたりについての書物を何冊も熟読したりしていると、そのがんばりはたちまち公爵未亡人の認めるところとなった。それだけでなく、アレグザンドラのすることは、なんであれ公爵未亡人に高く評価されていた——ただし、それにはふたつの重大な例外があり、一行がホーソーンに着いて一週間が過ぎたとき、公爵未亡人はそのことでアントニーを自分の居間に呼んだ。

「アレグザンドラはギボンズやスマースと親しくしすぎです」公爵未亡人の口ぶりには困惑と憂慮の念が表われていた。「わたくしがこの四十年間にあのふたりと話した時間より、あの娘がこの一週間で彼らと話した時間のほうが長いくらいです」

アントニーは眉を上げ、もの柔らかな返事をした。「アレグザンドラは使用人を家族だと思っていますからね。実家の執事と下僕を連れてきていいかと訊いたときから、それははっきりしています。別に害はないじゃありませんか」

「ペンローズとフィルバートに会ったら、おまえも〝害はない〟などとは言っていられなくなりますよ」公爵未亡人は暗い顔で反論した。「あのふたりは、けさ着いたところだけれど」

アントニーは、アレグザンドラがふたりとも高齢だと説明していたのを思い出した。「彼らは——」

「ひとりは耳が遠くて、もうひとりは目が悪いのよ！」公爵未亡人は憤然として言った。「執事は耳もとで怒鳴ってやらないと聞こえないし、下僕は閉まった扉にぶつかっていくだけではなくて、執事にまでぶつかっていくんですからね！　アレグザンドラの心遣いはわかるけれど、来客があるときは、あの者たちは目につかないところに追いやっておかなくては。玄関広間でふたりが正面衝突したり、壁が割れそうな大声を出したりするところを、お客様にお見せするわけにはいきません」

アントニーが深刻そうというよりおもしろがるような顔をしたので、公爵未亡人は彼をにらみつけた。「それがたいした問題ではないというなら、おまえとアレグザンドラが毎朝やっているフェンシングの稽古をやめてほしいと言ってもむだでしょうね。若い貴婦人のふるまいとしては言語道断、そのうえあんな——あんなズボンをはくなんて！」

アレグザンドラが使用人と仲良くしているという問題について、アントニーはあまり祖母に味方する気にはなれず、この件に関してもやはり気持ちは同じだった。「ぼくのために、そしてアレグザンドラのためにも、フェンシングの稽古を続けるのを許してください。これといった害はないし、彼女は稽古が楽しみなんです。おかげで体調がいいと言っていますし」

「では、おまえのためというのは？」公爵未亡人は声を尖らせた。

アントニーはにんまりした。「アレグザンドラはなかなか手ごわい相手なので、ぼくの腕が落ちずにすみます。ジョーダンとぼくはイングランドでも最強の剣士と言われていましたが、そんなぼくでも手加減したら彼女には勝てないし、本気を出しても二回に一回は負かされてしまうんですよ」

アントニーが席を立つと、公爵未亡人は目の前に残された椅子を見つめながら途方にくれた。たったいま孫息子と話し合った問題を、アレグザンドラ本人に話す気になれない理由は、じゅうぶん自覚している。あの子がけなげに努力して陽気にふるまっているのを知りながら、その意気に水を差すようなまねはしたくない……この一週間、アレグザンドラの心温まる微笑と鈴を転がすような笑い声のおかげで、ホーソーン屋敷全体の雰囲気が明るくなっていた。アレグザンドラの笑みが自然なものではなく、みんなを——彼女自身も含めて——元気づけるために無理に浮かべた笑みであることは、公爵未亡人もよく承知していた。アレグザンドラは純真さ、優しさ、信念、勇気を併せもつ稀有な存在なのだ——公爵未亡人はそう思った。

自分の行動が公爵未亡人を悩ませていることなどつゆ知らず、アレグザンドラは公爵邸での格式張った規律正しい生活になじんでいった。季節は春から夏に移るころで、アレグザンドラは勉強に励むかたわら、空き時間には美しい庭を散策したり、広大なホーソーン厩舎を訪ねて、スマースからジョーダンの子ども時代や成人したころのすばらしい思い出話を聞かせてもらったりした。下僕頭のギボンズ同様、スマースも主人であるジョーダンの熱烈な崇拝者で、ジョーダンが結婚した魅力的な娘にすっかり肩入れするようになるまでに、さして時間はかからなかった。

多忙な中にあっても、アレグザンドラがジョーダンを思わない日はなかった。ジョーダンの死から一カ月後、アレグザンドラの希望で、彼の名前と誕生日と死亡日を刻んだ大理石の小さな墓標が安置された。一族の墓地にはすでに正式な墓碑があったが、墓標が据えられたのは、屋敷から見て湖の向こう側にある森の隅、東屋の近くだった。

アレグザンドラは、東屋に近いその場所は景色が美しいと思った——屋敷裏の丘の背後にある寂しい墓地にくらべると、とりわけそう感じられた。それでも、墓標が置かれた段階では、まだ完全には満足していなかった。彼女は庭師頭を訪ねて球根を数個もらい、墓標の周辺に植えた。その後も数日おきに庭師のもとに通い、花の種や球根をもらっては植えた。そうして小さな花園ができあがったとき、自分が無意識のうちにあの森の中の空き地を再現しようとしていたことに初めて気づいた。そこにたたずむ彼女の姿を、ゲインズバラの絵のようだとジョーダンが言った、あの空き地だ。

それに気づくとその場所が一段といとおしくなり、アレグドンザラは何時間も東屋にすわって安らかな時を過ごし、空き地を模した場所をながめては、ジョーダンとともに過ごした一瞬一瞬を思いおこした。

東屋でひとりきりになると、アレグザンドラはジョーダンが示してくれた優しさを——彼自身は好きでもない子犬を買ってくれたことや、彼女と結婚して破滅から救ってくれたことなどを——ひとつひとつ思い出して、甘い気分でもの思いにふけった。けれども、いちばん多く心に甦ったのは、めくるめくような甘く激しい執拗なキスや、彼の手で体のあちこちを愛撫されたときに感じた、耐えがたいほどの歓びだった。実際のキスを思い出すのに飽きると、いろいろな場面でのキスを空想した——ジョーダンが甘いキスのあとで彼女に向かってひざまずき、胸に手をあてて永遠の愛を誓うところを。ジョーダンは亡くなる前に、わたしのことを愛しはじめていたにちがいない。ふたりの時間を思いおこすたびに、その確信は深まっていった。

スマースやギボンズは、ジョーダンの少年時代の冒険や成人後の勇敢な行動を、実際はとるに足りないものであっても、おおげさにふくらませて話した。それを真に受けたアレグザンドラは、心の中でジョーダンを偶像化し、彼は聖人の気高さ、戦士の勇気、大天使の美しさを具えていると考えるようになった。薔薇色の思い出の中では、優しいことば、温かな微笑、刺激的な口づけのひとつひとつが永遠不滅のものとなった——そればかりか、いっそう輝きを増しさえした。

スマースとギボンズはジョーダンの欠点が目に入らなかったのかもしれない、とか、ふたりのあいだに暗黙の了解があって、正夫人の目に映った夫の後光を薄れさせるような事柄にはふれずにいるのでは、などという考えは、アレグザンドラの頭をかすめもしなかった。かの美人バレリーナや、それ以前の多くの愛人や、ほかならぬこの屋敷でジョーダンとベッドをともにした女家庭教師については、スマースもギボンズも一度として口にしたことがなかったのだ。

使用人ふたりが語った輝かしい物語のせいで、アレグザンドラは、夫は勇猛果敢で誇り高い人物として名を馳せていたのだと思いこんだ。ジョーダンがほかの面でも有名だったことは知るよしもなかった——名うての色事師で、ものにした獲物は数知れず、女性関係で常にスキャンダルを巻きおこしていたが、関係をもつ女たちの共通点は唯一〝美貌〟だけだった、などということは。

そんなわけで、アレグザンドラは、十八年の人生で培《つちか》った情熱のすべてを傾けて、日々ピアノの稽古に励み、社交儀礼に関する大著を何冊も暗記し、家庭教師を相手に礼儀正しい会話を練習し、公爵夫人として身近でお手本になってくれる唯一の女性――つまりジョーダンの祖母――の立ち居ふるまいをまねた。それもこれも、すべてはロンドンに行ったときに社交界の人々から敬意を勝ち取り、ジョーダン・タウンゼンドの名前と評判に恥じぬ妻と認めてもらうための努力だった。

ジョーダンが生きていたら気が狂うほど退屈したであろう礼儀作法の数々を習得しようと、アレグザンドラはこつこつ努力していたが、実のところ、天は――その不要な努力を笑いとばすかのように――ジョーダンにふさわしい女性であると社交界の人々に信じてもらうのに唯一必要な資質を、無造作に、かつ惜しみなく、彼女に与えていた。その資質こそが〝美貌〟だった。

窓辺に立ったアントニーは、アレグザンドラが鮮やかな青の乗馬服姿で馬を駆り、屋敷のほうに疾走してくるのをながめながら、かたわらの祖母に目をやった。「まったく驚きましたよ」彼は苦笑混じりに言った。「一年足らずで、彼女がこんなにも美しく花開くとはね」

「なにも驚くことはありません」公爵未亡人はそっけない口調でアレグザンドラを擁護した。「あの子はもともと体つきがしっかりしていて、目鼻立ちも整っています。これまでは痩せすぎていたうえに、幼すぎたというだけです。女らしい丸みがまだついていなかったのでしょう――かくいうわたくしも、同じように遅咲きでしたが」

「そうなんですか？」アントニーはにやりとした。

「そうですとも」公爵未亡人はすました顔で答えてから、眉を曇らせた。「あの子は、いまだに毎日、ジョーダンのお墓に花を供えています。冬に、温室咲きの花を抱えて雪の中を苦労して歩いていくのを見たときには、涙が出そうでしたよ」

「知っています」アントニーは真顔で答え、視線を窓に戻した。アレグザンドラがこちらに向かって手を振り、サタンの手綱を馬丁に預けたのが見えた。風になびいているつややかな髪は、いまでは長く伸び、波打つ巻き毛が背中に届くまでになっていた。頬は薔薇色で、煤色の睫毛の下に大粒のアクアマリンのような瞳が輝いている。

ジョーダンはかつてアレグザンドラを少年とまちがえたが、鮮やかな青の乗馬服は、いまの彼女の女らしい魅惑的な体の線をあらわにしていた。それは、出るべきところがきちんと出た、成熟を表わす曲線だった。彼女が正面階段をのぼってくると、アントニーは柔らかく揺れる腰を目で追い、すらりとした脚がやすやすと優雅に動くさまに見とれた。アレグザンドラのすべてが男の視線をとらえて離さない。

「あと数週間でアレグザンドラは社交界にデビューしますが」アントニーは思ったことをそのまま口にした。「そのときには、われわれは彼女に群がる求婚者を棍棒で追い払うはめになるでしょうね」

15

「アントニー」銀色のサテンのドレスを着た公爵未亡人は、居間の端から端までそわそわと行ったり来たりしていた。「アレグザンドラに社交界の流儀を教えるのに、若い女性を雇わなかったのはまちがいだったかしら?」

アントニーは鏡に向かい、おろしたての白いアスコットタイの細かいひだを必要もないのにしきりに直していた。彼は公爵未亡人のほうへ向き直り、アレグザンドラの社交界デビューが今夜に迫っているのに、いまになってうろたえている祖母に向かって、なだめるようにほほえみかけた。「そうだとしても、時すでに遅し、ですよ」

「でも、あの子に作法を教えるのに、わたくし以上に適した人間がいるとはとうてい思えません」公爵未亡人は、前言を打ち消すかのようにきっぱりと言いきった。「社交界で作法の手本と謳《うた》われたこのわたくしをおいて、だれが適任だというのです?」

「ごもっともです」アントニーは、最初のころに、アレグザンドラが七十一歳の女性の作法を手本にするのはまずいのではないかと祖母に進言していたが、そのことは口にしないようにした。

「今夜のことを考えると、もういてもたってもいられないわ」公爵未亡人はそう口走ると、せっぱつまった顔で椅子に沈みこんだ。

いつになくおろおろしている祖母を見て笑っていたアントニーは、彼女にじろりとにらまれた。「数時間もすれば、おまえものんきに笑ってはいられなくなります」公爵未亡人は不吉な予言をした。「今夜、わたくしが社交界のお歴々に認めてもらおうとしているのは、財産も、有力な縁故も、家柄もない娘なのです。大失敗もありうると思うと生きた心地がしませんよ！　きっと、あの子のお里が知れて、わたくしは詐欺《さぎ》師扱いされるのだわ」

アントニーの祖母は、これまで五十年にわたって、射るようなまなざし、鋭い舌鋒《ぜっぽう》、冷酷な態度で、社交界の人々や、ジョーダンを除く一族の者たちを震えあがらせていた。そんな祖母が苦悩しているのを見て、アントニーは彼女に近づき、生まれて初めて、自然な気持ちからその額にキスをした。「仮にアレグザンドラの出自が疑われたとしても、お祖母様に逆らって彼女をのけ者にする勇気がある者などどこにもいません。お祖母様なら、今夜の大仕事をつつがなく果たされるでしょう。他の女性ならいざ知らず、お祖母様が――こんなに大きな力をおもちのかたが、失敗するなどということはありえません」

公爵未亡人はそのことばをしばし嚙みしめ、白髪頭を重々しくうなずかせた。「そう、おまえの言うとおりです」

「そうですとも」アントニーは頰がゆるみそうになるのをこらえて言った。「それに、アレグザンドラが自分の素姓を明かす気遣いはありませんよ」

「素姓はもちろんのこと、アレグザンドラが自分の考えていることを明かしてしまうのではないかと思うと、それも心配です。あの子の祖父が、なんのつもりで書物が説く空論を孫娘の頭に詰めこんだのか、わたくしには見当もつきません」公爵未亡人は不安を吐露《とろ》した。「あの子がありのままの自分を認めてもらって、すばらしい社交シーズンを過ごせればと、心から願っているし、そのうえで良縁に恵まれればいうことはないのだけれど。先週、ガルヴァストンがウェイヴァリーの小娘に求婚してしまったのが残念だわ。イングランドで未婚の侯爵はガルヴァストンしかいないのだから、アレグザンドラはもう伯爵以下で我慢するしかないわね」

「お祖母様、そういうことがお望みなら、がっかりなさることになりますよ」アントニーはため息をついた。「アレグザンドラは、社交シーズンのお楽しみやら、ロンドンの伊達男にちやほやされることやらには、まるで興味がありませんから」

「なにをばかなことを——あの子は、何カ月ものあいだ、デビューを楽しみにがんばってきたのでしょうが！」

「でも、それはお祖母様が考えているようなことのためではありません」アントニーは真剣な声で言った。「アレグザンドラがこのロンドンに来たのは、ジョーダンは彼女に社交界で自分の妻としてふさわしい地位を築いてほしいと思っていたと、お祖母様に吹きこまれたからです。アレグザンドラが長いこと努力してきたのは、ひとえにそのためです——そういう名誉に値する貴婦人になりたい、動機はそれしかないんです。再婚する気などありはしませんよ。ゆうべ、本人の口からそう聞きました。アレグザンドラはジョーダンに愛されていたという確信をもつに至ったのだと、ぼくは思います。彼女はジョーダンとの思い出に〝一生を捧げる〟つもりなんじゃないでしょうか」

「なんてこと！」公爵未亡人は呆然としていた。「あの子はまだ十九になったばかりじゃないの！　結婚するのが当然です。それで、おまえはあの子になんと？」

「別になにも」アントニーは冷ややかに言った。「言えるわけがないでしょう、ジョーダンの仲間に受け入れてほしければ、社交会話や貴族名鑑の勉強をするより、男といちゃつくことや火遊びを覚えたほうがよかったんだなんて」

「おさがりなさい、アントニー」公爵未亡人は嘆息した。「おまえと話していると気が滅入るわ。アレグザンドラがなにに手間取っているのか見てきなさい――もう出かける時間なのだから」

アレグザンドラは、自分の寝室を出てすぐの場所で、廊下の壁に飾ってあるジョーダンの小さな肖像画を見つめていた。それは一行がロンドンに着いて間もないころに、使っていない部屋にあるのをアレグザンドラ自身が見つけて、寝室に出入りするたびに目に入るようにそこにかけさせたものだった。一昨年に描かれたその絵の中で、ジョーダンは木に背中をもたせかける格好で地面にすわって片膝を立て、その膝に片手をなにげなく置いて、画家のほうを見ている。わざとらしくポーズをとっていない、生き生きとした自然な姿が気に入っていたが、アレグザンドラを磁石のように引きつけてやまないのは、そこに描かれた彼の表情で、見ていると脈が速まった――生身のジョーダンが彼女にキスしようとするときの表情が、ちょうどそんな感じだったからだ。眠たげで、すべてを心得たような灰色の瞳、いまにも動き出しそうな唇に漂う、もの思わしげなけだるい微笑。アレグザンドラは手を伸ばし、震える指先でその唇にふれた。「今夜はわたしたちのための夜よ、あなた」アレグザンドラはささやいた。「あなたに恥ずかしい思いはさせません——約束するわ」

そのとき、こちらにやってくるアントニーの姿が目の隅に映った。アレグザンドラはさっと手を引っこめると、心をとらえて放さないジョーダンの表情から目を離さずに言った。

「この絵を描いた画家はすばらしい才能の持ち主ね。でも、署名が読みとれなくて。なんていう名前なの？」

「アリソン・ウィットモアだ」アントニーは短く答えた。

画家が女性だったことにも、アントニーのそっけない口調にもとまどいを覚えたが、アレグザンドラは気を取り直し、彼の目の前でゆっくりとピルエットをしてみせた。「ねえ見て、アントニー。彼がいまのわたしを見たら、満足してくれると思う？」

レディ・アリソン・ウィットモアはかつてジョーダンと熱烈な恋愛関係にあり、この絵はそのさなかに描かれたものだ——アントニーはアレグザンドラにそう告げて、現実を思い知らせてやりたい衝動にかられたが、その気持ちを抑えて肖像画から目を離し、言われたとおりに彼女を見た。その瞬間、息が止まりそうになった。

アントニーの前にひっそりとたたずんでいるのは、暗褐色の髪の麗人だった。その身を包んでいるのは、えもいわれぬ美しい瞳と同じアクアマリン色のほのかに輝くシフォンで仕立てた、襟ぐりの深いあでやかなドレスだ。豊かな胸は斜めに交差するひだにおおわれ、細いウエストで絞られた布地が、優しい丸みを帯びた腰の線をあらわにしていた。マホガニー色に光る髪は額から後ろに流され、波打つ巻き毛が背中の中ほどまで届いている。つややかな巻き毛にちりばめられたダイヤモンドは、光沢のあるサテンの空に輝く星のようだ。ダイヤモンドは手首やほっそりした喉にも光っていたが、アントニーの息を止めそうになったのは、彼女の顔だった。

アレグザンドラ・ローレンス・タウンゼンドは伝統的な金髪白皙《はくせき》の美女ではなかったが、男心をそそる容姿という点では、アントニーがこれまで目にした女性の中でも群を抜いていた。煤色の睫毛の下にある、相手をとりこにし骨抜きにする瞳は、まっすぐにアントニーの目を見つめていて、自らのその魔力にまったく気づいていないらしかった。薔薇色のふっくらした唇は男からの口づけを誘うかのようだが、その一方で、気品のあるほほえみは気安く近づくなと言っていた。相手を誘惑していながら、冒しがたさを感じさせる。清純なのに官能的でもある。そうした相反する資質こそが、アレグザンドラをこれほどまでに魅力的にしている要因だった——そして、本人が自分の魅力を自覚していないこともまた、魅力の一因となっていた。

アレグザンドラの繊細な丸みを帯びた高い頬から、うっすらと血の気が引いた。いくら待っても、目の前の男は押し黙ったままで、ジョーダンがいまの彼女の姿に満足するどうか教えてくれなかったからだ。「そんなにだめ？」アレグザンドラはおどけた口調で落胆を隠した。

アントニーはにっこりすると、彼女の手袋をした両手をとり、真摯な声で言った。「今夜のきみを見たら、ジョーダンはたちまち心を奪われるだろう。これからきみを目にすることになる社交界の人々と同じようにね。今夜は、ぼくとも一曲踊ってくれないか？　ワルツがいいかな？」彼はアレグザンドラの大きな瞳をのぞきこんだ。

舞踏会へ向かう馬車の中で、公爵未亡人はアレグザンドラに最後の注意をした。「あなたのダンスは問題ないし、今夜必要になる礼儀作法も心配ないでしょう。ただし」公爵未亡人は深刻な声で言った。「もう一度言っておきますが、アントニーには注意することです」そこで間を置き、糾弾《きゅうだん》するような鋭い視線をアントニーに向けた。「アントニーに頭のよさを褒められたからといって、読書好きで理知的だと思われるようなことをうかうかと口にしてはなりません。いいこと、そんなおだてに乗ったら、痛い目にあいますよ。前々から言っているように、殿方は学のありすぎる女性を好みませんからね」

馬車から降りるとき、アントニーは励ますようにアレグザンドラの手を握った。「ぼくと一曲踊るのを忘れないでくれよ」彼は輝く瞳を見つめながら微笑した。

「お望みなら、全曲、お相手をしてさしあげるわ」アレグザンドラは笑って、彼が曲げた腕に手をかけた。自分の美しさを意識せず、その美しさがアントニーの心にどう響くかも気づかずに。

「きみと踊ろうと思ったら、列に並ばなくてはならないな」アントニーは笑いながら言った。「だとしても、何年かぶりの、とびきり楽しい晩になりそうだ！」

ウィルマー卿夫妻が主催した舞踏会の出だしの三十分は、アントニーの予想があたったようだった。祖母とアレグザンドラの華々しい登場を目に納めるために、彼はわざとふたりに先んじて舞踏室に入った。実際、それは見ものだった。ホーソーン公爵未亡人が舞踏室に堂々と入場する姿は、ひよこを守り導く子煩悩な雌鶏を思わせた――胸を張り、背筋をぴんと伸ばし、挑むように顎を突き出したさまは、彼女がアレグザンドラの強大な後ろ盾になろうと決めたことに疑問を呈する者や、アレグザンドラをつまはじきにしようとする者に対し、やれるものならやってみなさいと威嚇《いかく》しているかのようだった。

　その光景はまさに〝人々の耳目《じもく》を奪った〟。イングランドで最も敬われていて、最も厳格で、最も大きな影響力をもつ貴婦人が、だれにも見覚えのない若い女性にかいがいしく付き添っている――社交界の名士の中でもとりわけ華やかで自堕落で趣味のよさを誇る五百人が、会話を中断して、丸一分間、そのようすにぽかんと見とれていたのだ。客のあいだでひそひそ話が始まったり、あちこちで片眼鏡が目にあてられたりしているうちに、みなの関心は、公爵未亡人から、彼女に付き従っている目の覚めるような美しい娘に移っていった。その美女は、ジョーダンの葬儀のとき人々の前につかのま姿を現わした、青白い顔の痩せ細った娘とは、似ても似つかなかった。

　アントニーの隣で、ロデリック・カーステアズ卿が傲慢そうな眉を上げてものうげに言った。「ホーソーン、われわれは、きみの祖母君が連れている栗色の髪の美女の身元を知る光栄に浴することができるのだろうね？」

　アントニーは平然とした顔で相手を見た。「亡くなったいとこの奥方だ」

「ばかをいえ！」いつ見ても退屈そうなロディの顔に驚きに近いものが浮かんでいるのを、アントニーは初めて見た。「まさか、あの魂を震わせるような美女と、ホークの葬儀で見かけた地味でみすぼらしくて薄汚いひよっこが同一人物だというんじゃないだろうな！」

　アントニーは不快感を抑えて言った。「きみが前に見たときは、彼女は動揺していたし、まだ幼かったからね」

「年月を経て熟成したわけか」ロディはつまらなそうに言い、片眼鏡を目にあててアレグザンドラの姿を検分した。「ワインと同じだ。きみのいとこは昔から、ワインと女性の目利きと言われていたからな。あの娘を選んだのは、まさに面目躍如というところだ。ときに」片眼鏡越しにアレグザンドラをなおもじっと見ながら、けだるい調子で続ける。「知っていたか？　ホークの麗しのバレリーナは、あれ以来、男をだれひとりベッドに入れていないそうだ。まったく、驚くじゃないか、愛人のほうが正妻より貞淑《ていしゅく》な時代が来るとは」

「なにが言いたいんだ、きみは？」アントニーは気色《けしき》ばんだ。

「なにが言いたいかって？」ロディは小ばかにしたような視線をアントニーに向けた。「別になにも。まあ、社交界全体がわたしと同じ結論に至らないようにしたいなら、ジョーダンの未亡人をわがもののように見つめるのはやめたほうがいい。彼女はきみと同居しているんだろう？」

「黙れ！」アントニーは一喝《いっかつ》した。

猫の目のように気分が変わるたちのロデリック・カーステアアズ卿は、気を悪くしたふうもなく白い歯を見せた。「さて、ダンスが始まるようだ。いっしょに来て、あの娘に紹介してくれ。彼女と最初に踊るのは、このわたしだ」

アントニーはためらい、心の中で歯ぎしりした。紹介を拒む正当な理由はない。それに、紹介するのを渋った場合、ロディ・カーステアズには仕返しができるし、実際に仕返しに出るのは目に見えている。アレグザンドラを無視する、あるいは――もっと悪くすれば――たったいまそうしたように、辛辣なあてこすりを口にするだろう。しかも、アントニーの仲間内では、ロディは最も影響力の強い人物なのだ。

アントニーはジョーダンの爵位を継承したが、ジョーダンを上流社会きっての実力者たらしめた、ものに動じない不遜《ふそん》さや、相手がひるむほどの自信が自分には欠けていると痛感していた。祖母である公爵未亡人の力をもってすれば、アレグザンドラが社交界全体からつまはじきにされるような事態は防げるはずで、祖母と同世代のグループに受け入れてもらえるのは確実だ。だが、そんな祖母でも、アントニーの世代のグループにアレグザンドラを完全に受け入れさせる力はない。その点はアントニー自身も同じだ。ところが、ロディ・カーステアズにはそれができる。アントニーより下の世代はロディの舌鋒を恐れているし、同世代の者も、ロディの痛烈な嘲笑の的になるのは避けたいと思っているのだ。「わかったよ」アントニーはとうとう相手の頼みを了承した。

不吉な予感を覚えながら、彼はロディをアレグザンドラに紹介し、ロディが慇懃《いんぎん》に礼をしてダンスを申しこむのを、一歩さがった場所で見守った。

ワルツが終わるころになって、アレグザンドラはようやく肩の力が抜け、ステップを頭の中で数えなくてもすむようになった。ステップを抜かしたり、退屈そうな顔をした洒脱《しゃだつ》なパートナーの上等な靴を踏みつけたりする心配はないと確信したそのとき、そのパートナーにかけられたことばによって、まさにそうした失態を演じそうになった。「ねえ、きみ」彼はけだるい声で皮肉たっぷりに言った。「ホーソーン公爵未亡人といっしょに暮らしていて、よく凍りつきもせずに花開くことができたね」

ワルツが終わりに近づき、音楽が最高潮に達していたので、アレグザンドラは自分が聞きまちがえたのだと思った。「すみません――いまなんと？」

「われらが敬愛する氷の女――すなわち公爵未亡人のもとで、一年間耐え抜いたきみの勇気に敬意を表したんだ。わたしとしては、ここ一年のきみの苦労をねぎらわずにはいられなくてね」

こういう微妙に棘のある複雑な冗談に慣れていないアレグザンドラは、そうした言い方が当世風とされているとは知らず、自分が愛するようになった老婦人への攻撃にショックを受けて、彼女をかばおうとした。「たぶんあなたは、夫の祖母のことをあまりご存じではないのでしょう」

「いや、よく知っているよ。知ったうえで、きみに深く同情しているのさ」

「おことばですが、同情はいりません。それに、祖母をよくご存じなら、さっきのようなことが言えるはずはありませんわ」

ロデリック・カーステアズは険のある冷ややかな目でアレグザンドラを見据えた。「言わせてもらえば、彼女のことはじゅうぶん知っている。おかげで何度か凍傷をこうむったほどだ。気性の激しい婆さんだよ」

「祖母は寛大で優しい人よ！」

ロディは冷笑した。「きみは、ほんとうのことが言えないほど怯えているか、まれに見る世間知らずの小娘かのどちらかだな」

「だったら、あなたは」アレグザンドラは公爵未亡人その人が得意とする、氷のように冷ややかな軽蔑の表情で反撃した。「目が節穴で真実が見えないか、どうしようもなく根性がねじ曲がっているかのどちらかね」そう言いきった瞬間にワルツが終わり、アレグザンドラは彼に背を向けて立ち去った。それは、社交界では赦されない——そして、あからさまにすぎる——無礼な態度だった。

いまの場面にだれかが注目していたかもしれないとは思いもせずに、アレグザンドラはアントニーと公爵未亡人のもとに戻ったが、実際、彼女の行動は大勢の客に目撃されており、そのうちの数人はすぐさま気位の高い士爵をつかまえ、若き公爵夫人の機嫌を損ねるとはなにごとかとなじりだした。それに対し、ロデリック卿はその場で声高に彼女を中傷するという報復に打って出て、短いダンスのあいだにこれだけのことがわかったと知人たちに言いふらした——ホーソーン公爵夫人は愚鈍《ぐどん》で凡庸なうぬぼれ屋の小娘で、気のきいた会話ひとつできないほど野暮ったく、死ぬほど退屈だ、と。

それから一時間のうちに、アレグザンドラは、まさに救いようもないほど愚かなところを、自分では意識せずに客たちに示してしまった。彼女は品よく着飾った二十代から三十代前半の人々が大勢集まった場所にいた。その中の数人は、前の晩に観たバレエとエリーズ・グランドーというバレリーナのみごとな踊りについて、熱心に語り合っていた。アレグザンドラはアントニーのほうを向き、ざわめきの中でも聞こえるように声を少し大きくして、ジョーダンはバレエをよく観ていたかしら、と無邪気に訊いた。すると、二十人あまりの人々が話をやめ、呆然とアレグザンドラを見つめた。彼らの表情は、困惑から嘲笑まで、さまざまに分かれていた。

二番目のできごとはその少しあとにおきた。アントニーはアレグザンドラのそばを離れており、彼女は数人の人々といっしょにいた。その中にいたおしゃれな青年ふたりが、シャツの襟の高さはどこまでが許容範囲かという問題について話し合っていたとき、アレグザンドラは見たこともないほど美しいふたりの女性に目を引かれた。ふたりは並んで立っていたが、向きは背中合わせで、どちらも首をねじ曲げてじろじろとアレグザンドラの顔を見ている。ひとりは二十代後半の冷たい感じの金髪の美女、もうひとりはやや年下の、あだっぽいブルネットの美女だった。

かつてジョーダンに、きみはゲインズバラの絵のようだと言われたのを、アレグザンドラは懐かしく思い出したが、このふたりはレンブラントの名画から抜け出してきたようだった。そこでミスター・ウォーレンに話しかけられていたことに気づいたため、うわの空だったのを詫びてから、自分が気をとられていたふたりの女性のほうに首をかしげてみせた。「あのおふたりほど美しい女性をご覧になったことがありますか?」そう尋ねたときも嫉妬心はなく、心からの感嘆の笑みを浮かべていた。

まわりにいた人々は、まずそのふたりの女性に目を向け、次にアレグザンドラを見た。その輪の中で多くの眉がつりあがり、目が見開かれ、にやつく口もとが扇で隠された。そして舞踏会が終わるころには、ホーソーンの未亡人は夫の昔の愛人、レディ・アリソン・ウィットモアとレディ・エリザベス・グレインジャーフィールドを賛美していたという噂が五百人の客のあいだに広まっていた。だれもがおもしろいと認めたせいで、その噂はかつて友人同士だったレディ・グレインジャーフィールドとレディ・ウィットモアの——ひとりの男を奪い合ったことで仲違いしてしまったふたりの——耳にまで届いた。ふたりが大の仲良しのようにいっしょになって大笑いしている姿が見られたのは、数年ぶりのことだった。

　幸せなことに、アレグザンドラは二番目の失敗には気づかなかったが、夜がふけるにつれ、自分が陰で笑いものにされているのを痛いほど感じるようになった。

　帰りの馬車の中で、アレグザンドラはなにがいけなかったのか教えてほしいとアントニーに頼んだが、アントニーは彼女の肩を叩いて「すばらしい出来だったよ」と慰めるように言うばかりで、公爵未亡人も〝立派なところ〟を見せましたねとしか言ってくれなかった。

　それでも、自分がなにか重大な失策をしでかしたことは直感的にわかった。翌週は、舞踏会、夜会、ベネツィアン・ブレックファストと呼ばれる午後から夜にかけてのパーティ、音楽会と続いたが、こちらを盗み見るような意地の悪い視線を感じない日はなく、苦痛は増すばかりだった。傷つき当惑したアレグザンドラは、救いを求めて公爵未亡人の知人たちと交流するようになった。そのグループの人々は何十歳も年上だったが、彼らと接しているときは、おもしろがるような目や妙な目で見られたり、憐れまれたりしているとは感じなかった。また、ホーソーン家の下僕頭や馬丁頭から聞いたジョーダンの武勇談――溺れかけた馬丁頭を助けたというような――をくり返し話しても、いやがらずに聞いてもらえた。

　アレグザンドラ自身は、そうやって礼儀正しく耳を傾けてくれる年長の人々が、夢中で話している自分のことを、滑稽なほどホーソーンにのぼせている気の毒な娘と見ていようとは思ってもみなかった――さらに、彼らが若い身内にそうした感想をもらし、その若者たちが友人のあいだにその話を広めていることも、想像だにしなかった。

　ごくまれに、アレグザンドラにダンスを申しこむ者もあったが、それはアントニーと公爵未亡人が寡婦である彼女の取り分と定めた莫大な遺産に興味を抱いた者か、イングランドでも特に悪名高い放蕩者に嫁いだ娘の肉体を味見できればと夢見ている者かのどちらかだった。アレグザンドラは、そういう紳士たちが本気で好意を寄せてくれてはいないのをなんとなく感じとり、困惑やみじめさを隠すために唯一できることをした。それは、頭をそびやかし、彼らの相手をするよりは公爵未亡人の仲間といっしょにいたいという気持ちを、冷ややかで慇懃な態度によって見せつけることだった。

その結果、アレグザンドラは〝氷の公爵夫人〟と呼ばれるようになり、そのありがたくないあだ名が定着した。社交界では彼女を揶揄する冗談がさかんに飛び交った。その内容は、ジョーダン・タウンゼンドは妻のベッドで凍死するよりは溺死のほうがましだと思ったのではないか、というようなことだった。ジョーダンは愛人の美人バレリーナに豪華な家を与えており、タイムズ紙の紙面で婚約発表をした当日に、その家から出てくるところを目撃された件も、ことのほか好奇心をそそる話として、あらためて人々の口にのぼった。

しかも、その話には余談があり、そちらも実におもしろいと評判になった。ジョーダンの愛人が、同じ日の晩に笑いながら友人にこう語ったというのだ――ジョーダンの結婚はいろいろある〝不便なこと〟のひとつにすぎないし、彼はわたしとの関係を終わらせる気はないのよ、と。

そうして二週間がたつころには、アレグザンドラは社交界で完全にのけ者扱いされているのを身にしみて感じていたが、彼女の耳には噂話は聞こえてこなかったため、なぜそんな目にあうのかは知りようがなかった。わかっているのは、自分がみんなに見くだされたり、笑いの種にされたり、ときにはあからさまに嘲笑されたりしていること――そして、ジョーダンの期待をもののみごとに裏切ってしまったということだけだ。特に、後者はつらかった。アレグザンドラは自室の前の廊下で、ジョーダンの肖像画と何時間も向き合い、泣きたくなるのをこらえながら、心の中で自分の至らなさを彼に詫び、赦しを乞うた。


「聞こえるか、ホーソーン？　起きろよ、おい！」

全精力を使い果たすほど苦労しながら、ジョーダンはそのひそひそ声に応えてどうにかまぶたを上げた。壁の上方の隙間から射してくる白くまばゆい光が目に痛い。そこで再び体が痛みに襲われ、彼は暗い無意識の底へ沈んでいった。

次に目覚めたのは夜で、ジョージ・モーガンの垢じみた顔が見えた。ランカスター号の乗員として捕虜になったのはこのジョージも同じで、ジョーダンは三カ月前に彼といっしょにフランスの艦船から降ろされていたが、そのあと顔を見たのはこれが初めてだった。「ここはどこだ？」と尋ねながら、ジョーダンは乾いてひび割れた唇に血がにじむのを感じた。

「地獄だ」アメリカ人は陰鬱な声で言った。「フランスの地下牢さ、正確にいうとな」

ジョーダンは腕を上げようとしたが、重い鎖がつながれていて上げることができなかった。その鎖を目でたどると、先端は石壁に固定された鉄の輪につながっていた。頭に霞がかかった状態でその輪をながめながら、ぼんやり考える。なぜ自分はつながれていて、ジョージ・モーガンはつながれていないのだろう？

ジョーダンの疑問を察して、ジョージが答えた。「覚えてないのか？　その鎖は、あんたに与えられたご褒美のひとつだよ。見張りを殴りつけて鼻をへし折ったことへのな。もちろん、理由はそれだけじゃない。けさ、ここに連れてこられたときに、見張りのナイフを奪ってやつの喉をかっ切ろうとしたことも入っているはずだ」

ジョーダンは目を閉じたが、見張りと格闘したことは思い出せなかった。「で、ほかの褒美はなんだ？」そう尋ねた声はしゃがれていて、自分の声ではないようだった。

「肋骨を三、四本折られたのと、顔をぶん殴られたのと、背中がずる剝《む》けになったことだな」

「すばらしい」ジョーダンは歯ぎしりした。「連中がわたしをいたぶっただけで殺さなかったことには、なにか理由があるのか？」

その醒《さ》めた声音を聞いて、ジョージは感服したように笑い声をもらした。「やれやれ、あんたがた英国貴族ってのは、ちょっとやそっとのことじゃ動じないんだな。冷徹そのものって評判に嘘はないわけだ」ジョージは後ろに手を伸ばし、泥水の入ったバケツにブリキのカップを突っこんで、表面に浮いている黴《かび》をできるだけよけながら水を汲むと、ジョーダンの血のにじんだ唇にカップをあてた。

ジョーダンは水を口に含んだが、ひどい味に辟易《へきえき》して勢いよく吐き出した。

その反応には取り合わず、ジョージは弱った男の口にまたカップを押しつけた。「こいつはあんたの好きなマデイラ酒みたいな繊細な香りはしないし、入れ物も清潔でお上品なクリスタルのゴブレットじゃないが、これを飲んどいてもらわないと、見張りどもは自分の手であんたを殺す楽しみを奪われて、そのうっぷん晴らしの矛先がおれに向いちまうんだよ」

ジョーダンは眉を寄せたが、相手が冗談を言っているのはわかったので、胸の悪くなるような汚い水をひと口、ふた口飲んだ。

「それでいい。あんたはよっぽど罰を食らうのが好きなんだな」声の調子は軽かったが、ジョージは真剣な顔で自分のシャツを裂いて包帯を作り、ジョーダンの胸に巻いていった。

「銃とナイフをもった性悪の男どもを相手にするときは下手に出ろって、おっかさんに教えてもらってりゃあ、こんなふうに殴られることもなかったろうに」

「なにをしているんだ？」

「折れたあばらを固定してるんだ。さて、連中はなんであんたを殺さなかったかっていう、さっきの質問に答えるとだな、フランス人どもは同胞がイギリス人につかまった場合のことを考えて、あんたを生かしてるらしい——あんたは捕虜を交換したいときの切り札になると、将校のひとりが言ってたよ。もっとも、あんたが役目を果たすのは無理だろう、役目ってのは生き長らえることだが——わざわざ見張りを罵ったうえに、武器を奪いにかかるなんて無茶をやってるようじゃな。あんたを海中からフランスのフリゲート艦に引っ張りあげて、いっしょにここまで来られるようにしたのはこのおれだが、いまのあんたのようすからすると、それも余計な世話だったようだ」

「わたしはそんなにひどい顔になっているのか？」ジョーダンはたいした関心もなく言った。

「もう一度そんなふうに殴られたら、あんたのふたりのご婦人は、別れたときとは打って変わってあんたに冷たくするだろうよ」

無意識の闇が触手を伸ばしてジョーダンをからめとり、おなじみの暗い穴に引きずりこもうとしていたが、彼は意識をなくすよりは痛みのほうがましだと思い、その力に抗《あらが》った。

「〝ふたりのご婦人〟とはどういうことだ？」

「それはあんたのほうがよくご存じだろうが。ひとりはエリーズって名だ。奥さんか？」

「愛人だ」

「じゃあ、アレグザンドラは？」

ジョーダンは目をしばたたき、霞のかかった頭をはっきりさせようとした。アレグザンドラ。アレグザンドラ――「子どもだ」剣に見立てた枝を振りまわす暗褐色の髪の少女の姿が、目の前におぼろげにちらついた。「違う」苦い後悔を噛みしめながらそうつぶやいたとき、これまでの人生が一瞬のうちに脳裏をよぎった――中身のない色恋と道楽に明け暮れた、空虚で無意味な半生。その頂点になったのは、魅惑的な少女との気まぐれで衝動的な結婚だったが、彼女とはたった一度しかベッドをともにしていない。「妻だ」

「そうかい」ジョージは感心したようだった。「愛人に妻に子どもか？　なんでももってるんだな」

「いや――」ジョーダンはぼんやりした頭で訂正した。「子どもはいない。妻がひとり、愛人が数人だ」

ジョージはにやりとして汚いひげを手でこすった。「おれは堅いことを言うつもりはない。世渡りのうまいやつは尊敬するよ。しかしなあ」彼はぎょっとしたように目をむいた。「愛人が数人だって？」

「数人といっても」ジョーダンは痛みに歯を食いしばった。「同時にってわけじゃない」

「それにしても、あんたはどこに閉じこめられてたんだ？　三カ月前にフランス人どもに船を降ろされて以来じゃないか」

「わたしは個室を与えられて個人的に世話を受けていたんだ」ジョーダンは皮肉たっぷりに答えた。それは地下牢のさらに下の穴蔵に入れられて、痛みで発狂しそうなほどの拷問を断続的に受けていたことを指していた。

ジョージは同房の男の痛めつけられた肉体を見ながら心配そうに眉をひそめたが、声だけは明るくしていた。「フランス人どもにおれよりもずっとひどく嫌われるなんて、あんた、なにを言ったんだ？」

ジョーダンは咳こみ、胸の激痛をこらえるために歯を食いしばった。「自分の名を告げた」

「そしたら？」

「そしたら、連中は思い出した」ジョーダンはあえぎ、気を失いそうになるのをこらえた。「スペインでのことを」

ジョージは不思議そうに眉をひそめた。「あんたがスペインでやつらになにかをして、その仕返しをされたってのか？」

意識が朦朧としてきたジョーダンは、目を閉じてかすかにうなずいた。「それに……連中は思ってるんだ……わたしがまだ情報を握ってると。軍事機密を」

「聞いてくれ、ホーソーン」ジョージは悲壮な声で言った。「あんた、さっき目を覚ましたとき、ここから逃げ出すとかなんとか言ってたよな。手だてはあるのか？」

ジョーダンはまた弱々しくうなずいた。

「なら、おれも連れてってくれ。だがな、ホーソーン——今度こんな目にあったら命はないぞ。ほんとだ。頼むから、もう見張りを怒らせたりするな」

意識を保つ闘いについに敗れて、ジョーダンの頭はがくりと横にかしいだ。

ジョージはしゃがみこんだまま、もうおしまいだと首を振った。フランスの艦船、ヴェルサイユ号は、ランカスター号との死闘で死傷者を多数出したため、艦長は大幅に減った乗組員を少しでも補おうと考え、海に投げ出された敵の人員を三人救助していた。ひとりは怪我でその日のうちに死んだ。この同房者が二人目の死者になるのだろうか、とジョージは思った。

16

社交界デビューから三週目に、ドンリー卿夫妻が舞踏会を催す夜が来たときには、アレグザンドラはこのうえなくみじめな気分で、心がこわばり、なにに対しても無感動になっていた。喜びに声をあげて笑ったり、涙を流して心を癒《いや》したりすることは、もう二度とないのではないか。そう思っていたのに、この運命の夜に、彼女はその両方を体験することになった。

公爵未亡人に小声でうながされて、アレグザンドラは礼儀正しく、しかしいやいやながら、ポンソンビー卿のダンスの誘いを受けた。ポンソンビー卿はでっぷり太った気障《きざ》でにやけた中年男で、気どったつもりの発音には妙な癖があり、派手な服装はまるで孔雀《くじゃく》のようだった。彼はアレグザンドラと踊りながら、自分はみんなに大変な切れ者と見られているのだと偉そうに自慢した。今夜のポンソンビー卿のいでたちは、太鼓腹のせいで胴回りがふくれているオレンジ色のサテンの膝丈ズボンに、深紫色のサテンのベスト、丈の長い金襴《きんらん》の上着というものだった——その組み合わせを見て、アレグザンドラは熟《う》れすぎた果物が山盛りになっているところを連想した。

ダンスが終わっても、ポンソンビー卿は（アレグザンドラが聞いたところでは、彼は賭け事で作った多大な借金の穴埋めのために裕福な妻を求めているということだった）彼女を公爵未亡人のもとへ返さず、強引に反対方向へ連れていった。「あちらにある感じのよい小部屋にごいっしょしてください、公爵夫人。ゆうべ、公爵未亡人からうかがったのですが、あなたは哲学関係に興味がおありだとか。でしたら、わたしが少しばかり講義をしてさしあげましょう。古代における最大級の哲学者——ホラティウスについて」それを聞いて、アレグザンドラはすぐにことの次第をさとった。彼女をダンスに誘う男性がいないのを心配するあまり、公爵未亡人はポンソンビー卿に、あの娘には教養があるのですよと吹きこむことまでしたのだ。

「どうかご心配なされませんよう」ポンソンビー卿はアレグザンドラの沈んだ表情を誤解したようだった。「あなたがご婦人であることや、それゆえに複雑で難解な理論を理解できないことは、常に念頭に置くようにします。とにかく易《やさ》しく、単純にお話ししますので、わたしにすべておまかせください」

意気消沈したアレグザンドラは、女性の知性を見くびられたことに憤慨する気力もわかず、果物の盛り合わせのような格好をするほど愚かしい男にこんな扱いを受けていることについても、少しばかり憂鬱になっただけだった。

興味を引かれたような表情をしおらしく装いながら、アレグザンドラはポンソンビー卿に導かれるまま小部屋に入った。そこは深紅のビロードのカーテン二枚で舞踏室と仕切られるようになっていたが、カーテンはそれぞれ端に寄せられ、同じ色のビロードの紐できちんと括《くく》ってあった。中に入ってみると、そこには先客がいた。豪華なドレスに身を包んだ若い女性で、横顔には気品があり、髪は金糸のように光り輝いている。彼女は開いたフレンチドアの前で、アレグザンドラたちに半ば背中を向けて立っていた――ちょっとひとりになって、新鮮な空気を吸いにきた、という風情だった。

ポンソンビー卿とともに小部屋に入っていくと、その女性がわずかに振り向き、アレグザンドラはすぐに彼女の顔がわかった。カムデン伯爵の美しい若夫人、メラニーだ。彼女は故郷に妹を訪ねたあと、今週の初めにロンドンに戻ってきたばかりだった。レディ・カムデンが今シーズン初めて社交界に姿を見せた舞踏会にはアレグザンドラも出席していて、大勢の名士がレディ・カムデンのもとに詰めかけ、明るい笑顔と熱烈な抱擁で歓迎するのを、遠くから見ていたのだった。この人は社交界の〝内輪のひとり〟なんだわ、とアレグザンドラは切ない気分で考えた。

ひとりでいたレディ・カムデンのじゃまをしたことに気づいて、アレグザンドラはお詫びの気持ちを伝えるためにおずおずとほほえんだ。伯爵夫人はていねいな会釈で応え、なにも言わずにまたフレンチドアのほうを向いた。

ポンソンビー卿は、伯爵夫人が目に入っていないか、でなければ、彼女のことは気にすまいと思っているらしい。近くのテーブルのトレイからパンチのグラスを取ると、ビロードのカーテンの手前にある大理石の柱のそばに陣取り、野望に関するホラティウスの思想について、ごたいそうでしかも極端に正確さを欠いた論考を披露しはじめたが、その間ずっと、彼の視線はアレグザンドラの胸に釘付けになっていた。

男性に視線で体を愛撫されるような目にあったのは――たとえ相手が笑ってしまうほどどみっともない男であっても――初めてだったので、アレグザンドラはひどく困惑した。そのせいで、ポンソンビー卿がソクラテスの発言をホラティウスのものとしたときも、まちがいを聞き流してしまい、カムデン伯爵夫人が驚いたようにさっと首をめぐらせてこちらを見たのにも気づかなかった。

それからいくらもたたないうちに、ポンソンビー卿が重々しく言った。「わたしはホラティウスに同感です。彼はこう言いました、〝野望は人間の胸に絶えず燃えさかる熱情であり、ゆえにわれわれは、いかなる高みに達しようとも満足することはなく――〟」

アレグザンドラは、食い入るように胸を見ている男の目にすっかり心をかき乱され、いまや完全にこちらを向いているレディ・カムデンが、あきれ返るような傑作な話に笑いを隠せないという顔で聞き耳を立てているのにも気づかず、震える声でつっかえながら言った。

「マ、マキャベリですね」

「ホラティウスです」とポンソンビー卿はのたまった。そして恐ろしいことに、滑稽な服装をしたその男は、片眼鏡を目にあてがうと、アレグザンドラのドレスの襟ぐりを押しあげている豊かな胸を大胆にのぞきこみ、それと同時に、なに食わぬ顔を強調すべく背後の柱にもたれかかろうとした。だが不運にも、彼女の胸に執着しすぎたせいで、振り向いて柱の位置を確かめるのを忘れていた。「さて、そろそろおわかりになってきたかと思いますが」もったいをつけて言いながら、彼はすべてを包みこむように大きく手を広げ、後ろに寄りかかろうとした。「なぜホラティウスがそれらの発言によって――うわああ！」手を広げたまま後ろに倒れたポンソンビー卿は、パンチの載ったテーブルをひっくり返したうえに、カーテンまで引きずりおろして、三人の男性客の足もとにぶざまな格好であおむけに転がった。その光景は、色とりどりの果物を盛った鉢に、パンチが滝のように流れ落ちているところを思わせた。

発作的にこみあげた笑いを抑えきれず、アレグザンドラが手で口を塞いでさっと後ろを向くと、カムデン伯爵夫人もまた手で口をおおってこちらを見つめており、その肩は笑いをこらえるように震え、大きな緑色の瞳もそれに合わせて揺れていた。ふたりの若き婦人は同時にフレンチドアに駆け寄り、先を争うようにぶつかり合いながら戸口をくぐってバルコニーに飛び出した。そして、ふたりいっしょに家屋の側面の壁にどさっと寄りかかり、大声で笑いだした。

横に並んだふたりは、背中にあたる石壁の硬さも忘れて、頬を流れる涙をぬぐいながら、息が切れるまで笑いころげた。

爆笑が鎮まってくすくす笑いの発作に変わると、カムデン伯爵夫人はアレグザンドラのほうを向いて切れ切れに言った。「あ、あの人があおむけに倒れたところといったら、ま、まるで、木から落ちた巨大なインコみたいだったわ」

アレグザンドラもくすくす笑いが治まらず、声を出すのがやっとだった。「わたし――わたしにはフルーツの盛り合わせに――いえ、フルーツ・パンチに見えたけど」ふたりはまたおかしくなって笑いだした。

「ポ、ポンソンビーも気の毒なこと」レディ・カムデンは笑いが止まらないらしい。「と、得意の絶頂でマキャベリの幽霊に祟《たた》られるなんて。彼のことばをホラティウスのだなんて言うからよ」

「マキャベリの復讐ね！」アレグザンドラはあえぎながら言った。

星を散りばめた黒いビロードのような空のもと、優雅な装いをしたふたりの若い女性は、冷たい石壁に寄りかかり、草原ではだしになって駆けっこをする子どものように、感情の赴くまま無邪気な笑い声をあげていた。

ふたりの笑いがようやく治まると、メラニー・カムデンは壁にぐったりともたれたままアレグザンドラのほうに顔を向け、ほほえみながら興味津々といったようすで彼女を見つめた。

「あの鼻もちならないポンソンビー卿がマキャベリとホラティウスをごっちゃにしているって、どうしておわかりになったの？」

「わたし、両方読んだことがありますから」悪事を告白するように一瞬ためらってから、アレグザンドラはそう答えた。

「まあ、とんでもないことを！」伯爵夫人はわざとらしく震えあがってみせた。「わたしも読みましたけど」

アレグザンドラは目を丸くした。「古典を読む女性は、学問かぶれの烙印《らくいん》を押されるものとばかり思っていましたわ」

「普通はそうでしょうね」レディ・カムデンは明るく言った。「でも、わたしの場合は、刺繡やおしゃれ以外の――なんというか――女らしくないことに興味をもっても、社交界の人たちは大目に見てくれているから」

アレグザンドラは首をかしげ、狐につままれたような心地で相手を見つめた。「みなさんはなぜそういう態度をとっているのかしら？」

レディ・カムデンの声がいとおしむような優しさを帯びた。「それはね、わたしになにか欠点があるとほのめかすような怖いもの知らずがいたら、夫が徹底的にやっつけてくれるからよ」彼女はいきなり、アレックスの顔を探るようにのぞきこんだ。「あなた、楽器の演奏はなさる？　もしなさるのであれば、言っておくわ。あなたの演奏を聞きにいくことは絶対にありません——あなたが友だちであろうとなかろうとね。わたしは、バッハやベートーベンの名前を聞いただけで気付け薬を取りに走っていくし、ハープを見ただけで急に具合が悪くなってしまうんだもの」

アレグザンドラはこれまで一年にわたってピアノの稽古をしてきたが、それは公爵未亡人に、若い貴婦人は楽器を最低ひとつはたしなんでいなくてはならないと言われたからだった。それなのに、世間の流行を左右する存在として上流階級の人々にもてはやされている女性の口から、音楽を軽んじる発言が飛び出したのだから、驚かずにいられなかった。「ピアノのレッスンは受けていますが、人前で弾《ひ》けるほどうまくはないんです」アレグザンドラはとまどいながら言った。

「結構なことだわ」レディ・カムデンはいかにも満足そうに言った。「ドレスやアクセサリーを買いにいくのはお好き？」

「正直にいうと、そういう外出は退屈に感じます」

「すてき」と高らかに言ってから、レディ・カムデンは疑わしげに訊いた。「歌が上手ってことはないでしょうね？」

さっきは楽器が得意でないと認めるのに気が引けたが、こうなってみると、逆に歌がうまいことを認めるのも気が引けた。「いえ、残念ながら得意なほうです」

「欠点のない人なんていませんものね」カムデン伯爵夫人はほがらかな声で鷹揚に言い、アレグザンドラを赦した。「それに、わたしは前々から、ホラティウスやマキャベリを読んだことのある女性に会いたいと思っていたから、あなたが歌が得意だっていうだけで友だちになるのをやめたりはしないわ。あ、でも、ものすごくうまいってわけじゃないでしょ？　そうだったら話は別ですから」

アレグザンドラはおかしくてたまらず、肩が震えだした。実のところ、歌はとてもうまく歌えるからだ。

レディ・カムデンはアレグザンドラの笑った目に答えを見てとったらしく、おどけたようにわざと怖い顔をした。「そんなにしょっちゅう歌ってはいないわよね？」

「ええ」笑いをこらえながら、アレグザンドラは不謹慎なもの言いをした。「こう言えば、もっとお褒めにあずかれるかしら。この点は自信があるんだけど、わたし、上品な会話を続けるのは、普通は五分が限界なの」こうして最も神聖なしきたりの一部をあっさり破ったあと、ふたりの娘はまた吹き出した。

リージェント街四十五番地の邸宅で、踊る者は踊りつづけ、笑う者は笑いつづけたが、フレンチドアの外で重大事件がおきていることに気づく者はいなかった。それを目撃したのはきらめく星々だけだった。ロンドンのとある屋敷の、がらんとしたバルコニーで、同じ魂をもつふたりがついに出会ったのだ。

「そういうことなら」ふたりの笑いが治まったところで、レディ・カムデンはおごそかに宣言した。「あなたはわたしにぴったりの友だちで、わたしたちは楽しいおつきあいができるでしょう」まだ少し続いていたしかつめらしい演技をあっけなくやめてしまうと、レディ・カムデンは静かに言った。「わたし、親しい友人にはメラニーと呼ばれているの」

その瞬間、アレグザンドラは体の隅々まで幸福感に満たされたが、その幸せな気分はすぐさま厳しい現実に打ち砕かれた。メラニー・カムデンの友人たちは自分を仲間に入れてくれないだろうと気づいたからだ。メラニーの小粋な友人たちも含めて、社交界全体が、アレグザンドラを完全な異分子と見なしている。彼らによる評価はすでに終わり、哀れなほど浅はかな娘だという判定がくだった。メラニー・カムデンはロンドンに戻って日が浅いため、まだそのことを知らないだけだ。ふたりで舞踏室に戻ったときにメラニーに向けられるあざけりの目を思うと、アレグザンドラは胃がきりきり痛んだ。

「あなたはお友だちにどう呼ばれているの?」アレグザンドラを見ながら、メラニーがせかすように言った。

わたしにはもう友だちなんかいない。そう思ったアレグザンドラは、急いで腰をかがめ、ドレスの下のほうについたちりを払うふりをして、焼けつくような涙を用心深く隠した。「友だちにはアレックスと呼ばれていた——いえ、呼ばれているわ」いまこの場で縁を切ってしまうほうが、次に会ったときに無視されて屈辱を味わうよりましだと思い、大きく息を吸うと、つらさに耐えながら早口でぎこちなく言った。「レディ・カムデン、仲良くしようとおっしゃってくださるのはありがたいのですけれど、でもほら、わたしはこのところ、舞踏会や昼食会や……いろいろなお楽しみがあって忙しいから……たぶんあなたと……わたしたち……いっしょにいる時間がないんじゃないかと……それに、あなたにはたくさん、たくさんお友だちがいらして、その人たちは――」

「あなたのことを、ロンドンで舞踏会にやってくる人たちの中でも、まれに見る世間知らずだと思っているのよね？」アレグザンドラのことばを引き取って、メラニーは優しく言った。

アレグザンドラが答える間もなく、アントニーが物陰から現われてバルコニーに出てきた。彼女はほっとしてそばに駆け寄り、否定するひまを与えないように早口で話しかけた。「わたしをお捜しでしたの、公爵様？　もうおいとまする時間ね。ごきげんよう、レディ・カムデン」

「せっかくメラニー・カムデンが友だちになろうと言ってくれたのに、なぜ断わったりした？」帰りの馬車の座席に納まるやいなや、アントニーが腹立たしげに尋ねた。

「それは……どうせうまくいかないと思ったからよ」別れぎわにメラニー・カムデンが優しく言ってくれたことを思い返しながら、アレグザンドラは言い訳めいたことを口にした。

「社交界用語で言うなら、わたしと彼女は〝同じ輪の中にいる〟仲間じゃないもの」

「それは知っているし、なぜそうなったのかもわかるよ」アントニーは硬い声で言った。

「理由のひとつは、ロディ・カーステアズだ」

アレグザンドラははっとした。この人はわたしがのけ者にされているのを知っていたんだ……彼女は、自分が屈辱的な目にあっていることはアントニーには気づかれていないと思っていた。というより、気づかずにいてほしいと願っていたのだ。

「カーステアズには、あすの朝屋敷に来てくれと言っておいた」アントニーはぶっきらぼうな口調で続けた。「きみに対する見方を変えてもらう必要があるし、社交界デビューの夜に、彼をダンスフロアに残して立ち去った非礼について赦しを乞わないと――」

「赦しを乞うですって！」アレグザンドラは大声をあげた。「アントニー、あの人はあなたのお祖母様の悪口を――それはそれはひどいことを――言ったのよ！」

「カーステアズは人の反感を買うようなことばかり言うんだ」アントニーはなだめるようにほほえんだが、どこかうわの空という感じだった。「特に、女性を驚かせたり、うろたえさせたり、怯えさせたりするのが好きで、相手が彼の思うつぼにはまると、臆病だの愚かだのと言って軽蔑する。カーステアズは、木から木へ飛び移っては災いの種を落としていく鳥のようなものだ。彼の話はたいていおもしろい――聞いているこっちが話題にされない限りはね。ともかく、きみとしては、あの男をにらみつけてたじろがせるか、相手に負けないほど攻撃的なことを言い返すか、そのどちらかにすべきだったんだ」

「ごめんなさい。それは知らなかったわ」

「きみの知らないことは、ほかにもたくさんある」アッパー・ブルック街の屋敷の前で馬車が停まると、アントニーは声を押し殺すようにして言った。「その問題は、家に入ってから解決しよう」

アントニーとともに客間に入りながら、アレグザンドラはいいようもなく恐ろしい、不吉な予感がふくらんでいくのを感じた。アントニーはアレグザンドラに手招きして、薄緑色の紋織りの布を張った椅子にすわるよううながし、自分はグラスにウイスキーをついだ。アレグザンドラのほうに向き直った彼は、腹を立て、悲しんでいるように見えた。

「アレックス」アントニーはだしぬけに言った。「本来なら、今シーズン、きみはすばらしい成功を収めているはずだった。なにしろ、きみには必要な資質がすべて具わっているんだ——それも、ありあまるほどたっぷりと。なのに、きみのデビューは近年まれに見る大失敗に終わってしまった」

アレグザンドラは恥ずかしさに身もだえしたくなったが、アントニーはすぐに片手を上げ、気まずそうに説明した。「それはぼくの責任であって、きみが悪いわけじゃない。ぼくはきみにずっと隠し事をしてきた。最初からすべて話しておけばよかったんだが、お祖母様がそれを許さなかった——きみを失望させるのは忍びないと言ってね。でもいまでは、ぼくもお祖母様も、きちんと話すべきだということで合意した。ここで幸せをつかむチャンスを、きみが自分の手で全部つぶしてしまわないうちに話すべきだと——まだ手遅れでなければだが」

アントニーはグラスを口もとに運び、自分を励ますようにウイスキーをぐっとあおってから訊いた。「ロンドンに来てから、ジョーダンの友人や知り合いが彼のことを〝ホーク〟と呼ぶのを何度も聞いただろう？」アレグザンドラがうなずくと、彼は言った。「なぜそう呼ぶと思う？」

「一種の略称だと——〝ホーソーン〟を縮めて呼んでいるんだと思っていたわ」

「そういう意味で言っている人もいるが、特に男性のあいだでは、意味合いが違ってくる。鷹《ホーク》は狩りをする鳥で、視力に優れ、狙われた獲物が危機を察知する前に仕留めてしまう能力をもっている」

アレグザンドラはお義理に興味を示すふりをして相手の顔を見ていたが、なんの話かまるで見当がつかなかった。アントニーはいらだったように髪の毛を手で梳《す》いた。「ジョーダンにそのあだ名がついたのは、ずっと昔、ロンドンの独身男の半数が何カ月も狙っていた、とりわけ気位の高い美しい娘をものにしたときだ。ホークはその娘にダンスを申しこんで、ひと晩のうちに彼女を落としたんだ」

アントニーは身を乗り出し、アレグザンドラの椅子の肘掛けを両手でつかんで体を支えた。「アレックス」彼は鋭く言った。「きみは自分が愛し、愛されていると思っていた男を、まるで……〝聖人〟のように見ていた。だが、実際の彼は、こと女性に関しては、聖人というより悪魔のほうがはるかに近い。しかも、それはだれもが知っていることなんだ。言っている意味がわかるかい？」アントニーは彼女の鼻先まで顔を寄せ、苦々しげに言った。「きみが彼のことを白馬の騎士かなにかのように話すのを聞いたロンドンの人間は、ひとり残らず、きみもまた彼の獲物のひとりにすぎないと考えている……ホークの危険な魅力の餌食になった、数知れない女性のひとりだとね。彼はことさらに誘惑したりはしなかった――たいていの場合、相手が自分を好きになると、喜ぶというよりむしろ厭《いと》わしそうにしていたが、それでも女性たちは彼に首ったけになるんだ、きみのように。ただ、ホークの餌食になったほかの女性と違って、きみはあまりにも無邪気で、彼への想いを隠そうともしなかった」

アレグザンドラは恥ずかしさに顔を赤らめたが、女性たちがジョーダンを好きになるからといって、彼を責めるべきではないと思った。

「ぼくはジョーダンのことを兄のように大事に思っていたが、だからといって、彼の品行が褒められたものではなく、その結果放蕩者として悪名を馳せていたという事実が変わるわけじゃない」ジョーダンを一途に想うアレグザンドラの純真さを小声で呪いながら、アントニーは姿勢を正した。「ぼくの話を信じていないな？　いいさ、だったら最後まで話してしまおう。社交界デビューの夜、きみは大勢の人に聞こえるところで、ふたりの女性の――レディ・アリソン・ウィットモアとレディ・エリザベス・グレインジャーフィールドの美しさを讃《たた》えるようなことを言っただろう。あのふたりはどちらもジョーダンの情婦だったんだ。それがなにを意味するかわかるか？　どうなんだ？」

アレグザンドラの顔から徐々に血の気が引いていった。情婦というのは、男性とベッドをともにして、その男性に、ジョーダンがしてくれたあの親密な行為をされる女性のことだ……

アントニーは彼女が色を失うのを見ながら、すべてを明らかにする覚悟で先に進んだ。

「同じ晩、きみがジョーダンはバレエが好きだったかと訊いたとき、まわりのみんなは腹を抱えて笑っていただろう。あれは、ジョーダンが命を落としたその日まで、エリーズ・グランドーが彼の愛人だったことを、全員が知っていたからさ。アレックス、ジョーダンはきみといっしょに船に向かう途中で――つまり、結婚式を挙げたあとに――ロンドンの彼女の家に寄ったんだ。現に、彼女の家から出ていくところを目撃されている。しかも、エリーズは、彼にとって結婚はいろいろある不便なことのひとつにすぎないんだと言いふらしていた」

アレグザンドラははじかれたように立ちあがり、激しく首を振ってその話を否定した。

「嘘よ。わたしは信じない。ジョーダンは〝仕事で〟人に会うと言っていたもの。そんなことするはず――」

「彼はそんなことをする男だし、実際にそうしたんだよ、まったく！　しかも、きみをデヴォンに連れていってそこに置き去りにし、自分はロンドンに戻って、これまでどおり愛人を囲いつづけるつもりでいた。ぼくは本人の口からそう聞いたんだ！　ジョーダンは義務感にかられてきみと結婚したが、妻であるきみといっしょに暮らしたいとは思わなかったし、そのつもりもなかった。彼がきみに対して感じていたのは憐れみだけだ」

頬を張られたときのように、アレグザンドラの顔がさっと横を向いた。「憐れみを感じていたですって？」屈辱感に襲われて、彼女は切れ切れに叫んだ。ドレスのスカート部分のひだを握りしめ、生地をひねくるうちに、指の関節が白くなってきた。「彼はわたしのことを哀れな女だと思っていたの？」そこで別のことに気づき、吐き気を感じて口をおおった。アレグザンドラの父が母にしたのと同じ仕打ちを、ジョーダンは彼女にするつもりだったのだ――妻を辺鄙な田舎に追いやっておいて、自分は性悪女のもとに帰るという仕打ちを。

アントニーは手を伸ばしてアレグザンドラを抱き寄せようとしたが、彼女はその手を払いのけて身を引き、彼もホークに負けず劣らずよこしまだといわんばかりの目でにらみつけた。「よくもこんなことを！」その叫び声は恨みと苦痛に震えていた。「よく平気で見ていられたわね、わたしがジョーダンのことで嘆き悲しんだり、彼を想ってあれこれとばかなまねをしているのを。彼にはたしかに大事に思われていたんだってわたしが信じているのを知りながら、なにも言ってくれないなんてあんまりだわ、そんな残酷なことってないでしょう！」

「アントニーもわたくしも、あのころは、それがあなたのためだと思っていたのです」アレグザンドラの背後からしわがれ声が聞こえた。公爵未亡人は、深く思い悩んでいるときの常で、足を軽く引きずるようにして、部屋に入ってきたところだった。

心に強い打撃を受けたアレグザンドラは、老婦人を思いやる余裕をなくしていた。「わたしは家に帰ります」胸が塞がって息苦しくなるような激しい苦痛を必死にこらえて言った。

「いや、それはだめだ！」アントニーが厳しい声で言った。「きみの母上はいまもまだ島めぐりの船旅をしている最中じゃないか。きみひとりで暮らしてはいけないぞ」

「家に帰るのにあなたの許可はいりません。経済的援助も結構です。あなたのお祖母様によれば、わたしには自己名義の財産があるということですから。ホークの遺産がね」アレグザンドラは亡夫のあだ名をわざと強調した。

「その遺産は、ぼくが後見人として管理しているものだ」アントニーが指摘した。

「後見人などほしくないし、必要もありません。わたしは十四のときから自分のことは自分でやってきたんですから！」

「アレグザンドラ、話を聞きなさい」アントニーは張りつめた声で言い、両手で彼女の肩をつかむと、怒りをこめて軽く揺さぶった。「きみが腹を立てるのも幻滅するのもわかるが、この家からは逃げ出せないし、ロンドンからこっそり出ていくこともできないぞ。そんなことをすれば、ここでおきたことはきみを一生悩ませるだろう。きみはジョーダンを愛していなかったのだから――」

「愛していなかった、ですって？」アレグザンドラは憤然としてさえぎった。「だったら訊きますけど、なぜわたしは彼にふさわしい女性になるために丸一年も努力したの？」

「きみが愛したのは幻なんだ、ジョーダンではなくて――きみは現実とはかけ離れた幻を愛していたんだよ。それはきみが無邪気な理想主義者で――」

「だまされやすくてぼんくらで愚かだからよ！」アレグザンドラの声は悲鳴に近くなった。恥辱と苦痛にさいなまれた彼女は、思いやりを示そうとするアントニーに背を向け、失礼しますと言い捨てて自室に逃げこんだ。

寝室でひとりになったとき、アレグザンドラはついに涙をこぼした。自分の愚かさ、だまされやすさを思って泣き、紳士と呼ぶに値しない男にふさわしい妻になるためにけんめいに努力した一年間を悔やんで泣いた。そのうち、自身の泣き声が耳に入るようになると、そんな男のために涙を流している自分に嫌気がさしてきた。

しばらくたったあと、ベッドの上でやっと身を起こして涙をぬぐったが、自分が愚行を犯したときの情景が頭の中にくり返し甦り、アレグザンドラはさらに苦しんだ。結婚式前日の、庭でのひと幕を思い出す。〝わたしにキスをするの？〟とジョーダンに尋ねて、それが現実になると、彼の腕の中で気絶しそうになり、さっそく愛していますと告げたのだった。

メアリー・エレンは、男の人は賛美されるのが好きだと教えてくれた。自分は親友のその助言を信じきっていた！　ジョーダンにキスされたあと、〝あなたはミケランジェロのダビデ像のように美しいわ〟などと言ったのだから。

恥ずかしさが大波のようにアレグザンドラを襲い、彼女は声を出してうめくと、わが身を抱きしめたが、屈辱的な回想は終わらなかった。どうしよう！　あんな男に祖父の金時計をあげてしまった。あの男に時計を渡して、祖父は高潔な人を好きになれと言っていたから、あなたのことを気に入るだろう、と言ったのだ。あの男を気に入るだなんて！　それどころか、祖父だったら、あのごたいそうな育ちの嘘つき貴族を家から閉め出したにちがいない！

馬車の中で、ジョーダンが何度も何度もキスしてきたときも、されるがままになっていた——男にのぼせあがったおつむの軽い尻軽女みたいに、彼の上に重なって！　ベッドでは、ジョーダンがしたい放題にみだらな行為をするのを許した。ことを終えた彼は、すぐ次の日に、愛人に対しても同じことをしたのだ。

あの出会いの夜に、ジョーダン・タウンゼンドを襲った男を撃つのではなく、ジョーダン自身を撃っていればよかった！　ねんねのわたしに、彼はさぞかし退屈したにちがいない。ああいう男が純情すぎる愛の告白をいやがったことに、なんの不思議があるだろう！


「あとどのくらい待つんだ？」暗闇の中で、ジョージ・モーガンが声を殺してジョーダンに訊いた。

「一時間だ。それだけ待てば逃げ出せる」張りつめた声で答えると、ジョーダンは片方の脚の萎縮した筋肉を動かして血を通わせ、間近に迫った逃亡のときに備えた。

「あんたが盗み聞きした話にまちがいはないんだろうな？　あんたの国の軍隊がここから五十マイルほど南で戦闘中だってのは。五十マイル歩いたあとで、方角が違ってました、てなことになるのはごめんだぞ。おれは片脚を引きずってて、あんたも片脚に穴が開いてるんだからな」

「ほんのかすり傷だ」とジョーダンは答えた。それは、きのうふたりで見張りを叩きのめしたときに受けた傷のことだった。

　ふたりは林の中でフランス軍の捜索の手を逃れ、きのうから洞穴に身を隠していたが、そこはひじょうに狭く、どちらも体を小さく丸めるようにしていた。怪我をした脚に痛みが走り、ジョーダンは筋肉を動かすのをやめた。呼吸が速く浅くなってきたのを感じると、反射的にアレグザンドラの面影を思い浮かべて、全神経を集中させていた。彼女の現在の姿を想像しようとしたが、きょう頭に浮かんできたのは、森の中の空き地にたたずむ少女が子犬を腕に抱き、この世界をいっぱいに満たすほどの愛を瞳にたたえて、彼を見あげる姿だった。ジョーダンは目を固くつぶり、彼女の顔を形作る曲線を、頭の中で一本一本なぞっていった。すると、脚の痛みが引きはじめ、意識の隅に追いやられて、消滅こそしないものの耐えられる程度になった。これは過去に何百回と使ってきた方法で、今回もやはり効果があった。

　監禁されて間もないころ、必要なものをなにも与えられずに拷問にあう日が数週間続き、彼は狂気の縁に追いやられたが、アレグザンドラに意識を集中させたおかげで、体を傷つけ心をむしばむ苦痛から逃れることができた。頭の中で、彼女と過ごしたあらゆる瞬間を噛みしめるように再現して、それぞれの場面の背景を細部にいたるまで必死になって思い浮かべ、交わしたことばや声の調子もひとつひとつ脳裏に甦らせた。その方法によって、例の宿屋で何度も何度も愛を交わし、服を脱がせては抱きしめながら、彼女の驚くばかりの愛らしさや、腕に抱いたときの感触を思い出して、生きるよすがにした。

　しかし、数週間が数カ月に延びていくと、ふたりで過ごした短い時間の記憶だけでは、苦痛を打ち消すことができなくなった。いつのまにか聞こえだした声が、生きるための闘いをおやめなさい、死という安楽な麻薬に身をまかせてしまいなさい、と甘く優しげにささやくようになり、それを黙らせるには別の武器が必要だった。そこで、ジョーダンは架空の場面を思い浮かべ、そこに彼女を登場させることで、生き抜こうとする意志が萎えてきたのを立て直した。スペインで負傷者とともに過ごした経験から、人がひとたび絶望すればたちまち死が迫ってくることを、わが目で見て知っていたからだ。

　ジョーダンは心の中でありとあらゆる場面を作り出した。楽しい場面は、たとえばこうだ。アレグザンドラが鈴を転がすような声で笑いながら向こうに駆けていき、振り向いて両手を広げる——そこで、彼に追いつかれて抱き合うのを待っている。恐ろしい場面はどうか。アレグザンドラがアントニーに屋敷を追い出され、ロンドンのスラム街で暮らしている——そこで、ジョーダンが帰宅して救いにきてくれるのを待っている。心なごむ場面はこんな感じだ。アレグザンドラがサテンのシーツを敷いたベッドに横たわって美しい裸身をさらしている——そこで、彼に抱かれるのを待っている。

　そうやって数々の場面を想像したが、全場面に共通する特徴はただひとつ、アレグザンドラが彼を待っている、彼を求めているということだった。それらの場面は、もちろん、ただの幻影にすぎなかったが、そうとわかっていても、一心に空想にふけるのはやめなかった。なぜならそれは、彼の頭の中で闘いをやめろとわめく悪魔に対抗する唯一の武器であり、あきらめたら最後、正気を——ひいては命までも——失うことになるからだ。

　そんなわけで、鼠や虫がはびこる薄汚い牢獄につながれたまま、ジョーダンは目を閉じ、アレグザンドラのもとに帰るために脱走計画を練った。かつて自分が属していた荒涼とした世界を一年かけて振り返った結果、いまではアレグザンドラの見せてくれる世界を受け入れる気になっていた。それは、あらゆるものが新鮮で活気に満ちている、穢れなき世界――〝なにかすてきなこと〟がすぐ先に待っている世界だった。ジョーダンは彼女の優しさに身をゆだね、その笑い声と〝生きる喜び《ジョワ・ド・ヴィーヴル》〟に包まれたかった。牢獄でしみついた汚れを濯《そそ》ぎ、これまでの空虚な人生の汚点をぬぐい去りたかった。

ジョーダンには、そのほかにもうひとつだけ目標があった。先の目標ほど崇高ではないが、自分としてはこちらも同じくらい大事だと思っている。その目標とは、わが命を二度までも奪おうとした人物の正体を知ることだ。正体を知って、復讐する。自分の死によって最も得をするのはアントニーだと気づいてはいたが、彼が犯人だとは思いたくなかった。ここにいるうちは。証拠をつかむまでは。アントニーとは兄弟同然に過ごしてきたのだから。

17

アレグザンドラは、自己批判の涙にくれたつらい一夜を経て、不思議とすがすがしい気分で目を覚ました。ジョーダンの不実を知って幻想は崩れ去ったが、湯浴みをして、身づくろいをして、と朝の習慣を時間をかけてこなしていくうちに、昨夜あのようなことを知ったおかげで、一年以上も自分を彼の思い出に縛りつけていた忠実さや献身といった鎖から解き放たれたのだ、と感じるようになってきた。

これで、ジョーダン・タウンゼンドから自由になったわけだ。皮肉なほほえみをうっすらと唇に浮かべ、アレグザンドラは化粧台の前にすわって豊かな髪をくしけずりはじめた。なんと滑稽なのだろう。ジョーダンにふさわしい妻になろうとして、牧師に嫁げばぴったりの堅苦しくとりすました品行方正な女性に変身したはいいが、それは悪名高き破廉恥な放蕩者の妻にはほど遠かった。考えるほどに滑稽な話だと思えて、アレグザンドラは笑いたくなった。彼女の本来の性格は、しかつめらしさや堅苦しさとは正反対のものだからだ。

そこでふと、わたしはいつもこうだったんだわ、と思った。自分はいつも、愛する人が望むような自分になろうとしてきた。父にとっては娘ではなく息子であろうとし、母にとっては子どもではなく親であろうとした。そしてジョーダンにとっては……心を癒す存在になろうとした。

しかし、きょうからは、そうしたことがすべて変わる。いいか悪いかは別にして、アレグザンドラ・ローレンス・タウンゼンドは自分の人生を楽しむことにしたのだ。

だが、そのためにはまず、社交界の人々にうかつにも与えてしまった悪印象、つまり、お高くとまっていて、愚かしい言動を限りなく重ねる女性という誤った印象を払拭《ふっしょく》しなければならない。ロデリック・カーステアズ卿はアレグザンドラを誹謗《ひぼう》する中心人物であり、影響力はだれよりも大きいのだから、まずは彼にあたるのが最善の策だろう。アントニーは昼前にロディと会うことになっているが、せっかくロディがここに来るのだから、彼女自身が話をするなりなんなりして、自分に対する見方を変えてもらうよう努力してもいいかもしれない。

その問題を検討していると、ゆうべメラニー・カムデンと交わした会話の最後の部分が、ふいに脳裏に甦った。レディ・カムデンは、友人たちがアレグザンドラのことを〝ロンドンで舞踏会にやってくる人たちの中でも、まれに見る世間知らず〟だと思っていると言った。つまり彼女は、アレグザンドラが社交界においては招かれざる客であることを知っていて、それでも友だちになりたいと思ってくれているのだ。あのあとアントニーに言われたように、メラニーが言っていたことは、友だちになりましょうという誘いだったと考えていいのだろう。ヘアブラシをもつ手が止まり、アレグザンドラは意外な発見にぱっと顔を輝かせた。いろいろあったけれど、わたしはロンドンでほんとうの友だちに出会えたのかもしれない。

こんなに心がはずむのは一年以上なかったことだと思いながら、アレグザンドラは豊かな髪を高く結いあげ、毎朝アントニーとフェンシングの稽古をするときに着る、ぴったりした膝丈ズボンとシャツを手早く身につけた。クロゼットに置いてあったサーブルをつかみ、防護用マスクを手にすると、陽気に鼻歌を歌いながら、晴れ晴れとした軽快な足どりで部屋を出た。

朝の稽古場になっている舞踏室の真ん中には、アントニーがぽつんと立ち、片足の靴底を剣先でぼんやり叩いていた。磨かれた床に小気味よい足音が響くと、彼は振り返り、アレグザンドラのようすを見て、安堵の念をありありと顔に表わした。「きみは稽古するような気分じゃないかと思ったよ、きのうのきょうで……」

アレグザンドラがジョーダンの不実を隠していたアントニーを恨んでいないことは、輝くような笑顔が物語っていたが、彼女は昨夜の口論についてなにひとつ口にしなかった。口論のこともそうだが、ジョーダン・タウンゼンド自体を忘れたかったのだ。床に置いてあった防護用の胸当てを拾いあげて身につけ、もってきたマスクをかぶって調整すると、サーブルを額にあてて、好敵手に颯爽と礼をした。「構えて《アン・ギャルド》――」彼女は明るく言った。

「これはこれは、ホーソーン」ロディ・カーステアズののんびりした声で、アレグザンドラとアントニーの白熱した技の応酬が中断した。「そんなに元気よく跳ねまわるには、少しばかり時間が早すぎないか？」ロディはけだるい視線をアントニーの相手に向け、感心したように言った。「だれだか知らないが、なかなかやるじゃないか」

乱れた呼吸が治まるのを待ちながら、アレグザンドラは両手を腰にあて、いまここでカーステアズに正体を明かすのと、予定どおり客間で顔を合わせたときに、あれはわたしだったと告げるのと、どちらが有利に働くかをすばやく計算した。ゆうベアントニーが彼について言っていたことを考えれば、弱腰にならず強気に出たほうがよさそうだ。

アレグザンドラは頭の後ろに手を回し、マスクの留め具をはずすや、髪を結いあげていたピンを抜いた。ひと息のうちにマスクを脱ぎ頭を大きく振ると、暗褐色の髪がつややかな栗色の滝となって肩になだれ落ちた。

「嘘だろう!」めったなことでは動じないロデリック卿は、目の前で笑っている娘をまじまじと見た。ホークの未亡人である乙にすました軽薄女と目の前の娘が同一人物だという事実を受け入れようと四苦八苦する彼の表情は、はた目には滑稽ですらあった。黄褐色のぴったりした膝丈ズボンをはいた娘の姿は、これでもかとばかりに胸もとの開いたパーティ・ドレスを着る他の女たちより、はるかに刺激的だ。しかも、楽しげにきらめくアクアマリンの瞳が、彼の驚くさまをおもしろそうに見守っている。「畜生め――」とロディは言いかけたが、初めて耳にする、アレグザンドラの低くくぐもった笑い声がそれをさえぎった。

「それってあなたのことよね」アレグザンドラはいかにも気の毒そうに言いながら、若さと運動神経のよさを示す優雅で自然な足どりでロディに近づいてきた。「もしそう思っていないのなら、自覚してもらわないと」そして、憎まれ口などきかなかったかのように愛想よく手を差し出した。

これにはなにかからくりがあって――双子の姉妹がいたとか――自分は一杯食わされたのだろうかと思いながら、ロディはつい、差し出された手をとった。「なぜわたしが畜生なんだ?」彼は表情をとりつくろうことができない自分に腹を立てていた。

アレグザンドラはあっさり答えた。「わたしのことを、社交界でひどい笑いものにしたからよ。こちらにも多少の非はあるにしても。でも、それに関してつぐないをする気があれば、畜生よりはましなものになれるんじゃないかしら？」形よく弧を描いた眉の片方が、答えをうながすように上がり、ロディは思わず頬をゆるめそうになった。

ふたりの後ろに控えていたアントニーは、美しい剣士に対するカーステアズの反応に満足し、口出しはせずにいた。カーステアズが来たらただちに舞踏室に案内するようヒギンズに命じた時点で、まさにこのとおりの反応を予想していたのだ。

「つまり、きみの……その……不人気とでもいおうか、それはわたしに責任があると言いたいんだな？」ロディ・カーステアズは少しずつ落ち着きを取り戻し、反撃に出た。

「責任はわたしにあるわ」と若き美女は答えた。その笑顔は愛らしく、自分では意識していないにしても蠱惑的だった。「いまの事態を変えるために、手を貸していただきたいの。あなたに」

「そんなことをして、なんの得になる？」ロディは突き放すように言った。

アレグザンドラは眉を上げ、満面に笑みを浮かべた。「あら、自分にそれだけの力があることを示せるっていうのは、得になるんじゃありません？」

決闘の合図に投げつける手袋ほど軽い口調で挑戦され、ロディは受けて立つべきかどうか迷った。単なる根性曲がりのせいで、また退屈しのぎのために、これまで何十人もの高慢ちきな女の評判を血も涙もなく傷つけてきたが、そうしてずたずたになった評判を回復させようと試みたことはなかった。突きつけられた課題をこなせるかどうかは、社交界に対する自分の影響力をはかる試金石になる。だが、もし失敗したら……と思ったものの、この挑戦には食指が動いた。公爵未亡人には婆さん仲間にアレグザンドラを受け入れさせるだけの力があるが、もっと若い連中の考え方を左右して、その層のあいだで彼女を人気者に仕立てられるのはこのわたしだけだ。

アレグザンドラを見おろすと、彼女も目の隅でこちらを見ており、柔らかそうな唇には、なんともいえず魅力的な微笑がほのかに漂っていた。頬骨のあたりの優しいふくらみに黒い扇のように影を落とす睫毛が、信じがたいほど長く、先までカールしているのに気づくと、不覚にもどきりとした。ロディ・カーステアズは、ついに不本意ながら――さらにいえば、冷静な判断をしりぞけて――彼女に手を貸すことにした。「では、あとで戦略会議を行なうとするか――そうだな、今夜ティンズレー夫妻の舞踏会にきみをエスコートしていくことにしよう。ここに迎えにくるから、そのときに」

「それは、話に乗ってくださるということ？」

ロデリック卿は気のない笑みを浮かべ、先哲の名言を引いて答えた。「〝人間の果敢さはとどまるところを知らない――われわれは愚かにも天さえ攻め落とそうとする〟これはたしか、ホメロスのことばだ」最後の部分は、参考までにと付け加えてやった。

かたわらに立つ十九歳の小賢しい娘は首を振り、無礼にも彼に向かって不敵な笑みを投げかけた。「ホラティウスよ」

ロデリック・カーステアズはアレグザンドラの顔をしげしげと見ながら、しばし黙考した。

「そうだった」彼は嚙みしめるように言い、半眼に構えた目に、徐々に感嘆の色が表われてきた。

こんなに簡単にいくなんてすごいわ――三週間後、アレグザンドラは大勢の友人や崇拝者に囲まれて、心の中でほほえんだ。メラニーの助言に従い、手持ちの衣装は明るいパステルカラーや鮮やかな原色のものに一新した――みごとな体形を見せつけることができて、生き生きした肌の色に映えるドレスばかりを新調したのだ。ほかに心がけたのは、公爵未亡人に厳しく指導されたさまざまな作法を忘れて、心に浮かんだ思いをそのまま口に出すことぐらいだった。

あとのことはロディにまかせておけばよかった。彼はアレグザンドラを連れて人前に姿を見せ、彼女の人となりにお墨付きを与えたことを示し、さらには含蓄のある助言もしてくれた。ジョーダンの愛人だったレディ・ウィットモアとレディ・グレインジャーフィールドと仲良くすること、というのもそのひとつだ。最初にエスコートしてくれた舞踏会で、ロディはこう教えてくれた。「夫君の美点を勝手に想像しておめでたい発言をしたうえ、夫君の愛人だったふたりの女性の美貌を讃えるという愚行に及んだ以上、そのふたりと親しくしているところをみんなに見せつけるしか手はない。そうすれば、社交界の連中は、きみが大ばか者ではなく――実際はそうだったんだが――先進的なユーモアのセンスを具えた娘で、これまではそのことが見逃されていたのだと考えるようになるだろう」

アレグザンドラはこの指示に従い、他の助言もすべて受け入れ、その結果、たった三週間で大成功を収めるに至った。

初めての社交シーズンを迎えたはにかみ屋の娘たちに交じったアレグザンドラは、持ち前の機知と生来の聡明さが幸いして、だれよりも小粋で魅力たっぷりに見えた。真に洗練された既婚婦人のあいだに入れば、飾らない素直さや柔らかなほほえみが、穏やかさや女らしさや優しい心根を際立たせた。乳白色の肌に金髪の女性が居並ぶ中にあって、薔薇色の頬にみごとなマホガニー色の髪をしたアレグザンドラは、色の薄いサテンの布に置かれた一点の宝石のように輝いた。

直情的で才気煥発《かんぱつ》で陽気なアレグザンドラだが、彼女の人気のいちばんのみなもとは、美貌でも機知でもなく、アントニーから分与された莫大な寡婦産でもなければ、将来彼女と結婚した男性の宝となるタウンゼンド家との縁故関係でもなかった。

アレグザンドラはすでに存在自体がひとつの謎、ひとつの神秘であり、それが人々の好奇心を刺激していたのだ。彼女はイングランドで最ももてはやされ、最も悪名が高かった放蕩者の未亡人であり、それゆえに、愛の行為に関しては、手だれの夫にくわしく手ほどきを受けたにちがいないと思われていた。ところが、気持ちが高揚しているときのアレグザンドラには、初々《ういうい》しく無垢な輝きがあり、彼女をもてあそぼうとする男たちは、その輝きを目にするとたいてい二の足を踏むことになった。静かなプライドを明確に感じさせる独特の雰囲気は、男にとってはおいそれと手出しができないものだった。

彼女に夢中になった求婚者のひとり、メリウェザー卿は、その状況をこのように表現した。「彼女のことはなんでも知りたい。そう思いながら、それは無理だという気分になる。〝真の〟彼女を知る者はどこにもいないだろう。おそらく。そう、ホーソーン公爵の若き未亡人は謎の存在なんだ。だれもがそう思っている。だからこそ心惹かれずにはいられないのさ」

このメリウェザー卿のことばをロディから聞かされたとき、アレグザンドラは柔らかな唇を震わせて、吹き出しそうになるのを必死にこらえた。社交界に属するかの上品な紳士が、彼女のことを〝謎の存在〟でつかみどころがないと思っているわけは、ちゃんとわかっている――うわべは洗練された女性に見えるとしても、それは化けの皮であって、本物のアレグザンドラ・ローレンス・タウンゼンドはまったくの別物だからだ！

表向きのところは、上流社会で――とりわけ、ジョーダンの高慢な友人たちのあいだで――必須とされている、けだるく投げやりな態度を多少は装っていたが、そうした社交界の縛りも、さらにはアレグザンドラ自身も、自然に沸きたつ感情や、生来の聡明さを完全に抑制することはできなかった。美辞麗句を連ねたおおげさなお世辞を言われたときは、笑いを含んだ目がきらきら光るのを抑えられなかったし、ハイド・パークで馬に乗って競走をしようと誘われれば、頬が生き生きと紅潮するのを止められなかった。また、高名な探検家が最近の旅のみやげ話として、原住民が穂先に毒を塗った槍を持ち歩いているような、遠く離れた大陸のジャングルでの冒険談を披露してくれたときは、興奮を隠しきれなかった。

いまでは、彼女を取り巻く世界も、そこに住む人々も、再び心躍る楽しいものになっていた。祖父の膝に抱かれていた子どものころのように。

横に立っている求愛者に泡立つシャンペンを差し出されると、アレグザンドラは柔らかな笑みを浮かべてグラスを受け取り、ワルツのしらべに乗ってくるくると舞う人々をながめながら口もとに運んだ。舞踏室の向こう側からロディがこちらに向かって乾杯のしぐさをしたので、それに応えてグラスを掲げた。ロディ・カーステアズはいまだに謎の多い人物だったが、妙に憎めないところもあり、アレグザンドラは彼に深い感謝の念を抱くようになっていた。

これまでロディにいやな思いをさせられたのは一度だけで、それはジョーダンと初めて出会ったときのできごとを、他言しないという約束で話したのに、彼がその話を言いふらしたときだった。

そのときは、アレグザンドラ・タウンゼンドが十七歳のときにホークの命を救ったという話が一日とたたずにロンドンじゅうに広まり、人々はその噂でもちきりになった。

それから二日とたたないうちに、アレグザンドラをめぐる〝謎〟は十倍にふくれあがった。彼女の人気と求婚者の数にも、同じことがおきた。

約束を破ったとアレグザンドラになじられたロディは、救いがたい愚か者を見るような目で彼女を見た。「いいかい、きみ」とけだるい声で話しだす。「わたしがだれにも言わないと約束したのは、きみが人を撃ったことだよ、愛しのジョーダンを助けるために。だから、そのことは黙っていた。だが、きみが彼の命を救ったという話については、他言しないなどとは言っていない――そんな楽しい話を独り占めするのはもったいないじゃないか。そう、きみの亡き夫君は」ロディはあざけるような笑みを浮かべて続けた。「敵にまわすと危険な男という評判だったからな。射撃の名手で、剣術の腕も相当なものだった。レディ・ウィットモアとレディ・グレインジャーフィールドの旦那や、そのほかの寝取られ亭主どもは、そのことを身をもって知ったわけだ」

アレグザンドラは、ロディの話に出た夫たちの偽善的な態度をひそかに嫌悪しながらも、あまり厳しい目で見るのはやめようと思った。その夫たちに限らず、どんな人でもあまり厳しく断罪しないように心がけているのは、仲間はずれにされたときの気持ちをいまでも痛いほどはっきり覚えているからだった。

その結果、内気な若者たちがアレグザンドラのまわりに集まるようになった。タウンゼンド家の若く美しい未亡人は、彼らを軽蔑のまなざしで見たり冗談の種にしたりしないので、屈辱を味わわずにすむとわかっているからだ。一方、年かさで教養のある紳士たちは、先を争って食事やダンスに誘おうとした。それは、彼女が相手なら、くだらない月並みな話を延々続けるように求められることがないからだった。アレグザンドラと話しているときは、興味深い事柄をいろいろと話題にすることができたのだ。

スポーツ好きの伊達男たちは、アレグザンドラのあふれんばかりの美しさに感嘆するだけでなく、剣の遣い手だという評判に引かれてアッパー・ブルック街の屋敷に詰めかけたが、彼女がフェンシングをするところを見せてもらえることはめったになかった。彼らの中には、あわよくばホーソーン公爵と勝負して、自分の腕前をアレグザンドラに見せつけ、彼女の関心を独り占めにしようと目論《もくろ》む者までいた。

アレグザンドラの関心を引くという点では、フェンシングが下手なうえに、内気すぎて彼女にダンスを申しこむこともできない、若きシーヴリー卿が全員を出し抜いた。レディ・カムデンとアッパー・ブルック街の屋敷の年老いた副執事が（この老人はかなり耳が遠いように見受けられた）アレグザンドラを愛称で呼ぶのを聞くと、シーヴリー卿は彼女に捧げる詩を書いて発表した。その詩は〈アレックスを讃える歌〉と題されていた。

趣味で植物学の研究をしている年配のディルベック卿は、シーヴリーのような〝若造〟に負けてはならじと、品種改良によってアレグザンドラのために新種の薔薇を作り出し、〈グローリアス《麗しの》・アレックス〉と名づけた。

アレグザンドラのほかの求愛者たちは、そうした抜け駆けのような行為に腹を立て、ふたりの後追いをした。こうして、みんなが彼女をアレックスと呼びはじめたのだった。

18

　祖母に呼び出されたアントニーがふらりと客間に入っていくと、祖母は窓ぎわに立って外を見おろしていた。その視線の先にあるのはきらびやかな馬車の列だった。乗客たちが、恒例となった公園での午後の散歩を終え、アッパー・ブルック街に戻ってきたのだ。

「こちらに来なさい、アントニー」公爵未亡人はこのうえなく威厳に満ちた声で言った。「通りを見て、そこに見えるものを教えるのです」

　アントニーは窓から外をのぞいた。「馬車が何台も公園から帰ってきています――毎日目にする光景ですよ」

「ほかには？」

「アレグザンドラがジョン・ホリデイといっしょの馬車で到着したところです。その後ろに停まった幌なし馬車はピーター・ウェズリンのもので――ゴードン・ブラッドフォードが同乗しています。ホリデイの馬車の前に停めてあるのはティンズデイル卿の馬車ですが、彼はとうに客間に入っていて、ジミー・モンフォールとともに待ちぼうけを食わされています。ホリデイも気の毒に」アントニーは小さく笑った。「彼はうちに使いをよこして、きょうの午後、ぼくとふたりきりで話がしたいと言ってきています。ウェズリンもブラッドフォードも、ティンズデイルもです。彼らはみな、アレグザンドラに求婚するつもりなんでしょう、いうまでもなく」

「そう、いうまでもなく」公爵未亡人はアントニーのことばを憂鬱そうにくり返した。「まさにそれが問題なのです。きょうとまったく同じ状態がすでに半月も続いています――求婚者たちが三々五々やってきて、通りを渋滞させ、一階の客間にひしめき合っているというのに、アレグザンドラには結婚の意志がなく、そのことは当人が求婚者全員にはっきり告げています。それでも、彼らは相変わらず花束を抱え列をなしてうちに入ってきては、殺気立った目をしてぞろぞろと出ていくのです」

「まあまあ、お祖母様」アントニーは祖母をなだめようとした。

「なにが『まあまあ、お祖母様』ですか、そんな言い方はおやめ」と公爵未亡人は言い、その口調の激しさにアントニーはぎょっとした。「わたくしは年寄りかもしれないけれど、愚かではありません。なにかひどく不愉快で、ひどく危険なことが、このわたくしの目の前でおころうとしているのよ！　おまえの同性のばか者たちにとって、アレグザンドラは挑みがいのある目標のようなものになってしまいました。あの子は、自分に対するジョーダンの気持ちを知り、カーステアズを味方につけると、みるみる変わっていき、一夜にして輝くようになった。そこに、この家との縁や、わたくしとおまえの計らいで手にした莫大な寡婦産が組み合わさって、アレグザンドラは、困窮している、あるいは妻を求めている独り者にとって、特別な魅力をもつ存在になったのです」

そこで公爵未亡人は間を置き、孫息子の反論を待ったが、アントニーはなんの意見も言わずに祖母を見つめただけだった。「アレグザンドラが特定の男性を少しでもひいきするか、でなければ、せめて現時点での好みの男性のタイプを明らかにしていれば」公爵未亡人は話を続けた。「他の者たちはあきらめて去っていったかもしれませんが、あの子はそのいずれもしなかった。そしてそのために、わたしたちは袋小路に入りこんでしまったのです。それはおまえも含めた男性全体の責任といっていいでしょう」

「男性全体？」アントニーはあっけにとられて鸚鵡返しに言った。「それはどういうことです？」

「男は、ほかの男には手が届かないものを見ると、自分にそれを獲得する力があることを誇示するために、それを手に入れようとせずにはいられない――そういうことです」公爵未亡人はことばを切り、あきれ顔のアントニーを非難がましくにらんだ。「それは男性が生まれつきもっている厄介な習性です。子ども部屋に行って、幼い男の子が兄弟姉妹といっしょにいるところを見てみなさい。男の子というものは、弟や妹が、あるいは兄や姉が取り合っているおもちゃを奪おうとします。もちろん、その子はそのおもちゃがほしいわけではなく、自分に力があることを示したいだけなのです」

「ありがとう、お祖母様」アントニーはさらりと皮肉を言った。「世界の人口の半分を十把一絡げにけなしていただいて」

「事実を述べたままでですよ。見たことがないでしょう、わたくしたち女性が、なにかのつまらないコンテストに参加しようと、列をなしているところなど」

「たしかに」

「そして、まさにそのとおりのことを、いまここで、男たちがしているのです。道のりのけわしさに闘志をかきたてられて、アレグザンドラを勝ち取るコンテストに参加する者がどんどん増えています。それでなくても面倒な話が――あの子が挑みがいのある目標だったということですが――さらに、一段とこじれてしまった」

「というと？」アントニーは一応そう尋ねたが、状況はすでに複雑で厄介なものになっているという、祖母のうがった分析には眉をひそめていた。

「アレグザンドラはいわば、トロフィーです」公爵未亡人は暗い声で言った。「あの娘はいまや、勝ち取るべき――あるいは奪い取るべき――トロフィーであり、競争に勝てる胆力、知力を最初に示した男性がそれを獲得するというわけです」アントニーはそこで口を開こうとしたが、公爵未亡人は宝石に飾られた手を振って反論をしりぞけた。「そんなことはおきないなどと言ってくれなくても結構。わかっているのよ、実際にそれがおきたことは。わたくしの聞いたところでは、三日前、マーブリーがアレグザンドラをキャドベリーへの小旅行に誘い、あの子も承諾したそうじゃないの。

マーブリーは、実はキャドベリーではなく自領のウィルトンにエリザベスを連れていき、自分のカントリーハウスに泊まろうと考えていて、みんなにそう自慢した。あの子に断わられた求婚者が、その話を聞きつけたのだとか。その求婚者は、耳にした話をおまえに伝えた。おまえはマーブリーとアレグザンドラのあとを追い、ここから一時間のウィルトンの分かれ道にさしかかる前にふたりに追いついて、アレグザンドラを連れ戻してくれたのですってね――わたくしがあの子を呼んでいると言って。そのやり方はまったく賢明でしたよ。おまえが怒りにまかせて決闘でも申しこんでいたら、アレグザンドラの評判は落ち、わたくしたちの抱えている問題も十倍は面倒になるところでした」

「とにかく」アントニーは口をはさんだ。「アレグザンドラはマーブリーの目論みにまるで気づかなかったし、いまも知らないままです。わざわざ教えていやな気分にさせることもないので、彼女にはマーブリーに二度と会わないでくれと言うにとどめ、それで納得してもらいました」

「それではリッジリーの件は？　どういうつもりなのかしら、あの子をお祭りに連れていったりして！　ロンドンじゅうの噂になっていますよ」

「アレグザンドラは子どものころ何度もお祭りに行っているんです。行ってはいけないなんてわかるわけがありません」

「リッジリーは紳士的であるとの評判です」公爵未亡人ははねつけるように言った。「もっと分別があってしかるべきでしょう。まったく、なにを考えているやら、世間知らずの若い娘をそんなところに連れていくなんて！」

「そこがまた問題なんですよ」うんざりしたアントニーは、首の後ろをさすりながら言った。「アレグザンドラは未亡人であって、生娘ではありません。紳士もどきが持ち合わせているわずかばかりの良心は、経験豊富な女性が相手だとろくに働かないのです――とりわけ、その女性のまぶしさに目がくらんだときは。アレグザンドラのような女性の」

「アレグザンドラのどこが経験豊富なの！　おとなの女ともいえないような娘なのに」

輝く笑顔と目をみはるような体形をした、うっとりするほど美しい娘を祖母がそう評したのは、どう考えても的はずれだったので、問題の深刻さにもかかわらず、アントニーはにやりとした。だが、話が再び核心に近づくと、その笑みも引っこんだ。「話が面倒になっているのは、アレグザンドラがまだ若いのに結婚歴があるからです。カムデン伯爵夫人のように、いま現在夫がいれば、少しぐらい遊び歩いたってだれも騒ぎはしません。もう少し歳がいっていれば、社交界は年下の娘たちを縛っている作法やしきたりを彼女に押しつけはしないでしょう。もし器量が悪かったら、すげなく断わった求婚者たちに恨みをかったり、嫉妬されたりして、悪い噂をたてられることもなかったでしょう」

「そんなことをしている人がいるの？」

「せいぜい二、三人ですが、これはという人の耳にせっせと悪口を吹きこんでいますからね。お祖母様もご存じでしょう、噂が噂を呼び、いったん燃えあがればあらゆる方向に飛び火するのは。しまいには、火のないところに煙は立たぬ、ということになるんですよ」

「もうそうなっているの？」

「いいえ、まだそこまでは。いまのところ、アレグザンドラに断わられた求婚者たちが成功したのは、彼女のとるに足りない失敗を、よからぬ行動のように匂わせることぐらいですから」

「たとえば？」

アントニーは肩をすくめた。「アレグザンドラは先週末、サザビーに滞在してパーティに出席しました。その折に、とある紳士と早朝の遠乗りの約束をして、八時ごろに厩を出ました。ふたりは暗くなるまで戻らず、やっと帰ってきたときには、アレグザンドラの衣服が乱れ、破れていたというのです」

「そんなばかな！」公爵未亡人は胸を手で押さえて衝撃に耐えながら、怒りをあらわにした。

アントニーはにやりとした。「その紳士は御年七十五歳で、サザビーの教区牧師です。牧師は、二週間前に偶然見つけた古い墓地に、アレグザンドラを案内しようとしたんです。そこで見つけた美しい墓標に彼女が興味をもつと思ったとかで。だが、不運なことに、牧師は墓地の正確な場所を失念していて、捜しあてるのに何時間もかかってしまいました。アレグザンドラは道がまったくわからなくなっていたし、牧師は遠乗りの疲れがひどく、馬を駆って帰れる状態ではありませんでした。彼女としては、たとえ牧師を置き去りにして帰りたいと思ったとしても、道がわからない以上、そうはできなかった。むろん、置き去りにしたいなどとは思わなかったでしょうが」

「服が破れていたというのは？」

「乗馬服の裾がほつれていたんです」

「だったら、その件は全体として、話の種にもならないほどつまらないことじゃないの」

「そのとおりですが、その話は口づてに広まるうちにいくつも尾ひれがついて、いまではいかがわしい行為の一例とされています。そうした噂を防ぐには、厳格な年配の婦人を雇って、アレグザンドラがどこへ行くにもお目付け役として付き添わせればいい。それははっきりしていますが、その方法をとれば——ことに、いまのような噂があったあとでは——われわれはアレグザンドラを信頼していないのだと、だれもが思うことでしょう。それに、彼女の初めての社交シーズンの楽しみが台なしになってしまいます」

「ばかばかしい！」公爵未亡人はぴしゃりと言った。「アレグザンドラは楽しんでいるわけではないし、おまえをここに呼んだのは、まさにその件で話したいことがあるからです。あの子がやっているのは、あちこち遊び歩いて、ほほえんで、色目を使って、男性を意のままにあやつること。そんなことをする理由はただひとつ、ジョーダンに対して、自分にもそういうことができると証明するため――彼の得意分野で自分が勝っていることを、亡きジョーダンに示すためです。仮に崇拝者がひとり残らずこの世から消え去ったとしても、アレグザンドラは気づかないでしょうし、気づいたとしてもどこ吹く風でしょう」

アントニーは負けなかった。「アレグザンドラがのんきにお祭りに出かけたことや、ハイド・パークでジョーダンの馬を走らせたことや、そのほかの罪もない小さな過ちが、〝ジョーダンの得意分野で彼女が勝っている〟ことになるとは、とうてい思えませんが」

「ともかく」公爵未亡人は反論を許すまいとした。「あの子がいま言ったようなことをしているのは事実です、自覚はないようだけれど。違いますか？」

アントニーは少しためらってから、しかたなく首を振った。「違いません。お祖母様のおっしゃるとおりです」

「そうですとも」公爵未亡人は力をこめて言った。「アレグザンドラをめぐる現在の状況は、あの子の評判と今後の人生を深刻な危機にさらしていて、しかも、状況は悪化の一途をたどっている、というのがわたくしの考えです。それも、そのとおりだと思いますか？」

祖母の射るような視線にさらされながら鋭い現状分析を聞いたアントニーは、両手をポケットに突っこんでため息をついた。「思います」

「結構です」公爵未亡人は意外なほど満足そうに言った。「それなら、わたくしが余生をロンドンで過ごすつもりはないと言っても、わかってくれますね。ここにいれば、アレグザンドラの求婚者に四六時中取り囲まれて、あの子が――ひいては、家族であるわたくしたちが――マーブリーの同類に、彼がやりそこねたことや、もっとひどい、口に出すのもはばかるようなことをされるのではないかと、しじゅう気をもんでいなくてはなりません。わたくしは残り少ない年月をローズミードで過ごしたいのです。でも、それは無理でしょう。なぜなら、ローズミードに帰るときは、アレグザンドラを伴うことになるからです。ここにいればあの子の将来は暗澹たるものになるけれど、ローズミードに引きこもれば、逆の意味で、やはり暗澹たるものになってしまいます。残る解決策はあの子とあなたをここに残していくことですが、それは検討の余地もありません。考えたくもないような醜聞を巻きおこすことになりますから」そこでことばを切ると、公爵未亡人は孫息子をしげしげと見て返事を待った。その返事に大きな意味があるとでもいうように。

「どちらの策も現実的ではありませんね」アントニーは同意した。

公爵未亡人は上機嫌を隠しきれない体《てい》で、ここぞとばかりに畳みかけた。「わかっていましたよ、おまえがわたくしと同じ目で状況を見ていることは。おまえは慧眼《けいがん》の持ち主で、情に篤《あつ》い人ですからね、アントニー」

「いや――それはどうも、お祖母様」普段は無愛想な祖母の口からおおげさな褒めことばが飛び出したので、アントニーはたじろいだ。

「さて、わたくしたちの意見が完全に一致しているのがわかったところで」と公爵未亡人は続けた。「ひとつ頼みがあります」

「なんなりと」

「アレグザンドラと結婚なさい」

「それだけは勘弁してください」アントニーはあわてて前言を翻し、渋い顔で祖母を見つめた。

それに対し、公爵未亡人はきっと眉を上げ、アントニーの株が急に下がったというように、軽蔑の目で彼をにらんだ。それは彼女が五十年にわたって駆使してきた――そしてみごとな成果をあげてきた――表情だった。その表情に、仲間の貴族はおののき、召使いは震えあがり、子どもは黙り、夫や息子たちも含めて彼女に刃向かった怖いもの知らずは慢心を打ち砕かれた。ただ、その武器も、ジョーダンには効かなかった。ジョーダンとその母にだけは。

だが、アントニーのほうは、十二歳のころと同じく、いまもこの表情には逆らえなかった。十二歳のときは、ラテン語を学ぶのがいやだとだだをこねたあげく、祖母のこの目つきで黙らされ、すごすごと二階の部屋に戻って勉強するはめになったのだ。彼はため息をつき、逃亡の手段を探すかのように――というより、実際に探していたのだが――室内を見まわした。

公爵未亡人は黙って待っている。

沈黙は祖母の武器庫にある次の武器だということを、アントニーは知っていた。こんな場面では、彼女はきまって沈黙にものをいわせる。そのほうがたしかに品がいい――それに、よほど威厳があり、巧妙だ。急降下して、ことばの集中砲火をむだに浴びせるより、獲物のじたばたがやむのを慇懃に口をつぐんで待っているほうが。

「なにをおっしゃっているのか、ご自分でおわかりになっていないようですね」アントニーは声に怒りを含ませた。

アントニーが潔《いさぎよ》くただちに降伏しなかったせいで、公爵未亡人の眉はさらに少しだけ上がった。孫に失望しただけでなく、これで警告射撃を余儀なくされたことを不快に思っているというように。それでも、アントニーが予想したとおり、祖母はためらうことなく発砲し、急所に命中させた。ことばの戦いにおいて、彼女が的をはずすことはないのだ。侮蔑の色をきっかり必要な分だけ漂わせながら、公爵未亡人はおもむろに言った。「まさかとは思いますが、自分はアレグザンドラに惹かれていないから、などと言うつもりではないでしょうね？」

「言うつもりだったら、どうします？」

公爵未亡人の白い眉が髪の生え際に迫るほどつりあがり、アントニーがあくまで抵抗するなら、戦いの火ぶたを切る用意があることを匂わせた。

「重砲を持ち出すには及びませんよ」アントニーは遠回しに牽制《けんせい》し、うんざりしながら片手を上げて休戦の意志を示した。意見が食い違うといまだに子ども扱いされてしまうのは癪だが、祖母のほうが正しいときにいつまでも言い争うのは、それこそ子どもじみたふるまいだ。それがわかる程度にはおとなであり賢明であるつもりだった。「彼女に惹かれていないとは言いません。それどころか、ぼく自身、一度ならず結婚を考えたほどです」

公爵未亡人の眉は通常の位置に戻り、彼女は白髪頭をわずかながら重々しくうなずかせた

——その動作が示しているのは、ひょっとすると、アントニーが彼女の歓心を取り戻すチャ

ンスが少しはあるかもしれない、ということだった。「なかなか聞き分けがよくなりましたね」公爵未亡人は、自分に服従する者にはいつも愛想がよかった。

「ぼくはお祖母様の提案そのものに同意したんじゃなくて、その件についてアレックスと話し合い、彼女に結論をゆだねることに同意したんです」

「愛しいアントニー、その件については、アレグザンドラに選択の余地はないし、おまえも同じですよ」有頂天になった公爵未亡人は、つい〝愛しいアントニー〟という優しい呼びかけのことばを使ってしまった。普段なら、彼女の意見に孫息子がなかなか従わなかった場合は、数週間、ときには数カ月ものあいだ、赦さずにおくのだが。「それから、その問題についてあの子といつどこで話し合おうかなどと、気に病む必要はありません。わたくしの一存でヒギンズに命じておきましたから。あの子をここに」――そこでノックの音がして、彼女はいったん口をつぐんだ――「いますぐ呼ぶようにと」

「いますぐですって！」アントニーは大声をあげた。「いまはだめです。彼女に求婚しにきた男性が階下《した》に何人もいるんですから」

公爵未亡人は女王のように片手を振り、その問題を軽くいなした。「ヒギンズに言って、帰ってもらいます」そして、反論するひまも与えず、扉を開けてアレグザンドラを迎え入れた。アントニーは、祖母の性格がこんな部分でも様変わりしつつあることに気づき、目を丸くして彼女を見守った。「アレグザンドラ」公爵未亡人は厳しいながらも愛情のにじむ声で言った。「あなたの近ごろのふるまいに、わたくしたちは大変心を痛めています。もう若くはないわたくしを心配させるのは、あなたの本意ではないはず――」

「お祖母様を心配させるですって？」アレグザンドラはおろおろと相手のことばをくり返した。「わたしのふるまいがですか？　わたし、なにをしたんでしょう？」

「よくお聞きなさい」公爵未亡人は扉を閉めるやいなや、アレグザンドラをわざと不安にさせ、怖がらせて、アントニーの胸にすがらせるように仕組んだ演説に遠慮なく突入した。「わたくしたちはいま、ひどく厄介な問題に巻きこまれていますが、そのすべてがあなたのせいというわけではありません」それを皮切りに、彼女は速射砲のようにことばを発しはじめた。「ですが、あなたがマーブリー卿とキャドベリーへ行くという話をアントニーが耳にして、手遅れになる前に追いついたからよかったようなものの、そうでなければあなたはウィルトンまで連れていかれて、取り返しのつかないことをされて評判を傷つけられ、いやでもあの悪党と結婚するはめになるところだったのですよ。そんなふうにふらふら出歩いたり、求婚者のあいだを渡り歩いたりするのは、いますぐおやめなさい。世の人々はあなたが楽しんでいると思っているでしょうが、あなたのことはこのわたくしのほうがよく知っています！　あなたの派手で無節操な行動は、ひとえにジョーダンを憎む気持ちから生まれているのです――〝目には目を〟で、あの子と同じことをやって張り合おうとしているのでしょう。でもね、それは無理というものよ！　あなたがちょっと遊んでみたところで、殿方の遊び方にかなうわけがありません。ことに、ジョーダンのような男性にくらべれば。言っておきますが」公爵未亡人は、きわめて重大な知らせを発表するかのように声を張りあげた。「ジョーダンは死んでしまったのですよ」

アレグザンドラは面食らった顔で公爵未亡人を見つめた。「それはわかっていますわ」

「結構。それなら、もうこれまでのような生活を送る必要はありませんね」公爵未亡人はアレグザンドラの頬に手を添え、珍しくも愛情をしぐさで表わした。「あなたの誇りや評判に、また、この家の誇りや評判に、致命的な傷がつかないうちに、暮らしを改めなさい。わかるでしょう、あなたは結婚しなくてはならないのですよ。あなたのことを心から大事に思っているわたくしとしては、相手はアントニーがよいと思いますし、アントニー自身もそう考えています」

頬に添えた手をおろしながら、公爵未亡人は残りの弾を発射した。「アレグザンドラ、あなたには遊び以外に気持ちを向けるものが必要です。それには夫と子どもがうってつけでしょう。そう、浮かれて踊りつづけていたあなたにも、そのつけを払うときが来たということです。ロンドンで一シーズン過ごすための衣装代は莫大で、わが家もお金が無尽蔵にあるわけではありません。わたくしはこれでひきとりますから、くわしいことはアントニーとお話しなさい」アレグザンドラには優しい笑みを、アントニーには棘のある笑みを見せて、公爵未亡人は堂々と戸口へ向かった。そして、振り返ってふたりに言った。「いいこと、今回は、教会で大がかりな結婚式を挙げるのですよ。計画は、いまから急いで立てなくてはならないけれど。わかっているでしょう?」

「わかっていますとも」アントニーが皮肉っぽく答えた。アレグザンドラはことばを失い、その場で棒立ちになっていた。

公爵未亡人はアントニーをじろりと一瞥すると、アレグザンドラに対して最後にこう言った。「こんなことを人に言うのは初めてですが、わたくしは迷信深いのです。始まりが悪ければ終わりがよかろうはずはない、そう思っています。そして、あなたとジョーダンの結婚式は――そう、わびしくて不吉なものでした。今回は大きな教会で派手にやること、それが肝心です。社交界の人々はまた大騒ぎするでしょうが、あなたのこれまでの噂より、式の印象のほうが強くなればしめたもの。そうね、挙式はきょうから二週間後がちょうどいいでしょう」彼女は答えを待たずに扉を閉め、アントニーやアレグザンドラの反論を首尾よく回避した。

公爵未亡人が出ていくと、アレグザンドラは椅子の背につかまって体を支え、のろのろとアントニーのほうを向いた。彼は閉まった扉を見ながら口もとをゆるめていた。「お祖母様は、思った以上に情け容赦がないな」アントニーは愛情と不満がないまぜになった感想を述べ、アレグザンドラに顔を向けた。「お祖母様があの視線でねじ伏せることができない唯一の人間が、ホークだったんだ。ぼくの父は彼女を恐れていたし、ジョーダンの父親にしてもそうだ。それに祖父は――」

「トニー」アレグザンドラはいたたまれない気分でおろおろと彼の話をさえぎった。「わたしはなにをしてしまったの？　家名を穢すようなことをしているなんて、思いもしなかった。ドレスにお金を使いすぎているなら、派手に金を使うだけのうわついた暮らしを送ってきた自分の姿が、ふいにはっきりと見えてきて、彼女は恥ずかしさに打ちのめされていた。

「アレグザンドラ！」名を呼ばれて顔を上げ、ぼんやりとアントニーの笑顔を見ていると、こんなことを言われた。「きみはたったいま、これ以上はないというほどの罪悪感と強制力の支配下に置かれ、最大の精神的脅迫状を突きつけられてしまったんだ。祖母は好機を逃さない人だからね」アントニーは励ますようにほほえみながら手のひらを差し出し、アレグザンドラがそこに自分の手を重ねると、力づけるようにその手を握ってくれた。「お祖母様はどこも具合が悪くはないし、きみがお金を使ったせいでぼくらが路頭に迷うわけでもないし、きみはけしてタウンゼンド家の名を穢したりはしていないよ」

それでも、アレグザンドラの心は晴れなかった。公爵未亡人の話の大半は、自分でも折にふれて思いをはせたことだったからだ。これまで一年以上いっしょに暮らしてきた人たちは、アレグザンドラを家族の一員として遇し、王侯貴族にふさわしい扱いをしてくれたが、彼女は彼らの家族でもなければ王侯貴族でもなかった。初めのころは、ジョーダンが亡くなったばかりだから、公爵未亡人には話し相手がどうしても必要なのだ、と自分に言い聞かせて、後ろめたさを抑えこんでいた。けれども、近ごろは、あまり公爵未亡人の話し相手になってあげていなかった。通りでそれぞれの馬車がすれ違ったときに手を振り合ったり、別々の催しに出かけようとして階段で顔を合わせたりする程度で、それ以上のことをするひまはないように感じていたのだ。「でも、マーブリーのことはほんとうなんでしょう?」アレグザンドラは暗澹として尋ねた。

「ああ」

「マーブリーは若い男の人たちと違って、わたしに好かれていると思いこむほどうぬぼれてはいないわ。なのに、どうしてわたしをだまして連れ去ろうとしたのかしら」

「それに関しては、お祖母様が興味深い説を披露《ひろう》してくれたよ。幼い男の子とおもちゃの話だ。今度、本人に訊いてごらん」

「お願いだから、謎かけはやめて！」とアレグザンドラは言った。「どうしてこんなことになったのか、それを聞きたいの」

アントニーは先ほどの祖母とのやりとりをかいつまんで話した。「要するに、きみの強烈すぎる魅力があだになって、きみ自身が迷惑し、ぼくらの心の平穏がおびやかされているということさ」

「冗談でしょ！」アレグザンドラはくすっと笑った。「そんな単純な話じゃないと思うけど」

「実際のところ、きみはこの社交シーズンをどのくらい楽しんでいる？」

「あなたが言ってたとおりよ――楽しいし、すてきだし、社交界の人たちはとても――すてきな――楽しい人たちで、わたし、あんなすてきな馬車は見たことがないし、それに――」

アントニーは肩を震わせて笑った。「きみは絶望的に嘘が下手だね」

「そうね」アレグザンドラはしょんぼりと言った。

「だったら、きみとぼくは、本音で話すことにしたらどうだろう？」

アレグザンドラはうなずいたが、まだためらいが残っていた。「ロンドンの社交シーズンを、わたしがどう思うかという話よね？」と念を押し、アントニーのその質問を真剣に考えてみた。ロンドンの社交シーズンに若い貴婦人がみなそうするように、朝は遅く起きてベッドで朝食をとり、午前中の来客、公園での散歩、パーティ、夜の食事、舞踏会と、一日に最低五回は衣装を変える。こんなふうに目が回るほど忙しい思いをしたのは、生まれて初めてだ。けれど、起きているあいだはずっと夢中になれるはずのこと――とにかく楽しむこと

——を一生懸命やっていると、ある疑問がしつこく心に湧いてくる。ほんとうにこれだけ？……ほかにはなにもないの？

アントニーの顔を見ることができず、アレグザンドラは窓辺に歩いていって口を開いた。「社交シーズンはとても楽しくて、娯楽がいっぱいあるけれど、ときどき、みんなが必死になって遊んでいるような気がしてくるの。ロンドンは離れてしまうと恋しくなりそうだし、きっと戻りたくなるでしょう。でも、なにかが足りないのよ。わたしには仕事が必要なんだと思う。こんなに忙しいのに、むなしさを感じるんだもの。わたしの言ってること、変かしら？」

「変じゃないさ、きみの話はいつだって当を得ているよ、アレグザンドラ」

アントニーの優しい声音に励まされ、アレグザンドラは振り向いて彼と正面から向き合った。「アレグザンダー・ポープは、〝娯楽とは考えることができない者にとっての幸福だ〟と言ったわ。その意見に完全に賛成しているわけではないけれど、純粋に人生の目的として考えると、娯楽の追求だけでは、そうね、ちょっともの足りないわね。トニー、あなたは目的もなしにひたすら遊び歩くことにうんざりしたりはしないの？」

「ここ一年は、遊ぶ時間がほとんどとれなかったんだ」アントニーは首を振ると、苦笑しながらあたり一帯を示すように片手を振った。「いいかい、以前のぼくはジョーダンを羨《うらや》んでいた——何軒も家を構えて、土地もたくさん所有して、あれこれと手広く投資して。でも、いざそれが自分のものになってみると、そうしたものがものすごく重い宝石のように思えてきた。たいそう価値の高いものだから粗末にできないし、あまりにも大きいから見ないふりはできないし、重すぎて抱えることもできない。彼の投資の対象は驚くほど多岐にわたっていて、それぞれの投資について、いつ、どんな手を打つべきか見きわめるだけでも、信じられないほど時間がかかるんだ。ジョーダンが爵位を継いだのは二十歳のときで、当時のタウンゼンド家にもそれなりの財産はあったが、けして莫大なものではなかった。彼は七年間でそれを十倍にしたんだ。ジョーダンは鬼のように働いたけれど、遊ぶ時間もあった。ぼくはとてもじゃないが、そんなふうにうまくバランスをとれそうにない」

「あなたが寄ってくる女性を相手にしないのはそのせい？　みんな、あなたが行く場所に行きたいと思ってるから、次の行き先を探り出そうとして、わたしにうるさくつきまとってくるのよ」

アントニーは笑った。「いや。ぼくが彼女たちを相手にしない理由は、きみが崇拝者たちを相手にしない理由と同じだよ。悪い気はしないけど、興味はない」

「いままで、この人だ、と思える女性はいなかったの？」

「ひとりいた」アントニーはにっこりした。

「それはだれ？」アレグザンドラはすかさず尋ねた。

「その人は、さる伯爵家の令嬢だった」アントニーは真顔になった。

「その人はどうなったの」アレグザンドラは先をうながした。「それとも、こういう質問は余計なお世話かしら？」

「そんなことはないさ。とりたてて珍しい話でもないし。ぼくらは両思いだったと思う。それで、彼女に求婚したんだが、向こうのご両親は、ぼくのような将来性のない男の求婚にすぐに応じてはいけない、社交シーズンが終わるまで待つようにと娘に言ったんだ――ぼくは家柄はいいが、当時はまだ爵位はなかったし、財産といえるほどのものもなかったからね。そんなわけで、ぼくと彼女は、社交シーズンが終わるまで恋仲であることは秘密にしておこうと決めた」

「それから、どうなったの？」アントニーが話したがっているような気がしたので、アレグザンドラはさらに尋ねた。

「それから、とある公爵が――財産もあれば物腰も優雅な男が、通りすがりに彼女を見初《みそ》めた。その公爵は彼女をエスコートして何回か舞踏会に行き、彼女の家を一、二度訪ねた――サリーはそいつにころっとまいってしまったんだ」

アレグザンドラは気遣うように声を落とした。「じゃあ、彼女はあなたじゃなくて、その人と結婚したの？」

アントニーは笑って首を振った。「その公爵にとって、サリーとのつかのまの恋は、愚かしくて薄っぺらい、無意味な火遊びにすぎなかったんだ」

「その公爵って――まさかジョーダンじゃないでしょうね？」そう訊きながら、アレグザンドラは軽いむかつきを覚えた。

「幸い、彼ではなかったよ」

「とにかく、その女性と別れたのは正解だったのよ」アレグザンドラは親身になって言った。「その人、よほど計算高いか、でなければ移り気だとしか思えないもの」いつもの温かく魅惑的なほほえみがふっくらした唇をかすめたと思うと、彼女は明るい笑い声をあげた。「いまのあなたは、イングランドでいちばん有力な公爵なのだから、その人はあなたを振ったことを悔やんでいるはずよ」

「かもしれないな」

「そうよ、きっと悔やんでいるわよ！」大きな声でそう言ったあと、アレグザンドラはきまり悪そうな顔をした。「こんなふうに思うなんて、わたしもずいぶん人が悪いわね」

「人が悪いのは、ぼくたちふたりともだよ」アントニーは笑った。「ぼくだって、彼女は悔やんでいるにちがいないと思っているんだから」

　ふたりはしばし無言のうちに見つめ合い、いつものように心が通い合うのを感じた。やがて、アントニーがゆっくりと息を吸ってから言った。「話を戻すと、ぼくが言いたかったのは、働いてばかりというのも、遊んでばかりいるのと同じくらいむなしいということなんだ」

「そういえばそうね。考えてみたこともなかったけれど」

「きみが考えなければならないことは、ほかにもあるよ」アントニーは柔らかな声で言った。

「それはなにかしら？」

「さっき言っていた、きみの人生に足りないなにかというのは、愛かもしれないということさ」

　それを聞いたアレグザンドラが意外にも笑いだしたので、アントニーは嗅ぎ煙草をつまもうとしていた手を止めた。「とんでもない、そんなもの、なくて結構！」楽の音のような笑い声がはじけて部屋を満たしたが、その響きに怒りの色はみじんもなかったため、彼女はジヨーダンの仕打ちがほんの一瞬恨めしくなっただけだとわかり、アントニーは胸をなでおろした。「公爵様、わたしだって愛を体験したことはありますわ、でも、ちっとも楽しくなかった！」アレグザンドラはくすりと笑った。「せっかくですが、遠慮しておきます。愛だったら、腹痛のほうがまだましよ」

アントニーはこちらを見あげている美しく輝いた顔を見つめ、そのことばに嘘がないことを察した。彼女は本気で言っているのだ——そう思うと、ジョーダンに対して抑えようのない激しい怒りが湧いてきた。「体験したといっても、まだ味見程度だろう」

「それでも、好みでないことぐらいはわかったわ」

「次は好きになるかもしれないぞ」

「愛には胸が悪くなったわ。まるで——ウナギを食べたときみたいに」アレグザンドラは笑った。「わたし——」

彼女が唐突に口をつぐんだのは、アントニーが罵声を放ったからだった。「くそっ、ジョーダンのやつめ！　生きていたら、この手で首を絞めてやるところだ！」

「違うの、そうじゃないのよ！」アレグザンドラは口早に言うと、輝く瞳でアントニーの目をのぞきこみ、誤解を解こうとした。「愚かにもあの人に愛されていると思いこんでいたときでさえ、内心は不安でたまらなかった。自分の言ったひとことひとことが、気になってしかたなかったの。あの人を喜ばせたくて、それこそ死にもの狂いでがんばったわ。これはきっと、遺伝性の欠陥ね。わが家の女は代々、まちがった相手を好きになって、その男を盲目的に崇拝して、愛されようとしてぼろぼろになるのよ」アレグザンドラはそこでにやっとした。「それこそ、吐き気がする話よね」

アントニーは吹き出したと思うと、いきなりアレグザンドラを抱き寄せ、いい匂いのする髪に顔をうずめて笑いつづけた。ふたりとも笑いが治まると、アントニーは彼女の目を見つめ、まじめな声で聞いた。「アレグザンドラ、きみは人生になにを求める？」

アントニーの視線はアレグザンドラの視線をとらえて離さず、身動きする自由を奪った。

「わからない」アレグザンドラは消え入るような声で言い、これまで兄のように思ってきた男性の大きな両手に顔をはさまれたまま、立ちすくんでいた。「きみはいま、どんな気持ちがしている？　社交界に君臨する女王のひとりになって」

仮にいま、屋敷が火事だと叫ぶ声が聞こえたとしても、アレグザンドラは動けそうになかった。「うつろな感じ」切れ切れにささやいた。「寒々しくて」

「結婚しよう、アレグザンドラ」

「それは——それは無理よ！」

「そんなことはないさ」アントニーは微笑した。抵抗されるのは予想ずみで、その心情も理解できるというように。「きみが幸せになるために真に必要としているものを、ぼくはきみに与えられる。それがなんなのか、ぼくにはわかるんだ。きみ自身にはわからなくても」

「それはなに？」アレグザンドラはつぶやき、初めて見るかのように彼の顔に視線をさまよわせた。

「ぼくが必要としているのと同じものさ——子ども、家族、大事に思える人だ」アントニーがハスキーな声で言った。

「だめよ」抵抗する力が弱まり、崩れていくのを感じながら、アレグザンドラは叫んだ。「あなた、自分がなにを言っているのかわかってないんだわ。トニー、わたしはあなたに恋していないし、あなたもわたしに恋してはいないのよ」

「きみは別のだれかに恋しているわけじゃないんだろう?」

アレグザンドラがきっぱりうなずくと、アントニーはにっこりした。「それなら話は簡単だ。ぼくも別のだれかに恋しているわけじゃない。きみは今シーズン中に、花婿候補の中でも最上の男たちに残らず会っている。いまロンドンにいない連中は、彼らにくらべればたいしたことはない。それは保証する」

それでもアレグザンドラが唇を噛み、ためらっていると、アントニーは彼女を軽く揺さぶった。「アレグザンドラ、夢を見るのはおやめ。これが現実の人生なんだ。もうわかっただろう。この先もたいして変わりはしないよ、家族をもたない限りは」

家族。本物の家族。アレグザンドラは家族の一員であったことがなかった——父と母と子どもたち、それにいとこやおじ、おばがひしめく家族の一員であったことは。アントニーと結婚して子どもをもったとしても、その子にはアントニーの弟である叔父がひとりいるだけだが、それでも——

アントニーが与えてくれる以上のものを望める女性がいるだろうか? ロマンチックな空想にふけるメアリー・エレンを常々からかっていながら、自分自身が恋に恋する乙女のようにふるまっていたことに、アレグザンドラはいま初めて気づいた。アントニーはわたしを大事に思ってくれている。わたしには彼を幸せにする力がある。そう考えると、心がほのぼのとして、久しく感じていなかった自信のようなものも湧いてきた。自分はアントニーに尽くして、彼を幸せにし、彼の子どもを産むことができるのだ。

子ども……わが子を腕に抱けることは、この心優しく温和な美男子と結婚する強力な動機になった。ロンドンで出会った全男性の中で、人生について彼女と同じような考え方をしているのはただひとり、アントニーしかいないように見えた。

やっとのことで、ジョーダンは弱りきったジョージ・モーガンを立たせ、片腕をこちらの肩に回させて、体側《たいそく》で重みを支えてやると、友人を半ば抱え、半ば引きずるようにして川の浅瀬を渡った。疲れ果て、笑みを浮かべながら、ジョーダンは目を上げ、太陽の位置で時間を計ろうとした。日はだいぶ落ちていて、彼のいる場所からは丘や林の陰に隠れて見えなかった。時刻を知りたい。時刻には大きな意味がある。午後五時、と判断した。

午後五時、ジョーダンは軍服の一団が前方の林の中を人目を忍ぶように移動するのを初めて目にした。英国軍。自由。故国。

運がよければ、三、四週間後には故国に戻れるだろう。

19

水色のサテンのドレスを翻して階段をおりてきたアレグザンドラに、だれもが笑顔を向けた。ドレスの大きく開いた四角い襟ぐりとゆったりした袖口は、帯状に並んだ真珠、ダイヤモンド、ブルージルコンに縁どられている。

ペンローズはアレグザンドラのために扉を開けた。それはこれまで何百回もしてきた動作だったが、きょうは、アントニーと結婚する彼女を式場である壮大なゴシック様式の教会へ送り出す日とあって、彼は年老いた柔和《にゅうわ》な顔を大きくほころばせ、深々と腰を折って礼をした。

アレグザンドラが振り向いてフィルバートの首に抱きつくと、彼の近眼の目に涙があふれた。「どうぞ、お元気で」彼は小声で言った。「ドレスの裾を汚さないように気をつけてくださいよ」フィルバートにはこうして世話を焼かれるのが常だったので、アレグザンドラはこみあげるいとおしさに目を涙で曇らせた。

アレグザンドラにとって、イングランド内の身内といえば、このふたりの老人とモンティ伯父しかいなかった。母は島めぐりの長旅に出ている最中なので、式に出て娘の花嫁姿を見ることはできない。メアリー・エレンとその夫も、第一子の出産を間近に控えているため、やはりロンドンには来られなかった。それでも、モンティ伯父だけは出席して、アレグザンドラを花婿にゆだねる役目を担うことになっている。また、メラニーは妊娠がわかったばかりだが、まだお腹が目立たないので、花嫁の付き添い役を引き受けてくれた。

「さて、支度はできたかね？」モンティ伯父はにこにこして、アレグザンドラに腕を差し出した。

「アレグザンドラのドレスの裾を踏まないようにするのですよ」公爵未亡人は厳しい声で注意すると、彼の白髪頭のてっぺんからぴかぴかに磨いた黒い靴の先まで、あらを探して目を走らせた。この三日間というもの、モンタギュー卿は公爵未亡人に、一般的な行儀作法から、今回の結婚式での務め、しらふでいることの大切さまでを叩きこまれていたので、いまではすっかり相手を恐れるようになっていた。彼の丸々とした頬がほんのり染まっているのを見とがめて、公爵未亡人の目がふいに細まった。「モンタギュー卿」彼女は目を光らせて追及した。「けさはクラレットは飲んでいないでしょうね？」

「飲んでいませんよ！」モンティ伯父はぎょっとした顔になり、大声で否定した。「クラレットは赦しがたい。香りもなければ、コクもないときている」彼は気の立った雄鶏のように騒ぎたてたが、その実、けさはマデイラに飲みふけっていたのだった。

「なら結構」公爵未亡人はせっかちにさえぎった。「とにかく、わたくしの言ったことを忘れないように。アレグザンドラを祭壇までエスコートしたら、わたくしたちの席に戻るのですよ。それからわたくしの隣に着席して、式が終わってわたくしが立ちあがるまで、指一本動かしてはなりません。いいですね？　起立して通路に出るときになったら、合図します。

りましたか？」

ほかの参列者は、わたくしたちが立ちあがるまでは席を立てないことになっています。わかりましたか？」

「わたしはぼんくらじゃありませんよ、奥方様。英国の士爵ですからな」

「士爵であろうと、なにかひとつでもしくじった場合は、命も名誉も失うと思いなさい」ペンローズが差し出した銀灰色の手袋をはめながら、貴婦人はきっぱりと言った。「先の日曜にしでかしたような唾棄《だき》すべき非礼な行為は、二度と赦しませんからね」手厳しい説教は馬車に向かうあいだも続いた。「わが耳を疑いましたよ、礼拝の最中に居眠りして、あんなおそろしい高いびきをかくなんて」

馬車に乗りこんだモンティ伯父は、うんざりしたような目を姪に向けた。その目つきははっきり告げていた。おまえはこんな口うるさい婆さんと、よくいっしょに暮らせるものだな、と。

アレグザンドラはほほえんだ。彼女にも、そして伯父自身にもわかっていることだが、伯父の頬骨のあたりが赤くなっているのは、マデイラの壜を半分以上空けてしまった証拠だった。

紋章付きの馬車のゆったりした座席に身を預けて花婿のもとへ向かいながら、アレグザンドラは窓の外に目をやり、ロンドンのにぎやかな街並みをながめた。すぐ前を行く馬車にはメラニーが乗っていて、新郎付き添い役を務めるロデリック・カーステアズも同乗している。

結婚式の関係者を乗せたこの二台の前後には、従者付きの豪奢な馬車がまさに大河のごとく続いていた——そのすべてが同じ教会に向かっているのだ。この車列のせいで、何マイルにも及ぶ交通渋滞がおきているはずだと気づき、アレグザンドラは苦笑した。

不思議だわ、ジョーダンとの挙式のとき、あんなに緊張して、そわそわ、わくわくしていたなんて……十四カ月前、ジョーダンと生涯をともにすべく、あの静かな客間に入っていったときは、脚が震え、心臓は雷鳴のように轟いて、破裂するかと思うほどだった。なのに、社交界に属する三千人の前でアントニーと結婚式を挙げようとしているいま、彼女の心は——限りなく平静だった。穏やかで、不安なく、ときめきもなく……

花婿を裏切るかのようなその感慨を、アレグザンドラはあわてて打ち消した。


「どうしてこんなに道が混んでいるんだ？」ジョーダンは、ファルコン号の船長が用意してくれた馬車の御者に尋ねた。アッパー・ブルック街の自邸へ向かっている馬車は、腹が立つほど進み方が遅かった。

「なんですかねえ、公爵様。さっき通った教会で、なにかやってるようでしたが」

ジョーダンは再び太陽に目をやり、時刻を推測した。時計を使う贅沢は一年以上味わっていないが、自邸には、さしてありがたみを感じたことのない金無垢の時計が、少なくとも六個はある。以前は、どんなものでもあって当然で、ありがたみなど感じなかった。だが、十四カ月にわたって耐乏生活を経験したいまでは、もはやなんであれ、あって当然と思うことはなさそうだった。

一時間前にロンドン市内に入ってから目と耳で楽しんできた街のにぎわいは、徐々に意識から消えていき、そのかわりに、今回の帰宅によって、自分を愛してくれている人々がどれほど衝撃を受けるかという問題が心を占めはじめた。

わかっているのは祖母が存命だということ——そこまではファルコン号の船長から聞いていた。なんでも、祖母がこの社交シーズンにロンドンに滞在すると報じた記事を、数カ月前にガゼット紙で読んだのだという。うまくすれば、祖母はジョーダンのではなく自分のタウンハウスにいるかもしれない。その場合は、先に使いをやって知らせられるので、いきなり顔を出して驚かせずにすむ。アントニーは、ロンドンに滞在しているとすれば、当然、アッパー・ブルック街のジョーダンのタウンハウスにいるだろう。そこは自分の家になったと思っているはずだから。

いとこの生還によって爵位と財産を手放すことになれば、アントニーはそれを恨みに思うかもしれない。その考えはジョーダンの頭を一度ならずよぎったが、そういう推測は、自分の暗殺計画にアントニーがからんでいると考えるのと同じくらいおぞましかった。どちらについても、確たる証拠が出てこない限り、信じる気はない。

信じる気はない——とはいうものの、自分を殺そうとしたのはアントニーではないかという疑惑は、悲しいことにどうしても頭から追い払えなかった。埠頭で殴られたあの夜、意識を失う直前に聞いた暴漢の声が、頭を離れないのと同じように。〝やつはこの男を殺せって言って金をくれたんだぜ、ジェイミー、船に売り飛ばすんじゃなくってよ……〟

ジョーダンはそうした考えをすべて脇に押しやった。どこかの寝取られ亭主が——たとえばグレインジャーフィールド爺さんが——怒り狂って彼の殺害をたくらんだということも、じゅうぶん考えられる。敵の正体を突き止める方法はいくらでもある。だが、きょうのところは、無事に帰郷した喜びにひたっていたかった。

アッパー・ブルック街の屋敷に着くのはもうすぐだ。家に着いたら、その場でなにもかもやってしまいたい——中に入ってヒギンズと握手を交わし、祖母を抱きしめ、彼が生きていたと知って安堵と喜びの涙にくれる祖母と老執事を落ち着かせるのだ。次にアントニーの肩を抱き、ホーソーン家の財産を管理してくれた労をねぎらおう。ジョーダンが手がけてきた事業や投資は複雑なので、アントニーがどんなに下手なことをやっていたとしても——残念ながらその可能性は高い——感謝の念を忘れずにいようと思った。

そのあとは、風呂に入って、自分の服に着替えたい。そして——そしてアレグザンドラに会う。

目前の問題はいろいろあったが、ジョーダンが本気で心配しているのはただ一点、自分のうら若い〝未亡人〟との対面だけだった。子どものように一途に彼を慕っていたアレグザンドラ。それだけに、訃報《ふほう》を聞いたあとは、長らく悲嘆のどん底に沈んだことだろう。最後に見たときの彼女は葦《あし》のように痩せていたが、いまでは骨と皮だけになっているかもしれない。ああ、わたしと出会ったその日から、あの娘はなんと哀れな生活を送っていることか。

そう思ったあと、自分がいないあいだにアレグザンドラは変わったかもしれないと思いついた。だとしても、その変化があまりに大きかったり、激しすぎたりしなければいいのだが。いまやアレグザンドラは一人前の女性に成長し、夫や子どもを責任もって世話できるほどおとなになっていることだろう。であれば、彼女をこの手で社交界にデビューさせてやろう。

ただし、ロンドンに長居はすまい。ジョーダンは人生の一年以上を棒に振ったが、そのあいだに、今後の人生をどう過ごしたいか、ゆっくり考えることができた。いまなら、なにが大事で、なにが大事でないかわかるし、自分が望むものもわかる——それはおそらく、昔からずっと望んでいたものだ。ジョーダンが望むもの、それは意味のある人生であり、彼の仲間内で結婚と呼ばれている軽薄で空虚な契約とは違う、本物の結婚だった。ジョーダンは、アレグザンドラが与えてくれようとした愛を——彼にとっては、闘って生き延びる目的になった愛を——これまで以上に求めていた。その愛へのお返しに、アレグザンドラをかわいがり、楽しませ、いつもそばに置いて、外界の毒にむしばまれないようにしてやりたい。たぶん、愛は外界の毒に冒されたりしないだろう。あるいは、そこに信頼というものが関わってくるのだろうか？　夫は妻が心変わりしないことを信じ、だれとどこにいようが夫ひとすじであると信じるべきなのか？　どうも、そういうことらしい、とジョーダンは思った。信頼というものはよくわからないし、愛となるとなおさらわからないが、アレグザンドラはその両方を体現しているうえに、いつも教師役を買って出てくれていた。こちらも、これからは進んで彼女の教えを乞うことにしよう。

　いまのアレグザンドラはどんな姿をしているだろうと想像してみたが、まぶたに浮かぶのは、アクアマリン色のすばらしい瞳が目立つ笑顔だけだった。かわいいといえなくもないが、きわめてかわいいとはいいがたい顔。愛しの〝ファニー・フェイス〟。

　アレグザンドラは一年のあいだ喪《も》に服し、そのあと、祖母の指導のもとで社交界のしきたりを学んだことだろう。若妻に〝磨きをかけてやってほしい〟というジョーダンの希望を、彼の訃報が届いたあとに祖母が実行してくれたとすれば、アレグザンドラは秋の短い社交シーズンにデビューする準備をようやく始めたところか。

だが、それよりはるかに現実性が高く、はるかに危うい事態もあると気づいて、ジョーダンは暗澹とした。アレグザンドラは悲しみに打ちひしがれ、絶望してモーシャムのあばら家に戻ったかもしれず——人との関わりを絶って引きこもったかもしれず——それどころか、あまりにもつらい目にあったせいで正気を失ってしまったかもしれないのだ！

馬車がアッパー・ブルック街三番地に停まると、ジョーダンは車を降り、玄関前の階段の途中で足を止めて、優美な鉄細工や弓形の張り出し窓がついた、石造り三階建ての豪華な邸宅を見あげた。懐かしさを感じる反面、初めて見るかのような違和感もある。

重いノッカーを引きあげ手を離すと、ジョーダンは身構えた。扉を開けたヒギンズが喜びにわれを忘れて抱きついてくるだろうと予想したのだ。

扉が勢いよく開いた。「なんでしょう？」見知らぬ男が切り口上に尋ね、鉄縁眼鏡の奥からジョーダンをじっと見た。

「おまえはだれだ？」ジョーダンは当惑して訊き返した。

「それはこちらがお訊きしたいところですな、お客人」フィルバートは居丈高に言うと、ノッカーの音が聞こえないペンローズを捜してあたりを見まわした。

「わたしはジョーダン・タウンゼンドだ」ジョーダンは短く答えた。この見知らぬ下僕に、アントニーではなく自分こそがホーソーン公爵であると説くのは、時間のむだだとさとったからだ。下僕の前を素通りして、ジョーダンは大理石の玄関広間に踏みこんだ。「ヒギンズをここに呼んでくれ」

「ミスター・ヒギンズは外出中です」

ジョーダンは眉をひそめた。ヒギンズかラムジーがいれば、祖母に心の準備をさせるよう計らってもらい、唐突な対面を避けることができたのだが。足早に進んで、玄関広間の右手の大きな客間と、左手にあるやや小さい客間をのぞいた。どちらも花がいっぱいで、人はいない。一階全体が白薔薇の盛り籠《かご》と装飾用の植物に満ちあふれている。「これからパーティでもするのか?」

「さようでございます」

「それは〝帰郷祝いのパーティ〟になるな」ジョーダンは喉の奥で笑ったあと、そっけない口調に戻った。「おまえの女主人はどこだ?」

「教会においでです」フィルバートは目をすがめ、日焼けした長身の紳士をながめた。

「では、主人は?」ジョーダンはアントニーのことを尋ねたつもりだった。

「ご主人様も教会においでです、もちろん」

「きっと、わたしの不滅の魂のために祈ってくれているんだろう」ジョーダンは軽口を叩いた。上級侍者だったマシソンは、アントニーにも同じ役目で雇われているにちがいないと思い、訊いてみた。「マシソンはいるか?」

フィルバートは「おります」と答え、タウンゼンド家の一員とおぼしき見知らぬ男が階段をのぼりながら首をめぐらせ、屋敷の主のような態度で次々に命令をくだしていくのを、目を丸くして見守った。「マシソンをすぐにこちらによこすように。わたしは黄金の間にいる。いますぐ風呂に入ってひげを剃りたいと伝えてくれ。着替えも要る。わたしの服がまだあればそれを。もしなければ、トニーのでも、マシソンのでも、マシソンがどこかから失敬してきたのでもかまわん」

ジョーダンは、アントニーが使っているらしい主寝室をさっさと通り過ぎ、客用の続き部屋である黄金の間の扉を開けた。そこはとりたてて贅沢な造りではなかったが、いまの彼には見たこともないほど美しい部屋に思えた。ファルコン号の船長が貸してくれた体に合わない上着を脱ぎ、椅子に放り投げると、シャツのボタンをはずしていった。

脱いだシャツを上着の上に放り、ズボンを脱ぎにかかったとき、マシソンが部屋に飛びこんできた。黒い燕尾《えんび》服の後ろ裾をはためかせたその姿は、怒れるペンギンさながらだった。「あの男はお客様のお名前を聞き違えたようで、ああっ、神様！」侍者はつんのめるように立ち止まり、あんぐりと口を開けた。「なんとまあ！　御前様ではございませんか！　おお、神様！」

ジョーダンはにんまりした。この光景のほうが、帰宅の場面として思い描いていたものに近い。「たしかに、わたしが無事帰れたことについては、みんなで神に感謝しなくてはな、マシソン。だが、さしあたっては、風呂に入ってまともな服に着替えられるだけでも感謝するよ」

「かしこまりました、御前様。ただちに用意いたします、御前様。僭越《せんえつ》ながら、わたくしにとってはこれこそ喜びのきわみ、まさに至福の――おお、神様！」今度の〝神様！〟は、狼狽を表わす叫びだった。

どれほど過酷な状況にあっても動じる気配すら見せたことのない豪胆な侍者が、廊下を飛ぶように走って主寝室に消え、また駆け戻ってくるのを、ジョーダンはあっけにとられて見ていた。マシソンが手にぶらさげているのは、アントニーのシャツと、ジョーダン自身の乗馬ズボンとブーツだった。「これはつい先週、衣装箪笥の奥で見つけたものです」マシソンは荒く息をついた。「早く！　お急ぎください」あえぎながら言う。「教会です！」そして、大声でわめいた。「結婚式が――！」

「結婚式か。それでみんな、教会に集まっているんだな」ジョーダンはあくまで風呂に入るつもりで、マシソンに押しつけられたズボンを投げやろうとした。「だれの結婚式だ？」

「アントニー様のです」マシソンははずむ息を抑えながら苦しげに答えると、シャツを突き出し、ジョーダンの片腕にむりやり袖を通した。

腕から下がったシャツが旗のようにひらひらするのを気にもとめず、ジョーダンはにやりとした。「それで相手は？」

「御前様の奥方様です！」

いっときのあいだ、ジョーダンにはそのことばがもたらした衝撃がぴんとこなかった。いまから結婚式を挙げるのだとすれば、アントニーはすでにホーソーン公爵として婚姻契約書に署名し、婚約者とその家族に対して種々の誓約をしたはずだが、彼にはもうその誓約を守る力はないのだ……暗い気分でそんなことばかり考えていたからだ。

「重婚ですよ！」マシソンが恐ろしげに息をのんだ。

いままでの話の意味がいきなり腑に落ちて、ジョーダンはびくっと頭を動かした。「通りに出て、走ってきた馬車をどれでもいいからつかまえろ」てきぱき指示すると、シャツをきちんと身につけた。「挙式の時間と場所は？」

「二十分後、聖パウロ教会です」

アッパー・ブルック街の真ん中で、ジョーダンは老婦人が乗ろうとしていた辻馬車を横取りし、憤慨する婦人を尻目に車に飛び乗った。「聖パウロ教会まで」きびきびと御者に告げる。「十五分で着けば、一生遊んで暮らせるくらいの金を払ってやる」

「そりゃちょっと無理じゃないかな、旦那」御者が答えた。「あそこで結婚式があるもんで、朝からずっと道が混みっぱなしなんだよ」

その後しばらく、ジョーダンの心は激しく揺れ動き、その心中で相反する考えや感情がいくつも渦巻いていたが、いちばん強いのは現場へ急がねばという焦りだった。とはいえ、馬車の流れを意のままにするすべはなく、あとは座席に沈みこんで、うんざりしながらこの途方もない災難のことを考えつづけるしかなかった。

一年間の喪が明けたあとでアントニーに出会いがあり、結婚に踏み切るという可能性もなくはない。フランスで囚われの身となっていたとき、ジョーダンはたまにそんなことを考えたが、ほんとうにそうなるとは思えずにいた。ジョーダンと同じで、アントニーも女性に束縛されることを嫌っており、当世風の結婚においては夫婦の関係は希薄なもので、夫も妻も好き勝手にできるとわかっていても、結婚に興味をもてずにいたからだ。

また、アレグザンドラがこの先だれかと出会って結婚を望むようになるのではと考えたこともあった。まさかこんなに早くそうなるとは思わなかったが。いまはまだ、夫の死を悼《いた》んでいるはずなのに！　いまはまだ、このわたしに恋焦がれているはずなのに……

それにしても、このことだけは想像すらしなかった——自分の帰宅にからんで種々の厄介事がおきるという最悪の筋書きの中でもだ——アントニーが、なにを勘違いしたのか、自分にはジョーダンの気の毒な未亡人と結婚する義務があると思いこむなどということは。くそっ！　聖パウロ教会の尖塔がようやく見えてくると、ジョーダンは思った。こんなばかげたことをしでかすとは、アントニーはいったいなにを考えているんだ？

答えは即座に浮かんだ。アントニーは憐れみに突き動かされたのだ。ジョーダン自身が、命を救ってくれた娘に、愛に満ちたつぶらな瞳で彼を見つめた、貧しくも快活な娘に感じたのと同じ憐れみに。

憐れみの情こそがこの一連の悲劇の原因だったが、教会に入っていったときに式がどこまで進んでいようと、ジョーダンには結婚を中止させる以外に道がなかった。そうしなければ、アレグザンドラとアントニーは公然と重婚の罪を犯すことになる。かわいそうに、アレグザンドラはまたしても花婿を奪われてしまうのだ。そう思うと、彼女の心の平穏を再び乱そうとしているのがつらくなり、ジョーダンの胸はかすかにうずいた。

聖パウロ教会に着いた馬車がまだ停まりきらないうちに、ジョーダンは早くも入口に続く長い階段を駆けあがっていた。いまいましい結婚式を事前に中止させられるようにと祈りながら。その願いは、重たいオーク材の扉をぐいと引き開けた瞬間に絶たれた。教会の中はあかあかと蠟燭が灯り、新郎新婦はすでに大勢の参列者に背を向けて立っていたのだ。

ジョーダンはぴたりと立ち止まった。強烈な罵りことばが頭の中を次々に流れていく。ほかにどうしようもないので通路を進みだすと、満員の教会の中で、ブーツの足音が砲声のように鋭く響きわたった。

祭壇の近くまで来ると、ジョーダンは足を止めた——口を開くときが迫っているのを感じながら。贅沢に着飾った身内や友人、知人が着席している列のあいだに立ったいま、彼には初めて気づいたことがあった。自分の死はたいして悲しまれていないのだ。じゅうぶん悲しまれていたなら、このろくでもない教会で始まろうとしているてんやわんやの喜劇で、こんなばかげた役を演じるはめにはならなかったはずだ。そう思った瞬間、冷ややかな憤怒が胸に湧きあがったが、ジョーダンは顔色ひとつ変えず、腕組みをして二列目の席のあいだに立っていた——刻々と近づくそのときに備えて。

ジョーダンの両側の席では、参列客が彼の顔を認めはじめ、遠慮のないささやき声が広がっていき、あっという間にみんなが騒ぎだした。どんどん大きくなる不穏なざわめきに気づいたアレグザンドラは、アントニーを不安げに見やったが、彼は主教が一本調子で唱える文句に集中しているようだった。「列席者の中で、この男とこの女が婚姻関係を結ぶことに異議ある者は、いまここで申し出るか、さもなければ永遠に口を閉ざし……」

つかのま、完全な静寂があった——大昔からくり返されてきたその問いかけのあとに必ず訪れる、緊張をはらんだ静寂が。だが、今回はその問いかけに答える者がおり、皮肉な調子のよく通るバリトンが静けさを破った。「異議があります——」

アントニーはさっと振り向き、主教はぽかんと口を開け、アレグザンドラは凍りつき、三千人の参列客は着席したまますばやく向きを変えた。あちこちでおこったどよめきが、津波となって教会全体に広がっていく。祭壇のそばでは、メラニー・カムデンの力の抜けた指から薔薇の花束が滑り落ち、ロディ・カーステアズがにやにや笑っていた。アレグザンドラはその場に立ちつくし、こんなことがおきるわけはないと自分に言い聞かせた。これは夢よ、と心の中で叫ぶ。夢でないなら、わたしは頭がおかしくなったんだわ。

「なにを根拠に、この結婚に異議を唱えるのですか?」主教がようやく声をあげた。

「根拠は、新婦がすでに結婚していることです」ジョーダンは楽しげともいえる声で答えた

――「このわたしと」

今度は、心がうずくほど懐かしい、深みのあるこの声が現実に聞こえたことは否定しようもなく、しびれるような衝撃がアレグザンドラの背筋を駆けあがり、また駆けおりて、総身を打ち震わせた。胸の内で喜びがはじけ、彼にだまされ裏切られた記憶はきれいに消えうせた。これは運命の残酷ないたずらなのかもしれないと思うと、確かめるのが怖かったが、おそるおそる振り向いて視線を上げ、相手と目を合わせた。ジョーダン! 生きていたのね。彫りの深い端正な顔を目にすると、アレグザンドラは危うくがくりと膝をつきそうになった。ジョーダンはそこに立ち、引き締まった唇に笑みの余韻を漂わせて、彼女を見つめていた。

体じゅうが熱くなるのを感じながら、アレグザンドラは心の中で手を伸ばして愛しい顔にふれ、彼が幻ではないことを確信した。その手の感触を感じたかのように、ジョーダンの微笑が柔らかくなった。彼の視線はアレグザンドラの顔を探り、外見の変化を確かめているようだった。と、どうしたわけか、ジョーダンはふいに一切の表情を消し、責めるような厳しい視線をアントニーに向けた。

最前列の席では、公爵未亡人が右手で喉もとを押さえ、身じろぎもせずにジョーダンを見つめていた。激震のあとに続く静寂の中、話したり動いたりする力を失っていないのはモンティ伯父だけだった――そうなったのは、マデイラを丸一本ひそかに空けていたせいで、横顔を見てもジョーダンだとは気づかなかったからにちがいない。それでも、結婚式での作法についての、公爵未亡人の厳しいお説教はよほど頭に残っていたのだろう。闖入者を諌《いさ》めるのはわが務めと心得たのか、モンタギュー卿は相手のいる通路に身を乗り出すと、どら声で注意した。「席に着きなさい、きみ！　それから、主教様が引っこむまで、指一本動かしちゃいかん――さもないと、公爵未亡人にひどい目にあわされるぞ！」

その声で、金縛りの術が解けたように全員がわれに返った。主教はもはや式を続行することはできないと唐突に宣告し、退場してしまった。アントニーはアレグザンドラの震える手をとり、通路を戻りはじめた。ジョーダンは脇に寄ってふたりを通した。公爵未亡人は威厳を保って悠然と腰をあげながら、ジョーダンから目を離さずにいた。モンティ伯父は、混乱した頭で、式がつつがなく終わったと解釈し、事前の指示を忠実に実行するため、公爵未亡人に腕を貸し、新郎新婦のあとについて通路を歩いた。参列者たちは立ちあがってあっけにとられた顔で目をみはっていたが、モンティ伯父は愛想よく笑みを振りまき、彼らを啞然とさせた。

外に出ると、モンティ伯父はアレグザンドラにさかんにキスをし、握手に応じたアントニーの手を威勢よく上下に振っていたが、そこでジョーダンの冷たい声を浴び、ぴたりと動きを止めた。「大ばか者め、結婚式は中止されたんだぞ！　少しは役に立つことをしろ。まずは、わたしの妻を家に連れて帰れ」ジョーダンは祖母の腕をとると、馬車が並んで待っているほうへ歩きだし、首をめぐらせてアントニーにそっけなく言った。「いますぐここを離れたほうがいい、中に残っている連中に囲まれないうちに。あすの新聞には、わたしの奇跡の生還についての記事が載るはずだ。彼らにはそれを読んでもらえばいい。このあとは、わたしの――いや、アッパー・ブルック街のタウンハウスで落ち合おう」

「辻馬車をつかまえるのは無理だぞ、ホーソーン」アレグザンドラとアントニーが動けずにいるのを見て、モンティ伯父がその場を仕切った。「辻馬車はどこにも見あたらん。われわれが乗ってきた馬車で、いっしょに帰ろう」そう言うと、片手でアントニーの腕を、もう一方の手でアレグザンドラの腕を強引につかみ、アントニーの馬車へ引っ張っていった。

ジョーダンは祖母を彼女自身がもつ立派な馬車に乗せ、呆然としている御者にきびきびと指示をしてから、祖母の隣に納まった。「ジョーダン――?」馬車が勢いよく走りだすと、彼女はようやく小声で呼びかけ、涙で光る目に喜びをあふれさせて孫息子を見あげた。「ほんとうにおまえなの？」

ジョーダンの顔に温かな笑みが浮かび、いかめしい表情が和らいだ。彼は祖母の肩を抱き、額に優しくキスをした。「そうです、お祖母様」

公爵未亡人は珍しくも愛情をしぐさで示し、ジョーダンの日焼けした頰に手を添えた。が、にわかにその手を引っこめ、居丈高に言った。「ホーソーン、いったいどこにいたのです！みんな、おまえは死んだものと思っていたのですよ！かわいそうに、アレグザンドラは悲しみのあまりすっかりやつれてしまって、アントニーは――」

「嘘はやめてください」ジョーダンは冷ややかにさえぎった。「さっきわたしに会ったとき、トニーはお世辞にもうれしがっているようには見えなかったし、〝悲しみにくれる〟わたしの妻は喜びに輝く花嫁だったじゃありませんか」

ジョーダンは、祭壇でこちらを振り向いた魅惑の美女の姿を思い返した。あのときは、他家の結婚式に乱入してしまったか、でなければマシソンがアントニーの花嫁について人違いをしていたのだと思い、一瞬、無上の喜びとばつの悪さに襲われた。というのも、花嫁を最初に見たときは——彼女があの忘れがたい水色の目を上げ、目と目が合うまでは——アレグザンドラだと気づかなかったからだ。目が合ったときに初めてわかったのだ。それと同時に確信したのは、アントニーが憐れみや善意で彼女と結婚しようとしたのではないということだった。祭壇に立ったあの心を惑わす美女を見れば、どんな男でも欲望こそ抱くだろうが、憐れみなど感じるはずはない。

「わたしは勘違いしていたらしい」ジョーダンは皮肉たっぷりに言った。「近親の喪に服すべき期間は、一年だと思っていたもので」

「それが決まりですし、うちでもそのとおりにしたのですよ！」公爵未亡人は言い訳がましく答えた。「わたくしたちは三人とも、公の場には出ませんでしたからね、今シーズンにアレグザンドラが社交界デビューするまでは。それに——」

「それで、悲しみにくれていたわが妻は、その暗い時期をどこで過ごしたんです？」ジョーダンは語気を荒らげた。

「ホーソーンですよ。当然、アントニーとわたくしがいっしょでしたが」

「当然、ですか」ジョーダンはとげとげしい口調で祖母のことばをくり返した。「いやはや驚きましたよ、トニーはわたしの爵位、領地、財産を相続するだけでは満足しなかった――それに加えて、わたしの妻までわがものにせずにいられなかったとはね」

公爵未亡人は顔色《がんしょく》を失った。いまの状況がジョーダンの目にどう映っているか、はたと気づいたからだ。さらに、孫息子のいまの気分を考えれば、アレグザンドラは〝人気の高さ〟ゆえに結婚せざるをえなくなったと説明するのは、百害あって一利なしだということにも思いいたった。「それは思い違いですよ、ホーソーン。アレグザンドラは――」

「アレグザンドラは」ジョーダンは話をさえぎって言った。「ホーソーン公爵夫人であることが気に入っていたんでしょう。そこで、これからもずっとその座にとどまれる唯一の手段をとった。つまり、現ホーソーン公爵と結婚しようと決めたわけです」

「あの子は――」

「ご都合主義の策略家、ですか？」その辛辣なことばを発したとき、ジョーダンの心は酸を浴びたように怒りと嫌悪にむしばまれた。自分は牢獄で朽ち果てかけていたときも、眠れぬ夜にはアレグザンドラを思い、彼女が悲しみと絶望にさいなまれ、家に引きこもって打ちしおれているのではないかと案じていた。そんなとき、アントニーとアレグザンドラはわたしの財産を好き放題に使って楽しんでいたのだ。そのうちに、財産だけでなく、お互いのことも楽しもうと思いはじめたわけか。

公爵未亡人はジョーダンの硬い表情になだめがたい怒りを見てとり、それも無理はないとやるせないため息をついた。「いまのこの状況が、どれほどひどく見えるかはわかりますよ、ジョーダン」彼女のしわがれ声には自責の念がにじんでいた。「いまあれこれ理屈を言われても、聞きたくない、というより耳に入らないでしょう。だとしても、せめてこれだけは教えてほしいのです、おまえ自身は、これまでずっと、どこでどうしていたのか」

ジョーダンは、話すに耐えない部分は割愛しつつ、失踪の顛末《てんまつ》をざっと説明したが、そうやって話してみても、悪い冗談のようななりゆきを痛感して怒りがつのるばかりだった。ジョーダンが獄につながれているあいだに、アントニーはほくほくしながら彼の爵位、領地、財産を横取りし、あまつさえ〝妻〟にまで手を出そうとしたのだ。

ジョーダンたちの後ろを走る馬車には、ホーソーン公爵の銀の紋章――アントニーにはもはや使う権利のないしるし――がついており、その車中でアレグザンドラはひたすらじっとしていた。隣にはモンティ伯父がすわり、向かいの席ではアントニーが窓の外をながめている。アレグザンドラの心は千々に乱れ、さまざまな思いが胸の中でぶつかり合い、からみ合っていた。ジョーダンは無事に生きていた――記憶にある姿よりもかなり痩せてはいたが。彼は自分の妻になったつまらない小娘から逃れたくて、わざと姿を消したのだろうか。そのあと、いとこが重婚の罪を犯そうとしていると知って、やむなく戻ってきたのか？　彼が生きていたという喜びは、いまは当惑に変わっていた。ジョーダンのあの不愉快そうな顔、あれがわたしのせいだなんて、そんなことあるわけないわ！

そう思ったおかげで、麻痺《まひ》していた心が慰められたのもつかのま、今度は辛辣な考えが矢継ぎ早に浮かんできて胸を刺した。アレグザンドラが帰還を知って大喜びした男は、彼女を憐れみ蔑んだ男にほかならない。彼は自分の愛人と話しながら、アレグザンドラをばかにしたという。ジョーダン・タウンゼンドについて、いまならわかっていること、今後けして忘れてはならないことがある。それは、彼が破廉恥で、不実で、冷酷で、性根の腐った人間であるということ。それなのに、その男がわたしの夫だなんて！

アレグザンドラは心の中でジョーダンに向かって考えつく限りの悪態をついたが、アッパー・ブルック街の屋敷が近づいてきたころには、その怒りも萎えかけていた。怒るためには精神的なエネルギーと集中力が必要だが、彼女の心は衝撃を受けて半ば麻痺したまま、いまもぼんやりしていたからだ。

向かいの席のアントニーがすわり直すのを見たとき、アレグザンドラはふいに思い出した。ジョーダンの帰還によって将来の道筋が狂ってしまったのは自分ひとりではないのだ。「トニー」彼女はいたわりをこめて呼びかけた。「こんな……ことになるなんて」声が消え入りそうになった。「あなたのお母様が、式には出ないで、あなたの弟さんといっしょに家で待とうと思われたのは、こうなってみるとむしろ幸いだったわね。ホークがいきなり現われたのは、おふたりにとっても恐ろしい不意打ちになったでしょうから」

すると驚いたことに、アントニーはにんまりしながら言った。「ホーソーン公爵になってみたら、それは想像していたほどすばらしいことじゃなかった。このあいだ言ったように、莫大な財産をもっていたって、使うひまがなければたいして楽しくないからね。でも、いま気づいたよ、きみのほうは、今回の件で、運命にすごい贈り物をもらったことになるな」

「贈り物って、なんのこと？」アレグザンドラはアントニーをまじまじと見た。この人、気はたしかかしら？

「考えてもごらんよ」アントニーはそう言うと、あろうことか、今度は声をあげて笑いだした。「ジョーダンが帰国したら、彼の妻はいまやイングランド女性の中でも一、二を争う人気者になっていたんだぞ！　正直に言ってごらん――それはつまり、きみがかつて夢見ていたとおりになったということだろう？」

　自分がいやいや結婚したみすぼらしい小娘が、いまや社交界の花形になっていると知れば、ジョーダンは愕然とするにちがいない。そう思うと、アレグザンドラは意地の悪い喜びを感じた。「わたしはこのまま彼の妻でありつづけるつもりはありません」彼女はきっぱりと言った。「できるだけ早く、彼に離婚の意志を伝えるわ」

　アントニーはたちまち真顔に戻った。「冗談だろう。離婚したらどんなにひどい噂の種になるか、わかっているのか？　もし離婚できたとしても、まあそれはむずかしいだろうが、社交界から完全に追放されてしまうんだぞ」

「かまわないわ」

　アントニーはアレグザンドラを見つめ、声を和らげた。「気を遣ってくれるのはありがたいが、アレックス、ぼくのために離婚する必要はないんだよ。仮にぼくらが熱烈に愛し合っているとしても、実際は違うけれどね、それで話が変わるわけじゃない。きみはジョーダンの妻だ。なにがあろうと、そこは変わらない」

「彼のほうは、変えたがっているかもしれない。そうは思わないの？」

「思わない」アントニーは明るく言いきった。「賭けてもいいが、ジョーダンがいまやりたがっているのは、ぼくと決闘して屈辱を晴らすことさ。教会でぼくをにらんだときの凶悪な目つきを見ただろ？　でも、心配には及ばないよ」アレグザンドラの怯えた顔を見て、彼はくすっと笑った。「もしホークが決闘を望むなら、ぼくはフェンシングを選んで、ほかならぬきみをぼくの代役に立てる。ホークもきみの血を流すとなればためらうだろうし、逆に彼の血を流すということなら、ぼくよりもきみがやったほうが分《ぶ》があるからね」

普段のアレグザンドラなら、あなたとわたしが結婚寸前だったことなどジョーダンはなんとも思っていないはずだと、むきになって反論していただろう。だが、議論するには明晰に筋道をたてて考える力が必要であり、いまの彼女は、あらゆるものを靄のように取り巻いている非現実的な感覚をまだ振り払えずにいた。「トニー、離婚を申し出るときは、自分の口から言うわ。この家の将来の安寧《あんねい》のためにも、離婚はわたし自身の決断で、あなたにはなんの関わりもないってことを、ホークに知っておいてもらわないと」

おかしさを感じる一方で懸念にとらわれたアントニーは、身を乗り出してアレグザンドラの両肩をつかみ、笑いながら軽く揺さぶった。「いいかい、アレックス。きみがショックを受けているのはよくわかるし、今週のうちに、いや今月じゅうにでも、ジョーダンの腕に抱かれろなどと言う気はさらさらない。しかし、いくら復讐のためでも、離婚はやりすぎだろう！」

「彼が離婚に反対するはずないわ」アレグザンドラはにわかに勢いづいた。「あの人、わたしのことなんてこれっぽっちも気にしてなかったもの」

アントニーは首を振り、笑みを隠しそこねて唇をわずかに震わせた。「どうやらきみは、男という生き物や、男の面子《めんつ》のことがわかっていないようだ――それに、ジョーダンがきみをあっさり手放すと思っているんなら、彼のこともわかっていないことになる。彼は……」

アントニーの瞳がふと楽しげにきらめき、彼は座席の背もたれにどさっと寄りかかると、こらえきれないように小声で笑いだした。「ジョーダンは」いかにもおかしそうに続ける。「自分のおもちゃをほかの子に貸すのが大嫌いだったし、横取りされそうになったときも、絶対におとなしく引っこんだりしなかったんだ！」

　モンティ伯父はアレグザンドラとアントニーの顔をかわるがわる見ると、内懐に手を入れて携帯用の小さな酒壜を取り出した。「こういうときは」と言って、中身をぐびりとやった。「ちょいと気付けが要るもんだ」

　それ以上会話を続けるいとまもなく、ジョーダンの馬車に続いて、アレグザンドラたちの馬車も、アッパー・ブルック街の屋敷に到着した。

　ジョーダンはすでに路上にいて、祖母が降りるのに手を貸していたので、アレグザンドラは彼と目を合わせないよう注意しながら、アントニーに手をとられて馬車から降りた。だが、ジョーダンが祖母に腕を貸し、こちらを追うように階段をのぼってくるのを意識したとき、それまでは幸運にもショックで麻痺していた心に、突如、感覚が戻ってきた。ほんの二フィートほど後ろから、ジョーダンのブーツのかかとが石段を打つ鋭い音が迫ってくると、背筋にぞくりと不安が走った。長身で肩幅の広い体軀《たいく》が日の光をさえぎり、アレグザンドラの行く手に不穏な影を投げている。これはまちがいなくジョーダンで、生きてここにいるのだと思うと、体が震えてどうすることもできなかった。これは夢じゃない――悪夢でもない――夢や悪夢ならいつか目覚めると思えるのに。

一同は申し合わせたように居間に向かった。決闘になるおそれもあるというアントニーのことばや、ジョーダンに自分の将来をおびやかされているという不安が心にのしかかってきたせいで、アレグザンドラは五感が研ぎ澄まされていた。部屋に入ったところで足を止め、全座席の位置をすばやく吟味し、それぞれの席の心理面での有利不利を判断する。中立的な場所にいたかったので、ソファは避けて、暖炉の前に向かい合わせに置いてある一対の袖椅子の片方にすわり、にわかに速まった胸の鼓動を抑えることに集中した。公爵未亡人も中立的な場所を望んだらしく、もう片方の袖椅子を選んだ。

残ったソファは、双方の袖椅子と直角をなし、暖炉と向かい合う位置にあった。アントニーはやむなくそのソファに腰をおろし、その隣にモンティ伯父が納まった。彼がせかせかと居間に入ってきたのは、アレグザンドラの励まし役を務めながら一杯やれるだろうと期待したからだった。ジョーダンは暖炉の前まで歩いていくと、片腕を炉棚に乗せて振り返り、無言のまま、醒めた目で値踏みするように一同を見まわした。

ジョーダンがこの十四カ月間どうしていたか、公爵未亡人がまごつきながら相当はしょった説明をしていたとき、フィルバートが輝かんばかりの笑みを口もとに浮かべ、シャンペンのトレイを捧げ持って入ってきた。アレグザンドラとジョーダンの関係を知らず、緊迫した空気にも気づかなかった忠実な下僕は、わき目もふらずにアレグザンドラのもとへトレイを運び、五脚のグラスを満たした。そして、公爵未亡人の話が終わるが早いか、まずアレグザンドラにグラスを渡して言った。「アレックス様、きょうのこの幸せがこれからもずっと続くようお祈り申しあげます」

アレグザンドラの胸に発作的な笑いがこみあげ、それと同時に不安と混乱がふくれあがっていった。そのあいだに、フィルバートはテーブルに戻って残りのグラスにシャンペンをつぎ足し、押し黙っている人々に配った——もちろんジョーダンにも。

時は刻々と過ぎたが、真っ先にグラスに口をつけて年代物のシャンペンを味わうような図太い神経は、モンティ伯父ですら持ち合わせていなかった。結局は行なわれなかった結婚式を祝うために、前もって酒蔵から出してあったシャンペン……そのグラスを前にして、だれもが二の足を踏んだ。ジョーダンを除いては。

居間に満ちた息苦しいほどの緊張感などどこ吹く風で、ジョーダンは手にしたグラスを回し、まばゆく光るクリスタル越しに細かな泡を観察してから、シャンペンをひと口、ゆっくりと飲んだ。そしてグラスをおろすと、揶揄するような辛辣な顔つきでアントニーを見た。「よかったじゃないか」と冷ややかに言い放つ。「わたしの訃報で悲しみにくれていても、わたしの最上のワインを楽しむ余裕は残っていたんだから」

公爵未亡人はびくっとし、アレグザンドラは身を硬くしたが、アントニーは痛烈な皮肉を屈託のない笑顔で受け流した。「言っておくが、ぼくらは新たに壜を開けるごとに、きみを偲《しの》んで乾杯していたんだよ、ホーク」

アレグザンドラは、暖炉のそばに立つ髪の黒い長身の男を、伏せた睫毛の陰からそわそわと盗み見た。この人はほんとうはどういう人物なのだろうと考えていると、なんとなくおかしさがこみあげてきた。アントニーに爵位、財産、領地、おまけに妻まで〝剝奪され〟たのに、ジョーダンはそういうことは恨んでいないみたい——そのくせ、自分の酒蔵を勝手に漁《あさ》られたことは腹立たしいんだわ。

ジョーダンは財産に執着心がないというのはアレグザンドラの思いこみにすぎず、その見方が誤っていたことは、彼が再び発言したとたんに明らかになった。「わたしが留守のあいだ、ホーソーンはどんな具合だった？」その質問を皮切りに、彼は一時間かけてアントニーに矢継ぎ早の質問を浴びせ、自分が有する十一カ所の領地や、無数の投機的事業、個人資産、はては一部の使用人の健康にいたるまで、それぞれの状況をこと細かに問いただした。

ジョーダンが口を開くたびに、よく通る声がアレグザンドラのずたずたになった神経に響いた。ときたま彼の姿を盗み見たが、すぐに怖くなって反射的に目をそらしてしまった。筋肉質の長い脚を包むぴっちりした膝丈ズボンに、幅広い肩のたくましさがわかる白い開襟シャツ。そんな格好のジョーダン・タウンゼンドは、まったくの自然体でありながら、まぎれもない強力なオーラを——いまは抑えられているが、しだいに強まりつつある力を——発していた。その力はいずれ解き放たれ、アレグザンドラに襲いかかってくるだろう。記憶の中の彼は美男子ではあったが、これほど……これほど荒々しく精悍ではなかったし、長身でもここまでの迫力はなかった。かなり痩せたとはいえ、船上で過ごすなどして逃走中に日焼けしたため、社交界の色白の紳士たちよりはるかに健康そうに見える。手が届くほどの場所に立っているジョーダンは、邪悪な幽霊か、悪意を抱く危険な巨人のように見えた。ふと気づくと、その巨人がアレグザンドラの将来の幸せをことごとく滅ぼす力を得て、彼女の人生に再び踏みこんでいたのだ。アレグザンドラはジョーダンが生きていたのを残念に思うほど薄情ではなかったが、彼の顔はもう二度と目にしたくなかった。

永遠とも思えるあいだ、アレグザンドラはすわったまま身動きひとつせず、重く張りつめた空気に耐えて、なにごともないような顔を必死に装い、ジョーダンから身を守るには平常心という毛布にくるまればいいといわんばかりに、ひたすら落ち着きを保とうとした。底知れぬ恐ろしさと断固たる決意の双方を胸に秘め、アレグザンドラは避けがたい瞬間が来るのを待った――ひととおり話をしたジョーダンが、ついに彼女のことを口にする瞬間を。ところが、彼はアントニー相手に領地の問題を論じおえると、それ以外の事業に話題を移してしまい、アレグザンドラの不安はつのるばかりだった。事業の話がつきたあとは、地元でどんな催しがあったかというような質問が続き、恐怖でいっぱいだったアレグザンドラの胸に当惑が忍びこんできた。だが、次に噂話やどうということもない世間話が始まり、ジョーダンがこの春のフォーダムでの競馬の勝敗を尋ねたときには、彼女の当惑はいらだちに変わっていた。

きっと、ジョーダンは、わたしなんかより、ウェッジリー卿の二歳の牝馬《ひんば》やマーカム卿の前途有望な若い牡馬《ぼば》のほうが気になるのよ、とアレグザンドラは思った。でも、それは別に驚くようなことじゃないわ、と苦い気分で考える。癪にさわる話だが、少し前に思い知らされたとおり、そもそもの初めから、ジョーダン・タウンゼンドにとって彼女は厄介なお荷物でしかなかったのだ。

あらゆることが話題にのぼり、愚にもつかないできごとまで語りつくされてしまうと、室内に気まずい沈黙が満ちた。ここまできたからには、まちがいなくわたしの話になるはずだ。ふたりきりで話そうと言われるだろう、とアレグザンドラが思ったときだった。暖炉にゆったり寄りかかっていたジョーダンが、にわかに姿勢を正し、これで失礼すると告げたのだ！

アレグザンドラの心の思慮深い部分は、口を開くべきではないと訴えたが、このままどっちつかずの不穏な状態が続くのかと思うと、もう一日も、いや一時間でも耐えられそうになかった。そこで、なるべく穏やかに、かつ超然と話すよう苦心しながら、こう言った。「御前様、話し合うべき問題がもう一点、残っているように思いますが」

ジョーダンは彼女には目もくれず、手を差し出したアントニーと握手した。「それはあとでいい」にべもなく言う。「いくつか大事な用がある。それを片付けたら、きみとふたりだけで話をする」

アレグザンドラのことは〝大事ではない〟というそのほのめかしは露骨に響き、彼女はいわれのない意図的な侮辱に身をこわばらせた。自分はもう立派なおとなの女性なのだから、簡単に言いくるめられたりはしない。彼を喜ばせるためならなんでもするような、のぼせあがった小娘だったのは昔のことだ。感情に走らないよう厳しく自制しながら、アレグザンドラは隙のない論理で反駁《はんばく》した。「マーカム卿の若駒ごときの話にあれだけ時間を費やせるなら、こちらは人間なのですから、同じだけ時間を割いてもらっても罰はあたらないでしょう。わたしは、いまここで話し合いたいんです、みんなのいる前で」

と、ジョーダンがこちらにさっと顔を向け、その目に燃えさかる怒りの炎にアレグザンドラは息が止まった。「〝ふたりだけで〟と言っただろう！」彼が語気荒く言い放つのを聞いて、アレグザンドラは愕然とした。冷たく無表情な仮面の下で、ジョーダン・タウンゼンドは烈火のごとく怒っていたのだ。彼女がその怒りを肌身に感じ、時間を割いてほしいという要求を撤回しようとしたとき——撤回のことばはもう喉まで出かかっていた——公爵未亡人がすっくと立ちあがるや、モンティ伯父とアントニーに手招きし、ふたりを従えて部屋を出ていった。

居間の扉が不吉な音をたてて閉まると、アレグザンドラは、十四カ月ぶりに、夫である男とふたりきりになった——神経がよじれるような、異様な空気の中で。

アレグザンドラは、ジョーダンがテーブルに近づきシャンペンのおかわりをつぐところを目の隅でとらえ、彼が作業に専念している隙にその姿をじっくり観察した。そして、そこに見たものに不穏な予兆を感じておののいた。考えれば考えるほどめまいがしてくる。自分はどれほど世間知らずだったのか。どれほど彼に夢中になっていたのか——このジョーダン・タウンゼンドを、こともあろうに、優しい人だと思いこんでいたとは。

彫りの深い硬質な横顔を、こうしておとなの目でながめると、優しさや思いやりなどはどこにも見あたらない。こんな男を、どうしてミケランジェロの美しいダビデ像になぞらえたりできたのだろう。そう思うと、われながら不思議でならなかった。

温和な美しさに欠ける一方で、ジョーダン・タウンゼンドの日焼けした横顔には冷然とした気高さがくっきりと表われていた。頬から顎にかけての引き締まった輪郭やまっすぐな鼻筋は、無慈悲な権力者のあかしであり、突き出た顎には非情な意志が感じられる。相手を冷たく見くだす視線や、ものうげな声が発する容赦ないあざけりのことばに、アレグザンドラは内心で震えあがった。昔は、彼の灰色の瞳を、夏の雨あがりの空に似た柔和な色だと思ったものだが、いま見るその瞳は、氷河のように冷たく人を寄せつけず、優しさも寛容さも感じられなかった。でも、たしかにハンサムなことはハンサムだわ。アレグザンドラは心の中でしぶしぶそう認めた――実際、たまらなく魅力的な顔だちではあるが、それは見るからに好戦的で、無頼漢めいた色気を放つ、翳のある男を好む女にはそう見えるというだけだ。自分はまちがってもそんな男には惹かれない、と思った。

わたしの懸念について話し合うにはどうやって切り出すのがいちばんだろうか、と頭を悩ませながら、アレグザンドラはテーブルに近づいた。先にもらったグラスが手つかずなのを忘れて、二杯目のシャンペンをつぐと、あたりを見まわした。すわろうか、それとも立っていようか……腰をおろすと、ただでさえ背の高い相手に見おろされてひるんでしまいそうなので、立っていることにした。

暖炉のそばに立つジョーダンは、グラスを口に運びながらアレグザンドラを観察していた。こうして話し合いを要求される理由はふたつしか考えられない。ひとつは、彼女がアントニーを愛していると本気で思いこんでいて、そのために結婚を望んでいる場合。それが理由なら、そこから話を始めるだろう――単刀直入、かつ正直に――それがアレグザンドラの流儀なのだから。もうひとつは、ホーソーン公爵という肩書きをもつ男であれば、だれでもいいから結婚したいと思っている場合。そちらの理由なら、女っぽくしなを作って甘いことばでジョーダンを懐柔しにかかるだろう。ただしその前に、相手の怒りが治まるのを待ってみる――彼女がいままさにそうしているように。

ジョーダンはグラスを干し、炉棚にどすんと置いた。「さっさと話に入れ」業《ごう》をにやし、声を荒らげた。

その剣幕にぎょっとして、アレグザンドラははじかれたように彼のほうを向いた。「わ——わかっています」おとなとして冷静に彼と話し合い、これ以上あなたのお荷物になりたくないという思いを、一分の誤解も残さぬように伝えたい。どんなに大変でもそうするしかない、と心を決めた。とはいえ、自分に対するジョーダンの本心を知ったとき、また、ロンドンで一、二を争う札付きの遊び人の死を悲しんだ自分が世間の笑いものになったのを知ったとき、どれほど傷つき、怒り、幻滅したかを彼にさとられたくはない。その気持ちを明かすような言動はなんとしても避けたかった。そのジレンマに加え、さらなる難題の存在が急速に明らかになってきた。ジョーダンがいまのような気分でいるときに、離婚などという外聞の悪い問題を持ち出しても、理性的に対応してもらえるとは思えない。それどころか、その希望とは正反対の態度に出るであろうことは、直感でわかった。「どこから話せばいいのか、よくわからなくて」彼女はおずおずと切り出した。

「そういうことなら」ジョーダンはのんびりした声で皮肉たっぷりに言いながら、アレグザンドラが着ている、淡青色のサテンの華やかなウエディングドレスをじろじろと見た。「いくつか忠告をさせてもらおう。わたしがいなくてどんなに寂しかったか、如才なく説明するつもりでいるなら、いま着ているドレスはその話題にはいささか不似合いだ。きみなら着替えておくぐらいの頭はあったと思うが。ところで、実に豪勢なドレスじゃないか」悠然とした口調が、いきなり気短でつっけんどんなものに変わった。「それはわたしの金で買ったのか？」

「違います——ええと、よくはわかりませんが——」

「ドレスはどうでもいい」ジョーダンは意地悪くさえぎった。「きみの茶番につきあうとしよう。ほかの男のために花嫁姿をしているうえに、帰宅したわたしの胸に飛びこんで喜びの涙にくれる芝居もできないとなれば、なにか別の案を出してもらわないとな。わたしの態度を軟化させて、赦しを得たいと思うなら」

「なにを得たいと思うですって？」恐怖よりも怒りが先に立ち、アレグザンドラは思わず大声をあげた。

「わたしの〝早すぎる死〟を知ったとき、きみがどれほど悲嘆にくれたか、という話から始めてはどうだ？」アレグザンドラがかっとなったのは無理からぬことだったが、ジョーダンはそ知らぬ顔で攻撃を続けた。「〝早すぎる死〟というのはなかなかいい響きじゃないか。それから涙をひと粒、できればふた粒絞り出して、くわしく話すといい、わたしの死をどんなに深く悼んだか、どんなに泣いて、わたしの魂の安息を祈ったか――」

その描写はきわめて実情に近かったので、アレグザンドラは恥辱に声を震わせた。「やめて！　そんな話、一切する気はありませんから！　だいたい、あなたみたいな傲慢な偽善者の赦しなんか、だれが要るもんですか」

「ねえきみ、それは実に愚かな言い草だよ」ジョーダンは猫なで声を出し、暖炉からつと身を離した。「こういうときは、毒舌を吐くのではなく、耳に心地よいことを言って、しとやかに泣いてみせるものだろう。それに、わたしをなだめて機嫌を直させるのは、きみにとっては、なにはさておき真っ先に心を砕くべきことじゃないのか？　公爵夫人の椅子を狙う良家の女性は、結婚相手になりうる公爵に対しては、いついかなるときも愛想よくふるまう心がけが必要だ。さて、ウエディングドレスも着替えられず、涙も見せられないのなら、わたしを失ってどんなにつらかったか、という話から始めてはどうだ」ジョーダンは横柄に言い放った。「わたしに二度と会えないのが悲しかったんだな？　悲しくて悲しくてたまらなかった、そうだろう？　あまりに悲しいので、トニーと結婚するしかないと思った。あいつは——つまり——わたしに似ているからだな。どうだ、違うか？」ジョーダンは茶化すように言った。

「どうしてそんな態度をとるの？」アレグザンドラは叫んだ。

ジョーダンは答えようともせず、彼女に近づくと、不吉な黒雲がおおいかぶさるように目の前に立ちふさがった。「一両日のうちに、きみの処遇を言いわたす」

心の中で怒りと困惑がせめぎ合い、アレグザンドラは激昂した。ジョーダン・タウンゼンドは彼女を愛しく思ったことなど一度もないのだから、裏切られて激怒した夫のようにふるまう権利はないはず。彼にこんな扱いを受けるいわれはどこにもない！「わたしは家財道具とは違うわ、ちゃんと心があるのよ！」アレグザンドラは声を張りあげた。「わたしを捨てるなんて許されない——家具じゃあるまいし！」

「そうか？　まあ、見ているがいい！」ジョーダンが言い捨てた。

アレグザンドラは忙しく頭を働かせた。彼の理不尽な怒りを和らげ、単に自尊心が傷ついただけならその傷を癒す方法はないだろうか……豊かな髪を片手で梳きながら、説得の糸口になりそうな理屈を必死になって考える。本来、ふたりの関係においては、アレグザンドラこそがゆえなく傷つけられた被害者なのだが、いまの時点では、彼のほうが力があり、危険なまねをしでかしかねないのだから、とにかく道理を説いて納得させようと思った。「あなたが怒っているのはわかるけど――」

「それがわかるとは、すばらしい観察眼だな」ジョーダンがあてこすった。

アレグザンドラはその皮肉を聞き流し、理性的な口調に聞こえますようにと願いながら辛抱強く続けた。「それに、いまのような状態のあなたに理屈を説いても、通じないかもしれないけれど――」

「遠慮しないで、やってみればいい」とジョーダンは勧めたが、アレグザンドラのほうに一歩詰め寄ったとき、彼の目に浮かんでいたのは、そのことばとはうらはらな表情だった。

アレグザンドラはとっさに一歩さがった。「だめ――だめよ、話してもしかたないわ。耳に入らないでしょう。〝怒りは心の灯し火を吹き消し……〟」

米国の思想家、インガソルの警句が彼女の口から出たことで、ジョーダンは完全に虚をつかれた。魅惑的な巻き毛の少女が、ブッダから洗礼者ヨハネまで、場面に応じてさまざまな金言を自在に引用できることを思い出すと、胸が締めつけられたが、不幸なことに、その思い出は怒りをかきたてるばかりだった。なぜなら、アレグザンドラはもはやあの少女ではないからだ。いまの彼女は権謀術数《けんぼうじゅっすう》に長《た》けた日和見《ひよりみ》主義者だ。アントニーを愛しているがゆえに本気で結婚を望んでいるのなら、とうの昔にそのことを口にしているはず。そうでない以上、彼女の望みはホーソーン公爵夫人の地位を守ることだとしか思えない。

アレグザンドラにとってはそこに問題があるわけだ、とジョーダンは内心で薄笑いした。他の男と結婚式を挙げる寸前だったのを見られてしまったからには、彼の胸に飛びこんで喜びの涙を流す芝居が説得力をもつはずはない。かといって、彼がこの屋敷を出ていくのを黙って見ているわけにもいかない。和解に持ちこむための見え透いた手順の、最初の一歩ぐらいは踏んでみなければ治まらないだろう――いまの地位を保ち、その威光を存分に利用して、引き続き社交界を渡っていくつもりなら。現状を維持したければ、アレグザンドラは現公爵の寵愛《ちょうあい》を受けていることを社交界の人々に示さねばならないだろう。

この十四カ月でアレグザンドラは欲をかくようになったのだと思い、ジョーダンは彼女を心の底から蔑んだ。彼女はまた、美しくなってもいた。間近で見ると、その美しさは目もくらむほどで、つややかなマホガニー色の巻き毛は肩から背中になだれ落ちて豊かに波打ち、雪花石膏《アラバスター》を思わせる抜けるように白い肌や、緑がかった水色の瞳、柔らかな薔薇色の唇を鮮やかに引き立てている。過去に出会った金髪で色白の女たちは、いわゆる〝美人〟のたぐいだったが、それにくらべても、アレグザンドラのほうがはるかに魅力的だ。

ジョーダンはアレグザンドラの顔を厳しい目で見つめ、この女はやはり日和見主義の策略家だと確信した。証拠ならいくらでもある、と思ったものの、きらめく瞳や、怒りに燃えてつんと顎を上げている顔のどこを捜しても、狡猾さはかけらも見あたらない。彼女の変貌ぶりを認めようとしない自分の心につくづく嫌気がさし、ジョーダンは踵を返して戸口へ向かった。

憤慨や安堵、恐れなどの相反する無数の思いに胸を揺さぶられながら、アレグザンドラは彼の後ろ姿を見ていた。ジョーダンが戸口に着いて扉を開け、そこで立ち止まると、彼女は思わず身をこわばらせた。

「わたしはあすからこの屋敷で暮らすが、さしあたって、いくつか指示をしておく。まず、行き先がどこであれ、トニーと出歩いてはならない」

その口ぶりは、万一言いつけを破ればひどい仕打ちが待っていることを、ひしひしと感じさせた。アレグザンドラには、その報復がどういうものなのか想像もつかなかったし、わざわざ出歩いて噂の嵐を巻きおこしたいなどと思うはずもなかったが、相手の脅すような声音に、一瞬、黙りこんだ。「厳密には、家の外に出ること自体を禁止する。どうだ、いまの話を正確に理解できたか？」

アレグザンドラはなんでもない顔をみごとに装って恐怖心を隠しぬき、軽く肩をすくめた。

「わたしは三カ国語を流暢《りゅうちょう》に話せますのよ、御前様。そのひとつは英語です」

「わたしより偉くなったつもりか？」いかにも優しげな声音ながら、そのことばは脅しそのものだった。

アレグザンドラの胸の中で勇気と分別が争ったが、勝負はつかなかった。前進するのは怖いが退却するのも癪なので、せめていまの地歩を守ろうと思い、ふくれっ面の駄々っ子をたしなめるおとなの口調で言ってみた。「いまのあなたのようなわからず屋とは、どんな問題であれ、話し合うつもりはありません」

「アレグザンドラ」ジョーダンの声音はただならぬものを感じさせた。「わたしの忍耐力がどこまでもつか試してやろうと思っているのなら、もう限界だ。いまの〝わからず屋〟のわたしは、この扉を閉めてから、十分間かけて、きみをこの先一週間椅子に腰かけられない状態にしてやることに、無上の喜びを感じるだろう。なんの話かわかるか？」

子どものようにお尻を叩かれるのかと思うと、アレグザンドラはようやくつかんだ自信を奪われ、彼の前では幼く無力だった一年あまり前の自分に戻ってしまったように感じた。つんと顎を上げた彼女は、なにも言わずにいたが、頰の赤みが旗を掲げたようにありありと屈辱感を示し、くやし涙に目を刺されていた。

ジョーダンはそんな彼女を無言でながめていたが、相手が一応おとなしくなったことに満足したのか、礼法をことごとく無視して、会釈すらせずに部屋を出ていった。

一年あまり前には、アレグザンドラは格式張った紳士淑女が常に守っている細かい礼儀作法をまったく知らなかった。そのため、ジョーダンが彼女にお辞儀ひとつせず、手をとって口づけすることもなく、気配りをみじんも示さないことが、侮辱にあたるとは気づかずにいた。そういえば、彼はファースト・ネームで呼びかけることも、けして許してくれなかった……いまこうして、居間の真ん中にぽつんと立っていると、きょう山ほど浴びせられた侮辱に加え、過去に多くの非礼を働かれていたことも痛いほどよくわかり、はらわたが煮えくり返った。

玄関の扉が閉まる音を確認してから、アレグザンドラはぎくしゃくと居間を出て、階段をのぼり自室に戻った。小間使いをさがらせて、うわの空でウエディングドレスを脱いでいると、苦しみが胸にあふれ、同時に愕然とした。ジョーダンが帰ってきた！　しかも、自分が覚えている彼よりも、こうだろうと思っていた彼よりも、ひどい人間になって――より傲慢に、より尊大に、血も涙もない人間になって帰ってきた。そのジョーダンが、わたしの夫なのだ。夫だなんて！　アレグザンドラは心の中で悲鳴をあげた。

けさは、あらゆることが単純明快で、予定どおりに進んでいくように思えた。起床し、花嫁衣装を身につけて、教会に行った。それから数時間が過ぎたいま、新婦たる自分は新郎とは結ばれず、別の男が夫になっている。

涙を必死にこらえながら、アレグザンドラはソファにすわってわが身を抱きしめ、記憶の中の光景を頭から閉め出そうとしたが、その努力はむだに終わった。それらの光景は次々に脳裏をよぎっていき、中でもつらかったのは、愚かにも舞いあがってジョーダンにうつつを抜かしていた小娘の姿がまざまざとまぶたに甦ったときだった。ローズミードの庭園で、ジョーダンを見あげている自分。〝あなたはミケランジェロのダビデ像のように美しいわ！〟そんなことまで言っている。〝愛しています〟のちに愛を交わしたときも、彼の腕の中で気絶せんばかりになって、あなたはたくましくて、賢くて、どうしようもなくすてきだわ、などと口走ったのだ！

「ああ、なんてこと」忘れていた場面がまたひとつ、ひょいと心に甦って、アレグザンドラはうめき声をあげた。あろうことか、彼女はジョーダンに――ロンドン一の女たらしに――あなたは女性に関してはごく限られた経験しかないみたいね、と言ったのだ。彼がにやにやしたのも当然ではないか！

屈辱の熱い涙があふれてきたが、アレグザンドラはその涙を乱暴にぬぐった。あんな――あんな人でなしのために泣くのは、二度とごめんだわ。これまで、あの男のためにバケツ何杯分もの涙を流してきたのだと思うと、腹が立ってならなかった。

以前アントニーから聞かされたことを思い出すと、傷だらけだった心がさらに深手を負った。〝ジョーダンは憐れみの念からきみと結婚したが、妻であるきみといっしょに暮らしたいとは思わなかったし、そのつもりもなかった。新婚旅行から帰ったら、きみをデヴォンに連れていってそこに置き去りにし、自分はこれまでどおり愛人を囲いつづけるつもりでいた……ジョーダンはきみと結婚式を挙げたあとに愛人の家に寄ったんだ……愛人に対しては、結婚はいろいろある不便なことのひとつにすぎないと言ったそうだ……〟

控えめなノックの音がしたが、みじめさに浸りきっていたアレグザンドラの耳にはなにも聞こえず、メラニーはそのまま寝室に入ってきて扉を閉めた。「アレックス？」

その声にはっとして、アレグザンドラは首をめぐらせた。メラニーは、涙の跡が残る、苦悩に満ちた顔をひと目見るや、友のかたわらに駆け寄った。

「なんてこと！」メラニーはぞっとしたようにつぶやくと、アレグザンドラの前にひざまずいてハンカチを出し、動転したのか、聞きとれないほどの早口で話しかけた。「どうして泣いているの？　あの人になにかされた？　怒鳴られたか、でなければ——殴られたとか？」

アレグザンドラはごくりと唾をのんでメラニーを見たが、涙で喉が詰まって声が出なかった。メラニーの夫はジョーダンの親友だ。それだけに、この人は、わたしと彼と、どちらの味方なのだろうと思わずにはいられなかった。アレグザンドラは首を振り、差し出されたハンカチを受け取った。

「アレックス！」不安をつのらせたメラニーが叫んだ。「お願いだから、話を聞かせて！　わたしはあなたの味方よ、これからもずっと」彼女はアレグザンドラの臆した表情が意味するものを正しく汲み取り、こう続けた。「自分の中にためこんでいてはだめよ——幽霊みたいに真っ白な顔して、いまにも倒れそうじゃないの」

アレグザンドラは、自分が愚かにも相手の正体にまったく気づかないままホークに夢中になっていたことを手短に打ち明けたが、彼のほうには愛情のかけらもなかったという点にはひとこともふれず、自分の滑稽さを自分で笑ってみせることで、内心の恥ずかしさも押し隠した。それでも、ホークとの屈辱的な関係について、声を途切らせながら余すところなくこと細かに説明すると、メラニーは言外の悲しさつらさを生々しく感じとってくれたようだった。アレグザンドラがジョーダンへの想いを素直に切々と語るあいだ、メラニーは思いやりを示しつつもおかしそうな顔をして、しきりに首を振っていたが、ジョーダンがアレグザンドラをデヴォンに追いやるつもりだったと聞いたときには、その顔から笑みが消えていた。

ジョーダンが失踪中の自分の行動をどう説明したか、それを話して、アレグザンドラは告白を終えた。すると、メラニーが彼女の手を軽く叩いて言った。「いまの話は、もうすんだことよ。これからどうするの——なにか考えていることはある？」

「あるわ」アレグザンドラは静かな声に力をこめて言った。「わたし、離婚する！」

「えっ？」メラニーは息をのんだ。「まさか本気じゃないでしょうね！」

アレグザンドラはあくまで本気だったので、そう告げた。

「離婚なんてとんでもない」メラニーはその案を一蹴した。「そんなことをしたら、完全にひとりぼっちになるわよ、アレックス。うちの夫は、たいていのことは好きにさせてくれるけれど、それでもあなたとのつきあいは許してくれなくなるでしょう。あなたはすべての上流社会から締め出されて、だれからも相手にされなくなるわ」

「だとしても、そのほうがまだましよ。彼の妻でありつづけて、おまけにデヴォンに引きこもっていなくちゃならないんだったら」

「いまはそう思えるでしょうけど、いずれにせよ、あなたの気持ちだけではどうにもならないわ。もちろん、ご主人が離婚に応じるのが筋だろうけど、彼にその気があるとはとても思えない。仮に応じてくれるとしても、離婚を成立させるのはすごく大変だし、ホークの同意に加えて、あなたのほうも離婚を求める根拠を探さなきゃならないわよ」

「あなたが来たとき、まさにそのことを考えていたのだけど、こっちにはすでに正当な根拠があるし、彼の同意なんかいらないと思うわ。第一に、わたしはむりやり結婚させられたのよ——やむをえない事情があって。第二に、ホークはわたしを愛し敬うと結婚式で誓っておきながら、どちらの誓いも守る気がなかった——これは婚姻無効か離婚を認めてもらうじゅうぶんな根拠になるはずよ、相手の同意があろうがなかろうが。というより、彼が同意しないとしたら、その理由がわからないわ」アレグザンドラの声に、一瞬、怒りが混じった。

「もともと、わたしとは結婚したくなかったくせに」

「でもね」メラニーが反論した。「彼が結婚を望んでいなかったとしても、自分のほうがあなたに見限られたことを世間に知られるのはいやだってこともあるでしょう」

「向こうだって、離婚のことをじっくり考えたら、わたしと縁が切れればせいせいするって思うようになるわよ、まちがいなく」

メラニーは首を振った。「ジョーダンがあなたと縁を切りたがっているとは思えない。きょう、教会で彼がアントニーを見たときの目つきといったら——せいせいするどころか、怒り狂っていたじゃないの！」

「あの人、怒りっぽいのよ、生まれつき」アレグザンドラは居間でのやりとりを思い出して胸が悪くなった。「アントニーやわたしに腹を立てる筋合いなんかないのに」

「筋合いがないですって！」メラニーが仰天した顔で鸚鵡返しに言った。「あなた、彼以外の人と結婚しようとしていたじゃないの！」

「それがなんだっていうの。さっきも言ったけれど、彼はそもそも、わたしと結婚したいなんて思っていなかったのよ」

「だからって、あなたがほかの男と結婚すればいいと思っているわけでもないでしょう」メラニーはそつなく答えた。「とにかく、そういう問題じゃないの。離婚なんてもってのほか。なにか別の道があるはずだわ。きょう、うちの人がスコットランドから帰ってきたの」勢いこんで言う。「ジョンに知恵を貸してもらうわ。とても頭のいい人だから」そこで沈んだ顔になった。「残念ながら、ジョンはホークの親友でもあるから、彼の助言はそのことに少し左右されるかもしれないけれど。でもね」最後に断固とした口調で言いきった。「離婚は絶対に問題外です。解決策はほかにあるはずよ」

メラニーはそこで口をつぐみ、額にしわを寄せて、長いことひとりで考えこんでいた。

「あなたがジョーダンにころっとまいってしまったのも無理ないわ」彼女は同情するように小さくほほえんだ。「イングランドでも名うてのおしゃれで浮気性の女性たちが、それこそ束になって、彼に熱を上げていたんだから」考えながらゆっくりと続ける。「でも彼のほうは、彼女たちと遊びで関係をもつことはあっても、相手の想いに応えるそぶりはまるで示さなかった。それで、こうしてジョーダンが帰ってきたんだから、あなたは彼の胸に一散に飛びこんでいくはずだって、だれもが思うにきまってる――社交界の人たちは、ロンドンに来たころのあなたが、亡き夫をどんなに愛していたか無邪気に話していたことを、まさにいま、思い出しているでしょうから、そうなればなおさらよ」

メラニーの分析は的を射ていると思い、アレグザンドラは胸が激しくむかつくのを感じた。ソファの背に頭を預け、唾をのみこむと、目をつぶって失意の底に沈んだ。「そこまで考えつかなかったけれど、たしかにあなたの言うとおりだわ」

「そうでしょ」メラニーは気のない声で答えた。「それはそれとして」急に声がはずみ、目が輝きだした。「逆のことがおきたら、さぞ愉快でしょうね！」

「どういうこと？」

「この問題をすっきり解決する最高の方法があるわ。ジョーダンのほうが、あなたに恋焦がれるようになればいいのよ。そしたら、あなたは面目を保てるし、なにより離婚しなくてすむじゃないの」

「メラニー」アレグザンドラは暗い声で相手の勢いに水を差した。「第一に、あの男を誘惑して恋心を抱かせるなんて、だれにもできないわよ。だって、彼には人間の心がないんだもの。それに、仮に心があったとしても、その心がわたしに引きつけられることはありえない。さらにいえば……」

メラニーは笑いだし、アレグザンドラの腕をとってソファから立たせると、鏡の前に引っ張っていった。「それは昔の話でしょ。見てごらんなさい、アレックス。鏡に映っている女性には、いまやロンドンじゅうを足もとにひざまずかせる力があるのよ！　男たちはあなたを奪い合っているんだし——」

アレグザンドラはため息をつき、自分の鏡像ではなく、鏡の中のメラニーを見つめた。「それは単に、わたしを追いかけることが、ばかげた流行みたいなものになっているからよ——わざと服の裾を濡らしてみせるような。男性のあいだでは、わたしに恋していると思いこむことが、いまの流行《はや》りなのよ」

「それこそすてきじゃないの」メラニーは一段と愉快そうに言った。「そうと知ったら、ホーソーンはきっと仰天して打ちのめされるわね」

アレグザンドラの目が、一瞬、楽しげにきらりと光ったが、その光はすぐに消えた。「それはどうでもいいわ」

「あら、そんなことないわよ！」メラニーは笑った。「考えてもごらんなさい。ホーソーンは、生まれて初めて、競争に参加しなきゃならないのよ——それも、自分の妻をめぐる競争に！　社交界にとって、彼の闘いぶりはそれはそれはおもしろい見ものになると思わない？イングランドでも指折りの手だれの女たらしが、自分の妻を誘惑してものにしようとしているのに、なかなかうまくいかないなんて」

「その案が失敗する理由が、もうひとつあるわ」アレグザンドラはきっぱりと言った。

「それはどんなこと？」

「わたしがその案に乗らないってこと。もしわたしにそれを成功させる力があるとしても——実際はないけれど——やってみようという気がないもの」

「でもどうして？」メラニーは大声になった。「どうしてやってみないの？」

「どうしてって」アレグザンドラは語気荒く言い放った。「あの男が嫌いだからよ！　愛されたいとは思わないし、そばに寄られるのもいや」言いおえると、お茶を頼もうと思い、呼び鈴のところまで歩いていって紐を引いた。

「だとしても、この騒ぎを治めるには、その方法がいちばんなの」メラニーは手袋とハンドバッグをつかみ、アレグザンドラの額に唇を押しあてた。「あなたは精神的に参ってしまって、くたくたになっているから、冷静な判断ができないのよ。全部わたしにまかせて」

　戸口に向かうメラニーを見たアレグザンドラは、相手にどこか行くところがあって、少し急いでいるらしいと気づいた。「どこに行くの、メル？」怪しみながら尋ねた。

「ロディに会いにいくの」戸口から出ようとしていたメラニーが、振り返って答えた。「これは彼にぴったりの頼み事だから。あなたはもうホーソーンが思うような世間知らずの野暮ったい田舎娘じゃないってことを、できるだけ早く当人に伝えてもらうつもり。ロディなら喜んでやってくれるでしょうよ」うきうきと言う。「あの人は、その手の話をして他人を煽るのが大好きだもの」

「メラニー、待って！」アレグザンドラは疲れた声で精一杯叫んだが、メラニーの計画の中でもいま聞いた部分に関しては、しいて反対するつもりはなかった――疲労感に打ちのめされそうな、いまこのときには。「ロディに頼むのはいいけれど、わたしに黙ってほかのことまでやったりしないでね」

「もちろんよ」メラニーは陽気に答え、手を振って出ていった。アレグザンドラはソファの背に再び頭をもたせかけ、目を閉じて睡魔に身をまかせた。

時計が十時を打つと、階下の大広間にひっきりなしに客が入ってくる気配がしていたこともあって、アレグザンドラはようやくはっきり目を覚ました。肘をついて半身を起こし、寝室に灯されていた蠟燭の乏しい光の中で目をしばたたく。普段なら宵の口といえるこんな時間にソファで寝入ってしまったのは驚きだった。玄関の扉が絶えず開いたり閉まったりする騒々しい音に耳をすましながら、完全に起きあがってソファにすわり、ぼうっとした頭で、みんながこぞってこの家に押しかけてくるのはなぜだろうと考え……はたと思い出した。

ホークが帰郷したのだ。

きっと、だれもがホークはこの屋敷にいるものと思い、会って話をしたいと気がせくあまり、社交界の常識たる礼儀作法すらも破ってしまったのだろう。その作法に従うなら、少なくともあすまでは訪問を控えるべきなのだが。

アレグザンドラはソファから立ちあがり、絹のナイトドレスに着替えてベッドにもぐりこんだ。ホークはこの騒ぎを予期していたのだと思うと、癪にさわってならなかった。こうなるとわかっていたから、彼は公爵未亡人の屋敷に泊まることにして、殺到する客の応対という仕事をこちらに押しつけたのだ。

夫はなんの憂いもなく床につき、安らかな眠りをむさぼっているにちがいない。アレグザンドラはそう決めつけた。

20

アレグザンドラは両方の点でまちがっていた。ジョーダンは床についてはおらず、安らかな夜を過ごしているわけでもなかった。

祖母のタウンハウスのバロック様式の居間に腰を落ち着けたジョーダンは、くつろいだようすで脚を伸ばし、穏やかな顔をしていた。同席しているのは、彼の帰宅を祝しにきた三人の友人と、ロディ・カーステアズだ。ロディがやってきたのは、アレグザンドラの向こう見ずな行動に関する〝愉快な〟話をジョーダンに披露するためらしかった。

一時間近くカーステアズの話を聞かされても、ジョーダンはいくらか憤慨したり、多少苦々しく思ったり、ひどく不快に感じたりはしなかった。彼は激怒していた。愛しい若妻が悲しみのあまり正気を失ってしまったのではないかと案じて、自分が眠れぬ夜を過ごしていたとき、当の妻はロンドンじゅうの話題をさらっていたのだ。こちらは牢獄で朽ちかけていたというのに、彼女のほうは十人を超える相手と浮き名を流していた。自分が牢につながれているあいだに、〝アレックス〟はハイド・パークで乗馬競走に興じたりしていたらしい。メイベリー卿と決闘のまねごとをしたときなどは、彼女が男物のぴったりした膝丈ズボンをはいていたため、名高き剣士たる卿はその脚に気をとられて敗北を喫したという。それ以外にも、彼女は祭りに遊びにいったり、七十は超えているにちがいないサザビーの教区牧師と密会して怪しげな遠出をしたりもしていた。しかも、これだけ逸話を挙げても、まだ全体の半分にも満たないのだ！

カーステアズの話が信用に足るとすれば、アントニーは彼女に対する結婚の申しこみを七十以上も受け付けたことになる。断わられた求婚者たちは、まずはアレグザンドラをめぐって口論になり、それが喧嘩に発展し、ついにはそのうちのひとり、マーブリーが彼女の誘拐をくわだてるに至った。シーヴリーという若い優男《やさおとこ》は彼女の魅力を賛美する〈アレックスを讃える歌〉という詩を発表し、ディルベック老人は品種改良した新しい薔薇を〈グローリアス・アレックス〉と名づけた……

椅子に深々と身を沈めたジョーダンは、長い脚を足首のところで組み、ブランデーのグラスを口もとに運んだ。カーステアズのけだるい声に耳を傾けながら、彼は妻の冒険談をおもしろがるような表情を慎重に装っていた。

三人の友人が期待しているのはまさにその表情なのだと、彼は承知していた。というのも、上流社会においては、夫婦はそれぞれ思いどおりにふるまってよいとされているからだ——分別をわきまえた範囲で、という条件はあるが。その一方で、緊密な交友関係を築いている紳士たちのあいだでは、だれかの夫人のお遊びが一線を越えて夫に恥をかかせそうになったときは、夫の親友が——できるだけ波風を立てない形で——当事者たる夫に知らせるのが通例だった。だからこそ、友人たちはカーステアズが話すのをあまり強くやめさせようとはしないのだろう、とジョーダンは思った。

カーステアズはたまたまジョーダンの友人たちと同時にやってきたのだが、そうでなければ彼を家に入れることなど考えられなかった。ジョーダンにとって、カーステアズはただの知り合いでしかなく、癇《かん》にさわる噂好きの男にすぎなかったが、同席している他の三人は親しい友人だった。カーステアズがアレグザンドラの失態のことばかり話すので、三人は何度も話題を変えさせようとしたが、それでも彼らが中立を保つ言い方を心がけていたことを思えば、カーステアズの話の大半が真実であることは明らかだった。

ジョーダンはカーステアズを一瞥してその心中を推し測り、この男はいまの話を注進しに馳せ参じたわけだが、ここまで急いだのはなぜだろうと思案した。ジョーダンにとって、女とはベッドを暖めてくれる娯楽品にすぎず、そのことは社交界全体に知れわたっている。つまり、あの男が女の美貌や豊満な肉体に溺れることなどおよそありえない、と思われているはずなのだ。そんな彼が、栗色の髪をした可憐な娘に惚れこんでいると知ったら――しかもその想いが、彼女が本物の美女に変身する兆しすら見せていないころに始まったと知ったら――みんなどれほど驚くだろうか。

カーステアズの話にものうげに耳を傾けているジョーダンが、実は怒り心頭に発していると知ったら、グロスター街のタウンハウスの居間に来ている四人の男も、やはり唖然としただろう。ジョーダンは、アレグザンドラを好き放題にさせていたアントニーに激怒し、彼女の行動に目を光らせてくれなかった祖母にも立腹した。どうやら、ホーソーン公爵の未亡人という立場にあったおかげで、アレグザンドラは勝手なことをしても身内からとがめられずにすんだらしい。ジョーダンには過去を変える力はないが、彼女の将来を一変させる力はあった。しかし、実のところ、彼にとっていちばん腹立たしいのは、アレグザンドラの奔放なふるまいではなく、浮気行為ですらなかった。

おかしな話だが、ジョーダンがなにより腹に据えかねているのは、彼女が〝アレックス〟と呼ばれていることだった。

いまでは、だれもかれもが彼女をアレックスと呼んでいるようだ。社交界の人間の大多数が——ことに男性が——彼の妻と親密で、彼女を愛称で呼ぶほどの仲だとは。

ジョーダンは戸口のあたりでうろうろしている下僕に目をやって、かすかに首を振ってみせ、客のグラスを満たす必要はないと教えた。カーステアズが話の途中で息を継ぐと、ジョーダンはその隙をとらえて、そっけない声で嘘をついた。「そろそろおひきとり願おうか、カーステアズ。こちらのかたがたと仕事の話があるのでね」

ロディは愛想よくうなずいて腰をあげたが、去りぎわにことばでだめ押しの一撃を加えた。「きみが帰ってきてくれてうれしいよ、ホーク。だがまあ、トニーには気の毒なことだ。なにしろ、彼はアレックスに夢中だったからな。彼だけじゃない、ウィルストンにグレシャム、ファイツにモーズビー、ほかにも二十人以上が……」

「きみもその仲間か？」ジョーダンは冷淡に言った。

ロディは開き直ったように眉を上げた。「もちろん」

ロディがすたすたと出ていくと、三人の友人のうち、ヘイスティングズ卿とフェアファックス卿もばつが悪くなったのか、申し訳なさそうな顔で腰をあげた。張りつめた空気を和らげる手段はないかと考えて、ヘイスティングズ卿が飛びついたのは、女王杯の話題だった。

女王杯は二日がかりの障害競馬で、社交界の人々は、出場するか見物するか、いずれかの形で全員参加するのが恒例になっている。「ホーク、九月の女王杯の予定はどうだ、あの青毛の牡馬で出るのか？」とヘイスティングズ卿は尋ねた。

「うちの馬のどれかで出るさ」ジョーダンは、ふつふつと沸きたつカーステアズへの怒りを抑えこむかたわらで、年間の障害競馬の中で最も重要な女王杯で馬を駆るときの、開放的な喜びを思いおこしていた。

「だと思った。ぼくはきみに賭けるよ、サタンに乗るんだったら」

「きみは出ないのか？」ジョーダンは投げやりに尋ねた。

「出るにきまってるだろう。でも、きみがあの青毛に乗るなら、ぼくは自分じゃなくてきみに賭けるよ。あんな速いやつは見たことがない」

ジョーダンはけげんに思い、眉をひそめた。サタンは品評会で賞を獲るほどの馬ではあったが、一年あまり前に拉致《らち》される以前の記憶によれば、気性の荒い、むら気な三歳馬だったのだ。「きみはあの青毛が走るのを見たことがあるのか？」

「あるとも！　きみの奥方があの馬に騎乗してレースに出たの——」ヘイスティングズが失言に青くなって口をつぐんだときには、ジョーダンの口もとは不快感もあらわにこわばっていた。

「彼女の……その……手綱さばきはなかなかのものだったよ、無理にせかすこともなくてな、ホーク」ジョーダンの形相《ぎようそう》に気づいたフェアファックスが、あわてて口をはさんだ。

「きみの奥方は、単に元気がいいだけだよ、ホーク」ヘイスティングズ卿も、ジョーダンの肩を叩きながら、声を励ましてわざと明るく言ってみせた。

フェアファックス卿が言下にうなずいた。「元気がいい、それだけの話だ。少し手綱を締めてやれば、子羊のようにおとなしくなるさ」

「そう、子羊のようにおとなしくなるよ！」ヘイスティングズ卿が畳みかけるように同じことを言った。

このふたりの貴族は、ともに馬の繁殖に熱中しており、筋金入りのギャンブラーでもあった。屋敷から出てきた彼らは、玄関先の階段で足を止め、疑わしげに目を見交わした。「子羊のようにおとなしくなるだって？」ヘイスティングズ卿はあきれたように友人のことばをくり返した。「ホークが手綱を締めさえすればだって？」

フェアファックス卿はにやりとした。「そのとおり——ただし、まずはくつわをはめなくてはならない。そのためには、前脚を縛る必要がある。ホークが奥方を手なずけようとすれば、必ず抵抗される。それは請け合うよ。彼女は並みの女性より気が強いからな——それに、おそらくはプライドも高い」

ヘイスティングズは、相手の意見に異を唱えながら、悦に入った顔で目を閉じた。「きみはホークの女性に対する魔力を見くびっているようだね。少したてば、奥方はホークにべったりになっているさ。女王杯の日が来るころには、彼女はホークの袖にリボンをつけてやって応援しようと考えているはずだよ。そのリボンのことで、息子のほうのウィルソンとその友人のフェアチャイルドが、すでに賭けを始めている。ホワイツの賭け帳では、四対一でホークが彼女のリボンをつけるほうが優勢だそうだ」

「それは甘いな、きみ。奥方はホークをひどく手こずらせるぞ」

「まさか。ロンドンに来たころの彼女は、亡くなったとされたホークをひたすら慕っていたじゃないか。つい最近まで、彼女がホークを賛美してみんなの笑いものになっていたのを忘れたわけじゃないだろう？　きょうホークが教会に現われてからは、どこに行ってもその話でもちきりだよ」

「ああ、そうとも。それに、当の彼女も忘れてはいないさ」フェアファックスはぶっきらぼうに言った。「ぼくはホークの奥方と知り合いだが、あの人は誇り高いご婦人だよ――その誇りゆえに、やすやすと彼の手に落ちることはない。その点は請け合う」

挑むように眉を上げ、ヘイスティングズが宣言した。「女王杯でホークが奥方からもらったリボンをつけるほうに、千ポンド」

「よかろう」フェアファックスは迷わずその賭けに乗り、ふたりは賭博場として有名な紳士専用社交クラブ、ホワイツに向かった。目的はゆっくりギャンブルを楽しむこと――ただし、先ほどの賭けを賭け帳に記すつもりはなかった。友人を気遣って、その賭けは内密に行なうことにしたのだ。

フェアファックスとヘイスティングズが帰ってしまうと、ジョーダンは側卓に歩み寄り、自分のグラスを再び満たした。親友のジョン・カムデンに目を向けたとき、ジョーダンの口は固く引き結ばれ、そのこわばりが、他の者には用心深く隠していた怒りを浮き彫りにしていた。ジョーダンは、辛辣な皮肉をのんびりと口にした。「きみが残ったのは、アレグザンドラの不始末をまだほかに知っていて、その話をわたしにこっそり聞かせずにはいられないからか？　そうでなければいいと、心から願っているが」

カムデン卿ははじけたように笑いだした。「とんでもない。カーステアズは、きみの奥方がハイド・パークで乗馬の競走をしたとか、メイベリーと決闘ごっこをしたと話したとき、〝メラニー〟という名をわざとらしく口にしただろう。あれはたぶん、メラニーがどちらのときも奥方を応援していたと言いたかったんだな」

ジョーダンは酒をひと口飲んだ。「それで？」

「メラニーというのは、わたしの妻だ」

口もとにグラスを運ぼうとしたジョーダンの手が、途中で止まった。「なんだって？」

「結婚したんだ」

「ほんとうか？」ジョーダンはぼそっと言った。「なんでまた？」

カムデン卿はにんまりした。「やむにやまれず、というところだ」

「そういうことなら、遅まきながらお祝いを申しあげるか」ジョーダンの口調は棘を含んでいた。彼はグラスを掲げて乾杯のしぐさをしたが、そこで本来の育ちのよさが顔を出し、自らに反省をうながした。「失礼なことを言って悪かったな、ジョン。いまの時点では、わたしにとって、結婚はさほどめでたいものではないのでね。きみの細君のメラニーは、わたしの知っている人なのか？　会ったことはあるだろうか？」

「会っていないことを祈るよ！」ジョンは笑いながらおおげさな言い方をした。「妻が社交界にデビューしたのは、ちょうどきみがロンドンからいなくなったころで、それは実にありがたいことだった。メラニーに会っていたら、きみは手を出さずにはいられなかったはずだ。

そのきみがこうして帰ってきたとなれば、わたしとしては決闘を申しこむしかなかっただろう」

「遊び人だという悪評なら、そちらも負けてはいなかったじゃないか」

「きみは格が違った」そんな軽口を叩くジョンが、友人を元気づけようとしているのは明らかだった。「わたしが魅力的な若い娘に色目を使うと、相手の母親は娘のお目付け役の婦人をひとり増やした。わたしではなく、きみが色目を使ったときは、その場面を見た母親は、必ず恐怖でひきつけをおこし、同時に大それた望みを抱いたものだ。まあ、わたしの場合は、公爵の位がなく、相手を公爵夫人にしてやれないという弱みもあったが。その公爵位が、母親たちの不安や野望をかきたてたというところもあるからな」

「わたしはうぶな生娘をもてあそんだ覚えはないぞ」ジョーダンは腰をおろし、手にしたグラスに見入った。

「それはそうだ。だが、きみの細君とわたしの妻が、お互い気が合うと感じて友だちになったのなら、ふたりは似た者同士と考えてさしつかえなかろう。だとすれば、きみは気苦労の多い人生を送ることになるぞ」

「それはなぜだ？」ジョーダンは形ばかりの質問を口にした。

「自分の妻が、次から次へと突拍子もないことを思いつくからさ――その思いつきがどんなものかわかるたびに、こちらは肝を冷やすんだ。メラニーは、きょうの午後、子どもができたと教えてくれたが、その子が生まれたらどこかに置き忘れてくるんじゃないかと、いまからはらはらしているよ」

「忘れっぽい人なのか？」ジョーダンは新婚の親友ののろけ話につりこまれたふりをしようとしたが、その演技は失敗に終わった。

ジョンは眉を上げ、肩をすくめた。「そうとしか思えない。でなければ、わたしがきょうスコットランドから戻ってきたときに、あんな大事な話をするのを忘れるはずがないじゃないか。なにしろ、夫の親友の細君と――当の夫はまだ面識がない女性だが――自分が、ふたりして面倒きわまるいざこざに巻きこまれている、という話なんだぞ」

ジョンとしては、ジョーダンの苦難を知りつつ、わざとたいしたことではないかのように話して、相手を慰めたつもりだった。その試みがみごとに失敗したとわかると、彼は少し間をおいてから、深刻な声で言った。「きみは奥方をどうするつもりなんだ？」

「いくつか案があって、いまのところは、どれも悪くないように思える」ジョーダンはさらりと言った。「あの女の首を絞めるもよし、見張りをつけるもよし、あるいは、あすにでもデヴォンに追いやって、そのまま人目にふれないところに留め置くもよし」

「ちょっと待て、ホーク、そんなわけにはいかないだろう。きょう、教会であんなことがあったばかりだ、人がどう思うか――」

「人がどう思おうがかまわん」ジョーダンはそう言ったが、今回ばかりは、それは本心ではなく、そのことは相手も承知していた。自分の妻に手を焼く男として世間の笑いものになるのかと思うと、ジョーダンはどうにも腹の虫が治まらなくなってきたのだ。

「きみの奥方は元気がいい、たぶんそれだけのことさ」カムデン卿は遠慮がちに慰めた。

「メラニーは奥方の人となりをよく知っていて、大好きだと言っている」彼は腰をあげ、去りぎわにこう言った。「もし気が向いたら、あすの晩、ホワイツに来ないか。わたしがじきに父親になるというので、仲間が集まって祝杯をあげてくれることになっているんだ」

「ぜひ行こう」ジョーダンは無理に笑顔を作った。

　カムデンが出ていくと、ジョーダンは暖炉の上に掛けられた額入りの風景画を見るともなしにながめ、アレグザンドラは何人の男をベッドに連れこんだのだろうと考えた。きょうの午後、居間でふたりきりになったとき、彼女の目に見てとれたのは、無垢の喪失、そして幻滅だった。かつては、ジョーダンを見るたびに、率直さや信頼や優しさを映し出していた、あのすばらしい瞳。いまやそうした輝きは褪せ、かわりに冷たい敵意が宿っている。

　アレグザンドラがきょう、あのように警戒しながらこちらに敵対した理由を考えるうちに、ジョーダンの身内に憤怒が野火のごとく広がった。アレグザンドラは、彼が死んでいなかったのを残念に思っている。彼が娶ったあどけなく愛らしい少女が、いまや彼が生きているせいで腹を立てているとは！　彼が心を奪われ妻にした娘は、変わってしまったのだ、冷酷で、計算高く、美しい……あばずれに。

　そこで離婚について検討してみたが、その案はすぐに却下した。スキャンダルの問題はともかく、離婚が成立するには何年もかかる。それに、跡継ぎもほしかった。タウンゼンド家の男は、不運にも早死にする傾向が強いのだが、アレグザンドラが評判どおり貞操の観念や慎みに欠けているとしても、跡継ぎを産ませることはできる——必要とあらば、幽閉して外界との接触を断たせてもよい。そうすれば、生まれてくる子どもの父親はよその男ではないことがはっきりする。

椅子の背に頭をもたせかけると、ジョーダンは目を閉じ、音をたてて深々と息を吐くことで、いらだちを鎮めようとした。そして、ようやく気持ちが落ち着いたとき、あることに思いあたった。自分はアレグザンドラを責め、彼女の将来を勝手に決めようとしているが、その根拠になっているのは世間の噂でしかない。天真爛漫で純朴だと思って妻にした少女には、命を助けてもらった恩がある。であれば、恩返しのためにも、申し開きをさせてやるのが筋というものだ。

あした、公明正大な心でアレグザンドラに対峙し、今夜カーステアズから聞いたもろもろの話を否定する機会を与えることにしよう。アレグザンドラがこのわたしに嘘をつくほど愚かでなければ、申し開きをする資格はある。だが、彼女がほんとうに、ずる賢いご都合主義者、あるいは淫奔な尻軽女であることが明らかになった場合は、容赦なく罰を与えて屈服させてやる。

アレグザンドラは素直にこちらの意志に従うだろうか、それともむりやり従わせねばならないだろうか。いずれにせよ、彼女は従順で貞淑な妻としてふるまうようになるのだ——非情な決意を固めたジョーダンは、そう断じた。

21

寝室の外の廊下を小走りに行きかう絶え間ない足音や、かいがいしく立ち働く召使いたちの興奮気味の小声で、アレグザンドラは目が覚めた。寝ぼけまなこであおむけに寝返りを打ち、時計に目をやってぎょっとした。どういうことだろう？　まだ九時前だなんて。通常、この階では、召使いがこんな早い時間から仕事をすることはない。社交シーズン中は、屋敷の主や家人は明け方に外出先から戻り、十一時ごろまで寝ていることが多いからだ。

きっと、ご立派なご主人様をお迎えする準備をしているんだわ。そう思うと、ひどく不愉快になった。

呼び鈴で小間使いを呼ぶこともせずにベッドから起き出すと、アレグザンドラはいつもどおり朝の日課をこなしながら、寝室の外でおきているかつてない騒ぎに耳をそばだてた。

パフスリーブ付きのラベンダー色のかわいらしいモーニング・ドレスに着替え、扉を開ける。そこで思わず飛びのいた。アレグザンドラの鼻先で、四人の下僕が足並みをそろえ、もともと主人の寝室だった部屋をめざしていたのだ。ロンドンの名だたる仕立て屋や靴屋の店名入りの箱を山のように抱えているせいで、彼らにはアレグザンドラの姿が見えていないようだった。

階下の玄関広間からは、ノッカーの音、正面扉が開いて閉まる音、それに続いて、品格を感じさせる朗々とした男性の声、という順でざわめきがくり返し聞こえてきた。ゆうべ耳にした騒ぎよりも、けさのほうがずっとひどい。どうやら、とんでもない数の客が、続々と押し寄せているようだ――その目的は〝ホーク〟に会うこと、それ以外に考えられない。これまで、アレグザンドラと公爵未亡人も日々それなりに客を迎えていたが、その数もこの大人数にはとうていかなわず、これほど早い時間に来る客などひとりもいなかった。

好奇心にかられたアレグザンドラは廊下を進み、吹き抜け上部の回廊から玄関広間を見おろした。そこでは、ペンローズではなくヒギンズが正面の扉を開け、彼女が爵位だけ知っている三人の男性貴族を迎え入れていた。ほかにもふたり、着いたばかりと思われる客が、しかるべき客間に通されるのを行儀よく待っている。あたりでは、しみひとつないお仕着せを身につけた召使いたちが、はずむ心や熱烈な期待を押し隠すように、それぞれの職務にいそしんでいた。

ヒギンズが新たに到着した一団の最後のひとりを案内して、書斎に通じる廊下を歩きだすと、アレグザンドラは、洗いたてのシーツ類を抱えてぱたぱた走ってきた女中をつかまえた。

「ルーシー？」

女中はひょいと頭を下げて片足を引き、すばやくお辞儀をした。「はい、奥様？」

「なぜみんな、こんなに早くから仕事をしているの？」

小柄な女中は胸を張って誇らしげに答えた。「ホーソーン公爵様が、やっとご帰宅になったからですよ！」

アレグザンドラは手すりをつかんで体を支えながらはっと目をみはり、急いで玄関広間を見やった。「あの人、もうここにいるの？」

「ええ、もちろんですとも、奥様」

アレグザンドラの視線が階下に飛んだそのとき、長身のジョーダンが、完璧な仕立ての紺のズボンに襟もとをくつろげた白いシャツという格好で、客間から出てきた。彼と連れ立っているのは、なんと、隠れもなき摂政のジョージ王太子だ。孔雀めいた派手な色のサテンやベルベットの装束《しょうぞく》で豪勢に身を飾った王太子は、にこやかな顔でジョーダンを見あげながらのたまった。「そのほうが行方知れずになった日は、余にとっては暗黒の一日であったぞ、ホーソーン。以後、くれぐれも自重するよう申しつける。そのほうの血族はみな、あまたの災厄に累々と祟《たた》られてきた。こののちは、万事に備えを怠らぬように」王太子は高らかに続けた。「加えて、そのほうが血筋を絶やさぬために子作りに励むことを、余は望んでおる」

王族から命を受けたというのに、ジョーダンはおかしそうに薄笑いするばかりだった。そのあと、彼は小声でなにごとかを口にし、それを聞いた王太子は頭をのけぞらせて大笑いした。

王太子はジョーダンの肩をぽんと叩くと、前触れもなく来訪したことを詫び、歩きだした。そこで、賓客の見送りに合わせるかのようにヒギンズが玄関広間に飛んできて、もったいぶったしぐさで扉を開けた。アレグザンドラは、英国の摂政王太子が自分と同じ屋根の下にいるのを目にしたことや、その王太子に対してジョーダンがなれなれしいといえるほど親しげにふるまったことに愕然とし、しばらくはその衝撃から立ち直れなかった。

玄関広間にいた人々が姿を消し、執事のヒギンズひとりが残ったところで、アレグザンドラは気力を奮《ふる》いおこし、心の平静を少しでも取り戻すように努めながら、のろのろと階段をおりていった。摂政王太子をこの屋敷で見かけたという恐ろしい事実はいったん忘れて、それ以上に恐ろしいこと――来るべきジョーダンとの対決に、心を集中させた。

「おはよう、ヒギンズ」玄関広間に入ると、アレグザンドラはきちんと挨拶した。「ペンローズとフィルバートは、けさはどこにいるのかしら？」廊下のあちこちを目で捜しながら、そう尋ねた。

「御前様が、けさお着きになったさいに、厨房に行くようお命じになりました。御前様は、あのふたりが……その……この屋敷にふさわしくないと思われ……なんと申しますか……彼らにはやはり……」

「あのふたりを人前に出したくなかった、そういうことでしょう？」アレグザンドラは声を尖らせた。「それで厨房に追い払ったのね？」

「仰せのとおりで」

アレグザンドラは身をこわばらせた。「あなたは御前様に言ってくれなかったの、ペンローズとフィルバートはわたしの友――」ふたりのことをつい友人と言いそうになったが、はっと気づいて言い直した。「いえ、召使いだと」

「それは申しあげました、たしかに」

並々ならぬ意志力を働かせて、アレグザンドラは理不尽なほど激しく湧きあがった怒りを抑えこんだ。たしかに、摂政王太子のもてなしは、あの心優しいふたりの老人にとっては手に余る仕事で、いきなり押し寄せだした一般の客をさばくことさえむずかしいと思われるので、その点でホークといがみ合う気はない。しかし、他の使用人たちの目の前で厨房に追いやって恥をかかせるというのは——屋敷内の別の場所で仕事をさせてもよかったのだから——おそろしく不当で心ない仕打ちだ。それはまた、ホークのつまらない復讐心の表われでもあるのではないか。アレグザンドラはそう思った。

「きょう、御前様に会いたいのだけれど、そう伝えてもらえるかしら」ヒギンズに八つ当たりしてはいけないと思い、アレグザンドラは気を遣いながら言った。「会うのは早ければ早いほどありがたいわ」

「御前様も、奥様にお会いになりたいと仰せでした——一時半に書斎で、とのことです」

アレグザンドラは玄関広間の大時計に目をやった。夫との面会はいまから三時間十五分後だ。あと三時間十五分待てば、自分が過って結婚した相手に、その過ちを正したいと告げることができる。その前に、公爵未亡人とアントニーに会っておこう。

「アレックス——」アントニーが階上の廊下の向こう端から声をかけてきたとき、アレグザンドラは公爵未亡人の部屋の扉をノックしようと手を上げたところだった。「けさの気分はどうだい？」そう言いながら、アントニーが近づいてきた。

アレグザンドラは兄に対するような温かい気持ちでほほえみかけた。「悪くないわ。ゆうべ早い時間に眠りこんで、そのままずっと寝てしまったから。あなたは？」

「ぼくはほとんど眠れなかったよ」アントニーは小さく笑って答えた。「これはもう見た？」

彼は新聞を手渡しながら尋ねた。

アレグザンドラは首を振り、新聞に目を走らせた。彼女が見た面は、ジョーダンの拉致とフランス軍からの逃亡に関する記事で埋めつくされていた。いっしょに逃げた捕虜の証言をもとに、ジョーダンの勇敢な行為を輝かしく書きたてた部分もある。その捕虜はジョーダンが救ったアメリカ人だった——記事によれば、彼を助けるために、ジョーダンは自らの命を何度も危険にさらしたという。

そこで、公爵未亡人の部屋の扉が勢いよく開き、ふたりの下僕がそれぞれ重そうなトランクを肩にかついで出てきた。公爵未亡人は部屋の中央に立ち、三人の小間使いに指図して、数個ずつ用意されたトランクと旅行鞄にすべての私物を詰めさせていた。「おはよう、あなたたち」公爵未亡人はアントニーとアレグザンドラに呼びかけ、手ぶりで部屋に招き入れた。小間使いをさがらせて椅子に落ち着くと、彼女は散らかっている室内と、向かいに腰をおろした年若のふたりに目をやって、漫然とほほえんだ。

「なぜ荷造りをなさっているんですか？」アレグザンドラはおろおろと尋ねた。

「わたくしはアントニーといっしょに、自分のタウンハウスに移ります」公爵未亡人の口ぶりは、そうなることは当然わかっていたはず、といわんばかりだった。「あなたはもう、わたくしの付き添いなしでやっていけますからね、自分の夫がいてくれるのだから」

〝夫〟ということばを聞いたアレグザンドラは、心の中で違うわと叫び、胃がよじれるのを感じた。

「ほんとうに、不憫な娘だこと」公爵未亡人はアレグザンドラがふいに身を硬くしたのを鋭く見てとった。「これまで生きてきた時間はたいして長くもないのに、次から次へと苦難に見舞われて、あげくがきのうの騒ぎですからね。いまや当家は、ロンドンじゅうで噂の的になっています。でも、そんな熱狂はすぐに冷めることでしょう。一日か二日したら、わたくしたちはなにごともなかったような顔で——自身の気持ちはともかく、はた目にはですよ——以前と同じように社交行事に参加したり人に会ったりするのです。それを見た社交界の人々は、アントニーが〝亡き〟いとこに義理立てしてあなたと結婚しようとしたのだと考えるでしょう。そのいとこが帰ってきたのだから、わたくしたちにとってはまさに大団円、そう見られるはずです」

アレグザンドラには、社交界の人々がそんなふうに考えるとは思えなかったので、そのことを口にした。

「いいえ、みんなそう考えますとも」公爵未亡人は悦に入った顔で傲然と言い放った。「なぜかといえば、きのうあなたが休んでいるあいだに、わたくしの友人が何人かうちに駆けつけたのですが、その人たちに、いま話したとおりのことを、わたくしの口から告げたからです。それに、アントニーはサリー・ファーンズワースにたいそう熱を上げていましたから、その点からすると、あなたと結婚しようとしたのはあくまで義務感からだという話はもっともに思えるでしょう。わたくしの友人たちは、しかるべき人々の耳にそうした話を吹きこんでくれるはず。そうなれば、いつものように、噂はすぐに広まってくれます」

「なぜそこまではっきり言いきれるのですか？」とアレグザンドラは尋ねた。

公爵未亡人は眉を上げてほほえんだ。「わたくしが頼んだとおりに噂を広めなければ、友人たちは多くのものを失うからですよ。いいですか、アレグザンドラ、〝大切なのはなにを知っているかではなく、だれを知っているかだ〟とよくいいますが、あの格言はまったくの的はずれです。ほんとうに大事なのは、〝だれ〟について〝なに〟を知っているかということ。わたくしはほとんどの友人の弱みを握っているのよ」

アントニーが声をあげて笑った。「相当な悪党だな、お祖母様も」

「悪党で結構」公爵未亡人は開き直ったように言った。「アレグザンドラ、まだ納得いかないようね。なにを気にしているの？」

「まず、お祖母様の案が、わたしたち全員が早々に人前に出ていくことを前提にしているのが気になります。わたしはきのう、お祖母様のもうひとりのお孫さんに」アレグザンドラは、爵位も、ジョーダンと言うべきところで、わざとそんな言い方をした。彼のことを呼ぶのに、名前も爵位も、自分との当面の法的関係を示す呼称も使いたくはない。その意志を明らかにしたつもりだった。「この屋敷から出てはならないと命じられました。ちなみに、その命令に従う気はさらさらありませんが」最後は挑むような口調になった。

公爵未亡人はしばし額にしわを寄せた。「あの子はものごとを冷静に考えられなかったのでしょう」少し考えてから、そう言った。「あなたが家に閉じこもったりすれば、アントニーと結婚しようとしたのを恥じていると世間に告げることになります。そのうえ、あなたが夫と不仲であるように見えてしまう。大丈夫ですよ、アレグザンドラ」公爵未亡人は明るい顔になった。「その命令をくだしたときのジョーダンは、そこまで考えが及ばなかったのでしょう。わたくしたちは、あと一日か二日したら、全員そろって社交界に出ます。あの子もそれには反対できないはず。あなたに代わって、わたくしからあの子に話しておきましょう」

「いいんです、お祖母様」アレグザンドラは優しく言った。「それには及びません。わたしももうおとなですから、言うべきことがあれば自分で言えます。それに、あの人にあれこれ指図されるつもりはありません。あの人には指図する権利などないのですから」

その妻らしからぬ反抗的な発言に、公爵未亡人はぎょっとしたようだった。「またたいそうなことを！　夫には妻の行動を監督する法的な権利があるのですよ。そうだわ、ちょうどいい機会だから、今後あなたが夫とどうつきあっていけばよいか、わたくしから少し助言させてもらいましょうか」

公爵未亡人がジョーダンのことをさして〝あなたの夫〟と言うたびに、アレグザンドラは心の中で歯噛みしたが、口から出たのはお義理のような「ええ、お願いします」ということばだけだった。

「結構。きのう、いますぐあの子と話したいと言いはったとき、あなたが取り乱していたのはわからなくもありません。でも、そう言ってあの子を怒らせてしまったのは、なんとも浅はかなことでした。あの子のことは、わたくしのほうがよく知っています。ジョーダンは怒らせると怖いのよ。しかもきのうは、あなたがアントニーと結婚しようとしていたというので、それでなくても腹を立てていた。はた目にもわかるほどに」

公爵未亡人はジョーダンをひいきし、あくまで彼に味方するつもりらしい。老未亡人を愛するようになっていたアレグザンドラには、それが恨めしく思えた。「きのうのあの人のふるまいは、赦しがたいほど無礼でした」アレグザンドラは硬い声で言った。「こんなことを言ってお祖母様に嫌われたら残念ですけれど、あの人と夫婦になってよかったというようなふりはできません。あの人が、わたしのことを、あるいはわたしとの結婚をどう思っていたのか、すっかりお忘れのようですね。さらにいえば、あの人はわたしが我慢ならないようなことをいろいろしてきましたし、性格には欠――欠点があります！」うまいことばが見つからず、演説は尻すぼみになった。

意外にも、公爵未亡人はにっこりした。「かわいいあなたを憎むことなどできるはずがないでしょう。あなたは、わたくしがもてなかった孫娘なのだから」公爵未亡人はアレグザンドラの肩に腕を回し、笑顔のまま続けた。「女性に対するジョーダンの態度はとうてい自慢できるものではないし、わたくしもそのことに目をつぶったりはしません。でもね、あなたにまかせておけば、そういうところががらりと変わるのではないかと期待しているのよ。いいこと、これだけは覚えておきなさい。放蕩者が悔い改めると、往々にして最高の夫になるものです」

「放蕩者が悔い改めるなどということが現実におきれれば、そうなるかもしれませんが」アレグザンドラは苦々しく言った。「それでも、そういう人が夫であればいいとは思いません」

「それはそうでしょう。当面は、そう感じるのも無理ないことです。でも、選ぶ余地はないのよ。あの子はいますでに、あなたの夫なのだから。正直にいうと、わたくしはそれはそれは楽しみにしているのですよ、あなたがあの子をひざまずかせるのを」

その告白を聞いて、アレグザンドラはぽかんと口を開けた。アントニーやメラニーも、まさに同じ思いを口にしていたではないか。「わたしにはそんな力はありませんし、あったとしても――」

「あなたならできます。やらなくてはいけません」有無を言わせぬ調子でずばりと言ってから、公爵未亡人はまなざしを和らげ、きびきびと続けた。「やりなさい、アレグザンドラ。仕返しのためでもかまいません。あなたには、誇りと気概と勇気があるのだから」アレグザンドラが反論すべく口を開きかけたときには、公爵未亡人はもうアントニーのほうを向いていた。

「アントニー、ホーソーンは、アレグザンドラとの結婚を決めたわけをおまえの口から聞きたいと、必ず言ってきます。どう説明するか、ここでよく考えておかなくては」

「もう手遅れですよ、お祖母様。きょう、朝の八時という非人間的な時間に、ホークはぼくを書斎に呼びつけて、開口一番、そのことを問いつめてきました」

このとき初めて、公爵未亡人はかすかな動揺の色を示した。「それが――〝適切な〟策だったからだ、というふうに答えたのならよいけれど。そういう説明なら、もっともらしく聞こえるわ。もしくは、単なる思いつきで、とか――」

「そんなことは言わなかったな」アントニーはいたずらっぽく笑った。「ぼくはこう言いました。アレグザンドラとの結婚を決めたのは、ロンドンじゅうの花婿候補者が彼女に求婚しようと押しかけてきて迷惑千万だったうえに、その連中が互いを蹴落とすために喧嘩を始めたり、彼女を誘拐しようとたくらんだりしたからだ、と」

公爵未亡人はさっと手を上げて喉もとを押さえた。「嘘でしょう！」

「嘘じゃありません」

「どうしてまた、そんなことを？」

「だって、それが事実でしょう」アントニーは小さく笑いながら言った。「それに、数日もすればジョーダンのほうでその事実を突き止めますよ」

「それでも、いま知らせるよりは、少しでも先に延ばしたほうが、ずっと都合がいいじゃないの！」

「都合はよくても、あまり痛快ではないな」アントニーは冗談めかして答えた（それを聞いたアレグザンドラは、アントニーほど優しくて思いやりのある人はいないと思った）。「ジョーダンがぼく以外の人間から話を聞いていたら、その場で彼のようすを見ることはできなかったわけですから」

「話を聞いたとき、あの人、どんなふうだった？」アレグザンドラは思わず尋ねた。

「なんの反応も示さなかった」アントニーは肩をすくめた。「でも、それがホークなんだよ。感情を表に出さないんだ。彼の冷静沈着な気質はよく知られていて、それにくらべれば、女性関係の派手さはさほど――」

「そこまでにしなさい、アントニー」公爵未亡人は呼び鈴に近づき、小間使いを呼ぶために紐を引いた。

アレグザンドラとアントニーも腰をあげた。「これから、少しフェンシングでもやるかい？」とアントニーが尋ねた。

アレグザンドラはうなずいた。ジョーダンとの会見をじりじりしながら待つのはいやだ。フェンシングなら、時間つぶしにちょうどいいだろう。

もうじき十二時半というころ、ヒギンズが書斎に現われ、ボウ街に勤めるある紳士がよこした手紙をジョーダンに渡した。中を読んでみると、その紳士は体調を崩したということで、きょうの予定だった内密の会談をあすに延ばしてほしいと頼んでいた。

ジョーダンは、アレグザンドラとの面会時間を早めようと決め、執事に目をやった。「ヒギンズ、おまえの女主人はどこにいる？」

「舞踏室にいらっしゃいます、御前様。アントニー様とフェンシングをなさっています」

ジョーダンは三階の広大な舞踏室の扉を開け、中に入った。対戦中の腕ききの剣士ふたりは、ジョーダンが来たことには気づかず、休みなく動きながら、剣を交えては離れ、優雅な動きで熟練の技を駆使して、体《たい》をかわしたり突きを入れたりしていた。

ジョーダンは壁に寄りかかってふたりをながめた。その揺るぎない視線の先で、男性用の膝丈ズボンをはいて細い腰や長い脚の優美な曲線をあらわにしたアレグザンドラが、ひらりひらりと動きまわっていた。彼女の剣さばきの巧みさは、ジョーダンも前から知っていたが、こうして見ると、それだけではないことがわかる。間合いを計ることに長け、反応は電光石火のすばやさで、動きも絶妙だ。それはつまり、剣士として卓越しているということだった。

ジョーダンの存在にはいまも気づいていないようだったが、アレグザンドラは唐突に、もうやめましょう、と呼びかけた。息を切らし、笑いながら、頭の後ろに手をやってマスクをはずし、首をひと振りすると、たっぷりした長い髪が一気になだれ落ち、肩に広がる濃いマホガニー色の波のところどころが金色に輝いた。「トニー、動きに切れがなくなってきてるわよ」からかって笑った顔が上気してほんのり赤く染まっているのが、なんともいえず心をそそる。アレグザンドラは話しながら防護用の胸当てをはずし、片膝をついて壁に立てかけた。そこでアントニーがなにごとか話しかけたので、彼女はそちらに首をめぐらせ、笑顔を見せた……その瞬間、ジョーダンの心は猛烈な速さで時をさかのぼり、気づいたときには、目の前のなまめかしい美女の姿が別の姿と溶け合っていた——それは愛くるしい巻き毛の少女で、森の中の空き地で剣に見立てた木の枝を振りかざしたり、もぞもぞ動く子犬を抱えて草花のあいだにひざまずき、瞳にあふれる愛情のきらめきを隠しもせずに、彼をまっすぐ見あげたりしていた。

ジョーダンは懐かしさに胸がうずくのを感じたが、そこには喪失感の刺すような痛みも混じっていた。あの空き地の少女はもういないのだ。

そこでようやく、アントニーがジョーダンの姿に気づいた。「ホーク」アントニーはおどけた口調で尋ねた。「ぼくの動きには切れがなくなってきたかな。もう年ってことか？」部屋の反対側にいたアレグザンドラがふいに振り向き、その顔が凍りついた。

「そうではないと思いたいね」ジョーダンが醒めた声で答えた。「歳のことをいうなら、わたしのほうが年長だからな」そして、アレグザンドラのほうを向いて言った。「思ったより早く時間が空いたから、予定を繰りあげて、いまから話をしよう」

きのう発散していた冷ややかな敵意はどこへやら、きょうのジョーダンは、文句のつけようもないほどていねいに、感情を排した事務的な口調で話していた。ほっとしつつも胸騒ぎを感じたアレグザンドラは、腰や腿をぴったり包んでいる膝丈ズボンを見おろし、こんな格好のまま、顔を紅潮させ髪も乱れた状態で話し合いをするのは、明らかにこちらの不利になると、見当違いなことを考えた。「その前に、着替えてきたいのですが」

「その必要はない」

これからジョーダンと話し合う大事の前に、小事にこだわって彼の機嫌を損ねたくはない。そう思ったアレグザンドラは、黙ったまま、了解のしるしにきちんとうなずいてみせた。張りつめた沈黙の中、ジョーダンに従って階下の書斎へ向かいながら、彼女は言おうと決めている台詞を、頭の中でいま一度復唱した。

ふたりで書斎に入ると、ジョーダンは両開きの扉を閉めた。凝った彫刻をほどこしたオーク材の大机の手前に、椅子が半円に並べてあったので、アレグザンドラはそのひとつにすわった。それを見届けたジョーダンは、机の向こう側の席に納まるかわりに、机の端に腰を乗せ、腕組みをして無表情にアレグザンドラを見つめながら、片脚をのんびりと揺らしはじめた。その脚は彼女の脚にぶつかりそうなほど近くにあり、互いのズボンの生地がこすれて衣ずれの音がした。

永遠とも思える時間が過ぎたあと、ジョーダンがようやく口を開いた。その声は、平然として高圧的だった。「きみとわたしにとって、〝始まり〟は二度あった――一年あまり前に祖母の家で一度、きのうこの家でもう一度。さまざまな事情のせいで、どちらも幸先のよい始まりとはいえなかった。きょうはわれわれの三度目の――そして最後の――始まりだ。いまここで、わたしはわれわれの将来の進路を決める。手始めに、これについてきみの意見を聞きたい……」ジョーダンは後ろに手をやると、机に置かれていた書類を一枚取りあげ、悠然と差し出した。

なんだろうと思いながら書類を受け取り、一瞥したとたん、胸に湧きあがった憤怒が猛烈な勢いで全身を駆けめぐり、アレグザンドラは椅子から飛びあがりそうになった。書面には、ジョーダンの筆跡で、アレグザンドラの〝いかがわしい行動〟が列挙されていたのだ。アントニーを相手にしたフェンシングの模擬決闘の練習、ハイド・パークでの乗馬競走、マーブリー卿の甘言に乗ってウィルトンに連れ去られそうになるという恥ずべき事件などなど。どれも罪のない奔放な遊びのようなものだったが、このように並べたてると、重罪の告発状のように見えた。

「われわれの進路を決める前に」アレグザンドラの美しい顔に浮かんだ怒りをよそに、ジョーダンは淡々と続けた。「この一覧表について、事実と異なる項目があればその旨申し立てる、また、釈明したいことがあれば釈明する、その機会を与えるのが筋だと思ったのでね」

密度を増した怒りに力を得て、アレグザンドラはゆっくりと立ちあがり、両脇に垂らした手を握りこぶしにした。この男は、どの口でわたしの行ないを責めるのか。さすがに、そこまで鉄面皮だとは思いもしなかった。彼のこれまでの人生を思えば、わたしがやったことなど、赤子のいたずらのようなものではないか。

「あなたって人は、自分だけ善人ぶって、どこまで卑劣で傲慢なの——！」激昂して叫びながらも、アレグザンドラは燃えあがる憤怒を超人的な意志の力で抑えこんだ。きっと顔を上げ、ジョーダンの謎めいた瞳を真っ向から見据えて、一覧表——著しく誇張された罪状の表——の全項目が事実であると胸を張って認めるのは、まさに溜飲《りゅういん》が下がることだった。「わたしは有罪です」アレグザンドラは怒髪天を衝《つ》く勢いで宣言した。「その表に並んでいる、些細で、無害で、悪意のない事件を、ひとつ残らず引きおこしたことを認めます」

ジョーダンは目の前に立つ気性の激しい美女を見つめた。その瞳が怒れる宝石のようにきらめき、憤激を抑えこんだ胸が波打つのを見ているうちに、彼の怒りは薄れていき、相手が潔く罪を認めたことに不本意ながら感心するようになっていた。

だが、アレグザンドラのほうには、まだ言いたいことがあった。「こんな言いがかりの一覧表を突きつけたうえに、この最後通告でわたしの将来を決めるなんて、勝手すぎるわ！」彼女は激しい剣幕で叫ぶや、ジョーダンが手を伸ばす間もなくさっと横に飛びのき、踵を返して戸口へと向かった。

「席に戻れ！」ジョーダンが命じた。

アレグザンドラがはじかれたように振り返ると、光り輝く髪が大きく広がり、波打つ巻き毛がきらめく奔流となって左肩に流れ落ちた。「戻るわよ！」彼女は荒々しく答えた。「十分待って」

ジョーダンはそれ以上止めず、眉を寄せて思案しながら、アレグザンドラが閉めていった扉をながめた。一覧表を見た彼女があそこまで激しく反発したのは、予想外だった。正直なところ、確たる目的があって表を見せたわけではない。自分の不在中にアレグザンドラがしでかしたことがほかにもあったのかどうかを、彼女の反応から推測できれば、という程度にしか考えていなかった。こちらが知りたいこと、知らねばならないことはひとつしかないが、アレグザンドラに対して口が裂けても問えないのはまさにその一点だった——自分が不在のあいだ、彼女がベッドをともにし、体を許したのはだれか、ということだ。

机に積まれた書類に手をやると、ジョーダンは出荷契約書を一通抜き出し、ぼんやり目を通しながらアレグザンドラが戻るのを待った。

あの一覧表を見せるという策は、品性に欠けていた。彼は心の中でそう認めた。

それから数分後、その結論が正しかったことは火を見るより明らかになった。アレグザンドラが書斎の扉を激しくノックし、返事も聞かずにつかつかと入ってきて、机に腰を乗せていた彼のすぐそばに、一枚の書類を叩きつけるように置いたのだ。「あなたは、告発合戦をして、容疑を否認する機会を与えたいと望んでいるようだから」彼女は嚙みつくように言った。「わたしも同じ〝厚意〟をもって、あなたに釈明の機会を与えましょう。わたしたちの将来について、わたしのほうから最後通告を突きつける前に」

ジョーダンは好奇心にかられ、アレグザンドラの上気した美しい顔から机上の書類へと視線を移した。読み返していた契約書を脇に置くと、アレグザンドラが先ほどすわっていた椅子を顎でさし示し、彼女が腰をおろすのを待ってから、書類を手にとった。

その書類も一覧表だった。記されているのは十六の単語のみ。八人分の名前。彼の昔の愛人たちの名だ。ジョーダンは書類を置き、けげんそうに片方の眉を上げてアレグザンドラを見たが、口を開こうとはしなかった。

「どう？」アレグザンドラはしびれを切らして訊いた。「その表になにかまちがいがある？」

「誤りがひとつ」ジョーダンの答え方は、癪にさわるほど悠然としていた。「それに脱落がいくつかある」

「誤りですって？」ジョーダンの目が愉快そうにかすかに光ったのが気になったが、アレグザンドラはそう訊き返した。

「マリアン・ウィンスロップのファースト・ネームの中の〝i〟は誤りで、正しくは〝y〟だ」

「ためになる情報をどうも」アレグザンドラは反撃に出た。「あなたが彼女にあげたという噂のネックレスに合わせて、趣味の悪いダイヤのブレスレットをわたしが彼女に贈ることがあったら、添えるカードには正しい綴りで名前を書くようにするわ」

今度は、ジョーダンがおもしろがって唇に薄い笑みを浮かべたのがはっきり見えたので、アレグザンドラは立ちあがった――その姿は怒りに燃える誇り高い女神さながらだったが、黒髪の傲慢な男は長身にものをいわせて彼女を見おろしていた。「あなたは自分の側の罪を認めたのね。だったら、わたしたちの将来がどういう道筋をたどるのか、わたしが教えてあげるわ」ことばを切り、怒りで乱れた息を整えると、彼女は胸を張って宣言した。「わたしは婚姻無効を申し立てます」

その衝撃的なことばは部屋に響きわたり、四方の壁で跳ね返って、静まり返った空気を震わせた。それでも、ジョーダンの平然とした顔は、感情のかけらすら示さなかった。やがて、彼はぽつりと言った。「婚姻無効、か」そして、出来の悪い生徒を相手に修辞学上のくだらない問題を論じる教師よろしく、我慢強い、穏やかな口調で続けた。「その申し立てをどうやって認めてもらうつもりなのか、よかったら教えてくれないか」

いまいましいほど冷静なその態度に、アレグザンドラはジョーダンのすねを蹴ってやりたくなった。「そういうことは自分ではやりません。わたしの申し立てにどんな法的根拠があるかは、そういう――そういうことを扱う人に聞いてください」

「事務弁護士だ」ジョーダンは助け舟を出すように言った。「〝そういうことを扱う〟のは」

人を見くだすような、そのおためごかしの言い方に、アレグザンドラは怒りを抑えるのがやっとだったが、そこでまたジョーダンが白々しい助言をした。「優秀な事務弁護士を何人か紹介してあげよう。わたしのお抱えの弁護士だ」

その笑止千万な提案は、こちらの知能をあなどっている証拠としか思えず、アレグザンドラはこみあげる涙で目の奥がつんとした。「昔のわたしは、あなたに目がくらんでいて、簡単にだませる女だったということ？」彼女は絞り出すようにつぶやいた。「あんなだまされやすい女なら、こちらが紹介する弁護士に飛びつくはずだ。あなたにそう信じさせるほど、わたしはお人よしだったの？」

複数の驚くべき事実がいちどきに明らかになったのに気づいて、ジョーダンは眉を寄せた。ひとつ目は、勇気と図太さを示してこちらをうならせておきながら、アレグザンドラがいまにも泣きそうになっていること。ふたつ目は、彼が妻にした勇敢で無邪気で愛敬のある娘が、異国風な美しさと覇気を具えた華やかな女性に変貌し、その一方で、あまり好もしくない烈火のような反骨精神をも獲得していたこと。最後の――そしてジョーダンの心を最も乱した――事実は、自分がいまも、一年少し前と同じくらい、アレグザンドラに肉体的な欲望を感じていると自覚したことだった。いや、前と同じどころではない。はるかに強い欲望だ。

ジョーダンは穏やかに言った。「わたしはただ、きみがどこかの名も知れぬ――おそらくは気配りにも欠けた――事務弁護士の事務所で、赤恥をかいたりむだ骨を折ったりせずにすむようにと思ったまでだ」

「むだ骨になんかならないわ！」

「いや、なる」ジョーダンは断言した。「われわれの婚姻は、床入りをすませたことで成立しているんだ。それとも、あのときのことは忘れたか？」

裸にされて寝かされ、喜んで彼に身をゆだねた夜の記憶が生々しく甦ったことで、アレグザンドラの張りつめた神経は限界に達しかけた。「まだもうろくする歳ではありません」と言い返すと、ジョーダンの目が笑いを含んできらりと光った。その落ち着きぶりはいまいましいばかりで、彼の心をなんとかしてかき乱してやりたいと思ったアレグザンドラは、婚姻無効を勝ち取る奥の手として考えたことを明らかにした。「わたしたちの結婚は無効です。なぜなら、わたしは自分の意志で結婚したのではないからです！」

ジョーダンははっとするどころか、前にもまして楽しそうな顔になった。「弁護士にそう言ってみればいい、笑いすぎて心臓麻痺をおこすぞ。女性が選択の自由もなく義務感から結婚したというだけで結婚が無効になるんだったら、社交界で夫婦と呼ばれている男女のほとんどは――いま、この時点で――夫婦ではなく、単に同棲しているだけということになる」

「わたしの場合は、ただ〝義務感から〟結婚しただけじゃないわ」アレグザンドラはすかさず言い返した。「脅されて、すかされて、悪だくみに乗せられて、おまけに誘惑されて、それで結婚したのよ！」

「だったら、弁護士を見つけてそう言いたまえ。ただし、気付け用の嗅ぎ塩を忘れないように。心臓麻痺をおこした弁護士の手当てをするはめになるからな」

くやしいがジョーダンの言うとおりだ。アレグザンドラは急速に気分が沈み、胸がむかついてきた。この十五分間、鬱積した恨みつらみをジョーダンにぶちまけてきて——こちらの望む反応はなにひとつ得られなかったが——ふと気づくと、希望も憎しみも、なにもかもが心から消えていた。ただ、むなしかった。視線を上げてジョーダンと目を合わせたが、赤の他人を見ているような気がした。人間の一種らしいが、初めて見る顔で、見てもなにも……感じない。「婚姻無効が認められないなら、離婚します」

アントニーは、アレグザンドラとのあいだにあるのは〝兄妹のような〟愛情だと話していたが、あれは嘘だったのだ。ふいにそうさとって、ジョーダンは口もとをこわばらせた。

「わたしの同意がなければ不可能だ。離婚はできない」彼はぴしゃりと言った。「だから、トニーと結婚しようなどと考えてもむだだぞ」

「トニーと結婚する気なんかないわよ！」アレグザンドラのその剣幕に、ジョーダンはいくらか安心した。「だからといって、あなたの妻として生きていくつもりもありませんけど」

アントニーとの結婚を望んではいないとアレグザンドラが明言したことで、ジョーダンはだいぶ機嫌が直り、怒りの消えた目で彼女を観察した。「こちらの理解力が低いせいだったら申し訳ないが、きみが婚姻無効の申し立てをしたがっているとは驚きだ」

「それは驚きでしょうとも、あなたのことを魅力的だと思わない女がこの世にいると知ったんだから」アレグザンドラは舌鋒鋭く言い返した。

「それが、婚姻無効を申し立てる理由なのか？　わたしを〝魅力的だと思わない〟というのが」

「わたしが婚姻無効を申し立てるのは」アレグザンドラはジョーダンの目をまっすぐに見ると、礼儀正しい口調で、その口調とは正反対の発言をした。「あなたが嫌いだからです」

驚いたことに、ジョーダンは微笑した。「嫌いといえるほど、わたしのことをよくは知らないだろうに」からかうように言う。

「いいえ、知っていますとも！」アレグザンドラは恨みをこめて言った。「だから、あなたの妻であることをやめます」

「きみには選ぶ余地はないんだよ、かわいい人」

〝かわいい人〟という愛情を示す呼びかけが空々しくおざなりに響き、アレグザンドラは怒りに頬が熱くなった。いかにも、悪名高い浮気男が口にしそうな台詞だ。そんなふうに呼びかければ、わたしがたちまち足もとにひれ伏すと思っているのだろう。「〝かわいい人〟なんて呼ばないで！　わたしはなんとしてでも、あなたから自由になってみせる。こっちにだって選ぶ余地はあるのよ」彼女はとっさの思いつきを口にした。「たとえば――たとえばモーシャムに帰って小さな家を買ってもいいし」

「それはいいが」ジョーダンは茶化すように言った。「その家を買う資金はどうする？　きみには金などないのに」

「でも――結婚したとき、あなたは言っていたじゃない、かなりの額のお金をわたしに分け与えるよう計らったって」

「そう、それはきみが使える金だ。わたしがその使い道に同意すればだが」

「虫のいい話だこと」アレグザンドラは軽蔑心をむきだしにした。「あなたは、自分で自分にお金をあげてるだけじゃないの」

たしかにそういう見方もできると思い、ジョーダンは笑い声をもらしそうになった。怒りに燃える水色の瞳と上気した顔を見おろしながら、彼は考えた――アレグザンドラは出会ったときから常に笑いをもたらしてくれているが、その力はどこから来ているのだろう。それに、アレグザンドラの意気をくじくことなく彼女をものにし手なずけたいという欲求、その厄介で強烈な欲求に、自分がいまここでとらわれているのはなぜなのか。離れ離れになっているあいだに、アレグザンドラは驚くほどの変化を遂げたが、それでも彼女以上に自分に似合う女は見つかりそうになかった。「こうして法律にからんだ話をしていると、いやでも思い出さずにはいられないな。わたしがもっている法的権利の中に、一年以上行使していないものが数点あることを」そう言うなり、ジョーダンは両腕をきつくつかんでアレグザンドラを引き寄せ、開いた脚ではさみこんだ。

「あなたには慎みってものがないの――」アレグザンドラは大声をあげ、無我夢中でもがいた。「法的には、わたしはまだあなたのいとこと婚約中なのよ!」

ジョーダンのくぐもった笑い声が深々と響いた。「それこそ、議論の余地があるところだ」

「キスはしないで！」アレグザンドラは猛然と声をあげ、両手を彼の胸にあてて突っ張りながら身をそらせた。

「それは残念だ」つぶやくように言うと、ジョーダンは片腕をアレグザンドラの背中に回し、鉄壁のような胸に彼女をぐいと抱き寄せて、互いの体で彼女の腕をはさんでその動きを巧みに封じこめた。「きみを〝とろけさせる〟力がわたしにまだあるかどうか、いまから試すつもりなんだが」

「そんなの時間のむだよ！」アレグザンドラは顔をそむけながら叫んだ。ジョーダンのことばで、かつての自分の姿がいやおうなく脳裏に甦り、恥ずかしさでいたたまれなくなっていた。わたしはこの人に夢中なのを隠しもせず、あなたにキスされると身も心も熱くなるなどと告白したのだ。噂によれば、イングランド女性の半数は、ジョーダン・タウンゼンドのキスで体温が上がった経験があるという。「わたしはなにも知らない子どもだったのよ。いまはもうおとなだし、あなたに負けず劣らずキスのうまい人たちにキスされたこともあるわ！そうよ、あなたより上手な人だっていたんだから！」

そのことばに報復するように、ジョーダンは空いている手を彼女の豊かな後ろ髪に差し入れ、髪の毛をぐいとつかんで顔を上げさせた。「何人にキスされた？」そう訊いたとき、彼のこわばった顎はぴくっとひきつった。

「何十人も！　百人よ！」アレグザンドラはつっかえながら答えた。

「そういうことなら」残忍さのにじむもの柔らかな声で、ジョーダンはゆっくりと言った。

「きみもさぞかし腕をあげただろう。わたしを燃えさせてみるがいい」

アレグザンドラが答える間もなく、ジョーダンの唇が舞い降りて強引に唇をとらえ、荒々しく動きだした。容赦なくいたぶるようなそのキスは、アントニーの優しいキスや、彼女に熱を上げすぎた紳士たちが、多少の無茶が許されるかどうか試そうとしていきなり唇を寄せてくるキスとは大違いだった。このキスはそんなものではない。なぜなら、容赦ない残酷さの陰に、強烈な訴えがあふれているからだ。アレグザンドラのほうからもキスを返してくれと迫っているのだ。それは拒むことを許さないほど激しい要求だった——彼女がそれに応えれば、このキスは穏やかになり、まったく違ったものに変わると約束していた。

アレグザンドラはその暗黙の約束を感じとり、理屈抜きに理解した。ジョーダンの唇の動きが心なしか優しくなり、こちらの唇の形に添うようになると、恐れと驚きで全身がおののいた。彼の唇はまさぐるようにゆるやかに動き、キスに応えるよう求めていた。

そのとき、背後で息をのむ気配がして、ジョーダンの手がゆるんだ。アレグザンドラはその隙にさっと振り向いたが、ジョーダンはかえって腕に力をこめ、彼女をしっかりとかたわらに抱き寄せた。ふたりが同時に見つめたのは、ヒギンズの驚愕した顔だった。彼はカムデン伯爵をはじめとする三人の男性客を案内して、書斎に入ってこようとしていた。

執事と三人の客は棒立ちになった。「これは——これは失礼いたしました、御前様!」ヒギンズがあわてたように大声で言った。こんなに狼狽したヒギンズを見るのは、アレグザンドラには初めてのことだった。「伯爵様がおみえになったらお通しするようにとのことでしたので——」

「あと十五分ほど待ってもらえないか」ジョーダンは友人三人にそう告げた。

執事と客は部屋を出ていったが、三人の客が一様におもしろがるような顔をしていたのをアレグザンドラは見逃さず、恥ずかしさのあまりジョーダンに食ってかかった。「あんなことを言ったら、これから十五分もキスを続けるつもりだと思われるじゃないの! あなたももう満足したでしょう、まったく——」

「満足しただって?」ジョーダンはおかしくなって相手のことばをさえぎり、この気性の激しい、途方もなく魅力的な若い女を、珍しいものを見るような思いでつくづくながめた。かつて彼女は、子どものようなひたむきさで彼を崇め、輝く水色の瞳にそのあこがれを表わしたものだった。あのころの、乱れ放題の巻き毛は消えた。一途な想いをこめたまなざしも消えた。彼が結婚した無邪気なおてんば娘はもういない。かわりに現われたのは、激しい感情をむきだしにする、心をそそる若い美女で、ジョーダンは彼女を手なずけ、以前のようにこちらの誘いに反応させたいという、分別を忘れた感情を抑えられなくなっていた。「満足しただって？」彼はもう一度言った。「あんな、キスとも呼べないようなキスで？　まさか」

「そういう意味で言ったんじゃないわ！」アレグザンドラはじれったくなって叫んだ。「きのう、わたしはほかの男性と結婚しようとしていたのよ。さっきの人たちは、あなたがわたしにキスしているのを見て、すごく奇妙に感じたはずだわ。そういうことは考えないの？」

「われわれがなにをしようと、だれも〝奇妙〟には感じないさ」ジョーダンはおかしさ半分、皮肉半分といった調子で答えた。「わたしがきみの結婚式に乱入して式を中止させるという傑作な見せ物を、みんなすでに見物ずみなんだからな」

ジョーダンのその行動は、社交界の人々の目にどれほど滑稽に映ったことか。アレグザンドラは、このとき初めてそのことに気づき——彼もさぞきまり悪かっただろう——いい気味だと思ううちに笑いがふつふつこみあげてきた。

「笑いたければ笑うがいい」ジョーダンはあっさりと言い、アレグザンドラが笑いをこらえてすました顔をしようと悪戦苦闘しているのを見守った。「あれは抱腹絶倒の見ものだったはずだ」

「そんなことないわ」アレグザンドラはそのことばを否定し、相手の気持ちを思ってまじめな表情を保った。「とにかく、あの場ではそうは見えなかったわよ」

「そうだな」とジョーダンは答え、その刹那、日焼けした顔に、見る者の心をときめかせるものうげな笑みを浮かべた。「祭壇の前で振り返ってわたしを目にしたときのきみの顔といったらなかった。幽霊でも見たかのような顔だった」あのとき、ほんの一瞬だが、アレグザンドラの顔は喜びに輝いていた――かけがえのない大事な人を目にしたような歓喜の表情だった、とジョーダンは思った。

「そういうあなただって、鬼神のように恐ろしい顔をしていたわ」ジョーダンが突如、抗いがたい魅力を発散しだしたのを感じて、アレグザンドラはそわそわしながら言った。

「顔つきはともかく、内心では、間抜けのような気分だったよ」

そのように自分を笑えるジョーダンの度量にはさすがに感嘆するしかなく、アレグザンドラは彼についていろいろ聞かされた事実をいっとき忘れた。時計の針が逆回転して、ジョーダンは、結婚した当時の、笑顔が印象的で魅力にあふれた、胸が締めつけられるほどハンサムな男性に戻っていた――彼女をからかい、空き地で決闘ごっこをしたあの男性に。時がたつのも忘れて、人を幻惑する不敵な灰色の瞳に見入っているうちに、アレグザンドラはぼうっとなった頭で、彼がほんとうに生きていることを――また、いままで見た夢とは違い、これはいずれ醒めてしまう夢ではないことを――いまやっと、全面的に、はっきり実感した。ジョーダンは生きている。しかも、なんということだろう、彼はわたしの夫なのだ。少なくとも、いまこの瞬間は。

そうしてもの思いにふけっていたせいで、アレグザンドラはジョーダンの視線が唇に向けられたのに気づかず、いつの間にか彼の腕に包みこまれ、たくましい体に抱き寄せられていた。

「だめよ！　わたしは――」

アレグザンドラの拒絶のことばは、むさぼるような情熱的なキスで封じられた。彼女の抵抗を支えていた怒りもこのときばかりは消えうせ、自身の意志を裏切るように体から力が抜けた。理性が発する警戒の叫びは、胸の高鳴りと、死んだものと思っていた夫の力強い腕に再び抱かれる刺激的な悦楽にかき消された。男らしい大きな手がうなじを包み、長い指でなだめるように愛撫する。もう片方の手は、アレグザンドラの背中を上へ下へとなでさすりながら、彼女の体をさらに強く、さらにぴったりと抱き寄せた。

ジョーダンの温かな唇のうごめきに唇を塞がれ、硬くなってきた部分を押しつけられる感覚――それは何百回も夢に見た、苦しいほど、切ないほど、心が震えるほど懐かしい感覚だった。危険な火遊びと知りながら、アレグザンドラはキスされるにまかせ、彼の唇や手や体が与えてくれる禁断のはかない歓びに――これきりと思いながら――わが身をゆだねた。それでも、キスに応えはしなかった。応える勇気がなかった。

ジョーダンは合わせていた唇を離すと、こめかみにそっと口づけた。彼が「キスしてくれ」とささやくと、その息が温かな戦慄となってアレグザンドラの血管を駆けめぐった。「キスするんだ」ジョーダンは熱っぽく誘い、唇を頰に這わせていき、感じやすい首筋や耳のあたりについばむようなキスを執拗に浴びせた。アレグザンドラの豊かな髪に両手を差し入れ、顔をあおむかせると、ジョーダンは彼女の視線をとらえ、からかうように挑発した。

「やり方を忘れたのか?」

この十四カ月間に唇にキスされたのは今回が初めてだけれど、ほかに機会がなかったと思われるぐらいなら死んだほうがましだわ。アレグザンドラはそう思ったが、ジョーダンはすでに事実を察しているようだった。

「忘れてはいないわ」アレグザンドラが震える声で答えると、ジョーダンのわずかに開いた唇がおりてきて、探るようなキスがまた長々と続いた。「キスしてくれ、王女様」彼はかすれた声でせきたて、こめかみ、耳、頬へと唇を這わせた。「思い出にあるキスの味と変わらぬほどいいのかどうか、確かめたいんだ」

ふたりで交わした数少ないキスの思い出を、ジョーダンもまた大事にしてくれていたのだ。それがわかったとき、胸がうずくような切なさは耐えがたいほどになった。内心であきらめのうめき声をもらすと、アレグザンドラは顔を上げて自分から唇を重ねていき、両手を彼の胸に這わせた。ジョーダンの唇は重なったままぐいと角度を変え、今回は、アレグザンドラもその荒々しく甘いキスに屈した。欲情をそそる強い口づけに応えて唇を開くと、すかさずその隙間にジョーダンの舌が忍びこんで口の中を占領し、アレグザンドラは身も心も奪われた。

欲望、混乱、熱情が渦巻く嵐の海に溺れるうちに、アレグザンドラはジョーダンの手が腰のあたりを包んで引き寄せようとしているのを感じたが、逆らうことはせず、彼の胸にあてていた手を肩へと滑らせた。その動きは期せずして、とろけそうな体を彼の硬くなったものに押しつける結果となった。そうしてふたりがぴったり寄り添った瞬間、ジョーダンの屈強な体に震えが走り、腕は一段と強く彼女を抱きしめた。と、片手が上がってアレグザンドラの胸をおおい、敏感になった乳首を親指がなぶりだした。それと同時に、彼の舌が口に押し入ってきて、入っては引き、入っては引きをくり返した。その荒々しく刺激的なリズムは徐々に激しさを増し、アレグザンドラは禁じられた欲望を煽られて気も狂わんばかりになった。心をしびれさせるキスははてしなく続き、ジョーダンは温かな手で欲情を誘うようにひたすら背中をなでまわしていたかと思うと、遠慮なく胸をつかんだ。脚や太腿にぐっと力が入り、アレグザンドラのそれにからんでくると、快楽の魔法がかかった。以前感じたあの抑えがたい情熱のすべてをこめて、彼女はジョーダンにキスを返した。ただ今回は、不安に震えておじけづく心よりも、彼とひとつになりたいという欲望がまさっていた。いっときだけ自分に嘘をつき、ジョーダンは自分の理想そのものだと思うことにしたのだ。

ジョーダンが意識したのは、腕に抱いた女がかつてないほどの情熱をこめてキスを返したということだけで、それは女に飢えた体にはとてつもなく刺激的だった。アレグザンドラの舌が飛び出して唇にふれてくる。彼女を抱きしめてその舌を自分の口に引き入れると、欲望が奔流《ほんりゅう》となって体じゅうの血管を駆けめぐり、股間が脈打ちだした。いま、この場で、彼女を床に押し倒しものにしたいという激しい衝動をかろうじてこらえ、合わせていた唇を未練たっぷりに離して、乱れた息を抑えるようにゆっくりと深呼吸した。なるほど、自分が牢で朽ちかけているあいだに、妻はキスについておおいに学んだようだ。ジョーダンは苦々しい気分でそう考えた。

欲望の靄が徐々に晴れてくると、アレグザンドラは心を惑わす瞳にじっと見入った。その双眸から情熱的な翳りが消え、普段の謎めいた薄い銀色に変わるのを見守るうちに、少しずつ現実感が戻ってきた。両手はジョーダンの首の後ろにかけたままだったが、いまになって、その手がふれている肌が燃えるように熱いのに気づいた。そういえば、さっき〝わたしを燃えさせてみるがいい〟と言われたのだった……

どうやら、自分はそのとおりのことをやってのけたようだ。そうさとると、アレグザンドラの胸に誇りと充実感があふれ、柔らかな唇はいつのまにか婉然《えんぜん》とした笑みを形作っていた。その満足げな微笑に気づいたジョーダンは、けげんそうに目を細め、視線を上げた。そこには、すべて心得ているといわんばかりの水色の瞳があった。彼は口もとを引き締めると、アレグザンドラを抱いていた腕をおろし、あとずさりした。

「拍手を送るよ」そっけない声でジョーダンが言い、アレグザンドラは彼の変わりやすい気分が一転して、みるみる不機嫌になっていくのを呆然と見ていた。「きみはこの一年あまりのあいだに、実に多くのことを学んだんだな」

一年あまり前……アレグザンドラはぼんやりした頭で記憶をたぐった。あのころ、ジョーダンは彼女のことを、世間知らずの哀れな厄介者だと思っていたのだ。そこで、わざと明るい笑みを浮かべ、軽い調子で言った。「一年ちょっと前には、あなたはわたしのことをあきれるほど世間知らずだと思っていたわよね。なのに、いまは世間知らずではなくなったと文句を言っている。結局、どうやってもあなたを満足させることなんてできないのよ」

くやしいことに、ジョーダンは彼女を世間知らずだと思っていたという話を否定しなかった。「どうすればわたしを〝満足させられる〟かは、今夜、わたしがホワイツから戻ったあとに、ベッドで話し合うことにしよう。とりあえず」彼は公式命令を発するかのように、とりつく島のない居丈高な調子で続けた。「以下の数点について心得ておくように。ひとつ、婚姻無効の申し立てなど論外だ。離婚についてもしかり。ふたつ、決闘のまねごとは金輪際《こんりんざい》禁ずる。いまのようなズボン姿でうろつくのも、公園で乗馬の競走をするのも、わたし以外の男と連れだって人前に出るのも禁止だ。わかったか？　だれが相手であれ、わたし以外の男といっしょに外出してはならない」

アレグザンドラは怒り心頭に発した。「あなた、何様のつもりなの！」と食ってかかると、腹立たしさで頰に血がのぼった。一年以上たったのに、ジョーダンはなにひとつ変わっていない。いまでも、彼女を自分の目にふれない場所に閉じこめておきたいと思っているのだ。やはり、デヴォンに追いやってしまおうと目論んでいるにちがいない。

「自分が何者であるかはわかっているさ、アレグザンドラ」ジョーダンは意味深長な発言で切り返した。「だが、わからないのはきみがどういう人間かということだ。昔はともかく、いまはもうわからない」

「そうでしょうとも」アレグザンドラは吐き捨てるように言った。彼の命令に従う気がないことを先に宣言しておきたいという衝動にかられたが、そこは賢明にも自制した。「あなたは、自分の結婚相手が従順でかわいらしくて、ちょっとした言いつけにも喜んで従うような女だと思っていたんじゃない？」

「そんなところだ」ジョーダンは硬い口調で答えた。

「実際はそういう女じゃなかったのよ」

「これからはそうなる」

アレグザンドラはつんと顎を上げてそっぽを向き、挨拶のお辞儀をするつもりがないことを露骨に示した。「それは違いますわ、御前様」そう言って戸口へ向かった。

「わたしには」彼は嚙みつくように言った。「ジョーダンという名がある」

アレグザンドラは足を止めて半ば振り返り、頰を美しく紅潮させたまま、繊細な形の眉を上げて驚いた顔をしてみせた。昔はジョーダンと名前で呼びかけたくてたまらなかったのに、いまでは名を呼ぶのを拒むほうが喜びが大きかった。「それは存じていますわ」と言ったあと、穏やかな声で敢然と付け加えた。「御前様」ファースト・ネームで呼ぶ親しい関係など望んでいないことをそうやって表明すると、アレグザンドラは再び向きを変えて戸口をめざした。背中には穴が開きそうなほどの視線を感じ、緊張感を必死で隠したものの膝の震えは止まらず、その場にくずおれないようにと祈るばかりだった。

ようやく戸口にたどりつき、扉の把手に手をかけたとき、ジョーダンの凄みのある低い声が沈黙を切り裂いた。「アレグザンドラ！」

アレグザンドラは思わずびくっとした。「なんですか？」と返事をして首をめぐらせ、ジョーダンを見やった。

「わたしの命令にそむくという過ちを犯すつもりなら、よく考えろ。あとで後悔するぞ。まちがいなく」

その優しげな声に背筋の凍るような不吉な響きを感じながらも、アレグザンドラはきっと顔を上げた。「お話はそれだけですか?」

「ああ。出ていくなら、ついでにヒギンズをここによこしてくれ」

執事の名が出たことで、アレグザンドラは自分の召使いが受けたむごい仕打ちを思い出し、さっと向き直って最後の闘いに突入した。「今度、ばかにされたと勝手に思いこんでわたしに仕返しするときは、わたしの召使いを巻きこむのはやめてください。あなたがけさ厨房に追いやった心優しい老人たちは、わたしには父親も同然の存在です。ペンローズは釣りと泳ぎを教えてくれたわ。フィルバートは人形の家を手作りしてくれたし、わたしが大きくなってからはいかだを作って、あやつり方も教えてくれた。あのふたりをいじめたり辱めたりするのは、絶対に許しませんから——」

「ヒギンズに言ってくれ」ジョーダンが落ち着いた声でさえぎった。「そのふたりを、きみが適当だと思う場所で働かせるようにと——客の目につく場所でなければどこでもいい」

アレグザンドラが出ていき扉が閉まると、ジョーダンは自分の椅子に腰をおろし、黒い眉を寄せて険悪なしかめ面で考えた。やろうとしていたことは一応やりおおせた。それはアレグザンドラに今後従うべき規則を理解させることで、彼女はそれに従うはずだという自信もある。女に反抗されるとは考えがたい——とりわけ、かつて彼を偶像扱いして恥ずかしげもなく崇めていた小娘に反抗されるとは。それにしても、いましがた自分の肉体がアレグザンドラに抑えがたいほどの欲望を感じたのは、まったく予想外で、いらだたしい、なんともいえず不愉快なことだった——一年以上も禁欲を余儀なくされたことを考慮に入れたとしてもだ。

アレグザンドラが、こちらが理想とする従順な妻にけしてなりそうもないのはわかった。

だが、あの炎のような気性には、それをじゅうぶん埋め合わせるほどの魅力がある。アレグザンドラといれば退屈することはありえないし、彼女は嘘つきでも臆病者でもない。さっきふたりきりでいた三十分間だけでも、アレグザンドラは彼の愛人の名を一覧表にして突きつけたうえ、ここ一年あまりの自分の行動について率直に認めた。さらに、彼を怒らせ、おもしろがらせ、性的に興奮させた。そう、彼女が相手なら退屈するはずがない。

机の上の鵞ペンを手にとり、ぼんやりもてあそぶうち、ジョーダンの顔にはつい笑みが広がり、渋面が消えていた。ああ、なんて彼女は愛らしいのだろう。激情をほとばしらせた瞳は燃えさかる青緑の炎のように輝き、雪花石膏を思わせる白い頬も怒りで桃色に染まっていた。

行ないを慎んでくれさえすれば、アレグザンドラには、ホーソーン公爵夫人という地位が約束する特権を存分に行使させてやろう。行ないを慎んでくれさえすれば……

ジョン・カムデンがヒギンズに案内され、部屋の戸口に現われた。「察するに」ジョンはにやりとして言った。「細君との関係は順調に進展しているようだな?」

「妻は行ないを慎むようになるさ」ジョーダンは絶対的な確信をもって答えた。

「そういうことなら、今夜はみんなといっしょにホワイツに繰り出せるんじゃないか?」

ジョーダンは「そうだな」と応じ、ふたりは炭鉱会社との合弁事業の話に入った。

22

アレグザンドラは、ジョーダンの書斎を出たその足で玄関広間に向かい、執事のヒギンズに、ペンローズとフィルバートを厨房に押しこめておくのをやめるよう言いわたした。さらに、ふたりを朝食室によこしてほしいと告げ、お義理の笑顔を崩さぬまま広間を通り抜けた。

いつもなら、朝食室の明るい黄色の内装や窓の外に広がる庭の景色に気持ちが浮きたつところだが、きょうは中に入って扉を閉めたとたん、召使いたちの目を気にして顔に張りつけていた笑みがはがれ落ちた。快活を装っていた足どりも重くなり、アレグザンドラはのろのろと窓辺に歩み寄ると、うつろな目で庭をながめた。まるで巨人の軍隊と体をはって戦ってきたような気分だ。しかも、結果はこちらの負けだった。

屈辱と恐怖の波に襲われて、アレグザンドラは両手で顔をおおい、つらさをこらえながら恐るべき事実と向き合った。一年あまり前と同じように、自分の体はジョーダン・タウンゼンドの魅力に屈してしまった。ああ、彼の怒りにならば抗える。でも、あのほほえみはだめ。あのキスには抗えない……アレグザンドラの肉体は、心は、魂は、先ほどの甘く荒々しいキスに激しく翻弄されていた。ここ数カ月でさまざまな経験を積んで世の中を知ったはずなのに、ジョーダン・タウンゼンドの正体もわかっているはずなのに、彼はアレグザンドラがうぶな十七歳の娘だったころとまったく同じように、彼女の胸をかき乱し、熱く切ない思いで締めつけることができるのだ。

こんなに月日が流れたというのに、彼の笑顔を見れば相変わらず天にも昇る心地になり、キスされればこの人の意のままになってしまいたいという願いで心が燃えあがる。沈んだ気分はため息になり、アレグザンドラはひんやりしたなめらかな窓ガラスに額を押しあてた。きのう教会を出たときから、ジョーダンに心を動かされることなど二度とないと信じて疑わずにいた。なのに、あのものうげな笑顔を見ただけで、たった一度キスされただけで、たった一度ふれられただけで、それがまちがいだったことを思い知らされた。ジョーダンのこととなると、前と同じように簡単に心が揺れてしまう。

「ああ、神様」思わず声がもれた。あの人はどんな恐ろしい魔術を使っているのだろう? 女性の気持ちをこんなふうにしてしまうなんて。女性のというより、このわたしの気持ちをだ――彼がわたしに温情のようなものを抱いているとは思えない。そんな甘い期待は一切していないのに、こんな気持ちになってしまうのだから。

こちらの働きかけに応えて、彼が笑顔を見せたり声をあげて笑ってくれたりすると、たぐいまれなことを成し遂げたように感じるのはなぜだろう。心を尽くせば、いつか彼にとって特別な存在になれるかもしれない、という笑止千万の浅はかな思いを捨てられずにいるのはなぜなのか。自分なら彼の心を和らげて優しさを引き出し、あの瞳に宿る皮肉な翳を消すことができるかもしれないと思うのはなぜなのか。きっと、ジョーダンの手にかかると女性はみんなそう思ってしまうのだろう――心を尽くせば、ほかの女性とは違う特別な存在になれるかもしれないと。恋の遊びに慣れた経験豊かな女たちまでが、彼を喜ばせようと身を投げ打つのはそのせいだ。とはいえ、彼女たちはジョーダンの妻ではないのだから、わたしほど危うい状況にあるわけではない。今夜、ジョーダンは妻にキス以上のことをするつもりでいる。〝どうすればわたしを満足させられるかは、今夜ベッドで話し合うことにしよう〟

今夜ベッドで……ベッドで……あの宿屋でのめくるめく一夜の記憶が、わが意に反して脳裏に甦ってくる。アレグザンドラは腹立たしい思いで首を振り、早くも体じゅうに広がってきた火照りを無視するように努めた。今夜だろうと、いつだろうと、ベッドをともにすることなどできないし、したくない。ジョーダンは当然のような顔で再び彼女の人生に踏みこみ、ベッドにまでもぐりこむつもりらしい。どうしたらそこまで厚かましくなれるのか。しかも、愛をささやくまねさえしようとしないのだ。いまではアレグザンドラも、愛をささやくのが上流社会の紳士の務めであることぐらいは心得ていた。彼は一度も愛のことばを口にしてくれたことがないじゃないの――相手を拒みながらそうやって恨むのはおかしな話だが、ついそんなことを思った。

彼が今夜、色欲を満たしたいのなら、わたしは別にかまわないから、ここロンドンにいくらでもあるほかのベッドに行けばいい、そこに横たわる女はいくらでもいる――アレグザンドラはそう考えた。噂によれば、女たちは以前からこぞって彼の〝愛情〟を求めているという。ジョーダンが昨夜、ほかのベッドに出かけていったのはまちがいない。おそらくは愛人のベッドに。今夜もどこかで密通を楽しんでから、彼女のベッドに来るつもりなのだろう。そう考えるうちに怒りがつのり、アレグザンドラは実際に胸がむかついてきた。手で顔をおおうのをやめ、逃げ道を探すような気分で明るい部屋の中を見まわす。とにかく、なんとしてでも逃げ道を見つけたい。理性と落ち着きを保つためには、ここから、ジョーダンから逃げ出さなくては。心を焼きつくされるような目にはもう二度とあいたくない。ほしいのは安らぎだ。安らぎと平穏と、嘘のない現実。これからの人生に求めるのはそれだけ。

ロンドンを離れ、親しくなった人たちと別れると思うと寂しさに胸がうずいたが、別の場所で安らぎと平穏を得られるのであればそれもしかたない。ジョーダンが戻って一日しかたっていないのに、アレグザンドラは早くも嫉妬にさいなまれていた。さっきジョーダンと話していて急にひらめいたモーシャムへ帰るという思いつきは、いまや一段と魅力を増し、甘美な安息地への期待となって心の地平線に浮かびあがってきた。

しかし、かつての暮らしに戻る道を探すにしても、運命が手を差しのべてくれるのを漫然と待っていたのではらちがあかない。これまで一度も味方してくれたことがない運命などあてにはできない、と思った。こちらを求めていない男、しかも品性下劣な男と結婚するはめになったのは、運命のせいだ。死んだはずだったその男は、運命のせいで無事に戻ってきて、相変わらず彼女を求めてはいないくせに、自分の気まぐれにおとなしく従わせようとしている。さらにいえば、その男は下劣であるばかりか、傲慢で冷酷な暴君でもあるのだ。

アレグザンドラは、女性はただの家財道具にすぎないという現実をいやというほど学んでいた。特に上流階級の女性は、由緒正しい貴族の跡継ぎをもうけるためだけに結婚を望む男たちに、雌馬よろしく血統のよしあしで選ばれて妻となり、務めを果たしたあとは野に放つごとく見捨てられてしまう。でも、わたしは高貴な生まれのなにもできないお嬢様とは違う

——アレグザンドラは自分にそう言い聞かせて気を取り直した。なにしろ、十四のときからだ。家を切り盛りし、自分と母親、それに年老いたふたりの召使いの面倒をしっかり見てきたのだ。

しかも、いまは一人前の女性になっているのだから、かつての暮らしに戻れば前よりもっとうまくやっていけるはず。祖父に期待されていた仕事をしよう——つまり、祖父のあとを継いで、村の子どもに読み書きを教えるのだ。既婚婦人という社会的地位も得たのだから、過去に一度だけ慎みを疑われる過ちを犯したからといって、村八分にされたりはしないだろう。万一、村八分にされたとしても、いまの生活を続けるよりは、村人たちに赦してもらえるまで、はぐれ者として暮らすほうがよほどいい——風にもてあそばれる羽根のように、気まぐれな運命や、無礼で強情なひとりの男のなすがままになるよりは。

いまこそ自分の人生の主導権を握り、行くべき道を定めよう、とアレグザンドラは固く心に誓った。後者はたやすく実行できる——目の前に開けている道はただひとつ、故郷の村に帰る道しかない。村に帰って、自分の人生を思うままに生きるのだ。ただ、その望みを実現するには、これからも彼女を妻の座にとどめると決めた自分勝手な夫を説き伏せ、その理不尽な決定をくつがえさねばならない。それに、資金も必要だ。

資金の問題はいちばん厄介だった。アレグザンドラの所持金は、この前アントニーからもらった四半期分のおこづかいの残りしかない。小さな家を借りて、冬場の薪を買い、フィルバートとペンローズに手伝ってもらって菜園を始めるのに必要な品々を調達するには、それだけではとても足りない。いまあるお金の十倍は必要だ。公爵未亡人やアントニーからもらった宝石を売るわけにはいかない。どれも公爵家に代々伝わる品で、厳密にはアレグザンドラのものではないからだ。彼女の所有物で高価な物といえば、祖父の金時計くらいだ。その時計はジョーダンに贈ったが、彼が失踪したあと、見つけ出して自分の手もとに置いていた。あれを売ろう。身を切られるような思いで、そう決めた。売るしかない。しかも大急ぎで。貴重な時間をむだにはできない。くやしいけれど、時間がジョーダンに味方し、こちらに敵対していることは、もう思い知らされた。このままジョーダンのそばで長い時間を過ごしたら、彼の腕に抱かれて骨抜きにされてしまう。彼にはその力があり、そうする意欲もある。それが恐ろしかった。

進む道が決まったことでいくらか元気が出たアレグザンドラは、いつもアントニーとフェンシングをしたあとにお茶を飲むテーブルに歩み寄り、腰をおろした。あらかじめ用意されていたトレイからカップをとり、自分でお茶をついでいると、ふたりの年老いた忠実な友が姿を見せた。

「なんとまあ、このたびは大変なことになりましたな、アレックス様」フィルバートは礼儀や前置きなどおかまいなしに、遠慮なく声を張りあげると、アレグザンドラに買ってもらった近眼鏡の奥から主人の顔をしげしげと見た。眼鏡のおかげで、前よりずっとよく見えるようになっている。よほど不安なのか、フィルバートは手を揉みしぼらんばかりにして、アレグザンドラの向かい側に腰をおろした——モーシャムで〝家族〟として暮らしていたときの習慣どおりに。ペンローズはアレグザンドラの隣にすわり、話を続けるフィルバートのことばをなんとか聞きとろうとして身を乗り出していた。「きのう公爵とアレックス様がふたりきりになったとき、公爵が言ってることが耳に入ったもんで、ペンローズにもその話をしました。アレックス様のご亭主は冷血漢ですよ。それはもう、まちがいないことだ。でなきゃ、あんなひどいことを言えるわけがありませんからね。さて、これからどうしましょう？」そう尋ねるフィルバートは、アレグザンドラを心から案じているようだった。

アレグザンドラは、自分が生まれたときからずっとそばにいて、いつくしみ励ましてくれたふたりの老人を見つめ、力なくほほえんだ。彼らに嘘をついてもむだなのはわかっていた。ふたりとも、体のほうは少しままならないところもあるけれど、頭の働きはまるで衰えていない。それどころか、昔、急にいたずらをしかけても、ちっとも出し抜けなかったころと同じくらいしっかりしている。「みんなでモーシャムに帰ろうと思うの」彼女はそう宣言して、額にかかった髪をかきあげた。

「モーシャム！」とペンローズがつぶやく。その口ぶりは〝天国〟と言うときと同じくらいうやうやしげだった。

「でも、それにはお金がいるわ。なのに、わたしの手もとには、この四半期のおこづかいの残りしかないのよ」

「金ですか！」フィルバートはむずかしい顔になった。「金詰りには昔から悩まされてきましたな、アレックス様。お父上の生前でさえそうだった。お父上ときたら、妻子を裏切って――」

「やめて」アレグザンドラは思わずたしなめた。「亡くなった人の悪口を言うのはよくないわ」

「わたくしとしましては」ペンローズは尊大な口調で反感を表わした。「アレックス様がホーソーンの命を救ったことが残念でなりません。撃つなら、やつを殺そうとした連中ではなく、やつ自身を撃つべきでした」

「そして、撃ったあとは」フィルバートが吐き捨てるように言った。「心臓に杭を打ちこんでやればよかったんです。そうすれば、あの吸血鬼がこんなふうに生き返ってアレックス様にとりつき、人生の重荷になることもなかったでしょうに！」

その血なまぐさい話に、アレグザンドラは身震いしながらも、つい吹き出してしまった。やがて笑いが治まると、大きく息を吸い、有無を言わせぬ毅然とした声でペンローズに言った。「お祖父様の金時計がわたしのベッド脇の抽斗に入っているから、それをボンド街にもっていって。貴金属店を回って、いちばん高い値をつけた店に売ってきてほしいの」

ペンローズは異を唱えるべく口を開けたが、アレグザンドラが口もとを引き締め、小さな顎にかたくなな決意を示しているのを見てとり、しかたなくうなずいた。

「すぐに行って、ペンローズ」アレグザンドラは苦悩を声ににじませた。「わたしの気が変わらないうちに」

ペンローズが出ていくと、フィルバートがテーブル越しに腕を伸ばし、血管が青く浮いた手をアレグザンドラの手に重ねた。「ペンローズとわたしには、この二十年でちょっとばかり蓄えができました。たいした額じゃありませんが――ふたり合わせて、十七ポンド二シリングです」

「だめよ。絶対だめ」アレグザンドラはきっぱりと言った。「自分の蓄えは自分で――」

そのとき、朝食室に向かってくる堂々とした足音が廊下に響きわたり、フィルバートは驚くほどのすばやさで立ちあがった。「ヒギンズは、わたしとアレックス様が友だちみたいに話しているのを見ると、いつも青筋を立てて怒るんです」そうやって、あえて説明するまでもないことを口にしてから、フィルバートはアレグザンドラのカップの受け皿の横に置かれた黄色いリネンのナプキンをひったくり、ありもしないパンくずを払い落とすように一心にテーブルをはたきはじめた。朝食室に入ってきたヒギンズは、その光景を満足げにながめ、ロデリック・カーステアズ卿が来訪して奥様への取り次ぎを求めていると告げた。

数分後、勢いよく朝食室に入ってきたロディはテーブルにつき、もったいぶった態度でフィルバートにうなずいてお茶をつがせてから、昨夜ホークを訪ねた件を〝いろいろな点で楽しめた〟として、ほくほく顔でアレグザンドラに語って聞かせた。

ロディのあきれた話を半ばまで聞いたところで、アレグザンドラはついに椅子から腰を浮かし、声をひそめながらも強い調子で彼をなじった。「わたしのことをあれこれ告げ口したのはあなただったのね？　なんて人なの」

「岩の下から這い出してきた蛇を見るような目で見るのはやめてくれ、アレックス」紅茶にミルクを入れながら、ロディはしれっとした顔でつまらなそうに言った。「ホークにああいう話をしたのは、きみがこの社交シーズンの花形になっているのをわからせるためだ。ロンドンに来た当初、きみはホークへの深い思慕の念を口にして笑いものになっていた。彼がそれを知ったら――まあ、必ず知ることになるさ――きみが他の男になびく気遣いはないとうぬぼれるだろうが、いまのきみの人気のほどがわかれば安心してはいられなくなる。実は、ゆうべメラニーから、きみが男どもにもてはやされているのをホークに教えてやってはどうかと言われてね。わたしはそのとおりのことをやったわけだ。ただ、それはメラニーに言われる前から自分でも考えていたことで、彼女に提案されたのは、ホークを訪ねてその考えを実行したあとだったんだ」

呆然としているアレグザンドラをよそに、ロディは嬉々として続けた。「わたしが動いた動機としては、ホークが事実を知ったときどんな顔をするか、この目で見てみたいというのもあった。もっとも、いま言ったように、それが最大の目的というわけじゃない。実のところ」ロディは紅茶を品よくひと口飲み、セーブル焼きのカップを受け皿に置いてから付け加えた。「ゆうべグロスター街に馳せ参じてホークに会ったのは、わたしにとっては生まれて初めての真に気高い行為だった――わたしの中に最近生じた性格上の弱点が、そんなところでも露呈してしまったようだ。弱点が生じたのは、ほかならぬきみのせいだが」

「わたしのせい?」アレグザンドラは鸚鵡返しに訊いた。とてつもない話に困惑は強まるばかりで、頭がくらくらしてきた。「性格上の弱点ってなんなの?」

「気高さだよ。きみのその大きな美しい目で見つめられると、その目に見えているものは、わたしが鏡で見る自分自身より善良で立派なのではないかと恐ろしくなる。ゆうべは、なぜか衝動的に、実際に善良で立派なことをせずにはいられなくなったんだ。それで、きみの誇りを守るという気高い使命に燃えて、ホークのもとに飛んでいったわけさ。われながら胸が悪くなるようなことをしたものだ。いまでは後悔しているよ」ロディが本気で自己嫌悪にかられているように見えたので、アレグザンドラはあわててティーカップを取りあげ、口もとに浮かんだ笑みを隠した。「残念ながら、わたしの崇高な行ないはむだ骨だったかもしれない。ホークがわたしの話をまともに聞いていたかどうか、定かでないんだ。一時間近くかけて、不愉快きわまる調子でまくしたててやったんだがね」

「彼は聞いていたわ、しっかりと」アレグザンドラは皮肉をこめて言った。「きょう、わたしの背信行為をあなたが教えたとおりに書き連ねて、その一覧表を見せながら、認めるなり否定するなりしろって迫ってきたもの」

ロディはうれしそうに目を丸くした。「なるほど、そんなことをしたか。わたしとしては、ゆうべはホークの神経を逆なでしてやったつもりでいたが、あの男のことだ、どう感じたかはわかりようもない。それで、きみは認めたのか、それとも否定したか？」

緊張と不安でじっとしていられなくなったアレグザンドラは、カップを置くと、相手に悪いと思いながらも席を立ち、窓ぎわの小ぶりの長椅子にそそくさと近寄って、黄色い花柄のクッションを意味もなく叩いてふっくらさせた。「認めたわよ、もちろん」

ロディは腰かけたまま向きを変え、アレグザンドラの横顔をじっくり観察した。「ということは、再会したあとのきみたち夫婦の関係は、必ずしも甘くロマンチックなものではないようだな」アレグザンドラがぼんやりうなずくと、ロディはしたり顔でにやりとした。「知っていると思うが、音に聞こえたホークのあの魅力にきみが再び屈するかどうか、社交界はすでにその話でもちきりだ。いまのところ、四対一で、きみが女王杯までにホークのとりこになると見られている」

アレグザンドラはさっと振り向くと、仰天しつつ怒りに燃えてロディをにらみつけた。

「なんですって？」わが耳を疑い、胸の悪さをこらえてささやくように尋ねる。

「なにを言ってるの？」

「賭けだよ」ロディはさらりと言った。「きみが女王杯でホークの腕にリボンを結び、彼を応援してやるか否か。四対一で、応援するという見方が優勢というわけだ。賭けの対象が一家庭の問題とはね」

好きになりかけていた人々にここまで激しい嫌悪感を抱けるものだろうか。そんな疑問が湧くほど、アレグザンドラは気分を害していた。「みんな、そんなことにお金を賭けているの？」彼女は声を荒らげた。

「そうとも。ご婦人が想いを寄せる紳士が女王杯に出場する場合、彼女はレース当日に自分のボンネットからリボンをはずして、手ずからその紳士の腕に結んでやる。その行為には彼を励まし幸運を祈るという意味があり、そうすることで相手への好意を示すのが慣わしになっているんだ。われわれ社交界の人間にとっては、人前での愛情表現を奨励される数少ない機会のひとつだよ——もっとも、そんな機会を設けたのも、最終的にだれがだれのリボンを身につけたかという話題で噂話を盛りあげて、レース後の長い冬を退屈せずに過ごすのが主な狙いだと思うが。現時点では、四対一で、きみがホークの腕にリボンを結ぶほうに賭けている者が多い」

賭けの問題など瑣末《さまつ》なことだが、アレグザンドラはついそちらに気をとられてしまい、本来の悩みをいっとき忘れて、ロディに不審の目を向けた。「あなた自身は、どっちに賭けてるの？」

「それが、まだ賭けていないんだ。まずはここに寄って——風向きを見るためだが——それからホワイツに行こうと思ったのでね」ロディはナプキンで上品に口をぬぐってから腰をあげ、アレグザンドラの手に接吻すると、挑むように言った。「さあ、どっちなんだ？　きみは九月七日にリボンを夫君につけてやって愛情を示すのか？」

「とんでもない！」ジョーダンがアレグザンドラのことをなんとも思っていないのは周知の事実なのだから、女王杯で彼に愛情を示したりすれば、万人の前で茶番を演じることになる。その場面を想像しただけで、アレグザンドラは身の毛がよだった。

「気が変わることはないだろうな？　千ポンドをふいにするのはまっぴらだ」

「そのお金がむだになる心配はないわ」苦々しい気分でそう言うと、アレグザンドラは花柄の長椅子にすわりこみ、両手をじっと見た。が、ロディが戸口をめざして歩きだしたそのとき、アレグザンドラは歓喜に満ちた大声で彼の名を呼び、もたれていたクッションが燃えだしたかのような勢いで立ちあがった。そして、うれしさのあまり声をあげて笑いながら、あっけにとられている士爵に歩み寄った。「ロディ、あなたってすばらしいわ！　最高よ！　わたしが独身だったら、結婚を申しこみたいくらい！」

その派手なお世辞は聞き流したものの、ロディは隙のない目で愉快そうにアレグザンドラをながめ、説明を求めるように片方の眉を上げた。

「ねえ、お願い。ちょっとした頼みをひとつだけ、きいてもらえないかしら？」アレグザンドラはかわいらしく訴えた。

「その頼みとは？」

アレグザンドラは大きく息を吸って心を落ち着かせた。万事休すかと思われた矢先に、運命が完璧な解決策を与えてくれたことが信じられなかったのだ。「その――ぜひともお願いしたいんだけど――わたしの分も賭けてもらえないかしら？」

ロディは驚きのあまり間の抜けた表情を見せたが、それはすぐに消え、しだいに心得顔になって、ついには我慢できないようににやにや笑いだした。「そのくらいなら、できないことはないが。賭ける金はあるのか？」

「大丈夫！」アレグザンドラは嬉々として言った。「わたしは女王杯でホークの腕にリボンを結ばないと決めている。人気の度合いからすると、大勝ちするには、そちらに賭けて、決めたとおりにすればいいのよね。それだけのことでしょ？」

「そう、それだけのことだ」

アレグザンドラは興奮を抑えられず、ロディの手を握ると、熱をこめたまなざしで、彼の目を探るようにのぞきこんだ。「ロディ、ぜひイエスと言って――このお願いは、あなたが思う以上に大事なものなのよ、わたしにとっては」

ひねくれた喜びの笑みがロディの顔をよぎった。「それは引き受けるしかないな」アレグザンドラをしげしげと見る彼の目つきには、新たな尊敬と賞賛の念が表われていた。「きみもおそらく察していると思うが、ご主人とわたしのあいだに親愛の情が存在したことは一度もない」アレグザンドラがとまどいながらほほえむと、ロディは世間知らずは困るといわんばかりに、おおげさなため息をついた。「きみのご主人がありがたくも〝死んだ〟ままでいてくれて、トニーが男子の跡継ぎに恵まれずにあの世に行ってしまったとする。その場合は、わたしが——あるいはわたしの跡継ぎが——次代のホーソーン公爵になるんだ。きみはトニーの弟のバーティに会ったことがあるだろう？　彼は体が弱くて、生まれてこのかた二十年というもの、常に永久《とわ》の世界の一歩手前をさまよっている。誕生の時点で、なにか問題があったらしい」

ロディが上位後継者の中でそれほど上の順位にいるとは知らなかったので、アレグザンドラはゆっくりと首を振った。「あなたがわたしたちと、つまりタウンゼンド家と血縁関係にあるのは知ってたけど、もっとずっと遠縁だと思ってたわ」

「いや、実際に遠縁だよ。ただ、ジョーダンの父親が生まれるまで、タウンゼンド家は息子に恵まれず、娘の誕生ばかりが続くという驚くほどの不運に見舞われていた。しかも、娘もけして多くはない。われわれ一族の男子はかなり若いうちに亡くなる傾向にあって、跡継ぎを遺す力が旺盛とはいえないんだ」アレグザンドラをわざと動揺させようとしたのか、ロディは最後にこう付け足した。「もちろん、努力を怠っているわけではないんだが」

「きっと、近親交配を重ねすぎた結果ね」ロディが大胆にも愛の営みの話を持ち出したので、アレグザンドラは内心どぎまぎしたが、冗談を飛ばしてどうにか平静を装った。「コリー犬と同じだわ。上流社会は全体として新しい血が足りないのよ。このままいけば、そのうちみんな耳の後ろを掻くようになって、毛がすっかり抜けてしまうんじゃない？」

ロディは頭をのけぞらせて笑った。「不遜な小娘め！」彼はにやりとした。「きみは気が転倒しても平然とふるまうわざを身につけたようだが、わたしの目はまだごまかせないぞ。もっと精進することだ」そして、きびきびと言った。「本題に戻ろう。いくら賭けたい？」

あまりよくばると、ようやくほほえんでくれた運命の女神を怒らせてしまいそうだ。アレグザンドラはためらい、唇を嚙んだ。「二千ポンド――」口を開いた彼女は、途中でことばを切った。ロディの後ろに控えていたフィルバートが急に騒々しくごほごほいいだし、意味ありげに「えへん」と咳払いしたからだ。

アレグザンドラはいたずらっぽい気分で瞳をきらめかせ、フィルバートを一瞥すると、ロディに視線を戻して、急いで言い直した。「二千と十七ポンド――」

「えへん！」フィルバートがまたもや咳払いした。「えへん」

その催促を素直に聞き入れ、アレグザンドラはもう一度言い直した。「二千と十七ポンド二シリング」

ロディも、当然ばかではないので、ゆっくり振り向くと、値踏みするような目で下僕をじろじろながめた。アレグザンドラの幼少時から仕えてきた召使いだということは、しばらく前に彼女から教わっていた。

「名はなんという？」ロディは尊大な目つきで愉快そうにフィルバートを見た。

「フィルバートと申します、閣下」

「十七ポンド二シリングは、おまえの持ち金と見たが」

「はい、閣下。わたしとペンローズのものでございます」

「ペンローズとは？」

「副執事でございます」そう答えたあと、フィルバートはわれを忘れたように憤懣をあらわにして言った。「もと副執事というべきですか。けさ公爵様が屋敷に戻ってきたときに、降格させましたんで」

ロディは遠くを見るような表情になった。「実におもしろい話だ」とつぶやいたが、そこでわれに返ったらしく、アレグザンドラに挨拶の会釈をした。「今夜はリンドワージー家の舞踏会があるが、きみは行かないんだろう？」

一瞬ためらったものの、アレグザンドラはいたずらめいた笑みをかすかに浮かべ、きっぱりと言った。「夫は今夜はもう予定が入っているから、わたしはわたしで好きなようにするわ」にわかには信じがたい、奇跡のような話だが、モーシャムで十年は安穏に暮らしていけるだけの資金がもうじき手に入るのだ。アレグザンドラはいま、生まれて初めて独立の味、自由の味を知りつつあった。自由は無上の喜びであり、甘美にして神聖で、心を酔わせる力はワインにも優っている。その自由を味わったおかげでアレグザンドラは気が大きくなり、あふれんばかりの喜びで瞳を生き生きと輝かせて言った。「それからね、ロディ、わたしとフェンシングの手合わせをしてみたいと思ってるんだったら、あすの朝がちょうどいいわ。見物を希望する人がいたら、だれでも連れてきて。世界じゅうの人を連れてきてもいいわよ！」

このとき初めて、ロディの顔を不安の色がよぎった。「優しいトニーはなんでもきみの好きにさせてきたが、そのトニーでさえ、きみがわれわれのような他人とフェンシングをすることにはいい顔をしなかった。それは適切な行動とはいいがたいよ。それに、その話がきみの夫君の耳に入れば、彼はかんかんになるんじゃないか」

「ごめんなさい、ロディ」アレグザンドラはたちまち後悔した。「あなたを困らせるようなことをするつもりは――」

「いいかい、わたしが心配なのは自分のことじゃない、きみのことだよ。わたしの身は安全だ。ホークが決闘を申しこんでくることはない――わたしと同じで、彼は品格を重んじる人間だから、逆上して怒りのままにふるまう姿を衆目にさらすようなまねはしない。決闘というのは、まさにそういう行為なんだ」ロディは遠慮なく続けた。「とはいえ、彼はじきに、人目のないところでわたしを叩きのめす機会を狙いだすにちがいない」そして、どこまでも平然と言い放った。「だが、案ずるには及ばない。わたしはこのこぶしでわが身を守れるからな。きみの想像には反するだろうが、こんなしゃれた身なりをしていても、中身は実に男らしいんだ」アレグザンドラの手の甲に慇懃に口づけると、彼はなにげない口調で言った。「今夜、リンドワージー家の舞踏会で、きみを捜すとしよう」

ロディが帰ってしまうと、アレグザンドラはわが身を抱くようにして天を仰ぎ、声をあげて笑った。「ありがとうございます、ありがとうございます、ありがとうございます！」彼女は大きな声で礼を述べた――神に、運命に、さらには華麗な装飾がほどこされた天井に向かって。ロディが資金の調達法を教えてくれたので、問題の半分は解決した。そしていま、残りの半分を解決する方法を思いついたのだ。きのうから観察していてわかったことだが、ジョーダン・タウンゼンドは、まわりの者に命令をくだせば、だれでもただちに黙って従うものと思い、そうするように求めている。妻も例外ではない。相手が男であれ女であれ、召使いであれ、公然と反抗されることには慣れていないのだ。

であれば、反抗こそ自由を手に入れる鍵になるにちがいない。アレグザンドラは喜びに胸を躍らせた。いますぐにでも、あからさまに反抗的な行動に出なくては――ジョーダンの神経を逆なでして、横暴ぶりをあざ笑うような行動に。肝心なのは、夫に楯突《たてつ》く妻が彼の目の前から、彼の人生から消えてしまえば、いまよりはるかに気持ちよく暮らせるのだと、最高にわかりやすい形で教えてやることだ。

そのとき、フィルバートが礼儀もわきまえずに口を開いた。「さっきの賭けのことや、今夜お出かけになることを公爵が知ったら、いい顔をしませんよ」わずかに眉をひそめ、心配そうに言う。「立ち聞きしてしまいましたが、出かけてはならんと釘をさしていたではないですか」

アレグザンドラは吹き出し、憂い顔の老人を抱きしめた。「賭けのことは、ばれっこないわよ」晴れやかに言いきる。「それに、出かけるのが気に入らないんなら」と言いつつ、意気揚々と戸口に向かった。「わたしをモーシャムに送り返せばいいじゃない！　でなかったら、離婚すればいいのよ！」明るく軽快な旋律をハミングしながら、彼女ははずむ足どりで廊下を進み、長い階段をのぼっていった。九月の女王杯がすんで、賭けの配当金を手にしてしまえば、遠慮なくジョーダン・タウンゼンドのもとを立ち去れる。モーシャムに戻った自分は、村人の中では裕福なほうに入るだろう。それはそれでうれしかったが、自分の才覚でお金を作れたのも――しかも、妻がどうやって資金を得たか、ジョーダンには見当もつかないはずだ――負けず劣らずうれしいことに思えた。

ちょうどこのとき、訪問客に別れの挨拶をしようと書斎の戸口に出てきたジョーダンは、ふと向きを変え、軽やかに階段をのぼってゆくアレグザンドラの後ろ姿を見送った。口もとにかすかな笑みを浮かべて、彼は思った。そういえば、アレグザンドラはたいそうきれいな声をしている。美しい声だ。それに、腰の揺れ方もたまらない。実にたまらない。

ロディとの会話のあと、アレグザンドラの心をずっと高揚させていた自信は、寝室の化粧台の前で炉棚の置き時計を見やったとき、最高潮に達した。いまから一時間半前、ジョーダンがこの寝室と続き部屋になっている主寝室に入ってきて、今夜はホワイツに行くと侍者に告げるのが聞こえた。そして二十五分前、彼は主寝室を出ていった。

ホワイツはリンドワージー邸のすぐ近くにある。ジョーダンがまだ階下にいる、あるいは道中で鉢合わせするという危険もなくはないので、念のため、ジョーダンがホワイツに着く時刻を遅めに見積もり、じゅうぶんな間をおいてから出かけるつもりだった。

この時刻なら、もう絶対に着いているわね。アレグザンドラは公爵未亡人が雇ってくれた中年のフランス人小間使いのほうを向いた。「この格好でいいかしら、マリー？」と明るく尋ねてみたが、自分がこのうえなく美しく見えることは訊かずともわかっていた。

「みなさん、ことばを失いますよ、奥様」マリーはにこやかに請け合った。

「それは困ったわね」アレグザンドラは眉をひそめて小さく笑い、鏡に目をやった。身にまとっているのは、息をのむほどあでやかなレモン色のシフォンのドレス。身ごろは両肩でギャザーを寄せた布地が細かい斜めのひだをなして中央で交わり、魅惑的な胸のふくらみを強調している。V字形の襟ぐりは大胆なほど深い。ほっそりしたウエストには横にひだの入った幅広のサッシュベルト。そのウエストから、波打つシフォンのスカート部分がふわりと広がりながら流れ落ちている。

腕は共布の長手袋に肘上まで包まれ、喉もとにはダイヤがきらめく。耳にかかる柔らかな巻き毛の陰にのぞいているのもダイヤだ。つややかな髪は高く結いあげて優美なシニョンにまとめ、ダイヤを連ねた紐を巻きつけるようにして巧みに編みこんでいた。

髪型がすっきりしていると、整った目鼻立ちが目を引くことになる。そのおかげで子どもっぽさが消え、アレグザンドラはいつも以上に垢抜けて見えた。みごとなドレスも、髪型が単純なぶん、印象がさらに強まって完璧なものになった。

アレグザンドラはビーズ細工の小ぶりのバッグを手にとり、うきうきと言った。「今夜は起きてなくていいわよ、マリー。わたしはお友だちのところに泊まるから」現実の予定はそのことばとは少々違っていたが、ジョーダン・タウンゼンドに再び抱かれるつもりは毛頭なく、とりあえず今夜に関しては、それを阻む秘策を思いついていた。


イングランドで最高の格式を誇る会員制クラブ、ホワイツ。ジョーダンがその弓形の張り出し窓の前を最後に通ってから一年以上たっていたが、クラブの外見はなんら変わってはいなかった。ところが、内部の神聖な領域に足を踏み入れたとたん、今夜はなにかが微妙に違っていると気づいた。

たしかになにかが違うのに、ここが変わったといえるところはひとつもない。すわり心地のよい椅子が以前と同じように低いテーブルを囲み、紳士がそこにゆったりと腰をすえて、一枚のカード次第でいとも簡単にひと財産を築いたり失ったりできるようになっている。大きな賭け帳も――ホワイツのギャンブラーにとっては、メソジスト教徒にとっての聖書に匹敵するほど神聖なものだ――やはりいつもの場所にある。ただ、賭けの内容を記録するその帳面のまわりには、通常よりはるかに大きな人だかりができていた。ジョーダンはそのことに注目し、部屋の奥へと歩を進めた。

「ホーソーン！」と愛想よく呼ぶ声がした――愛想がよいというより、よすぎるほどで、賭け帳に群がっていた男たちはいっせいに棒立ちになり、一丸となってあたふたとこちらに近づいてきた。「よく戻ったな、ホーク」ハーリー卿がジョーダンの手を握って言った。「会えてうれしいよ、ホーク」別の声があがり、ジョーダンは友人や知人に取り囲まれた。だれもが彼の帰還を喜び、その思いを示そうと意気ごんでいる。ジョーダンは思った。意気ごむといっても、いささか熱が入りすぎているのではないか……

「まずは一杯飲め、ジョーダン」けわしい顔で言ったのはジョン・カムデンだった。彼は通りかかった給仕のトレイからマデイラ酒のグラスを乱暴にひったくり、ジョーダンの手に押しつけた。

カムデンの態度を不審に思ったジョーダンは、かすかなとまどいの笑みを示すと、マデイラ酒を給仕に返した。「ウイスキーをくれ」とひとこと言い、失礼と断わってから賭け帳に近づいていく。「若い連中は、近ごろはどんなくだらないことに賭けているんだ？」と彼は訊いた。「豚のレースだったら、もう勘弁してほしいものだが」すると、六人の紳士がいきなり動きだし、ジョーダンの進路を塞ぐかのように、賭け帳の前に半円形に並んだ。そして、六人全員がてんでに声をあげ、おろおろしたようすで話しかけてきた。「近ごろは妙な天気が……きみも実にひどい目に……聞かせてくれよ……タウンゼンド卿はどうしている？……お祖母様はお元気か？」

ジョーダンからは見えない場所にいたジョン・カムデンは、むだな努力はやめろというように、賭け帳の前の人壁に向かって首を振ってみせた。ジョーダンの行く手を阻もうとした思いやり深い夫たちの一団は、きまり悪そうに左右に分かれ、道を開けた。

「祖母は元気だ、ハーリー」ジョーダンはそう言うと、真ん中にできた道を悠然と進んで賭け帳の前に立った。「トニーもな」椅子の背に片手をかけ、わずかに身を乗り出して、日付の古いほうからページをめくっていく。きょうは、クラブに来る前に、世情にうとくなっていたのを挽回するため、古い新聞を昔のものから順に読んでいたのだが、要領はそれと同じだった。賭け帳の記録は多種多彩で、次に吹雪になる日はいつかといったことから、バスコム夫妻に近々生まれる第一子の体重にいたるまで、ありとあらゆる事象が賭けの対象になっていた。

なんともあきれたものだとジョーダンが思ったのは、昨年末のこんな記録を目にしたときだった。ソーントン卿は友人のスタンリー伯爵を相手に、スタンリーが二カ月後の十二月二十日に胃腸を患って床に伏せることに千ポンド賭けた。十二月十九日、このふたりは、スタンリーがリンゴをいちどきに二ダース食べられるかどうかで百ポンドの賭けをし、ソーントンは食べられないほうに賭けた。スタンリーはこの百ポンドの賭けには勝った。ところが、翌日には千ポンドすってしまったわけだ。ジョーダンは低く笑って顔を上げ、友人たちにわざとまじめな声で言った。「スタンリーがだまされやすいのは、変わっていないようだな」

このように、若輩の会員の愚かしい賭けを、世知に長けた賢明な年長者が皮肉を交えて批評するのは、昔からの慣わしだった。賭け帳を囲んだ六人の会員の父親も――そのまた父親も――そしてそのまた父親も――まさにこの場所に立ち、まったく同じことをしてきたのだ。

以前は、ジョーダンが皮肉な批評をすると、まわりも他の賭けにまつわる笑い話を披露したり、ジョーダン自身にも無茶なまねを好むところがあると冗談めかして指摘したりするのが常だった。だが、きょうは六人とも気まずそうな笑みを見せるばかりで、口を開こうとはしなかった。

ジョーダンはけげんな思いで一同を見やってから、賭け帳に視線を戻した。クラブ全体がしんと静まりかえった。賭博用テーブルを囲んだ紳士たちはゲームの手を止め、かたずをのんでいる。この異様な雰囲気はなんなのか。一瞬のちに、ジョーダンはこれが答えだと確信した――賭け帳の紙面は、五月から六月にかけて、いきなりアレグザンドラに関する賭けの記録で埋めつくされるようになり、それが何ページも続いていたのだ。賭けの内容は、彼女が求婚者の中から――その人数は数十人にも及んでいる――最終的にだれを花婿に選ぶかというものだった。

腹立たしくはあっても驚くことではなかったので、ジョーダンはそのままページをめくった。すると、女王杯の勝敗の予想に加えて、アレグザンドラが彼の腕にリボンを結ぶかどうかという賭けが始まっていることがわかった。

賭け主の名がページに並んでいるのを、ジョーダンは退屈な気分で見ていった。これを夫婦間の勝負とすれば、妻は彼に負ける、つまりアレグザンドラはリボンを結ぶと見ている者が圧倒的に多いようだ。ところがページの下のほうにくると、ジョーダンの負けに賭ける者が出てきた。その中にはカーステアズの名もあった。きょうの日付でジョーダンの負けに千ポンド張っている。ジョーダンは顔をしかめた。いかにもあいつのやりそうなことだ！

カーステアズの次にも、ジョーダンの負けに賭ける記載があった。賭け金は二千十七ポンド二シリング——かなりの額で、しかもずいぶんと中途半端だ——カーステアズが保証人で、実際の賭け主は……

頭の中で怒りが爆発し、ジョーダンは背筋を伸ばして友人たちのほうへ振り返った。「すまないが失礼する」凄みをきかせた低い声で言い捨てる。「今夜はほかに約束があったのを思い出した」そして、だれにも目を向けることなく、大またでクラブをあとにした。

賭け帳を囲んでいた六人は、愕然としたようすでおろおろと顔を見合わせた。「カーステアズに会いにいったんだな」ジョン・カムデンが厳しい声で言うと、全員がそのとおりだとうなずいた。

その予想はまちがっていた。「屋敷に戻るぞ！」と御者に怒鳴って、ジョーダンは猛然と自家用馬車に乗りこんだ。手袋をうわの空で膝に打ちつけながら、内心では徹底的に平静さを保って、彼はアッパー・ブルック街三番地までの道のりに耐えた。途方もなく強情で不埒な妻には、二度と忘れられないような教訓を叩きこんでやるしかない。それにはどうすればいいかと考えていると、愉快きわまりない方法がいろいろと思い浮かんだ。

生まれてこのかた女性を殴りたいと思ったことなど一度もないが、きょうばかりは、寝室に入っていってアレグザンドラを膝の上にねじ伏せ、音《ね》をあげるまで尻を叩いてやらねば気がすみそうにない。公然と夫に反抗したやり口はまさに子どもじみていたのだから、子どもが受ける罰がまさにふさわしいではないか！

罰したあとはベッドに放りこみ、神があの女に与えた役割を全《まっと》うさせてやる！

このときのジョーダンの気分からすれば、実際にそうしてもおかしくはなかった。ところが——屋敷に戻って階段へ急ぐ途中、すれ違ったヒギンズに教えられたのだが——アレグザンドラは〝外出中〟だった。

自分の怒りはすでに頂点に達しており、これ以上強まることはない。さっきまでならそう言いきれただろうと、ジョーダンは思った。アレグザンドラには家にいるようにと厳重に言いわたしてある。にもかかわらず、それを平然と無視して出かけたと知ると、まさにはらわたが煮えくり返る思いがした。「妻の小間使いをここに連れてこい」主人のその声音を聞くなり、ヒギンズは扉のほうへあとずさりし、一目散に小間使いを呼びにいった。

その五分後の十時半には、ジョーダンはリンドワージー邸へと向かっていた。

ちょうどそのころ、リンドワージー邸では、到着した客の名を執事が高らかに告げていた。

「ホーソーン公爵閣下夫人！」

かつてないほど大胆な衣装に身を包んだアレグザンドラは、いくつもの顔が振り返り、探るような目でこちらを見ているのを軽く受け流して、大階段をしとやかにおりていった。大胆なドレスはいまの彼女にこのうえなくふさわしかった——自由を得た今夜は恐れるものはなにもなく、最高の気分だったからだ。

階段の途中で、アレグザンドラは人でいっぱいの舞踏室をさりげなく見わたし、ロディかメラニーか公爵未亡人の顔を見つけようとした。最初に見つかったのは、年配の友人に囲まれている公爵未亡人だったので、アレグザンドラはそちらに向かって歩きだした。若さあふれる毅然とした姿はまばゆいばかりに美しく、瞳は身につけた宝石にも負けない輝きを放っている。ときおり立ち止まって知人に会釈するさまは、さながら女王のようだった。

「お祖母様、こんばんは」アレグザンドラはほがらかに挨拶して、公爵未亡人の羊皮紙を思わせる頬にキスをした。

「ずいぶんと機嫌がいいようね」公爵未亡人はにこやかにほほえみ、手袋をはめたアレグザンドラの両手を包みこむように握った。「それに、こちらも実に喜ばしいことだけれど」公爵未亡人は続けて言った。「どうやらホーソーンは、わたくしが昼前に与えた貴重な助言を受け入れて、あなたが社交の場に出るのを禁じるというばかげた命令をとりさげたようね」

アレグザンドラはいたずらっぽくほほえむと、優雅そのものの物腰で、片足を引いて深々とお辞儀をした。そして顔を上げ、屈託なく言った。「いいえ、お祖母様、命令はとりさげられてはいません」

「ではまさか――」

「そのまさかです」

「なんということ！」

孫息子の伴侶が妻として果たすべき義務について公爵未亡人がどういう見方をしているかは、前から知っていたので、アレグザンドラは夫に逆らうふるまいが不興を買ってもしょげたりはしなかった。それどころか、これだけ気分が高揚していれば、なにがあろうと意気をそがれることはないとさえ思った。が、その思いはすぐに一変した。メラニーが見るからにあわてたようすで駆け寄ってきたのだ。「ああ、アレックス、なんてことをしたの！」メラニーはだしぬけに言った。動転しているせいか、すぐそばにいる公爵未亡人の姿も目に入らないようだ。「ここにいる夫たちは、ひとり残らずあなたの首を絞めたがってるわよ――うちの人だって、あの一件を知ったらきっと同じ気持ちになるわ！　いくらなんでもやりすぎよ。おふざけの域を超えてるじゃないの。あんなことをして赦されるはずが――」

「いったいなんの話をしてるの？」アレグザンドラは相手のことばをさえぎったが、いつもは冷静な友人が度を失っておろおろしているのを見ると、反射的に心臓がどきどきしはじめた。

「ロディに頼んでホワイツの賭け帳にあなたの名前を書きこんでもらったことよ、アレグザンドラ！」

「わたしの名前――」アレグザンドラはわが耳を疑い、愕然として大声をあげた。「嘘でしょう！　そんなはずないわ！」

「なにに賭けたのです？」公爵未亡人が怒ったように尋ねた。

「嘘じゃない、ほんとうよ。しかも、その話はこの舞踏室にいる全員に知れわたっているわ」

「嘘でしょう！」アレグザンドラは弱々しくくり返した。

「なにに賭けたの？」公爵未亡人が低くしわがれた不気味な声で問いただした。

狼狽と怒りでことばを失ったアレグザンドラは、説明をメラニーにまかせ、スカートをつまんで裾をもちあげると、踵を返してロディを捜しにいった。大勢の紳士が冷たい目でこちらを見ているのがわかる。

ロディはしばらくして見つかった。アレグザンドラは瞳に殺意をたぎらせ、胸に痛みを秘めて彼に近づいていった。

「やあ、アレグザンドラ」ロディはにこやかに言った。「今夜はまた、いつにも増して麗しい――」アレグザンドラは差し出された手を払いのけ、非難をこめた怒りの目で彼をにらみつけた。

「なんてことをしてくれたの！」恨めしさがつのり、大声になった。「どうしてわたしの名前で賭けたりしたのよ！」

どんな場面でも無表情を保っていられるロデリック・カーステアズが、一瞬、その能力を失った。アレグザンドラにとって、そんな彼を見るのはこれで二度目のことだった。「なんだって？」彼は低い声で憤慨したように訊き返した。「わたしはきみに頼まれたことをしただけだ。きみはホークの足もとにひれ伏す気がないことを社交界に知らしめたかった。その目的を果たすうえで最も効果的な方法は、賭け帳の記載できみの名を出すことだから、わたしはその方法をとった。といっても、ただきみの名を書けばすむというわけじゃない」いらだたしげに続ける。「ホワイツでは会員しか賭けられないことになっているから、きみの名前の上に保証人としてわたしの名前も書かなければ――」

「わたしの名は出さずに、あなた名義で賭けてほしかったのよ。だから頼んだのに！」アレグザンドラはせっぱつまった声で叫んだ。「とある紳士が正体を隠して匿名で賭けるという形にしてほしかったの！」

正論にもとづく反発が感情的な反感に変わったのか、ロディは眉をしかめた。「ばかをいうな！〝正体を隠して匿名で賭ける〟だと？　それでなにが得られるというんだ？」

「お金よ！」アレグザンドラはみじめな気持ちで声を張りあげた。

ロディはあんぐりと口を開けた。「金だって？」面食らったように訊き返す。「賭けに参加したのは、金がほしかったからなのか？」

「あたりまえでしょ！」アレグザンドラは正直に答えた。「賭けをするのに、ほかにどんな理由があるっていうの？」

それを聞いたロディは、完全に自分の理解を超えた、世にも珍しい人間の標本を見るような目でアレグザンドラを見つめた。「賭けをするのは勝利を楽しむためだ。きみはヨーロッパでも指折りの金持ちと結婚してるじゃないか。それなのに、どうして金がいるんだ？」

もっともな質問だが、それに答えるには、他人には知られたくない計画を打ち明けねばならない。「わけは言えないんだけれど」アレグザンドラは困り果てて言った。「でも、あなたを責めて悪かったわ」

ロディはうなずいて謝罪を受け入れると、飲み物を配っている下僕を呼び止め、トレイからシャンペンのグラスをふたつとって、一方をアレグザンドラに渡した。「ねえ、ロディ」グラスを受け取るやいなや、彼女は期待をこめて話しかけたが、広い部屋に突如としていわくありげな静寂が満ちたことには気づかずにいた。「賭けのこと、ホークに知られずにすむ可能性はあるかしら？」

ロディのほうは、異変に気づかないはずもなく、興味津々といった面持ちであたりを一瞥し、周囲の視線が部屋の上部に集中しているのを察して、そちらに目を向けた。

「まずないだろうね」苦笑混じりに答えると、ロディは醒めた態度で片手を上げ、上方の回廊をアレグザンドラにさし示した。それと同時に、リンドワージー家の執事の声が朗々と響きわたった。その声が告げた名は……

「ホーソーン公爵閣下！」

人々のあいだに衝撃が走り、期待に満ちたざわめきが広がった。顔を上げたアレグザンドラは、ぎょっとして目をみはり、その視線は黒一色で装った長身の男に釘付けになった。威圧的な雰囲気を漂わせ、揺るぎない足どりで悠然と階段をおりてくる男。その階段はアレグザンドラから十五ヤードと離れていなかったが、ジョーダンがいちばん下まで来ると、舞踏室にあふれ返る人の海が大波となってそちらに押し寄せ、あちこちではじけるようにあがった挨拶の声が耳を聾《ろう》さんばかりの不協和音を作り出した。

ジョーダンはたいていの客より頭半分ほど背が高かったので、アレグザンドラのいる場所からでも彼が薄い笑みを浮かべているのが見えた。話しかけてくる客たちの声に耳を傾けているような顔つきだが、視線はさりげなく動いて人混みを探っている――きっと、わたしを捜しているんだわ。頭の中が真っ白になったアレグザンドラは、シャンペンを一気に干し、空いたグラスをロディに渡した。受け取ったロディは自分のグラスを差し出した。「これも飲むといい」彼はおかしそうに言った。「しらふじゃ乗り切れないだろう」

アレグザンドラは逃げこむ穴を探すキツネの気分であたりを見まわした。だが、どこを見ても、ホークの視線を確実に避けられそうな場所はなかった。逃げるに逃げられず、背中を壁に張りつかせて、ロディのグラスをぼんやり口に運ぶ。と、右手のほど近い場所にいた公爵未亡人が目に入った。公爵未亡人は、仔細《しさい》ありげな顔で、大丈夫、安心なさいというようにアレグザンドラを見てから、メラニーのほうを向いて短く耳打ちした。メラニーはすぐに歩きだし、ジョーダンを取り巻く人垣をよけるようにして、アレグザンドラとロディのほうに向かってきた。

「お祖母様からのことづてよ」アレグザンドラのそばに来るなり、メラニーは切迫した声で言った。「生まれて初めて深酔いする気なら、今夜だけは絶対にやめておくように。それと、ホーソーンはあなたがここにいるのを見ても、けしておかしなまねはしないから、案ずることはないって」

「ほかにはなにかおっしゃらなかった?」アレグザンドラはすがる思いで尋ねた。安心できることばをぜひとも聞かせてほしい。

「おっしゃったわ」メラニーは力強くうなずいた。「わたしにね、今夜はなにがあってもあなたにぴったりくっついて、そばを離れないようにって」

「そんな!」アレグザンドラは悲鳴をあげた。「なにも心配はいらないっておっしゃってくださると思ってたのに」

ロディが軽く肩をすくめた。「賭けの件がホークに知れたと決まったわけじゃないんだから、そんなにうろたえることはない」

「賭けのほかにもまずいことがあるの」アレグザンドラは暗澹として答えながら、ジョーダンを見守った。彼が大勢の取り巻きから解放されたとき、どの方向に歩きだすか、いまのうちに見きわめておこう。そうすれば、反対方向に逃げ出せる。「あの人に知られたら大変なのよ、わたしがここに――」

そこで、ジョーダンの右側にいる客が彼になにか言った。すると、ジョーダンはこちらに顔を向け、アレグザンドラの背後の壁に沿って鋭い視線を走らせた……その視線はメラニーを通り過ぎ、ロディを通り過ぎ、アレグザンドラを通り過ぎた……と思うと、鞭のように翻って、次の瞬間、彼の双眸は百発百中の二丁拳銃さながらにアレグザンドラを照準にとらえていた。「――来たことを」と弱々しく言いおえたアレグザンドラは、こちらにまっすぐ向けられた視線に射抜かれて、ジョーダンはやはり一刻も早く彼女を見つけようとしていたのだと確信した。

「きみの言う〝まずいこと〟がおきたようだな」ロディが茶化した。

ジョーダンと見つめ合う形になったアレグザンドラは必死に目をそらし、安全な隠れ場所を探してあたりを見まわした。舞踏室を出るには階段を使うしかないから、だれにも気づかれないような場所に身をひそめ、階段までの道筋に彼が見あたらなくなるのを待つことにしよう。そのあとの決断は早かった。とりあえず、いちばん無難なのは、このまま七百人の招待客の中に入っていき、人混みに溶けこんでジョーダンの目をくらませることだ。

「〝まぎれこむ〟とするか」ロディも同じ結論に達したようだ。

そのことばにうなずきながら、アレグザンドラはわずかに救われた気持ちになったが、いくらもたたないうちに、〝まぎれこむ〟作戦は名案ではないことが判明した。舞踏室の壁は横の一面が鏡張りになっている。その前に並んでいたモズビー卿夫妻とノース卿のそばを通ったときのことだった。レディ・モズビーが手を伸ばしてアレグザンドラを引きとめ、笑いながら感心したように言ったのだ。「賭けのこと聞いたわよ、アレグザンドラ」

お義理にほほえんでいたアレグザンドラの顔が凍りついた。

「あれは——あれはただの冗談です」いつのまにか隣に来ていたメラニー・カムデンが、先に答えた。彼女は公爵未亡人の先刻の言いつけを守ろうとしているらしい。

ノース卿がアレグザンドラに厳しい目を向け、冷ややかに言った。「果たして、ホークがおもしろがるかな」

「わたしだったら、まちがってもおもしろいとは思わんね」モズビー卿は不穏な口ぶりでアレグザンドラに告げ、そっけなく会釈して妻の腕をとると、有無をいわせぬ手つきでアレグザンドラから引き離した。夫妻はそのままノース卿とともに去っていった。

「なんて言い草だ！」ロディはふたりの紳士のかたくなな背中をにらみつけ、低い声で言った。そのあとは黙ってなにかを考えているようだったが、やがてアレグザンドラの呆然とした顔にゆっくりと目をやり、悔悟といらだちと皮肉の入り混じった表情で彼女を見つめた。

「ホワイツであの賭けをしたせいで、きみを大変な目にあわせてしてしまったようだ」と彼は言った。「わたしの同性の中にも、われわれのささやかな賭けに眉をひそめるお上品な輩が多少はいるはずで、そのぐらいは予期していたよ。ただ、あの賭けで夫に公然と反旗を翻せば、きみは上流社会の妻帯者をことごとく敵に回すことになる。その点に思いいたらなかったのは失敗だった」

アレグザンドラはほとんど聞いていなかった。「ロディ」彼女は焦って言った。「そばにいてくれるのはありがたいんだけど、あなたはすごく背が高いから――」

「わたしがいないほうが見つかりにくいというわけか」話の先を読んだロディが続け、アレグザンドラはうなずいた。「そういうことなら」彼はうかつさを悔いるように言った。「わたしは消えるとしよう」

「助かるわ」

「意図したことではないが、わたしはきみを窮地に追いこむのに加担してしまったようだ。だから、せめてものつぐないに、ここで姿を消して、きみが当面の苦境を逃れられるよう協力させてもらうよ」ロディは軽く会釈すると、アレグザンドラとメラニーがめざすのとは逆の方向に歩きだし、大勢の客の中に入っていった。

五分後、部屋の端に立ったアレグザンドラは人々に半ば背を向けるようにして、そわそわとメラニーを見た。「あの人、まだどこかにいる?」

「いいえ」メラニーは人であふれる部屋をそっと見わたしてから答えた。「もう階段の下にはいないし、ここから階段までのあいだにもいないわ」

「だったら、もう帰るわね」アレグザンドラは急いで言うと、メラニーの頬に短くキスした。「わたしなら大丈夫――心配しないで。あした会いましょう。もしも――」

「だめなの」メラニーは悲しそうに言った。「夫がね、ロンドンの空気は身重《みおも》のわたしにはよくないって言うのよ。きみは田舎に戻って、お産がすむまでそこにいろって、言ってきかないの」

頼りのメラニーなしで、このあとすぐ直面するであろう苦境に耐えねばならないのかと思うと、アレグザンドラはなんともいえず心細くなった。「手紙を書くわ」と約束しながらも、気持ちが沈んでいく。果たして、この先またメラニーに会うことはあるのだろうか……もうなにも言えなかったので、スカートをつまみ、階段めざして歩きだした。残されたメラニーは後ろから友の名を呼んだが、その警告は大勢の客が談笑する声のざわめきにかき消され、アレグザンドラはそのまま壁沿いに先を急いだ。

歩きながら身をかがめてテーブルにシャンペングラスを置く。そこで、危うく悲鳴をあげそうになった。いきなり腕をつかまれ、乱暴に後ろを向かされたと思うと、目の前にジョーダンが立ちはだかったのだ。周囲の視線は彼の動きで巧みにさえぎられていた。壁の高いところに片手をつき、自分の体と壁のあいだにアレグザンドラを閉じこめながら、はた目には、紳士がご婦人に寄り添ってのどかに睦言《むつごと》を交わしているとしか見えないようにしたのだ。

「アレグザンドラ」ジョーダンの声音は、火を噴くようなまなざしとはうらはらに、不気味なほど穏やかだった。「この部屋には四百人近い夫がいて、そのほとんどが、衆人環視の中できみをここから引きずり出し、家に連れ帰って分別を叩きこむのがわたしの義務だと思っている。それが自分たちの妻への戒《いまし》めになるからだ。わたし自身は、そうすることにまったく異存はない――いや、すぐにでもそうしたいと思っている」

恐れおののくアレグザンドラには驚くべきことだったが、ジョーダンはまがまがしい通告をいったん中断し、かたわらの台に載ったトレイからシャンペンのグラスをとって、眉ひとつ動かさずにアレグザンドラに手渡した――ひと組の男女が普通に会話をしているふりを続けるための演出だ。そして、それまでと同じく、不気味な声で先を続けた。「おおっぴらに賭けをしたのは――わたしの命令に堂々とそむいて今夜ここに来たこともだが――公衆の面前で報復を受けるだけでは足りないほどの重罪だが、それはひとまず措《お》いて、きみにふたつの選択肢を与えてやろう」彼はいかにも優しげに言った。「よく注意して聞くんだぞ」

アレグザンドラは、恐ろしさのあまり怯えた小鳥のように胸が上下するばかりで、うなずくのがやっとだった。そんな自分が情けなく、くやしかった。

相手が見るからに怯えていても、ジョーダンのほうはどこ吹く風で、最初の選択肢を告げた。「ひとつは、わたしに連れられて、いますぐここを出ることだ――おとなしく、表向きは自主的に出ていくもよし、わめきながらじたばたして出ていくもよし――わたしはどちらでもかまわない。いずれにせよ、いますぐ出ていけば、わたしがきみを連れ帰る理由はここにいるだれの目にも明らかになる」

そこでジョーダンがことばを切ったので、アレグザンドラはとっさに唾をのみこみ、かすれた声を絞り出した。「もうひとつは？」

「こちらをとれば、きみは面目を保てる」ジョーダンはふたつ目の選択肢を説明した。「わたしとしては、きみとダンスフロアに出ていって、賭けのことはふたりともたわいない冗談だと思っているというふりをするのもやぶさかではない。ただし」彼は不穏な口調で締めくくった。「家に帰ってからきみを締めあげることに変わりはない。いいな？」

最後のことばが肉体的な懲罰を意味しているのは明らかで、その露骨な脅しにアレグザンドラは怯えずにはいられなかった。こうなったら、なんでも言われたとおりにするしかない――それで帰宅するのを先延ばしにできるなら。

そのとき、千々に乱れる胸の内にぼんやりとある思いが浮かんだ。こんなふうに面目を保てる選択肢を与えてくれるなんて、彼の顔をつぶす賭けをおおっぴらにやったわたしより思いやりがあるわ……とはいえ、いくら人前で恥をかかないように配慮してもらっても、あまりありがたいという気にはならなかった――あとでふたりきりになったら体罰を与えると宣告されているのだから。精一杯の努力の末に、アレグザンドラは声がうわずりそうになるのを抑え、平静に近い表情をとりつくろって言った。「ダンスのほうにします」

ジョーダンは血の気を失った愛らしい顔を見おろした。アレグザンドラのこの勇敢さはあっぱれというほかない。そんな賞賛の念が忽然《こつぜん》と湧きあがったが、彼はそれを押し殺し、礼儀正しく腕を差し出した。

アレグザンドラがその腕に震える手をかけると、目の前にいたジョーダンが脇によけた。その瞬間、いくつもの顔がきまり悪そうにそそくさとあらぬほうを向き、それを目にした彼女は、大勢の客が自分たちのささやかな密談に注目していたことを知った。表向きは悠揚《ゆうよう》迫らぬ態度で威厳を保つよう努めながら、ジョーダンに伴われて客たちの中に入っていくと、好奇心をあらわにした人々の波が、あたかも紅海の奇跡のように左右に割れて道を作った。ふたりでその道を進んでいくあいだも、彼らの視線に追われているのを感じた。

そこまではよかったが、そのあとの事件でアレグザンドラの心は大きく揺らいだ。前にいた男女が道をあけるために振り向き、あっと思ったときには、年配の夫を亡くしたばかりのエリザベス・グレインジャーフィールドと顔を突き合わせていたのだ。ジョーダンの昔の愛人に出くわしたショックでアレグザンドラはその場にくずおれそうになったが、ジョーダンとエリザベスはそんな彼女をよそに悠々と挨拶を交わしていた。

「お帰りなさい、公爵様」エリザベスがハスキーな声で言い、手を差しのべる。

「これはどうも」ジョーダンは挨拶に応えて微笑し、差し出された手の甲に慇懃に接吻した。

その光景を目の当たりにしたアレグザンドラは、みぞおちを殴られたような気がした。ジョーダンとともにその場を離れたときは、礼儀を守るために苦労して表情を殺していたが、ダンスフロアに着くと、彼が腰に手を回してきたので、さっと身を引いてにらみつけた。

「やはり、すぐここを出るほうがいいか？」ジョーダンが猫なで声で訊いたとき、周囲の客がいっせいにくるくると回ってステップを踏みはじめた。

ふたりはダンスフロアに立った瞬間から何百対もの好奇の目に追われていたが、憤懣やるかたないアレグザンドラはそれに気づかぬまま、ジョーダンの黒い上着の袖にしぶしぶ手をかけた――だが、彼にふれるのがいやでたまらないという気持ちを隠す気はなく、それが表情にはっきりと表われていた。

ジョーダンはアレグザンドラを乱暴に抱き寄せ、色とりどりの衣装に身を包んでワルツを踊る紳士淑女の中へ入っていった。「少しでも分別があるなら――あるいは、多少なりとも礼儀作法の心得があるなら」彼は怒鳴りたいのをこらえるかのように、声をひそめて言った。

「そうやって殉教者《じゅんきょう》のような顔をするのはやめて、楽しそうにしろ！」

その命令そのものにも、人を見くだした傲慢な口ぶりにも腹が立ち、アレグザンドラは彼のいかにも貴族らしい顔を平手打ちしてやりたくなった。「礼儀作法がどうこうなんて、よくもそんなお説教ができるわね。ついさっきまで、妻の目の前で大事な愛人にお愛想を言ってたくせに！」

「ほかにどうしろというんだ？」ジョーダンがつっけんどんに言った。「彼女を突き倒せばよかったのか？　われわれの行く手に立っていたんだぞ！」

「わたしも話に交ぜてくれればよかったのよ」アレグザンドラは猛然と言い返したが、興奮していたせいで、話に加われば自分はもっときまり悪くなっただろうということには思いいたらなかった。

ホーソーン公爵と彼の不埒な妻のこうしたとげとげしいやりとりは、舞踏室の人々の注意を引かずにはおかなかった。踊っている客たちはふたりの会話を聞きとろうとしてぶつかり合い、楽師たちはもっとよく見ようと左右に身をよじり、片眼鏡の焦点はいっせいに夫妻に合わせられた。

「きみを話に交ぜるだって？」ジョーダンはあきれ返り、語気を荒らげた。「いいか、彼女は——」喉まで出かかったことばをかろうじてのみこんだが、アレグザンドラに先を続けられてしまった。「あなたとベッドをともにした人なんでしょ？」彼女は声を殺して言った。

「失礼ながら、作法のことできみに説教される義理はない。だれに聞いてもわかることだが、最近のきみのふるまいは、わたしの妻にふさわしいものとはとてもいえなかったようじゃないか」

「わたしのふるまいですって！」アレグザンドラはいきりたった。「じゃあ言わせてもらうけど」痛烈な皮肉をこめて言い放つ。「あなたの妻にふさわしいふるまいを心がけていたら、わたしは目の前を横切る異性をかたっぱしから誘惑しなきゃならなかったでしょうよ！」

この癇癪の爆発に愕然としたジョーダンは、一瞬、傲慢なアレグザンドラを揺さぶってやりたくなったが、そこでふと、彼女は嫉妬しているのだと気づいた。腹立ちがいくらか治まったところで顔を上げてみると、踊っていた客の半分はフロアを去っていた。彼がいまいましい妻を相手に前代未聞の口喧嘩を繰り広げるところを見物するなら、少し離れたほうがよく見えると思ったらしい。フロアに残った半分は、なんの遠慮もなくじろじろとこちらを見ていた。

そうした見物人から目をそらすと、ジョーダンは歯噛みする思いで作り笑いをしてアレグザンドラを見おろし、厳しい声で言った。「おい、わたしを見ながらにっこりするんだ！部屋じゅうの客が注目してるじゃないか」

「ごめんだわ、そんなこと」アレグザンドラはむきになって言い返したが、顔つきだけは一応穏やかに保つようにした。「わたしはいまもあなたのいとこと婚約中なんですからね！」

あまりにもとっぴで的はずれなその理屈に、ジョーダンは啞然とし、吹き出しそうになるのをこらえた。「ずいぶんと変わった倫理観だな、かわいい人。あいにくだが、いま現在、きみはわたしと結婚しているんだぞ」

「かわいい人だなんて、よくもぬけぬけと言えるわね。今度のことでアントニーの立場がどうなったか、せめてそのぐらいは考えてあげてよ」アレグザンドラは声を張りあげた。「わたしがあなたの胸にまっすぐ飛びこんだと世間に思われたら、彼はどれほどの屈辱を味わうことか。あなたには、いとこの味方に立つ気もないの？」

「道義の面では、わたしも厳しい板ばさみにあっているよ」ジョーダンは心にもないことを言った。「だが今回は、全面的に自分の味方をするしかないと思っている」

「なんて人なの！」

ジョーダンはレモン色の刺激的なデザインのドレスをまとった気性の激しい若き美女を見おろした。怒りの吹き荒れる瞳はエーゲ海のマリンブルー、唇は薔薇の花びらを思わせる。繊細でありながら生き生きとした顔を見ていると、アレグザンドラがいまと同じく淡黄色のドレスを着ていた場面がふと脳裏に甦った――あれは祖母の屋敷の庭でのこと、彼女は愛くるしい顔を空に向け、甘く柔らかな声でこんなことを言ったのだ。〝新しい季節がめぐってくるたびに、いずれわたしの身にもなにかすてきなことがおきるっていう希望が届けられる。冬には雪の香りにのって……夏には雷の轟きと空に青く閃く稲妻に混じって……でも、いちばん強く感じるのはいま。春なのよ。どこもかしこも緑と黒で埋めつくされる――〟

アレグザンドラはそうやって〝すてきなこと〟がおきるのを待っていたわけだが、実際に手にしたのは、四日間の結婚生活と十四カ月のやもめ暮らしだった。しかも、夫の独身時代の暮らしぶりについて、幻滅するような話を山ほど聞かされたのだ。ジョーダンの怒りはたちまち萎え、きらきら輝く瞳を見おろすうちに、胃が締めつけられるような気分になった。これから彼女を連れ帰り、痛い目にあわせねばならないのか。

「ひとつ教えてくれ」ジョーダンは穏やかに訊いた。「いまでも土は香水のようにかぐわしいと思っているのか？」

「なんですって？」その質問に面食らったアレグザンドラは、なめらかな額にしわを寄せ、わずかに和んだ相手の顔を用心深くうかがった。「ああ——思い出したわ。そんなこと、もう思っていません」そういえば、あのころは、彼に不憫な小娘と思われていたらしい。そこで、あわてて付け加えた。「わたしも、おとなになったのよ」

「そのようだな」ジョーダンの声には、温かさとともに欲望の兆しが表われていた。

アレグザンドラはジョーダンの表情に優しさを見てとり、急いで目をそらしたが、自身の怒りも徐々に治まってきたのを感じた。表立って賭けをしたことも、このダンスフロアで——彼がここに連れ出してくれたのは、こちらに恥をかかせないためだったのに——ひどい態度をとったことも、とうてい言い訳できることではない、と良心が告げている。これまでは、なんの落ち度もない自分が一方的に傷つけられたと信じていたが、もはやそうは思えず、彼女は唇を噛んでジョーダンを見あげた。

「休戦かな？」彼はけだるい笑みを浮かべて言った。

「ここを出るまでよ」アレグザンドラはすかさず同意し、おずおずとほほえんでみせた。すると、謎めいた灰色の瞳が賞賛するようにかすかに光るのがはっきりと見えた。

「わたしが買ってやった子犬はどうした？」ジョーダンの笑みが広がった。

「ヘンリーならホーソーンにいるわ。そうだ、あなた、まちがってたわよ」アレグザンドラはいたずらっぽく言った。「犬を売ってくれた男の子の話は嘘じゃなかったわ——ヘンリーは純血種だったのよ」

「でかくなったのか？　足はカップの受け皿くらいの大きさになった？」

彼女は首を振った。「ディナー用の大皿並みよ」

ジョーダンは声をあげて笑い、アレグザンドラもほほえんだ。ダンスフロアの男女は音楽に注意を戻し、あちらこちらで片眼鏡がおろされ、中断していた会話が再開した。一曲踊りおえたジョーダンは、彼女の肘に手を添えて人波の中へと導いたが、友人グループがいくつも押し寄せてきて、彼らに囲まれたせいで、すぐには立ち去れなくなった。みんな、帰国したジョーダンに挨拶したがっているのだ。

アレグザンドラのほうは、今夜は帰宅しても自室にはとどまらず、行方をくらませるつもりでいた。そのために、ほぼ確実と思える策を考えてある。ジョーダンには帰宅をせかされそうだと思ったが、彼はそれから三十分ほど、帰国を祝いにきた人々に応対していた。彼女がジョーダンの腕にかけた手は、その間ずっと彼の手におおわれていたので、いやでもそばに控えたまま待つしかなかった。そこで、平静な表情を保ち、アントニーのそばに控えていたときとなんら変わらぬ態度をとるように努めた。

ところが、アレグザンドラには態度を変える気がなくても、社交界の人々は、相手がアントニーのときとジョーダンのときでは完全に態度を変えるということが、すぐに明らかになった。彼らはアントニーにも温かく接し、彼の身分ゆえに敬意を表したが、今夜ジョーダンに接したときのように崇拝の念に近いものを示すことはなかった。ジョーダンの前に出ると、宝石で身を飾った淑女が片足を引いてお辞儀をし、気品のある紳士がうやうやしく会釈して握手を求めてくる。そのようすを見て、アレグザンドラはさとった。彼らにとって、アントニーは爵位の保持者にすぎなかったが、ジョーダンは爵位そのものなのだ。

生まれながらにしてのホーソーン公爵、それがジョーダンだった。

アレグザンドラは、お金さえ手に入れば、ジョーダンをうまく説得してモーシャムに帰れると思っていたが、彼のそばに控えているうちに、その考えは甘かったのではないかという気がしてきた。しばらく前に社交界に入った彼女は、そこで貴族の男性たちと知り合い、うかつなことに、ジョーダンも彼らと同じだと思いこんでいた——品があり、好みにうるさく、都会的。それでいて、人あたりはよく、温和でもあると。

だが、こうしてジョーダンが他の紳士と話すのを見ていると、礼儀正しく都会的な仮面の下で、その素顔はほかの人とはまったく違っているのがわかる。それに気づかずにいた自分が情けなかった。

隣に立つジョーダンが顔を寄せてきて、慇懃ではあるが威圧的な声で言った。「まっすぐ帰宅すると約束するなら、もう帰っていいぞ。みんなはわれわれ夫婦には別々の用があるんだと思うだろう。十五分たったら、わたしもここを出る」

夫の示した思いやりに驚きながらも、これで計画が一段と楽になると思い、アレグザンドラはいいようもなくほっとした。提案にうなずいて歩きだそうとしたが、ジョーダンはそれを許さず、彼女の腕をしかとつかんだ。「約束するならすると言え」彼はぶっきらぼうに命じた。

「まっすぐ帰ると約束します」アレグザンドラは満面に安堵の笑みをたたえて答え、急ぎ足で出ていった。

ジョーダンは妻を見送りながらわずかに目を細め、考えこんだ。いまの妙に明るい笑顔はなんだったのか。彼女を信用するのは、果たして賢いことだろうか。先に帰ってよいと言ったのは、アレグザンドラを信用したからというより、彼女が再び逆らってくるとは考えにくかったからだ。もう命令にそむこうとは思わないだろう、どれだけひどい罰が待ち受けているかは本人にもわかっているのだから……ジョーダンは友人知人にあらためて目を向け、合理的な結論をくだした——そもそも、家に帰らなければ、アレグザンドラに行くあてはないはずだ。たとえ祖母だろうとだれだろうと、彼女を夫からかくまう物好きなどいるわけはない。

アレグザンドラが立ち去るのを見守っていたのはジョーダンだけではなかった。彼女に注目していた客はほかにもたくさんいたが、彼らは一見なごやかな夫婦の別れにだまされたりはしなかった。

「ホークは家に帰ったら奥方を懲らしめるつもりだな」オーグルヴィ卿がまわりにいる大勢の客に向かって言った。「あんなまねをしたんだ、毎晩のように罰するにきまっている。そして、女王杯の日には彼女のリボンを腕に巻くというわけだ」

「そのとおり！」若輩のビロービ卿が応じた。

「きっとそうだ！」サーストン伯爵も同意した。

「疑いの余地はない」と断言したのはカールトン卿だった。

レディ・カールトンは、階段をのぼっていくホーソーン公爵夫人を見て、思いきったように声をあげた。「みなさんの予想がはずれるといいのですけれど。ホーソーンはイングランドじゅうの女性につれなくしたんですもの、今度は彼のほうがつれなくされる番だわ！」

ビロービ卿の内気な若妻も、ぐっと顎を上げ、その意見に賛成した。「わたくしは、彼女が別の殿方にリボンを結ぶよう願っています！」

「ばかをいうんじゃない、オナー！」ビロービ卿が言った。「わたしは、彼女がホークにリボンを与えるほうに百ポンド賭けることにする」

夫人ふたりは顔を見合わせ、次いで夫たちに目をやった。「あなたがそうなさるなら」レディ・ビロービは眉をしかめている夫にそう言うと、ハンドバッグから百ポンドを取り出した。「わたくしは逆のほうに賭けましょう」

「わたくしも！」レディ・カールトンがきっぱりと言った。

こうして、アレグザンドラが自分の馬車に乗りこむころには、摂政王太子の金庫を何年もふくらませておけるほどの大金が賭けにつぎこまれていた。それまでもジョーダンが妻のリボンを勝ち得るという見方が四対一の割合で優勢だったが、リンドワージー邸の舞踏室ではそちらに賭ける者が一気に増え、人数の割合は二十五対一になった。アレグザンドラがホーソーン公爵の〝抗いがたい魅力〟に抗う初めての女性になるのではと期待し、その可能性に賭けたのは、年若の淑女たちだけだった。

23

大邸宅が立ち並ぶアッパー・ブルック街は月明かりに照らされていた。アレグザンドラは片手を振って御者を帰らせ、音をたてないよう注意しながら、三番地の屋敷の錠前に鍵を挿しこんだ。扉をわずかに押し開け、玄関広間をのぞく。願っていたとおり、ヒギンズも含めて使用人はみな、一日の勤めを終えて自室にひきとったようだ。

中に入ってそっと扉を閉め、長い階段を忍び足でのぼったが、自室の前まで来ると、足が止まってしまった。主人を大事にしている小間使いは、言いつけを聞かずに起きて待っているかもしれない。戸を開ければ確かめられるが、危ない橋を渡るのはやめることにして、客用寝室が左右に並ぶ長い廊下をそのまま足早に進んでいった。突き当たりには上の階に続く階段がある。爪先立ちでその階段をのぼり、再び廊下を進んで、いちばん奥の右手の部屋の前に立った。かつて住みこみの家庭教師の女性が使っていたという部屋だ。扉の把手を静かに回し、ひとけのない真っ暗な室内をのぞきこんでから、すばやく中に入った。

これはわれながら名案だったと思い、アレグザンドラはにっこりした。暗がりにぼんやり見えるのは小型の整理箪笥だろうと見当をつけ、手袋をはずしてその上に放る。約束は破っていない。このとおり、まっすぐ家に帰ってきた。

ただし、今夜は夫が彼女を罰しようと寝室に踏みこんできても、ベッドはもぬけの殻というわけだ。

それを見た彼がどんなに立腹するかと思うと、背筋に悪寒が走った。だが、この策をあきらめれば、神のみぞ知る今夜の運命に身をまかせねばならない。そんな恐ろしいことは考えたくもなかった。

ペンローズは祖父の時計を売ってきてくれたはずだから、あした、その代金をもらうことにしよう。そして、ジョーダンが出かけたらすぐに、忠実な老友ふたりと連れ立ってロンドンを離れるのだ。

アレグザンドラはドレスを脱ぎ捨て、むきだしの狭いベッドに寝そべって目を閉じた。疲労感が襲ってくる中、今夜のジョーダンの態度を思い返すと、疑問の渦が押し寄せた。わたしに対してあんなに怒りをぶつけておきながら、人前で恥をかかないように気遣ってくれるとは、どういうつもりなのだろう。彼のことは、いつまでたっても理解できそうにない。いまわかっているのは、ジョーダンの屋敷にいるのに当のジョーダンから隠れるはめになったということだけ――あの人が行方不明になったときには、わたしも死んでそばに行きたいとまで思ったのに、いまは同じ人の目を逃れながら怒りと恐れを感じているなんて。

カムデン卿が舞踏会に来てみると、メラニーはすでに帰宅したあとだった。彼と入れ違いに帰ろうとしていたジョーダンは、一時間ほど前に自分の馬車を帰してしまった、妻といっしょに彼女の馬車で帰るつもりだったから、と言いだした。ここにきて突然そのことに気づくというのは妙だったが、カムデン卿はたしなみを忘れず、驚いたような顔は一切見せずに、わたしが家まで送ってやろうと親切に申し出た。

カムデン家の馬車が三番地の屋敷の前で停まると、ジョーダンはさっさと馬車を降りた。アレグザンドラはもう自室に入り、彼を待っているはずだ。そのことばかり考えていたので、自邸の向かいの家の陰で、男がひとり、帽子を目深にかぶり、馬に乗ったまま動かずにいるのが見えても、ほとんど注意を払わなかったが、それでも男の姿は頭の片隅に引っかかった。玄関先の階段をのぼりだしたジョーダンは、虫の知らせとでもいうのか、二段目に足をかけたところで振り返った。ジョン・カムデンに別れの挨拶をするつもりだったのだが、そこでジョーダンの視線は馬上の痩せた男に飛び、その瞬間、暗がりにいる相手が片手を上げた。

身を伏せたジョーダンが左に飛びのくと同時に銃声が轟いた。彼はすぐさま跳ね起きて猛然と駆けだし、向かい側にいた暗殺者を追いかけたが、すでに遅かった。相手はみるまに遠ざかり、悠然と通りを行き交う馬車の列を右に左に縫いながら走り去ってしまったのだ――馬車で追跡したジョン・カムデンも、その同じ車列に阻まれて、賊に追いつくことはできなかった。

たくましい体をもつ紳士、エドワード・フォークスは、探偵として、上流社会の中でも別格の人々を顧客にもち、彼らが当局に知らせずに解決したいと言う微妙な問題を扱っている。ホーソーン公爵と差し向かいですわっているフォークスは、自分の時計を確かめた。時刻は午前一時前。公爵には日付が変わる前に雇われたばかりで、依頼された仕事は、二度にわたる公爵狙撃事件を捜査し、事件の黒幕を突き止めることだった。

「妻とわたしは、このあと起床したらすぐにホーソーンに出立する」と公爵が言った。「暗殺者は、ロンドンでは通りや路地にまぎれこめるが、田舎だと身を隠すのがはるかにむずかしくなる。わたしも、危険にさらされているのが自分の命だけだったら、ロンドンを離れようとは思わない。だが、事件の裏で糸を引いているのがいとこだとすれば、わたしに跡継ぎができては困るから、その可能性はつぶしておかねばならないと考えるはずで、つまりは妻の身も危ういということになる」

フォークスはうなずいて同意を示した。「田舎なら、よそ者がご自宅の敷地に入りこんだり、村をうろついたりすれば、すぐにわたしの部下たちの目にとまります。そうなったら、その人物を見張ればいいわけです」

「きみの主な任務はわたしの妻を守ることだ」公爵はそっけなく言った。「ホーソーンに着いたら、事件の首謀者をおびき出す方法を考えてみる。ここを発つときには、きみの手の者を四人、護衛としてわたしの馬車につけてくれ。うちでも人を出すから、騎馬従者はあわせて十二人になる」

「今回の銃撃ですが、タウンゼンド卿が下手人《げしゅにん》だとは考えられませんか？」とフォークスは尋ねた。「あのかたは、昨夜、ホワイツにもリンドワージー家の舞踏会にもみえていなかったというお話でしたが」

ジョーダンはうんざりしながらこわばった首筋を揉んだ。「いや、彼ではない。馬上の男はずっと小柄だった。それに、いとこの関与が疑われるとはいっても、さっき話したとおり、そうと断定することはまだできないと思っている」きのう、老グレインジャーフィールドがすでに死去していると聞くまでは、ジョーダンはあの老人が黒幕であればと願っていた。なにしろ、最初の暗殺未遂事件がおきたのは、アレグザンドラとの出会いの夜――つまり、ジョーダンが決闘でグレインジャーフィールドを負傷させた翌日のことだったからだ。だが、つい先刻、再び襲われたとあっては、もはやその望みにすがることはできない。

「一般的にいって、殺人の最大の動機は復讐と私欲です」フォークスは慎重にことばを選んでいるようだった。「あなた様が亡くなれば、タウンゼンド卿は多大な利益を得ることになります。いまや、その利益は前にも増して大きくなったといえましょう」

　その発言を聞いても、ジョーダンはどういう意味だと訊き返すことはしなかった。アレグザンドラのことを言っているのだとすぐにわかったからだ。アレグザンドラ――？　そういえば、今回の狙撃者の痩せた体つきにはどこか見覚えがあるような気もする。そう思うと、顔から血の気が引いていった。あれは女だったのかもしれない……

「なにか大事なことを思い出されたのですか？」ジョーダンの表情を読みとったのか、探偵がすかさず尋ねてきた。

「いや」ジョーダンは短く否定して勢いよく立ちあがり、探偵との面談を唐突に打ち切った。アレグザンドラがわたしを殺そうとしている――なんと荒唐無稽な考えだ。ばかばかしいにもほどがある。そう思う一方で、前の日に彼女から浴びせられたことばが甦り、胸に刺さって離れなくなっていた。〝わたしはなんとしてでも、あなたから自由になってみせる〟

「あとひとつだけお聞かせください、閣下」フォークスも腰をあげた。「今回の狙撃犯が、以前、モーシャム近くの街道であなた様が殺したとお思いになった者と――死んだものと思って放置した者と、同一人物だったとは考えられませんか？　後者は小柄だったとうかがいましたが」

ジョーダンは安堵のあまり心が浮きたつのを感じた。「その可能性はある。さっき言ったように、今回は暗殺者の顔は見えなかったんだ」

フォークスが帰ると、ジョーダンは階段をのぼって自室に入った。疲れと憤懣を感じているのは、命をつけ狙う正体不明の不届き者の標的になってしまったからだ。彼は眠そうな顔の侍者をさがらせ、のろのろとシャツを脱いだ。隣の寝室にアレグザンドラがいる。そう思うと疲れも消えていくようで、眠っている彼女をキスで起こすところが頭に浮かんだ。

ジョーダンは自室と隣室の境の扉をくぐり、隣室付属の化粧室を通り抜けて、ほの暗い部屋に足を踏み入れた。窓からは月明かりが射しこんでいる。その銀色の光が照らし出したのは、しわひとつなく広がったサテンのベッドカバーだった。

アレグザンドラは帰っていなかった。

ジョーダンは早足で自室に引き返し、呼び鈴の紐を力まかせに引いた。

その三十分後には、屋敷じゅうの使用人が居間に呼び集められ、寝ぼけまなこで整列して、ジョーダンが繰り出す質問に答えていた――ただ、アレグザンドラの高齢の召使い、ペンローズだけは姿を見せず、だれもがそのことを気にしていた。女主人と同じく、ペンローズも理由不明のまま行方をくらましていたのだ。

ジョーダンの尋問は徹底していたが、それで判明したのは、屋敷に帰ってきたアレグザンだけいままでになかった、と御者は明言した。

「みんな、もう休んでいいぞ」ジョーダンは全員に向かって言った。その場には三十一人の召使いがいたが、その中でひとりだけ、居間に残った者がいた。眼鏡をかけた年寄りの召使いで、腹立たしげな顔でそわそわしている。ジョーダンは思い出した。この男はアレグザンドラの下僕のフィルバートだ。

ジョーダンは側卓に歩み寄り、ボトルに残っていたポートワインをすべてグラスにつぐと、フィルバートを一瞥し、新しいボトルをもってこいと命じた。グラスの中身を無造作にあおったあと、彼は椅子に身を沈めて足を投げ出し、激しい胸騒ぎを鎮めるように努めた。勘だけでいえば、アレグザンドラの身になにかあったとは思えない。それに、アレグザンドラがいま家にいないからといって、今回の狙撃を彼女のしわざと決めつけるべきではない。

まっすぐ家に帰ると約束したときにアレグザンドラが見せた、不可解なほど明るい笑顔。その笑顔の意味をひたすらに考えていると、御者には屋敷に入ったように見せかけて、そのあとよそに行っただけなのではないか、という思いが強まってきた。きっと、舞踏会をあとにする前に、愛人のひとりに屋敷まで馬車でついてきてと頼んだにちがいない。そして、自分の御者を追い払ってからその馬車に乗せてもらったのだ。分別を叩きこんでやると夫に脅されたのだから、そういう行動に出たとしても不思議はない。おそらく祖母を訪ねていったのだろう。ポートワインが効いて、張りつめた神経がほぐれてきたところで、そう結論した。

「ボトルをこっちにもってこい」と命じながら、ジョーダンは老いた下僕をじっと見た。相手は敵意をろくに隠さず、苦虫を嚙みつぶしたような顔で立っている。「ひとつ訊きたい」ジョーダンはそっけなく言った。使用人に私的なことで話しかけるのは生まれて初めてだ。「いつもこうなのか――おまえの女主人は？」

公爵のグラスにポートワインをついでいた老下僕は、怒ったように手を止め、口を開いた。「アレックス様は――」ジョーダンはそのことばを冷たい声でさえぎった。「妻のことは正しく呼んでもらおう。ホーソーン公爵夫人とな！」

「そのおかげで奥様はどれほどひどい目にあったことか！」召使いは猛然と言い返した。

「どういう意味なんだ、それは？」はたで見ている者がいれば、ジョーダンのような気性と地位の持ち主は、こういう場面では当然、相手を怒鳴りつけるものと思っただろう。だが、一介の召使いに食ってかかられるというのはジョーダンにとっては初めての経験で、彼はあまりの椿事《ちんじ》に虚をつかれ、怒鳴るのも忘れて説明を求めていた。

「そのままの意味です」フィルバートは嚙みつくように言うと、ボトルをどしんとテーブルに置いた。「ホーソーン公爵夫人の名は奥様をただ苦しめただけじゃありませんか！　旦那様は、奥様の父親と同じくらいひどい――いや、あれよりもひどい！　あの人は奥様の心を打ち砕いただけだったが、旦那様は心だけじゃなく、今度は気力まで打ち砕こうとしてるんだから！」

退出しようと歩きだしたフィルバートが部屋の半ばまで行ったところで、ジョーダンは雷を落とした。「戻ってこい！」

フィルバートは命令に従いはしたが、ジョーダンの前に戻ると、節くれだった手を両脇に垂らして握りしめ、出会ったその日から女主人の人生をみじめなものにした張本人を恨めしげににらみつけた。

「いまの話は、いったいなんだったんだ?」

フィルバートは敵意を見せつけるように顎を突き出した。「アレ、、、ックス様をいたぶる種にされるとわかってて、わたしがべらべらしゃべると思ってるんだったら、それは見当違いってもんですよ、お偉い公爵様!」

目の前の男の傲慢さはあきれるほどで、ジョーダンは荷物をまとめて出ていけと言いそうになったが、そうやって溜飲を下げるよりも、この召使いの口から飛び出した思いがけない発言の意味を知るほうがいいと思い直した。そこで、必死に怒りを抑えこみ、冷たく言った。「愛する女主人のことで、おまえがなにかの事情を知っていて、それがわかればわたしも態度を和らげるはずだと思っているなら、いまここでその事情を話しておくほうが賢明だぞ」

それでも、召使いはかたくなな表情を崩さなかった。「わたしがいまのような気分のままでアレグザンドラをつかまえれば、彼女は見つかったことを死ぬほど後悔するだろう」警告の意味をこめ、ジョーダンは思ったとおりのことを口にした。

老人は蒼ざめて喉をごくりと鳴らしたが、相変わらずふてくされた態度で黙りこんでいた。召使いの心が揺れているのはたしかだが、単に脅しただけでは、遠慮ない話を聞き出すことはできそうにない。そうさとったジョーダンは、グラスにポートワインをつぐと、上流社会に属する全員の顔に泥を塗るような行動に出た。やんごとなきホーソーン公爵が、卑しい下僕にグラスを差し出し、男と男のざっくばらんな話だといわんばかりの口ぶりでこう頼んだのである。「どうやらわたしは――わざとではないにせよ――おまえの女主人を傷つけてしまったようだ。それは認めるから、まず一杯やって、彼女の父親とわたしがどう同じなのか教えてはくれないか。その父親はなにをしたんだ？」

怪しむような目で公爵の顔をながめたフィルバートは、差し出されたポートワインに視線を移し、おずおずと手を伸ばしてグラスを受け取った。「これを飲むあいだ、すわっていてもいいですか？」

「もちろんだとも」ジョーダンは真顔で答えた。

「奥様の父親は、この世で最低の卑劣漢でした」そう言ってフィルバートが話を始めると、公爵はそのことばをさらなる侮辱ととらえ、眉をつりあげた。フィルバートはそれには気づかなかったようで、手にした酒を景気よくあおったが、すぐに身震いして露骨に顔をしかめ、グラスの中身をにらみつけた。「うへっ！　なんなんですか、これは？」

「ポートワインだ――わたし専用ということで、特別に作らせている」

「こんなもの、ほかにほしがる人はいないでしょう」フィルバートは感心したふうもなく言い返した。「ひどい味だ」

「たいていそう言われる。どうやら、気に入っているのはわたしだけのようだ。さて、その父親は彼女にどんなことをしたんだ？」

「ここにエールはないですかね？」

「あいにくだが」

「ウイスキーは？」その声には期待がこもっていた。

「もちろんある。あそこの飾り棚だ。好きにやるがいい」

口の重い下僕から話を聞きだすには、グラス六杯のウイスキーと二時間が必要だった。話が終わりに近づいたころには、ジョーダンはシャツのボタンを途中まではずした格好で、だらしなく椅子に伸び――フィルバートに酒の勝負を挑まれたような気分になったので、ワインをやめてウイスキーを飲んでいたのだ――頭だけははっきりさせておこうとがんばっていた。

「父親が亡くなって三週間ほどたったある日のことです」フィルバートの話は終盤にさしかかっていた。「家の前に一台の立派な馬車が停まりました。乗っていたのは、べっぴんのご婦人と、金色の髪をしたかわいい娘です。わたしはその場に居合わせたんですが、アレックス様が戸を開けると、そのレディが――実際は淑女《レディ》とはとてもいえない女でしたが――図々しくもこうぬかしたんです。わたくしはローレンスの妻で、この子は彼の娘です、と！」

ジョーダンははっと顔を上げた。「つまり重婚ということか？」

「そのとおり。ふたりのローレンス夫人の言い争いときたら、そりゃもうすさまじいもので。でも、アレックス様は取り乱したりしませんでした。金色の髪の娘を見やって、いかにもアレックス様らしく、親しみをこめて話しかけたんです。『あなた、とてもきれいね』って」

「ブロンド娘は黙ったまんまで、鼻をつんと上に向けました。それから、アレックス様は、お誕生日にかけていたハート形のブリキのロケットに目をとめました。アレックス様が首にかけていたハート形のブリキのロケットに目をとめました。アレックス様が首にかけていたいるのに、しょっちゅう手をやって、なくしていないか確かめてたぐらいで。ブロンド娘はアレックス様に訊きました。それはお父様からもらったものか、と。アレックス様がそうだと答えると、娘は自分の首にかけていた金の鎖を引っ張り出しました。その鎖についていたのは、ハート形の、たいそうきれいな金のロケットだったんです」

「『お父様は、わたしには、この高価な金のロケットをくださったのよ。あなたのは、ブリキのがらくたなのね』小娘はそう言ったんですが、その口ぶりを聞いてたら、こっちはもう、横っ面を張り飛ばしてやりたくてうずうずしましたよ」

フィルバートはいったん話をやめてウイスキーをあおり、舌鼓《したつづみ》を打った。「アレックス様は言い返すこともなく、黙って顎を上げただけでした——それが弱音を吐くまいとするときの癖なんです。でも、目を見ればどんなにつらいかわかりました。大の男が見ても泣きたくなるような目をなさってた。実際、わたしも泣きました」フィルバートはしゃがれ声で打ち明けた。「自分の部屋に行って、赤ん坊みたいに泣いたんです」

ジョーダンはこれまで知らなかった奇妙な痛みに喉を塞がれ、そのつかえをごくりとのみこんだ。「それからどうなった?」

「翌朝、アレックス様はいつものように朝食におりてきて、いつものようにほほえみかけてくれました。ですが、父親にもらってから肌身離さずにいたあのロケットは、胸もとから消えていました。それ以来、アレックス様がロケットを身につけることは二度とありませんでした」

「そんな父親とこのわたしが同じだというのか?」ジョーダンは声を荒らげた。

「そうじゃないとでもいうんですか?」フィルバートは侮蔑の念をあらわにした。「旦那様がしじゅう奥様を悲しませるから、わたしとペンローズはそのたびに後始末に回って、奥様を慰めてあげなきゃならないんだ」

「なにが言いたいんだ、おまえは?」ジョーダンは質問を重ね、おぼつかない手つきで自分のグラスにウイスキーをつぎ足した。フィルバートも空のグラスを突き出してきたので、なにも言わずについでやった。

「旦那様が亡くなったと思っていたとき、奥様がどれほど嘆かれたか、ということです。ある日、わたしはホーソーンの大きなお屋敷で、奥様が旦那様の肖像画の前に立っているところに出くわしました。奥様はよくそうやって、絵の中の旦那様を何時間も見つめていらしたものです。わたしはその日奥様を見て、こんなに痩せてしまったんじゃ、向こうが透けて見えそうだと思いましたよ。そのとき、奥様が絵を指さして、涙をこらえてたのか、声を震わせてささやいたんです。『見て、フィルバート。公爵様は、ほんとうに美しいかただったわよね?』」フィルバートはそこでことばを切り、不愉快そうに鼻を鳴らした――そのしぐさは、彼自身がジョーダンの容貌をどう思っているかを雄弁に物語っていた。

ともあれ、アレグザンドラが悲嘆にくれていたということは、彼を想う気持ちがそれだけ深かったということなのだろう。その驚くべき事実に幾分心をほだされたジョーダンは、召使いが彼の容貌をけなすようなそぶりを示したのを見逃してやることにした。「それからどうした」彼は先をうながした。

フィルバートはふいにけわしい目つきになり、勢いこんで話を続けた。「アレックス様の心を奪ったのは旦那様です。なのに、結婚したあとアレックス様を妻らしく扱うつもりはまるでなかった。ご本人はロンドンに出てきて初めてそのことを知ったんです。旦那様は、かわいそうな娘だと思って結婚しただけなんでしょう！　奥様をデヴォンに追い払う予定だったそうですが、それは奥様の父親が妻にした仕打ちとまるきり同じです」

「アレグザンドラはデヴォンのことを知っているのか？」ジョーダンは愕然とした。

「なにもかもご存じです。旦那様はロンドンに錚々《そうそう》たるお仲間をおもちですが、その人たちはみんなして、旦那様をお慕いする奥様のことを陰で笑いものにしました。それを奥様もうすうす感じていたので、アントニー様がやむなく事情を明かしたんです。旦那様が奥様をどう思っていたかは、だれでも知っていました。なぜかといえば、旦那様の愛人が、旦那様の口から奥様の話を聞いて、それをだれかれかまわず言いふらしたからです。アレックス様との結婚は〝不便なことのひとつ〟だと言ったそうですね。アレックス様はそうやって旦那様に辱められ、またもや涙にくれることになったんです。ですが、もう奥様を傷つけることはできません――旦那様が嘘つきの卑劣漢だってことは、奥様にもわかってるんですから！」

　思いのたけをぶちまけたフィルバートは、勢いよく立ちあがり、グラスをテーブルに置くと、背筋をしゃんと伸ばしてから、おごそかに言った。「アレックス様に申しあげたことを、今度は旦那様に言わせてもらいます。おふたりの出会いの夜に、アレックス様は旦那様を見殺しにすればよかったんです！」

　ジョーダンが見守る中、老人は部屋を出ていった。その足どりは堂々としたもので、驚くほど大量の酒を飲んでいるのに酔いをみじんも感じさせなかった。

残ったジョーダンは空のグラスにぼんやりと目を落とした。そうして考えていると、自分がいないあいだにアレグザンドラの態度が一変した理由が徐々に明確になってきた。痛々しいほど痩せたアレグザンドラがホーソーンで夫の肖像画に見入っていたというフィルバートの話は、短いながらも多くを物語るもので、思い返すと胸が詰まった。ロンドンに来たアレグザンドラは、亡夫への想いを周囲の者に素直に打ち明け——その結果、冷ややかに蔑まれたという。そのときの彼女の姿が目に浮かぶようだった。エリーズが彼の軽はずみな冗談を吹聴《ふいちょう》して回ったせいで、人々は軽蔑心をかきたてられたらしい。

ジョーダンは椅子の背に頭を預けて目を閉じた。そのとき押し寄せてきたのは、慙愧《ざんき》の念、そして安堵感だった。アレグザンドラは、たしかに彼を想ってくれていたのだ。彼を慕っている愛らしく純真な少女の姿。自分が胸の中で守ってきたその姿は偽りではなかったのだと思うと、たちまち底知れぬ喜びに襲われた。彼女を散々傷つけてきたというつらい事実はあるが、その傷を癒すのは不可能だとあきらめることは絶対にしたくない……とはいえ、ジョーダンも愚かではないので、どんな釈明をしようが信じてもらえないのはわかっていた。ことばではなく、行動で示すことが必要だ。アレグザンドラに警戒を解かせ、再び彼を愛してもらうには、そうするしかない。

方策を練りはじめたジョーダンは、知らず知らず、口もとにかすかな笑みを浮かべていた。

ところが、朝の九時になると、その笑みは消えていた。ようすを調べにやった下僕が、確かな筋の話として、アレグザンドラは公爵未亡人の屋敷には行っていないと報じたからだ。

その三十分後、祖母がつかつかと書斎に入ってきたときも、ジョーダンの笑みは消えたままだった。祖母には、アレグザンドラが逃げ出したのはすべておまえのせいですよと言われ、思いやりのなさや横暴さ、それに良識の欠如を痛烈に非難された。

一方、アレグザンドラは、昨夜のドレスを再び身につけ、乱れた髪を手ぐしで整えると、部屋の戸口からようすをうかがったあと、廊下に出て足早に進み、階段をおりて自室に滑りこんだ。

ジョーダンの午前中の予定がきのうと同じだとしたら、いまは仕事の打ち合わせに来た客といっしょに書斎にこもっているはずだ。フィルバートとペンローズを連れて、だれにも見られずに屋敷を抜け出すにはどうすればいいだろう――アレグザンドラは計画を練りながら衣装箪笥に歩み寄り、扉を開けた。ところが、中には旅行着が一着あるだけで、あとは空っぽだった。振り返って室内をよく見ると、化粧台に並べていた香水がことごとく消えている。ここは自分の部屋ではないのかもしれない。そんな奇妙な思いにとらわれて、周囲をゆっくり見まわしていると、部屋の戸が開き、顔をのぞかせた小間使いが小さな悲鳴をあげた。

アレグザンドラが止める間もなく、小間使いは踵を返して回廊を駆けていった。「奥様がお戻りです！」彼女は吹き抜けをめぐっている回廊から階下のヒギンズに呼びかけた。

ジョーダンと顔を合わさずに逃げるのはもう無理だ。アレグザンドラはおののいた。夫との対決は避けられると決めこんでいたわけではない――それでも、できれば避けたいと思っていた。「マリー」小間使いはみんなに朗報を伝えにいくつもりらしく、すでに階段をおりかけていたので、アレグザンドラは彼女の背中に呼びかけた。「公爵はどこ？　戻ったことは、わたしの口から伝えます」

「書斎でございます、奥様」

当のジョーダンは、壁面にぎっしりと本が並ぶ大きな書斎で、黒髪をかきあげながら、檻《おり》の中の虎のように同じところを行ったり来たりして、どこかで夜を明かしたアレグザンドラが姿を現わすのを待っていた。彼女の身になにかおきたのではないか。そんなはずはないと自分に言い聞かせても、もしやと不安にかられずにはいられなかった。

アレグザンドラは、ホークが彼女を目にした瞬間に怒りを爆発させるのを見越して、忍び足で書斎に入りこみ、音をたてないように扉を閉めてから、初めて声をかけた。「わたしにご用かしら?」

ジョーダンはさっと振り向き、そこに立っているアレグザンドラを目にした。その姿を見つめるうちに、自分の感情が喜びから安堵へ、そして激怒へと、息つく間もなく変わっていくのがわかった。こちらはろくに寝ていないというのに、彼女はぐっすり眠ったらしく、さわやかな顔をしている。

「いったい、どこにいたんだ?」ジョーダンは大またで彼女に近づいた。「きみの〝約束〟を信じてはいけなかったんだな。今後は肝に銘じておこう」皮肉たっぷりに言う。

アレグザンドラは思わずあとずさりしそうになったが、心を励まして踏みとどまった。

「約束は守りましたわ、御前様。まっすぐ帰宅して床につきましたから」

ジョーダンの頬がこわばり、筋肉がぴくっとひきつったのは、見るからに恐ろしかった。

「嘘をつけ」

「家庭教師の部屋で眠ったんです」アレグザンドラはていねいに答えた。「自分の部屋にいろとは言われていなかったので」

この女を殺してやりたい。ジョーダンの脳裏でそんな衝動がはじけたが、その気分は一転し、今度はアレグザンドラを抱きしめて大声で笑いたくなった。まったく、なんと奇抜な抵抗作戦を思いついたのだろう。自分は居間で不安にさいなまれながら酒のグラス片手にうろうろ歩きまわったりしたのに、彼女は上の階で安らかに眠っていたというわけだ。「ひとつ訊くが」彼は声を尖らせた。「きみはいつもこんなふうなのか？」

「こんなふうって？」アレグザンドラは相手の気分をはかりかね、おそるおそる訊き返した。

「平穏を乱すのかということだ」

「そ――それはどういう意味？」

「教えてやろう」と言いながらジョーダンが近づいてきたので、それに合わせて、アレグザンドラも用心深く後退していった。「これまでの十二時間で、わたしは散々な目にあった。ホワイツでは、友人たちを残して先に帰るという失礼なまねをしなければならなかった。舞踏会では公衆の面前で口喧嘩をするはめになり、下僕からは厳しく責めたてられた。ついでにいえば、そいつはわたしを酔いつぶれさせるほどの大酒飲みだった。祖母の説教にも耐えた。祖母がわれを忘れて大声をあげたのは生まれて初めてのことだろう。あれは〝怒鳴り声〟以外のなにものでもなかった」アレグザンドラは口もとがゆるみそうになるのを必死でこらえたが、ジョーダンのほうはおどかすような声音で話を締めくくりにかかった。「言っておくが、きみと出会うまでは、わたしはそこそこ秩序正しい生活を送っていたんだ。ところが、その出会いを境に、なにかというと――」

ジョーダンの攻撃はそこで中断された。ヒギンズが、燕尾服の裾をはためかせながら、ノックもせずに書斎に飛びこんできたからだ。「御前様！」彼は息を切らして言った。「警察が来て、御前様か奥様に直接お目にかかりたいと申しております」

ジョーダンはアレグザンドラをじろりと見て、この話は戻ってから決着をつけるのでそれまでここを動かないようにと目つきで警告してから、足早に書斎を出ていった。それから二分たち、戻ってきた彼は、日焼けした顔に、おもしろがるような、それでいて憤慨しているような、いわくいいがたい表情を浮かべていた。

「なにか――大変なことがあったの？」アレグザンドラは相手がことばを探しあぐねているのを見てとり、思いきって尋ねた。

「たいしたことじゃない」ジョーダンはこともなげに言った。「きみといっしょにいるとよく遭遇するような、特に珍しくもないちょっとした事件、とでも言っておこう」

「事件って？」アレグザンドラはさらに尋ねた。なんだかわからないが、ジョーダンはその件の責任は妻が負うべきだと思っているらしいので、訊かずにはいられなかった。

「さっき玄関に出たら、きみの忠実な老執事が立っていた。警察官に連行されてきたんだ」

「ペンローズが？」アレグザンドラは息をのんだ。

「まさしく」

「だけど――なにをしたの？」

「なにをしたかだって？　やつはきのう、ボンド街に行った。そこでわたしの時計を売りさばこうとしたところを現行犯で逮捕されたのさ」ジョーダンは片手を上げた。その手にぶらさがっているのは、アレグザンドラの祖父の形見である鎖付きの金時計だった。

「重婚未遂、賭博、窃盗」と列挙するあいだ、ジョーダンの歪んだ唇には皮肉めいた笑みが漂っていた。「次はなにをしでかすつもりだ？　恐喝か？」

「それはあなたのじゃないわ」アレグザンドラの目は時計に釘付けになった。自由を手に入れるための唯一の資金源に。「返してちょうだい。わたしのよ」

ジョーダンは驚いたように眉を寄せたが、それでものろのろと時計を差し出した。「わたしに贈ってくれたのだと思っていたが」

「それは、ほんとうのあなたを知らなかったからよ」アレグザンドラはくやしまぎれに意地を張り、時計を受け取ろうと手を伸ばした。「祖父は……気高い心の持ち主で……優しさと思いやりを具えた本物の紳士だった。この時計はそういう人がもつべきで、あなたにはふさわしくないわ」

「そうか」ジョーダンはぽつりと言い、差し出された手のひらに時計を置いた。見ると、その顔からは一切の表情が消えていた。

「ありがとう」時計を取り戻したはいいが、なぜか、ジョーダンをひどく傷つけてしまったような気がする。といっても、彼には心などないのだから、傷ついたのはプライドだろう。アレグザンドラはそう判断した。「ペンローズはどこなの？　わたし、警察に行って説明します」

「わたしの指示に従ったとすれば、自分の部屋にいるはずだ」ジョーダンはそっけなく答えた。「そこで、モーゼの十戒の第八戒（汝、盗むなかれ）についてしみじみと考えているんじゃないか」

アレグザンドラはとまどいながらジョーダンを見つめた。血も涙もない横暴な夫のことだから、かわいそうなペンローズを縛り首にさせるために官憲に引き渡したにちがいない、と頭から決めつけていたのだ。「自分の部屋に帰してやったの？　余計な手出しはせずに？」

「わたしにとっては〝義理の父〟にあたるといえなくもない男なんだ、まさか牢獄送りにはできないだろう」とジョーダンは答えた。

アレグザンドラはあっけにとられた。けさのジョーダンは、どうもようすがおかしい。彼女は相手の顔を観察し、気持ちを探ろうとした。「でも、あなたならそのくらいはやりかねないし、実際にそうすると思ってたわ」

「それは、きみがわたしを誤解しているからだよ」アレグザンドラはその声になだめるような響きがあるのをはっきり感じとった。「だが、わたしはその誤解を解くつもりだ」ジョーダンはきびきびと言い、開け放していた扉の向こうの階段に目をやった。ちょうど、下僕たちが列をなしてトランクを運びおろしているところで、トランクの中にはアレグザンドラのものもあった。「われわれは一時間後にホーソーンに発つ。そこから努力を始めることにしよう」

振り返って自分のトランクを目にしたアレグザンドラは、ジョーダンのほうに向き直ると、反抗心をぶつけるように彼をにらみつけた。「わたしは行かないわよ」

「ホーソーンに移ることについては、きみが納得できるような条件を用意しているから、それを聞けば行くと言ってもらえると思う。ただ、その前に、ペンローズがどうしてわたしの……いや、きみのお祖父さんの……時計を売ろうとしたのか教えてほしい」

アレグザンドラは迷ったが、ここは黙秘がいちばんだと判断した。

「要は、金がほしかったということだな」ジョーダンは淡々と続けた。「では、なぜ金が必要なのか。考えられる理由はふたつしかない。ひとつは、わたしの体面をつぶす賭けをさらに重ねて、賭け金が増えてしまったため。わたしが禁じた行為だな。正直なところ、それはないと思っている」妻はおとなしく言いつけに従ったものと決めてかかるようなその物言いに、アレグザンドラはかっとしたが、それが顔に出たのか、ジョーダンは彼女を制するように片手を上げた。「賭け金を増やしたはずはないと考えたのは、わたしがその行為を禁じたからではない。推測の根拠はそれとはまったく別のことだ。きみには、ゆうべのうちにもう一度賭けをするひまはなかったと思う。それだけのことだよ」

ジョーダンの顔に浮かんだけだるい笑みは、相手の笑みを誘うようなところがあり、意表をつかれたアレグザンドラは、思わずほほえみ返しそうになるのを必死でこらえた。

「そう考えると」ジョーダンは結論に入った。「急に金が必要になった理由は、きのうきみが話した理由と同じだろうと察しがつく――つまり、わたしと別れて自活したいということだ。そうだろう？」

その声にはこちらの思いを汲んでいるかのような優しさが感じられたので、アレグザンドラは対話に応じないという決心を翻し、正直にうなずいた。

「やはりそうか。であれば、きみの悩みを解決する方策、それも、賭け事好きなきみの食指が動くような方策を提案させてほしい。どうかな？」慇懃に尋ねたあと、ジョーダンは手招きして、机の向かい側の椅子にすわるようにうながした。

「いいわよ」アレグザンドラが椅子に腰をおろすと、ジョーダンは机の縁に寄りかかった。

アレグザンドラが居ずまいを正したところで、ジョーダンが言った。「きみには一生贅沢に暮らしていけるだけの金をやろう。ただしこの提案には、いまから三カ月待って、それでもわたしと別れたいという気持ちが変わっていなければ、という条件がある」

「ど――どういうことか、よくわからないんだけど」アレグザンドラは彼の日焼けした顔をうかがった。

「話は実に簡単だ。これから丸三カ月間、きみはわたしの妻として、どこまでも素直にふるまい、全力で愛を示し、なんでもいうことを聞くようにする。そのあいだ、わたしのほうは、きみがもう別れたいと思わなくなるような――なんというか――そう、〝好ましい〟夫になるよう努力する。わたしの努力が実らなかった場合は、三カ月たった時点できみは出ていくことができる。それだけのことさ」

「だめよ！」アレグザンドラはわれを忘れて叫んでいた。ジョーダンがことさらに彼女の気を引き、夢中にさせるよう努力するというのだ。そんなことは思うだけでも耐えがたい。

〝愛を示す〟という言いまわしにもなにやら含みがあるようで、考えると顔が火照ってきた。

「わたしの〝魔力〟に屈するのが怖いのか？」

「とんでもない」アレグザンドラはつんとして嘘をついた。

「だったら、この賭けに応じればいいじゃないか。わたしはきみの気持ちを変えられると踏んで、そちらに大金を賭けようとしているんだぞ。そうか、きみは負けるのが怖いんだな。でなければ、すぐに話に乗るはずだ」

ジョーダンの挑発はおそろしく巧妙だったので、彼の誘導に気づいたときには、アレグザンドラは完全に追いつめられていた。

「わたしは――ほかに考えることがあるから――」すっかり動転したアレグザンドラは、そんな下手な言い逃れしかできなかった。

「ああ、なるほど――わたしが夫としての義務にせっせと励めば、子どもができるかもしれない。きみが言いたいのはそのことだろう？」

思ってもみなかった可能性を指摘され、アレグザンドラはぎょっとしてことばを失った。頬を赤らめ、そのままジョーダンを見つめていると、彼は机にあった文鎮《ぶんちん》を大儀そうに手にとった。「わたしは、そうなるように精一杯がんばるつもりだよ、かわいい人」ぬけぬけとそんなことを言う。「もっといえば」手のひらに載せた文鎮は、ふらふら揺れながらやっと釣り合いを保っている。アレグザンドラの将来も同じように不安定で、彼の意に左右されるのだといわんばかりだ。「この賭けの勝ち負けには、ふたりで床についたとき、きみが文句を言わずに体を許すかどうかも関わってくる」微笑しながらずばりと言った。「つまり、きみがいやがったり、抵抗したり、非協力的だったりした場合は――きみの負けだ」

「あなた、どうかしてるわ！」アレグザンドラは椅子から飛びあがって叫んだ。この不愉快な結婚生活に幕を引く方法はほかにないのか、もっとましな方法があるのではないか。だが、取り乱した頭にはなんの案も浮かばなかった。

「たしかにどうかしている」ジョーダンは怒るふうもなく同意した。「三カ月などと言ってしまったがそんな短い期間ではこちらが負けてしまう。あらためて考えると、公平なのは半年というところか」

「三カ月でじゅうぶんでしょ、それでも長いくらいよ！」アレグザンドラは叫んだ。

「いいだろう」彼はすかさず答えた。「三カ月にしよう。こちらは三カ月間、至福の結婚生活を送らせてもらうとして、その見返りは——そうだな——五十万ポンドでどうだ？」

アレグザンドラは震える手を握りしめ、その手を隠すように背中に回した。喜びと反感が胸の中で交錯し、めまいがしそうだった。五十万ポンド……五十万ポンドですって……すごい大金じゃないの！

その大金は、ベッドでの働きに対する報酬ということになる。

報酬を出すことで、ジョーダンは彼女の立場を愛人へと貶《おとし》めようとしている。関係が終われば、給金を払って〝解雇〟すると言っているのだ。

「そんなふうに考えないでくれ」ジョーダンがぼそりと言った。アレグザンドラの表情がめまぐるしく変わるのを見守るあいだに、彼女の思いを見抜いたらしい。「わたしが賭けに負けて金を払ったとしよう。そのときは、その金は命を救ってもらったことへの遅まきながらの〝謝礼〟だと思ってほしい」

そのことばで幾分自尊心を回復したアレグザンドラは、少しためらってから、あいまいにうなずいた。「いろいろな意味で、常識はずれな提案だけど——」

「われわれの結婚生活自体が、あらゆる意味で〝常識はずれ〟だったじゃないか」ジョーダンはおかしそうに言った。「ところで、賭けの内容は書面にすべきだろうか？　それとも、お互いを信用して、書面なしで条件を守ることにするか？」

「信用ですって！」アレグザンドラは冷笑した。「あなた言ってたじゃない、自分はだれも信用しないって」昔、ベッドの中でジョーダンにそう言われたときには、わたしを信じてと頼んだ。愛情というものは信頼がなければ続かない、と彼に言ったのだ。いま、ジョーダンの表情を見ていると、彼もそのときの会話を思い出しているのがわかった。

ジョーダンは重大な決断を前にしたかのように黙りこんだ。それから、優しい声で、おごそかに言った。「きみのことは信用する」

その静かな短いことばには万感の思いがこめられているように思えたが、アレグザンドラは、彼が本気でそんなことを言うはずはないと自分に言い聞かせた。相手の揺るぎないまなざしに温かいものを感じても、気にすまいとした。それでも、こうして優しいともいえるような態度を思いがけず示されると、ジョーダンをひたすら憎みつづけることはできなくなった。謎めいた行動をとる夫に対しては、あわてず騒がず、常に一歩ひいて接するのがいちばんだ。そう判断して、礼儀正しく言った。「賭けのことはよく考えてみます」

「そうしてくれ」ジョーダンは熱っぽく言いながら、瞳を愉快そうにきらっと光らせた。トランクを運びおろす作業はいまも続行中で、下僕たちが次々に階段をおりてくる。「考える時間は、二分でいいか？」彼は顎をしゃくって書斎の外の廊下を示したが、そこも立ち働く召使いでいっぱいだった。

「なんですって！」

「われわれはじきにホーソーンに発つ。一時間もしないうちに」

「でも――」

「アレグザンドラ」ジョーダンは静かに言った。「きみに選択の余地はない」両手を伸ばし、アレグザンドラの両腕をなでてあげながら、彼は内心の衝動と闘っていた。彼女を抱きすくめ、すでにわがものとわかっている勝利を確かめたいという衝動と。

アレグザンドラのほうは、心穏やかではなかったものの、反論は不可能だと感じた。そこで、ロディの言ったことを思い出し、自分を励ました。〝われわれ一族の男子は、跡継ぎを遺す力が旺盛とはいえないんだ……〟「わかったわ」としぶしぶ言ったとき、ロディの台詞の続きが脳裏に甦った。〝努力を怠っているわけではないんだが〟

「顔が赤くなっているぞ」ジョーダンが目に笑みをたたえて彼女の目をのぞきこんだ。

「女ならだれだって赤くなるわよ。さっきの賭けの条件は、すごく恥ずかしいものだったでしょう、つまり、三カ月のあいだ……その……」

「みごとな裸身をさらしながらわたしの腕に抱かれること、か？」それで助け舟を出したつもりらしい。

アレグザンドラは岩をも砕くような目で相手をにらんだ。

ジョーダンはくっくっと笑った。「こちらだって、負ければ失うものは大きいんだぞ。わたしがのぼせあがって、きみの体――いや、美しさのとりこになったとしよう」口に出したあとで失言と気づき、ユーモアを交えて巧みに訂正した。「そんな状態でも、賭けに負けてしまえば、きみに去られ、金を失ったうえに、きみとのあいだに正式な世継ぎをもうける望みを完全に絶たれることになるんだからな」

「わたしが勝っても、賭け金をせしめて出ていくようなまねはできっこない。ほんとはそう思ってるんでしょ？」アレグザンドラはいらだちをぶつけた。

「そうだ」

相手の思いあがりもさることながら、にやけた顔に我慢できなくなって、アレグザンドラは踵を返した。すると、ジョーダンは彼女の腕をつかんで強引に振り向かせ、穏やかながらも有無をいわせぬ声音で告げた。「きちんと合意に達しないうちは行かせない。賭けに乗ると言え。それがいやなら、ホーソーンに引きずっていくまでだ——必要なら見張りをつけて——しかも、その場合は、三カ月たって出ていくと決めても金はもらえないんだぞ？」

そういう話であれば、たしかに選択の余地はない。アレグザンドラは顔を上げ、彼の目を見つめながら、反感を隠しもせずに宣言した。「乗ります」

「すべての条件をのむんだな？」

「不本意ではありますが、そういたします、御前様」アレグザンドラは冷然と答えると、腕を引いてジョーダンの手を振り切り、戸口に向かって歩きだした。

「ジョーダンだ」後ろから声が飛んできた。

アレグザンドラは振り返った。「なんなの？」

「わたしにはジョーダンという名がある。これからはそう呼んでもらいたい」

「遠慮します」

ジョーダンは片手を上げ、芝居がかった態度で警告した。「かわいい人、気をつけないと、賭けの開始から五分もしないうちに負けが決まってしまうぞ。きみは妻として〝どこまでも素直にふるまい、全力で愛を示し、なんでもいうことを聞く〟と約束した。であれば、名前で呼べと命じられたときも〝いうことを聞く〟べきだ」

アレグザンドラは短剣のように鋭い視線を彼の目に向けたが、それでも愛らしく首をかしげてみせた。「仰せのままに」

妻はそのまま立ち去ってしまい、ジョーダンはあとになって、彼女が呼びかけのことば自体を省いたことに気づいた。やがて、彼の顔に笑みが広がってきた。両手にはさんだ文鎮をころがすように回転させながら、ジョーダンはじきに始まる田舎暮らしに期待をふくらませた。愛くるしい妻――それでいて、反抗的でもある妻――との暮らしに。

24

車列の先頭を行く制服姿の六名の騎馬従者は、ホーソーン公爵の紋章入りの栗色の三角旗を掲げ、颯爽と馬を駆っていた。その後ろには、ジョーダンの豪華な馬車、さらに、さまざまな役のお付きの者と荷物を満載した三台の馬車が続き、しんがりは武装した騎馬従者六名が固めている。この堂々たる隊列は、けさからずっと、いくつもの村を抜け、緑したたる田園地帯を旅してきたが、どこを通っても沿道には見物の農民が集まっていて、はためく三角旗や、にぎやかな音をたてる銀の馬具、栗色と金色のお仕着せを着た騎馬従者、ホーソーン公爵家の銀色の紋章を扉にあしらった黒塗りのぴかぴかの馬車をうれしそうにながめていた。

ホーソーンの手前のウィンズローの村にはアントニーの屋敷がある。アレグザンドラは彼の母親や弟のことを思い出し、再会するのが待ち遠しくなった。アントニーの家族はとても親切だし、屋敷もホーソーンのいかめしい大邸宅にくらべれば温かみがあって親しみやすいのだ。

ウィンズロー村が近づくと、アレグザンドラは口もとにふっと笑みを浮かべた。どの村を通ったときも住民は熱狂的に迎えてくれたが、これから始まる騒ぎはそれどころではなさそうだ。ウィンズローに着いたとたんに目に入ったのは、沿道や辻々に勢ぞろいした村人が、待ち構えていたように、公爵様のお帰りを歓迎しようと色とりどりのスカーフやハンカチを振る姿だった。おそらく、従僕たちが先乗りして、公爵がこれから帰邸するとホーソーンの使用人に伝え、その話があっという間に村じゅうに広まったのだろう。

お祭り騒ぎともいえるこの浮かれた歓迎ぶりを、一年以上前にアントニーがホーソーン入りしたときの気のない出迎えとくらべてみると、その違いは驚くほどだった。あのとき沿道に並び、新公爵となったアントニーにお義理に会釈した村人たちと同じ顔ぶれとはとても思えない。

「ずいぶん楽しそうだが、どうしたんだ？」アレグザンドラの顔をじっと見ながら、ジョーダンが言った。

晴れやかな笑みを満面にたたえたアレグザンドラは、われ知らず、その笑顔をジョーダンに向けていた。「パレードって大好きなの」笑って言いながら、少し沈んだ顔になった。「心の中に、子どもの部分が残っているのね」

ひょっとしたら、まさに今夜、妻はわたしの子どもを宿すかもしれない。ついさっきまで、そんなことを考えて胸を騒がせていたジョーダンは、アレグザンドラのことばに刺激されて欲望が燃えあがるのを感じながらも、その炎を気にすまいとした。

けさ、いやいや賭けに乗ったばかりなのだから、アレグザンドラは旅行中ずっと不機嫌な顔を続けるにちがいない。ジョーダンはそう覚悟していたのだが、実際の彼女は、ロンドンを発ったときから、はにかみ気味ながら礼儀正しく誠意ある態度を保っていた。彼にはそれが不思議でならず、その疑問は時とともに深まるばかりだった。これといったきっかけもないのに機嫌が直ったのはなぜかとあれこれ考えたが、やはりわからないので、本人に訊いたほうが早いと思い、単刀直入に質問してみた。

窓の外を見ていたアレグザンドラは、はっとした顔になり、気まずそうに手もとに視線を落としたあと、えもいわれぬ水色の目をゆっくりと彼に向けた。「今回の件について、じっくり考えてみたんです」素直な口調だった。「それで思ったの、あなたが提案した賭けはとても公平だって。わたしたちが結婚することになったのは、あなたのせいでも、わたしのせいでもない。夫婦仲もうまくいくはずはないけれど、それだってどちらの責任でもないわ。あなたはわたしに、窮地を脱するチャンスを与えてくれた。あなたと同じ立場に立ったとき、そんな気遣いを見せてくれる男性はめったにいないでしょう。だったら、三カ月にわたってあなたに不愉快な態度をとるような失礼なまねは絶対に許されない。そういう結論になったの」

アレグザンドラは本気で賭けに〝勝つ〟つもりでいるのだと気づき、ジョーダンは愕然とした。その驚きも治まらないうちに、手袋に包まれた優美な手が差しのべられた。「わたしたち、友だちということにしない？」と彼女が言った。

ジョーダンはその手をとり、感じやすい手のひらを親指でそっとなでた。「そうしよう」胸の内には不満もあれば、正々堂々と闘おうとする相手の姿勢を讃える気持ちもあったが、彼はそうした感情を一瞬たりとも表に出さなかった。

ホーソーンの紋章のついた豪華な鉄《くろがね》の門の前で一行が停まると、アレグザンドラが笑顔で言った。「着いたわ」

「そうだな」ジョーダンは投げやりに返事をした。門番は主人の馬車に向かって敬礼すると、前に走り出て門扉を大きく開け放った。

馬車行列は整備された道を滑るように進んでいった。ジョーダンは行く手にそびえる壮麗な〝わが家〟に目をやったが、宮殿さながらの立派な建物に誇りを感じることもなければ、自宅に戻ったとしみじみすることもなかった。ホーソーンの屋敷は、両親の冷えきった結婚生活や、自身のわびしい子ども時代を思い出させるものでしかなかったのだ。

「去年からいろいろなお屋敷を見てきたけど、イングランドでいちばんみごとなお屋敷は、やっぱりここだと思うわ」アレグザンドラはうっとりとため息をつくと、豪奢な大邸宅をいとおしげにながめたあと、公爵の在邸を示す旗が正面玄関の上に早くも高々と掲げられているのを同じまなざしで見やった。

「それを聞いたらうちのご先祖は喜ぶだろうな」ジョーダンは淡々と言い、夕暮れの薄れゆく光に包まれている屋敷を一瞥した。「彼らの目標は、ここを王宮に匹敵する屋敷にすることだった。ホーソーンは見る者を感服させ威圧するように設計されたんだ」

「あなたは――この屋敷が好きじゃないの？」アレグザンドラは息をのんだ。

「特段の思い入れはない。重苦しさを感じるんだ。わたしの持ち家の中には、ここよりはるかに快適な家が何軒かある。どれも、ロンドンに出るには少々不便なんだが」

アレグザンドラはぽかんと口を開けてジョーダンを見た。「そのお屋敷はみんな、ホーソーンより美しいの？」

「より居心地がいいんだ」

「たしかに、ホーソーンは少し近寄りがたい感じがするわね」アレグザンドラも認めた。

「とっても——静かだし」

玄関前の幅広い階段には、女中や森番、馬丁や下僕まで含めて、二百名の使用人が晴れの日の制服を着こみ、総出で並んでいた。屋敷の前に馬車が着くと、彼らは輝くような笑みでそれを迎えた。

下僕たちが馬車の踏み段をおろそうと駆け寄ってきたが、ジョーダンは、妻はわたしが抱きかかえて降ろしてやるからと言った。アレグザンドラが地面に降り立ったあとも、ジョーダンの手は彼女の腰に添えられたままだった。「やっと帰れたな」彼はうちとけた笑顔で言った。「部屋はすぐに使えるようになっているし、すばらしい夕食も待っている」

「疲れがひどくて、食べる気になれないわ」アレグザンドラはあわてて言った。ジョーダンが愛を交わそうと迫ってくるのはわかっていたが、せめてあすの夜まで延ばせないかと思ったのだ。「お風呂を使って、すぐに休みたいの」

その計略はすぐに見透かされ、不発に終わった。「だったら、夕食はやめにして、さっさとベッドに入ろう」口調こそ悠然としていたものの、ジョーダンの反撃は容赦なかった。

「長旅のあとなんだから、ひと晩ぐらいそっとしておいてくれてもいいでしょう！」

「賭けの条件には従ってもらうよ、かわいい人」

「その呼び方はやめてください、公爵様」アレグザンドラが抗議すると、彼も「ジョーダンだ」と訂正した。

「お着きになったぞ」下僕頭のギボンズが馬丁頭のスマースにうれしげに声をかけた。ギボンズはすぐ前にいる森番がじゃまらしく、やっきになって伸びあがり、森番の肩越しに前方をうかがっていた。「ご主人様が戻られたとなると、アレグザンドラ様のお顔を見るのが待ちきれないな」ギボンズのそのことばは、ホーソーンで働くみんなの思いを代弁していた。ジョーダンの訃報を聞いたあと、アレグザンドラが痛々しいほど一心に彼の死を悼んでいたことは、だれもが知っていたからだ。

「きっと、ヒバリがさえずるみたいにはしゃいでらっしゃいますよ」家政婦のブリムリー夫人が相槌を打って首を伸ばした。

「幸せいっぱいで、きらきら輝いてな。まるで――」と言いかけて、ギボンズはぎょっとしたように口を閉じた。まさにそのときアレグザンドラが彼らの前を通り過ぎたのだが、その顔には激怒としかいいようのない表情が浮かんでいたのだ。「これはまた……」とつぶやいたギボンズは、困惑顔で、まずスマースを、次にブリムリー夫人を見やった。

アレグザンドラはジョーダンと差し向かいになって、蠟燭の灯された食卓につき、気まずい沈黙の中で料理を口に運んだ。

「ワインが口に合わないのかな?」ジョーダンが訊いた。

朗々と響いたその声にアレグザンドラはびくっとし、そのはずみに、手にしたスプーンがセーブル焼きの薄手のボウルにぶつかって音をたてた。「ポ――ポートワインは苦手なんです、御前様」

「ジョーダンだ」

その訂正を受けて、アレグザンドラは夫の名を呼ぼうとしたが、喉でつかえて出てこなかった。ボウルの中の丸々した真っ赤なイチゴを見おろし、スプーンを置く。一時間後にわが身におきることを思うと、緊張で胃がよじれそうだった。

「食が進まないようだが」ハスキーな声が響いた。

こんなことは初めてだが、ジョーダンはこちらの気を引き、警戒心をゆるめさせようとして、意識的にしゃべっているらしい。アレグザンドラは息苦しさを感じながら首を振った。

「あまりお腹がすいてないの」

「そういうことなら」ナプキンを脇に置いて、ジョーダンが言った。「部屋に戻って寝るとするか」下僕が公爵の椅子を引こうと進み出たので、アレグザンドラはあわててフォークをつかみ、「雉《きじ》なら少しは食べられそう」と早口で言った。

ジョーダンは礼儀正しくナプキンを膝に戻したが、アレグザンドラは彼の目がおかしそうに光るのを見たように思った。

とにかく時間を稼ぎたかったので、アレグザンドラは肉汁たっぷりの雉ひと切れをばかていねいにひと口大の長方形に切り分け、小さな肉片をひとつずつ口に入れては、固形の肉が液体になりそうなほど長々と噛みしだいた。最後の肉片が皿の上から消え去ったところでフォークを置くと、ジョーダンが問いただすように片方の眉を上げ、もう食事はおしまいかと訊いた。

アレグザンドラはいちばん近くにいた下僕におろおろと目をやった。「つ――次は、料理人自慢のアスパラガスをいただこうかしら」破れかぶれで言うと、今度はジョーダンが唇を歪めて薄笑いしたのがはっきりわかった。アスパラガスを食べたあともアレグザンドラは食事を続け、豆のクリーム煮を少々、ローストポークのリンゴ詰め、ロブスターのパイ包み焼き、ブルーベリーと進んでいった。

ブルーベリーが注文されるころには、ジョーダンはおもしろがっているのを隠そうとさえしなくなった。ブルーベリーを最後のひと粒までたいらげようとするアレグザンドラのけなげな奮闘ぶりを見守るあいだ、彼は椅子の背にゆったりともたれ、男の色気を放つ口もとに笑みを浮かべていた。

アレグザンドラは彼と目を合わせないように気をつけながら、やっとのことでブルーベリーを食べきったが、そのときには大量の食物に耐えかねた胃袋が悲鳴をあげていた。

「なにかもう少し食べるといい、力がつくぞ」ジョーダンがおためごかしに勧めた。「チョコレートケーキはどうだ？」

アレグザンドラはケーキと聞いただけで身震いし、すぐに首を振った。

「牛肉のワイン煮は？」

アレグザンドラはむかつきをこらえて小声で言った。「結構です」

「むしろ、担架を呼んだほうがいいかな？」ジョーダンは意地の悪い顔でにやりとした。

「きみを上に運ぶために」

アレグザンドラが答える間もなく、ジョーダンはこれ見よがしにナプキンを置いて腰をあげ、テーブルを回って彼女に近づくと、手を貸して立ちあがらせた。「いまの調子で食べつづけていたら、すぐに太ってしまって、ここをのぼれなくなるぞ」長く弧を描いた階段をのぼりながら、茶化すように言う。「そうなったら、うちの中に巻き上げ機を取り付けて、荷揚げ用の網できみを上の回廊に運びあげなきゃならないな」

こんな状況でなければ、アレグザンドラも相手の冗談に笑うところだったが、いまのように緊張し気まずい思いをしていては、ユーモアのセンスなど働くはずもなかった。肩の力が抜けるように気遣ってくれているのはわかるが、感謝する気にはとうていなれない。そもそも、こちらがこんなに不安になっているのはジョーダンのせいではないか。それに、これからすることについて、彼がまったく気おくれを示さないのも理解できない……そこまで考えたとき、はたと思い出した。ジョーダンは名うての女たらしだ。つまり、彼にとっては、何十人もの女性相手に何百回もくり返してきた行為なのだから、そんなことで不安になったり、気おくれしたりするわけがない！

一時間後、ジョーダンは続き部屋の境の扉を開け、アレグザンドラの部屋に入っていったが、急に足を止めると、あっけにとられながらベッドをにらみつけた。ベッドまわりのカーテンは開け放たれ、空色のサテンの上掛けが気を引くようにめくられ、クリーム色の絹のシーツがのぞいている。ところが、アレグザンドラはそこにいなかったのだ。

ジョーダンは周囲を見まわしながら、今夜はこの屋敷を隅から隅まで捜すことになりそうだと覚悟を決めた。とそのとき、アレグザンドラが見つかった――広い部屋の向こう側に立ち、縦仕切り窓から外の暗闇を見つめ、寒さをこらえるように両腕を自分の体に回している。あるいは、寒いのではなく、怯えているのか。胸の中の怒りが安堵に変わったところで、ジョーダンは彼女に近づいていった。オービュソン織りのぶ厚い絨毯は、踏んでも足音がしない。歩きながら、彼は妻をほれぼれとながめまわし、その魅力的な姿を愛でた。彼女の髪はきらきらと波打って肩に流れ落ち、白いサテンのナイトドレスの深い襟ぐりからのぞく肌は蠟燭の光に照り映えていた。

ほどなく、ジョーダンはアレグザンドラの背後に立った。彼女はいったん振り返ったものの、再び前を向き、窓ガラスに映る彼の姿と向き合った。ジョーダンが手を伸ばし、輝く髪を優しくなでると、アレグザンドラは怒ったように目をきらめかせたが、身を引くことはしなかった。髪はサテンのような手ざわりだ。「そうか、わたしの小さなスズメは美しい白鳥に変わったんだな」彼は思ったことをそのまま口にすると、ガラスに映った怒れる瞳にほほえみかけた。

「歯のきしるようなお世辞――」

「歯の浮くような、だ」ジョーダンは微笑しながら言いまちがいを正すと、言い返すひまも与えずに身をかがめ、アレグザンドラをさっと抱きあげた。

「どこに行くの？」ベッドの前を通り過ぎたジョーダンに向かって、アレグザンドラが尋ねた。

「わたしのベッドだ」アレグザンドラの首筋に顔をうずめてささやくと、ジョーダンは彼女を抱えたまま自室に戻った。「こちらのほうが大きいから」部屋の向こう端には暖炉があり、炉棚に並んだ蠟燭が柔らかな光を暗闇に投げかけている。ベッドは一段高くなった場所に据えられているので、彼はそこにのぼり、アレグザンドラをそろそろと床におろしながら、彼女の脚がこちらの脚をこすっていく微妙な感触を楽しんだ。だが、彼女の目をのぞきこんだジョーダンは、大きな水色の瞳の奥にひそむものを見たことで——あるいは、浅く速い息遣いを耳にしたためだろうか——初めて自分の思い違いに気づいた。アレグザンドラは怒っているのではない。怯えているのだ。

「アレグザンドラ?」レース付きのサテン地の袖に包まれた腕をなであげると、体の震えが伝わってきたので、ジョーダンは優しく尋ねた。「震えているね。怖いのかい?」

アレグザンドラはひとことも口にできないまま目を上げ、長身の精力的な男の姿に気圧《けお》された。男はこれから彼女を裸にし、あらゆる技を使って秘め事をなそうとしているのだ。彼女は質問に応えてうなずいた。

ジョーダンは穏やかにほほえみ、蒼ざめた頬にかかった髪の毛をそっと払いのけてやった。

「今度は痛くないから。約束する」

「そういう話じゃないわ!」アレグザンドラが声高に反発すると、ジョーダンの両手が肩から胸もとのリボンに滑りおりてきた。彼女は時間稼ぎのつもりでその手をつかみ、せっぱつまった声で畳みかけた。「わかってないのね! わたしはほんとうのあなたを知りもしないのよ」

「聖書の中では、〝知る〟ということばは男女の交わりをさす。その伝でいえば、きみはわたしをよく〝知っている〟じゃないか、かわいい人」ジョーダンはハスキーな声でからかった。

「でも——でも、こういうのは久しぶりだから……」

ジョーダンは彼女の瞳を探るようにのぞきこんだ。「そうなのか?」と静かに問ううちに、彼はえもいわれぬ安堵の波に襲われた。ここ数カ月のアレグザンドラの行状については、いろいろな話を耳にした。上流社会では既婚婦人の倫理観が甘いのも承知している。その二点を考えあわせると、妻は自分以外には男を知らないはずだとたかをくくってはいられなかったが、だからといって、期待に反するであろう事実を直視する気にはなれず、いままではむしろ目をそらしていたのだ。だが、いまの問いにうなずいた彼女の瞳は、たしかに無垢な羞じらいに満ちていた。それを思うと、うっとりするほど愛らしい妻は、やはり自分ひとりのものなのだと自信が湧き、温かな心持ちになってきた。

「では、どちらにとっても久しぶりということになるな」とジョーダンはささやき、彼女の耳にそっと口づけた。

「お願い、やめて！」アレグザンドラのその声に心底からの怯えを感じとり、ジョーダンは顔を上げた。「こ——怖いのよ」この三日間、意志と意志をぶつけ合って彼と闘ってきた気丈な娘にとって、自分は怖がっていると認めるのはさぞかしつらいことだろう。そのつらさは理屈抜きで理解できた。

ジョーダンは、その恐怖心をあざ笑うような愚かなまねはせず、逆に、彼女自身が恐怖を笑い飛ばせるようにしてやろうと思った。「わたしもちょっと怖いんだ」彼はそう打ち明けると、こちらを見あげたアレグザンドラに優しくほほえみかけた。

「ほ——ほんとに？　どうして？」

ジョーダンはナイトドレスの身ごろのリボンをほどき、サテンの珠のようなすべすべの丸い胸をあらわにしながら、気軽な調子で力づけるように言った。「きみが言ったとおり、久しぶりだからさ」胸にそそいでいた視線をむりやりそらすと、彼女の目を見ながらほほえみ、ナイトドレスを肩口から落としてやった。「やり方を忘れていたらどうしよう」彼はわざと困った顔をしてみせた。「ベッドに入ってしまったら、人を呼んで手順を訊いたりはできないだろう？　まあ、きみの友人のペンローズを呼んで助言を求めてもいいが、彼は耳が遠いから、質問は大声で言ってやらなきゃならない。そうなったら、屋敷じゅうの召使いが目を覚まして駆けつけてくる。あの騒ぎはなにごとかと……」

身を縮めていたアレグザンドラも、とうとうこらえきれないように吹き出した。ナイトドレスが床に落とされてサテンの布が足もとにわだかまったことにはほとんど気づいていないようだ。「その調子だ……」ジョーダンはハスキーな声で言うと、輝くような裸身にはあえて目を向けず、瞳を見つめたまま彼女を抱き寄せた。「知ってるかい？　わたしは、きみが声をたてて笑うのが好きなんだ」アレグザンドラの羞じらいを取り除いてやろうと話を続けながら、彼は栗色の紋織りのガウンを脱いだ。「ほほえんだときのきみは、目がきらきらしている」そう言うと、優しいながらも有無をいわせぬ手つきで彼女をベッドに寝かせ、自分も隣に横たわった。

ジョーダンが片肘をついて半身を起こすと、アレグザンドラは灰色の瞳を見あげ、その妖しい輝きに魅入られた。彼は空いたほうの手で彼女のお腹をそっとなであげ、胸の丸みを包みながら、ゆっくりと顔を伏せて唇をとらえた。そのめくるめく口づけはいつ終わるとも知れず、アレグザンドラは身も心もしびれていくのを感じた。

何度もキスをくり返され、誘うように、じらすように愛撫されるうちに、アレグザンドラは完全にわれを忘れた。うめき声がもれるのもかまわず、彼の胸にすがりつき、一年以上胸に納めていた渇望を一気にほとばしらせてキスを返す。開いた唇を彼の唇に押しつけ、口に舌を差し入れながら、細かく波打つ豊かな後ろ髪に指をからませて彼の頭を引き寄せ、唇がさらに強く合わさるようにした。彼の魅力に屈したかのようなその動きの中で、アレグザンドラは勝利をものにした。今回は、うめき声をあげてキスに溺れたのはジョーダンだったのだ。

ジョーダンは彼女を抱きしめ、そのままあおむけになった。なめらかな肌にもどかしく両手を這わせ、脚を彼女の脚にからめると、上に乗っている彼女に向かってゆるやかに腰を突きあげ、自分が欲するものを伝えた。

情熱の炎が渦巻く頭の片隅で、ジョーダンはペースを落とせと自分に言い聞かせたが、一年以上も彼女に焦がれてきた体は、意志がいくら命じても耳を貸そうとはしなかった。アレグザンドラの耳にキスして、お返しのように舌で耳たぶをなぞられると、体はついにすべての自制を失った。抑えのきかなくなった欲求に身震いしたジョーダンは、彼女を再びあおむけにすると、太腿のあいだに手を差し入れて温かなうるみを探り、受け入れ準備ができていることを確かめた。

「ごめんよ」ジョーダンはかすれた声でささやきながら、自分を受け入れさせるために、彼女のヒップを両手で包んでもちあげた。「もう……我慢……できない」痛い思いをさせないようにそろそろと中に入っていくと、驚くほど心地よいぬくもりに迎えられ、彼は思わず息をのんだが、そこで愕然として動きを止めた。アレグザンドラがふいに顔をそむけ、長くカールした睫毛の下からほろりと涙をこぼしたのだ。

「アレグザンドラ？」と呼びかけながら、ジョーダンは腕や肩にぐっと力を入れ、彼女を最奥まで刺し貫こうと脈打っている自分自身を必死になだめた。それから、片腕をついて体を起こし、親指と人差し指で彼女の顎をつまんで、枕の上で横向きになっている顔をしっかりと自分のほうに向けた。「目を開けてわたしを見るんだ」彼は静かに命じた。

濡れた睫毛が大きく上下し、涙をたたえた水色の瞳が現われると、ジョーダンはそれをのぞきこんだ。

「痛いのかい？」まさか、と思いながら尋ねる。

アレグザンドラはごくりと唾をのみ、首を振ってみせた。わたしを奪ってちょうだい、心と体で愛してちょうだい……そんなお願いをしたがる奔放な自分を抑えこみながら。彼が隣に横たわり、抱きしめてくれたときから、ずっとそう言いたくてたまらなかった。涙がこぼれるのはそのせいだ。ほんの少し抱かれただけで、彼に対して築いてきた壁は跡形もなく崩れ去り、すっかり無防備になって、うぶな少女だったころと同じように、なすすべもなく、ひたすら彼を求めていた。

「ダーリン、どうしたんだい？」ジョーダンは彼女の顔に顔を寄せ、頬をつたう涙に口づけた。「わたしがほしくないのか？」

その素朴な問いかけには少年のような無邪気さとともに濃《こま》やかな愛情が感じられ、アレグザンドラの心もほぐれた。「ほしいわ」そっと答えて彼の目を見つめると、そこには抑えこまれた情熱がゆらめいていた。

「だったら、なぜ涙を見せる？」ジョーダンがささやく。

「なぜって」アレグザンドラは声をひそめつつも憤然として言った。「あなたがほしいなんて思いたくないからよ」

ジョーダンはうめきとも笑いともつかぬ声をもらし、ふさふさした髪に両手の指を差し入れて彼女の頭をはさみつけるや、ぐっと腰をおとして、自らを根本までうずめた。組み敷いた体がびくっと弓なりになったとき、ジョーダンの自制心も消し飛んだ。「わたしはきみがほしい」彼はかすれた声を絞り出した。腰を浮かしては沈めてをくり返し、ひと突きごとに侵入を深めていくと、肩にすがりついてきた妻が、こちらの欲望の嵐に屈服しているのが感じられ、心が喜びでふくれあがった。「きみがほしくてたまらないんだ」彼はあえぎながら言った。「もうこらえきれない――」

ジョーダンの背中の盛りあがった筋肉に爪を立て、アレグザンドラが腰を浮かす。ジョーダンは中で絶頂に達し、その勢いであえぎ声をあげつつ腹の底から彼女の名を呼ばわった。そのあと、横向きに寝そべったジョーダンは、アレグザンドラを抱きしめて優しくあやしながら、自分の息が落ち着くのを待った。ベッドの向こう側に並んだ蠟燭の薄明かりの広がりを見つめるうちに、やっと正気が戻ってきて、それとともに、ふたつの驚くべき事実が意識にのぼった。ひとつは、なんと自分の妻に向かって、わたしがほしくないのかと尋ねてしまったことだ――まるで、おねだりをする子どものように。

これまでの人生では、女をつかまえて、自分を求めてくれと頼んだことなど一度もなかった。もっといえば、今夜ほどせっかちに女をベッドに追いたてたこともなければ、これほど短い時間で果ててしまったこともない。今夜の自分のベッドでのふるまいはプライドに反するものだった。最近はものごとを意のままにできない場面が多く、それもまたプライドが許さないことなのだが……

アレグザンドラはジョーダンに抱かれたまま身じろぎし、枕の上で頭の向きを変え、蠟燭に照らされた彼の顔が見えるようにした。ジョーダンは考え事に没頭しているらしく、口もとを引き締めて前方を見据えている。「怒っているの？」困惑した彼女は小声で尋ねた。「きみではなく、自分に怒っているんだ」

ジョーダンはかすかにうなずいてほほえんだが、笑い話をするつもりはなかった。

「どうして？」一糸まとわぬ女が、純情そのものといった風情で、彼の目を探るように見ながら尋ねてきた。

「どうしてって――」ジョーダンはそこで首を振り、口をつぐんだ。〈きみを求める気持ちが強すぎたからさ〉腹立たしくはあったが、認めるしかなかった。〈今夜、完全に自制心を失ったから。きみの手に一瞬ふれられただけで、頭がおかしくなるほどきみがほしくなったから。きみはこの世のだれよりもわたしを怒らせることができ、しかも、激昂しているわたしを笑わせることもできるから。きみのこととなると、わたしは手も足も出なくなる。甘い顔を見せてしまう……〉

そのとき、頭の中に父の叱責の声が響いた。〈人に甘い顔を見せるようでは男とはいえないぞ、ジョーダン……男というのは、厳しく、非情で、敗北を知らない生き物だ……男なら自分だけを信じろ、他人は信じなくていい……女は快楽を得るために利用するものであって、

男が心から必要とする存在ではない……そもそも、男は他人など必要としていないのだ〉

ジョーダンは脳裏に甦ったその声を追い払い、父の結婚生活が欺瞞《ぎまん》に満ちていたことを努めて思い出すようにした。それでも、アレグザンドラを連れてどこかよそに行けたらと神に願わずにはいられない。ホーソーンにはいやな思い出が多いので、そこにいるとどうしても気持ちが荒れてしまうのだ。

もの思いにふけっていたジョーダンは、アレグザンドラのおずおずした小さな声でわれに返った。「わたしはもう自分の部屋に戻ったほうがいいかしら？　なんだか、わたしのせいで、気を悪くさせたみたいだから」

ジョーダンはふと、胸が締めつけられるのを感じた。アレグザンドラはそんなふうに思っていたのか……「とんでもない」と答え、照れ隠しににやりとする。「きみがそばにいてくれると、気分がよくなりすぎるぐらいだ」

相手の顔があまりにも疑わしげなので、ジョーダンは小さく笑った。「ベッドの中では、きみはわたしをいい気分にしてくれる」彼女の瞳に笑いかけながら、茶目っ気たっぷりに説明した。「ベッドの外では、わたしを猛烈に怒らせる。だとすれば、問題の解決策はただひとつ」欲情が新たな力を得て湧きあがるのを感じながら、かすれた声で言った。「ふたりでベッドにいることだ」彼は頭を下げて甘い唇をとらえ、突きあげるような激しい情念を深い口づけで鎮めた。今夜の自分は、愛の営みがなにもかも変えてしまうと思いこんでいるようだ。考えてみれば、十四のときから女なしでひと月以上過ごしたことはなかった。今回はひと月どころか一年以上も禁欲が続いたあとだ。夢中になりすぎたり、妙に気が昂ったりするのも無理はない……

そこで今度は、何時間も体を重ねたままにして、じっくりと愛を交わすことにした。自分を抑えながら、アレグザンドラをしびれるような快楽の絶頂に何度も何度も導いてやり、そのあとでやっと自らを解き放ち、同じ頂《いただき》にのぼりつめたのだ。

夜明けが近づき、紫の空に薄紅色の帯が広がってきたころ、ジョーダンは最後の愛を交わし、ついに深い眠りに落ちた。

アレグザンドラは腰に巻きついている腕をそっとはずし、少しずつ身をずらしてベッドを抜け出した。かつて経験したことのない激しい愛の営みで、体はぐったりしているが、その疲労感がなんとも心地よい。彼女は忍び足でベッドを回りこみ、反対側に落ちていたサテンのナイトドレスを拾いあげた。

ナイトドレスの袖に腕を通し、前身ごろを合わせて体を包んだあと、少しためらってから夫を見おろした。真っ白な枕の上で、髪がインクのように黒々としている。眠っているせいか、日焼けした顔の輪郭の鋭さが和らいで、少年のように見えた。シーツは腰から下をおおっているだけで、筋肉質の幅広い胸と腕は丸見えだ。夜のあいだは気づかなかったのだが、体まで日焼けしているのを見たときにはどきっとした。きっと、イングランドに戻る船上ではシャツを脱いでいたのだろう。それに、長い獄中生活が響いたのか、痩せてしまったのがわかる。たしかに、前よりずっと痩せている。

夫の体に視線を這わせながら、アレグザンドラはいい機会を得たとばかりに、彼の姿を心ゆくまでながめた。すばらしい姿だ。ほんとうにすばらしい。曇りのない目で見ればそう認めるしかなく、認めてしまうとやるせない気分になった。一年あまり前に、彼をミケランジェロのダビデ像になぞらえたことがあったが、あのときの自分は必ずしもうぶで愚かだったわけではないようだ。

アレグザンドラは腰をかがめ、自分のしぐさの優しさを意識せぬまま、シーツをそっと肩まで引きあげてやった。かがめた腰を伸ばしたあとも出ていくことはせず、そこに立ったまままぼんやりと自分の腕をさすっていた。〝わたしがほしくないのか?〟という彼のことばを思い出し、混じり気のない優しさが波のように胸に広がるのを感じながら。

ゆうべ、最初に体を重ねたときのジョーダンのようすを思い返す。女性経験があんなに豊富なのに、あのときの彼はせっぱつまった欲求を隠せずにいた。それに続けて何度も愛を交わしたけれど、あの初回の営みがいちばんよかった。彼がわれを忘れているように見えたのは、そのときだけだったのだ。ジョーダンが途方にくれたように謝ったのを思い出すと、アレグザンドラは新たな喜びに襲われた。〝ごめんよ。もう我慢できない〟それを聞いたときは、どんなにうれしく、誇らしかったことか――ジョーダンの手にかかると、この体は彼を求めて燃えあがるが、自分にも彼を燃えたたせる力があるとわかったからだ。

それを皮切りに、彼は明け方まで愛の行為をくり返したが、二度目からは毎回厳しく自分を律して、バイオリンの名手さながらに、熟練の技を駆使して愛撫と口づけを続けていた。ジョーダンが彼女を堪能したのはまちがいない。それでも、彼が自制せずに歓びに身をゆだねたのは初回だけで、同じようにふるまうことは二度となかった。それでいて、逆に彼女に対しては、われを忘れさせようと力を尽くしてくれたのだ。とはいえ、アレグザンドラももはや子どもではないので、一度キスされただけで——あるいは、嵐のような愛の行為がひと晩続いたからといって——永遠の愛を口走るようなことはない。世間知らずで向こう見ずな夢見る乙女は卒業した。いまは用心深くなったし、昔より賢くなってもいる。

さらにゆうべは、謎めいた夫の思いもよらない繊細な一面を知ったことで、彼に危険なほど心惹かれてしまった。それを自覚したアレグザンドラは、横向きの寝顔から顔をそむけると、自分の寝室に戻って静かに扉を閉めた。

25

その朝、遅くに起き出したアレグザンドラは、マリーに身づくろいを手伝ってもらいながら、早く終わらないかとじりじりしていた。

マリーは主人の髪につやが出るまでブラシをあてようとしていて、きょうのお召し物をラベンダーの小枝模様のモスリンのドレスにするか、ひだ飾り付きの薔薇色のドレスにするか話し合うのはそのあとですと言って譲らなかったのだ。

けさのジョーダンはどのようにわたしに接するだろう——その答えを早く知りたくてたまらなかったが、アレグザンドラははやる心を抑えこんでしずしずと階段をおりていった。偶然のようなふりをして、ジョーダンの書斎の前を通りかかる。扉は開け放たれていて、机について領地管理人と話しこんでいる彼の姿が見えた。人が通る気配を感じたのか、ジョーダンが顔を上げ、目と目が合った。彼は短くうなずいてみせたが、その表情はどことなく不機嫌そうだった。

その思いがけない態度にとまどったアレグザンドラは、礼儀正しく会釈を返し、そのまま書斎を通り過ぎて朝食室に入った。彼女がもの思いにふけりながら、顔を曇らせて黙々と食事をとるあいだ、そばに控えているペンローズとフィルバートは、気が気ではないといったふうに目を見交わしていた。

これからの三カ月は忙しくしていれば早く過ぎるにちがいないと考えたアレグザンドラは、その名案にもとづいて、領地内の小作人を訪ねてまわるとともに、ロンドンに行く前に始めていた読み書きを教える仕事を再開することにした。

出かける前に厩に立ち寄り、ひとしきりヘンリーと遊んだ。人なつこい性格のこの犬は、しんと静まり返った屋敷より、厩のにぎやかな雰囲気のほうが性に合うらしい。アレグザンドラが屋敷に戻ってきたのは、午後も遅くなってからのことだった。ジョーダンの広大な領地で自分の馬車を自らあやつり、絵のように美しい曲がりくねった小径を駆け抜けるのは至福のひとときだ。アレグザンドラはうきうきした気分で軽快に馬を走らせ、屋敷を素通りして直接厩に馬車を寄せた。

馬丁頭のスマースがやけに明るい笑顔で駆け寄ってきて、手綱を受け取った。スマースは主人夫妻の仲がうまくいくよう力を貸したいと心から願っているらしく、にこにこしながらこう切り出した。「厩で旦那様が一時間以上もお待ちですよ――行ったり来たり、えらくそわそわして、奥様のお帰りが待ちきれないのがよくわか――」

アレグザンドラはびっくりすると同時に臆面もなく喜んで、厩から大またで出てきたジョーダンににっこり笑いかけたが、その笑みはたちまち消えうせた。彼の表情は雷雲のように暗かったのだ。

「出かけるときは、どこに行くのか、いつ帰るのか、家の者に正確に伝えていけ」ジョーダンはそう言い捨てると、優しいとはいいがたい手つきで彼女の腰をつかみ、御者席から乱暴に抱きおろした。「それに、馬丁の付き添いなしでこの敷地を出てはならない。あそこにいるオルセンが」と言いながら、熊のようにいかつい大男が厩の戸口にいるのを顎でさし示した。「きみの専属の馬丁だ」

あまりにも不当なこの怒り方、理不尽としか思えない命令。ゆうべはあんなに優しくしてくれたのに、この豹変ぶりはどうだろう。あっけにとられたアレグザンドラは、目を丸くしてまじまじとジョーダンを見ていたが、少したつと、胸の内で怒りがふつふつと沸きたつのを感じた。スマースは気を回したらしく、足早にその場を離れ、会話が聞こえないところまで引きさがっていった。

「言いたいことはそれだけ？」アレグザンドラは鋭く言い放ち、ジョーダンを残して屋敷に向かおうとした。

「いいや」ジョーダンの顔が一段とけわしくなった。「もうひとつ言っておきたいことがある――夜中にわたしが寝入ってから、こっそりベッドを抜け出すのはやめろ！　商売女じゃあるまいし、波止場に戻って客引きするつもりか」

「よくもそんなひどいことが言えるわね！」アレグザンドラは大声をあげ、怒りのあまり、われ知らず手を振りあげて彼を打とうとした。

ジョーダンはその手が振りおろされる途中で手首をつかみ、細い骨を万力のように締めつけた。氷片を思わせる冷え冷えした目をして……その瞬間、アレグザンドラは殴られるのを覚悟した。と、ジョーダンは唐突に彼女の腕を放し、回れ右をして屋敷のほうへ歩きだした。

「まあまあ、奥様」そばにやってきたスマースがなだめるように言った。「旦那様は、きょうはいろいろといやなことがあったんでしょう。わたしは旦那様を昔から見てますが、あんなふうに癇癪を破裂させたのは生まれて初めてだと思いますよ」アレグザンドラを安心させるためだろう、その口調は力強かったが、年老いた優しい顔はうろたえたように歪んでいる。スマースはそのまま、遠ざかってゆくジョーダンの広い背中を見ていた。

アレグザンドラは無言で首をめぐらせ、気心の知れた老人を見つめた。怒りがみなぎる目に、苦しげなとまどいの色を浮かべながら。「それどころか、きょうというきょうまで、旦那様が癇癪持ちだなんて知りませんでした――ちょっとやそっとならともかく、あそこまで荒れるなんて」スマースが続ける。「わたしは旦那様が初めてポニーに乗ったときもお手伝いしたぐらいで、お小さいころから存じてますが、あんなに勇敢で立派な――」

「やめて!」アレグザンドラは叫んだ。かつては心から楽しんだジョーダンの武勇伝だが、いまとなっては二度と聞きたくない。「もう嘘はたくさん! 旦那様は勇敢で立派な人だっていくら言われても、わたしには信じられない。本人が生きて戻ってきたんだもの、この目で見てよくわかったわ。ほんとうは――ほんとうは怒りっぽくて冷酷な人でなしだってことが!」

「いいえ、奥様、そんなことはありません。わたしは旦那様をお小さいときから存じてますし、旦那様のお父上のことだって、同じようにお小さいときから存じ――」

「あの人の父親も人でなしだったんでしょうね!」アレグザンドラはくやしまぎれに、よく考えもせず言ってしまった。「きっと親子してそっくりなんだわ!」

「とんでもない、奥様! 違います。誤解ですよ。本気でそんなふうに思ってるんだったら、誤解もいいところだ！　どうしてそんなことをおっしゃるんです？」

恐ろしい剣幕で反論されたのにびっくりして、アレグザンドラは冷静さを取り戻し、肩をすくめながら力なくほほえんだ。「祖父がいつも言ってたの。男の人が将来どんな人間になるかは、その人の父親を見ればわかるって」

「ジョーダン坊っちゃまとお父上のことに話を限れば、お祖父様のその考えはまちがってます」スマースが強い口調で言った。

アレグザンドラはふと思った。ジョーダンのことを知りたい者にとっては、このスマースはまさに情報の宝庫かもしれない。むろん、事実を誇張抜きで話してもらえればの話だが……でも、わたしはかりそめの夫のことなんか興味はないはずよ、と自分で自分に厳しく念を押してみたが、その思いとはうらはらに、気がついたときには、多少声を尖らせながらもこんなことを言っていた。「わたし、護衛なしで出歩いてはいけないって言われてしまったから、向こうの柵のところまでついてきてくれない？　あそこで、子馬が跳ねまわるのをながめたいの」

スマースはうなずき、アレグザンドラといっしょに歩きだした。柵の前まで来ると、彼はだしぬけに言った。「奥様、こんなことを言うのもなんですが、旦那様を困らせるような賭けをしたのはよくなかったですね」

「どうして賭けのことを知ってるの？」

「だれだって知ってますよ。ホワイツの賭け帳にあの賭けが書きこまれたその日のうちに、ハックソン卿の馬丁が旦那様の御者のジョンに話を洩らしたんですから」

「そうだったの」

「旦那様をおおっぴらに軽んじるようなまねをしたのは大失敗でしたね。これからはもう二度としないでくださいよ。旦那様が賭けのことを気にしてないような顔をなさってるのは、奥様のことを深く想ってるしるしです。なにしろ、旦那様のお母上だって、あんなことまではしな――」スマースはふいに口をつぐむと、顔を赤らめ、きまり悪そうにうなだれて足もとを見つめた。

「あの賭けはもともと公にするつもりはなかったのよ」アレグザンドラは軽く興味を引かれ、さりげなく尋ねた。「彼のお母様というのは、どんなかただったの?」

スマースはもじもじして、体の重心を片方の足から逆の足に移した。「美しいかたでしたよ、たしかに。パーティがお好きで――この屋敷で毎日のようにいろんなパーティを開いておいででした」

「きっと、とても陽気で人好きのするかただったのね」

「あなた様にははるかに及びません!」スマースが語気荒く言った。その口調も意外だったが、自分がスマースにそこまで高く買われているというのも驚きで、アレグザンドラはぽかんとして相手を見つめた。「あのかたは、自分より身分の低い者には目もくれなかったし、自分のことにしかご興味がありませんでした」

「おかしなことを言うのね! どういう意味なの?」

「そろそろ仕事に戻りませんと」スマースは困り果てたように言った。「旦那様のことでよい話をお聞きになりたかったら、またいつでもいらしてください。お教えしますんで」

これ以上食いさがってもむだだとわかったので、アレグザンドラは彼を放免してやった。それでも、すっきりしない気分は残り、疑問も心に引っかかったままだった。スマースのあのことばは、いったいなにを意味しているのか。

蝶番《ちょうつがい》に油をさしてもらうという用事にかこつけて、アレグザンドラは下僕頭のギボンズを呼んだ。スマースと同じく、この年老いた下僕もジョーダンを心から慕っており、彼女がロンドンに出る前には、ホーソーンで気の置けない話し相手になってくれていた。スマースがそうだったように、ギボンズもアレグザンドラが戻ってきたのがうれしくてならないらしく、子ども時代のジョーダンの逸話を語り聞かせようと意気ごんでいたが、ジョーダンの両親のことを尋ねられると、とたんに口ごもって話をはぐらかし、そういえば階下に急用がありまして、と唐突に言い訳して姿を消してしまった。

アレグザンドラは桃色の絹のドレスに着替え、髪の毛は結わずに肩に垂らした。夕食の時間と定められた九時に部屋を出て、階段をゆっくりおりていく。ジョーダンとは厩で激しく言い争ったきりで、顔を合わせるのはそれ以来初めてだ。そう思うと、彼のことを知りたいという気持ちは影をひそめ、そのかわりに、厩で対決したときの怒りと少なからぬ恐怖が甦ってきた。

階下で食堂に向かおうとすると、ヒギンズが進み出てさっと扉を開けたが、それは食堂ではなく居間の扉だった。アレグザンドラはわけがわからず、足を止めてヒギンズを見やった。

「御前様はいつも、ご夕食の前にシェリーをたしなまれるのです」執事はそう教えてくれた。

アレグザンドラが居間に入っていくと、ジョーダンは顔を上げ、サイドボードに歩み寄って、グラスにシェリーをつぎはじめた。そのきびきびした手つきにしばし見とれたあと、アレグザンドラはしなやかな長身の立ち姿にくまなく目をやった。幅広い肩を赤ワイン色の上着で包み、長くたくましい脚を際立たせる灰色のズボンをはいたジョーダンは、なんともいえず格好がよかったが、そのことは努めて考えないようにした。日焼けした赤銅色の肌と好対照をなす、雪のように白いアスコットタイ。そこにひと粒だけあしらわれた真っ赤なルビーが、ひだの奥からウインクしている。ややあって、ジョーダンが無言でグラスを差し出した。

相手の気分をはかりかねたまま、アレグザンドラは前に進んでグラスを受け取った。ジョーダンはそこで初めて口を開いたが、彼のことばを聞いたとたん、アレグザンドラは頭からシェリーを浴びせてやりたくなった。「いいか、アレグザンドラ」その口ぶりは遅刻した生徒を叱りつける教師のようだった。「わたしは毎日、八時半から居間でシェリーを楽しみ、九時に夕食を始めることにしている。あしたからは、八時半きっかりにここに来るように」

瞳をかっと燃えあがらせながらも、アレグザンドラはどうにか自分を抑え、大声を出さないようにした。「これまであなたには、寝場所を定めてもらって、行き先を制限してもらって、護衛も決めてもらって、食事の時間も指定してもらったわ。次は、いつ息をしたらいいか、教えてくださらない？」

ジョーダンは眉をひそめたが、すぐに天を仰ぎ、深々とため息をついた。片手を上げ、凝りをほぐすかのように首の後ろを揉んでから手をおろす。そのしぐさには不満と迷いが感じめられた。「アレグザンドラ」彼は悲しげな声でもどかしそうに言った。「ほんとうは、まず初めに、厩であんな態度をとってしまったのを謝ろうと思っていた。あのときは、帰りが一時間も遅れていたから心配だったんだ。今夜にしても、いきなり叱りつけたり、息苦しい規則をまた押しつけたりするつもりはなかった。なにもわたしは鬼では――」控えめなノックの音にジョーダンがことばを切ると、ヒギンズが銀のトレイに書状を載せて入ってきた。

夫の謝罪にわずかながら気持ちが和らいだアレグザンドラは、ビロード張りの椅子に腰をおろし、広々した居間をぼんやり見まわした。赤ワイン色の布を張った重厚なバロック様式の家具は、正直なところ、豪華すぎて威圧的にすら見える。豪華すぎて威圧的に見えるだなんて――そんな否定的な見方をするのはよくないわ、と彼女は心の中で自分をたしなめた。ジョーダンがこの屋敷を嫌っているのは態度でわかる。きっと、その嫌悪感が自分にもうつってしまったのだろう。

ジョーダンがトレイから封書を取り、彼女の向かい側にすわって封印を破った。薄い手紙に目を走らせるうちに、顔に表われていた興味の色が、まず驚きへ、さらには憤怒へと変わっていく。「トニーからだ」灰色の瞳がふいに冷たく翳った。歯を食いしばったために、頬骨も浮きたっている。「社交シーズンのさなかだというのに、ロンドンを離れることにしたそうだ。しかも、もうウィンズローの自邸に戻っているらしい。ここから三マイルと離れていないあの屋敷に」

友人であるアントニーがそんなに近くにいるとわかって、アレグザンドラは喜びでいっぱいになり、顔を輝かせて言った。「わたし、あしたトニーのお母様と弟さんを訪ねようと思っていたとこ――」

「あの家に行くことは禁止する」ジョーダンが冷ややかにさえぎった。「トニーには手紙を書いて、これから数週間は夫婦水入らずで過ごしたいと伝えておく」アレグザンドラの表情に徹底抗戦の構えを見てとったのか、彼は突き放すように言った。「おい、わかったのか？あそこには行くなと言っているんだぞ」

アレグザンドラがゆっくり立ちあがると、ジョーダンも立ちあがり、のしかかるように彼女を見おろした。アレグザンドラは胸に怒りを秘め、呆然としながら、正気をなくした者を見るような目で彼をまじまじと見た。「ねえ」声をひそめて呼びかける。「あなた、頭がどうかしてるんじゃないの」すると、どういうわけか、相手はかすかな笑みを浮かべた。

「まったくだ」ジョーダンにはほかに答えようがなかった。アントニーがいまこの時期にこちらに戻ってきたということは、探偵のフォークスの推理があたっていたことになるのではないか。アレグザンドラはきょうにでも次代のホーソーン公爵を身ごもる可能性がある。となると、彼女も命を狙われるかもしれないのだ。しかし、そうしたことを本人に教えるわけにはいかない。そこで、ジョーダンは穏やかに、かつきっぱりと言った。「だが、それでも命令には従ってくれるものと思っている」

あなたが決めたばかげた規則なんて、ひとつも守る気はありませんから――アレグザンドラがそう言おうとすると、ジョーダンは彼女の唇を指で押さえ、にっこりして言った。「賭けはどうなるんだ、アレグザンドラ――なんでもいうことを聞くという約束だったじゃないか。こんなに早々とゲームをおりるのはいやだろう？」

アレグザンドラは、あくまで品格を保ちつつ、蔑みの目で彼を見た。「わたしが賭けに負ける心配はございませんわ、公爵様。あなたの負けは、もう決まってるんですもの」そう言ってから、グラス片手に暖炉の前まで歩いていき、十四世紀作の華奢な花瓶を熱心に鑑賞するふりをした。

気がつくと、ジョーダンが背後に忍び寄っていた。「どういう意味だ?」

アレグザンドラは、値のつけようがないほど貴重な花瓶の台座を指でそっとなでた。「あの賭けであなたが守るべき条件は、わたしが別れを望まなくなるほど好ましい夫になることだったわよね」

「それで?」

「それで」アレグザンドラは首だけ後ろに向けて、茶目っ気たっぷりに彼を見やった。「いまのところは、落第よ」

アレグザンドラとしては、こちらが落第だと言っても、相手はそれがどうしたといわんばかりの顔をして聞き流すだろうと思っていたのだが、予想ははずれた。ジョーダンは彼女の両肩に手をかけ、自分のほうに振り向かせたのだ。「それでは」彼はおごそかな態度でほほえみかけてくれた。「もっと努力しないといけないな?」

ジョーダンの厳粛でありながら優しい表情についい心を奪われ、アレグザンドラはキスを許してしまった。力強い腕に抱き寄せられ、彼の顔が迫ってきて唇が重なる。その間、アレグザンドラは理性を保とうと必死になっていた。ジョーダンのほうは一瞬一瞬を心から楽しむように唇をむさぼっていて、キスはいつ終わるとも知れなかった。

しばらくたって、ジョーダンがようやく腕をおろすと、アレグザンドラは絶句し、呆然と彼を見つめながらいぶかった。この人はどうしてこんなふうになれるんだろう。たったいま、信じがたいほど優しくしてくれたと思うと、次の瞬間には冷たく、よそよそしく、横暴になるなんて……彼女は重たげなまぶたの下の魅惑的な灰色の瞳を見あげた。そして、気づいたときには、頭に渦巻く考えをそっと口にしていた。「あなたのことを理解できたらいいのに」

「わたしのどこが理解できないんだ?」とジョーダンが言ったが、彼自身、すでに答えはわかっているようだった。

「きょう、厩でわたしのことを叱りつけたでしょう。なぜあんなに怒ったのか、ほんとうの理由が知りたいの」

こんなことを言っても、軽口を叩いてはぐらかされるか、肩をすくめていなされるだけだろう。アレグザンドラはそう思っていたが、意外なことに、彼の反応はどちらでもなく、真摯な声で静かに言われた。「実は、ほんとうの理由は、あのときすでに話している。最後に軽くふれただけだが」

「ええっ?」

「夜中にきみに置き去りにされたせいで、自尊心が傷ついたんだよ」

「自尊心が傷ついた?」アレグザンドラは鸚鵡返しに言い、唖然として彼を見つめた。「それだけのことで、わたしを商売――いいえ、罵ったわけ?」

その瞬間、ジョーダンの目が愉快そうに光ったが、それを見逃したアレグザンドラは、しばらくしてからやっと気づいた。ジョーダンは、彼女ではなく、自分自身を笑っているのだ。

「わたしとしては、ああするしかなかったんだ」彼はまじめくさって認めた。「まさかきみだって、知性を具えた大の男が、しかも二カ国で血戦をくぐり抜けてきた男が、女性に面と向かって白々しい声で〝どうして朝までいっしょにいてくれなかったんだ〟などとおめおめと訊けるとは思わないだろう？」

「そうかしら？」初めは面食らっていたアレグザンドラも、相手の言わんとするところに気づくと、つい吹き出してしまった。

「男の面子というやつだ」ジョーダンは唇を歪めてにやっとした。「まあ、男というのは、面子を保つためならなんでもするんだな」

「本心を聞かせてくれてありがとう」アレグザンドラは穏やかに言った。

「いま言ったことが、きみにひどい態度をとったいちばんの理由だ。だが、それだけではなくて、白状すれば、わたしはこの家にいるとどうしても不機嫌になってしまうんだよ」

「でも、ここはあなたの育った家じゃないの！」

「だからこそ嫌いなんだと思う」ジョーダンはさらりと言い、彼女の腕をとって食堂に向かった。

「どういうこと？」アレグザンドラは思わず尋ねた。

ジョーダンは微笑しつつも首を振った。「昔、祖母の屋敷の庭できみに言われたことがあったね――感じたことや思ったことは素直に口にすべきだと。わたしも努力してはいる。ただ、胸の内をさらけ出すことにまだ慣れていないんだ。少しずつやっていけば、いつのまにか慣れているかな」彼はおどけて言った。「いまのきみの問いに答えられる日も、いずれやってくるさ」

そのあと、〝好ましい夫になる努力〟を開始したジョーダンが、食事をとりながらその目標をみごとに達成したため、アレグザンドラは心の平安をおおいに乱された。

思えば、結婚したてのころも、ジョーダンは彼女を楽しませようと骨折ってくれていたが、いまの力の入れようはその比ではなかった。二時間の食事中ずっと、真っ白な歯を見せてほほえみながら冗談を言ったり、彼女がロンドンで知り合った人々にまつわるスキャンダルをおもしろおかしく聞かせたりして、圧倒的な魅力をこれでもかとばかりに振りまいたのだ。

食事のあと、ジョーダンはアレグザンドラをベッドにいざない、情熱の限りを尽くして彼女を抱いた。身も心もひとつに溶け合ってしまうかと思うほどの熱い営みが終わると、彼はアレグザンドラをしかと胸に抱き寄せ、そのまま眠りについた。


翌朝、アレグザンドラは料理人に用意してもらったお菓子の籠を受け取って、自分の馬車に乗りこんだ。ジョーダンの命令を堂々と無視することになるが、それでもアントニーを訪ねようと決めたのだ。わたしはジョーダンに恋しているわけじゃない、彼の両親のことを知りたくてたまらないだけよ、と自分に言い聞かせながらも、心の奥では、そうとばかりはいえないのを自覚していた。自分はいま、もう少しで彼に心を奪われそうな、ぎりぎりのところにいる。だからこそ、人を惹きつけずにはおかない謎めいた夫のことを、なんとしても理解したいのだ。そうなると、求めている答えを与えてくれそうなのはアントニーだけだった。

アレグザンドラは、自分の〝専属の馬丁〟となったオルセンに、小作人のウィルキンソン一家を訪ねるだけだから付き添ってもらうまでもないと告げおいて、彼らの小宅に出かけていった。その訪問は早々に切りあげ、続いて、アントニーの屋敷に向かって馬車を走らせた。実はこのとき、オルセンが、できる限り森に入るなどして見つからないよう用心しながら女主人を尾行していたのだが、アレグザンドラはそうとも知らず、いい気分で田舎道を飛ばしていた。

細い並木道を進んで屋敷の前に着くと、アントニーが出てきて「アレグザンドラ！」と声をあげ、両手を広げて玄関先の短い階段をおりてきた。「ジョーダンの手紙はさっき届いた。中身を読んで、彼は今後しばらくきみを独り占めにする気らしいと思っていたんだが」

「あの人には内緒で来たの」アレグザンドラは心をこめて彼を抱きしめた。「ここに来たことはだれにも言わないでくれる？」

「もちろんだとも。約束するよ」アントニーはほほえみながらおごそかに誓った。「中に入って、母とバーティに会ってくれ——きっとすごく喜ぶ。母たちだって、きみが来たことは秘密にしてくれるさ」ためらうアレグザンドラに向かって、彼はしきりに勧めた。

「まずはおふたりにご挨拶するわ」アレグザンドラは口早に言った。「それがすんだら散歩につきあってくれない？　訊きたいことがあるの」

「いいとも、そうしよう」すぐさまアントニーが応じた。

アレグザンドラは差し出された腕に手をかけ、扉を開け放ってある正面玄関に向かって歩きだした。「ロンドンを離れたのは、わたしたち夫婦とあなたのことが噂の的になってしまったからでしょ」お詫びの気持ちをこめて、そう言った。

「それもあるが、きみがどうしているか、気になってしかたなかったものでね。それ以外にも、もうひとつ理由がある」アントニーの笑顔は、どこかぎこちなかった。「ロンドン滞在中に、サリー・ファーンズワースから会ってほしいという手紙をもらったんだ」

サリーという名を聞いて、アレグザンドラはすぐにぴんときた。アントニーが自分の恋人だったと言っていた女性だ。「それで、彼女に会ったの？」ハンサムな顔を観察しながら、アレグザンドラは興味津々で尋ねた。

「ああ」

「あなたはなんて言ったの？——向こうはどんなふうだった？」アレグザンドラはせっかちに訊いた。

「結婚してって言われたよ」アントニーは深刻な顔で答えた。

アレグザンドラは驚きながらもはしゃいでしまい、声をたてて笑った。「それで？」

「それで、前向きに考えているところさ」アントニーがおどけてみせた。「まあ、それは言いすぎだとしても、サリーは、来週、うちに来ることになっているんだ。ぼくの財産といえるのはこの屋敷と家族だけだから、それを自分の目で見てもらおうと思ってね。昔の彼女は、公爵であれば結婚相手はだれでもいいと思っているように見えたが、このとおり、ぼくはもう公爵じゃない。つまり、彼女は公爵夫人になりたいという下心で結婚を望んでいるわけではないんだ。ただ、そうとわかっても、こちらがあげられるものは少ししかない。とにかく、この件は母にはまだ黙っていてくれ。サリーの来訪については慎重に伝えたいんだ。母はサリーをあまりよく思っていないから——以前いろいろあったのでね」

アントニーの頼みをアレグザンドラはすぐに了承し、ふたりは家に入った。

「まああ、よく来てくれたわね！」アントニーに案内されて、アレグザンドラがこぢんまりした明るい雰囲気の客間に入ると、アントニーの弟のバーティといっしょにすわっていたレディ・タウンゼンドが優しい声で歓迎した。「ジョーダンのことでは、わたしたち、ほんとうに驚かされたわ——いってみれば、亡くなった人が生き返ったわけですもの」

アレグザンドラは挨拶を返したが、アントニーの白髪の母親がすっかり蒼ざめ瘦せ細っているのに気づいて心配になった。ジョーダンが戻ってきたショックで、もともと弱い体がさらに弱ってしまったようだ。

レディ・タウンゼンドは、アレグザンドラの背後をのぞくようにして、期待をこめた目で部屋の戸口を見やった。「ジョーダンはいっしょじゃないの？」その言い方で、がっかりしているのがよくわかった。

「ええ、その——ごめんなさい、きょうはわたしだけなんです。あの人は——」

「例によって、鬼のように働いているんだろう。目に見えるようだな」バーティがにやっとして難儀そうに立ちあがり、不自由な左脚をかばうために持ち歩いている杖で体を支えた。

「そのうえ、彼はきみを独り占めにして、長らく別れ別れになっていた夫婦の絆を結び直そうとしているわけだ」

「そうなのよ、あの人、仕事が忙しくて」バーティのことばを言い訳の種にできたのが、アレグザンドラにはありがたかった。

身長六フィート一インチのバーティは、アントニーよりわずかに背が高く、砂色の髪にハシバミ色の瞳をしていた。タウンゼンド一族の魅力をたっぷり受け継いでいるものの、先天的な脚のねじれからくる痛みに絶えず苦しめられていて、それが顔つきに表われている。苦痛に歪んだ口もとには消えることのないしわが刻まれ、いつもつらそうな表情をしていたが、その表情とはうらはらに、性格は明るいほうだった。

「ジョーダンは、うちを訪ねるのはもう少し先にしたいと思っていて、アレグザンドラにも、夫婦そろって行けるようになるまで待ってくれと言ったそうだ」アントニーがとっさに助け舟を出し、母親と弟に言いつくろった。「ぼくはさっき、彼女に約束したんだ。この先、ジョーダンが訪ねてきても、ぼくら三人がきみとは対面ずみで、彼のようすをすでに聞いていることは秘密にしておくよって。彼ががっかりするといけないからね」

「実際のところ、ジョーダンのようすはどうなの？」レディ・タウンゼンドが尋ねた。

やむをえないこととはいえ、このままアントニーといっしょになって作り話を続けるのは気が引ける。そう思っていたアレグザンドラは、話題が変わったのを喜び、ジョーダンがフランス軍の捕虜となり投獄された経緯を十分かけてこまごまと語った。ジョーダンの体を気遣うレディ・タウンゼンドからはあれこれと質問があり、それになんとか答えおえたところで、アントニーが腰をあげ、アレグザンドラは庭の散歩に連れ出された。

屋敷の前には狭いながらも手入れの行き届いた芝地があり、ふたりはそこを通って右手の庭園へと向かった。「かわいい額に小さなしわが寄っているところを見ると、なにか悩みがあるんだね。どうしたんだい？」とアントニーが訊いた。

「それが、自分でもよくわからなくて」アレグザンドラは暗澹として打ち明けた。「ジョーダンのことなんだけど、こちらに戻ってホーソーン屋敷が見えてきたときから、なんだかようすが変なの。ゆうべは、自分はこの屋敷で育ったから、ここにいるとどうしても〝不機嫌〟になってしまう、なんて言っていたし。そのくせ、どうしてって訊いても教えてくれないのよ。きのうはスマースも、ジョーダンのご両親についておかしなことを言って……」夫のファースト・ネームを口にしたのは、彼が戻ってきてからは初めてだった。アレグザンドラはアントニーのほうを向き、単刀直入に訊いた。「彼のご両親はどんなかたたちだったの？　彼の子ども時代はどんなふうだったのかしら？」

笑顔はそのままだったが、アントニーはそわそわしはじめた。「それは、なにがなんでも知りたいことなのかな？」

「なにがなんでもとは言わないけど」アレグザンドラはけんめいに食いさがった。「ただ、このことを訊くとみんなすごくおどおどするから、余計に気になってしまって」

「だれに訊いたの？」

「ええと、ギボンズとスマースよ」

「なんだって！」アントニーはにわかに足を止め、彼女をしげしげと見ながら苦笑した。「ジョーダンにばれたら大変だぞ。彼は、使用人と親しくするなどもってのほかだと思っているからね。うちの一族にとっては、それは禁断の行為なんだ――もっとも、分家であるわが家ではそうでもないが。使用人は六人しかいないから、どちらかというと扶養家族のように感じてしまうのは避けられない」

アントニーはことばを切って身をかがめ、小さな庭に育った薔薇を一輪摘んだ。「そういうことは、ジョーダン自身に訊いたほうがいいんじゃないか」

「訊いたって教えてくれないわよ。わたしが聞きたいのは空疎な決まり文句じゃなくて、本心から出たことば。昔、彼にもそう話したんだけど。ゆうべ、どうしてホーソーンが好きじゃないのって訊いたら、思ったことや感じたことを素直に話そうと努めてはいるけど、胸の内をさらけ出すことにはまだ慣れていないんだって言われたわ。少しずつやっていけば、いつのまにか慣れているかもしれないって」ジョーダンのおどけた口調を思い出し、アレグザンドラはかすかにほほえんだ。「わたしの質問にも、いずれは答えてくれるそうよ」

「それはすごい」アントニーは驚きの声をあげ、彼女を見つめた。「ジョーダンがそこまで言うとは。いつかは、きみに胸の内を〝さらけ出す〟と言ったんだね？　だとすれば、きみに対する彼の想いは、ぼくが思った以上に深いんだな」アントニーはアレグザンドラの耳に薔薇を飾ってやり、彼女の顎の下をつついた。

「わたしは、謎の答えをどうしても知りたいの」アントニーがそれ以上話そうとしないので、アレグザンドラは水を向けてみた。

「それは、彼に恋しているからか？」

「わたしが救いようのないほどの詮索好きだからよ」アレグザンドラはそう言ってはぐらかそうとしたが、アントニーが問いに答えてくれそうにないのを見て、しょんぼりとため息をついた。「わかったわ。どうやらわたしは、正体のわからない人に恋をしてしまったらしいの。その人は、なかなか自分を見せてくれないのよ」

アントニーは黙っていたが、そのうちに彼女が気の毒になったらしく、こう言った。「いいだろう。いいかげんな好奇心ではなさそうだから、きみの質問に答えるよう努力してみるよ。なにが知りたいんだい？」

アレグザンドラは耳にはさまれた薔薇を抜くと、うわの空で枝の部分をつまみ、くるくる回した。「まず訊きたいのは、ジョーダンが育ったころのホーソーンに、なにかよくない点があったのかということ。彼はどんな子ども時代を過ごしたの？」

「貴族の家庭では」アントニーはおもむろに説明を始めた。「一般的に、跡継ぎは両親の期待を一身に担う特別な存在なんだ。ジョーダンの場合はひとりっ子ということもあって、なおさらその傾向が強かった。ぼくは木に登ろうが泥の中を転げまわろうがおとがめなしだったが、ジョーダンは常に自分の身分をわきまえるよう言いつけられていた。いついかなるときも、清潔にして、身だしなみに気を遣い、時間を厳守し、威厳ある態度を保ち、自分が高貴な人間であることを忘れてはならないと言われていたんだ。

彼の父親と母親は、ある一点においてそっくりだった。ふたりとも、自分たちの地位の高さを強く意識していたんだ。普通は、いくら貴族の息子でも、自邸の敷地内に暮らす同年配の子どもと遊ぶことぐらいは許されている——たとえそれが馬丁の息子でもね。ところが、伯父と伯母はジョーダンに、自身と同程度の地位にある者としかつきあってはいけないと言って、それ以外の交友関係を一切認めなかった。公爵家や伯爵家の跡継ぎ息子は国全体でも人数が少なくて、この地方ではめったに見ないぐらいだから、子ども時代のジョーダンは、ホーソーンではいつもひとりぼっちだったんだ」

アントニーはしばし口をつぐみ、かたわらの木の頂を見あげてため息をついた。「ぼくは彼を見ていて、よくあんな孤独に耐えられるなと思ったものだよ」

「でも、ジョーダンのご両親だって、あなたとつきあうことは認めてくれたんでしょ？」

「まあ、認めてはくれたけど、伯父と伯母の留守中でなければ、彼を訪ねてホーソーンに行くことはめったになかった。あのふたりがいると屋敷の中が息苦しく感じられていやだったんだ——あの雰囲気にはほんとうにぞっとした。それに、伯父はぼくがホーソーンをうろうろするのは好ましくないと思っていて、ぼく自身にも、うちの親にも、そのことをはっきり伝えていたんだ。トニーは息子の頭にくだらないことを吹きこんで、勉強をじゃまするとと言われたよ。ジョーダンは、自由時間ができたときは、ぼくをホーソーンに呼ぶより、自分で遊びにくるほうが多かった。ぼくの母をとても慕っていたし、うちの家族といっしょにいるのが楽しかったんだろう」悲しげな顔でふとほほえむと、アントニーは最後にこう言った。「ジョーダンが八歳のころだったか、爵位の継承権ときみの家族を交換してくれと頼まれたことがあったな。お互いに住む家をとりかえっこしよう、そしたら爵位のどれかひとつを譲ってやると言われたんだ」

「いまの話だと、彼の子ども時代はわたしが想像したのとはまるで違っていたようね」アントニーが黙りこんだので、アレグザンドラは口を開いた。「わたしは、小さいころ、お金持ちってすごく幸せなんだろうなと思っていたのよ」彼女は自分の子ども時代を思い返した。友だちと興じた遊びの数々。なんの悩みもなくのんきに過ごした日々。メアリー・エレンとその家族との温かな友情。ジョーダンにはそういうあたりまえの子ども時代がなかったようだ。それを思うと、なんともいえず悲しくなった。

「貴族の家の子だって、みんながみんな、ジョーダンみたいに厳しく育てられるわけじゃないよ」

「ご両親はどう――どんなかたたちだったの？」アレグザンドラが真剣な顔でアントニーをじっと見ると、彼も答えるしかないと観念したらしく、いたわるように肩を抱いてくれた。

「ひと口にまとめて言うなら、ジョーダンの母親は札付きの浮気者だった。彼女の男漁りは有名でね。伯父は別に気にしていなかったようだ。女というのは、欲情を抑えるすべを知らない、意志の弱いふしだらな生き物だと思っていたらしい――というより、はっきりそう口にしていたよ。自分でも伯母に負けないほど浮き名を流していたくせにね。ただ、そんな伯父も、ジョーダンのこととなると実に厳格だった。伯父のしつけのせいで、ジョーダンは、自分がタウンゼンド家に生まれたことや次代のホーソーン公爵であることを、常に意識させられてきた。伯父は絶対に甘い顔はしなかったよ。おまえは歴代のタウンゼンド公爵の中で、最も賢く、最も勇敢で、最も威厳に満ちた、最も家名にふさわしい人間にならねばならないと、厳しく言い聞かせたんだ。ジョーダンは父親を喜ばせようとがんばったが、いくらがんばっても、相手の要求は過酷になるばかりだった。

家庭教師は、ジョーダンの勉強の出来が悪ければ、杖で打つよう命じられていた。夕食のときは、九時きっかりに着席しないと――一分早くてもだめ、一分遅くてもだめなんだ――翌日の夜までなにも食べさせてもらえなかった。ジョーダンは、八歳か九歳のころには、並のおとなよりうまく馬を乗りこなすようになっていたが、ある日、狩りの最中に生け垣を飛び越えようとしたら、馬がいやがって立ち止まってしまったことがあった。子どもだというので、馬に見くびられたか――あるいは、ジョーダンのほうが、障害を前にして少しおじけづいたのかもしれない。あの日のことは一生忘れないよ。生け垣の向こうには小川が流れていて、そんなところを飛び越えようとする者などだれもいなかったのに、伯父はジョーダンのそばに行って、狩りの仲間全員を呼び集めた。そして、みんなが見ている前で、息子を意気地なし呼ばわりしたんだ。ジョーダンは跳んだよ」

「そんな」アレグザンドラは声を詰まらせた。「父親と暮らしている子どもを見るたびに、あの子たちは運がいいなって思ってたのに。それで……生け垣は越えられたの？」

「三度成功した」アントニーは淡々と言った。「四度目に挑んだときは、馬がつまずいて転倒した。ジョーダンは馬の下敷きになり、腕の骨を折った」

アントニーは話に熱中していて、アレグザンドラの顔が蒼ざめたのも目に入らないようだった。「ジョーダンは泣かなかったが、それもそのはず、彼は泣くことを許されていなかったんだ。いくら幼くてもね。伯父に言わせれば、涙は女々しいものだったから。その手のことになると、伯父はひどく頑固だった」

アレグザンドラは太陽をふり仰ぎ、目をしばたたいて涙をこらえた。「その手のことって？」

「伯父は、本物の男は剛毅であり、おのれのみを頼りに生きるものだと信じていて、息子にもその信条を押しつけたんだ。あらゆる感情は〝軟弱〟で、軟弱なものは男らしくない、つまりは憎むべきものである。情緒濃やかなのも軟弱で、男らしくない。愛情や心の絆もまたしかり。男にとって〝弱み〟になるものは、なんであれ男らしくないというわけだ。伯父はうわついたふるまいも一様に嫌ったが、異性との戯れだけは例外だった。伯父の考えでは、それこそが男らしさの表われだったんだ。ぼくは伯父が声をあげて笑うのを見た覚えがない——冷笑するのではなく、心の底から楽しそうに笑うところはね。ついでにいえば、ジョーダンが笑うのもほとんど見たことがない。ひたすら努力し、あらゆる分野で他に秀でること、伯父にとってはそれがすべてだった——貴族にしてはかなり変わっている。きみもきっとそう思っているだろうね」

「わたしはジョーダンを笑わせているわよ」アレグザンドラは胸を張りながらも悲しい気持ちになった。

アントニーはにっこりした。「きみの笑顔を見たら、どんな男だって心が明るくなるさ」

「彼がなぜ子どものころの話をしたがらないのか、いまの話で納得したわ」

「伯父はジョーダンをあらゆる分野で傑出した人間に育てようと決めた。その信念がいい結果を生んだ部分もあるんだよ」

アレグザンドラは意外に思い、「いい結果って？」と尋ねた。

「そうだな、たとえば学問の面でも、ジョーダンはあらゆる科目で抜きん出るように強いられたから、大学進学のころにはだれよりも先に進んでいた。そのおかげで、ひとりで特別授業を受けることになって、ほかの学生には理解できない事柄を教わったんだ。しかも、のちには、自分がそうやって学んできたことをみごとに活用してみせた。いいかい、伯父が亡くなったとき、ジョーダンはまだ二十歳だったんだよ。彼は爵位とともに十一カ所の領地を受け継いだが、それまでのタウンゼンド家は財政難が続いていて、問題なく維持されているのはホーソーンくらいだった。ところが、ジョーダンが領主になって経営に乗り出すと、三年もたたないうちに、十一カ所の領地すべてが莫大な収益をあげるようになり、彼はヨーロッパ有数の大富豪へとのぼりつめていったんだ。あの若さでそこまでいくのは、並大抵のことじゃない。これくらいかな、ぼくがジョーダンについて教えられることは」

感謝の念でいっぱいになったアレグザンドラが、伸びあがるようにしてアントニーに抱きつくと、彼のほうも抱きしめてくれた。アレグザンドラはそのまま顔を上げ、おずおずとほほえむと、瞳に優しい光をたたえて「ありがとう」とひとこと言ってから、日の高さを気にして空に目をやった。「もう行かなくちゃ。一時間で戻ると言ったのに、ずいぶん遅くなってしまったわ」

「予定より帰りが遅れたら、なにか大変なことでもおきるのか？」口調こそひょうきんだったが、アントニーはけげんな顔をしていた。

「遅れたのがばれるわ」

「そしたら？」

「そしたら、ジョーダンとの賭けに負けてしまうのよ」

「賭けってなんだい？」

アレグザンドラは答えるつもりで口を開きかけたが、そのときにはもう、支配欲と自尊心の強い夫の顔を立ててやりたいという優しさが、胸の中で息づきはじめていた。自分は夫に買収されたようなもので、ホーソーンに来たのは大金につられたからにすぎないとアントニーに打ち明ければ、ジョーダンに恥をかかせることになってしまう。そんなことは耐えられない。「ただの……くだらない賭けよ」彼女は口を濁《にご》し、アントニーの手を借りて馬車に乗りこんだ。

ものの思いにふけっていたアレグザンドラは、馬丁頭のスマースが手綱を受け取ろうと駆け寄ってきたのにも気づかず、屋敷の斜め後ろにある厩に向かってそのまま馬車を走らせた。頭の中では、アントニーから聞いたジョーダンの子ども時代の話が渦巻いている。彼女はその話に胸を痛め、同情をつのらせていた。ジョーダンは、こちらを困惑させ、怒らせ、傷つけるようなことばかりしてきたが、なぜそのようにふるまうのか、やっとわかった。ホーソーンに来てから彼の態度が微妙に変わったのも、いまでは納得がいく。子どもは両親がそろって家にいてくれさえすれば幸せになれるなどと信じていた自分は、なんと甘かったことか。お祖父様の言うことはいつも的を射ていたけれど、今回もやっぱりそうだわ、とアレグザンドラは思った。人の本性はうわべを見ただけではわからない、というのが祖父の口癖だったのだ。

厩に着くと、スマースが飛んできて馬車から降りるのを手伝ってくれたが、考え事に没頭していたアレグザンドラは声ひとつかけなかった。スマースをぼんやり見やったものの、相手がそこにいることは意識せず、彼女はそのまま馬丁に背を向けて屋敷のほうへ歩きだした。スマースは女主人のその態度を誤解した。ジョーダンのことを話すのを拒んだせいで、彼女の信頼と愛情を失ってしまい、その結果こうして無視されたと思いこんだのだ。「奥様！」アレグザンドラの意図せぬ無視に傷ついたスマースは、つらそうでもあり、ひどくおどおどしてもいた。

アレグザンドラは振り向いてスマースに目を向けたが、心の目に映ったのはスマースではなく、子どもらしく生きることを許されなかった幼い少年の姿だった。

「お願いです、奥様」スマースは打ちしおれて言った。「そんな目で見るのは勘弁してください。おまえのせいでどうしようもなく傷ついたといわんばかりの目で見るのは」柵の向こうで二頭の子馬が元気に跳ねまわっているのを顎でさし示すと、彼は声を落として続けた。「柵のところまでおつきあいください。そしたら、知りたいことをお教えします」

アレグザンドラはわれに返り、しょげかえった馬丁の話をどうにか頭に入れた。そして、頼まれたとおり、彼といっしょに柵の前まで歩いていった。

スマースは馬を見やり、そちらに目を向けたまま、低い声で言った。「ギボンズと話し合って、ふたりでこう考えました。旦那様がどうしてあんな態度をとられるのか、やはり奥様に教えてさしあげるべきだろうと。旦那様がお帰りになって以来、おふたりのあいだにはいろいろあったということですから、奥様が旦那様を岩みたいに頑固で冷たいとお思いになるのはしかたないかもしれません。でも、旦那様はほんとうは無情なかたではないんです」

相手が気まずそうにしているのを見て、アレグザンドラは無理に話さなくてもいいのよと言おうとしたが、続いてのことばを聞くと唖然としてしまった。「お教えしようと決めたのにはもうひとつ理由があります。奥様はじきにホーソーンを離れ、旦那様の奥様ではなくなるとか——ここにいるのは三カ月だけだそうですね」

「なんでそんなことを知って——」

「使用人の情報網のおかげです」スマースは、どこか得意げに、きっぱりと言った。「ホーソーンの情報網は、イングランド随一ですよ、ほんとに。いやもう、なにかあったら、二十分以内に全員に伝わりますからね――もちろん、最初に話を聞いたのがミスター・ヒギンズとか家政婦のミセス・ブリムリーだけだったら、そうはいきませんが。あのふたりの口の堅いことといったら、生娘の――とにかく、あのふたりは、だれにもなんにも話しません」彼は顔を真っ赤にして言い直した。

「あなたたちのあいだでは、ふたりはさぞかし煙たい存在なんでしょうね」アレグザンドラがまじめくさって言うと、相手の顔はさらに赤くなった。

スマースは片足にかけていた体重を反対の足に移し、ポケットに両手を突っこんだと思うと、その手をまた出して、途方にくれたように女主人を見た。長年の風雪に耐えてきたその顔は、苦悩でくしゃくしゃに歪んでいた。「奥様は、旦那様のご両親のことを教えるようにとおっしゃいました。わたしもギボンズも、奥様の言いつけに逆らうわけにはいかないということで意見が一致しております。それに、奥様には知る権利もおありです」スマースはそこから声を落とし、ジョーダンの子ども時代全般について、アントニーの話とほぼ同じことをそそくさと語って聞かせた。

「ホーソーンで育つのはどんな感じだったか、これでおわかりになったと思いますので」スマースは最後に言った。「奥様も出ていくのはやめて、前にここにいらしたときみたいに、屋敷に笑い声をもたらしてはもらえませんか。それがわたしやギボンズの願いなんです」

「心からの笑い声ですよ」スマースは念を押した。「口先だけじゃなくてね――以前、わたしらに聞かせてくださった笑い声です。旦那様は、ホーソーンに奥様の笑い声が響くのをいっぺんも聞いてません。この屋敷であの笑い声を聞かせてあげたら、いい効き目がありますよ。旦那様がつられていっしょに笑ってくだされば、それこそしめたものだ」

その後、アレグザンドラの頭の中では、きょう一日で聞き知ったあれこれが渦を巻き、万華鏡さながらにめまぐるしく回転しては姿を変え、そのたびに新たな広がりを帯びていった。それは夜になっても続き、ジョーダンが彼女を抱き寄せて眠りに落ちたあとも止むことはなかった。

空が白みはじめても、アレグザンドラは眠れぬまま天井を見つめ、ある道を進むべきかどうか決めかねていた。その道を行けば、またもやジョーダンに屈することになるかもしれない——というより、そうなるのは目に見えている。これまでは、ホーソーンを出ていくことだけをめざしてきた。だからこそ、気持ちの面でも行動の面でも、常に用心して自分を抑えるようにしていたのだが……

寝返りを打ってジョーダンに背中を向けると、また抱きしめられた。ジョーダンが脚を彼女の脚に密着させ、髪に顔をうずめてくる。彼の片手が乳房を包みこみ、眠たげに愛撫を始めると、歓びの戦慄が体を走り抜けた。

わたしは彼を求めている。そう自覚したアレグザンドラは、暗澹として胸の内でため息をついた。ジョーダンがどんな人間だったかは——放蕩の限りを尽くす薄情な女たらしだとか、彼女といやいや結婚したとか——すっかりわかってしまったのに、それでも彼を求めている。

ここへきて、ようやく、そう認める気になれた。自分で自分に認めるだけなら、人に知られる心配はない……そうやって自分に正直になれたのは、彼がただのわがままな貴族ではないことを知ったからだった。

アレグザンドラは思った。彼の愛と信頼がほしい。彼の子どもがほしい。彼のためにこの家に笑い声を響きわたらせ、彼の目にホーソーンが美しく映るようにしたい。彼が世界全体を美しいと思えるようにしてあげたい。

アントニーも公爵未亡人も、それにメラニーまでもが、わたしならジョーダンの愛を勝ち取れると信じている。なにもせずにあきらめるわけにはいかない。いまやっとわかった。

そう思いながらも、うまくいかなかった場合、自分が耐えられるかどうか、アレグザンドラには自信がなかった。

26

日が昇るころ、アレグザンドラは声をひそめて呼びかけた。「御前様?」

ジョーダンが眠い目を片方だけ開けると、さわやかな顔をした妻が彼の腰に寄り添うようにベッドにすわっているのが見えた。「おはよう」もぐもぐと挨拶したあと、帯を結んだ絹のナイトドレスの胸もとに目を移し、深い襟ぐりから悩ましげにのぞく胸に見とれた。「いま、何時だ?」と尋ねた声は、眠そうなかすれ声になった。窓に目をやっても、その向こうに青空はなく、薄ぼけた灰色の広がりに淡いピンクの筋が交じっているだけだ。

アレグザンドラのほうは、朝までずっと目を覚ましていたので、ジョーダンのように起きぬけの朦朧とした状態に悩まされることはなかった。「六時よ」彼女は明るく答えた。

「嘘だろう!」まだそんなに早いとは。あきれ返ったジョーダンは、一度開けた目をさっさとつぶり、明け方に起こされたわけを知ろうとした。

「病人でも出たか?」

「いいえ」

「では、死人が出たか?」

「いいえ」

引き結んだ唇の端が上がり、つぶった目の目尻にしわが寄ったのは、ジョーダンがうっすらと笑ったからだった。彼は口の中でもぐもぐと言った。「まともな人間は、病人か死人が出ない限り、こんな早くに起きたりはしないぞ。さあ、ベッドに戻って」

夫の寝ぼけたようなのんきな冗談にくすくす笑いながらも、アレグザンドラはかぶりを振った。「だめよ」

ジョーダンはまだ眠かったし、目も閉じたままにしていたが、さっき見た、妙にさわやかな妻の顔が早くも気になりだしていた。加えて、太腿に彼女のヒップが押しつけられているのも気になった。普段のアレグザンドラは、ほほえむときでもどこか遠慮がちで、愛を交わすとき以外は、細心の注意を払って彼にふれないようにしているのに……

けさのアレグザンドラは、愛想はよいものの、いつもとはまるでようすが違う。そのわけが知りたくなって、ジョーダンは目を開け、彼女を見た。ほどいた髪が肩の後ろに広がり、肌の色つやもよく、その姿はふるいつきたくなるほど魅力的だった。しかも、相手にはなにか思うところがあるようだ。「これでいいか?」すぐにでも彼女を抱き寄せてベッドに寝ころがりたいところだったが、それを我慢して、気軽な口調で言った。「ご覧のとおり、目を覚ましましたが」

「そうね」アレグザンドラは晴れやかな笑顔の下に心もとなさを押し隠した。「実は、けさはやりたいことがあって、それにつきあってもらいたいの」

「こんな早くに、なにをしようというんだ? 道端で待ち伏せして、不用心な旅人を襲って財布を盗むのか? それしか考えつかないぞ。こんな時間に動きまわっているのは、泥棒か召使いぐらいのものだからな」ジョーダンがからかった。

「別に、いますぐでなくてもいいんだけど」自信がなくなってきたアレグザンドラは及び腰になり、断わられるのを覚悟した。「でも、ほら、好ましい夫になりたいって言ってくれたから——」

「わかったよ、なにがしたいんだい？」ため息混じりに言いながら、ジョーダンは頭を働かせた。女が男につきあってもらいたいことといったら、普通はどんなことがあるだろう？

「あててみて」

「村に出かけて、新しいボンネットを買うとか？」ジョーダンはあてずっぽうに答えた。

アレグザンドラが首を振ると、髪がふわっとはずみ、左肩を越えて胸にかかった。

「丘に日が昇るところを写生しにいく？」

「絵は苦手なのよ、まっすぐな線を引くこともできないくらい」アレグザンドラはそこでおずおずと息を吸い、勇気を振り絞って言った。「わたし、釣りに行きたいの！」

ジョーダンは「釣りだって？」と訊き返し、気はたしかかといわんばかりに彼女を見た。「釣りに行くのにつきあえというのか？　こんな朝早くに？」そして、返事も待たずに頭を枕に深々と沈め、しっかりと目を閉じた。要するに、つきあう気はないということらしい——とはいえ、彼の声にはどこかおもしろがっているようなところがあった。「ごめんだね。まあ、食べ物がひとかけらもなくて、ふたりとも空腹で倒れたというなら話は別だが」

ことばの内容はともかく、その口ぶりに希望を感じて、アレグザンドラは説得にかかった。

「釣りなら手ほどきしてもらわなくてすむから、手間はとらせないわ——わたし、釣りのしかたは知ってるもの」

ジョーダンは片目を開け、愉快そうに言った。「ということは、わたしも当然知っていると思っているんだな?」

「知らないなら教えてあげるけど」

「それはどうも。でも、釣りくらいできる」ジョーダンはぶっきらぼうに答え、彼女の顔を見守った。

「よかった」ほっとしたアレグザンドラは、勢いに乗ってまくしたてた。「釣りのことだったら、わたしも自分でなんでもできるわ。針にミミズをつけるのだって――」

ジョーダンは唇を歪めて微笑した。「それはすごい。では、わたしの針にはきみがつけてくれ。わたしは、こんな非常識な時刻に無力なミミズを叩き起こして、さらには拷問にかける大罪を犯すのはまっぴらだから」

そのひょうきんな言いまわしにつりこまれ、アレグザンドラはくすっと笑ったが、すぐに腰をあげ、薔薇色の絹のナイトドレスの帯を締め直した。「準備はわたしが全部やっておくわね」うきうきしながらそう言って、自分の寝室へ向かった。

枕にもたれたジョーダンは、アレグザンドラの後ろ姿を目で追い、彼女の腰が図らずも誘うように揺れているのをうっとりとながめながら、内心の衝動を抑えこんだ。彼は妻をベッドに呼び戻し、跡継ぎ作りという心楽しい――そして大義名分もある――使命にひとしきり励みたくてうずうずしていたのだ。魚釣りなどほんとうは行きたくない。彼女の気も知れないが、行きたがるには理由があるはずで、そのあたりの事情を探ってみたいと思った。

出かけてみてわかったことだが、アレグザンドラはたしかに準備万端整えてくれていた。ジョーダンは彼女とふたりで馬に乗って小高い丘にのぼり、反対側へおりていった。屋敷からは見えないが、そちら側のふもとには本格的な急流が流れているのだ。

丘をおりきったところで、二本並んだ木にそれぞれ馬をつなぐと、ふたりは連れ立って川に近づいていった。草むした川岸には一本のオークの大木があり、根もとに鮮やかな青色の毛布が敷いてある。ジョーダンは、毛布のそばに大きな籠ふたつと小さな籠ひとつが並んでいるのを指さした。「あれはなんだい?」

「朝食よ」アレグザンドラは笑いながら彼を一瞥した。「あのようすだと、昼食もあるみたいね。料理人は、あなたに昼食を釣りあげる腕があるとは思っていないのよ」

「釣れるかどうかはともかく、わたしが釣りをするのは一時間だけだ」

釣竿に伸ばしかけた手が止まり、アレグザンドラの顔に、がっかりしたような、もの問いたげな表情が浮かんだ。「一時間ですって?」

「きょうはすることが山ほどあるんでね」ジョーダンはその場にしゃがみこみ、召使いが先に運んでくれていた釣竿の中から一本を選び出すと、両手でしならせて弾力を確かめた。

「わたしはおそろしく多忙な男なんだよ、アレグザンドラ」彼はうわの空で弁解した。

「でも、おそろしく裕福でもあるでしょ」アレグザンドラは自分の釣竿を調べながらさりげなく言った。「なのに、どうして四六時中あくせく働いていなくちゃならないの?」

ジョーダンは少し考えてから、含み笑いをした。「裕福でありつづけるため、かな」

「裕福になるために、人生をのんびり楽しむ権利を手放さねばならないとすれば、それはあまりにも高すぎる代償である」アレグザンドラはくるりと振り向いて彼を見た。

ジョーダンは眉を寄せて考えこんだ。いまのは哲学者の警句だろうが、だれが言ったのか思い出せない。「それはだれのことばだ?」

アレグザンドラは得意げににっこりした。「わたしのよ」

口にこそ出さなかったが、なんと頭の回転が速いのかと驚いて、ジョーダンは首を振った。彼は針にミミズをつけると、川べりへ出ていき、枝が水面に張り出している太い倒木のかたわらに腰をおろして、糸を垂れた。

「大物を狙うなら、そこじゃだめよ」妻がやってきて、背後から言った。ずいぶんと偉そうな言い方だ。「わたしの釣竿をもっていてくださる?」

「なんでも自分でできるんじゃなかったかな」ジョーダンは軽口を叩いたが、ふと見ると、妻は乗馬靴と靴下を脱いではだしになっていた。なにをするつもりだ? いぶかる彼を尻目に、アレグザンドラはさっさとスカートをたくしあげ、すらりとしたふくらはぎ、引き締まった足首、小さな足をあらわにして、ガゼルのように優雅な身のこなしで倒木をよじのぼり、あっという間に幹の上に立っていた。「ありがとう」彼女は預けた釣竿に手を伸ばした。

そこにすわるのだろうと思って釣竿を渡したジョーダンは、彼女が急流に張り出した太い枝に移り、軽業師のようにバランスをとりながら、枝先に向かってどんどん進んでいくのを見て肝をつぶした。「戻ってこい!」彼はあわてて怒鳴った。「落ちるぞ」

「平気よ、泳ぎは魚並みに得意だから」肩越しに後ろを見てにっこりすると、アレグザンドラは枝に腰かけた――形のよい脚を川面に垂らし、髪を陽射しにきらめかせた、はだしの公爵夫人。「釣りは子どものころからやってるのよ」彼女はあっさりと言い、流れに糸を投じた。

ジョーダンはうなずいた。「ペンローズに教わったんだな」そして、ペンローズは教え方がうまかったようだとほほえましく思った。というのも、さっき川辺で、召使いに運ばせておいた釣り餌の籠からミミズを取り出して針につけたときも、自慢するだけあって、アレグザンドラはなかなか手際がよかったからだ。

どうやらアレグザンドラのほうもミミズのことを考えていたらしく、しばらくすると、枝の上から彼にほほえみかけてこう言った。「よかったわ、あなた、ミミズに絶対さわれないわけじゃないのね」

「ミミズぐらいさわれるさ」ジョーダンは彼女を見あげ、大まじめに言った。「ただ、針に刺したときに、彼らがあげる悲鳴を聞くのがいやなんだ。餌にするものは、殺してから使うのが普通だ。そのほうが人道的だということは、きみも認めるだろう?」

「悲鳴なんてあげないわよ!」アレグザンドラはむきになって異を唱えたが、ジョーダンが自信たっぷりなのを見て、少し弱気になったようだった。

「聴覚が特に鋭い者にしか聞こえないが、悲鳴があがるのはたしかだ」ジョーダンは真顔で反論した。

アレグザンドラが心配そうに言った。「ペンローズは、ミミズは針に刺されても痛くないんだって言ってたけど」

「ペンローズはおそろしく耳が遠いじゃないか。ミミズの悲鳴が聞こえるわけがない」

アレグザンドラはなんともいえず不安そうな面持ちになり、手にした釣竿を見つめた。ジョーダンは笑いがこみあげるのを隠そうとして、あわてて右側に顔をそむけ、そちらをじっと見ていたが、あまりのおかしさに肩が震えてしまった。アレグザンドラも、そこで初めて、かつがれていたことに気づいたらしく、一瞬のちに、彼の左肩に小枝や木の葉が飛んできた。

「ひどい人！」彼女は枝の上から楽しげに言った。

「愛しのきみ、愚かなわが妻よ」ジョーダンは悪びれもせずににやっと笑うと、右手を上げ、袖についた枝や葉をそっと払い落とした。「わたしなら、川の上に張り出した枝に危なっかしく腰かけているときは、もっとへりくだった態度をとると思うが」そのことばの意味するところを示すため、ジョーダンは釣竿を握っていないほうの手を伸ばして、彼女が腰かけている太い枝を軽く揺さぶった。

ジョーダンの生意気な妻は優美な眉をつりあげた。「愛しのあなた、愚かな旦那様」その声の優しさに意表をつかれ、彼は喜びが稲妻のように体を駆け抜けるのを感じた。「わたしを振り落としたら、取り返しのつかないことになるし、あなただってずぶぬれになるのよ」

「わたしが？」ジョーダンは軽妙なやりとりを楽しんでいた。「どうして？」

「それはね」彼女は落ち着き払って答えた。「わたしが泳げないからよ」

ジョーダンは真っ青になり、はじかれたように立ちあがった。「いいか、絶対に動くなよ」厳しく命じる。「その下がどれだけ深いか知らないが、落ちれば溺れるのはまちがいないし、こんな暗い川に沈んだら、こっちにはきみの姿さえ見えなくなる。いま助けにいくから、そこでじっとしているんだ」

運動選手のような機敏さで倒木の幹に飛びのったジョーダンは、そこから枝に移り、彼女のほうへと足を進めて、あと少しで手が届くというところで立ち止まった。「アレグザンドラ」相手をあわてさせないように、穏やかに呼びかける。「これ以上行くと、わたしの重みで枝が折れるかたわむかして、きみは川に投げ出されてしまう」それから、わずかに距離を詰め、身を乗り出して片手を差しのべた。「怖がるな。手を伸ばして、この手を握るだけでいい」

さすがのアレグザンドラも今度ばかりは口答えしてこなかったので、ジョーダンはほっとした。アレグザンドラは腰かけたまま頭上の枝を左手で握り、そうやって体を支えながら、右手を伸ばして彼の手首をぎゅっとつかんだ。ジョーダンも同時に、彼女の手首をしっかりとつかんだ。「次は、脚を体の下に折り敷いて、その姿勢から立ちあがるんだ。わたしの手を引っ張れば、はずみがついて、楽に立てるから」

「遠慮します」ジョーダンはその返事にあっけにとられ、相手のにこやかな顔をにらみつけた。アレグザンドラは彼の手首をつかむ手に力をこめ、脅すように言った。「それより泳ぎたいんだけど、いっしょにいかが？」

「やめておけ」ジョーダンは手首をつかまれたまま、怖い声を出した。前かがみで、腕も自由にならない、この不安定な体勢をとっているあいだは、完全に彼女の思うつぼだ。そのことはどちらも承知していた。

「泳げなくても大丈夫よ。溺れたら助けてあげる」アレグザンドラが親切に申し出た。

「アレグザンドラ」ジョーダンは低い声に凄みをきかせた。「このわたしを冷たい水に引っ張りこめば、きみは助けるどころか、命からがら泳いで逃げるはめになるぞ」

ジョーダンが本気なのは伝わったらしい。「わかったわ、公爵様」彼女はしおらしく答え、素直に手首を放した。

ジョーダンはゆっくりと腰を伸ばし、怒ったような、おかしそうな顔で彼女を見おろした。

「まったく、きみは突拍子もないことばかりしでかし――」どうしても頬がゆるんでしまい、その先は続けられなかった。

「それって褒めことばね」アレグザンドラが明るく答えた。「世の中が予測のつくことばかりだったら、それこそつまらないでしょ？」回れ右をしたジョーダンは、その声を背中で聞きながら岸のほうへ引き返し、倒木から草地に飛びおりた。

「どうかな。わたしにはわからないよ」内心で笑いながら、わざと重々しく答えると、ジョーダンは草の茂った岸辺で背伸びをして、釣竿を拾いあげた。「きみと出会ってからは、予測のつくことなどなにひとつなかったからね」

そのあとの時間はまさに飛ぶように過ぎていき、三時間がたったころには、ジョーダンはあらためて実感していた――アレグザンドラは釣りがうまいだけでなく、なんとも愉快で才気煥発な女性で、いっしょにいると楽しくてしかたない、と。

「見て！」アレグザンドラが急に声をあげたが、ジョーダンにとっては〝見る〟どころの騒ぎではなかった。彼は折れんばかりにしなっている釣竿を必死に握りしめ、すわったまま足を踏ん張って、腰が浮きそうになるのをこらえていたのだ。「かかったわ――！」

そのあと、ジョーダンは熟練の技を駆使してみごとに竿をあやつり、魚相手に格闘を続けたが、五分ほどたったとき、釣糸がふわりとゆるんだ。それまで、彼の不遜な若妻は枝の上に立ち、夫が獲物を屈服させようと四苦八苦するさまを見物しながら、大声で口出ししたり励ましたりしていたが、糸がゆるむやうめき声をあげ、いまいましげに両手を上げた。「魚が逃げちゃったじゃないの！」

「魚じゃないぞ」ジョーダンは彼女を見あげて言い返した。「すごい歯をした鯨《くじら》だ」

「逃げた魚は大きいっていうものね」アレグザンドラも負けじと言い返し、声をあげて笑った。

彼女の笑い声は、そのひたむきさと同じく、人をつりこまずにはおかないところがあり、ジョーダンは厳しい声を出そうとしながら、口もとがゆるむのをどうすることもできなかった。「頼むから、わたしの鯨をけなすのはやめてくれ。それより、あそこの籠を開けようじゃないか。腹がへって死にそうだよ」

ジョーダンは少しさがり、倒木の上をすたすた歩いてくるアレグザンドラを感嘆の目でながめた。彼女が竿を預けて地面におりようとしたので、腰を抱えてやったが、体がふれ合ったときに相手が身を硬くしたのがわかり、抱きおろしたあとはすぐに手を離した。

彼女のその反応のせいで、朝方から続いていた楽しい気分が幾分色あせてしまった。ふたりで向かい合って毛布にすわると、ジョーダンは木にもたれて黙りこみ、アレグザンドラが籠から食べ物を出すのを無表情に見守りながら、彼女がこの外出を望んだ理由を考えてみた。〝ロマンチックな幕間劇〟を楽しみたかったから、ではなさそうだ。

「けさはほんとうに気持ちがいいわね」アレグザンドラはしばし手を休め、前方に目をやって、日の光がきらめく川面に見入った。

ジョーダンは片脚を抱き寄せるようにして、立てた膝に腕を乗せると、そっけなく言った。

「さて、釣りも終わったことだし、ここできちんと説明してもらおうか」

アレグザンドラは川面から目を離し、彼を見た。「どういう意味？」

「けさはどうしてこういうことをしたいと思ったのか、ということだ」

アレグザンドラも、彼が不思議がることは予期していたものの、端的に問いただされるとは思っていなかったので、答えはなにひとつ用意していなかった。彼女は肩をすくめ、そわそわと答えた。「わたしがほんとうに望んでいる暮らしがどんなものなのか、こうすれば実際に見てもらえると思って」

ジョーダンの口もとに皮肉の笑みが浮かんだ。「そうやって、自分は見かけほど趣味がよくないし上品でもないということを見せつければ、わたしは愛想をつかして、きみをモーシャムに帰してやるはずだ。そういうことか？」

その推測があまりにも的はずれだったので、アレグザンドラは大声で笑いだした。「そんな回りくどい作戦、百年かかっても思いつかないわ」それでも、彼の斬新な発想には感心してしまった。「わたしはそこまで独創的じゃないもの」そのとき、ほんの一瞬ではあったが、半ばまぶたの下りた灰色の目に安堵の色がさすのが見えた。気のせいではない、たしかに見えたのだ。その瞬間、アレグザンドラは、釣りを楽しんでいたときのなごやかで気楽な雰囲気を取り戻そうと決めた。「わたしの言うこと、嘘だと思ってるのね？」

「どうかな」

「わたしが一度でも回りくどいことをしたことがある？」

「きみたち女性が率直だとか、正直だという話は聞いたことがない」ジョーダンがさらりと皮肉を言った。

「それについては、男性の側に責任があると思うけど」と混ぜ返してから、アレグザンドラはあおむけに寝ころび、自分の腕を枕にして、パウダーブルーの空に漂う綿毛のような白雲をながめた。「女性が率直で正直だったら、男性は耐えられないでしょうから」

「そうなのか？」ジョーダンは彼女の隣に寝そべり、頬杖をついた。

アレグザンドラはうなずき、顔を横に向けて彼を見た。「わたしたち女性は男性に、男は女より頭がよくて思慮深くて勇敢だって思いこませてあげてるけど、女性が率直で正直になったら、それができなくなっちゃうでしょ。ほんとうは、男が女に勝っているのは、たまにすごく重い荷物を運ぶときに必要になる、野蛮な腕力だけなんだもの」

「アレグザンドラ」声をひそめて呼びかけながら、ジョーダンが唇をゆっくりと彼女の唇に近づけてきた。「男の自尊心を打ち砕くものじゃない。そんなことをしたら、男は昔ながらのやり方でおのれの優位を見せつけずにはいられなくなるぞ」

ハスキーな声の響きと、憂いを帯びた灰色の瞳の誘惑に負け、アレグザンドラは早くも胸をときめかせていた。広い肩に腕を回して彼を抱き寄せたいと思いながら、おずおずと訊く。

「わたしのせいで、あなたは自尊心を打ち砕かれたの？」

「そうだ」

「そ、それは、わたしが、女のほうが男より頭がよくて思慮深くて勇敢だなんて言ったから？」

「違う」とささやいた唇は、笑みをたたえ、もう少しでアレグザンドラの唇にふれるところまで迫っていた。「きみが釣った魚が、わたしが釣ったのより大きかったからだ」

その意外な答えに彼女がくすくす笑いだすと、ジョーダンはいきなり唇を重ねてその笑いを封じこめた。

心から満足し、のどかな気分になったジョーダンは、愛の営みはもう少し先に延ばそうと考え、長々とキスをむさぼると、そのまま彼女の隣にあおむけになった。

アレグザンドラのほうは、キスだけで終わってしまったことに、いくらか驚き、いくらか落胆しているようだった。

「続きはあとで」ジョーダンがけだるい笑みを浮かべて請け合うと、彼女は赤くなってほほえみ、すばやく目をそらした。だが、そのあとすぐ、なにかに気をとられたように、空の一点を見つめはじめた。

「なにを見てるんだい？」ジョーダンはたまりかねて口を開き、彼女の顔をうかがった。

「竜よ」彼女は腕を上げ、とまどうジョーダンに南東の空を指さしてみせた。「ほら、あそこ――あの雲――あなたには、なんに見える？」

「ぶ厚い雲」

彼女はあきれたようにジョーダンを見た。「ほかに見えるものはないの？」

ジョーダンは黙って空をながめ、しばらくしてから言った。「ぶ厚い雲が五つと、薄いのが三つ見える」すると、意外な喜びがもたらされた。その答えに笑いだした彼女が、横向きになって、自分のほうからぴったりと唇を合わせてきたのだ。ところが、その体を抱きすくめて愛の行為に移ろうとすると、彼女はあおむけの姿勢に戻ってしまい、ジョーダンは空の観察を続けるように言いわたされた。

「あなたには想像力というものがないの?」アレグザンドラがやんわりとなじった。「ごらんなさい、あんなに雲があるんだから――ひとつぐらい、なにかに似てると思えるのがあるでしょう。架空のものでも、現実のものでもかまわないのよ」

想像力がないといやみを言われたことで、ジョーダンはかえって奮起し、目を細めて真剣に空に見入った――すると、とうとう、なにかの形らしきものが見えてきた。右手のほうに浮かんでいるあの雲。たしかに似ている。あれはどう見ても――女の胸だ！　そう断じたとたんに、はずむ声が尋ねてきた。「なにか見えた?」ジョーダンは心の中で大笑いし、全身を震わせた。

「それはその」ジョーダンは早口になった。彼女が納得するようなまともな答えを考え出さねばと焦っていると、ふいにある形が見えた。「白鳥だ」畏怖の念に近いものを感じながら、くり返した。「白鳥が見える」

ほどなく、ジョーダンは、雲の形を観察するのは意外に楽しい遊びだと思うようになった――横に並んだアレグザンドラの手を握れて、彼女が身をすり寄せてくれるとあればなおさらだ。ところが、しばらくたつと、体がふれ合っているのを意識したり、香水の香りに鼻をくすぐられたりで、どうにも気が散って耐えられなくなった。そこで、片腕をついて身を起こしてから、彼女におおいかぶさり、ゆっくりと唇を重ねた。この最初のキスに、彼女が愛情をこめて一途に応えてくれたので、ジョーダンは心がとろけるほどの喜びを感じた。唇を離し、愛らしい顔を見おろすうちに、アレグザンドラの優しさや温かさが身にしみてきて、彼は謙虚な気持ちになった。「きみほど心優しい人はいない」声をひそめ、おごそかに告げた。「いままで、きみにそう伝えたことはあったかな?」

そして、答えるひまも与えず、ジョーダンはもどかしく彼女の唇を奪い、飢えにまかせてキスをむさぼった。

ふたりが屋敷に戻り、厩の前に馬をつけたのは、午後もだいぶたったころだった。片鞍に乗っているアレグザンドラを抱きおろしてやろうとジョーダンが手を差しのべると、彼女は夫の目を見ながらにっこりして、幅広い肩に手をかけた。そのあいだにも、スマースをはじめ二十人以上の厩番や馬丁が、主人夫妻の外出の成果を気にして、興味津々といった顔でふたりのようすをちらちらうかがっていたが、アレグザンドラはその視線に気づかずにいた。ジョーダンが彼女を慎重に抱えおろしてやると、「すてきな一日をありがとう」と礼を言われた。

「どういたしまして」もうその必要はないのに、ジョーダンは彼女の腰から手を離さず、体をふれ合わせんばかりにしていた。

「またしたい?」釣りのことを考えたのだろう、アレグザンドラがそう訊いてきた。

ジョーダンは小さく笑い、耳に快い声を響かせた。「したいね」ハスキーな声で答えたが、彼が考えているのは愛の行為のことだった。「何度でも……いくらでも……」

なめらかな頬を薔薇色に染めながらも、アレグザンドラは彼の望みに応えるかのように瞳をきらりと光らせた。「わたしは、魚釣りにまた行きたいかって訊いたのよ」

「次のときは、わたしより大きな魚を釣るのは遠慮してもらいたいんだが、それでもいいか？」

「もちろんだめよ」彼女は楽しげに顔を輝かせた。「でも、逃げた鯨のことをみんなに自慢したいんだったら、証人になってあげてもいいわ」

ジョーダンは頭をのけぞらせ、大声で笑った。

そのほがらかな笑い声は厩に響きわたり、馬丁頭のスマースの耳にも届いた。彼は部下の馬丁とふたり並んで、厩の中から公爵と若夫人を見守っていたのだ。「言っただろ、奥様ならできるって！」スマースは馬丁を肘でつついてウインクした。「おれが言ったとおり、奥様は旦那様をいままでにないくらい幸せになさったんだ！」そして、ご機嫌で鼻歌を歌いながらブラシを手にとり、栗毛の種馬の手入れにかかった。

御者のジョンは銀の飾り付きの馬具を磨く手を休め、仲むつまじい夫婦をしばらくながめたが、仕事に戻ったいまは、明るい節回しで口笛を吹いていた。

熊手を下に置いて公爵夫妻を見守っていた厩番も、少したつと口笛を吹きはじめ、熊手を拾って干し草の束をまたかき寄せた。

ジョーダンはアレグザンドラの肘に手を添え、ふたり並んで屋敷へと向かったが、ふと足を止めて振り返ると、厩にはてんでんばらばらな鼻歌や口笛があふれ、使用人たちが意気揚々と仕事に励んでいた。

アレグザンドラは彼の視線をたどり、「どうしたの？」と尋ねた。

当惑したジョーダンは額にかすかなしわを寄せ、続いて肩をすくめた。なにが気になるのか、自分でもわからなかったのだ。「なんでもない」と答え、彼女をうながしてまた歩きだす。「ただ、きょうは長いことのんびりしてしまったから、これから寝るまで、それにあしたも、普段の二倍働いて、遅れを取り戻さなくては」

アレグザンドラはがっかりしたが、それでもくじけずに明るく言った。「じゃあ、あなたを楽しい気晴らしに誘って、仕事をさぼるようにそそのかすのはやめておくわ——あさってまでは」

「気晴らしってどんなことだい？」ジョーダンはにんまりして訊いた。

「ピクニックよ」

「それなら、なんとか都合がつきそうだ」

その日の午後遅く、ジョーダンは事業の手続きをまかせているロンドンの代理人の手紙に目を通しながら、顔も上げずに言った。「すわってくれ、フォークス。いま、これを片付けてしまうから」

フォークスは探偵の身分を隠し、領地管理人の補佐役を装ってホーソーンに滞在しているところだった。彼は依頼人のぶしつけな態度にもひるまず——探偵を使わねばならない状況を公爵が不快に思うのは無理もなく、ぞんざいに扱われるのもそのせいだとちゃんと承知していたのだ——公爵と向き合う形で、どっしりした机の前に腰をおろした。

数分後、ジョーダンは鵞ペンを投げ出して椅子の背にもたれ、単刀直入に訊いた。「で、話とはなんだ？」

「閣下」フォークスはてきぱきと言った。「昨晩、タウンゼンド卿からの手紙をお渡しいただきましたが、そのさいに、奥様にはタウンゼンド卿を訪ねることを禁じたとおっしゃいましたね？」

「ああ」

「奥様はそのご命令をきちんと耳に入れ、ご理解なさったのでしょうか？」

「もちろんだ」

「明確にお伝えになりましたか？」

ジョーダンはいらいらと短く息を吐き、突き放すように言った。「伝えたさ。誤解のしようもないほどはっきりと」

そこで初めて、フォークスの顔に困惑と懸念の色が表われたが、ひそめた眉はすぐもとに戻り、彼はきびきびと事務的に話を進めた。「きのうの朝、奥様は厩に行かれて馬車をご所望になりました。わたしの部下のオルセンに対しては、小作人の家に行くだけだから、付き添ってもらう必要はないとおっしゃったそうです。ゆうべ閣下とお話ししたさいにも問題になりましたが、タウンゼンド卿が不可解にもウィンズローに戻ってきましたので、オルセンは、気づかれないよう距離を置いて奥様のあとをつけていきました。そうやって警護すれば、ご本人の目障りにならずにすむと考えたのです」

フォークスはしばらく口をつぐんでから、意味ありげに言った。「奥様は、小作人の家にはほんの少し寄っただけで、すぐにタウンゼンド卿の屋敷を訪ねていかれました。その訪問のあいだになにがおきたかを考えますと、これは気がかりな、さらにいえば怪しい行動にも思えます」

ジョーダンは冷ややかな灰色の瞳の上で、黒い眉をひそめた。「どうしてその行動をきみが〝気がかり〟に思うのか、理解できない」鋭い声で切り捨てる。「妻はわたしの命令を無視したようだが、それはわたしの問題であって、きみの問題ではないだろう。とにかく、それだけで彼女に疑いをかけることはできない。つまり……」それ以上は口にできなかった。

「奥様は暗殺未遂事件の共犯ではないか。疑いというのはそのことですね？」フォークスが静かな声で公爵の思いを代弁した。「たしかに、奥様は容疑者とはいえません――少なくとも、いまはまだ。タウンゼンド卿の屋敷にはうちの部下が数名張りこんでいて、不審者がやってきたらすぐ手を打てるようになっています。彼らの報告によると、タウンゼンド卿の弟と母親は、屋敷の中で奥様の訪問を受けました。しかしながら、奥様がふたりに会っていたのは、ほんのわずかな時間でしかなかったのです。屋敷に入った奥様は、およそ十五分後に、タウンゼンド卿とともに外に出て、横手の庭に行きました。屋敷の中からは見えない場所です。庭にはだれもおらず、奥様とタウンゼンド卿はふたりきりで話をしました。オルセンには会話の中身は聞きとれませんでしたが、ふたりはたいそう熱心に話しこんでいたそうです――表情やしぐさを見る限りでは」

探偵は公爵の無表情な顔から目をそらし、遠くの壁の一点を見つめた。「庭にいるあいだに、ふたりは抱き合って口づけを交わしたそうです。二度も」

苦痛と疑惑と不安が、真っ赤に灼《や》けた斧となってジョーダンの脳裏に食いこんだ。ふたりの姿が目に浮かぶ。アレグザンドラがアントニーの腕に抱かれ……唇が重なり……アントニーの両手が……

張りつめた沈黙をフォークスが破った。「もっとも、長い時間ではありませんでした」

ジョーダンは深々と息を吸い、つかのま、目を閉じてから、口を開いた。冷静で非情なその声は、執念にも似た確信に満ちていた。「いとこは妻にとっては姻戚でもあり、友人でもある。しかも彼女は、わたしの暗殺未遂事件の犯人としていとこに嫌疑がかかっていることも知らなければ、自分がその犯人に命を狙われるおそれがあることも知らないんだ。であれば、いとこを訪ねてはならないというわたしの命令を、妻が不当で理不尽と感じるのは当然のことで、だからこそ、その命令をあえて無視したのだろう」

「奥様はお言いつけに逆らったことになりますが、それでもその行動を、その……怪しいとはお思いにならないのですか？　あるいは、怪しいとまではいかなくても、不自然だとお思いになりませんか？」

「ひじょうに腹立たしくはあるが、〝怪しい〟などとは思わないね」ジョーダンは痛烈な皮肉をこめて言った。「それに〝不自然〟なところなどまるでない。妻は子どものころから、なんでも自分の好き勝手にやってきた。わたしとしても、妻のそういう性癖は不快であり、改めさせたいと思ってはいるが、だからといって彼女が暗殺者とぐるだということにはならない」

この件に関してはこれ以上議論してもむだだとさとったフォークスは、おとなしくうなずいて重い腰をあげ、立ち去ろうとしたが、雇い主の冷たい声を背中に浴びると、足を止めて引き返した。

「いいか、フォークス」ジョーダンは厳命した。「部下たちに言っておけ。今後は、わたしや妻の外出についてきても、われわれには背を向けていろと。彼らの任務は暗殺者に目を光らせることであって、われわれ夫婦をスパイすることではない」

「ス、スパイだなんて」フォークスはおろおろして口ごもった。

「きょうも屋敷に戻ってくるとき、森でおまえの部下をふたり見かけた。どちらもわたしの妻ばかり見ていて、木陰に暗殺者がひそんではいないかと目を配っているようすはなかった。あいつらは首にしろ」

「それはなにかのまちがいです、閣下。わたしの部下は、厳しい訓練を受けたプロ――」

「首にしろ！」

「かしこまりました」フォークスは頭を下げた。

「それから、これも部下たちに言っておいてくれ。わたしが妻といっしょにいるときは、近寄らないでもらいたい。彼らがきちんと任務を果たしていれば、わたしも妻も安心して領地内を歩きまわれるはずだ。わたしはプライバシーを犠牲にするつもりもなければ、日がな一日屋敷に閉じこもっているつもりもない。妻といっしょにいるときは、わたしが自分で彼女を守る」

「閣下」フォークスはまあまあと相手をなだめるように両手を伸ばした。「わたしもこの仕事は長いので、今回のような状況は、控えめにいっても、おつらいものと存じております。

あなた様のようなお立場であればなおさらです。ですが、職務上、これだけはお知らせしておかねばなりません。いまこの時期に自宅に戻るという異例の決断をしたことで、タウンゼンド卿は事件の重要容疑者になってしまったのです。もうひとつ申しあげれば、わたしも部下も、ただ奥様をお守りしようとしているだけで——」

「そのために大金を払ってやっているんだ！」ジョーダンは毒をこめて言い放った。「文句は言わせないぞ。こちらの言うとおりにやってもらう」

貴族が相手かまわず無茶な要求をすることはフォークスもよく知っていたので、しかたなくうなずいた。「ご希望に沿うよう努めます、閣下」

「それから、これ以上、妻にあらぬ疑いをかけることは許さん」

フォークスは一礼して立ち去ったが、探偵が書斎を出て扉が閉まってしまうと、ジョーダンの厳しい顔に浮かんでいた決意と絶対的な自信が徐々に消えていった。

ジョーダンはポケットに手を入れると、椅子の背にもたれて目をつぶり、フォークスのことばを頭から閉め出そうとしたが、それは無数のハンマーとなって情け容赦なく脳髄を連打した。〝自宅に戻るという異例の決断をしたことで、タウンゼンド卿は事件の重要容疑者になってしまったのです……奥様はタウンゼンド卿とともに外に出て、たいそう熱心に話しこんで……ふたりは抱き合って口づけを交わし……怪しい行動にも思えます……〟

そんなはずはない。探偵の声にかぶせるように心の中でそう叫ぶと、ジョーダンは椅子にかけたまま前かがみになり、頭をはっきりさせようと首を振った。ばかばかしいにもほどがある！　弟のようにかわいがってきたアントニーが自分の命を狙っているらしいと考えるのは、もちろんつらいことだ。だが、アレグザンドラまでもが自分を裏切っているなどと思うのはやめよう。そんなことは、一瞬たりとも思うべきではない。きょう、いっしょに冗談を言って笑い合い、あとで愛を交わしたときには強く抱きしめてくれた、天衣無縫《てんいむほう》の魅惑的な若き美女。その美女が陰ではアントニーに抱かれることを望んでいる——そんなことがあるはずはない、と自分を叱りつけた。正気で考えることではない！　みだらな妄想だ！

彼は頑として信じようとしなかった。

信じるのがつらすぎたからだ。

あらためて現実を思ったとき、ジョーダンの口から苦しい吐息がもれた。アレグザンドラは、彼の人生に飛びこんできた瞬間から、彼の心を奪った。少女だったときには、彼を魅了し、楽しませた。おとなの女になってからは、彼を喜ばせ、怒らせ、誘惑し、惑わせた。だが、どんなときでも、彼女がほほえめば心がほのぼのし、彼女にふれられれば血が騒ぎ、音楽のような笑い声を聞けば気持ちが舞いあがることに変わりはなかった。

嫉妬にかられ、疑念にさいなまれているいまでさえ、けさのアレグザンドラを思い出すと頬がゆるんでしまう。木の枝に腰かけ、髪を陽射しにきらめかせ、長い脚をむきだしにして彼の目にさらしていたあの姿。

夜会服をまとっているときの彼女は、女神のように優雅で清らかだ。ベッドでの姿は、本人は知らないだろうが、なんともいえず悩ましげで、妖婦そのものに見える。むきだしの脚を体の下に折り敷いて毛布にすわり、豊かな髪を風になびかせているときはどうかといえば、そんな飾らぬ格好のときでさえ、彼女はどこからどう見ても公爵夫人だった。

はだしの公爵夫人。わたしだけの、はだしの公爵夫人。ジョーダンは独占欲をつのらせ、内心でそうつぶやいた。神と人が定めた法により、彼女はわたしだけのものになったのだ。

ジョーダンは鵞ペンを取りあげ、頭の中の雑念を一掃して仕事に打ちこもうとしたが、生まれて初めて、完全には仕事に没頭することができなかった。

また、アレグザンドラが彼を裏切ってひそかにアントニーを訪ねたという事実も、完全には忘れることができなかった。

27

かつてジョーダンが厳しい折檻《せっかん》に耐えて授業を受けた殺風景な部屋に、ひとつしかない高窓から日の光が射しこんでいた。アレグザンドラはきっちりと結ったシニョンの後れ毛をなでつけながら、壁の端から端まで続く背の低い本棚にぎっしり並んだ本の背表紙に目を走らせた。もうじき森番のコテージに子どもが集まってくるので、読み書きの初歩を教えるのに適した入門書を探そうと思ったのだ。

本の題名を次々に見ていくうちに、ジョーダンが得た知識はさぞかし広く奥深いものにちがいないと思えてきて、アレグザンドラは畏敬と賞賛の念でいっぱいになった。厚い革装の書物の中には、プラトンやソクラテス、プルタルコスなど名高い思想家のことばを記した本はもちろん、アレグザンドラの知らない哲学者たちの著書が何十冊もあった。建築関係の書籍を集めた棚、ヨーロッパのあらゆる時代の歴史書を集めた棚、ヨーロッパ各地の統治者の伝記の棚。英語だけでなく、ラテン語、ギリシャ語、フランス語の書物もある。数学書が驚くほど大量に並んでいるところを見ると、数学に対する関心はことに強かったようだが、その題名は難解なものが多く、内容についてはおぼろげに推測することしかできなかった。地理学、探険記、古代文明。彼女の祖父はさまざまな分野の学問の話をしてくれたが、ここにはどの分野の書物もほぼ完璧にそろっているようだ。

アレグザンドラはかすかにほほえみながら、最後の本棚の端までやってきた。探していた読み書きの入門書は、そこのいちばん下の棚に並んでいた。腰をかがめ、初歩にふさわしい本を二冊選び出す。その二冊を石板といっしょに小脇に抱えて、板張りの床をゆっくり歩いていくと、切なさと憂いの入り混じった独特の感覚に襲われた。一年以上前に、このよそよそしい部屋に初めて足を踏み入れたときに味わった、あの感覚だ。

彼はこんな寂しい場所で何年も授業を受けつづけたのだと思うと、たまらない気持ちになった。わたしが勉強したのは、日あたりのいい部屋や、戸外の日だまりだったのに……それは懐かしい思い出だった。先生役の祖父は、学問に安らぎと楽しみを見いだす人で、授業を通じて、彼女にも学ぶ喜びを教えてくれたのだ。

アレグザンドラは家庭教師の大机と向き合うように置かれた机の前で足を止め、天板に彫られたイニシャルを見おろすと、いとおしさをこめて、指先でひとつひとつ文字をなぞった。

J・A・M・T。

この机の文字を見つけたときに感じたむなしさは、長く尾を引いたものだった。そのときは、ジョーダンは死んだものと思っていた。しかし実際は、いまこの瞬間にも、彼は階下にいて、書斎で仕事をしている——潑剌として、相変わらずハンサムで、無事に生きている。じめじめした墓に眠っているのではなく、日焼けした肌に映える真っ白なシャツに幅広い肩を包み、長くたくましい脚を際立たせる黄褐色の乗馬ズボンをはいて、机についているのだ。

ジョーダンは生きていて、元気で、彼女のそばにいる——かつて彼女が祈り、夢見たとおりに。神はほんとうに祈りに応えてくれたのだ。そう思うと、にわかに喜びが身にしみて、深い感謝の念でいっぱいになった。神はジョーダンを返してくれたばかりか、彼のことを理解する手助けまでしてくれている。そのおかげで、愛しい夫のことが少しずつわかるようになってきた。優しくてわがままで、繊細で頭がよくて、ときに皮肉屋になる夫のことが。

そうしてもの思いにふけりながら、アレグザンドラはゆっくりと部屋を出たが、扉を閉めかけたとき、室内で号砲のような音がして、なにかがごろごろと木の床を転がった。戸枠に立てかけてあった物が倒れたらしい。なんだろうと思って振り返り、床に転がっている物を目にしたとたん、恐怖と憎しみが湧きおこり、彼女はそれをじっとにらみつけた。そこにあったのは、磨きこまれた太い木の杖だった。ジョーダンの家庭教師が――彼女が見たこともないだれかが――言いつけに従って、この杖で彼を打ちすえたのだ。

その忌まわしい杖を見ているうちに、アレグザンドラの瞳に青い炎が燃えあがった。どこのだれかは知らないが、これをお仕置きに使った家庭教師を肉体的に痛めつけてやりたいと、本気で思った。杖を拾いあげた彼女は、学習室の扉を乱暴に閉め、廊下を歩きだした。途中で召使いとすれ違ったので、杖を押しつけて言った。「燃やしてちょうだい」

書斎の窓辺にたたずんでいたジョーダンは、厩に向かうアレグザンドラを目で追った。小脇に何冊か本を抱えているようだ。いますぐ彼女を呼びとめ、きょうは一日いっしょにいようと誘ってみたい。ふいに湧きあがったその思いは、自分でも驚くほど強かった。少し離れていただけなのに、もう彼女が恋しくなっているのだ。

その二時間後、ジョーダンの秘書のアダムズは、午後の慣例となっている口述筆記を命じられて、ジョージ・ベントリー卿宛の手紙文を書き取っていたが、いまは鵞ペンをもつ手を宙に浮かし、主人が口述を再開するのを困惑顔で待っていた。猛烈な早口で口述していたホーソーン公爵は、途中から話し方がだんだん遅くなり、しまいには、窓の外をぼんやりながめたまま黙りこんでしまったのだ。

公爵が珍しく集中力を切らせたのを――きょうの午後は何度もそんな場面があった――奇妙に感じたアダムズは、この沈黙はもうさがってよいという意味なのだろうかと思いながら、遠慮がちに咳払いをした。

真っ青な空に浮かんだ綿雲のさまざまな形に見とれていたジョーダンは、われに返ってうろたえながら居ずまいを正し、秘書に目を向けた。「どこまで進んだのだったかな?」

「ジョージ卿へのお手紙で、シタデル号の前回の航海であがった利益の投資についてご指示を出されたところです」

「ああ、そうだった」ジョーダンの視線は再び窓の外へ流れていった。二輪馬車に似た雲が形を変え、巨大なカモメになりつつある。「こう指示してくれ。カモメ号を――いや、ヴァルキリ号を出帆させるので、ただちに準備にかかってくれと」

「ヴァルキリ号ですか、御前様?」アダムズは不思議に思って尋ねた。

ジョーダンは名残り惜しげに窓から目をそらし、困惑顔の秘書を見やった。「たったいま、そう言わなかったか?」

「はあ、その、たしかにおっしゃいました。ですが、つい先ほど、フォー・ウィンズ号の出帆準備をするようにと指示されましたので」

主人のようすを見守っていたアダムズは、貴族らしい誇り高い顔に、一瞬、狼狽としかいいようのない表情が浮かんだのを見て、思わず目を丸くした。公爵は手にしていた書類を脇に放り、ぶっきらぼうに告げた。「きょうはここまでだ、アダムズ。続きはあすの午後、いつもの時間に」

公爵が午後の仕事を中断するのはきわめて珍しいことで、前回そうしたのは、八年前、叔父が埋葬された日だった。今回も、よほどゆゆしき不幸がふりかかったにちがいない。いったいなにがあったのか……アダムズがひそかにいぶかっていると、主人が平然として言った。

「ああ、違った。あすの午後も筆記はなしだ」

部屋を出ようと歩きだしていたアダムズは、そのことばで振り返り、唖然としながら疑問の目を主人に向けた。急いで書かねばならない書状がたまっているのに、あすに延ばした返信をさらに先に延ばすと言われて、ますます驚いたのだ。

「あすの午後は約束がある」公爵はさらりと言った。「ピクニックに行くんだ」

アダムズはけなげにも驚きを顔に出すまいと努め、うなずいたあとにお辞儀をすると、回れ右をして、椅子につまずきながら部屋を出ていった。

ジョーダンは、家にこもりきりで働きづめだったのがまずかった、それだけのことだと自分に言い聞かせ、乗馬でもしようと厩に向かった。しかし、厩から飛び出してきたスマースに馬を用意しますかと訊かれると、気が変わってしまい、結局、森番のコテージに続く小径をたどることになった。アレグザンドラは、森はずれにあるそのコテージで読み書きを教えると言っていたのだ。

しばらく歩いていくと、歌声が流れてきた。コテージ入口の二段だけの木の階段をのぼったところで、ジョーダンはひとりほほえんだ。それまでは、歌など歌わせて〝時間をむだに〟するのかと思っていたが、よく聞くと、それはアルファベット二十六文字を並べた歌だった。アレグザンドラは、その楽しい歌で生徒に文字を教えていたのだ。妻の軽やかな歌声に耳を傾けながら、彼はポケットに手を入れ、そっと戸口の内側に立った。そして、目の前の光景に内心で驚きの声をあげた。

床に腰をおろし、夢中で歌う生徒たち。その年齢はまちまちだったが、子どもに交じって、おとなの顔もちらほら見えたのだ。ジョーダンは少し考えて、ふたりの女性が小作人の妻で、高齢の男性が領地管理主任の祖父であることを思い出した。だが、それ以外のおとなはだれがだれやらで、子どもたちもどこの家の子かわからなかった。

ところが、生徒たちには彼が何者なのかわかっていた。ジョーダンの姿を目にすると、まずは年長の子どもたちが歌うのをやめ、次いで弟や妹を黙らせた。歌声はぎくしゃくと音程をはずれて尻すぼみになり、やがて完全に立ち消えた。彼の数ヤード右手にいたアレグザンドラは、首をかしげて生徒にほほえみかけた。「みんな疲れたみたいね。もう終わりにしましょうか？」生徒が急に集中力をなくしたのを勘違いしたらしく、いたわるように尋ねた。「じゃあ、今度は金曜日に集まることにして、この金言を覚えてきてください。〝人はみな平等である〟」彼女はしゃべりながらジョーダンがいる戸口に近づいてきた。生徒が帰るのを戸口で見送るつもりなのだろう。「〝大切なのは生まれではなく徳である〟」そこで左肩がジョーダンにぶつかり、彼女はさっとそちらを向いた。

「なんてことを教えるんだ」ジョーダンは穏やかな声でからかうように言ったが、まわりの村人には目もくれなかった。村人たちのほうは大あわてで起立し、彼に畏敬のまなざしを向けていた。「そんな金言を覚えさせたら、アナキズムを煽ることになるぞ」

ジョーダンが戸口の外に出ると、村人たちはそれが解散の合図であることを正しく察し、急いで列をなしてあたふたとコテージを出ていった。

アレグザンドラは陽気で愛想のいい生徒たちが大好きだったので、彼らが悪いことでもしたようにそそくさと彼女のそばを通り、森の奥へ駆けこんでいくのを、とまどいながら見送った。「みんな、あなたに挨拶もしないのね」

「それは、わたしが声をかけないからだ」ジョーダンにとっては、それはあたりまえのことらしかった。

「どうして声をかけないの？」アレグザンドラは当惑して尋ねたが、ジョーダンがふいに訪ねてきてくれたのがうれしくて、質問の答えはどうでもいいような気さえした。

「一般の領主と違って、わが家の当主は、先祖代々、小作人と個人的につきあうことを避けてきたんだ」ジョーダンはこともなげに答えた。

多くの領民を抱える広大な地所で育ちながら、他人と親しむことを許されなかった孤独な少年——その姿がおのずとまぶたに浮かび、アレグザンドラは優しさをこめた目でジョーダンを見つめた。ありったけの愛をこの人にそそいであげたいと思いながら、彼の腕に腕をからめる。「こんな時間に会えるとは思わなかったわ。どうしてここに来たの？」

きみが恋しかったからさ。ジョーダンはそう思ったが、口では「仕事が早く終わったんだよ」とでまかせを言った。そして、アレグザンドラの手を握ると、ふたりで屋敷の正面に広がる芝地を横切り、湖の向こう端にある東屋まで歩いていった。「ここはホーソーンの中でいちばん好きな場所なんだ」ジョーダンは東屋の白い支柱に肩でもたれかかり、両手をポケットに入れて森や湖を漫然と見やったが、すぐそばの拓《ひら》けた一画にアレグザンドラが植えた花々は目に入らなかった。「子どものころや青年時代に、この東屋で過ごした時間を全部合わせたら、何年分にもなるだろうな」

ハンサムで謎めいた夫がやっと心を開きはじめてくれたと感じて、アレグザンドラは胸をときめかせ、にっこりと彼に笑いかけた。「わたしも、前にホーソーンにいたときは、この場所が好きでよく来ていたわ。あなたはここでなにをしていたの？」そう言いながら、昔を振り返った。自分はこの東屋で色鮮やかなクッションにもたれて夢想にふけり、絶望の中でジョーダンの姿を目の前にいるかのように思い浮かべていたのだった……

「勉強だ」彼はつまらなそうに答えた。「学習室があまり好きではなかったのでね。もっといえば、家庭教師も嫌いだった」

あらゆる分野で他に秀でることを父親に強いられた、ハンサムで孤独な少年の姿が心に浮かび、アレグザンドラは笑顔を曇らせた。

緑がかった水色の瞳が優しく輝くのを目にしたジョーダンは、彼女にほほえみかけたが、相手が急に優しくなった理由は知るよしもなかった。「きみのほうは、ここでなにをしていたんだい？」彼はおどけた口調で訊いた。

アレグザンドラは困って肩をすくめた。「たいてい、夢想にふけっていたわ」

「どんな」

「ありきたりなことよ」それ以上の説明を求められることはなかった。ジョーダンがすぐそばの拓けた一画にふと目をとめ、けげんそうに眉をひそめたのだ。「あれは？」彼は柱から身を離し、森の片隅の丸く拓けた場所に入っていくと、くさび形の大理石の墓標にまっすぐ足を向け、そこに刻まれた短い碑文を読んだ。わが目を疑っているのか、その顔にはなんとも形容しがたい表情が浮かんでいた。

ジョーダン・アディソン・マシュー・タウンゼンド
第十二代ホーソーン公爵
一七八六年六月二十七日生
一八一三年四月十六日没

彼はあきれたような、どこかおかしそうな顔をして、アレグザンドラのほうを向いた。「トニーはわたしを、森の隅のこんなところに追いやったのか？　彼にとっては、わたしは一族の墓地に葬るにも値しない人間だったんだな？」

大理石に自分の没年が刻まれているのを見たジョーダンが、意外にもひょうきんなことを言ったので、アレグザンドラはくすくす笑った。「墓地にもちゃんと墓碑があるわよ。でも、わたしは――わたしたちは――こんなすてきな場所があるんだから、ここにも、その、あなたを偲ぶ墓標を立てたらいいんじゃないかって思ったの」空き地だったこの場所は以前より広くなり、花も植えられている。それについてなにか言ってもらえるものと思ったが、相手は一向に気づく気配がないので、アレグザンドラはさりげなく水を向けた。「ここ、前と変わったと思わない?」

ジョーダンはあたりを見まわしたが、彼女が創り出した心安らぐ美景には気づかなかった。「いや。なにか変わったのかい?」

「しょうがない人ね。アレグザンドラは目をくるりと回した。「正真正銘の花園が目の前にあるのに、どうして気づかずにいられるの?」

「花か」彼は投げやりに言った。「もちろん、気づいていたさ」そして、墓標に背を向け、森の外に出た。

「ほんとかしら?」口調こそおどけていたものの、アレグザンドラは真剣だった。「じゃあ、振り返らないで、何色の花だったか言ってみて」

ジョーダンは、なんのつもりだと思いながらアレグザンドラをちらりと見て、彼女の腕をとり、屋敷に向かって歩きだした。「黄色か?」少し考えて言ってみた。

「ピンクと白よ」

「惜しかったな」彼はとぼけて言った。

ところが、歩いていくうちに、ジョーダンはあることに初めて気づいた。屋敷の脇にあるよく手入れされた花壇は薔薇の花の盛りだったが、その薔薇は色ごとにきちんと分けて植えられていたのだ。ピンクの薔薇は彼女の唇を思わせる。アレグザンドラの仕事は彼の胸の奥に眠っていた感傷的な気分を呼び覚ましていた。ジョーダンはその心情をいささか気恥ずかしく感じながら、うつむいている彼女を見たが、その直後、一段と感傷的なことを思っている自分に気づいて愕然とした。わたしの誕生日が五日後に迫っているが、彼女は大理石の墓標に刻まれたその日付を意識しただろうか……

アレグザンドラのキスで目を覚まし、誕生日おめでとうと言ってもらう楽しい場面が頭をよぎる。そのとたん、切実な願いが胸に湧きあがった。彼女にはわたしの誕生日を覚えていてほしい。わたしを大切に思っていることを、態度の端に示してほしい。「わたしも年をとってきたたな」なにげないふりをして言ってみた。

「そうね……」考え事にふけっていたアレグザンドラは、生返事をした。あっと驚くすばらしい計画をちょうど思いついたところで、具体的な手順を考えるのに夢中になっていたのだ。

ジョーダンの心は沈んだ。アレグザンドラには、彼の誕生日などどうでもよくて、その日が近づいていることも頭にないようだ。それなのに、こちらからそれをほのめかしたりして、意中の女性から愛のあかしを得ようとやっきになっている恋わずらいの若者のようなまねをしてしまった。

屋敷に着いて玄関広間に入ると、ジョーダンはすぐにアレグザンドラから離れて領地管理人を呼びにいこうとしたが、彼女の声に足が止まった。「公爵様」

「ジョーダンだ!」

「ジョーダン」まっすぐにこちらを見てほほえむアレグザンドラの姿は、抱きしめたくなるほど愛らしかった。「あした、小川のそばでピクニックをする約束だけど、ほんとに行ける?」ジョーダンがうなずくと、彼女は説明を加えた。「午前中は出かける用事があるの

——森番の奥さんのミセス・リトルが男の子を産んだから、お祝いを届けにいかないと。ほかにも何軒か訪ねるところがあるし。あなたとは小川で会うことにしていいかしら？」

「ああ」

アレグザンドラを常にそばに置きたいという願望はふくらむ一方だった。そんな自分に不安を感じたジョーダンは、その晩はあえて食事をともにするのを避け、彼女をベッドに誘うのも控えた。おかげで、床から一段上がった場所に置かれた大きなベッドに眠れぬまま横たわり、頭の下で手を組んで天井をにらみつけ、彼女の寝室に行きたいのを我慢するはめになった。そのうち夜が明けてしまったが、目は冴えたままだった。彼は頭の中でアレグザンドラの寝室の改装工事をしていたのだ。彼女にも、自分と同じような大理石の広々した浴室が必要だ。化粧室ももっと広くしてやろう——そんな気前のいいことを考えた。この改装を実行すれば、当然ながら室内は窮屈になり、ベッドを置く場所はなくなってしまう。会心の笑みがうっすらと口もとに浮かび、彼はようやく目を閉じた。彼女には、こちらのベッドでわたしのそばに寝てもよいと言ってやろう。

近代化のためとあれば、それくらいの犠牲はいたしかたない。

28

川辺の待ち合わせ場所に着いたとき、アレグザンドラは午前中いっぱいを準備にあてたある計画のことを思い、胸をはずませていた。ジョーダンは広い背中をこちらに向けて立ち、もの思わしげに川向こうをながめている。彼女はけさ、ひそかにアントニーを訪ねていたが、後ろめたさは感じていなかった。四日後に訪問の理由を知れば、ジョーダンも赦してくれるにちがいないと思ったからだ。

足音がしない青々した草地を踏んで、彼女はジョーダンのもとに向かった。心は喜びと不安のはざまで揺れ動いている。彼に会えたのはうれしかったが、ゆうべは食事も別々でベッドにも誘われなかったからだ。きのう東屋を離れたときから、そうやって冷たくあしらわれてきたことを思うと、足が重くなったが、迷いは捨てることにした。わたしは彼を愛している。彼に愛することと笑うことを教えてあげなくては。

その決意を胸に、後ろからジョーダンに忍び寄り、伸びあがって手で目隠しをしたが、その動きはお見通しだったらしく、彼はたじろぐどころか身動きひとつしなかった。「遅いじゃないか」声に笑いを含ませたのは、目隠しのせいで笑顔を見せられないからだろう。

「いま、向こう岸の丘を見てたでしょ。そこに咲いている花は何色だった？　待ったなしで答えて」

「黄色」すかさず答えが返ってきた。

「白よ」アレグザンドラはため息をつき、目隠しをやめた。

「黄色と言いつづけていれば」ジョーダンは振り向いて彼女と顔を合わせ、まじめくさって言った。「いつか必ずあたるときが来る」

アレグザンドラはやれやれとおおげさに首を振ってみせ、彼が岸辺に広げておいてくれた毛布のほうへ歩きだした。「あなたほど冷たくて無粋《ぶすい》な人は見たことがないわ」肩越しに振り返って言う。

「そうかな？」彼は後ろからアレグザンドラの肩をつかまえて抱き寄せた。彼女の背中は固く張りつめた胸や脚の力強さを感じ、こめかみにかかる髪は彼の息に揺れた。「きみは本気で、わたしを冷たいと思っているのか、アレグザンドラ？」

彼のたくましい体が発散する強烈な性的魅力を肌身に感じて、アレグザンドラはごくりと唾をのんだ。「冷たい、というのとは少し違うけど」震える声で答えるうちに、恥も外聞もなく彼の胸にすがりついて、ゆうべはなぜ求めてくれなかったのと訊きたくなった。それでも、彼の体に焦がれるふしだらな自分には頑として目をつぶり、毛布に膝をついて、籠の食べ物を手早く取り出しはじめた。

「よほど腹がへっているんだな」隣に腰をおろしたジョーダンが、からかうように言った。

アレグザンドラは「ぺこぺこよ」と答えたが、それは嘘だった。いまにもキスされそうなのを察して、われを忘れないように気を引き締めておこうと思ったのだ。彼とふざけ合いながら、ある種の絆を結ぼうとするのはいい。それなら許せる。けれど、この女はキスしようとすればいつでも喜んで胸に飛びこんでくる、と思われるのは許せない——きのうひと晩じゅう放っておかれたことを思うと、なおさらそんな気がした。彼女はひざまずいた姿勢で、ジョーダンに横顔を向けたまま、食器の配置は命に関わる重大事だといわんばかりに、皿やグラスをきちんと向かい合わせに並べることに神経をそそいだ。

純白のリネンのナプキンを整えようとして前かがみになったとき、ジョーダンが彼女の頬にかかった髪の毛を払いながらささやいた。「みごとな髪だ」ビロードを思わせるなめらかな声を耳にすると、体に震えが走るのを抑えられなかった。「日の光を浴びて、黒い蜂蜜のように輝いている。肌は桃のように柔らかい」

アレグザンドラは軽い冗談に逃げた。「腹ぺこなのはわたしだけではないようね」

はぐらかされたジョーダンは小さく笑ったが、彼女の頬にふれていた手は、誘いをかけるかのように、むきだしの腕へと滑りおりていった。「小作人たちは、だれもお茶を出してくれなかったのか？」

「ミセス・スコッツワースは出してくれたけど、ひと間しかないお宅の炊事用の場所に、夫人の妹のミセス・ティルベリーがいたからお断わりしたの」口の悪いティルベリー夫人が、目の前に領主夫人がいるのも気にせず、義理の娘を容赦なく罵ったのを思い出し、アレグザンドラは形のいい鼻にしわを寄せた。

アレグザンドラはそのあともひたすらナプキンを整えつづけたが、ジョーダンに腕をつかまれ、ナプキンから手をもぎ離されてしまった。そこまでされれば、あとはもう、彼と顔を合わせて熱いまなざしを受けとめるしかない。

「ミセス・ティルベリーはミセス・スコッツワースの炊事場でなにをしていたんだい？」女心をそそる唇がそうささやきながら、アレグザンドラの唇に近づいてきた。

「呪文を唱えながら、お鍋の上で杖を振っていたわ」アレグザンドラは冗談を飛ばしたが、声は震えていた。

「そうか、呪文を唱えながら——」ジョーダンは言いかけて吹き出し、アレグザンドラの肩をつかむや、驚くほどの早業で彼女をあおむけにねじ伏せてのしかかり、片腕で背中を抱いた。「このあたりに呪文で人を惑わす魔女がいるとすれば、それはきみだ」彼はハスキーな声で低く笑った。

銀色の瞳に魅入られたアレグザンドラは、ジョーダンのキスを待ち望む一方で、あっさりと相手の意のままになっている自分を恨めしく思った。ジョーダンが顔を寄せてきたときには、わずかに顔をそむけたので、彼の唇は的をはずし、頰をかすめることになった。彼は動じるふうもなく、唇をゆるゆると頰に這わせ、感じやすい耳たぶへと進んでいった。そこでいきなり舌を耳に入れられると、アレグザンドラの体は勝手に反応し、びくっと震えてすくみあがった。「お——お腹がすいたわ」彼女は必死に声を絞り出した。

「わたしもだ」耳もとで意味ありげにささやかれると、アレグザンドラの心臓は狂ったように脈打ちはじめた。ジョーダンは顔を上げ、歓びにけぶる水色の瞳を見つめた。「さあ、わたしの体に腕を回して」

「食事をしてからにしましょうよ——そしたらわたしも元気が出るわ」アレグザンドラは時

間を稼ごうとしたが、きりっとした男らしい唇に目を奪われていると、その唇が、ただひと こと、断固たる命令を発した。「いまだ」

アレグザンドラが震える胸に息を吸いこみ、広い肩に手をかけると、そうしようと意識したわけでもないのに、その手に力が入り、腕がひとりでに彼を引き寄せはじめた。自分の中にいきなり噴きあがった欲望に恐れをなして、彼女ははたと動きを止めた。

「いまだ」ハスキーな声でくり返す唇は、もう少しで彼女の唇にふれるところまで来ていた。

「そ、そうだわ――まずはワインでもどう？」

「いまだ」

心の中であきらめのうめき声をもらすと、アレグザンドラは片手を彼のうなじに回し、欲望の赴くままに、彼の唇を自分の唇に引き寄せた。最初は恋人同士の挨拶のようなおずおずした優しいキスだったが、唇を合わせつづけるうちに、ふたりの歓びはどんどん高まり、固く抱き合えば抱き合うほど飢えも強まっていった。ジョーダンの舌が彼女の唇をくすぐって開かせ、刺激と悦楽を求めて口に忍びこむや、すぐに引いていく……と思うと、じれったげに舞い戻ってきて再び口に攻め入り、欲望の炎をはじけさせた。

ジョーダンはドレスの前を開いてシュミーズを引きさげ、彼女の胸を熱い視線にさらした。片方の胸を手で包むように押しあげ、親指で乳首のまわりをなぞりながら、ピンク色の先端が固い蕾《つぼみ》に変わっていくのを見守る。それから、じらすようにゆっくりと顔を近づけ、親指でなでたところに唇を押しあてた。つんと立った乳首を口にふくんで唇と舌でもてあそび、アレグザンドラが歓びにあえぐのを見届けてから、もう片方の胸に移り、同じように時間をかけて、うやうやしくていねいに愛撫した。

やがて、ジョーダンはふたりの服をすべて取り除き、アレグザンドラのそばに寝そべると、片腕をついて半身を起こした。彼女のほうは、熱くたぎる思いが体じゅうの神経を怒濤《どとう》のように駆けめぐるのを感じていた。

「まだ足りない。もっときみがほしい」ジョーダンは悩ましげにささやき、欲望に燃える目で彼女の瞳を見つめながら、片手で彼女の茂みを探りあてた。視線をからませたまま、その手を腿のあいだに滑らせ、秘部をもてあそんだあと、指で温かなうるみを貫くと、アレグザンドラはなすすべもなく身もだえし、求めるように腰を突きあげたが、それでも彼はやめようとしなかった。熱い津波が猛り狂ったように彼女の体を駆け抜けたとき、ついにうめき声があがり、彼女は筋肉質の腕を何度もなでさすってから、肩にしがみついてきた。巧みな指使いでさらに執拗に攻めたてると、またもや彼女の喉からうめき声がもれた。「わかっているよ、ダーリン」彼は切ない声で言った。「わたしもほしいんだ」

ジョーダンは自身の快楽を後回しにして、まずは彼女にめくるめく快感を味わわせ、その後もう一度絶頂に導いたときに、自分もいっしょに達するつもりでいたが――先日の晩にそうしたように――妻の次のことばでその考えは吹き飛んでしまった。熱い口づけを受けたアレグザンドラは、重なった唇を離すと、彼の顔をはさむようにして髪に指を差し入れ、途切れ途切れにささやいたのだ。「こういうのは寂しいわ。あなたが奥深くまで入ってくれなければ――」

ジョーダンは胸の奥からうめき声をあげ、ふたりがともに求めているものを彼女に与えた。

横向きになったまま、両腕で彼女を抱き寄せ、力強い、確実なひと突きで中に押し入る。アレグザンドラが彼の脈打つ腿に腰を押しつけてきたので、ヒップを両手で包んでやり、いっしょに動いた。愛の営みでここまで自分を殺したのは生まれて初めてだった。ゆっくりとリズミカルに動きながら、彼女を歓ばせることだけを考えて、ひと突きひと突きにその思いをこめ、深々と腰を沈めては浮かす。アレグザンドラのほうも、彼を歓ばせようと必死になり、その動きに合わせて動いていた。

彼はひと突きごとに思った。〈愛している〉腰で激しいリズムを刻むたびに、心が叫んだ。〈愛している〉ひきつる肉に締めつけられると、魂が高らかに声をあげた。〈愛している〉愛のことばが身内ではじけた瞬間、彼はいま一度彼女を貫き、おのれの命を、未来を、過去に味わったすべての幻滅を、たおやかな宝箱に解き放った。

ことが終わると、ジョーダンは彼女を抱いたまま、耐えがたいほどの喜びにひたりながら、パウダーブルーの空に浮かぶ白雲に目を凝らした。いままでは、目に入る雲はどれも、意味ある形をなしていると思えた。これまでの人生も、意味ある形をなしていると思えた。

それからどれだけ時間が流れただろうか、アレグザンドラはふと現実に戻り、一糸まとわぬ姿で彼に寄り添うように横たわっている自分に気づいた。ジョーダンは彼女の裸の背中に片手をあてがい、もう一方の手で頭を抱き寄せていた。彼の胸に押しつけられた顔を無理に上げ、緑がかった水色の目をけだるく見開いて彼に向けたとたん、アレグザンドラは真っ赤になった。灰色の目が半ば閉じたまぶたの下で心得たように光り、口もとに満足げな笑みが漂っているのが見えたからだ。昼日なかに青空のもとで愛し合うとは、なんとはしたないまねをしてしまったのだろう！　いま思えば、彼の誘導で自分はすっかり警戒心をゆるめてしまったのだ。相手のその手腕におののいて身を縮め、彼女は力なく言った。「早く始めましょう」

「力が回復するまで待ってくれ」ジョーダンは彼女のことばをわざと違う意味にとり、とぼけた返事をした。

「食事のことよ！」

「ああ、そっちか」ジョーダンはつまらなそうに言ったが、それでもおとなしく立ちあがり、ふたりで服を身につけるあいだも礼儀を守って、彼女に背を向けていてくれた。「髪に草がついている」彼は小さく笑って、マホガニー色に輝くもつれた髪から細長い葉を払い落とした。

　アレグザンドラは笑顔を見せることも、軽口を叩くこともなく、唇を嚙んで彼から目をそらすと、ピクニックの食事の席をあらためて整えはじめた。

　しばらくひとりにしてほしい。口には出さないものの、彼女はそう思っているようだった。遅まきながらその思いを察したジョーダンは、川べりまでぶらぶら歩いていって、小さな岩に片足をかけ、そこで時間をつぶすことにした。そのとき、ふと気づいた。向こう岸に咲く花は、たしかに白いではないか――深緑の丘に明るくにぎやかに広がった、白い花の絨毯。その白さは目もくらむほどの鮮烈な印象を心に残した。

　ピクニックの席に戻ると、アレグザンドラはクリスタルのデカンタを手にしていた。「ワインを召しあがる？」彼女の口調は異様なほどていねいだった。人がこういう態度をとるのは、胸に大きな不安を抱えているときだけだ。「これは――あなたがいつも飲んでいる特別なワインでしょ――このデカンタを見ればわかるわ」

ジョーダンは身をかがめ、差し出されたグラスを受け取ったが、それを脇に置くと、彼女の目をまっすぐに見た。「アレックス」優しく呼びかける。「さっきここで、われわれのあいだにおきたことは、少しも不埒ではないし、恥ずかしいことでも、まちがったことでもない」

アレグザンドラはごくりと喉を鳴らし、あたりにちらりと目をやった。「でも、昼日なかで、外にいるのに」

「きょうの午後は妻とふたりきりで過ごしたいから、このあたりには近づかないように。厩を出るとき、そう指図しておいた」

アレグザンドラの頬が朱に染まった。「じゃあ、みんな、わたしたちがなにをするか知っていたのね」

ジョーダンはその場にすわりこむと、不安が鎮まるように彼女の肩を抱いてやり、こちらを見あげた顔に向かってにやりと笑ってみせた。「もちろんだ」彼女の羞じらいをよそに、あっけらかんと答える。「跡継ぎというのは、こうやってできるものだからな」

すると、意外なことに、アレグザンドラは一瞬きょとんとしたと思うと、彼の胸に顔をうずめ、華奢な肩を震わせて笑いだした。「なにかおかしなことを言ったか？」ジョーダンは顎を引き、彼女の顔をのぞきこもうとした。

彼女はシャツに顔をうずめたまま、おかしそうに言った。「違うの。その――ずっと前に、メアリー・エレンに教わったことを思い出しちゃって——赤ちゃんの作り方の話なんだけど。突拍子もない話だったから、とてもほんとうとは思えなくて」

「メアリー・エレンはなにを教えてくれたんだい？」

彼女は笑いながらジョーダンを見あげ、息も絶え絶えにいった。「真実よ！」

ふたりの笑い声は谷間に響きわたり、頭上の枝にとまっている小鳥たちを驚かせた。

食事がすむと、アレグザンドラは彼に訊いた。「ワインはもういい？　飲むならついであげるけど」

ジョーダンは後ろの草地に手を伸ばし、うっかり倒してそのままになっていた空のグラスを取りあげた。「いや、いい」ものうげに微笑し、真っ白な歯をのぞかせる。「でも、こうやってきみに世話を焼いてもらうのはうれしいよ」

アレグザンドラはどぎまぎして彼のまなざしを受けとめ、はにかみながら小声で打ち明けた。「わたしは、世話を焼けるのがうれしいの」

屋敷に戻る馬車の中で、アレグザンドラはもの思いにふけった。嵐のように激しかった愛の行為。食事中の自分たちを包んでいた優しく穏やかな空気。頭に浮かぶのはそんなことばかりだった。〝わたしにふれてくれ〟彼がそう言ったのを思い出す。〝きみにふれられるとうれしくなる〟ジョーダンは、愛を交わしていないときでも、ふれてほしいと思っているのだろうか。社交界には、夫に話しかけるたびに腕にふれる女性がいるが、そんなふうにしてほしいのだろうか。自分から進んで彼にふれることを思うと胸がときめいたが、そうやってべたべたすれば、甘えているとか、子どもっぽいと思われそうな気もして、実行するのはためらわれた。

アレグザンドラは探りを入れるように横目で彼を盗み見た。いまここで、彼の肩に――ごくさりげなく――頭をもたせかけたらどうなるだろう……なにかあったら、うたた寝しているふりをすればいい……そこまで考えたとき、決心がついた。とりあえずやってみて、結果を見よう。バネの効いた馬車に静かに揺られるうちに、胸の鼓動がわずかに速まったのを感じながら、目を半分閉じて、彼の肩にそっと頭を寄せた。愛情を示すために積極的に彼にふれたのは、これが初めてだ。ジョーダンは即座にこちらを向いたので、驚いているのはすぐにわかった。だが、彼女の動きをどう見たかはわからなかった。

「眠いのかい？」

アレグザンドラは、そうなの、と答えて体裁をつくろうつもりだったが、口を開こうとしたそのとき、ジョーダンが肩に腕を回してきた。「いいえ」結局、そう言ってしまった。

彼はかすかに身を硬くした。あなたに寄り添っていたい、と遠回しなやり方で訴えられたのに気づいたらしい。アレグザンドラはどきどきした。次はどうするつもりだろう……

反応はすぐに返ってきた。ジョーダンは彼女の肩から手を離すと、その手で顔の横側を包みこみ、頬を優しくなでたあと、彼女の体を片腕で抱き寄せ、ゆっくりと髪をなではじめたのだ。

アレグザンドラが目覚めたときには、馬車はもう厩に着いていて、ジョーダンが優しい手つきで抱きおろしてくれた。召使いたちは、興味津々といった顔でこちらにちらちら目を向けていたが、ジョーダンは気にするふうもなく、彼女を見ながらにんまりした。「疲れさせてしまったかな、かわいい人？」アレグザンドラが顔を赤らめると、彼はハスキーな声で低く笑った。

ふたりが腕を組んで屋敷のほうへ歩きだすと、馬丁たちは調子はずれの鼻歌を歌ったり、口笛を吹いたりしはじめた。スマースなどは、なんと、ジョーダンにも聞き覚えのある春歌を口ずさんでいる。ジョーダンは足を止めて振り返り、召使いたちをしげしげと見た。その射るような視線を受けると、口笛は尻すぼみになり、鼻歌はふらふらと音をはずしながら立ち消えた。スマースは大あわてで手綱をとり、主人の強情な馬を厩に引っ張っていく。熊手をひったくり、干し草に猛然と突き立てた者もいた。

「どうしたの？」アレグザンドラが訊いた。

「うちの召使いは給料をもらいすぎなのかな」ジョーダンはおどけながら、不思議そうな顔をした。「あの浮かれようはただごとじゃないぞ」

「なにはともあれ、あなたもやっと、音楽が耳に入るようになったみたいね」アレグザンドラはなぜかにこにこしている。

「余計なお世話だ」ジョーダンはふざけてやり返し、よく響く声で低く笑ったが、妻の美しい顔を見おろすうちに笑みは消え、まじめな思いが湧きあがった。〈愛している〉

そのことばは頭の中に響きわたり、彼の意志を超えて口からあふれ出そうになっていた。魂の奥まで見通すかのように、彼の目をのぞきこむアレグザンドラ。そのまなざしを受けたとき、ジョーダンは直感した――彼女のほうも、そのことばを聞きたがっているのだ。

今夜言おう。彼は心に決めた。ベッドでふたりきりになったとき、一度も口にしたことのないそのことばを彼女に言おう。賭けはとりやめると告げて、これからもずっとそばにいてほしいと真剣に頼もう。彼女もそうしたいと思っているはずだ。人の心を引きつけてやまない、愛らしくほがらかなこの娘は、彼を愛してくれているのだ。

「なにを考えているの?」アレグザンドラが静かに訊いた。

「今夜話す」ハスキーな声で約束すると、ジョーダンは彼女の腰をしっかりと抱き寄せ、ふたり並んで屋敷へ戻っていった——のどかな昼下がりを堪能した恋人たちが、満ち足りた思いでのんびりと帰路につく、そんな姿だった。

整形式庭園の入口をなす、薔薇の大アーチのそばを通ったとき、ジョーダンはひとり悲しくほほえみ、首を振った。そのアーチに咲き乱れている薔薇が赤いことに、生まれて初めて気づいたのだ。深く、鮮やかな赤だった。

29

屋敷に戻ったあとも、ジョーダンは妻のそばを離れる気になれず、いっしょに二階にあがって彼女の寝室に入った。「楽しい午後になったかな、お姫様?」

いとおしさに満ちたその呼びかけに、アレグザンドラの瞳が一対のアクアマリンのように輝いた。「ええ、とっても」

ジョーダンは彼女にキスしてから、ふたりの寝室の境の扉に向かったが、わざと歩みを遅くして時間を稼ぎ、この部屋にとどまる口実を見つけようとした。化粧台の前を通りかかると、彼女の祖父の形見の金時計がビロードのケースに入れたまま置いてあるのが目にとまった。彼は足を止め、そのどっしりした時計に見入った。「お祖父さんの肖像画はないのか?」

時計を手にとって裏返しながら、ぼんやりと尋ねた。

「ええ、ないの。だから時計をそこに置いているのよ、祖父を偲ぶために」

「ほんとうに立派な時計だ」

「祖父はほんとうに立派な人だったもの」アレグザンドラは彼の横顔を見守りながら、しんみりと言った。その口調からはうかがい知れなかったが、彼女の目はひそかに笑みをたたえていた。

ジョーダンは、彼女がほほえんでいるのも、こちらをじっと見ているのも知らずに、時計をながめていた。一年あまり前にこれを渡されたときには、くれるというならもらっておくか、というぐらいの気分だったが、いまは、この世のなによりも、この時計がほしかった。もう一度、アレグザンドラから、これを贈られたかった。前のときと同じように、愛と賞賛に輝くまなざしに見つめられ、彼女が〝ふさわしい〟と見なした男性に贈ると言っていた時計を渡されたかった。

「スコットランドの伯爵が、祖父の哲学に対する造詣に感心して授けてくださったのよ」アレグザンドラが静かに言った。

ジョーダンは時計を置き、顔をそむけた。彼女の信頼を得るには、もう少し時間がかかるだろう。だが、いつかきっと、ふさわしいと認めてもらえる日が来るはずだ。そう覚悟しながらも、もしかしたら誕生日に贈ってもらえるかもしれないと思い、内心で微笑した――もちろん、誕生日が四日後に迫っていることに彼女が気づいていればの話だが。「みごとな時計だ」あらためて褒めたあと、こう続けた。「歳月人を待たず、とはよくいったものだ。うかうかしていれば、すぐに一年が過ぎ去ってしまう。食事の前に居間で会おう」

ジョーダンは前かがみになって鏡に顔を寄せ、髭の剃り残しがないことを確かめた。これから居間でアレグザンドラに会うというので、彼はことのほか機嫌がよく、鏡に映る侍者に向かってにやっと笑うと、おどけて言った。「なあ、マシソン、どう思う――わたしのこの顔は妻の食欲をそいでしまうだろうか？」

後ろに控えるマシソンは、完璧な仕立ての黒い燕尾服を辛抱強く掲げて、ジョーダンが腕を通すのを待っていたが、普段は寡黙な主人に気さくに話しかけられてびっくりしたのか、二度も咳払いをしてから、声を張りあげ、もたもたと言った。「奥様は、洗練された感覚をおもちでいらっしゃいますから、御前様の今夜のお姿をご覧になれば、きっとお喜びになるでしょう！」

〝洗練された〟若妻が釣竿片手に木の枝に腰かけている姿を思い出し、ジョーダンは苦笑した。「ひとつ問題を出そう、マシソン」黒い燕尾服の袖に腕を通しながら言う。「庭の入口にあるアーチの薔薇は何色だ？」

いきなり話題が変わったうえに、意外な質問をされたので、マシソンはあっけにとられていた。「薔薇、でございますか？　どのような薔薇でしょうか？」

「おまえも妻をもつべきだな」ジョーダンはくすくす笑うと、呆然としている侍者の腕を、弟に対するように親しげに叩いた。「わたしより始末が悪い。わたしは、あそこに薔薇があることぐらいは知って――」そこでふいに口をつぐんだ。激しいノックの音とともに、ヒギンズの珍しいほどおろおろした声が聞こえてきたからだ。「御前様――御前様！」

ジョーダンはマシソンを手ぶりで脇に追いやってから、部屋の戸口につかつかと歩いていき、扉を開けると、貫禄のある執事に向かって、けわしい顔で言った。「なにをあわてているんだ？」

「ノードストロームです――下僕の」ヒギンズはよほど取り乱しているらしく、主人の袖を引っ張って廊下に連れ出すと、扉を閉めて、支離滅裂なことを口走った。「ただちにミスター・フォークスに知らせました。なにか変わったことがあればそうするようにとの仰せでしたので。ミスター・フォークスは、いますぐ書斎でお目にかかりたいとのことでした。いますぐです。ミスター・フォークスに口外無用と言われましたので、この一大事につきましては、厨房におりますジーンとわたくしのみが――」

「落ち着け！」ジョーダンは一喝したが、その足はすでに赤絨毯敷きの階段に向かっていた。

「いったいどういうことなんだ、フォークス」書斎に入ったジョーダンは、机につきながら問いただし、探偵が向かいの席に腰をおろすのを待った。

「ご説明する前に」フォークスは慎重に切り出した。「ひとつ質問させてください。閣下はきょう、馬車にピクニックの籠を積んで、お屋敷の表口からお出かけになりましたね。その籠にはポートワインのデカンタが入っていたと思いますが、きょうの午後、そのデカンタにさわったのはどなたですか？」

「ポートワイン？」下僕とは無関係の話が飛び出したことに虚をつかれ、ジョーダンは鸚鵡返しに言った。「妻がさわった。わたしに一杯ついでくれたときに」

そのとき、探偵の薄茶色の瞳に微妙な影がさした。どこか悲しげにも見えるその影は、一瞬で消えうせ、彼は次の質問に移った。「つがれたワインを口にされましたか？」

「いや。草の上に置いたグラスをうっかり倒して、全部こぼしてしまったんだ」

「なるほど。奥様も、召しあがってはいないのでしょうね？」

「ああ」ジョーダンは無愛想に答えた。「あのワインに耐えられるのはわたしだけらしい」

「ピクニックの場所に行く途中で寄り道をして、籠から目を離すことはありませんでしたか？　馬小屋か、コテージに立ち寄ったのでは？」

「寄り道などしていない」ジョーダンはぴしゃりと言った。一刻も早くアレグザンドラに会いたいのに、こんな話で足止めを食っているのが腹立たしくてならなかったのだ。「いったい、なにが言いたいんだ？　ノードストロームという下僕のことで話があるのだと思っていたが」

「ノードストロームは死にました」フォークスは乾いた声で言った。「毒殺されたのです。わたしは、ヒギンズに呼ばれて駆けつけたときから、死因は毒物とにらんでいました。先ほど、地元のダンヴァーズ医師が正式に確認してくれましたが」

「毒殺」とくり返してみたが、ジョーダンにはまだ実感がわかなかった。こともあろうに、自分の家で、そんなおぞましいことがおきるとは。「どういうことだ。どうして、この屋敷で、そんな事故がおきたんだ？」

「下僕はたまたま巻き添えになっただけで、その点はたしかに〝事故〟なのですが、実は、標的はあなた様だったのです。わたしがうかつでした。まさか暗殺者が屋敷内で殺害工作に及ぶとは思ってもみませんでした」探偵は苦しげな声で続けた。「下僕が殺されたことについては、ある意味、わたしに責任があるといえます」

　おかしなことに、ジョーダンの頭を最初によぎったのは、自分はフォークスを誤解していたということだった。以前は、報酬のことしか頭にない男という気がしていたが、その印象が変わって、顧客の命を守るためにひたむきに働いているように思えてきたのだ。この屋敷にはあなたに毒を盛ろうとした人間がいる、と言われたことに気づいたのはそのあとだったが、あまりにも不快な話で、とうてい信じる気になれなかった。「事故として説明がつくようなことなのに、このわたしを狙った暗殺未遂事件だというのか。いったいどこからそんな考えが出てきたんだ？」彼は憤然として問いただした。

「かいつまんでご説明しましょう。ピクニックの籠には閣下ご愛飲のワインのデカンタが詰められましたが、毒はそのワインに仕込んであったのです。ピクニックがすんだあと、厨房づとめのジーンという女中が、お屋敷の中で、籠の中身を広げて片付けました。そこに居合わせたヒギンズが、デカンタの外側に草の葉が付着しているのに気づいたそうです。ヒギンズはデカンタを調べ、草か小さなゴミがワインに混ざったおそれがあると考えて、これはもう閣下にお出しできるものではないと判断しました」ここで、フォークスの話は少し脇道にそれた。「上流社会では一般に、食卓で手つかずのまま残ったワインは、執事のものになるか、執事が好きな相手に与えていいことになっています。ここホーソーンでも、それが慣例になっているのですね？」

「そうだ」ジョーダンは落ち着いた顔で、相手を油断なく見守りながら、話の続きを待った。

フォークスはうなずいた。「そのように聞いておりましたが、念のため、閣下に直接お尋ねした次第です。その慣例に準じて、問題のワインはヒギンズのものになりました。ヒギンズは閣下ご愛飲のワインが苦手なので、下僕のノードストロームに譲りました。ノードストロームにはきのう孫が生まれたばかりで、その祝いだったそうです。ノードストロームは、きょうの午後四時に、もらったワインをもって自室にさがりました。死んでいるのが見つかったのは七時。遺体はまだ温かく、隣にワインがありました。

厨房づとめのジーンによると、けさワインの壜を開け、悪くなっていないか、味見して確かめてから、デカンタに移して籠に詰めたのは、当のノードストロームだったそうです。きょうの午後、その籠を馬車に運んだのもノードストロームでした。ヒギンズの話では、閣下は出発を急がれて、ノードストロームの一、二分後に馬車に向かわれたとか。それでまちがいはございませんか?」

「馬を押さえている馬丁ならいたが、下僕は見ていないぞ」

「毒を入れたのは馬丁ではありません」フォークスはきっぱりと言った。「あの馬丁はわたしの部下ですから。ヒギンズという線も考えてみましたが――」

「ヒギンズだと!」あまりに荒唐無稽《こうとうむけい》な発想に、ジョーダンは吹き出しそうになった。

「ええ、一応検討したのですが、彼はやっていません」フォークスは急いで請け合った。公爵のあきれ顔を、あのヒギンズが犯人だとは、という驚きの顔と勘違いしたのだ。「ヒギンズには動機がない。それに、あんな気質の男に人が殺せるとは思えません。ノードストロームの遺体を見てヒステリーをおこしたんですから――手を揉みしぼって騒ぎたてたところは、ジーンよりひどかった。あまり騒ぐので、気付け用のアンモニアを嗅がせたほどです」

こんな状況でなければ、日ごろは謹厳で冷静沈着な執事がヒステリーをおこすところを想像しておかしく思うところだが、ジョーダンの冷ややかな灰色の瞳には笑みのかけらもなかった。「続けてくれ」

「お屋敷に帰ってきた馬車から荷物をおろし、籠を厨房に戻したのもノードストロームです。従って、ピクニックの前後にデカンタやワインにさわったのはノードストロームだけということになります。ですが、わかりきったことながら、毒を入れたのは彼ではありません。厨房づとめのジーンは、ほかにデカンタにさわった者はいないと証言しています」

「では、毒はいつ入れられたんだ？」とジョーダンは尋ねた――自分の世界が足もとから崩れ去ろうとしているとは夢にも思わずに。

「ピクニックの前後に混入された可能性がないとすれば」フォークスは静かに言った。「答えは、必然的に、ピクニックの最中、ということになるでしょう」

「ばかをいうな！」ジョーダンは吐き捨てた。「あの場にはふたりしかいなかったんだぞ――妻とわたしの」

フォークスは公爵の顔からそっと目をそらした。「そのとおりです。そして、あたりまえですが、毒を入れたのはあなた様ではない。となると、残るは……奥様です」

爆発は瞬時におきた。ジョーダンは片手で机をばしんと叩くや、はじかれたように立ちあがり、屈強な体を怒りに震わせて怒鳴った。「出ていけ！」それから、声を落として凄んだ。「手下のばかどもも連れて出ていけ。十五分以内に荷物をまとめて、領内から退去するんだ。いやだというなら、わたしがじきじきに叩き出してやる。それだけじゃない。今後、妻に対する根も葉もない中傷をひとことでも口にしたら、この手でおまえを殺してやるから、覚悟しろ」

フォークスはそろそろと腰をあげたが、まだ退散はしなかった。とはいえ、怒り狂う雇い主が手出しできる場所でぐずぐずするほど愚かでもなかったので、大きく一歩さがってから、沈痛な声で言った。「残念ながら、〝根も葉もない中傷〟ではございません」

名状しがたい恐怖がジョーダンの体を駆けめぐり、頭の中で炸裂し、心の中で悲鳴をあげた。デカンタを手にしたアレグザンドラの姿が脳裏に甦る。川べりからピクニックの席に戻ったとき目にしたあの姿が。〝ワインを召しあがる？　これはあなたがいつも飲んでいる特別なワインでしょ〟

「奥様は、けさもまた、ひそかにタウンゼンド卿のもとを訪ねています」

ジョーダンは、理性がすでに認めかけている疑いを払いのけるように首を振ったが、彼の肉体を形づくる繊維組織は、一本残らず、苦悩と衝撃と憤怒に引き裂かれていた。

公爵のその姿から、彼が妻にかかった嫌疑を認めたことを察して、フォークスは静かに言った。「閣下が帰国されたとき、ふたりは婚約中だったのですよ。タウンゼンド卿が奥様をあれほどあっさりあきらめたのは不自然だと思われませんか？」

公爵がフォークスにのろのろと顔を向けた。灰色の目は怒りと心痛に凍りついている。ことばはなかった。公爵は無言のままテーブルに歩み寄ると、銀のトレイに載ったブランデーのデカンタの栓を抜き、グラスになみなみとついで、ふた口で飲み干した。

フォークスは、公爵の背中に向かって、そっと声をかけた。「わたしの考えとその根拠を申しあげてもよろしいでしょうか？」

公爵はかすかにうなずいたが、振り向くことはなかった。

「計画殺人には必ず動機が存在します。今回の件で、動機としていちばんに考えられるのは、個人的な利益でしょう。閣下が亡くなることで最大の利益を得るのは、いとこのタウンゼンド卿であり、従って、最も疑わしい人物ということになります。彼が犯人であることを示す証拠は今後もさらに見つかると思いますが、いまの段階でも、最大の容疑者であることに変わりはありません」

「〝証拠〟とはどういうものだ？」

「それについてはこのあとお話ししますが、まずは、わたしの考えをお聞きください。一年あまり前に、モーシャム近辺で閣下を待ち伏せした暴漢がおりましたが、彼らは金目当ての盗賊ではなく、人を選ばずに襲ったわけでもありません。あれは、暗殺計画の最初の試みだったのです。二度目は、おわかりでしょう、それからほどなくしておきた、埠頭での拉致事件です。そのときまでは、閣下を亡き者にしようというタウンゼンド卿の狙いは、爵位と財産を手に入れることだったと思われます。ところが、いまではそこに別の動機が加わっています」

フォークスはことばを切り、しばらく待ったが、公爵は彼に背を向けたまま、なにも言わずに広い肩をこわばらせただけだった。「別の動機とは、いうまでもなく、奥様をわがものにしたいという願いです。タウンゼンド卿は、一度は奥様と結婚寸前までいったうえに、いまも秘密の逢引きを続けています。奥様のほうも、自分から会いにいくぐらいですから、彼との結婚を望んでいると見てさしつかえないでしょう。しかし、閣下がご存命である限り、その望みがかなうことはありません。そんなわけで、タウンゼンド卿は共犯者を得たのです——奥様という共犯者を」

深呼吸をひとつして、フォークスは先を続けた。「ここからはぶしつけな話になりますが、閣下のご協力を得てお命をお守りするためにも、ご容赦いただかねばなりません……」

部屋の向こう側にいる長身の男はなにも言わなかった。それを不承不承の黙認のしるしと見て、探偵はきびきびと言った。「結構です。わたしの部下がお屋敷で洩れ聞いた話によりますと、ロンドンで閣下がお命を狙われた夜、奥様は朝まで帰宅せず、みなをひどく驚かせたそうですね。その夜、奥様がどこにいたかご存じですか？」

公爵はさらにブランデーをあおり、探偵に背を向けたまま答えた。「空いている使用人部屋で寝たと言っていた」

「その夜、馬上から発砲してきた人物が、男ではなく、女だったということは考えられませんか？」

「妻は射撃の名手だ」公爵は皮肉たっぷりに言い捨てた。「彼女が撃ったのなら、的をはずすわけがない」

「あたりは暗く、馬に乗っていた」フォークスのつぶやきは、公爵に向けたものというより、ひとりごとに近かった。「ひょっとしたら、引き金を引いた瞬間、馬がわずかに動いたのかもしれません。ただ、奥様が自ら手を下そうとしたというのには首をひねりますが――リスクが高すぎますから。以前は外部の者を雇って殺そうとしていたのに、いまは自分たちでやろうとしている。そのせいで、閣下の身に及ぶ危険はきわめて大きくなり、わたしの仕事は十倍も困難になりました。

そこでお願いがあるのですが、ノードストロームが毒入りの酒を飲んだことについては知らないふりをしてください。奥様とタウンゼンド卿に、閣下は彼らの計略に気づいていないと思いこませるのです。ダンヴァーズ医師には、死因は単純な心不全だと言うよう指示しましたし、ノードストロームの行動を確認するために厨房の召使いたちに聞きこみをしたときも、ワインのデカンタのことは強調しすぎないように注意しました。ですから、敵はこちらが奸計《かんけい》に気づいたとは思っていないでしょう。そうやって目くらましを続けながら、奥様とタウンゼンド卿の監視を強化すれば、次の暗殺計画の予兆をつかみ、実行直前に取り押さえることができるはずです」

フォークスは結論に入った。「彼らは、毒殺の試みは気づかれていないと思っていますから、次回も毒を使ってくるかもしれません。絶対とはいえませんが。毒を使う場合は、閣下以外の者が口にするおそれのあるものに混入することはないでしょう。もうひとり死人が出たりすれば、さすがに疑惑を招くからです。たとえば、いま召しあがっているブランデーは、客人にも供されるので、おそらくは安全ですが、奥様に勧められた飲食物は口になさらないでください。つまり、閣下の目の届かないところで奥様がふれた可能性のあるものは危ないということです。そこは注意していただくとして、あとは、監視を続けながら待つしかありません」

話を終えたフォークスは、口をつぐんで反応を待ったが、公爵は鋼のように身を硬くして微動だにしなかった。フォークスはそれでも立ち去りかねていたが、やがて不動の背中に向かって一礼すると、静かな声に心をこめて言った。「まことにお気の毒に存じます、閣下」

フォークスが書斎を出て、扉を閉めたそのとき、死んだように静まり返った廊下に、突如、衝撃が走った。轟音とともにガラスが砕け散る音が、書斎の中から響いてきたのだ。窓越しに銃弾が撃ちこまれたものと見て、さっと扉を開けたフォークスは、その場で棒立ちになった。クリスタルに金彩をほどこした、ブランデー用デカンタ。かつてフランス国王が所有していたその逸品が、壁に投げつけられ、粉々に砕けて、磨きぬかれた木の床に散っていた。面談中は一度として感情を表に出さなかった公爵は、腕を大きく広げ、炉棚の縁をつかんで体を支えながら、秘めたる苦悩に広い肩を震わせていた。

ジョーダンが居間に入ってくると、アレグザンドラは鮮やかな緑色の絹のドレスを翻して振り返ったが、夫の顎が固く張りつめ、瞳が冷たく光っているのを見て、まばゆいばかりの笑顔をかすかに曇らせた。「な——なにかあったの、ジョーダン?」

優しく名を呼ばれると、彼の顔の筋肉がこわばり、頬が小刻みに震えだした。「なにかあったか、だって?」わざとらしくくり返し、蔑みの目でアレグザンドラの体をながめまわす。無遠慮な視線は、胸から腰へ、さらにヒップへと移っていき、そこから顔に戻った。「わたしが見た限りでは、なにもないね」突き放すような、意地の悪い言い方だった。

アレグザンドラは口がからからになり、心臓は恐怖に締めつけられて、一拍ごとに鼓動が重くなっていった。ジョーダンは心を閉ざしてしまったらしい。ふたりでいたわり合い、笑い合って、親密な時間を過ごしたのが嘘のようだ。あのとき生まれた絆をなんとかして取り戻したい。焦った彼女は、妻らしい心遣いがうれしいと言われたのを思い出し、テーブルにあったシェリーのデカンタに手を伸ばした。とっさの思いつきだが、ほかにどうすればいいかわからなかったので、小ぶりの脚付きグラスにシェリーをつぐと、向き直ってそれを差し出し、おずおずとほほえんだ。「シェリーはいかが?」

差し出されたグラスに目を向けたとたん、ジョーダンの視線は炎の剣と化し、頬が激しくひきつりはじめた。その視線がアレグザンドラの顔に移ると、彼女は底知れぬ残忍な光をたたえた目に恐れをなし、あとずさりした。彼はその目で彼女の視線をとらえ、グラスを受けとった。「ありがとう」次の瞬間、グラスの細い脚が、彼の手の中でまっぷたつに折れた。

アレグザンドラはびくっとして小さな悲鳴をもらし、どこかに布きれはないかと、急いであたりを見まわした。オービュソン織りの豪華な絨毯にシェリーが飛び散ったので、しみにならないうちに吸いとらせようと思ったのだ。

「放っておけ」ジョーダンは彼女の肘をつかんで乱暴に振り向かせた。「どうでもいい」

「どうでもいい、って」アレグザンドラは面食らった。「そんな――」

「どうでもいいんだ」一切の感情を排した声が、静かに言った。

「でも――」

「食事にしようか、かわいい人?」

アレグザンドラはこみあげる恐怖を抑えこんでうなずいた。彼の口調のせいで、〝かわいい人〟という呼びかけが罵りのように聞こえたのだ。「あ、待って!」あわてて叫んだあと、はにかみながら言った。「あげたいものがあるの」

毒か？　ジョーダンは心の中で皮肉たっぷりにつぶやき、妻の顔をじっと見た。

「これ」アレグザンドラが片手を出した。

手のひらに載っていたのは、彼女の祖父の大切な金時計だった。

アレグザンドラは期待に輝く目で彼を見あげ、おそるおそる言った。「あの――受け取ってちょうだい」なんともいえずいたたまれない空気が流れ、彼女は一瞬、贈り物が突き返されるのを覚悟した。だが、予想に反して、彼は時計を受け取り、上着のポケットにぞんざいに放りこんだ。「ありがとう」あまりにも冷たくそっけない言い方だった。「この時計が合っているとすれば、食事の時間を三十分過ぎているな」

彼に平手打ちをされたとしても、ここまで傷つき、うろたえることはなかっただろう。差し出された腕に手をかけ、彼に導かれるまま食堂に向かうアレグザンドラは、まるであやつり人形のようだった。

食事中はずっと、彼の態度が豹変したというのは気のせいだ、と自分に言い聞かせていたが、それはむなしい努力にすぎなかった。

その夜、彼のベッドに迎えられて愛を交わすことはなく、アレグザンドラは横になったまま、まんじりともせずに考えつづけた。あれほどの嫌悪の目で見られるからには、自分はよほどのことをしてしまったにちがいない。いったいなにがいけなかったのだろう……

次の日になると、食事中に万《ばん》やむをえず口をきく場合を除いて、彼は一切話しかけてこなくなった。アレグザンドラはそれでも我慢していたが、丸一日たったところで、ついにプライドを捨て、わたしのどこがいけなかったのですか、と神妙に尋ねた。

机上の書類に目を通していたジョーダンは、いかにも迷惑そうに顔を上げ、彼女をじろじろと見た。アレグザンドラは、王族に陳情にきた庶民のように、震える手を背中できつく組み、彼の前で身を縮めていた。「どこがいけなかったか、だって?」冷ややかにくり返す彼は、見知らぬ人のようだった。「いけないことなどなにもないさ。ただ、折が悪いだけだ。

見てのとおり、いまは、アダムズと仕事をしている最中なのでね」

アレグザンドラはあわてて振り向き、窓辺の小机についているアダムズを認めて、彼の存在に気づかずにいたことを心の底から恥ずかしく思った。「ご――ごめんなさい、公爵様」

「ということで」彼は、わかるだろう、という顔をして、戸口のほうに顎をしゃくった。

「すまないが――」

アレグザンドラは出ていけと露骨にうながされているのに気づき、場をあらためることにした。その夜、夫が隣の寝室に戻ってきた気配を感じとると、彼女は勇気を振り絞り、化粧着をはおって境の扉を開け、隣室に入っていった。

ジョーダンはシャツを脱いでいるところだったが、鏡に彼女の姿が映ると、さっと首をめぐらせた。「なんの用だ?」

「お願いよ、ジョーダン」と声をあげ、アレグザンドラが彼に近づいてきた。濃いピンクのサテンの化粧着の肩にかかる髪を揺らして迫ってくるその姿は、無邪気な小悪魔のようだった。「なにを怒っているのか、教えてちょうだい」

緑がかった水色の瞳を見おろしながら、ジョーダンは両脇に垂らした手を握りしめ、ふたつの相反する衝動と闘った。自分を裏切った女の首を絞めてやりたい――その欲求の裏には、さらに強い別の欲求があった。妻をベッドに連れこみ、一時間だけでいいから、彼女はいまでも自分だけの美しく魅惑的なはだしの公爵夫人だと思いこんでいたいという欲求が。アレグザンドラを抱きしめて唇を合わせ、彼女のぬくもりに包みこまれ、彼女に溺れて、ここ数日の地獄の日々を消し去りたかった。一時間だけでも。だが、それは無理だ。アレグザンドラとアントニーが抱き合いながら暗殺計画を練る悪夢のような場面を、脳裏から消し去ることはできない。一時間たりとも。いや、一分たりとも。

「怒ってなどいないさ」ジョーダンは冷たく言った。「もう出ていってくれ。用があれば知らせるから」

「わかったわ」アレグザンドラはそっと答えて、踵を返した。

だが、実際に〝わかった〟のは、無理に胸を張って隣室に戻っていく自分の目が、涙にかすんでいることだけだった。

30

アレグザンドラは膝に置いた刺繍枠をぼんやりとながめた。長い指は動きを止め、心はカーテンの開いた居間の窓の外に広がる空のように暗く寒々としている。見知らぬ人になったジョーダンは、むっつりとして近寄りがたく、ここ三日間、その態度を変えずにいた。彼に目を向けられたときは、あからさまに冷淡な、あるいは侮蔑に満ちたまなざしに耐えねばならない。もっとも、目を向けられることはめったになかった。彼の肉体に別のだれかが――彼女の知らないだれかが、ふと気づくと身震いが出るほど憎々しげな目でこちらを見ていたりするだれかが――棲みついてしまったかと思うほどだった。

きのうは思いがけずモンティ伯父が訪ねてきたが、伯父が例によって屈託なくふるまっても、ホーソーンに漂う重苦しい空気が吹き飛ぶことはなかった。客用寝室に通されたモンティ伯父は、ベッドのシーツを折り返している上階担当の女中の丸々したお尻をじっくり検分したあと、アレグザンドラを陰に呼び、こう話していた――今回は、おまえを窮地から救い出すためにここまでやってきた。なぜそのように思いたったかといえば、ホーソーンがホワイツの賭け帳におまえの名を見つけて〝烈火のごとく怒った〟という噂を、ロンドンで遅まきながら耳にしたからだ、と。

だが、モンティ伯父が見え透いた手をあれこれ使って、ジョーダンをなごやかな会話に誘いこもうとがんばっても、ごく短い返事が折り目正しく返ってくるだけで、一向に成果があがらなかった。アレグザンドラはアレグザンドラで、これがあたりまえの日常であるかのような顔をして、夫婦仲に問題がないことを示そうとしたが、召使いにせよ客にせよ、その芝居にだまされる者はひとりもいなかった。執事のヒギンズから犬のヘンリーにいたるまで、屋敷にいるだれもが、張りつめた空気を敏感に感じとり、不安をつのらせていった。

重い沈黙が続いていた居間に、突然、モンティ伯父の豪快な声が響きわたり、アレグザンドラは飛びあがった。「なあ、ホーソーン、実にすばらしい天気じゃないか！」モンティ伯父は返事をうながすように白い眉を上げ、会話の糸口をつかもうと待ち構えた。

ジョーダンは読んでいた本から目を上げ、「いかにも」と答えた。

「からっと晴れあがってる」ワインが入って赤ら顔になったモンティ伯父は、簡単にはあきらめなかった。

「からっとね」くり返すジョーダン。その顔と声は無表情そのものだった。

モンティ伯父は、まごつきながらも、ひるむことなく続けた。「しかも、暖かい。作物には絶好の日和だ」

「そうですか？」その口調はとりつく島もなかった。

「まあその……そうなんだよ」モンティ伯父は腰を引いて椅子の奥に身を縮め、すがるような目でアレグザンドラを見た。

「いま何時かわかる？」アレグザンドラは自室にひきとりたい一心で尋ねた。

ジョーダンは顔を上げ、彼女を見ながら意地悪く言った。「わからない」

「時計はもっているべきだぞ、ホーソーン」すばらしく独創的な意見を述べるかのような口ぶりで、モンティ伯父が忠告した。「時間を守るにはうってつけの道具だ！」

アレグザンドラは急いで顔をそむけ、心の痛みをさとられまいとした。祖父の時計をあらためて贈ったのに、ジョーダンは受け取った時計をどこかに打ち捨ててしまったようだ。

「十一時だ」モンティ伯父が自分の鎖付きの時計を指さして教えてくれた。「わたしは、いつも時計を身につけている」と自慢する。「だから、時間がわからなくて困ることはないんだ。驚くべきものだな、時計は」彼は熱弁をふるった。「いったいどういう仕組みになっているのか、不思議でならないよ。その気持ちはわかるだろう？」

ジョーダンはぴしゃりと本を閉じ、身も蓋もない返事をした。「いいえ、わかりませんね」

時計の仕組みをめぐる活発な議論に公爵を誘いこもうという目論見がみごとな失敗に終わったため、モンティ伯父はまたもやアレグザンドラに訴えるような目を向けたが、それに応えたのはイングリッシュ・シープドックのヘンリーだった。大型犬のヘンリーは、番犬としての義務にはまったく無頓着ながら、人なつこくふるまって人間を慰めるという務めはじゅうぶん心得ており、自分の気配りが求められたときに備えて人々のそばに控えていることが多かった。モンタギュー卿の落胆の表情に気づいたヘンリーは、暖炉の前で身を起こし、肩を落とす士爵のもとに馳せ参じると、よだれしたたる舌をふるってべろり、べろりと手をなめた。モンティ伯父は「うへぇ！」と叫ぶや、ここ四半世紀は見せたこともないような勢いで飛びあがり、手の甲をズボンにごしごしこすりつけた。「こいつ、びしょ濡れのモップみたいな舌をしてやがる！」

傷ついたヘンリーは、自分が怒らせてしまった相手を悲しげに見やると、暖炉の前に戻ってどさりと身を伏せた。

いたたまれなくなったアレグザンドラは、ついに言った。「申し訳ないけれど、もう部屋にさがらせていただくわ」


「森のほうは準備万端かしら、フィルバート？」翌日の午後、アレグザンドラは忠実な老下僕に尋ねた。彼は呼び出しに応えて、女主人の部屋に顔を出したところだった。

「はい」下僕はいまいましげに答えた。「ただ、ああいうご亭主は、誕生日を祝ってやる値打ちはないと思いますがね。アレックス様にどんな仕打ちをしてきたかを思えば、尻を蹴飛ばしてやってもいいくらいだ！」

アレグザンドラは、はねっ返りの巻き毛を空色のボンネットのつばの下に押しこんだだけで、下僕の訴えには取り合わなかった。ジョーダンの誕生日を祝って不意打ちパーティを開こうと思いついたのは、ふたりで東屋まで散歩した日のことだった——このうえなく幸せな一日だったが、至福のときは長くは続かなかった。

この数日、理由もわからぬまま、ジョーダンの冷たい蔑視に耐えてきたアレグザンドラは、顔色も悪くなり、いまにも泣きだしそうな状態が四六時中続いていた。胸が痛むのは涙をこらえているからで、心が痛むのはジョーダンの態度が変わった理由がわからないからだ。それでも、パーティの時間が近づくにつれ、抑えきれない希望が胸に芽生えてきた。見知らぬ人になってしまったジョーダンも、アントニーとメラニーに手伝ってもらって準備したものを見れば、川辺でともに過ごしたときのジョーダンに戻るかもしれない。それが無理でも、なにが気に入らないのか、それぐらいは教えてくれるのではないか……

「使用人はみんな、旦那様のひどい態度のことをあれこれ話してます」フィルバートは語気荒く続けた。「アレックス様にろくすっぽ口をきかないし、昼も夜も書斎にこもりきりで、夫らしいことはなにも――」

「よして、フィルバート！」アレグザンドラは大声でさえぎった。「そんな悪口で、せっかくのこの日を台なしにしないでちょうだい」

フィルバートは恐縮したものの、女主人の目の下に隈《くま》を作った張本人に対する恨みをぶちまけることはやめなかった。「わたしが台なしにするまでもありません。折があれば、あの男が自分で台なしにするでしょうから。そもそも、見せたいものがあるからいっしょに森に行ってほしいとアレックス様に言われて、承諾したことだけでも驚きです」

「わたしも驚いたわ」アレグザンドラはなんとか笑顔を見せたものの、すぐに当惑した表情になり、軽く眉をひそめた。けさ、ジョーダンと談判しようと書斎に入っていくと、彼は新しく領地管理人の補佐役になったフォークスと話をしているところだった。アレグザンドラは、馬車でいっしょに出かけてもらうには、粘り強く頼みこまねばならないだろうと覚悟していた。ところが、話を聞いたジョーダンは、いったん断わりかけて、ふと口をつぐみ、フォークスにちらりと目をやると、一転して頼みを聞き入れたのだった。

「万事ぬかりはございません」フォークスは主寝室でジョーダンに請け合った。「問題の森の周縁にも、森に至る道沿いの木立ちにも、うちの部下を配置しました。奥様が外出をもちかけた二十分後には配置が完了しましたので、これで三時間、待機を続けていることになります。暗殺者が単独か複数かは不明ですが、とにかく敵が現われるまでは、木陰に身をひそめて動かずにいろと指示してあります。持ち場を離れると目撃される危険があるため、彼らが報告に来ることはありません。ですから、いまの現場の状況はわかりかねます。コテージなどのほうが人目につきにくいのに、タウンゼンド卿はなぜ森を選んだのか、そこは大きな謎ですが」

「わたしには、この騒ぎがすべて杞憂《きゆう》に思える」ジョーダンは吐き捨てた。おろしたてのシャツに袖を通そうとして、一瞬、手が止まったのは、その行為のばかばかしさを痛感したからだ。自分の妻に罠にかけられ、殺されようとしているときに、新しいシャツを着てめかしこむのは滑稽ではないか。

「杞憂ではありません」フォークスは百戦錬磨の兵士さながらに冷徹な声で言った。「現実に、罠が仕組まれているのです。午後になったら馬車で出かけましょうと誘ったときの、奥様の声音や目つきからして、まちがいありません。奥様は怯えていたし、嘘をついていました。わたしは奥様の目を観察していたのです。目は嘘をつきません」

あざけるように探偵を見ながら、ジョーダンは苦い気分を味わっていた。いまにして思えば、この自分も、アレグザンドラの瞳の無邪気な輝きにだまされていたのだ。「目は嘘をつかないというのは、まやかしだ」彼はばかにしたように言った。「わたしも、昔はそのまやかしを信じていたが」

「一時間前に入手したタウンゼンド卿の短信は、まやかしではありません」フォークスは静かに断言した。「彼らは、自分たちの計画は気づかれていないと思いこみ、油断しはじめています」

アントニーの手紙の話が出たとたん、ジョーダンの顔は表情を失い、石の仮面と化した。アレグザンドラ宛のその手紙が届いたとき、ヒギンズは、先に受けていた指示に従って、それを彼女に渡す前にジョーダンのもとに運んできたのだ。文面はジョーダンの脳裏に焼きついていた。

〝森のほうは、すべて準備が整った。あとは彼を連れてくるだけでいい〟

一時間前にそれを読んだときには、苦しみのあまりがっくりと膝をつきそうになったが、いまはなにも——なにも感じていなかった。心が完全に麻痺してしまい、愛しい暗殺者たちに会いにいく支度をしているのに、裏切られたという感覚はおろか、恐怖すらも湧いてこない。いまはただ、この件に決着をつけることだけが望みだった。そうすれば、アレグザンドラの存在を心からも頭からも抹殺する作業にとりかかれるだろう。

ゆうべは眠れぬままベッドに横たわり、愚かしい衝動と闘っていた。アレグザンドラのそばに行き、抱きしめて、金を与えて、逃げろと警告してやりたかった——なぜなら、暗殺計画が成功しようがしまいが、フォークスは彼女とアントニーを一生地下牢に閉じこめておけるだけの証拠をつかんでいるからだ。ぼろぼろの服を着て、鼠のはびこる暗い独房で一生を過ごすアレグザンドラの姿は、想像するだに耐えがたい。のどかな田舎で彼女に命を狙われているいまでさえ、そんな姿は想像したくなかった。

アレグザンドラは玄関広間で待っていた。青いモスリンのドレスは、ゆったりした袖と裾にクリーム色の幅広のリボンがあしらってあり、それをまとった彼女は春のように明るく清純に見えた。ジョーダンが階段をおりていくと、振り返ったアレグザンドラは、まぶしい笑みを浮かべ、待ちかねたように彼を見ていた。彼女は笑っている。そう思った瞬間、ジョーダンは抑えがたいほどの怒りに襲われた。彼の美しい若妻は、その笑顔の陰で、夫を葬り去って自由になろうとしているのだ。

「行きましょうか?」アレグザンドラが明るい声で言った。

ジョーダンは無言でうなずき、彼女とともに屋敷を出て、待たせてあった馬車に乗りこんだ。

静かに揺れる馬車の中で、アレグザンドラは睫毛の陰から横目で何度かジョーダンの横顔をうかがった。木立ちにはさまれた道をもうしばらく行けば、果樹園に隣接した、広大な緑濃い野原に出る。ジョーダンは一見くつろいだようすで、ふかふかの座席に背中を預け、手綱を軽く握っているが、アレグザンドラは彼の視線が道沿いの木立ちをせわしなく探っているのに気づいた――異変がおきるのを知っていて、それを警戒しているかのような目つきだ。

〝不意打ち〟パーティの計画がどこからか洩れてしまい、ジョーダンは浮かれた人々がいつ木立ちから飛び出してくるかと身構えているのではないか――アレグザンドラがそう思いはじめた矢先に、視界が大きく開け、馬車が野原に出た。そこに待ち受けていたものを見て、ジョーダンが虚をつかれたような顔をしたので、事前に知っていたわけではないことがはっきりした。

「これはいったい――？」ジョーダンは驚きに息をのみ、目の前に広がる信じがたい光景をながめた。風にそよぐ色とりどりの旗。晴れ着姿で勢ぞろいし、にこやかに彼を見ている小作人とその子どもたち。向かって左にいるのは、アントニー、その母と弟、かたわらには公爵未亡人の姿も見える。メラニーとジョンのカムデン夫妻は、ロディ・カーステアズなどジョーダンのロンドンの知人を五、六人引き連れている。右手に目をやると、野原の向こう端に大きな舞台が設けられ、玉座風の立派な椅子が二脚と、それよりは簡素な椅子が六脚並べてあった。舞台の上に張られた日よけには旗竿が立ち並び、それぞれの先端で翻るホーソーン家の小旗が、翼を広げた鷹の紋章を誇示している。

ジョーダンの馬車が野原の中央に進んでいくと、待ち構えていた四人の楽師が、打ち合わせどおり、公爵来臨のおふれとしてトランペットを高らかに吹き鳴らした。それに続いて群集のあいだから湧きおこった歓声は、やむことを知らなかった。

ジョーダンはすばやく馬を止め、アレグザンドラをきっと見た。「どういうことだ、これは？」

アレグザンドラは、愛と不安と希望に満ちたまなざしを彼の目に向け、「お誕生日おめでとう」と優しく言った。

ジョーダンは口もとをこわばらせ、無言で彼女を見つめるばかりだった。アレグザンドラはおずおずと笑みを浮かべて言った。「モーシャム流のお祝いよ。昔よくやったお誕生日祝いにくらべれば、ずいぶん凝ったものになっているけれど」ジョーダンがなおもこちらの顔を見ているので、彼の腕に手をかけ、けんめいに説明を続けた。「競技会と品評会を組み合わせた祝賀会なの――公爵様のお誕生日だから。それに、こういう会を設ければ、あなたも小作人と少しは親しくなれるんじゃないかと思って」

ジョーダンは憤然としながら、困惑の目で群集を見わたした。暗殺という目的のために、ここまで手のこんだお膳立てをしたというのか？　妻は天使なのか、それとも悪魔なのだろうか？　答えはきょうじゅうに出るはずだ。彼はアレグザンドラのほうを向き、馬車を降りるのを手伝ってやった。「で、わたしはなにをすればいいんだ？」

「そうね」アレグザンドラはわざと明るい声を出した。自分がどんなにばつの悪い思いをしているか、あるいは、どんなに傷ついたか、知られたくなかったのだ。「囲いの中に家畜がいるでしょ？」

ジョーダンは野原の五、六カ所に設けられた囲いに目を走らせた。「ああ」

「あれはみんな、小作人の家畜だから、それぞれの囲いの中から一等を選んで、飼い主に賞品を渡してほしいの。賞品は、わたしが村で買ったものを用意してあります。向こうに綱を張ってコースを作ってあるのは、馬上槍試合用で、あっちは――あの的のことね――アーチェリー大会、それから――」

「だいたいの感じはわかった」ジョーダンが気短にさえぎった。

「競技会にも、いくつか参加してもらえるとありがたいのだけれど」アレグザンドラは遠慮がちに言い添えた。夫は身分の低い人々と交わるのを快く思わないかもしれない……

ジョーダンは「わかった」と答えただけで、あとはなにも言わず、彼女を特設舞台まで連れていって椅子にすわらせると、ひとりで立ち去った。

ロンドンから来た友人たちに挨拶を終えると、ジョーダンはカムデン卿とアントニーとともに、村人の酒盛りの場に入りこみ、三人で勝手にエールを味見した。それから、催し物の会場をぶらぶらと回っていき、途中で足を止めて、村の名士の十四歳の息子が披露する素人曲芸を見物した。

「ときに、アレグザンドラ」舞台の上では、ロディ・カーステアズが身を乗り出して訊いていた。「いま、きみとジョーダンはどうなっているんだ？　まさか、賭けのことを忘れてはいないだろうな？」

「調子に乗らないの、ロディ」メラニーがアレグザンドラの横から口を出した。

「わたくしの前で、あの忌まわしい賭けのことを口にするのは許しませんよ！」公爵未亡人がぴしゃりと言った。

ジョーダンの姿を間近に見たくなったアレグザンドラは、席を立って、舞台の端の階段をおりていき、メラニーもすぐあとに続いた。「わたしだって、ロディに会えてうれしくないわけじゃないのよ。でも、どうして彼がここにいるの？　ほかの人もだけど」

メラニーはくすくす笑った。「ここに来た理由は、みんな同じよ。ロディにくっついてきただけ。ほんとうなら、もっと遅い時期にならないと田舎には来ない人たちなのにね。わたしたち夫婦は、ホーソーンと親しいというので、急にちやほやされるようになったわ――みんな、きのう来たばかりだけど、あなたと公爵の仲がどうなっているのか見てやろうと思ってるのよ。ロディの思惑はわかるでしょ——あの人、ゴシップにかけては、だれよりも早耳なのが自慢なんだから。わたしは、あなたに会えなくてとても寂しかったわ」そう言うなり、アレグザンドラをぎゅっと抱きしめると、一歩さがって、探るように顔を見た。「彼とは仲良くやっているの？」

「え——ええ」それは嘘だった。

「だと思ったわ！」メラニーは予想どおりの展開に小躍りし、友の手を握りしめた。その喜びようを見ると、アレグザンドラも、夫はころころ気分が変わるからつきあっていると頭がおかしくなりそうよ、などとはとても言えなくなってしまった。そこで、あとは沈黙を守り、ほろ苦い気分を噛みしめながら、夫の姿を目で追いかけた。家畜の囲いを見てまわるジョーダンは、腰の後ろで手を組み、もっともらしい顔をして、いちばん肉付きのいい鶏や、いちばん有望な豚や、いちばんよく訓練された犬を判定し、おごそかに優勝を宣言しては、恐縮する飼い主に賞品を渡していた。

太陽が木々の頂にかかるころには、松明《たいまつ》が灯され、小作人も貴族もなく、だれもが大変な上機嫌でエール片手に笑い合い、まじめなものからふざけたものまで各種そろった競技会に興じていた。ジョーダン、カムデン卿、ロディ・カーステアズは、三人そろって、アーチェリー大会、馬上槍試合、フェンシングや射撃の試合に参加した。胸に誇りを秘めて競技会を見守っていたアレグザンドラは、アーチェリー大会に出たジョーダンが、わざと的をはずし、小作人の十三歳の息子に勝ちを譲ったのを目にして、ほのぼのした心持ちになった。ジョーダンは「この賞はいちばんの名手に」とまことしやかに告げると、かしこまっている少年にソヴリン金貨を与えた。そして、それまでのいかめしさはどこへやら、飄々《ひょうひょう》として亀レースの会場に向かい、籠の中の亀を一匹選んで、友人たちにも参加を迫ったが、アレグザンドラには一度も目を向けず、競技に加わるのは集まってくれた人々への義理を果たすためでしかない、といわんばかりにしていた。ロンドン社交界でも特に名の知れた三人の貴族は、子どもたちに交じってスタートラインに立ち、自分が選んだ亀に声援を送ったり、もっと速く進めと励ましたりしたが、選手たちが畏れ多くも命令を無視して甲羅に引きこもってしまうと、口々に悪態をついた。

「亀はスープで楽しむに限るな」アントニーがジョン・カムデンの脇腹を肘でつつき、おどけて言った。「それでも、ぼくの亀は、さっき一瞬だが気概を見せてくれた。甲羅に閉じこもっている時間は、きみの亀のほうが長くなるぞ。一ポンド賭けるか?」

「よし、乗った!」ジョン・カムデンは即座に受けて立ち、不精な亀に向かって、甲羅から首を出せと叱咤《しった》激励しはじめた。

硬い表情でそのやりとりを見ていたジョーダンは、ふたりに背を向け、屋敷の厨房づとめの女中が用意したエールのジョッキが並ぶテーブルへと向かった。

「きみの華麗なるいとこ殿は、どうかしてるんじゃないか?」ロディ・カーステアズがアントニーに尋ねた。「フェンシングできみと対戦したときは、本気できみの血を見たがっているように見えたぞ。奥方がきみと結婚しようとしたのが忘れられなくて、いまだに嫉妬しているんじゃあるまいな?」

アントニーはあえて亀から目を離さず、軽く肩をすくめた。「ホークが嫉妬だなんて、どこをどう押せばそんな考えが出てくるんだ？」

「おいおい、わたしもリンドワージー家の舞踏会に出ていたんだぞ。それを忘れてもらっては困るな。あの晩、ホークは復讐の天使が舞い降りるがごとく、ただならぬ形相で登場して、アレックスを家に追い返したじゃないか」

「それは、きみが彼女に無理強いした賭けのことで激怒していたからさ」アントニーはそう切り返すと、わざとらしく、亀の動きに目を凝らしつづけた。

　森と野原の境に立ったジョーダンは、かたわらの木に肩で寄りかかり、何杯目かのエールをテーブルからとりながら、アレグザンドラのようすをじっと観察していた。人混みをそわそわと見わたすアレグザンドラ。どうやら彼を捜しているらしい。彼女の追いすがるような視線には、さっきから何度も出会っていた。アントニーもしきりにこちらに目を向けてくる。ふたりはともに、なにか物足りないような、不安げな表情を浮かべていた。誕生日祝いのお祭りを、ジョーダンにもっともっと喜んでほしいと思っているかのように。

　アレグザンドラに視線を戻すと、公爵未亡人になにか言われて笑っているところだった。楽の音に似たあの笑い声が聞こえるようだ。夕暮れの薄闇の中でも、彼女が笑うときのあの目の輝きが見えるようだ。わたしの妻。殺人鬼。そう思ってみても、心は〈違う！〉と絶叫し、頭はもはやその声を無視できなくなっていた。「あの話はたわごとだ！」彼は小声で吐き捨てた。こんなパーティを計画した娘が、彼の殺害を目論んでいるはずはない。夜には彼を抱き寄せ、小川で釣りをしたときは彼をからかった娘が、祖父の大事な時計をはにかみながら手渡してくれた娘が、彼を殺そうとしているはずはない。

「閣下」フォークスの緊迫した声でわれに返ったジョーダンは、寄りかかっていた木から身を離し、射撃大会の会場に目を向けた。立ち木に固定された的を撃つ射撃大会は、エールで酔っぱらった参加者がとろんとした目で狙いを定めたりするので、真剣勝負というより滑稽な見せ物のようになっていた。「いますぐ、ここを離れてください」フォークスがジョーダンに耳打ちした。

ジョーダンは「ばかをいうな」と突っぱねた。もうたくさんだ。この男の推理にはつきあいきれない。「いとこの手紙が意味するところは明らかだ——ふたりはこの誕生日パーティをいっしょに計画したんだ。二度にわたる密会は、その打ち合わせだったにちがいない」

「そんなことを議論している場合ではありません」フォークスは声を荒らげた。「あたりはじきに真っ暗になる。うちの部下はフクロウじゃないんです。暗闇では目が利きません。お屋敷までの帰りの道には、彼らを先回りさせて見張りに立ててあります」

「どうせ、日があるうちに屋敷に戻るのは無理なんだ。だったら、もう少しここにいたってかまわないだろう」

「すぐにお発ちにならないなら、なにかあっても責任はもてません」そう警告すると、フォークスは踵を返し、大またで立ち去った。

「大の男があんなふうに本気で亀に声援を送ってるなんて信じられる?」アレグザンドラとともに舞台に戻っていたメラニーは、夫やアントニーを見ながらくすくす笑った。「身分の高い男性にはそれなりのふるまいが求められるのよって、注意してやらなくちゃ」そんな口実をつけ、メラニーは足もとに気をつけながら階段をおりていった。「ほんとはね、ゴールの瞬間を近くで見たいだけ」最後に本音をもらし、友人にウインクした。

アレグザンドラはうわの空でうなずくと、小作人たちの明るくのんきな顔を見わたし、ひとつだけ、明るいとはいいがたい顔があるのに目をとめた。あの顔はどこかで見たような……胸騒ぎを感じるうちに、なぜかふと、ジョーダンと出会ったときのことを思い出した。いまと同じような、さわやかで気持ちのいい宵だった——あのとき、彼はふたりの殺し屋に銃を突きつけられたのだ。

「お祖母様」アレグザンドラは公爵未亡人のほうを向いた。「あそこにいる、背の低い、黒シャツの男性はだれなんでしょう——ほら、首に赤いスカーフをしているあの人」

公爵未亡人はアレグザンドラの視線をたどり、肩をすくめた。「だれかと言われても、わたくしにわかろうはずはありません」公爵未亡人はつんとして言った。「ホーソーンに身を置いた時間は合わせれば三十年になりますが、きょう一日で目にした小作人の数は、その三十年に見た数を全部合わせたよりも多いのですから」そして、わずかに遠慮をにじませながら続けた。「このパーティが悪いと言っているわけではありませんよ、アレグザンドラ。あなたの思いつきはすばらしいものです。イングランドも昔とはすっかり変わってしまって、主君が下人の機嫌をとらねばならないのは残念な限りですが、これからは領主も小作人とよい関係を築くよう心がけるのが賢明でしょう。小作人はどんどん図々しくなって、手に負えなくなってきていると聞きますから……」

公爵未亡人の声は心から遠ざかり、アレグザンドラの思いはジョーダンと出会ったあの不穏な夜に戻っていった。彼女は心を騒がせながら、黒シャツの男を捜して広い野原に目を走らせたが、男はどこかに行ってしまったようだった。しばらくすると、今度は無意識のうちに、愛する人々をひとりずつ捜しはじめていた。彼らの無事な姿を自分の目で確かめたくなったのだ。手始めにアントニーを見つけようとしたが、どこにもいないので、不安になってジョーダンを捜すと、彼は野原と森の境に立って、くつろいだようすで木に寄りかかり、エールを飲みながら祭りを見物していた。

ジョーダンはアレグザンドラの視線に気づき、軽くうなずいてみせた。彼女がおずおずと愛らしい笑みを返してくると、なにを信じていいのかわからなくなり、後悔で胸が締めつけられた。無言のまま彼女に向かってジョッキを掲げ、皮肉をこめて乾杯のしぐさをしたそのとき、ジョーダンははっと身をこわばらせた。横手の暗闇から、どこか聞き覚えのある声が響いてきたのだ。「あんたの頭に銃を向けてるぜ、公爵さん。あっちにいる奥さんにもな。ちょっとでも騒いだら、相棒が奥さんの頭を吹き飛ばすぞ。さあ、横に歩いて、おれの声のするほうに来てもらおうか。こっちだ、森の中だ」

ジョーダンは息を殺し、ジョッキを掲げた腕をゆっくりとおろした。声のするほうを向いたとき、全身の血管を駆けめぐっていたのは、恐怖ではなく、安堵感だった。正体不明の敵と向き合うこの瞬間を、自分はずっと待っていた――対決はまさに望むところだ。アレグザンドラに危害を加えるという脅し文句は、はなから信じていなかった。こちらを命令に従わせるために、はったりをかけているだけだ。

二歩歩いただけで、ジョーダンは鬱蒼とした森の闇にのみこまれた。さらに一歩進むと、うっすらと不気味に光るピストルが見えた。「これからどうするつもりだ?」彼は銃を構える人影に問いかけた。

「この道の先にある、快適なコテージに連れてってやる。ほれ、おまえが先に行け。おれは後ろを歩く」

固く縮んだバネのように満身に活力をためこんだジョーダンは、もう一歩進んで小径に出ると、エールの入った重いジョッキをもつ右手に力をこめた。「これはどうすればいい?」わざと神妙な声で尋ねながら、わずかに振り向き、右手を上げた。

悪漢がその手に目をやったのはほんの一瞬にすぎなかったが、それでじゅうぶんだった。その一瞬の隙をつき、ジョーダンは相手の顔にエールを浴びせて目をくらませるや、重たいジョッキを顎とこめかみに力いっぱい叩きつけた。たまらず地面に這いつくばる悪漢。ジョーダンは腰をかがめ、相手が落としたピストルを拾うと、ぼうっとしている男の肩をつかみ、むりやり立ちあがらせた。「さっさと歩け、この悪党め! お望みの散歩に出かけようじゃないか」

体をふらつかせた悪漢は、ジョーダンに手荒く小突かれ、よろよろと小径を歩きだした。ジョーダンはその後ろにつき、自分の上着のポケットに手を入れて、イングランドに戻ったときから常に持ち歩いている小型のピストルを探った。どうやら、さっき腰をかがめたときに落としてしまったようだ。かわりに暗殺者のピストルをしっかり握りしめると、ジョーダンは不運な捕虜を先に立てて小径を進んでいった。

五分後、小径の突き当たりに、古びた樵《きこり》のコテージが黒い影となって現われた。閉ざされた鎧戸の隙間から、人の存在を示す明かりがもれてくることはなかったが、ジョーダンは「中にいるのは何人だ?」と詰問し、答えを待った。

「だれもいねえよ」悪漢は不機嫌な声で答えたが、後頭部に銃口を押しつけられると、その冷ややかな感触に息をのみ、すぐに訂正した。「ひとりかふたり。どっちかわからん」

ジョーダンの声はぞっとするほど冷たかった。「戸口に立ったらこう言え。やつをつかまえたから明かりをつけろと。ひとことでも余計なことを言ってみろ、頭を吹き飛ばしてやる」そのことばを裏付けるように、彼は怯える男の頭にさらに強く銃口を押しつけた。

「わかった!」あえぐように答えると、男は銃口から逃れようとあわてふためき、戸口の前の階段をつまずきながら駆けあがった。「やつをつかまえたぞ!」声を落としてこわごわ呼びかけ、戸を蹴りつける。錆びた蝶番がきしむ音がして、戸が開いた。「ランプをつけてくれ。真っ暗じゃねえか」男は戸口に立ったまま、命じられたとおりに言った。

火打ち石で火花をおこし、火口《ほくち》に移す音がした。人影がランプにかがみこみ、炎が揺らめいたと見るや、ジョーダンは捕虜の頭を銃床で殴りつけた。男は一発で気を失い、床にのびた。ジョーダンはすかさず腕を伸ばし、火の灯ったランプの上に身をかがめたまま凍りついている人物に銃口を向けた。

ランプのほのかな光の中でこちらを見つめ返した顔を見て、ジョーダンは驚きと苦痛のあまり床に膝をつきそうになった。

「ジョーダン!」金切り声をあげたのはレディ・タウンゼンドだった。ジョーダンは叔母の視線が部屋の片隅に飛んだのを見て、とっさに身を翻し、腰を落として引き金を引いた。と、叔母に雇われたもうひとりの暗殺者の胸から血が噴き出した。暗殺者は必死の形相で傷口をつかみながら、銃をもつ手をむなしく垂らし、床にばたりと倒れた。

ジョーダンは倒れた男に一瞥をくれ、死んだことを確認してから、つい先ほどまで実の母親よりも愛していた女性のほうを向き、その顔をじっと見た。彼の胸中には……なにもなかった。それまであった感情は、心に広がっていく冷たく硬い虚無にすべて押しつぶされ、なにひとつ——怒りさえも——感じられなくなっていた。ジョーダンは完全に抑揚を欠いた声で、ただひとこと尋ねた。「なぜなんですか？」

静かで端然とした彼の態度に、叔母はたじろぎ、しどろもどろになった。「つ、つまり、わたしたちが、なぜあなたを、こ、殺そうとしているのかということ？」

〝わたしたち〟ということばに、ジョーダンははっと顔をあげ、すぐに行動をおこした。部屋の隅に転がっている死体に駆け寄って、その手から弾の入った銃をもぎとり、自分がもっていた空の銃を捨てる。そして、新たに手にした銃で、かつて心から慕っていた女性に情け容赦なく狙いをつけると、そのまま、部屋同士をつなぐ戸口に歩み寄って、隣の部屋をのぞいた。寝室とおぼしきその小部屋にはだれもひそんでいなかったが、それでも、叔母はまだジョーダンを殺せると思っているらしい。しかも、〝わたしたち〟とはっきり言っていた……。

そうか、叔母はだれかを待っているのだ。それに気づくと、胸の中で憤怒に火がつき、めらめらと燃えだした。待ち人はアントニー、たぶんアレグザンドラもいっしょだろう。ふたりは、自分たちの計画どおりにジョーダンが生涯を終えたのを確かめにくるのだ。

叔母のほうに向き直ると、ジョーダンは身も凍るような声で言った。「あなたの援軍がこちらに向かっているようですから、彼らが来るのをすわって待とうじゃありませんか」

疑念と恐怖の色がレディ・タウンゼンドの瞳をかすめ、彼女はテーブルの脇にある粗末な木の椅子にそろそろと腰をおろした。ジョーダンは、礼儀正しさを見せつけるように、叔母が席に着くのを待った。それから、扉が閉じたままの表口と向き合う位置で、テーブルの端にひょいと腰かけ、待ちの態勢に入った。「さて」彼はことさらに愛想よく話しかけた。「いくつか質問に答えていただきましょう――お答えは、端的に、手早くお願いします。モーシャムの近くで夜にわたしが襲われた件ですが、あれは通り魔のような、偶然におきた事件ではなかったんですね？」

「な、なんのことかわからないわ」

ジョーダンは気絶している第一の暗殺者の顔に目をやり、あの晩襲ってきた男にまちがいないことを確認してから、叔母に視線を移した。そして、無言のまま腕組みをほどき、ピストルを握っている手を上げて、怯える女に狙いを定めた。「真実を話してください、叔母上」

レディ・タウンゼンドの目は自分を狙う銃に釘付けになった。「そうよ、偶然じゃなかった！」彼女は大声をあげた。

銃がおろされた。「続けて」

「ふ、埠頭での拉致も偶然じゃないわ。もちろん、拉致して終わりではなくて、死んでもらうつもりでした。でも、あなたときたら――どんな目にあわせても、生き延びてしまうんだから！」レディ・タウンゼンドは恨めしげに続けた。「あなたってつくづく運がいいわよね

——お金もあれば爵位もあるし、健康で丈夫な脚もある。かわいそうなバーティは脚が不自由で、トニーは文無しも同然なのに！」

レディ・タウンゼンドの目から涙があふれ、彼女は噛みつくように泣きごとを並べた。

「あなたはなんでももっているうえに、運にも恵まれているわ。毒を盛っても殺せないなんて！」肩を震わせ、声を張りあげる。「それに、殺し屋をさしむけるにしても、わたしたちには腕ききの人間を雇うほどのお——お金はなかった。だって、お金はあなたが独り占めしているんだもの」

「わたしとしたことが、ずいぶんとうかつでした」ジョーダンは皮肉たっぷりに言った。「金がほしいなら、ひとこと、ほしいと言ってくれればすんだのに。叔母上が金に困っているとは知らなかったんです。知っていたら、ちゃんと融通してさしあげましたよ。もっとも」とどめのことばは辛辣だった。「わたしを殺させる費用までは出さなかったでしょうが」

「お祖母様」アレグザンドラは幾分せっぱつまった声で言った。「どこかにジョーダンの姿は見えませんか？　あるいは——さっきのあの、首に赤いスカーフをした黒シャツの男の姿は？」

「アレグザンドラ、いいかげんになさい」公爵未亡人は声を尖らせた。「どうしたのです？　さっきからずっとそわそわして、あの人はだれ、あの人はどこ、と尋ねてばかりいるじゃないの。ホーソーンなら、心配しなくても、どこかそのへんにいますよ。ほんの少し前には、あそこの木の下で、あの忌まわしい飲み物を口にしていたのですから」

アレグザンドラは謝り、おとなしくすわっていようとしたが、いくらもたたないうちに、わけもなく不安がつのり、いてもたってもいられなくなった。

「どこへ行くのですか?」唐突に立ちあがってスカートのしわを伸ばしたアレグザンドラに、公爵未亡人が尋ねた。

「夫を捜してきます」アレグザンドラはしょんぼりして小さく笑い、弱音を吐いた。「あの人がまた、前みたいにいなくなってしまうんじゃないかと不安なんです。ばかですね、わたしも」

「ということは、やっぱりあの子を愛しているのね、アレグザンドラ?」公爵未亡人が優しく言った。

アレグザンドラはうなずいた。ジョーダンの行方が気になってたまらず、あいまいな返事をして虚勢を張る余裕はなかったのだ。彼女は人混みにせわしなく目を走らせると、スカートの裾をつまんで、ジョーダンを最後に見かけた場所に向かった。アントニーの姿はどこにもなかったが、メラニーとジョン・カムデンが腕を組んでこちらにやってくるのが見えた。

「すばらしいパーティだな、アレグザンドラ」ジョン・カムデンはにやっとして、気恥ずかしげに付け加えた。「わたしなどは都会で華やかきわまる社交行事に出ることも多いが、こんなに楽しい思いをしたのは初めてだ」

「ありがとう。あの、どこかで夫を見かけなかった? トニーはどう?」

「ここ十五分ほどは見ていないな。捜してこようか?」

「ええ、お願いします」アレグザンドラは髪をかきあげた。「わたし、きょうはどうかしているみたい」おろおろしているのを詫びるつもりで、いまの心持ちを話してみた。「変なことばかり想像してしまって——さっきは、あそこの木立ちの陰に怪しい男がいるような気がしたし、いまは、ジョーダンが行方不明になったんじゃないか、なんて思っているんだもの」

ジョン・カムデンはにっこりして、怖がる子どもをなだめるような調子で言った。「ついさっきまで、みんないっしょにいたんだ。すぐにふたりを見つけだして、連れてきてあげるよ」

アレグザンドラはお礼を述べ、急ぎ足で歩きだした。エールの入った重い白鑞《しろめ》のジョッキが並ぶテーブルを通り越しながら、屋敷の厨房づとめの女中にうなずいてみせ、さらに歩みを進めて、ジョーダンが立っていた木のところに行った。大勢のパーティ客でにぎわう野原を最後にもう一度見わたしてから、後ろを向き、森の奥へ伸びる細い道におそるおそる入っていったが、何歩か進んだところで足を止めた。わたしは妄想にかられてばかなまねをしているんだわ。そう思いながら、周囲を見まわし、じっと耳をすましてみたが、背後の野原に満ちる笑い声や楽の音は森のざわめきにかき消され、暮れ方のわずかな光は木の枝のぶ厚い天蓋に完全にさえぎられていて、物音のみがあって生命の気配のない不気味な空間に迷いこんだような感覚に襲われただけだった。

「ジョーダン？」アレグザンドラは夫の名を呼んだ。返事はない。彼女は唇を嚙み、つのる不安に眉根を寄せた。野原に戻ろうと思い、振り向きかけたそのとき、足もとにジョッキが転がっているのに気づいた。

た。「ああ神様！」声を殺して叫び、ジョッキを拾って逆さにすると、エールが数滴こぼれ落ちた。アレグザンドラは血まなこであたりを見まわし、ジョーダンの姿を捜し求めた。ひょっとしたら、たまにモンティ伯父がやるように、ジョーダンも飲みすぎて正体をなくし、道に倒れているのではないか――そうであってほしいと願う気持ちすらあった。だが、彼女が目にしたのは、ジョーダンではなく、道端で鈍い光を放っている小型のピストルだった。

ピストルを拾って身を翻したとたん、男性のたくましい体に衝突し、アレグザンドラは小さな悲鳴をもらした。「トニー！　よかった、あなただったのね」思わず大声になった。

「どういうことなんだ？」よほど心配したのか、アントニーは彼女の肩をきつくつかんで落ち着かせようとした。「カムデンの話では、ジョーダンは姿を消し、きみは木立ちに男がひそんでいるのを見たそうだね」

「すぐそこにジョーダンのジョッキが落ちてたの。このピストルも見つけたし」アレグザンドラは恐怖のあまり、声と体をともに震わせた。「それに、木立ちにいた男は、わたしとジョーダンが出会った夜に、彼を殺そうとした男だったような気がしてならないのよ」

「野原に戻って、明るい場所にいるんだ」アントニーは鋭い声で命じた。そして、彼女の手から銃をひったくると、身を翻して小径を駆けだし、森の奥へと消えていった。

アレグザンドラは、道に浮き出た太い木の根につまずきながら、野原に駆け戻った――避難するためではなく、助けを呼ぶために。あたりを必死に見まわし、ロディやジョン・カムデンを捜したが、どちらの姿も見あたらない。そのとき、ひとりの小作人が射撃大会から抜け出してきたのが目に入り、アレグザンドラは一目散に彼のもとに駆け寄った。仲間たちと同じく、すでに一杯機嫌になっていたその男は、エールの並ぶテーブルに千鳥足で近づいてきたところだった。「公爵夫人！」男は息をのみ、帽子をとって、お辞儀をしようとした。「銃を貸して！」アレグザンドラは息も切れ切れに言うと、差し出されるのも待たずに、あっけにとられた男の手から銃を奪い取った。「弾は入ってる？」振り返って肩越しに訊きながら、彼女は早くも小径に向かって走りだしていた。

「もちろんでさ」

樵《きこり》のコテージまでの長い道のりを全力で駆け抜けたアントニーは、息をはずませながら、中のようすを知ろうと扉に耳を押しつけた。なにも聞こえない。把手をそっと揺さぶると、かんぬきがかかっているのがわかったので、二歩さがって、扉に体当たりを食わせた。扉はあっけなく開き、勢い余ったアントニーは、たたらを踏んで小屋の中に飛びこんでいったが、そこで棒立ちになり、あんぐりと口を開けた。目の前の椅子に身を縮めてすわっているのは、わが母親ではないか。しかも、そばのテーブルにはジョーダンが腰かけている。その手には銃が握られていた。

銃口が狙っているのは、アントニーの心臓だった。

「こ、これはどういうことだ？」アントニーはあえぎながら叫んだ。

ジョーダンはそのときまで、一縷《いちる》の望みにすがっていた。妻といとこがきょうの祝賀会で彼を殺害しようとたくらんだという話が、嘘であるようにと願っていたのだ。だが、アントニーがコテージに現われたことで、その望みも絶たれてしまった。ジョーダンは殺気をはらんだ声で優しげに話しかけた。「パーティへようこそ、いとこ殿。このパーティの面子はまだそろっていない。これから、もうひとり、客人が来るんだろう、トニー？ その客というのは、わたしの妻だな？」そして、答えを待たずに続けた。「あわてることはないさ——彼女はここできみと落ち合うことになっているんだろう？ わたしが無事に始末されたと思って、やってくるんだ。わかっているよ」絹のようになめらかな口調が、にわかに鋭くなった。「ポケットがふくらんでいる。ピストルが入っているんだな。上着を脱いで、床に放れ」

「ジョーダン——」

「言ったとおりにしろ！」と怒鳴られ、アントニーはそろそろと上着を脱いだ。

アントニーが上着を床に落とすと、ジョーダンは銃口を小さく左に振り、鎧戸の閉じた窓の前で横倒しになっている椅子をさし示した。「すわれ。少しでも動いたら、殺す」ぞっとするほど落ち着いた声だった。

「気はたしかか？」アントニーは椅子を起こして腰をおろし、かすれた声で言った。「とてもそうは思えない。ジョーダン、頼むから、なにがあったのか話してくれ」

「黙れ！」と叫んだあと、ジョーダンは入口の階段をのぼってくる足音に気づき、戸口のほうへ首をかしげて聞き耳を立てた。彼の怒りは、だれよりもあの娘に向けられていた。一年以上も執着しつづけてきたあの娘に——あなたを愛しているなどとまことしやかに嘘をついて、彼をその気にさせた策士に。彼の腕に抱かれ、欲情に燃える体をすり寄せてきた、浅ましい尻軽女。天国はピクニックの毛布を広げた川原にあると信じこませた、はだしの美少女。あの笑い声、忘れがたい姿。その娘が、こうして、彼の手でとらえられようとしている。いまやジョーダンの胸中には、あふれんばかりの怨念《おんねん》が沸きたっていた。

入口の扉が、きしみながら、ゆっくりと、少しだけ開いた。その隙間に、見慣れたマホガニー色の髪がのぞき、続いて、一対の水色の瞳が現われた。その目はジョーダンの握る銃をとらえ、大きく見開かれたまま動かなくなった。

「なにをびくびくしているんだい、ダーリン」凄みを感じさせる低い声音で、ジョーダンがささやくように呼びかけた。「入っておいで。みんな、お待ちかねだよ」

アレグザンドラはほっと息をつき、扉を大きく開けた。そこに倒れている殺し屋をしばし見つめたあと、ジョーダンのもとに駆け寄ると、彼も腰をあげた。恐ろしさに涙があふれ、頰をつたう。彼女は自分が銃を握っているのも忘れて、ジョーダンを抱きしめた。「やっぱり、あの男だったのね――怪しいと思ったのよ！　わたし――」

と、アレグザンドラは突然の痛みに悲鳴をあげた。ジョーダンが彼女の髪をぐいと引っ張り、顔をあおむかせたのだ。その顔に近々と顔を寄せ、彼は吐き捨てるように言った。「よくもそんな白々しいことが言えたものだ、この人殺しのふしだら女が！」そして、髪をつかんでいる手を乱暴にひと振りし、彼女を床に突き飛ばした。アレグザンドラは、銃を握る自分の手の上にしたたかに尻もちをつくはめになった。

なにがおきたのかわからず、アレグザンドラはしばらくその場にすわりこんだまま、恐怖に目を見開いてジョーダンを見つめていた。

「怯えているんだな、かわいい人？」ジョーダンは優しげな声で彼女をあざけった。「無理もない。これからきみが行くところには、窓もなければきれいなドレスもなく、男たちもいないからな――数人の看守を別にすれば。彼らはしめたとばかりに、きみの食べごろの肉体に群がるはずだ。その体もいずれは痩せ衰えて魅力を失い、見捨てられてしまうだろうが」そして、ことさらに残酷なことを言った。「看守たちの興味が、わたしより長続きすることを願っているよ」

「そんなに驚くことはないさ」ジョーダンは彼女が愕然としている理由を取り違えて言った。「きみをベッドに誘ったのは、なにも知らない夫のふりを続けるためで、いわば方便だったんだ――きみがほしかったわけじゃない」そんな、心にもないことを口にした。自分を裏切った妻を殺してやりたいという衝動はそれほどまでに強く、抑えこむのも大変だった。

「ジョーダン、どうしてこんなことをするの？」アレグザンドラは大声をあげたが、ファースト・ネームを呼ばれた彼の目に怒りの炎が燃えあがると、おじけづいて身を縮めた。

「質問はいらない。わたしは答えがほしいんだ」鋭く言ったあと、ジョーダンはこう計算した――あと十分もすれば、わたしの姿が見えなくなったことにフォークスが気づくだろう。聞きこみをすれば、このコテージのほうに向かったこともわかるはずだ。そこで、さっきのようにテーブルの端に軽く腰かけ、片足だけ床につけて、もう片方の足をぶらぶら揺らしながら、アントニーに顔を向けた。「とりあえず、細かい点をいくつか教えてもらおうか」ジョーダンはアントニーに銃を向け、愛想よくうながした。「わたしの屋敷で、ワインのほかに、どんなものに毒を入れたんだ？」

アントニーはジョーダンが構える銃に目をやってから、無慈悲な顔に視線を移した。「正気の沙汰じゃないな、ジョーダン」

「おまえを殺すことなど、なんとも思わない」ジョーダンは真顔でそう言うと、銃をさらに高く構え、いまにも引き金を引きそうなそぶりを見せた。

「待って！」レディ・タウンゼンドが絶叫し、だれもいない戸口をもどかしげにちらちら見ながら、熱にうかされたようにしゃべりだした。「トニーを撃たないで！　こ、この子には答えられないわ。だって、ど、毒のことはなにも知らないんだから」

「わたしの妻も同じなんでしょうね。毒のことはなにも知らないというわけだ」ジョーダンはいやみたっぷりに言った。「違うかな、かわいい人？」銃口が動き、標的はアレグザンドラに変わった。

アレグザンドラは彼が発した信じがたいことばに憤激し、ゆっくり立ちあがると、スカートのひだの陰で銃をきつく握り直した。「わたしたちがあなたに毒を盛ろうとしたと思っているの？」みぞおちを蹴られたかのように彼を見つめ、声を絞り出す。

「思っているんじゃない。現にそういうことがあったと知っているんだ」と言い返しながら、ジョーダンは彼女の目に苦悩の色が浮かんだことに喜びを覚えていた。

「それは違うな」バーティ・タウンゼンドのものうげな声が響いた。戸口に現われた彼の手には銃があり、ジョーダンの頭をまっすぐに狙っていた。「その話はまちがっている。ヒステリー症のうちの母が、いまから白状するつもりだったらしいが、あんたを厄介払いするために、巧妙な筋書きを――残念ながら、実際にはうまくいかなかったが――考えたのは、このわたしだ。兄貴みたいなやわな男に、人殺しは計画できない。わたしは脚こそ悪いが、わが家ではいちばん頭がいいから、立案と細部の詰めを担当したんだ。驚いたようだな、いとこ殿。あんたもみんなと同じで、体の不自由な男がそんな危険人物になるとは思っていなかったんだろう？　銃を捨てろ、ジョーダン。いずれにせよ、あんたには死んでもらうが、銃を捨てないなら、目の前でかわいい奥さんを撃ち殺すぞ」

ジョーダンは縮んだバネのように身を硬くすると、銃を投げ捨てて、そろそろと立ちあがった。そこへ、アレグザンドラがにじり寄ってきた。彼のそばにいれば安全だと勘違いしているのだろうか。「離れていろ！」ジョーダンは小声で叱りつけたが、アレグザンドラは恐怖のあまり彼の手にすがりつくと見せかけて、その手にこっそり銃を押しつけた。

「わたしも殺すことになるんだぞ、バーティ」アントニーが静かに言い、椅子を立って弟に詰め寄っていった。

「そうだな」バーティはあっさりと認めた。「どのみち、最後はそうするつもりだった」

「バーティ！」レディ・タウンゼンドが叫んだ。「だめよ！　そんなの計画になかった――」

アレグザンドラの目は、床にのびている殺し屋に向けられていた。殺し屋の手が、床に放られたアントニーの上着に伸びていく。殺し屋の背後の戸口に人影が現われ、ゆっくりと銃を構えたのも見えた。三人の暗殺者からジョーダンを守る方法はひとつしかない。「ジョーダン！」アレグザンドラは大声をあげ、彼の前に身を投げ出した。その瞬間、三丁の銃が火を噴いた。

ジョーダンの腕がとっさにアレグザンドラを抱きとめたとき、バーティ・タウンゼンドが床にくずおれた。バーティを撃ったのは、戸口に現われたフォークスだった。床にのびていた殺し屋はジョーダンに腕を撃たれ、傷口をつかんでのたうちまわっている。ジョーダンの腕の中では、アレグザンドラの体が急にぐったりし、死体のように重くなって滑り落ちようとしていたが、あまりに目まぐるしい展開に、彼は一瞬遅れてその事実に気づいた。これで一件落着なのに、きみはいまから気絶するつもりなのか？　腕に力をこめて顎を引き、アレグザンドラをからかおうとしたとき、ジョーダンの胸は激しい恐怖に締めつけられた。彼女の頭はがっくりと後ろに倒れ、こめかみから血を流していたのだ。ジョーダンは「医者を呼べ！」とアントニーに怒鳴り、アレグザンドラを床に横たえた。

胸が恐ろしさに早鐘を打つのを感じながら、ジョーダンは彼女のそばにひざまずいた。シャツを脱いで細長く引き裂き、痛々しい傷口をおおうように彼女の頭に巻いていく。半分も巻きおわらないうちに、白いリネンは血を吸って真っ赤に染まり、アレグザンドラの顔からはみるみる血の気が引いていった。

「ああ、神様！」ジョーダンは息を殺して叫んだ。「ああ、神様！」人が死ぬところは戦場で何度となく目にしたので、手のほどこしようのない致命傷は見ただけでわかる。いまも、助かる望みはないと頭では理解していたが、それでも彼女の体を抱えあげ、しっかりと抱いて、小径を駆けだした。心臓が狂ったように脈打つのに合わせて、胸の中に同じことばが何度も何度も響きわたる。死なないでくれ……死なないでくれ……死なないでくれ……

最愛の人のぐったりした体を運ぶ使命を負ったジョーダンは、苦しい息に胸を波打たせながら小径を駆け抜け、野原に飛び出した。アントニーが前もってだれかに言いつけていたのか、すぐそこに馬車が回してあった。恐怖に顔を凍りつかせた小作人たちが、そこここにかたまって、黙ってこちらを見ているのにも気づかず、ジョーダンは馬車の座席にアレグザンドラをそっと横たえた。

ジョーダンが駆け足で馬車を回りこんで御者台にのぼるあいだに、産婆をしている老婆が座席をのぞきこんだ。アレグザンドラの頭に巻かれた血まみれの布や、死人のように白い顔を目にすると、老婆はすぐに脈をとった。そして、馬車のそばに集まった小作人たちのほうに向き直り、悲しげに首を振った。

一年あまり前にアレグザンドラと知り合い、いろいろ世話になっていた老婆は、馬車にひっそりと横たわる彼女をいとおしそうに見つめた。ジョーダンのあやつる馬車が走り去ると、人々がむせび泣く声があたり一面に広がった。ついさっきまで、アレグザンドラのもたらした陽気な笑い声にあふれていた野原は、いまやその姿を一変させていた。

31

アレグザンドラの寝室から廊下に出てきたダンヴァーズ医師は、打ちひしがれた顔で部屋の扉を閉め、その表情を見たジョーダンは心の中で苦悶の悲鳴をあげた。

「残念ですが」おろおろしながら廊下で待機していた人々に、医師は静かな声で告げた。「手のほどこしようがありません。わたしが駆けつけたときには、すでに完全に手遅れでした」

公爵未亡人はハンカチを口に押しあてると、アントニーの胸に身を寄せて嗚咽し、メラニーは夫にすがりついた。ジョン・カムデンは慰めるようにジョーダンの肩に手を置いたあと、しゃくりあげる妻を連れて、ロディ・カーステアズが待っている階下へおりていった。

ダンヴァーズ医師は公爵のほうに向き直り、話を続けた。「すぐに中に入って、お別れを言ってください。ただ、深い昏睡状態にあるので、もう声は聞こえないと思います。あと数分で――長くてもあと数時間で――静かに逝かれることでしょう」公爵の顔が痛々しく歪んだのを見て、医師は優しく言い添えた。「奥様が痛みを感じることはありませんよ、ジョーダン。それはたしかです」

喉をひくひくさせたジョーダンはひとことも答えず、八つ当たりするかのようにダンヴァーズ医師をにらみつけると、足早に寝室に入っていった。

天蓋付きのベッドの脇には火の灯った蠟燭が並んでいた。アレグザンドラはサテンの枕に頭を乗せ、死人さながらに血の気のない顔でじっと横たわっている。呼吸はあまりにも浅く、息をしているのかどうかも定かではなかった。

ジョーダンは喉のつかえを感じながら無理に唾をのみこみ、ベッドのそばの椅子に腰かけて、愛しい女の顔を見おろした。その顔を形作る線を、一本残らず記憶にとどめておきたかった。なんてなめらかな肌をしているのだろう。そんなことを思って、胸を詰まらせた。それに、睫毛も驚くほど長い——まるで、煤色の豪華な扇子を頰に伏せたようだ。

……息が止まっている！

「だめだ、死ぬんじゃない！」しゃがれ声で叫びながら、アレグザンドラの力の抜けた手をつかみ、けんめいに脈を探る。「死ぬんじゃない！」脈がとれた——途切れ途切れで弱々しいが、たしかにまだ脈がある。ジョーダンは思わず彼女に話しかけていた。「わたしを置き去りにするな、アレックス」彼女の手をきつく握って訴えた。「後生だから、わたしを残して逝かないでくれ！　話したいことが山ほどあるし、見せたい場所もたくさんあるのに、逝ってしまったらそれもできないじゃないか。アレックス、お願いだ、ダーリン……頼む、逝かないでくれ」

「よく聞くんだ」ジョーダンは必死に呼びかけた。自分はアレグザンドラの存在をこんなにも大事に感じている。その思いさえ伝えられれば、彼女は生き長らえるはずだ。なぜか、そんな確信が湧いていた。「わたしの人生は、鎧姿のきみが飛びこんできたときに変わった。

それまではどうだったかといえば――人生はむなしかった。退屈だった。なのに、きみにめぐりあったとたんに、以前は思いもよらなかった気持ちが芽生え、それまで見えなかったものが見えるようになったんだ。嘘だと思ってるんだろう、ダーリン？　でもほんとうだ。証明してみせよう」涙をこらえているせいで、よく響く声がかすれてきたが、ジョーダンは証拠をひとつひとつ挙げていった。「牧草地の花の色は青だ」切れ切れに語りかける。「川辺の花は白。庭の入口のアーチには、赤い薔薇が咲いている」

ジョーダンは彼女の手をもちあげ、頰ずりした。「気づいたことはほかにもあるぞ。東屋のそばの草地は――わたしの墓標があるところだ――前にふたりでフェンシングのまねごとをした空き地にそっくりだ。ああ、それと、ダーリン、もうひとつ言うことがあった――愛しているよ、アレグザンドラ」

涙で声が詰まり、やがて悲痛なささやきが口からこぼれた。「愛している。ここできみが死んだら、それさえ伝えられなくなってしまう」

ジョーダンは怒りと絶望にかられ、アレグザンドラの手をさらに強く握った。それまでの哀願口調は一転して怖い声に変わり、脅し文句を並べだした。「アレグザンドラ、わたしを置き去りにするんじゃない。そんなことをしたら、ペンローズの役立たずの耳をつかんで、屋敷から放り出してやる！　嘘じゃないぞ。だれがなんと言おうと放り出す。耳をつかんでだ、わかるか？　お次はフィルバートだ、あいつもおっぽり出してやる。わたしの愛人だったエリザベス・グレインジャーフィールドを、今度は妻にしてやろう。彼女は大喜びできみの後釜にすわるだろう。なにしろホーソーン公爵夫人になれるんだからな……」

数分が一時間になり、二時間になっても、ジョーダンは話をやめず、哀願と脅しを気の向くままに切り換えながらしゃべりつづけた。やがて、心に抱いていた希望の光が薄れはじめると、今度はおだてるように言った。「わたしの不滅の魂のことを考えてくれないか、かわいい人。黒く穢れた魂のことを。きみがそばにいて道を正してくれなければ、わたしはきっと昔の悪習に逆戻りしてしまうよ」

耳をすまし、目を凝らして、変化がおきるのを待ちながら、ジョーダンはアレグザンドラの力ない手を握りしめ、自らの生気をそそぎこんでやろうとがんばったが、それもついには限界に達し、休みなく語りかけねばと彼を駆りたててきた決意と希望があっけなく崩れ去った。胸が絶望に締めつけられ、息をするのも苦しい。こみあげる涙に目の奥が痛む。ジョーダンは彼女のぐったりした体をかき抱くと、頬に頬を寄せ、たくましい肩を震わせて嗚咽した。「ああ、アレックス」涙ながらに呼びかけ、赤ん坊をあやすように、腕の中の彼女をそっと揺すってやる。「きみなしでどうやって生きていけばいいんだ？　わたしもいっしょに連れていってくれ」彼は声を絞り出した。「きみといっしょに行きたい……」そこでふと、異変を感じた――重ねた頬の下で、かすかな声があがったのだ。

ジョーダンは息をのみ、はっと頭を上げた。藁《わら》にもすがる思いでアレグザンドラの顔をうかがいながら、抱き起こしていた頭をそっと枕におろす。「アレックス？」彼は悲愴な声で呼びかけ、ベッドにかがみこんだ。いま、まぶたがわずかに動いたように見えたのは、気のせいだろうか。そう思った瞬間、血の気のうせた唇が開き、ことばを発するかのように動いた。

「いいぞ、ダーリン」ジョーダンは顔を近づけ、必死に話しかけた。「お願いだ、なにか言っておくれ、かわいい人」

アレグザンドラがごくりと喉を鳴らし、なにかつぶやいたが、唇からもれたかすかな音はほとんど声になっていなかった。「なんだい、ダーリン?」ジョーダンは急いで尋ねた。

アレグザンドラが再び声を発し、今度はことばが聞きとれた。その内容を知ると、ジョーダンは目を丸くした。自分が握っている手をしばし見つめたあと、彼は肩を震わせて笑いだした。初めは押し殺すように低く笑っていたのが、途中で爆笑に変わり、その声がバルコニーを伝って屋敷内に響きわたった。それを聞きつけて、公爵未亡人と医師とアントニーが部屋に飛びこんできた。三人とも、ジョーダンは悲しみのあまり気がふれたのだと思ったらしい。

「トニー」ジョーダンは苦笑混じりに言ってから、アレグザンドラの手を握りしめてにっこりと笑いかけた。「アレグザンドラが言うには」肩を揺らしながら、また声をあげて笑いだす。「エリザベス・グレインジャーフィールドはお尻が大きすぎるそうだ——彼女の後釜にすわるには」

ジョーダンがふたりの寝室をつなぐ戸口から入ってくると、アレグザンドラは枕の上でそちらに顔を向けた。三日前の夜に負傷して以来、これまではうつらうつらした状態が昼も夜も続いていた。目が覚めると、彼は必ずベッドの脇にいて、静かにこちらを見守るやつれた顔には、容態を案じる不安な気持ちがくっきりと表われていた。

いまや完全に意識を取り戻したアレグザンドラは、きのうやおとといと同じように優しい声で話しかけてほしい、愛に燃えるまなざしで見つめてほしいと思っていた。ところが、悲しいことに、けさのジョーダンはどこまでも平然として、なにを考えているのかうかがい知れない顔をしている――その変わりようがあまりに極端なので、アレグザンドラはとまどわずにいられなかった。妻はもう助からないと覚悟して、優しく切ないことばで語りかけてくれたジョーダン。あれはただの夢だったのだろうか……

「気分はどうだい？」ジョーダンがベッドのそばに来て尋ねたが、深みのあるその声には、儀礼的な気遣いしか感じられなかった。

「おかげさまで、とてもいいわ」彼の調子に合わせて、礼儀正しく答えた。「体がちょっとだるいだけ」

「いろいろ訊きたいことがあるだろうな――三日前のできごとについて」

アレグザンドラの望みは、彼に抱きしめられ、愛していると言ってもらうことだった。

「ええ、そうね」相手の胸の内が読めないので、慎重に返事をした。

「かいつまんで話そう。一年半前、バーティは、厨房づとめの女中が――近くの農家の娘で、ジーンという名前だ――彼の財布から金を盗もうとしたところを取り押さえた。女中は、その金を、屋敷のすぐ裏の森で待っている兄と弟に渡すつもりだったと白状した。バーティと叔母はすでにわたしを殺す計画を立てていたが、その時点ではまだ、殺し屋を雇うあてがついていなかった。バーティは女中を窃盗の罪で訴えることはせず、金を盗もうとしたという自白を書面にして署名させた。そして、わたしがきみと出会った夜、女中の兄と弟を金で雇ってわたしを襲わせた。自白の文書を盾にして、女中の口を封じるとともに、兄弟の協力を取りつけたわけだ。

あの夜は、鎧姿のきみが馬に乗って現われて、わたしを救ってくれた。それでバーティたちの計画は水の泡になったが、ふたりの下手人のうち、弟のほうは――わたしに撃たれたやつだ――わたしがきみを宿に運ぶあいだに、命からがら馬の背によじのぼり、逃げおおせた。わたしたちが結婚した四日後に、バーティは殺害計画を再び実行に移したが、そのとき雇ったふたりの男は、金だけもらってわたしを殺さず、水兵の強制徴募隊に売り渡した。そうやって儲けを倍にしたんだな」ジョーダンは皮肉っぽく付け加えた。「叔母も言っていたが、それなりの金を出さなければ、優秀な人材は雇えないものだ」

ジョーダンは両手をポケットに突っこみ、話を続けた。「二週間ほど前に、わたしが危うく命拾いしたときのことも話しておこう。バーティは、窃盗の証拠となる自白文書はいまも自分が握っているのだと女中に釘を刺し、生き残った弟を脅して、またもやわたしを殺させようとした。弟はアッパー・ブルック街で発砲してきた――きみが家庭教師の部屋で眠った晩のことだ」

アレグザンドラは愕然として彼を見つめた。「あの晩銃撃されたなんて、ひとことも言わなかったじゃないの」

「言えばきみを動揺させてしまう。そんなことをしてもしかたないと思ったんだ」彼はそこで首を振り、語気を強めた。「いや、実はそれだけじゃない。ひょっとしたら、狙撃犯はきみなのではないかと、心の片隅で思っていた。犯人は小柄で、背丈からすると、きみであってもおかしくはなかったから。それに、あの日、きみはなんとしてでもわたしと別れると言っていたし」

アレグザンドラは唇を噛んで顔をそむけたが、ジョーダンは彼女の目に浮かんだ苦痛と非難の色を見逃さなかった。ポケットの中の手をさらに奥に突っこみ、彼は先を続けた。「一週間ほど前には、ノードストロームという下僕が、われわれのピクニックの席にあったデカンタのワインを飲んで死んだ――きみがわたしに何度も勧めた、あのポートワインだ」

アレグザンドラの視線が顔に飛んできたのを感じると、ジョーダンは自責の念をこめて厳しい声で続けた。「フォークスは領地管理人の補佐役ということになっているが、ほんとうは探偵で、われわれがホーソーンに移ってからは、領地内のあらゆる場所に部下を張りこませていた。彼はワインの件も調査して、毒を混入できた人物はきみしかいないという結論に達した」

「わたししかいない、ですって？」アレグザンドラが小さく声をあげた。「そんな話を信じるなんて、あなたもどうかしてるわ！」

「ワイン事件の調査でフォークスに証言したのは、この一年半、ホーソーンに人手が足りないときだけ呼ばれていた厨房づとめの女中だった。名前はジーン」ジョーダンは結論に入った。「そう、あのジーンが、再びパーティの命令を受けて、毒を仕込んだんだ。そのあとのことは、きみも承知のとおりだ」

アレグザンドラが悲痛な顔でごくりと喉を鳴らした。「つまり、ろくな証拠もないのに、あなたは心の中でわたしを暗殺者と決めつけて、片恨みしていたのね？　アッパー・ブルック街の狙撃犯がわたしと同じくらいの背丈だったとか、厨房づとめの女中が毒入りワインの件でわたしに嫌疑がかかるような証言をしたとか、その程度の理由で？」

　そのことばに、ジョーダンは内心たじろいだ。「それもあるが、フォークスの部下のオルセンの尾行調査で、きみが二度にわたってトニーの家を訪ねたことが確認されたのも、判断材料になった。きみがトニーと密会していたというので――ほかのこともいろいろ考え合わせると――きみを有罪とする証拠が動かしがたいものになったように思えたんだ」

「お話はわかりました」アレグザンドラが暗い声で言った。

　口では〝わかった〟と言ったものの、彼女は少しも納得しておらず、ジョーダンもそれに気づいていた。いや、彼女にはわかりすぎるほどわかっているのかもしれない。彼は暗澹としてそんなことを思った。このわたしが、彼女を信用するという約束を破り、彼女が差し出してくれた愛を何度も拒絶したことは、はっきりわかっているはずだ。わたしを救うために二度も命を投げ打ったのに、見返りに得られたのは、冷淡な仕打ちや疑いのまなざしだけだったということもわかっているだろう。そう考えると、心苦しくなった。

　アレグザンドラの蒼ざめた美しい顔を見おろしたとき、ジョーダンは、彼女に憎まれ、蔑まれるのは当然だと痛感した。自分の冷酷さや愚かさがここまで明らかになったからには、アレグザンドラの人生から閉め出されてもしかたない。ジョーダンは半ば覚悟を決め、相手が口を開くのを待った。

　だが、アレグザンドラがなにも言ってくれないので、ジョーダンは、彼女が言うはずのことを自分が代弁しなければならないという気分にかられた。「きみに対して、赦しがたい態度をとってしまったことは自覚している」硬い声で切り出すと、アレグザンドラは怯えた顔になった。「だから、きみの気持ちも予想がつく。きみはもう、わたしとの結婚生活を続ける気はないだろう。怪我が治ってきみがここを出ていけるようになったら、さっそく五十万ポンド分の銀行手形を渡すよ。それで足りなければ……」

ジョーダンはことばを切り、喉が詰まったかのように咳払いをした。「それで足りなければ」話に戻ったときには、万感胸に迫って声がかすれていた。「いつでも言ってくれ。きみが望むなら、わたしがもっているものはなんでもあげるから」

彼の説明を聞くうちに、アレグザンドラは優しさと怒りと驚きがないまぜになって胸に広がるのを感じた。話が終わったと見て口を開こうとすると、ジョーダンがまた咳払いをして、こう言い添えた。「もうひとつ、話したいことがある……ホーソーンに移ってくる前に、フィルバートからいろいろ話を聞いたんだ。それで、わたしの訃報を聞いたあと、きみがどんな気持ちでいたかわかった。ロンドンに出てきてから、わたしに対する幻想が崩れ去るまでのいきさつも。わたしのことできみが耳にした噂は、ほとんどが事実だ。ただ、ロンドンでエリーズ・グランドーの家に寄ったとき、彼女と寝なかったことだけは知っておいてほしい」

口をつぐんでアレグザンドラを見おろしたジョーダンは、自分では意識せぬままに、彼女の顔だちを細部にいたるまで記憶にとどめようとしていた。この先に待ち受けている空虚な歳月の中で、その顔をいつでも思い出せるようにしたいと、心のどこかで願っていたのだろう。無言で彼女を見つめるうちに、ジョーダンはさとった——アレグザンドラは、彼が胸に抱く希望のすべて、夢のすべてを体現しているのだ。彼女は善意であり、優しさであり、信頼だった。そして、愛そのものでもあった。丘の斜面に咲き乱れる花々。屋敷の隅々に響きわたる笑い声。それがアレグザンドラだった。

自分はここで彼女の人生から出ていくことになるが、その前に、言うべきことを全部言ってしまわねばならない。ジョーダンは大きく息を吸い、ためらいがちに言った。「フィルバートから、お父さんのことと、お父さんが亡くなったあとにおきたことも聞いたよ。わたしには、きみが心に受けた傷を消してあげる力はないが、せめてこれを贈らせてほしいんだ……」

ジョーダンが差し出した手の中には、平たく細長いビロードの箱があった。アレグザンドラはその箱を受け取り、震える指で蓋の留め金をはずした。

箱の中の白いサテン地のクッションには、純金の鎖付きのルビーが載っていた。ルビーは見たこともないほど大きなもので、ハート形にカットされている。隣にはもうひとつ浅い仕切りがあり、そこには小粒のダイヤモンドに囲まれたエメラルドが納まっている――こちらもハート形だ。エメラルドの横には、三つ目の宝石があった。まばゆい輝きを放つ、みごとなダイヤモンドだ。

ダイヤモンドは涙のしずくの形にカットされていた。

アレグザンドラは唇を噛んで顎の震えを抑え、目を上げて彼と見つめ合った。「そうね」笑顔を見せようとがんばりながら、ささやいた。「女王杯の日には、このルビーをつけることにするわ。それで、あなたの腕にリボンを結ぶの――」

ジョーダンはうめき声をもらし、ベッドに身をかがめてアレグザンドラを抱きしめた。

「言いたいことは言いおえたでしょう？」長いこと唇を合わせたあと、ジョーダンがようやく顔を上げると、アレグザンドラは小声で言った。「だったら、もうそろそろ〝愛してる〟って言ってもらえないかしら？　そのことばをずっと待っていたのよ、あなたが話を始めたときから――」

「愛してるよ」ジョーダンは思いのたけをこめて熱っぽく言った。「愛してる」彼女の髪に顔をうずめて、そっとささやく。「愛してる」もう一度唇を重ね、喉の奥から声をもらした。「愛してる、愛してる、愛してる……」

エピローグ

幼い息子を腕に抱いてあやしながら、ジョーダンはこちらを見つめ返してくる小さな顔にうっとりと見入っていた。相手は赤ん坊なので、話しかけようにも話題が見つからないが、わが子を抱っこする喜びをここで終わらせる気にはどうしてもなれない。そこで思いついたのは、親が子に伝えるべき教訓を織りこんだ話をしてやることだった。

「坊や、いつの日か、おまえも奥さんを選ぶことになるだろうが、それにはいろいろ気をつけなくてはいけないことがある。そのときのために、ひとつお話をしてあげよう。

昔々、あるところに、高慢ちきな、世をすねた男がいました。男の名は——」ジョーダンは口をつぐんで思案した。「男の名は、ホーソーン公爵といいます」

部屋の戸口にはアレグザンドラが現われ、笑いを噛み殺していたが、ジョーダンは気づかずに先を続けた。「この公爵はひねくれ者で、どんな物にも、どんな人にも——自分自身には特に——良いところを認めることができませんでした。やがて、運命の夜が訪れ、公爵は悪者に襲われます。彼が無惨にも命を奪われそうになったそのとき、錆びた鎧に身を包んだ騎士が馬を駆って現われ、窮地を救ってくれました。公爵は騎士の助太刀によってなんとか悪者をやっつけましたが、騎士はそのときの戦いで怪我をしてしまいました。

ひねくれ者の公爵は、気を失った騎士を介抱しましたが、なんと驚いたことに、騎士は男ではなく、ご婦人だったのです。巻き毛の美しい可憐な女性で、見たこともないほど長い睫毛をしていました。彼女がまぶたを開くと、そこにはアクアマリン色の瞳がありました。ひねくれ者で心が空っぽな公爵は、彼女の瞳をのぞきこみ、そこに見たものに息をのみました……」

赤ん坊は、感じ入ったような顔をして、ジョーダンをじっと見ていた。

「公爵はなにを見たの？」アレグザンドラの切ないささやき声が戸口から聞こえてきた。

ジョーダンは顔を上げ、想いをこめたまなざしで彼女を見つめた。そして、優しくおごそかな声で答えた。「彼はその瞳に〝なにかすてきなもの〟を見たのです」

訳者あとがき

マクノート・ファンのみなさん、お待たせしました。二見書房既刊の『あなたの心につづく道』の前日譚にあたる『その瞳が輝くとき』をお届けします。『あなたの心——』には、ヒロインとヒーローそれぞれの友人として、アレックスことアレグザンドラとジョーダンが登場していますが、このふたりのなれそめを追った物語です。

マクノートは一九八五年に初のヒストリカル作品『とまどう緑のまなざし』で大ヒットを飛ばし、八七年の『哀しみの果てにあなたと』で数々の賞を受賞しました。翌八八年に出た本作は、著者として初めてニューヨーク・タイムズ・ベストセラーリスト入りした作品で、まさに脂ののった時期に書かれた佳作といえるでしょう。

『あなたの心——』でヒロインを支えたアレグザンドラは、行動力のあるしっかりした女性のイメージでしたが、少女時代の彼女はどんなふうだったでしょう。天真爛漫で楽天的、ルックスに関しては男の子とまちがわれるほど遅咲きでした。家庭環境は円満とはいえず、苦労も絶えなかったものの、それでも〝なにかすてきなこと＝Something Wonderful（本書の原題）〟がいつか必ずおきると信じる、純情可憐な少女だったのです。

そんなアレグザンドラが、十八歳になる直前にホーソーン公爵ジョーダン・タウンゼンドと出会い、彼の命を救うというドラマを経て、複雑な思いの中で夫婦となりますが、その後すぐに悲劇的な別離（くわしくは本文に譲りますが、運命に翻弄《ほんろう》されたという表現がぴったりです）を経験します。夫の目にも子どものように映っていたアレグザンドラが、その別離のあいだに本来の美しさを開花させ、おとなの女性へと変身を遂げるくだりは、本書の読みどころのひとつです。再会した夫とのあいだには誤解が重なり、何度か衝突するはめになりますが（このあたりはマクノートの真骨頂でしょうか）、ヒロインはそこで炎のような激しい気性を示し、まっすぐに彼に立ち向かえるほど成長していました。

他方、ジョーダンはといえば、戦場で鍛えた男らしい肉体と不屈の精神を具え、銀灰色の瞳で女性をとりこにする魅惑のヒーローです。いわゆるプレイボーイではありますが、厳格すぎる父親と奔放な母親のもとで愛を知らずに育ったため、世の中を斜にながめるところがあり、ある種の女性不信から脱することができません。そんなジョーダンの凍りついた孤独な心を、ヒロインが真摯な愛情と独特の直感で溶かしていきます。彼女に感化されて、ジョーダンが身のまわりの花々の色を生まれて初めて意識するようになる、というエピソードは、ふたりの関係を端的に示しています。彼はそのとき、モノクロの世界に一気に色彩があふれたように感じたかもしれません。

主人公カップルが対立する場面には、ヒーローの屈折した男心が見え隠れします。ジョーダンはアレグザンドラが愛の営みのあとで彼を残してベッドを抜け出したことを寂しく感じるのですが、プライドの高さゆえにその気持ちを素直に話せず、彼女につらくあたってしまいます。その態度自体は褒められたものではないにせよ、男の強がりの表われという意味ではほほえましさを感じなくもない、と言ったら男性に甘すぎることになるでしょうか（ジョーダンがこの件について詫びるシーンでは、照れ隠しのためのもってまわった台詞回しがおかしみを醸し出しています）。

ジョーダンは〝ピストルと軍刀の恐るべき腕前で、敵のフランス軍兵士を何百人と打ち倒した〟とされていますが、その背景に少しふれておきましょう。英国では昔から貴族が志願して入隊することが多く、軍功を挙げ名を残した人も少なくありません。ジョーダンは売官制により将校の地位を買っていますが、この制度も虚栄心を満たすものというよりは、高貴な身分の人間が国や王室への責任を果たすためのものだったようです（将校となった貴族は、自らの資産を使って配下の部隊を整備したといいますから、経済的に得をするためでなかったのはたしかでしょう）。

ジョーダンが軍人としてスペインに赴いていたのは二十二歳からの四年間、一八〇八年から一八一二年のことです。このとき英国は、ナポレオンの支配に対するスペイン民衆の反乱を支援するとして軍隊を派遣し、仏軍と戦っていました。この戦いの外枠であるナポレオン戦争は、各国が入り乱れて参戦し、一八一五年まで続いた大戦で、英国は最初から最後まで反フランスの立場で戦った唯一の国でした。リージェンシー時代（一八一一―一八二〇年）の英国は、贅沢で華やかで自由奔放な空気がヒストリカル・ロマンスにぴったりで、本作も含め数々の名作の舞台になってきましたが、この時代はまさにナポレオン戦争の最中でもあり、対岸の大陸ヨーロッパでは激戦がくり広げられていたわけです。

本書のヒロインは、愛する男性をほほえませたい、彼の目に映る世界を美しいものにしたいと常に願っています。紆余曲折はありますが、ヒーローのほうもやがて彼女の真心に気づき、愛を深めていきます。マクノートは、小説を書くときは、男性にとって恋人の女性が他のなにより大切であるように描くと言っています。この物語を読んだあと、『あなたの心――』で仲睦まじく語り合うアレグザンドラとジョーダンの姿を思い出すと、葛藤を経てふたりがたどり着いた幸せに、しみじみしてしまいます。

マクノートは、読者が〝笑って、泣いて、また笑う〟ことを目標にして本書を執筆したそうです。彼女ならではのヒストリカル・ロマンスの世界を味わいつつ、そうした幸せな読書体験をもてる一冊に仕上がったことはまちがいありません。

二〇一一年九月

ザ・ミステリ・コレクション

その瞳《ひとみ》が輝《かがや》くとき

著者　ジュディス・マクノート

訳者　宮内《みやうち》もと子《こ》

発行所　株式会社 二見書房
東京都千代田区三崎町2-18-11
電話 03(3515)2311［営業］
03(3515)2313［編集］
振替 00170-4-2639

印刷　株式会社 堀内印刷所
製本　合資会社 村上製本所

落丁・乱丁本はお取り替えいたします。
定価は、カバーに表示してあります。

ISBN978-4-576-11136-0
http://www.futami.co.jp/

あなたの心につづく道（上・下）
ジュディス・マクノート
宮内もと子［訳］

十九世紀、英国。若くして爵位を継いだ美しき女伯爵エリザベスを待ち受ける波瀾万丈の運命と、謎めいた貿易商イアンとの愛の旅路を描くヒストリカルロマンス！

とまどう緑のまなざし（上・下）
ジュディス・マクノート
後藤由季子［訳］

パリの社交界で、その美貌ゆえにたちまち人気者になったホイットニー。ある夜、仮面舞踏会でサタンに扮した謎の男にダンスに誘われるが……ロマンスの不朽の名作

黒騎士に囚われた花嫁
ジュディス・マクノート
後藤由季子［訳］

スコットランドの令嬢ジェニファーがイングランドの〈黒い狼〉と恐れられる伝説の騎士にさらわれた！仇同士のふたりはいつしか…動乱の中世を駆けめぐる壮大なロマンス！

哀しみの果てにあなたと
ジュディス・マクノート
古草秀子［訳］

十九世紀米国。突然の事故で両親を亡くしたヴィクトリアは、妹とともに英国貴族の親戚に引き取られるが、彼女の知らぬ間にある侯爵との婚約が決まっていて…⁉

その心にふれたくて
アナ・キャンベル
森嶋マリ［訳］

遺産を狙う冷酷な継兄らによって軟禁された伯爵令嬢カリスは、ある晩、屋敷から逃げだすが、宿屋の厩で身を潜めていたところを美貌の男性に見つかってしまい……

待ちきれなくて
リンゼイ・サンズ
上條ひろみ［訳］

唯一の肉親の兄を亡くした令嬢マギーは、残された屋敷を維持するべく秘密の仕事——刺激的な記事が売りの覆面作家——をはじめるが、取材中何者かに攫われて⁉